人性的枷锁

（英）威廉・萨默塞特・毛姆／著
苗莉珺／译

煤炭工业出版社
・北　京・

图书在版编目（CIP）数据

人性的枷锁/(英) 威廉·萨默塞特·毛姆著；苗莉珺译. --北京：煤炭工业出版社，2019(2023.3重印)

ISBN 978-7-5020-7416-6

Ⅰ.①人… Ⅱ.①威… ②苗… Ⅲ.①长篇小说—英国—现代 Ⅳ.①I561.45

中国版本图书馆CIP数据核字(2019)第059570号

人性的枷锁

著　　者　(英) 威廉·萨默塞特·毛姆
译　　者　苗莉珺
责任编辑　高红勤
封面设计　宋双成

出版发行　煤炭工业出版社（北京市朝阳区芍药居35号　100029）
电　　话　010-84657898（总编室）　010-84657880（读者服务部）
网　　址　www.cciph.com.cn
印　　刷　三河市天润建兴印务有限公司
经　　销　全国新华书店

开　　本　880mm×1230mm 1/32　**印张**　21 3/4　**字数**　642千字
版　　次　2019年10月第1版　2023年3月第2次印刷
社内编号　20181204　**定价**　59.80元

「自 序」

这部小说本就是个大部头，真是有些不好意思再作序。况且最难以对一部作品做出客观评价的恐怕就是作者本人了。记得法国小说家罗杰·马丁·杜加尔曾记录过一件马塞尔·普鲁斯特的逸事，普鲁斯特写了一篇有关自己作品的文学评论，然后拜托一位年轻作家朋友署名，并由其送往某家法国文学期刊。结果，该期刊的编辑审阅后回信给年轻作家："抱歉，您的文章恐怕无法刊登，"具体的理由则是："如果我不负责任地将这么一篇浅薄稚嫩、多有不敬的文章刊登，恐怕难以得到马塞尔·普鲁斯特的谅解。"这则逸事正说明了一种普遍的心理，即许多作者虽然往往难以心平气和地接受来自他人的批评，但在自己心里，实际上往往不满意自己的作品。面对自己的作品时，他们的着眼点往往是那些自我感觉没能确切表意的瑕疵一面，并长期感到苦恼，而对于那些闪光之处，则往往因觉得理当如此而忽略，毫无得意之情。作家们追求完美的作品，但他们往往深深地暗自叹息：这是多难做到啊。

这里我就不赘述小说本身了，简单谈一下小说的创作历程吧。这本小说我创作于 23 岁那年，当时我刚刚结束在圣托马斯医院的 5 年学医生涯，并获得了行医资格。之后我便一个人到了塞维尔，打算以写作谋生。这部早年旧作的手稿至今仍在，但我自从最后一次校对完毕后却不敢再看它，因为总觉得太稚嫩可笑。一开始我准备在费舍·昂恩出版社出版此书（之前我的学生时代的处女作《兰贝斯的莉莎》即由该社出版，当时也算小有轰动）。我原想卖个 100 镑，没想到出版社的编辑却没有答应。之后我便接洽了另外几家出版社，稿酬来往商谈，最终依旧没能达成协议。我一度感到灰心，却不知其实是因祸得福。如果当时匆匆出版了此书（该书当时命名为《史蒂芬·凯利的艺术人生》），这本书其实便算是废了，因为此书所探讨的主题远非那个年纪的我所能掌握的，并且因为阅历不足，故事也比较粗糙。当时我并不知道，相比于完全的虚构，对真实经历有所借鉴则会使故事更加流畅真实。比如早期的故事里，我将主人公虚构为在鲁昂学习法语（我仅到鲁昂旅行过一次，素材其实不足），后来则改为到海德堡学德语（这是我的亲身经历，写起来就得心应手多了）。

总之，小说出版遭遇不顺后，我干脆将其放了起来，不再管它。其后的几年我陆续写作并出版了其他几本小说，此外又创作了许多剧本。渐渐地，我以剧作家的身份名声在外了，自己也决心献身于剧本创作。但内心深处总有一种冲动，令自己摇摆不定。尽管剧本创作的生涯可谓忙碌而成功，日子也顺风顺水，不知为何，我总是对过去的回忆心心挂念。那些记忆的碎片胡乱地飞舞在我的周围，在我清醒时，在我的梦中，在我走路时，在我排练戏剧时，在我与朋友聊天时，简直是一种可堪其重的负担。我知道，将其放下的最好方式，便是将其写入小说中。剧本的创作挺讲究时效的，因此我的节奏一直很快；而小说的创作则相对从容，忙碌之中的我隐隐渴望过一段轻松从容的生活。况且我知道这篇小说不会是个小部头，需要集中精力不被干扰，于是我明确地拒绝了迫切想与我合作的剧院经理，告别了舞台。此时我已 37 岁。

早年刚开始写作时，我一度认真揣摩写作技巧，并刻苦练习，志于形成自己的语言风格。但长期从事剧本创作后，这些早年的功夫已经生疏了，并且如今我感觉自己的目标已经变了。年轻时所追求的是语言的华丽、结构的紧密，并为此花了不少精力，到头来其实是白忙一场。如今我则不再醉心于这种虚浮的东西，而只求以平实简洁的语言讲述故事。写作时本就有千言万语想要表达，然而篇幅有限，因此最好只保留必要的语句，根本无须刻意修饰。而剧本的写作也让我学会了简洁明快的叙述手法。接下来的 2 年，我伏案奋笔，终于写完了小说，唯一的问题是尚无合适的书名。一次在圣经中看到“美来自灰烬”，感觉挺契合小说主题，但后来发现该名字已经为别人的一本书所用，只得放弃。最终，我在史宾诺莎的《伦理学》中找到了灵感，其中的“人性的枷锁”这句话我感觉再合适不过了。我庆幸没有用之前的书名。

《人性的枷锁》并非自传，但毋庸讳言，其中有我的影子。应该说，其是一本虚构与写实交相辉映的小说。其中的情感多是我本人的真实情感，但情节许多为虚构，许多取材于我身边的亲朋。这本小说原本产生于慰藉我心灵的需求，而其也正达到了此目的。它面世时（此时正值一战爆发，世界一片哀号凄惨之象，恐怕也没有多少读者关心主人公的生活经历），我觉得自己如愿以偿地卸下了长久以来内心深处的沉重包袱。一开始反响还不错，西奥多·德莱赛在《新共和》杂志上为其写了一篇感情真挚的长篇评论，大加赞赏了一番，其中的妙语可谓前所未有。不过，我猜想这部小说恐怕会与大多数小说一样，流行一阵，便为人们所遗忘了。没想到几年后，承蒙几位美国知名作家的谬赞，它竟然又得以重新回到公众视野。这部小说之所以能重新获得生机，真是要感谢这几位美国同行。鉴于此书多年来逐渐获得的一些殊遇，容我在此再次感谢这几位美国同行。

威廉·萨默塞特·毛姆

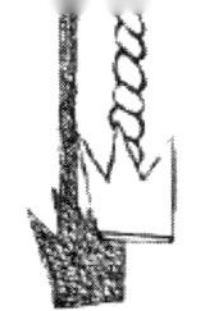

目 录

CONTENTS

第1章

01

天色亮起来了，是个阴天。云彩低沉着，寒风呼呼吹着，要下雪了。孩子在屋里睡得很香。保姆进屋来，把窗帘拉开。她在窗前停了一下，无意识地望了一眼对面带有柱廊的灰泥房子，然后走近孩子的床。

“菲利普，起床吧。”她说。

看孩子没动，她就自己把被子掀开，抱着孩子下楼。孩子显然未睡够，还迷糊着。

“你妈妈叫你呢。”她边走边对怀里的孩子说。

在楼下的一层房门前，她推门走了进去，将孩子抱到一张床前。孩子的母亲躺在床上。母亲将孩子接了过去，放在自己胸前。孩子没说话。母亲在孩子的眼睛上吻了一下，接着用自己纤弱的手，隔着孩子的睡衣抚摸起来。

“还没睡够吗，宝贝？”

母亲的声音仿佛是从远处飘来，轻缓而悠然。孩子一声不吭，但脸上露出惬意的微笑。躺在暖和的大床上，他尽力地蜷着身子，紧紧地挨着母亲的身体，享受着被母亲温柔的臂弯搂着的感觉，心中洋溢着无法形容的惬意。迷迷糊糊的他吻着母亲，没过多久，就慢慢地合上双眼，进入了甜蜜的梦乡。这时候，一个医生走到了床前。

“噢，请不要抱走我的孩子！”妇人请求道，显然很悲伤。

那个医生没有答话，只是望着她，表情很严肃。这位母亲也很清楚，医生不会让孩子在自己的身边待太长的时间。妇人再一次亲吻她的孩子，并轻轻地从上到下抚摸孩子的身体。她温柔地抚弄着孩子右脚的五个小脚趾，随后又轻轻地抚摸左脚。

她抽泣了一下。

“你没事吧？”医生说，“我想你是该休息了。”

她轻声地哭泣着，并摇了摇头，一句话也说不出来，两行热泪顺着脸庞哗啦啦地往下流。

“孩子还是我抱吧！”医生俯身抱住孩子。妇人心力交瘁，可又没法违背医生的意愿，只好无奈地任他将孩子抱走。医生把孩子递到保姆的怀中，并对保姆说：“把孩子还放回他自己的床上去吧。”

“知道了，先生。”保姆应声道。

妇人眼睁睁地看着呼呼大睡的孩子被抱走，内心剧痛无比，好似万箭穿心，不由得再次轻声哭泣起来，心里不停地想：“我苦命的孩子，以后不知你会怎么样呢？”

在一旁侍候的护士一直在安慰她，好让她尽快平静下来。没过多久，妇人实在是太累了，就停止了哭泣。

在房间另一侧的桌子上，用毛巾蒙着一具死婴。医生走到桌前，掀开毛巾，凝重地看着。

尽管这个妇人被屏风挡着，无法看到医生的身子，但她还是能猜到医生在干什么。“女孩还是男孩？”她轻声地问护士。

护士应声道：“是个男孩。”

妇人不再说话了。

过了一会儿，保姆回来了，径直走到妇人的床前，说：“菲利普少爷还美美地睡着呢。”

整个房间陷入了沉默。过了一阵，医生过来给病人号脉，他说：“这会儿应该没我什么事了，等早餐后我再来吧。”

“先生，我送您。”保姆说道。

两个人走下楼梯，谁都没有说话。当走到门厅的时候，医生停住了，问道：“你们是不是派人去请孩子的大伯了？”

“已经去请了，先生。”

“他什么时候到，你知道吗？”

“这还不清楚，我也在等消息呢，先生。”

“可这小孩儿怎么办？还是托人先照看他，这样才行。”

“有一位好心人，她叫沃特金。她愿意照看这个孩子，先生。”

“沃特金？她是谁？”

“她是孩子的教母。先生，凯里夫人还能好起来吗？”

医生无奈地摇摇头。

02

过了一个星期，菲利普在坐落于翁斯洛花园街的沃特金小姐公馆的客厅地板上玩耍。他独自一人在玩耍，没有兄弟姐妹的陪伴，也许他已经习惯这样玩了。厚实的家具摆满了整个客厅。菲利普把每张长沙发上的三只靠垫和每张安乐椅上的椅垫都拿过来，并将几张轻巧而易于挪动的镀金雕花靠背椅搬到一起，搭成了一个洞穴。他藏在“洞穴”里，防止潜伏在帷幔后面的印第安人找到他。有时他把耳朵贴在地板上，听到草原上的野牛群在飞快地奔跑。忽然，他听到了开门声。小家伙赶紧屏住呼吸，一动不动，生怕被别人瞧见。不过，还是被发现了。靠背椅被一只有力的手猛地拉开了，那些软垫也纷纷掉在了地上。

“小淘气，你这样做，会把沃特金小姐惹生气的。”

“埃玛，你好。”菲利普说。

保姆俯下身子，亲了亲他，然后将散落在地上的软垫捡起来，一只只地抖干净，并放回原来的位置。

“我是不是该回家了，埃玛？”

“你猜对了，我是专门来接你回家的。”

“你今天穿的新衣裙真漂亮。”他开心地说道。

这是1885年。埃玛今天头戴了一顶系有天鹅绒饰带的黑色无边帽，身穿一件黑色的天鹅绒裙袍，裙子上镶着三条宽荷叶边，窄袖削肩，腰里衬着裙撑。听到孩子这么说，她有些犹豫了，原以为一见面孩子会提出那个问题，谁知道他根本就不提，她提前准备好的应答也就不用说出口了。

“难道你不想妈妈吗？不关心她的身体好不好？”埃玛终于忍不住问道。

“差点忘了，我妈妈的身体怎么样了？”

这时的埃玛已经胸有成竹：“她身体挺好的，也很快乐。”埃玛开始按照自己准备好的答复孩子。

“听到这个，我真的很高兴。”

“不过，你再也见不到她了，她已经走了。”

“为什么见不到妈妈了？”孩子委屈地问道。

“因为你的妈妈去了天堂。”

说完，埃玛就失声痛哭起来。菲利普也不清楚是什么情况，也跟着大哭起来。埃玛是一个身材高大、体格宽大的妇人，浓眉大眼，满头金发。她本是德文郡人，已在伦敦做帮佣多年，不过乡音一直没变。她这次哭起来，感情像决堤的洪水，一下子难以控制。她将菲利普一把拉进怀里，紧紧地搂着，心里顿生怜悯之情。她可怜这个孩子从小就失去了人世间唯一的、无私的爱，现在又不得不被陌生人收养，不禁感到一阵心酸。过了一会儿，埃玛内心慢慢地平静了。

“我们要回家了，你的大伯威廉在等你回去。”她说，“现在该跟沃特金小姐道别了。”

“现在我不想去。”他说道。因为他不想被别人看到自己哭鼻子的样子。

“那行，你现在先去楼上拿帽子吧。”

菲利普上楼去拿帽子，而门厅里的埃玛正等着他。当小家伙回到楼下的时候，他听到有人在说话，声音是从餐室后面的书房里传出来的。他知道这是沃特金小姐和她姐姐在跟朋友聊天。虽然此时的菲利普只有九岁，但他也知道，这个时候如果他贸然闯进去，也许她们会为他难过的。

最终他还是决定要去，“我该跟沃特金小姐道别了。”

“是呀，你最好还是去说一声。”埃玛欣慰地说。

“那有劳你进去通报一声，就说我来了。”

菲利普想好好地把握这个时机。埃玛敲门进去了，说道：“小姐，菲利普少爷来跟你道别了。”

说话声突然就停了下来。这时菲利普一瘸一拐地进来了。亨利埃塔·沃特金身材敦实，面色红润，还染了头发。在当时，染发会招来非议的。菲利普记得教母沃特金刚染完头发的日子里，他就听到不少关于沃特金的闲话。跟沃特金一起生活的是她的姐姐，这个妇人乐天知命，没有太多的追求，就此打算安心度过以后的日子。

屋子里还有两位菲利普不认识的太太，她们是教母的朋友，今天来这儿做客、闲聊。看到眼前这个小男孩，两个陌生人都好奇地上下打量着菲利普。

沃特金看到菲利普，一边张开双臂一边说："快过来，可怜的孩子！"她紧紧地搂着他，呜咽着哭了。

这时，菲利普才明白教母今天为什么穿了一身黑色的衣服，以及没有在家吃饭的原因。此时的沃特金小姐已经哭得无法说出话来了。

"我现在要回家了。"说完，菲利普从沃特金的怀中挣脱出来。沃特金再一次亲吻这个可怜的孩子。

菲利普来到沃特金的姐姐面前，跟她告别。其中一位陌生的太太也想吻一下菲利普，他也同意了。看到眼前的伤感场面是因自己而起，菲利普的眼泪不停地往下流，但他的内心还是挺温暖的。他也想多待一会儿，让她们悲伤的情感尽情地宣泄一番，可同时他又感觉到自己还是应该快点离开，于是他便以埃玛在等他为由脱开了身，从书房里独自走了出来。

埃玛去地下室找她的女友闲聊去了，菲利普只好坐在楼梯平台处，耐心地等着她出来。在这个位置，他可以听到书房传出的谈话声。

"我和那孩子的妈妈是好朋友，没想到她就这样没了，我太难受了。"这应该是教母的声音。

"亨利埃塔，别难过了。我本来不想让你去参加葬礼的，担心你去了，会更难过的。"这是教母的姐姐的声音。

有一位女客说："那个小家伙真可怜。没有亲人陪伴，就这样孤苦伶仃地活着，真的不敢想象，好可怕呀。还有，他走起路来还一瘸一拐的，真是可怜。"

"可不是嘛，他一出生，就有一只脚是残疾。他的妈妈生前因为这还天天伤心呢。"

就在这时，埃玛回来了，还叫了一辆马车。马车朝着埃玛提供的地址走去。

03

凯里太太生前居住的房子，位于诺丁希尔门和高街之间，坐落在肯辛顿区一条沉闷却颇体面的大街上。菲利普坐着马车回来了，他被埃玛带进了客厅。大伯威廉正在写信致谢赠送花圈的亲友们。门厅的桌子上还放着一只没有赶上葬礼的花圈，它这会儿仍在盒子里。

“凯里先生，菲利普少爷回来了。”埃玛主动给威廉打招呼。

凯里先生停止写信，慢慢地站起来，走到菲利普的跟前，跟他握手，突然，又俯身亲吻孩子的额头。威廉·凯里先生个头儿不高，身体发福，蓄着长发以掩饰秃顶，但胡子刮得很干净，相貌堂堂，年轻时应该很帅。他戴着一块手表，有一枚金色的十字架挂在表链上。威廉·凯里是一个教区牧师。

“菲利普，我的孩子，从现在起我们就要在一起生活了，你愿意吗？”威廉对菲利普说。

“愿意！”菲利普很干脆地回答道，尽管他对伯父、伯母没什么印象，只记得两年前自己出水痘时，曾在伯父的家里住过一段日子，但现在想起来，有点印象的也只有那儿的一栋楼和一个大花园。

“很好，那以后我和你的路易莎伯母就是你的父母啦，你同意吗？”

小孩子没有吭声，只是嘴唇微微哆嗦了一下，小脸蛋儿也跟着变红了。

“放心吧，孩子，是你亲爱的妈妈托付我来照顾你的。”凯里先生不善言辞，这时候也不知道怎么说才好。他一听说自己的弟媳病得很重，就马上赶到伦敦。在来的路上，他没有考虑别的，只是担心如果弟媳真有不测，他需要担负起照管菲利普的责任，这样的话以后太平日子就没有了。他结婚已经三十年，没有生养过孩子。如今年过半百的他并不乐意照管这个突然冒出来的小男孩，更担心这是一个行为粗野、喜欢大吵大闹的孩子。还有，这位弟媳也没有带给他多少好感。

“我打算明天和你一起去布莱克斯泰勃。”

“埃玛和我们一起吗？”说完，菲利普将小手放在埃玛的手中。埃玛也紧紧地握住它。

“埃玛不和我们一起，恐怕她会离开你。”凯里先生回答。

“我不要，我要和埃玛在一起！”

菲利普伤心地说完，“哇”的一声大哭起来。保姆埃玛也忍不住落下眼泪。凯里先生没有办法，只能望着他们。

“埃玛，要不，还是让我跟这孩子单独谈一下吧。”

“那好吧，先生。”

小男孩想使劲儿地拉着她，可她无奈地挣脱了。就这样，孩子被凯里先生用胳膊勾住，抱到膝上。

“你现在长大了，不该哭鼻子，也用不着保姆啦，”凯里先生说，“我们需要想办法让你去上学。”

“我要和埃玛在一起。”孩子轻声地嘟囔着。

“孩子，不是我不愿意，主要是这样开销太大。你爸爸去世前原本没有留下多少钱，到现在还不知道能剩多少。所以钱不能乱花，一个便士也不行。”

菲利普的父亲是一名外科医生，医术高明，曾在医院担任过多个职务，可以说他在医学界也是赫赫有名的。当他因为血中毒症猝死时，一笔人寿保险金和布鲁顿街的那幢房子所收得的租金作为仅有的财产留给他的遗孀。这让在场的人都很吃惊。这件事发生在六个月以前，当时凯里太太身体很差，接着她又发现自己怀孕了。当有人要租赁那栋房子时，她把自己的家具堆藏起来，糊里糊涂就租出去了，然后自己另外租住了一幢房子。这套房子附带全套家具陈设，租赁期一年，租金不菲，用威廉的话说，简直是不可思议。凯里太太这么做的原因，主要是想在孩子出生之前，能过上一段称心如意的日子。可是她本人平时大手大脚惯了，又不懂得如何理财，也没有考虑过自己处境的变化所带来的影响，就这样无节制地东花点、西用点。原本就数额有限的钱财很快就从她的指缝间花得没剩多少了。威廉·凯里昨天从家庭律师那了解到，到今天为止，付清所有

开销后剩余的也就剩两千多镑了。这剩下的钱要用来维持孩子的生活，至少要到他能独立谋生。他知道这些没法跟一个孩子讲，何况这个孩子还在不停地哭鼻子。

凯里先生没有办法，只好说："你还是去找埃玛吧。"他认为埃玛安慰孩子的本事无人能比。

菲利普一声不吭，溜下大伯的膝盖，就要去找埃玛。这时凯里先生又赶紧把他拦住，说："这个星期六我还要准备布道讲稿，所以明天我们就得走。你跟埃玛说一声，让她今天就把你的行装准备妥当。你的玩具可以全部带上，还可以各挑一件父母的遗物作为纪念，剩下的全部卖掉。"

孩子悄无声息地去了客厅。一向不习惯伏案工作的凯里先生，这会儿憋着满肚子的怨气，可又不得不继续写那些感谢信。看到书桌一头摆放的一沓账单，他更加愤怒了。别的不说，仅关于埃玛的一张账单就让他觉得特别可笑、可气。凯里太太刚去世，埃玛就马上去花店订购了一批白花用于布置死者的房间。这让凯里先生觉得埃玛不识好歹，还自作主张搞一些纯粹是浪费钱的事情。不管怎样，即便是现在有钱，他也不愿意雇用埃玛。

可是菲利普不愿意离开埃玛。他走进客厅后，就飞快地跑向埃玛，一头扎进她的怀中，伤心地哭起来。这也难怪，从菲利普一个月大的时候开始，埃玛就一直像对待亲生儿子一样悉心地照顾着这个孩子。等菲利普情绪稍微平复后，埃玛开始耐心地哄劝他，答应他永远不会忘记他，以后只要有时间就会去看他，还讲了一些关于他将要去的地方的生活习惯和风土人情，接着又给他介绍老家德文郡的一些情况：埃玛父亲的工作是在通往埃克塞特的公路上看守税卡；她家里养了好多的猪，家里还有一头母牛和一头刚出生不久的小牛犊。听着听着，菲利普渐渐忘掉了刚才的伤心事，并且慢慢地兴奋起来，对即将开始的"旅行"充满好奇。

过了一会儿，埃玛放下孩子忙碌起来，她还要做好多事情。菲利普也没有歇着，他帮着把自己的衣服拿出来，一件件地放在床上。埃玛吩咐菲利普去整理、收拢所有的玩具，可没过多久，菲利普就高高兴兴地玩起了玩具。他一直玩到觉得无聊，才起身又回到卧室。

埃玛正忙着收拾菲利普的行装，把他的衣服、用品都装进一个大铁皮箱子里。忽然，菲利普想起伯父曾说过他可以分别拿一件父母的遗物留作纪念。他把这事告诉了埃玛，并向她询问保留哪件东西较好。

“孩子，别着急，你还是到客厅去看看，有没有你喜欢的。”

“我不想去，威廉伯父还在那儿。”孩子一脸的不高兴。

“那有什么关系，别担心，客厅的东西现在都是你的。去看看吧。”

菲利普缓慢地下了楼，发现客厅门没有关，他的威廉伯父也不在里面。这下可以大胆地进去了。他们来这里住并没有多长时间。在客厅里，慢悠悠地转了一圈的菲利普也没有发现让他特别感兴趣的东西。这个房子是租来的，里面没有一件他愿意拿的物品，不过他还是能把母亲的遗物和房东的东西区别开的。无意间他发现了一个小钟，他记得这是母亲很喜欢的一件东西。菲利普闷闷不乐地上了楼，手里拿着那个小钟。

当他经过母亲卧室的时候，可以站在那里，静静地听着里面的动静。虽然没有人告诉他不能进去，可总有一种感觉在告诉他不能贸然闯入。一方面菲利普内心存有一些畏惧，小心脏一直怦怦地跳；另一方面他又出于好奇，忍不住把小手放在了门把手上。似乎是不想被屋子里面的人发现，菲利普轻轻地扭动门把手，然后一点一点地打开门。他没有立即进去，而是站在门槛上，心里一直在打鼓。没过一会儿，他终于鼓起勇气朝里面走，并随手关上门，这时他心里已无惧意，不过就是眼前的一切有些陌生。这是一月份，百叶窗没有打开，屋里有些幽暗，只有几缕午后清冷的阳光透过窗缝挤进来。屋内，梳妆台上放着一把梳子和一把带柄的镜子，一个小盘里有几个发夹，这些应该是妈妈的；一张自己的照片，还有一张是爸爸的，就摆在壁炉架上；床铺打理得整整齐齐，枕头边的套袋里放了一件睡衣，好像有人要来睡觉一样。他记得以前经常趁妈妈不在的时候进来玩，可现在他觉得屋子好像变样了，就连那几把椅子看上去都怪怪的。

他将衣柜打开，一脚踏进挂满衣服的柜子，张开双臂，尽力地想把所有的衣服都抱住，然后把头埋进衣堆里，用鼻子使劲地吸一

口气。这些是妈妈生前穿的衣服，上边还散发着她所用香水的味道。他又打开抽屉，仔细查看摆满整个抽屉的衣饰用品。它们也是妈妈生前佩戴的，有几个薰衣草袋夹在内衣里，散发的阵阵清香沁人心脾。看到这些，菲利普对屋子陌生的感觉瞬间消失了，恍惚觉得妈妈出去散步了，还没有回来，等她回来后还要到儿童房陪自己吃点心，他甚至还隐隐约约感受到妈妈亲吻自己嘴唇的感觉。

这时的菲利普不再相信以后再也见不到妈妈了，他迅速爬上床，躺在上面，纹丝不动……

04

临走时，两眼泪汪汪的菲利普依依不舍地跟埃玛告别。等上了路，菲利普被沿路的所见所闻吸引，感觉一切都挺新鲜。最终，他跟着伯父来到布莱克斯泰勃（距离伦敦有六十英里），这时的他心情很好，兴致也很高。

凯里先生吩咐脚夫去放行李，然后带着菲利普朝牧师公馆走去。大约不到五分钟的时间，他们就到了大门前。菲利普立即想起眼前这扇红色的栅门，它有五根栅栏，能里外两个方向自由打开，看来上面的铰链很松活。要是大人允许的话，还可以用手攀在门上，像荡秋千一样来回地晃荡。大门里面是一个花园，穿过花园，就到了记忆中那幢宽敞的、有着教堂建筑物风格的黄砖红顶楼房。这幢房子大约是二十五年前盖成的，主要有三个门：只有当有客人来或是星期天做礼拜或是恰逢一些特殊场合，比如这次牧师去伦敦和从伦敦回来，才能走正门；家里人平时进进出出，走的都是边门；另外，还有一扇专供花匠、乞丐和流浪汉等身份低下的人进出的后门。很明显，这次，他俩要从正门进去。正门的样式跟教堂的门廊很像，装有哥特式的窗户。

凯里太太路易莎，正坐在客厅里候着，静心地等待开门声，她知道丈夫和菲利普乘坐的是哪班火车。她一听到开门的"咔嗒"声，就立即向门口跑去。

凯里先生瞧见太太，马上对菲利普说："孩子，那是路易莎伯母，快去打招呼！”

听到那是伯母，菲利普拖着瘸腿，别别扭扭地向路易莎跑去，可没跑几步又停了下来，两眼打量着自己的“妈妈”：她身材瘦小干瘪，年龄跟伯父相仿，有一双淡蓝色的眼睛，脸上的皱纹又密又深，灰白的头发梳成一缕缕的小发卷，身上唯一的饰物是一串挂有一枚十字架的金链子。

凯里太太看上去有些羞涩，说话时柔声细气。这次，她吻着丈夫的脸颊，而后近乎责备地说：“你们一路走过来的，威廉？”

凯里先生瞥了他侄子一眼，答道：“我可没朝这方面想。”

“孩子，这一路走过来，你脚疼不疼？”路易莎问孩子。

“没事的，伯母。我都习惯了，不疼！”菲利普听了他们夫妻俩的对话，感觉挺奇怪的。

凯里太太招呼菲利普一起走进门厅。红黄相间的花砖铺满了门厅，花砖上面的十字形图案和耶稣图像是相间布置的。一道楼梯从厅内通向厅外，楼梯栏杆上镌有象征福音书四作者的寓意图案[1]。这道楼梯气势不凡，它全是将松木磨光发亮后建造的。这些松木是当年在给教区教堂装完新椅子后剩下的，至今还散发着一股异香。

“你们一路舟车劳顿的，我想你们回来一定会觉得家里冷，所以我已吩咐仆人把火炉生好了。”凯里太太说。

凯里太太指的就是放在门厅里的这个黑乎乎的火炉。平时，由于煤太贵，夫妻俩都舍不得用它，即便是凯里太太伤寒生病，也是如此。除非在天气十分寒冷并且牧师伤风不舒服的时候，他们才会生起火炉取暖。还有，家里的女仆玛丽·安也不愿意在屋子里四处生火，因为多生个炉子，就需要多增加仆人。在冬季，凯里夫妇经常整天地待在餐室，需要时在这里生个火就可以了。长期养成的生活习惯，使得他们即使在炎热的夏天也在餐室饮食起居，只有在星期天下午，凯里先生会在客厅睡个午觉。但是每逢周六，凯里先生会吩咐仆人在书房生个火，为的是撰写讲道稿。

---

[1] 福音书四作者指《马太福音》《马可福音》《路加福音》《约翰福音》，四本书的作者马太（Mathew）、马可（Mark）、路加（Luke）和约翰（John）。他们的寓意图案分别为：人脸、雄狮、牛犊和老鹰。

菲利普跟随路易莎伯母上了楼，然后进了一间卧室。这间卧室地方不大，面朝车道，窗边有一棵参天大树。这时的菲利普想起来上次住在这儿时，这棵大树枝条也是下垂的，可以抓着它们爬到树上很高的位置。

“你一个人在这个小屋里睡觉，会害怕吗？”路易莎问。

“我不怕。”菲利普不假思索地回答。

路易莎记得，上次是保姆陪着菲利普一起来这儿的，所以她没有操心太多，可这次不同，她实在放心不下将菲利普一人放在这儿。

“你会不会自己洗手？用不用帮忙？”

“我没问题的，谢谢！”小孩很利索地答道。

“很好。不过等会儿下楼吃茶点时，我要检查的。”

她没有生养过孩子，自然对养育孩子的事情一无所知。自从夫妻俩决定让菲利普来布莱克斯泰勃开始，路易莎就迫切地想尽一下做长辈的义务，一直在思虑如何照顾他、如何和他相处。如今孩子就在眼前，她却羞怯不安起来，就像菲利普在她面前时的感觉一样。路易莎暗暗地想，希望菲利普不是那种大吵大闹的野孩子，否则丈夫就不喜欢他了。

凯里太太借故离开了，只留下菲利普一个人在屋里，可没过多久她又跑回来，站在门口问菲利普会不会自己倒水。随后，她下了楼，打铃安排仆人准备茶点。

根据凯里夫妇的习惯，茶点自然安排在餐室。这个房间很宽敞，结构布局也很好，两面各有一排窗户，挂着厚实的大红棱纹平布窗帘。屋子的中央放着一张大餐桌，墙边放了一个挺气派的红木餐具柜，上面还带镜子。角落里有一架簧风琴。两张皮靠椅分别摆在餐室壁炉的两边，皮革上有商标印，靠背上罩着椅套。其中一张称为“丈夫”椅，配着扶手；另一张称为“老婆”椅，没有扶手。凯里太太说，她每天有很多家务要做，从来不愿意坐那把带扶手的“安乐椅”，如果给她的椅子装上扶手，她会一个劲儿地坐着，不愿意动弹，所以她宁愿坐在不太舒适的椅子上。

菲利普下楼走进餐室，恰巧凯里先生正在给火炉添煤。他让菲利普看两根拨火棒。其中一根又粗又亮，应该从未用过，表面很光滑，他叫它“牧师”；另一根较细，没有光泽，很明显它常被用来拨弄炉火，叫“副牧师”。

“怎么不开始？还有什么事情没准备好吗？”凯里先生问太太。

“你这一路挺辛苦，肯定饿坏了，我让玛丽·安给你煮个鸡蛋。”凯里太太说。凯里夫妇靠着每年区区三百英镑的俸禄生活，日子过得拮据，每次丈夫外出度假，因支付不起两个人的花销，只能让他一人出去。凯里先生喜欢参加每年的基督教大会，总要想法每年去一次伦敦。除此之外，他曾去巴黎参观过一次展览会，还到瑞士旅行过两三回。可她的太太没出过远门，一直认为，从伦敦回到布莱克斯泰勃，一路上够劳累的。

鸡蛋上桌后，大家围坐在餐桌旁。菲利普嫌椅子太低，凯里夫妇一时竟不知道该怎么办。

玛丽·安说：“我去拿点书垫在他的座椅上。”说完，她把放在簧风琴顶盖上的一本大页面的《圣经》和一本牧师在祷告时常用的祈祷书拿了过来，然后垫在菲利普的座椅上。

凯里太太看到这两本书，诚惶诚恐地说：“威廉，这样可不行，不能坐在《圣经》上呀！你去书房换几本书吧。”

凯里先生没有动，坐在那儿想了一会儿，说：“玛丽·安，只要这几本书不经常放在上面，关系应该不大吧。再说，编写这本《大众祈祷书》的人，本来就和我们这些凡夫俗子一样，它也算不上神圣的书籍。”

听到这儿，路易莎说：“这个，我倒没想到。”

就这样，菲利普坐在这两本书上，这次椅子的高度还算合适。牧师威廉做完餐前谢恩祈祷后，切下鸡蛋的尖的那头儿，边说边把鸡蛋尖递向菲利普：“喜欢的话，可以吃了这块鸡蛋尖。”

其实菲利普更希望能吃上整个鸡蛋，看来现在不可能了，也就只能吃鸡蛋尖了。

“我去伦敦的这段时间，家里的母鸡下蛋情况如何？”凯里先生问。

“不咋样，可以说很差劲，每天能下蛋的鸡也就一两只。”路易莎回答。

威廉大伯又问菲利普："这块鸡蛋尖的味道如何？"

菲利普面带微笑，说："还不错，谢谢！"

"是吗？星期天下午还有鸡蛋尖吃呢。"凯里先生说得没错，为了有精力应付晚上的礼拜仪式，在星期天下午茶的时候，他还会享用一个煮鸡蛋补充体力。

05

渐渐地，菲利普熟悉了这些往后要和他长期一块儿生活的人，有时无意间还能从他们的只言片语中了解许多以前关于自己和已故父母的事情，尽管他们并非有意在他面前说起那些往事。菲利普的父亲亨利·凯里的年龄比哥哥威廉·凯里小很多，当年在圣路加医院实习时，因表现出众，被医院直接聘请为该院正式的医生，很快就有了相当不错的收入。花钱时，他也习惯了大手大脚，没有什么可在乎的。有一次，威廉牧师计划把教区的教堂修缮一下，向自己的弟弟亨利募款。他没料到，亨利一下子就给了他几百英镑。当收到那笔汇款时，一贯生活拮据、省吃俭用的威廉百感交集，心里的滋味五味杂陈。他有点嫉妒弟弟亨利，能一下子募捐这么多的钱。同时，由于不用为修缮教堂的钱而发愁，他又很高兴，但想到弟弟近乎炫耀的慷慨解囊，他隐隐有种说不出的恼火。后来，亨利·凯里跟一个病人相识，两人相爱并结了婚。凯里太太，菲利普的生母，当时长得很漂亮，虽出身名门，却是一个无亲无故、一贫如洗的女子。两个人的婚礼举办得也很热闹，许多亲戚朋友都到场参加。

打那以后，威廉每次去伦敦，总会到弟弟家看望菲利普的妈妈。每次见到弟媳，威廉牧师总觉得有些胆怯，显得很拘谨，其实暗地里对她充满了愠怨。弟弟亨利是一个爱岗敬业的外科医生，可弟媳的穿戴过于奢华，远不像一个医生的妻子，并且从家里那些精美雅致的家具和一年四季都有的鲜花可以看出，弟媳的生活相当破费，已经到了让他十分心痛的地步。记得有一次，弟媳跟他说要出门赴宴。想必她去的那次宴会应该也很盛大，威廉牧师回家对妻子如此说，因为他曾见识过弟媳宴请朋友的宴会。他在餐厅里见到新鲜的葡萄，估计当时至少得八先令一磅；中午吃饭时，他吃到了还没有上市的鲜竹笋，根据时令，他们家菜园里的竹笋还需要两个月才能端上餐桌。

现如今，世态峰回路转，威廉牧师料想的一切变成了现实，就好像社会上的预言家看到自己的预言成真一样，心中不由得相当满足。弟弟早逝，弟媳也病逝，只留下孤苦伶仃的菲利普，身份卑微，不值一提。这时候弟媳的那些好朋友都去干什么了呢？

菲利普还听说，自己的父亲挥霍无度，着实造了孽，还好苍天慈悲，及早让他跟妻子在天堂团圆了；母亲在金钱方面，见识比小孩强不到哪去。

一件似乎使威廉颇不以为然的事情发生了。事情发生在菲利普来到布莱克斯泰勃后，过了大约一个星期后的某个早上，威廉收到一个小包邮件，上面写的是已故凯里太太的名字和地址，是从伦敦凯里太太生前租住的公寓转寄过来的。威廉拆开邮件，里面有十二张只拍了凯里太太头部和肩部的照片。照片中的凯里太太有些异样，发式简单，前额上贴着云鬓；虽然疾病没有影响她漂亮的面容，但是她面容憔悴，脸庞消瘦，一股哀怨之情从那双黑色的大眼睛里暗暗表现出来。菲利普应该是记不得这种哀怨的神情了。

凯里先生猛一见到照片中这个已经去世的弟媳，心里先是少许惊讶，随后又有些疑惑。这些照片看上去好像是刚拍摄没多久，可又会是谁让拍的呢？他实在是想不出来。

他问菲利普："这些照片，你知道是怎么回事吗？"

"我好像记得，妈妈当时说要拍照。沃特金小姐曾责怪妈妈不该如此……但妈妈依然坚持，说：'我应该给孩子留点念想，这样等他长大了还能想起我。'"菲利普回答。

菲利普在说话时，凯里先生一直看着他。他的声音很细，但听着很清晰。他只是在一字一句地回忆妈妈的话，却不知道是什么意思。

"这样吧，你最好拿一张放到你的房间里，其余的我先保存着。"凯里先生说。

后来，凯里先生特意给沃特金小姐寄了一张照片。沃特金小姐也回了一封信，并在信中描述了一下这些照片拍摄的细节。

事情是这样的：有一天，躺在床上的凯里太太精神稍微好转些，

并且医生早晨看她时，也觉得她的病情似乎有转机。菲利普跟着保姆埃玛出去了，没有一个仆人在她身边，她们都待在地下室里。此时的凯里太太瞬间觉得自己孑然一身，无依无靠，心里痛苦极了。这时，她的内心充满了巨大的恐惧——原以为她的病没多久就会好转，最多不过两个星期，谁知现在竟会卧床不起。她的儿子只有九岁，要是自己不在了，时间一长，可能就会再也记不住她了。想到这儿，她觉得心像刀割一样，难以接受这个事实。她费尽心思地想，怎么样才能让他不把自己忘掉呢？菲利普是她的亲生骨肉，从小身体虚弱，还有一只脚是残疾，难怪她会如此强烈地爱着他，怕失去他，怕被他忘记。她结婚已经十年了，还没有拍过照片，如今只有把自己临终前的模样拍成照片留给他，他才不会忘记自己。可凯里太太清楚，这时候如果把想法告诉仆人们，她们一定会劝阻她，实在不行还会叫医生过来，可如今她连反抗的力气都没有。

没有更好的办法了，她下了床，准备穿衣服。在病床上躺久了，她的双腿软弱无力，难以支撑身体，脚底传来的刺痛难以忍受，以至于双脚都没法着地。她咬紧牙关强忍着。她的两道细眉笔直且很黑；头发是金黄色的，柔软而又茂密。她已经习惯了仆人给她梳头，这次当她自己梳头时，刚抬起手臂就觉得一阵阵的眩晕随之而来，这样一来，她没有办法梳成原来仆人给她梳理的那种发式。她将一条黑裙子穿在身上，配了一件晚礼服紧身胸衣。这件胸衣最合她的心意，是用当时很时髦的白锦缎做成的。她对着镜子，看着镜子中的自己皮肤依旧细腻，但脸色非常苍白，没有一丝血色，相比之下她那红润的嘴唇反而显得更加醒目。看着眼前的自己，她不由自主地呜咽了一下。她已经感到筋疲力尽了，现在可不是伤心的时候。她顾不了这么多了，一门心思要去照相馆拍照。

凯里太太披了一件皮大衣，悄无声息地溜下楼梯，心在怦怦直跳。那件皮大衣是去年圣诞节时丈夫亨利·凯里送给她的，当时她觉得幸福无比，对这件礼物也颇为自豪。凯里太太顺利地出了门，叫上一辆车直奔照相馆。凯里太太付清了照片钱，共十二张。拍照时，她坐在那儿，有点坚持不住，只好喝了杯茶水，趁机稍微休息一下。摄影师的助理见到她如此虚弱，病得不轻，劝她等身体好了再来。

她拒绝了，坚持到最后，终于结束了。她又打车回到肯辛顿的那间小屋里。想到自己要死在那所幽暗的小屋里，她心里害怕极了，也打心眼里讨厌那个地方。

仆人门发现凯里太太不在房间，当时就吓坏了。她们回头一想，凯里太太应该是去沃特金小姐那儿了，于是吩咐厨娘马上去沃特金小姐家里找。没想到，太太不在那儿，最后沃特金小姐跟厨娘一块儿回来了。沃特金小姐心急如焚，待在客厅里守着，猜测各种凯里太太可能发生的情况。

车到大门前停住了，大门是开着的。埃玛和仆人看见凯里太太从车上下来，飞快地奔向大门口去搀扶她，沃特金小姐也急忙下了楼，嘴里一直埋怨着凯里太太。

这一番的劳累，再加上不需要硬挺了，劳累过度的凯里太太一头晕倒在埃玛的怀里。随后，埃玛和仆人把她抬到楼上的房间里。在凯里太太昏迷的这段时间里，虽然只是一小会儿，但守护在身旁的人觉得时间长得有点难熬了。她们在第一时间就派人去叫医生，可医生却迟迟未到。

翌日，凯里太太稍微恢复了些体力，她把昨天发生的事情一五一十地告诉了沃特金小姐。当时，菲利普恰巧也在妈妈卧室里，正坐在地板上玩耍。两个妇人只顾着谈话，没有注意菲利普的存在。菲利普从两个人的谈话中，模模糊糊地听到了几句，可他根本说不清楚现在怎么还记得这些话。

“我应该给孩子留点念想，等他长大了还能想起我。”

“拍两张不就可以了吗？真不明白拍十二张是什么缘故。”凯里先生埋怨道。

06

千篇一律的牧师公馆生活，就这样一成不变地重复着。

早餐后，没过多长时间，女仆玛丽·安拿着一份《泰晤士报》回来了。这份报纸是三个人合订的，其中一位是凯里先生，另两位是莱姆斯庄园的埃利斯先生和梅诺庄园的布鲁克斯小姐。他们三人

分时段看这份报纸：上午十点到下午一点由凯里先生阅览，然后由花匠带给埃利斯先生阅览，整个下午都在他这里；直到晚上七点再送交给布鲁克斯小姐阅览。虽然她最后一个看报，但有个好处，报纸最终会留在她的住处。每年夏天，凯里太太都会制作果酱，经常会去布鲁克斯小姐那里要些报纸用来包果酱罐子。

每天这个时候，凯里先生要在家里专心阅览报纸，而凯里太太则穿戴整齐，戴上无边帽，叫上菲利普同她一起去逛街。布莱克斯泰勃镇本是个渔村，只有一条大街。镇上所有的店铺、银行都设在这条街上，就连医生和几个船主也在这条街上住。这个镇子的周边是一些穷街小巷，都是渔民和穷苦百姓在这里居住，他们做礼拜只能到非教区的教堂去，由此可见他们都是一些不值一提的角色。

在街上，免不了会见到非国教教会的牧师，凯里太太总是连忙走到街对面，避开和他们碰面；如果实在无法避开，她会盯着人行道，目光尽量不与他们接触。这条大街上设立了三座非教区教堂，这让教区牧师凯里先生很难接受。他总觉得政府应该出台法律进行干预，明确取缔这样的教堂。镇上好多人不信奉国教，其中一个原因就是这个镇离教区教堂有点远，足有两英里。

凯里太太心里明白，在布莱克斯泰勃买东西可是有讲究的，一定要去国教派教徒的店铺里买，并且她也很清楚，教区牧师的家人去的店铺，很大程度地影响着店主的信仰。镇上有两家经营肉铺的，两个掌柜不嫌路远，一直坚持在教区教堂做礼拜，他俩自然都希望牧师光顾自家的店，可牧师又不能同时光顾他们两家的肉铺。不过，牧师还是想到了一个解决的办法：上半年，去一家肉铺买肉；下半年，再光顾另一家。但是，即使这样，两个掌柜的仍不满意。一旦哪家轮空，这家的掌柜就会到处宣扬以后就不去教区教堂做礼拜了。有时候，牧师也需要表一下态：如果做礼拜不来教区教堂，将是错误的。相反，做礼拜去了非国教教堂，那是错上加错。如果是这样，他凯里先生就无可奈何了，即使肉再好，也永远不再光顾了。

路过银行时，凯里太太常常拜见银行经理乔赛亚·格雷夫斯，把丈夫的口信捎到。格雷夫斯，个子挺高，身体消瘦，一个长鼻子长在蜡黄的脸上，头发全白了，在菲利普看来，他是整个教区年龄最大的人。格雷夫斯既是教区教堂的唱诗班领班，又兼任司库和执事。所以归他管的主要就是招待唱诗班的孩子、安排学校学生远足之类的事情，还有就是教堂的账目。教区教堂虽然没有像样的乐器，但大家都觉得格雷夫斯主持的唱诗班是整个肯特郡里最好的。如果有重大活动，比如主教大人要施坚信礼、教区长在感恩节时讲道等，需要举办仪式，格雷夫斯会全权负责仪式前所有必不可少的准备工作。他在处理事情时，不论事情大小、轻重缓急，从来没有跟牧师威廉认真磋商过，一贯地独断专行。牧师威廉担心会惹麻烦，奉守少管闲事的原则，但这位坚持独断作风的教会执事却不以为然。牧师感觉到，格雷夫斯俨然成了整个教区首屈一指的人物了，他曾不止一次地跟凯里太太说，如果这个教会执事还不收敛的话，早晚要他好看。每次，凯里太太都会劝导他，尽管格雷夫斯独断专行有失君子之风，但他的初衷还是好的，没有必要苛求于他，还是忍耐点儿好。牧师威廉只好忍耐，经常以恪守基督徒的美德安慰自己，不过有时候他也会私下里用“俾斯麦”来称呼这个教会执事，好让自己心里舒服一些。

终于有一次，两个人彻底闹掰了。回想起那件事和那一段令人心神不宁的日子，凯里太太至今还难以释怀。事情的经过是这样的：当时正值大选期间，保守党候选人决定来布莱克斯泰勃镇拉选票，这样的事情当然也是乔赛亚·格雷夫斯出面做准备。他把布道堂安排为竞选演说的地点，然后找到凯里先生并向他表达了到时候自己也要在会上说上几句的意愿。牧师凯里先生这时才知道那位保守党候选人已经邀请乔赛亚·格雷夫斯来主持会议了，他怎么能容忍这种越界的事情呢？一直以来，他认为决不允许有半点含糊的事情就是牧师的地位应该受到尊重。本来应该牧师主持的会议，最后被教会执事代替主持，那不就荒诞至极了。凯里先生对乔赛亚·格雷夫斯说，教区牧师是教区的头号人物，教区的一切事宜都由牧师来拍板。乔赛亚·格雷夫斯听了很懊恼，回敬道，自己比任何人更加维护教会的尊严，并且这一次仅仅是政治会议。他还用耶稣基督的训诫反过来提醒牧师凯里先生：“该撒手的时候就要撒手。”凯里先生听后，当即反驳：“魔鬼也会为自己的目的而引用《圣经》”，并再次提

醒乔赛亚·格雷夫斯，不管事情怎样，布道堂的支配权都由牧师一个人决定，假如这次演说没有安排他来主持，他绝不会同意这次政治会议在教堂召开。乔赛亚·格雷夫斯终于忍不住了，他冲着凯里先生嚷道："随便你！"接着又扬言，不能在教区教堂举办竞选演说，这没有什么大不了的，他还可以选择美以美教堂，这个地方也很适合竞选演说。凯里先生也毫不示弱，愤怒地说，只要乔赛亚·格雷夫斯敢去那个好不到哪儿去的地方主持会议，他就会免去乔赛亚·格雷夫斯在教区教堂担任的执事之职。这下乔赛亚·格雷夫斯彻底愤怒了，一气之下，把在教区教堂的所有职务全辞掉了，就连他的妹妹格雷夫斯小姐乔赛亚的管家，也觉得没法在母道会担任职务了，遂辞去了干事之职。这里提到的母道会，其实是教堂里的一个救济组织，主要会务是向教区范围内家境贫困的孕妇发放绒衣、婴儿衣服、煤及五先令的救济金。

这样一来，正像凯里先生所说的那样，他终于一支独大了，并且安然无忧地成为头号人物。可是，没过多久，这位刚得意不久的牧师发现自己在处理教区的各种事务上是一塌糊涂。辞去教区教堂执事之职的乔赛亚·格雷夫斯，在心情平静的时候，发现自己生活中的主要乐趣也没有了。同时，还有两个人因为这两人的争吵苦恼不已，她们是凯里太太和格雷夫斯小姐。这两个妇人起初是书信往来，后来直接变为约见磋商，希望能解开这个疙瘩。于是，凯里太太劝说自己的丈夫，格雷夫斯小姐开导她的哥哥，两人煞费苦心，嘴皮子都快要磨破了。凯里先生和格雷夫斯先生虽然嘴上不愿意讲和，但心里却巴不得这样做，正好两个妇人尽力撮合，这恰好是个台阶。终于经过三个星期的冷战，他们两个人握手言欢了。当然，他们二人也从中得到了各自的好处，他们把这一切都归于主的大爱降临。后来，竞选演讲仍在布道堂里举行，但是主持会议的不是凯里先生和乔赛亚·格雷夫斯，而是医生，这两个人作为嘉宾都发表了讲话。

给银行家传过口信之后，凯里太太和往常一样跟楼上的格雷夫斯小姐闲聊几句，话题不过就是教区里的琐事，或者谈论一下副牧师或者威尔逊太太的新帽子等家长里短的事情。布莱克斯泰勃的首富是威尔逊先生，每年大概有五百镑的进账，他的妻子原来是他家的一个厨娘。

在两个妇人拉家常的时候，菲利普无事可干，只能在这间封闭的客厅里端坐着，目不转睛地看着金鱼在鱼缸里游来游去。这间客厅平常是闲置的，只有会客的时候才用，所以窗户很少打开，只有在早晨才开一会儿换一换空气。屋里弥漫着污浊的气味，好像跟银行隐隐约约存在着些许关联，菲利普这样认为。

凯里太太突然想起要去杂货铺买东西，便跟格雷夫斯小姐告别，叫上菲利普一起走出去了。从杂货铺买完东西出来，他二人顺着一条小街径直向海滩走去。这条小街的两旁净是些渔民居住的房屋，大部分还是小木屋。走在街上，菲利普经常见到渔民坐在自家门前忙着缝补晾挂在大门上的渔网。许多仓库排列在海滩边，透过它们之间的缝隙还可以望见大海。凯里太太站在海边，若有所思地眺望着浑浊的海水；菲利普会趁这几分钟的时间四下寻找平扁的石头，打水漂自娱自乐。

随后，他们开始往回走。到邮局门口，朝里望望时间；途经医生家门前时，看到正坐在窗口缝衣服的威格拉姆太太——医生的妻子，也会朝她点头示意，然后朝家里走去。

午饭安排在下午一点，正是每份报纸离开牧师家的时间。每周一、周二、周三，主要吃牛肉；每周四、周五、周六吃羊肉；星期天吃家养的鸡。午饭后，菲利普要按规定做功课：大伯威廉教菲利普拉丁文和数学，尽管他自己对拉丁文和数学也是一知半解；伯母路易莎教菲利普法语和钢琴，其实她对法语几乎是一窍不通，但她确实能弹钢琴，不过也只是能给那几首她唱了三十年、已经老掉牙的歌曲伴奏而已。伯父威廉经常对菲利普说，当年他还是个副牧师，那个时候，凯里太太会唱十二首她特别熟悉的歌曲。即便是现在，在牧师公馆举办聚会时，凯里太太有时也会献上一段。参加聚会的人主要是由牧师威廉邀请来的，经常也就那么几位：副牧师、格雷夫斯兄妹和威格拉姆医生夫妇。下午茶过后，由格雷夫斯小姐弹奏的门德尔松[1]的《无言歌》缓缓响起，凯里太太演唱的是那些颇具年代

[1] 门德尔松（1809—1847）：19世纪德国著名作曲家和钢琴家。

感的歌曲，比如《当燕子飞回家的时候》《跑呀，跑呀，我的小马驹！》等。其实，牧师公馆不经常举行聚会，主要是每次举办聚会都要张罗一番，劳心费神，忙得有点吃不消，等到客人们纷纷离开后，他们已经快累瘫了。实际上，相比举办聚会，他们老两口更喜欢坐在一起喝茶，然后再玩一会儿十五子棋[1]。每次玩这个游戏，凯里先生都会赢，否则他会不高兴，殊不知这都是凯里太太故意的。

玛丽·安在准备完茶点后，晚饭没有准备什么像样的菜，要不原本就疲惫的凯里太太还要帮忙打扫战场，所以通常情况下，安排在八点的晚饭，他们只是简单地吃一些剩菜残羹。凯里太太会在少量的面包片上涂上黄油，一起吃掉，再稍微吃点水果羹；凯里先生会增加一片冷肉。

吃过晚饭后，凯里太太打铃，准备晚祷。其后，菲利普到睡觉时间了。玛丽·安要给菲利普脱衣服，他执意不让，不停地反抗，最后菲利普取得了胜利，坚持自己穿衣服、脱衣服。到晚上九点，玛丽·安端着盛有今天收集的鸡蛋的盘子进来，凯里太太会把今天的日期标在每一个鸡蛋上，然后又在特定的本子上记录鸡蛋的数目。这件事弄完后，凯里太太挎着餐具篮上楼去了。凯里先生在晚祷后，习惯从经常翻阅的一堆书中抽出一本，静静地看起来。到晚上十点，他放下书、起身，熄灯后，陪着妻子睡觉去了。

刚来这里的时候，菲利普的洗澡时间究竟安排在哪天晚上一度定不下来。当时，厨房的锅炉出了问题，每天供应的热水仅够安排一个人洗澡。在布莱克斯泰勃，唯独首富威尔逊先生一家有浴室，这让整个村子的人以为他是存心摆阔。玛丽·安喜欢干干净净地开始新的一周，所以她安排在星期一洗澡；凯里先生安排在星期五洗澡，他不愿意在星期六洗澡，因为洗澡后他会觉得疲倦，并且第二天还有重要的事情，够他忙的；凯里太太出于相同的想法，安排在星期四洗澡。这样一来，菲利普的洗澡时间只好安排在星期六，可是玛丽·安不愿意星期六一天到晚烧着炉子，因为星期天她得做好多的菜，又要准备下午的茶点，还有其他琐碎的事情，如果星期六晚上给菲

[1] 一种双方各有十五枚棋子、掷骰子定步数的游戏，先到终点者获胜。

利普洗澡，这就太累了，她实在是承受不住。说得也是，菲利普还小，自己不会洗澡；凯里太太不太好意思给男孩子洗澡；凯里先生要忙着准备布道稿，自然不会去洗，但他要求，在礼拜天做礼拜时，菲利普的梳洗和穿着一定要干净整齐。这个担子还是自然而然地落在了玛丽·安的身上。这个妇人在这个地方已经待了十八年了，很不情愿接受硬安排给她的这份差事。她还说过，宁可卷铺盖走人，也不可能干那些额外的活，希望凯里夫妇能体谅她的难处。谁都没有想到，洗澡时，菲利普不愿意别人帮他，他相信自己完全能解决。这样一来，这就不再是问题了。不过，玛丽·安可不这样认为，她断定菲利普自己是洗不干净的。这让玛丽·安很不舒服，不是因为担心孩子出丑，而是她不习惯身上没有洗干净的孩子。她最终接受了这个事实，与其让孩子脏兮兮的破坏自己的心情，还不如就在星期六晚上给他洗干净，哪怕把自己累趴下。

07

对教区的信徒们而言，星期天是很神圣的日子。这一天，牧师凯里先生的事情也是安排得满满当当，他经常自嘲，在这整个教区，唯独他一个人是每周工作七天的。

在这一天，家里所有人都比平时要早三十分钟到教堂。玛丽·安一准会在八点前上楼叫醒凯里夫妇。凯里先生总会嘟囔一句：牧师的命好苦呀，星期天也不能睡个懒觉；凯里太太起床后，会花费较多的时间用于梳妆和搭配衣服，一直到九点，这才下楼吃早餐。这时凯里先生也才下来，比他妻子稍晚一点，没有穿靴子。他的靴子正放在火炉前烘烤，以保证穿的时候已经烤得暖和了。

星期天的祷告比较隆重，时间会比平时长一些，所以早餐也会比平时丰盛一些。早餐过后，牧师凯里先生要准备圣餐，一般是切一些薄面包片，然后用一块大理石镇纸压上去，等面包片又薄又软后，再切成小方块。准备圣餐的数量要根据当天的天气而定：天气不好，比如刮风下雨，前来教堂祷告的人不会太多，用圣餐的人自然也少；如果是大晴天，前来做祷告的教友较多，会挤满整个教堂，但是留

下来用圣餐的人也不多；若哪天既没有刮风下雨，也算不上艳阳高照，教友们不太着急去享受休息日的乐趣，这时去教堂做祷告未尝不是一件快乐的事。赶上这种天气，留下来吃圣餐的人会很多。在准备圣餐时，菲利普感到很荣幸，他不但能在旁边帮着削面包皮，还能帮凯里先生去书房取压面包的镇纸。

准备的面包片切成许多小块儿后，凯里太太从餐具室的橱柜里取出圣餐盘，递给丈夫。凯里先生用一块羚羊皮将圣餐盘擦拭得锃光瓦亮。

十点钟，马车停在了牧师公馆的门口。凯里先生已经穿好靴子，披着一件肥大的大衣，在门口等候凯里太太。他脸上的神态，跟古代等着被领入竞技场的基督徒差不多。他心里一直好奇，三十年来，他的妻子为何老是在礼拜天的早晨慢腾腾的。凯里太太用了几分钟的时间才戴好她的无边帽，然后终于现身了，身上是一套黑色绸缎料子的衣服。在牧师看来，任何场合，教士的妻子都不应该穿得花红柳绿的，尤其是星期天，他更是要求凯里太太只能穿黑色的衣服。有时候，凯里太太跟格雷夫斯小姐商量好，无视凯里先生的要求，冒险在帽子上插一根白羽毛或者一朵粉红玫瑰。牧师凯里先生见了，很不乐意，训斥说，不愿意同妖艳的荡妇一起去教堂，执意要求她们把那些玩意儿去掉。身为一个爱美的女人，凯里太太忍不住叹息不已；作为妻子，她也只能听从丈夫的要求。

准备上马车时，凯里先生才想起来，他今天还没有吃鸡蛋。家里有两个女人，都知道星期天他主持祷告，需要吃个鸡蛋润润喉咙，可这次两人都把这件事忘得一干二净。凯里太太埋怨玛丽·安不上心，玛丽·安也不高兴，一边赶紧回屋拿鸡蛋，一边嘟囔着，什么事都要她干，哪能考虑得那么周全。鸡蛋拿过来了，凯里太太随手往一杯雪莉酒内一打，然后牧师一口吞下。等携带的圣餐放进马车后，他们便朝教堂走去。

这辆马车由一匹马拉着，是"红狮"车行提供的，里面有一股发霉稻草的味道。为避免牧师着凉，这一路过来，马车的窗户关得严严实实。教堂执事格雷夫斯先生已经在教堂门廊处等候，看到牧师的马车到了，赶紧走上前接过圣餐。牧师凯里先生径直走进法衣室；

凯里太太带着菲利普坐在牧师家族的席位上。凯里太太准备了一枚六便士的钱币，每次她都将这点钱投进圣餐盘中。同时她也给菲利普一枚三便士的钱币，让他到时候也投进圣餐盘。

不久，教堂里坐满了前来祷告的信徒，礼拜开始了。菲利普听着牧师的讲道，慢慢地厌倦起来。他有点坐不住了，身体刚一挪动，凯里太太就发觉了，伸手轻轻按住他的胳膊，用严厉的目光看他一下。格雷夫斯先生会等到最后一支圣歌结束以后，端着圣餐盘给留下的人分发圣餐。这个时候，又激起了菲利普浓厚的兴致。

仪式结束了，做礼拜的人相继离开。趁着牧师、执事他们还没有从法衣室里出来的空当，凯里太太走到格雷夫斯小姐的座位旁边，跟她拉些家常。菲利普则匆匆地跑进法衣室，看到大伯、副牧师和执事格雷夫斯先生都在，他们仍穿着白法衣。以前，凯里先生会将分发剩下的一点圣餐吃掉，他认为扔掉这些食物是对神灵不敬。这一次他把剩下的留给正在长身体、食欲旺盛的菲利普，正好由他代替自己吃掉。

他们正在清点盘中的钱币，有一便士的、三便士的、六便士的，还有两枚一先令的钱币，偶尔也会出现一枚弗罗林[1]银币。那两枚一先令的钱币，一枚是牧师凯里先生放进去的，另一枚是执事格雷夫斯先生放的，并且每次都是这样。牧师很想知道银币是谁放入的，格雷夫斯先生告诉他应该是某个外乡人，来布莱克斯泰勃做客，正赶上今天做礼拜。听到格雷夫斯先生的话后，凯里先生更想知道到底是怎样的人奉献的银币。格雷夫斯小姐早已看出凯里先生心里所想，而且还在凯里太太的面前说了那个外乡人的来历：他从伦敦过来，已结婚生子。

一切事务处理完毕后，牧师一家乘坐来时的马车，朝回家的方向驶去。期间，凯里太太将格雷夫斯小姐告诉她的消息一字不落地说给丈夫听。凯里先生知道后，暗暗打定主意要亲自登门拜访这个神秘人物，主要目的是想请他为“编外副牧师协会”做些贡献。随后，凯里先生又问起，在教堂做礼拜时菲利普有没有守规矩。可是，凯里太太装作没有听到，一直唠叨着一些风马牛不相及的事情。回

[1] 英国一种币名，等于两先令。

到家中，足足折腾忙碌了整个上午的他们会美餐一顿。饭后，凯里先生忙里偷闲，躺在客厅的长沙发上打起盹儿来；凯里太太也回自己屋里休息去了。

下午五点吃茶点的时候，牧师凯里先生专门吃了一个鸡蛋，以确保在教堂晚祷时作为主持者的他能坚持下去。凯里太太自己留在家里，没有去教堂，而是安排玛丽·安去参加晚祷，但她依旧会做晚祷。晚上去教堂主持晚祷，凯里先生选择步行，菲利普只好一瘸一拐地与伯父同行。这个时间在乡村的小路行走，一种新奇的感觉涌上菲利普的心头。晚上的教堂，灯火通明，正一步步地从远处走过来，并张开怀抱，好像要亲切地拥抱他们。刚开始的时候，在伯父凯里先生的跟前，菲利普还是有点怯生。随着这一段时间的接触，菲利普渐渐对伯父熟悉了，常常伸手拉住伯父的手，这时他会觉得很安全，就连走路也比以前轻松许多。

晚祷结束后，等他们一到家，晚饭就开始了。两个人的拖鞋都已经备好，并排端放在火炉前的脚凳上。菲利普的拖鞋有点异样：一只跟普通男孩子的一样，另一只样子很怪，呈畸形，正合他的那只脚。折腾了一天，菲利普累坏了，上楼睡觉的时候已经困得不想脱衣服，只好让玛丽·安帮着脱掉衣服，盖好被子。玛丽·安弄完这些事，还亲了一下菲利普。这个小男孩渐渐对她产生了好感。

08

那种寂寞单调的生活，菲利普本身早已习惯。到伯父家以后，他也没有觉得比以前妈妈在世的时候更孤单，更何况他渐渐地跟玛丽·安成了朋友。玛丽·安今年三十五岁，个子不高，圆脸，父亲是渔民。十八岁那年，她第一次出门做用人，就来到牧师家帮工。在这十几年的日子里，她没有想过离开牧师家，但经常用“我要嫁人啦”吓唬胆小的凯里夫妇。她的父母跟其他渔民一样，住在靠镇子外侧的一间小木屋里。如果晚上有时间，玛丽·安会趁机回去看望他们。菲利普从她那里听到许多关于大海的故事，对大海产生了迫切的向往和浓厚的兴趣。港口一带的穷街小巷，在他想象力的渲染下，充满了奇幻。

有一天晚上，玛丽·安准备抽空回家看望父母。菲利普很想随她一起去，就去征求大人的意见。伯母摇摇头，担心他会染上什么脏东西；伯父摆摆手，不愿让他去，还说跟着坏人会学坏的，良好的教养会被那些不干净的人破坏的。在凯里先生的眼里，那些渔民放肆粗鄙，并且还是在非教区教堂做礼拜，所以他一直看不惯他们。但是，菲利普觉得在厨房比在客厅要自在得多，所以只要有机会，他就抱着玩具待在厨房里玩。这一点伯母并不干涉，因为她也清楚，男孩子天生爱闹腾，与其让他在屋里瞎捣鼓，弄得满屋子乌烟瘴气的，倒不如就让他待在厨房里玩，自己也能落个清静，何况凯里先生本就厌恶瞎闹腾的孩子。平日里，凯里先生见不得菲利普些许的坐立不安，一旦见到就会明显表现出不耐烦的样子，想早早地把他送到学校去，图个家里清静。凯里太太发自内心地疼爱这个父母早亡的孩子，一直认为孩子年龄尚小，不该去上学。她很想得到孩子的好感，但每次的做法都差强人意，最终弄得孩子很尴尬，又没有办法拒绝她的各种亲热；看到孩子满脸的不悦，自己也很难过。有几次，她听到厨房里传来菲利普尖着嗓门咯咯大笑的声音，也想去探个究竟，可是当她刚出现在厨房门口时，孩子马上就一声不吭了，弄得她很尴尬。每当这个时候，玛丽·安就会给凯里太太细说发笑的原因，菲利普会涨红着脸蛋，一动不动地坐着。凯里太太听完解释后，没有发觉有什么好笑的，只好勉强一笑，黯然离开。

回到屋里，她一边做着针线活儿，一边对丈夫说："威廉，这孩子跟我们在一块儿时，远没有跟玛丽·安在一起时自在快活。"

"这很明显地说明小家伙缺少教养，还需要下功夫教育一番。"

来到这里的第二个星期天，菲利普不甚惹了一次麻烦。事情是这样的：吃过午饭，凯里先生像往常一样去客厅打个盹儿，可是那天他心情很差，难以入睡。前些日子，牧师凯里先生从坎特伯雷买回来几盏烛台，虽然是旧货，但他觉得很气派，可以用来装饰教堂圣坛。就在那天上午，他带着烛台去装饰教堂圣坛，没想到乔赛亚·格雷夫斯极力反对，说那是天主教时兴的东西，放在这里极不合适。听到乔赛亚·格雷夫斯竟这样奚落自己，凯里先生当即怒火中烧。

想当年，凯里先生还是牛津大学的一名学生，当时爆发了牛津运动[1]，后来爱德华·曼宁[2]脱离了国教，这场运动也因此告终。其实，凯里先生本人有些同情罗马天主教。从他个人而言，他期待着布莱克斯泰勃的教会派[3]教区能举办更隆重的礼拜仪式，至少满屋子都是明亮的烛光，现如今这里顶多也就点了几炷香。说实话，他讨厌"新教徒"这个称呼，更愿意接受天主教徒这个称谓。他一贯认为，信奉罗马公教的那些人，不是真正的罗马天主教徒，他们是想标榜一下自己的身份才这样做的；而英国国教才算得上是真正能充分体现贵族身份的、名副其实的"天主之教"。他对自己的仪容相当满意，自认为生来就是一副天主教教士的模样，再加上天生的苦行僧外表，更增强了他在别人心中"天主教教士"的形象。他常向人吹嘘那次在布隆涅[4]度假时的一段经历。那次去布隆涅度假，跟以前去其他地方度假一样，没让凯里太太一块儿去，主要还是为了省钱。那天，他在一个教堂内，迎面走过来一个法国教区牧师，诚恳邀请他上台讲经布道。

凯特先生一贯认为：教士，只要还没有领受牧师圣职，就不该结婚，否则一律辞退。这就是他手下的副牧师一旦结婚就被打发走的原因。在一次大选期间，自由党人用蓝笔在他家花园的篱笆上涂了"此路通向罗马"几个赫赫大字，这让凯里先生极为恼怒，声称要把布莱克斯泰勃的自由党头目告上法庭。

这次，他铁下心来，无论你乔赛亚·格雷夫斯怎么反对，都别想把这几个烛台从圣坛上拿走！他越想越生气，禁不住愤愤地骂乔赛亚·格雷夫斯是"俾斯麦"。

正当心情烦闷时，凯里先生突然听到"哗啦"一声，慌得他来

---

[1] 1833年英国教会内发起的一种运动，主张恢复大主教教义与仪式。

[2] 爱德华·曼宁（1808—1892）：英国红衣主教，牛津运动发起者之一，最后皈依罗马天主教。

[3] 英国国教中的一个教派，不太尊重主教和牧师的权威，并认为宗教组织和仪式不重要。

[4] 法国北部一个海港。

不及拿掉手帕，就噌地从沙发上起来，向餐室跑去。这时，菲利普失望地坐在地上，面前散落着一堆砖头。原来他想搭建一座雄伟的城堡，可没有料到建筑底部出了问题，哗啦一下，整个建筑坍塌了，就成了面前这副模样。

看到这个情形，凯里先生心情更差了，面带怒色地对菲利普说："这些砖头拿到这儿干什么？星期天不准做游戏，你不知道吗？"

菲利普一脸的惊恐，没有想到事情会这么严重，那双害怕的眼睛呆呆地看着伯父，小脸蛋不自主地涨得通红。他喃喃地说："以前我总是在屋里做游戏，为什么这次……"

没等孩子说完，凯里先生就忍不住呵斥道："原来是你的妈妈让你这样做的！"

这竟成了坏事，菲利普根本不知道会这样。但仔细一想，如果真是这样的话，他当然不愿意让他人以为自己的妈妈认同这样的事情。小孩子只能耷拉着脑袋，一声不吭。

"你有没有想过星期天为什么叫休息日？你在休息日做游戏，难道没有觉得这不应该吗？"凯里先生怒不可遏，继续训斥："今天晚上你要到教堂做晚祷，现在却惹出这样冒犯主的祸，等晚上看你有什么脸面去面对天主！"

"还愣着干什么，赶快把这些砖头搬出去。"看着菲利普一瘸一拐地将砖头搬出去，凯里先生一点儿帮忙的意思都没有，只是站在一旁监督他，还反复地嘟囔："你那天国的妈妈看到你这样淘气，心里也不知道有多伤心。"

听到伯父的话，菲利普觉得很委屈，忍不住想哭。可他不愿意让别人看到自己流泪，于是绷着嘴强忍着，坚决不让自己哭出来。

搬完后，菲利普静静地站在窗边，满腔悲苦。凯里先生靠着安乐椅，手里拿起一本书，静静地看着。牧师公馆距离那条通往坎特伯雷的公路有一段路程，所以显得很僻静。菲利普从餐室窗口朝外看，望见一大片半圆形的草坪；再远些是一片绿茵茵的、与天相连的田野，田野里羊群正在吃草。天空阴沉沉的，显得有点凄凉。

吃茶点的时间到了。玛丽·安把准备好的茶点端进餐室，路易莎伯母也来了。

大家坐下来，一起吃茶点。

“中午睡得怎么样，威廉？”她问。

“别提了，这孩子在这儿吵吵闹闹，弄得让人心烦，几乎没合过眼。”凯里先生说的不尽合乎事实，有些离谱，把他睡不着的责任全归在菲利普身上，但他心里明白自己睡不着觉的根本原因还是自己有烦心事。

菲利普表面上一言不发，任凭伯父埋怨，但心里一直嘀咕：“之前你怎么没睡呢？刚才也没有睡呀，我只不过就出了那么一声，你就揪着不放，真不讲理。”凯里太太想知道细节，牧师就从头到尾描述了一遍，最后，他还加了一句：“到现在为止，他连一句‘对不起’都没说，也不知道是怎么教的。”

凯里太太担心孩子会因为这件事给伯父留下坏印象，连忙对菲利普说：“孩子，你心里一定知道这次对不起你伯父了，是吧？”

菲利普一声不吭，一直低着头无神地啃着手里的牛油面包片，连他自己都不清楚哪儿冒出的勇气和扭劲儿，撺掇着他不肯认错道歉，只觉得耳朵里隐隐作痛，想哭又强忍着。

凯里先生又忍不住说道：“你瞧瞧，还绷着脸，难道还不糟糕吗？”

餐室里安静下来，没有人说话，都只顾着闷头吃茶点。凯里太太会不时地从眼角偷偷朝菲利普瞄两眼；凯里先生对菲利普不理不睬。茶点吃完后，菲利普看见伯父上楼更衣准备去教堂，连忙跑到门厅拿上帽子和外套，等着伯父下来。可是，凯里先生到楼下，看到菲利普已准备好，冲着他说：“今天晚上你就不要去教堂了，菲利普。”

听到这样的话，菲利普感觉自己蒙受了奇耻大辱。他杵在那儿，一声不吭，脸蛋通红，一直看着伯父戴着一顶宽檐帽、披着那件宽肥的大衣走出门口。凯里太太送走丈夫，转过身来对菲利普说：“没事的，孩子，我相信下一个星期天你一定会表现得很棒，是不是？这样的话，你伯父一定还会带上你一起去教堂的。”说完，他从菲利普的手中接过帽子和外套，放在原位，然后拉着他回到餐室。

“菲利普，我们在家也可以做祷告呀。来，一起念祈祷文，你喜不喜欢我们一起弹风琴唱圣歌呢？”

令凯里太太吃惊的是，菲利普竟然神态坚决地摇了一下头。这会儿，她除了让孩子跟自己一起念祈祷文，也不知道该怎么对待他了。凯里太太束手无策，问道：“不做晚祷的话，你伯父出去的这段时间里，你要做什么呢？”

“我不干什么，只是希望谁都不要管我！”菲利普终于开腔了，把心中的委屈和压抑都说出来了。

“难道你一点儿也不爱我吗？这样没良心的话，你都能说得出口，菲利普！我们都是为你着想，你不知道吗？”

“我才不爱你呢，巴不得你去死呢！”

听到这句话，凯里太太大吃一惊。她实在想不到，这孩子竟说出如此荒诞无礼的话来，这让她目瞪口呆，顿时一句话也说不出来。

凯里太太坐在她丈夫的安乐椅上，想想自己煞费苦心地怜爱这个失去父母的残疾孩子，希望能从他那里享受一下天伦之乐。可谁会料到发生这样的事情？这一切让她伤心不已，禁不住热泪盈眶，两行泪珠顺着脸颊慢慢地流下来。她自己没有生养过儿女，一直以为这是上帝的旨意。但有时候，当见到别人家的孩子时，她心里感到悲苦怅然，依然受不了。菲利普不由得被伯母这般神情惊呆，只见她拿着手帕，失声痛哭起来。这时的他恍然大悟，感到很内疚，定是自己刚才的一番话伤了伯母的心，她才哭得这么悲伤。他悄悄地走到伯母的跟前，第一次主动地亲了一下她的脸。凯里太太，穿着黑缎子服显得那么瘦小，头上梳的螺旋状发卷又是那么的可笑。他面容枯黄而憔悴，两眼通红，一把将孩子抱住，紧紧搂在怀里，继续伤心地小声哭着。这时候她流下的眼泪，多半是因为欣慰。她觉得孩子和自己之间的那层隔阂消失了。对孩子的一股真情在她心头萌生。当然，她同时也尝到了痛苦的滋味，这些都是拜这个孩子所赐。

09

又到了星期天。用过午餐后，凯里先生像往常一样准备去客厅

午休（他的生活跟专门的仪式一样步步相连，有条不紊），凯里太太也准备回卧室休息，这时菲利普突然问道："不让在屋里玩儿，我还能干什么呢？"

"你老老实实地坐一会儿，行不行？"

"在下午茶之前，我没法一动不动地待在那儿。"

凯里先生发愁了。他朝窗外望去，外面天寒地冻，难不成让他去花园玩？突然，他想到了一个办法。"这样吧，你把今天规定要念的那篇短祈祷文背一段。"说完，凯里先生走到风琴边，从上面取下那本供祷告用的祈祷书，找到那篇祈祷文。

"这篇祈祷文字数正合适。等到下午茶的时候，如果你能背得一字不差，跟书上一样，我就奖励你吃鸡蛋尖。"

凯里太太接过那本书，放在菲利普的面前，并把一把高脚座椅拖到餐桌旁。这把椅子是特地为菲利普准备的。

临走时，凯里先生又说了一句："无所事事的人会被魔鬼教唆着去干坏事的。"然后他向火炉里添了点煤，以确保过会儿吃茶点的时候炉火烧得更好些。他进了客厅，解开衣领，摆正靠垫，舒服地躺在长沙发上。考虑到客厅会有点冷，凯里太太拿过来一条毛毯，盖在丈夫的腿上，并把他的双脚裹得严严实实。她准备去放下百叶窗，免得屋里太过亮堂，但看到百叶窗已经拉上了。随后，她悄悄地走出了客厅。今天，凯里先生心安神宁，很快就睡着了，并打着细微的呼噜。

到了节后的第六个星期天，按照事先安排，这一天所念的祈祷文开头是这样的："主啊，魔鬼的妖术已被我们的圣子顺利破除，所以作为上帝之子的我们，将永远是他的后人。"菲利普中间没有换气就把经文读完了，可是完全不知道是什么意思。他又大声地朗诵，里面好多词他都不认识，感觉句子结构也挺别扭的。就这样，菲利普读了几遍，顶多也就记住那么两行。他一直没有用心去记，老是分心去想其他事情：在花园那边的田野里，羊群慢吞吞地吃着青草；公馆的四周，许多果树都种在墙边。菲利普的脑袋瓜里装的满是疑问。突然，他担心起来：如果伯父来吃茶点，我还没有背会，怎么办？他又静下心，继续快速地读着。这下，他没有试图理解其中的意思，只能死记硬背了，不停地往自己脑袋里塞这些句子。

卧室里的凯里太太一直睡不着，在床上一直熬到下午四点，还是睡不着，干脆起床下楼。她想让菲利普背那篇祈祷文给她听，没问题的话，再背给丈夫听，免得他出什么差错惹伯父不满意。她心里清楚这个孩子内心还是很单纯的。

当凯里太太走到餐厅门口，正准备进去时，突然停住了脚步，心头猛的一跳，她听见一个出乎意料的声音。凯里太太随即转过身，小心翼翼地走出房门，从外面绕到餐室的窗户边，悄悄地探着头往里面看。屋里，菲利普还坐在那张椅子上，上身趴在餐桌上，双臂抱着小脑袋，正在呜呜地哭着，他的肩膀也随着哭泣上下起伏着。看到这些，凯里太太吓坏了，在这之前总以为他能克制自己，还从没有见过他流眼泪。凯里太太忽然想到，以前孩子故作镇静是因为他，不想让人看到自己哭泣的模样，看来他悲伤时，常常在没人的地方偷偷地流泪。

想到这儿，凯里太太不顾一切地冲进客厅，顾不上考虑丈夫讨厌别人突然把他从睡梦中叫醒，对丈夫喊道："威廉，快醒醒！快醒醒！"

"什么事呀？这么着急！"凯里先生不高兴地说道。

"不知道为什么，菲利普现在哭得好伤心。怎么办呢？"

"在哭？发生什么事情啦？"

"我不知道呀。可怜的孩子，命已经够苦的了，咱们可不能让他再受委屈。可是现在怎么办呢？我们从没养过孩子，会不会因为我们没有照看好他呀？"凯里太太心里很难过，一时也想不到好的办法。

凯里先生更是一脸茫然地瞅着自己的妻子。如果换作是其他事，他还有可能想到办法解决，可碰上这件事，他实在是无计可施。凯里先生疑惑地说："会不会是因为背不出祈祷文他才哭鼻子的？那篇祷文也就不到十行字呀。"

"威廉，你看这样行不行。咱们正好有几本关于圣地的图画书，我去拿一些给他看看。这应该不会有什么问题吧？"

"我没意见。去吧，别让他哭就好。"

凯里太太快速走进书房，拿了两本介绍圣地巴勒斯坦的书朝餐室走去。

凯里先生唯一热衷的一件俗事就是搜集图书。每次去坎特伯雷，他总要花上一两个小时待在书店里搜寻，走的时候买几卷已经发霉的旧书带回来。买回来以后，凯里先生很少读它们，原来养成的读书习惯早已经没有了，但是偶尔在无聊时会翻一翻，主要是看看书中的那些插画。凯里先生喜欢修补旧书的封皮。每逢下雨天，他可以安心在家，就会自己熬点胶，花上一个下午的工夫，修补好几册旧书的俄罗斯皮革封面。在他的书房里，有好多册古旧游记整齐地摆放在书柜里，有些书还附着钢板雕刻画的插页。

为了不使气氛过于尴尬，好让菲利普有时间镇定一下，凯里太太在进餐厅之前刻意咳嗽一声，这样一来她就不会正碰上菲利普偷偷掉眼泪的当口，孩子也不用觉得丢脸。然后她就转动门把手，开门进去了。走近时，看到菲利普正在专心地诵读那篇祈祷文，她也知道这是孩子听到动静后故意装出来的。这个时候菲利普还用手遮住眼睛，以免伯母察觉到自己刚刚掉过眼泪。

凯里太太问："祈祷文背得怎么样了？"

菲利普没有马上回答，因为这个时候只要一出声，刚才偷偷哭泣的事情就会露馅儿。凯里太太也察觉到是这个原因，没想到还是出现了如此尴尬的局面。

最终他还是喘了一口粗气，调整一下，迸出一句话："这个我还没有全部背下来。"

"背不出来，没事的，"凯里太太说，"先不看它了。我拿来几本图画书，我们一起看吧。过来，坐到我的腿上。"

菲利普听到这儿，马上从椅子上下来，瘸着腿朝伯母走去。他还是担心刚才偷偷哭泣的事情会露馅儿，所以一直低着头，不愿让凯里太太看到他的眼睛，等菲利普靠近后，凯里太太把他抱起，放在自己腿上，搂着他一起看图画书。

"你看，这是耶稣基督出生的地方。"菲利普顺着伯母的指引，看到：一排棕榈树出现在画面最前面，树下面有两个阿拉伯人和几只骆驼正在休息；图画的后景是一座城池，具有明显的东方特色，整座城交错布置着平顶、圆顶和尖塔。他用手摸摸图画，感觉画中的房屋和阿拉伯人身上的衣服摸起来很真实。

“能不能给我读一下这写的什么？”他用恳求的语气说。

于是，凯里太太很和气地一字一句念起了上面的文字。这篇游记写的是三十年代，某个东方国度的旅行家亲身体会的一段浪漫的经历，辞藻较为华丽，但充满感情，文采非凡。在拜伦和夏多布里昂[1]之后，这篇游记展现的正是富有浓郁色彩的东方世界。

不一会儿，凯里太太平静的朗读被菲利普打断了：“我想再看看别的图画。”

正在这时，玛丽·安进来了，手里端着准备好的茶点。凯里太太见状，赶紧站起来帮她铺餐桌布。菲利普完全被这本书中的图画迷住了，他不停地一张张翻看着书里的插图，可以说是爱不释手。凯里太太劝了他好一会儿，才让他放下手中的书，准备吃茶点。看来，他已经忘了刚才背祈祷文时那段苦恼了，也记不起刚才无助流眼泪的事了。

第二天，天气不好，正在下雨。菲利普提出还要看那本书，凯里太太很高兴，随即拿给他。凯里夫妇曾在一起谈论菲利普的前途，没想到两人心照不宣，都是希望菲利普将来当个牧师。这个时候，这本描述耶稣诞生之地的书深深地吸引了菲利普，这对凯利夫妇来说是个好兆头。也可以这样说，现在孩子的心灵跟神开始相通了。

又过了几天，菲利普想看看其他的书。于是，凯里先生干脆把他带进书房，来到放着有插图的书卷的书架旁，从中挑出一本关于罗马的书递给菲利普。菲利普连忙接过书，迫不及待地打开，忙不迭地一页一页地翻看着。他被这本书中的插图带进了另一片崭新的乐土。每幅画前后记载的文字，他也会试着去念，目的是为了搞清图画的内容。这时的他已经不喜欢玩具了。

从此之后，他就迷恋上了看这些书。只要周围没人，他就拿着书一边看，一边念。他特别喜欢那些记载地中海东部国家和岛屿的书籍，也许是因为最初给他留下深刻印象的是座东方城市。看到有清真寺或者金碧辉煌的宫殿的图片，他就兴奋不已。

[1] 十九世纪法国诗人，作品风格为消极浪漫主义。

有一本书记载的是君士坦丁堡的内容，书里面有一幅插图，题名为“千柱厅”。菲利普读了插图的说明后，就开始浮想联翩了。图画里，有一个拜占庭的人工湖泊，在人们遐想的粉饰下，它变成了一个富有奇幻、无边无际、充满魔力的湖泊。一只小船停靠在这片湖的入口，专等那些经不起诱惑、头脑容易发热的人乘坐。而且，但凡进入这片魔幻世界的莽夫，就没有活着出来的可能。菲利普一直在想，那只小船现在到哪儿了，是还在密密麻麻的柱子间转悠呢，还是已经到了某个怪异的房子旁？

有一天，菲利普收到一个意外的惊喜，他在偶然的机会翻到了《一千零一夜》，这本书是莱恩翻译过来的。刚翻开第一页，书中的插图瞬间就吸引住他了，接着他便开始仔细地阅读起来。刚开始读了几篇关于巫术的故事，接着又接二连三地读了其他各篇。每当读到喜欢的篇章，他就舍不得放下，一遍接着一遍阅读，完全沉浸在这些故事里面，忘记了身边的一切，甚至忘记了饥饿，到吃饭时总要被叫上两三遍才恋恋不舍地去吃饭。慢慢地，菲利普不知不觉中养成了读书的好习惯，这个习惯可以给人最大的乐趣。其实，他的内心是想找到一个庇护所，好让他躲避烦恼和痛苦，只是这一点他自己并没有意识到。他把书中所描绘的场景当作自己心中的理想王国，而这个现实世界，就成了他产生苦恼、失落情绪的地方。没过多长时间，菲利普又开始阅读其他书籍。渐渐地，他的智力超过同龄人。见到孩子全身心地沉浸在书海之中，既不发愁也不吵闹，凯里夫妇也就不再为之劳心了。这些因贪其便宜而陆陆续续买回来的零星旧书，凯里先生心里也没有个数，只知道他自己都弄不清楚到底有多少本，但绝大部分书他自己都没认真读过。

菲利普发现了一些旧小说，它们就混杂在他原先看的那堆书里。他根据书名将那些小说挑选出来，阅读的第一本是《兰开夏女巫》，接着读的是《令人钦羡的克里奇顿》，后来又读了好多别的小说。每次翻开书，书里描写的两个流浪汉在悬崖峭壁上策马奔腾的情形，都会让菲利普觉得自己是安全的。

夏天到了。家里的一位花匠，原是一名水手，特意做了一张吊床，让菲利普用。每次，他都会把吊床挂在柳树粗壮的枝干上，然后躺上去看着书，完全沉浸其中，一看就是几小时。那些来牧师家的人，谁都见不着菲利普的人影。时光如白驹过隙，转眼间已进入七月，八月像驾着风火轮一样很快就到了。每个礼拜天，做礼拜的陌生人挤满了教堂，募到的捐款都在两英镑以上。在这个时候，凯里夫妇都不愿意出门，因为来这里的有好多陌生面孔，特别是有些游客来自伦敦，这让他俩非常厌烦。

有一位先生在牧师公馆对面的一幢房子里租住了六个星期，他有两个小男孩。有一次，这位先生专门叫人来到牧师公馆，问菲利普愿不愿意去他家跟两个孩子一起玩耍，没有想到被凯里太太婉言拒绝了，原因是凯里太太担心那两个来自伦敦的孩子会让菲利普学坏。在凯里太太的心里，菲利普绝对不能有什么不良习气，因为他长大了要当牧师，甚至她巴不得菲利普从小就开始侍奉上帝，先从撒母耳[1]开始。

10

菲利普到了上学的年龄了，凯里夫妇决定让他进坎特伯雷皇家公学去念书。这个学校里有好多学生都是邻近一带的牧师的儿子。长期形成的习惯使得这所学校早已同坎特伯雷大教堂绑在一块儿了：教堂牧师会的名誉会员之一就是这个皇家公学的现任校长；大教堂的副主教曾担任过这所学校的校长。所以，这个学校的一贯宗旨就是鼓励孩子将来能为上帝效劳，至少能成为一名牧师，并且学校的教学，也是围绕着让忠诚、品行端正的少年日后能终身侍奉上帝的理念安排的。凯里夫妇送菲利普念书的学校是这个学校的一所附属小学。

这是九月底的一个下午，星期四，凯里先生带着菲利普来到坎特伯雷。一整天，菲利普心里很兴奋，同时还有点不安。关于在校生活，他略知一二，那还是自己从《男童报》[2]上简单了解到的。另外，埃里克的《点滴进步》他也拜读过。

[1] 《圣经》中记载的一位希伯来先知。

[2] 英国当时流行的一种漫画刊物，读者为男孩。

火车开到坎特伯雷，他们下了车。菲利普感觉很紧张，好像快要倒下了。

在去学校的路上，他静静地坐在马车里，小脸煞白。看到学校周围高高的围墙，使他想起了监狱。终于到学校门口了，凯里先生按了一下小门上的门铃，小门被人打开，从里面走出来一个笨拙、衣衫褴褛的仆人，帮忙拿着装着衣服和生活用品的铁皮箱子，并领着他们进了会客室。会客室里的家具很多，尽是些粗笨的家伙，沿靠墙一圈放着许多椅子，一种严肃的景象映入眼帘。他们要在这里等候校长的到来。

菲利普坐在这儿，心一直怦怦地跳。过了半晌，他开口问："沃森先生长什么样子？"

"过会儿你见了不就知道了。"

接着房间里又没声了。凯里先生不耐烦地想：校长怎么还不露面呢?

忽然，菲利普又说："应该跟他说一下，我有只脚是瘸的。"

还没等凯里先生说话，门开了，校长沃森先生走了进来。菲利普看见他，好像见到一个巨人：个子很高，应该在六英尺以上，脸上一簇火红的大胡子，肩膀宽阔，手掌很大。他将大手伸开，先跟凯里先生握手，接着又捏住菲利普的小手，说："你好，小不点儿，该上学了，感觉怎么样？"

他说话声音很大，语调轻快，可是菲利普被他那股气势给吓住了，一时不知该怎么说，窘得脸都红了。

"多大了？"

"今年九岁。"菲利普回答。

凯里先生在一旁提醒他："你应该称呼他'先生'。"

"看来，你在这儿还有好多东西要学。"校长饶有兴致地大声说道。

为了缓解孩子紧张的情绪，并趁机鼓励鼓励孩子，沃森先生开始用手指逗菲利普玩。本来就难为情，再加上被逗得浑身发痒难受，菲利普忍不住扭动起来。

"这样吧，小宿舍里还有空位，先把他暂时安排在那里……小家伙，你会乐意住在那儿的，是不是？”他又加了一句：“算上你，那里现在共有八个人。你们在一起住，就不会觉得孤单了。”

刚说完，沃森太太进来了。她的皮肤很黑，嘴唇很厚，鼻子也很小，圆圆的鼻尖，又大又黑的眼睛，乌黑的头发从头正中间向两边分开，再加上那副冷若冰霜的神态，让人有点不适应。沃森太太很少说话，更少见到她的笑容。沃森先生向自己的太太介绍凯里先生，随后推着菲利普往她身边靠靠，说：“海伦，他叫凯里，刚来的。”

沃森太太跟菲利普握手后，走到一旁一声不吭地坐下。沃森先生不停地问，平时菲利普读过什么书，程度怎样，弄得这个布莱克斯泰勃的教区牧师有点受不了校长这股热情。没过多久，凯里先生站起身来，说：“谢谢您，校长先生，以后就麻烦您多多关照菲利普啦。”

“没问题，”沃森先生说，“孩子在我这儿学习、生活，你就放心吧。过不了几天，他就会适应这里的。你说呢，孩子？”

菲利普还没来得及回答，大个子校长就爽朗地大笑起来。凯里先生亲了一下菲利普的额头，转身离开了。

“来吧，孩子，”沃森先生大声说，“跟我先到你的教室看看去。”

沃森先生步伐很大，走在前面。菲利普紧跟其后，走起路来一瘸一拐的。随后他们来到一个房间。这个房间很长，里面摆设不多，只有两张跟房间同样长的桌子，还有两排长板凳放在桌子的旁边。

“现在学校里没有多少学生，”沃森先生说，“我带你去操场看看，然后你就自由安排吧。”

沃森先生领着菲利普来到一个大操场。操场的三面是高高的砖墙，另外一面被一道铁栅栏给围着。从栅栏往里看，有一大片草坪，还有几座皇家公学的校舍，就在草坪那边不远处。操场上，有一个无所事事的小男孩，正在那儿瞎溜达，不时地踢着脚下的砂子。

沃森先生也看到了他，大声招呼：“文宁，你来了多长时间了？”

小男孩随声朝这边看，然后跑到校长的跟前，同他握握手。

“文宁，这是咱们的新同学。你呢，年纪没他大，个子也比他矮，可不要小看他呀。”

孩子们几乎都会被沃森先生雷鸣般的声音给震慑住。他瞪着眼睛，和蔼地看着这两个小男孩，然后大笑着离开了。

“你名字叫什么？”

“凯里。”

“你爸爸是做什么工作的？”

“爸爸已经不在了。”

“那你妈妈是不是用人，帮人家洗衣服的？”

“我妈妈也不在了。”说完，菲利普原以为文宁会觉得不好意思，谁知他并没有在意，还在嘻嘻地开涮：“那她活着的时候，洗衣服吗？”

菲利普没好气地说：“她洗过衣服。”

“这么说，她就是一个洗衣的用人啦。”

“不是，我妈妈不是洗衣的用人！”

“你的意思是，她就没给别人洗过衣服啦？”

小男孩有点得意，觉得自己巧舌如簧，明显处于优势。突然，他看到了菲利普的那只脚。

“这只脚是怎么回事？”

听他问这个，菲利普不自主地往回缩了缩那只跛足，把它藏在另外一只脚的后面。

“这只脚有点残疾。”他说。

“怎么弄成这样的？”

“娘胎里带的。”

“别藏了，我再仔细看看。”

“不行！”

“算了，我还不稀罕看呢。”

虽然嘴上这样说，文宁却趁机猛地踢了一下菲利普的小腿。菲利普没有想到，更没有防备，踢得他直喘吁。其实对他而言，这点疼痛算不了什么，心里的惊吓才是难免的。他实在没有料到文宁会这个样子。菲利普从惊讶中还没有缓过神儿来，没有也不会反击，毕竟那熊孩子没他大，记得《男童报》上曾说过，收拾一个比自己年龄小的孩子并不是什么光彩的事。他只能弯下腰揉揉刚才挨踢的小腿。就在这个时候，另外又来了一个孩子。文宁向那个孩子走去。

这两个孩子在一起嘀咕，还不时地打量菲利普的瘸脚。菲利普看到他们如此关注自己的跛足，顿时脸上发烫，浑身不自在。

没过一会儿，操场上又来了一群孩子，数起来差不多有十来个，很快又跑过来几个。他们三五成群地围在一起，噼里啪啦地闲聊起来，话题无非就是假期里做什么了、去什么地方了、有没有打板球之类的。见到这么多的新同学，菲利普竟不知从何说起，更让他坐立不安。他想把好的印象留给大家，可一时半会儿也不知道怎么说。不过，在别的孩子问东问西时，不论问题多少，他都很高兴地回答他们。其中一个男孩问他："你玩过板球吧？"

"我没玩过，"菲利普说，"我这只脚有残疾，没法玩。"

那个男孩听后，看了一眼那只脚，有点不好意思，脸都涨红了。很明显，他发觉自己的问题不太礼貌。此时的他一直心里纠结着刚才的无礼，以至于连句道歉都没有，只是羞涩地愣住了。

第2章

11

第二天一大早，一阵叮叮当当的钟声把菲利普吵醒。他睁开眼，看着自己的小卧室，有点吃惊。这时，他又听到一声叫唤，这他才突然搞清楚了自己现在所待的地方。

“哦，辛格，你醒啦？”

挂着一幅绿色门帘的小卧室是用磨光的油松木隔成的。在那个时候，人们总是把窗户关得严严的，基本没有人会去考虑室内的通风效果，最多也就是会在早晨的时候，将窗户打开一会儿，让宿舍稍微进点新鲜空气。

菲利普没了睡意，一骨碌从床上下来，跪在地上，开始做祷告。清晨彻骨的寒气使菲利普一阵哆嗦：但是有人曾郑重告诉过他，与穿戴整齐后再做祷告相比，穿着睡衣做祷告更能使上帝见证自己的诚心。这种说法在菲利普的意料之内，因为他自己也开始慢慢有所领悟：对于他所创造的善男信女们，上帝更加欣赏他们经历的磨难，并且自己也是这位造物主创造出来的生灵之一。祈祷完毕，紧接着菲利普去梳洗了。宿舍条件相当简朴：这里住着五十名寄宿生，他们每天轮流使用两只浴盆，也就是说每个学生一星期只能洗一次澡。平时，他们想干净，也就只能用小脸盆来洗脸擦身。所以，整个屋子里的全部家当就是一个洗脸架、孩子们的床铺和椅子。菲利普竖起耳朵听着孩子们一边快活地闲扯一边穿衣服。这时，又一阵钟声传来，所有孩子都跑下楼。他们进了教室，找到自己的座位坐下来。沃森先生以及他的太太和几名工友也进来坐下。沃森先生祈祷时声音很大，就像打雷。这阵势有点威严，好像恐吓在场每个孩子一样。菲利普听着，心里有些发毛。祷告之后，沃森先生又给大家诵读了一章《圣经》。然后，工友们起身而出。过了一会儿，有一个衣衫不整的年轻工友送来了两大壶茶和几大盘面包片，面包上面涂着黄油。

看到有厚厚的一层劣质黄油涂在面包上，本来就怕吃食物的菲利普顿时没有了胃口。但看到那层黄油被其他孩子全部刮掉，他也就心安理得地照着做了。另外，他们每人还会用日用品箱偷偷带来一些腌肉之类的东西，作为备用。除此之外，部分学生还能享用"加菜"，主要是一份鸡蛋或肉之类的，但一笔外快也会进入沃森先生的口袋。沃森先生也想从菲利普身上得到一些好处，就询问凯里先生是否"加菜"，却遭到了凯里先生的拒绝：他觉得这样会把孩子惯坏了。沃森先生也表示赞同：对正在长身体的孩子来说，面包加黄油已经是最好的食物了——只是有些做爸妈的对待子女太娇惯了，老是认为他们吃不好，坚持要给自己的孩子"加菜"。

菲利普看到"加菜"能使孩子们很有身份，于是他考虑好了，下次写信给路易莎伯母时，也要"加菜"。

吃完饭，孩子们都到操场上去散步。这个时候，不在学校住宿的学生也陆陆续续回到学校。这些孩子的父亲要么是当地的牧师，要么是兵站的军官，要不就是在这座古城里定居的商人或工厂主。过了一会儿，铃声响了，孩子们一阵风般冲向讲堂。一个长长的大房间和一个小套间，就是他们的教室。两头中、低班孩子的教室，由两位教师分别教他们；小套间是高班，由沃森先生亲自授课。由于这所学校是预备学校，是皇家公学的附属学校，所以在每年的颁奖时，公文报告里称所有的班级为预科低班、预科中班和预科高班。菲利普被安排在由赖斯所教授的低班。这位老师面色红润，说话好听，还会把课堂搞得生动有趣。这种轻松愉快的氛围让菲利普感到时间过得如此之快，一会儿的工夫已是十一点差一刻了。课间十分钟，孩子们可以到教室外面活动。

全校学生都一股脑地拥到操场上。按照老师的要求，操场中央，站着新来的学生，墙的左右两侧站着其他学生。他们开始玩起游戏来，名字叫"逮俘虏"。站在两边的同学会朝对方跑去，而中间的同学便设法上去拦截，要是逮住一个，就大声喊："一、二、三，都归咱。"这就意味着他们俘虏了这个孩子，他要反过来帮新同学去捉其他的人。菲利普也加入了这个游戏，当他看到一个男孩朝他跑过来时，本想伸手抓住他，可由于自己的瘸腿，没能抓住；看到这种情景，所有的孩子全朝他跑过来。还有个机灵鬼男孩模仿起菲利普一瘸一拐的样子，惹得在场的其他孩子都哈哈大笑，接着其他男孩也开始模仿，故意在菲利普面前瘸着腿奔跑，模样怪怪的，同时又叫又笑，甚至还吹起了口哨。他们都沉醉于模仿和戏弄别人的欢快之中，不亦乐乎。更过分的是，有一个孩子给菲利普使了一绊，菲利普实实地摔个正着，膝盖也跌破出血了。菲利普费尽全力挣扎着爬起来，这群熊孩子却更乐了。菲利普还没有反应过来，又一个男孩猛地从背后推了他一下。这次，多亏有个男孩及时拉住了他，否则他保准又被摔个狗吃屎。这群孩子光顾着拿别人的残疾取乐，连出来干什么都给忘了。其中一个孩子更过分，他居然做了个奇怪的痛苦模样，样子特别滑稽可笑，逗得好几个孩子笑得都直不起腰。菲利普呆若木鸡地站在那里，他没有想到这些人会如此捉弄他。他目瞪口呆，杵在那里连气也透不过来。自打娘胎里出来，他还从未受到过如此惊吓，也没有受过这般屈辱。他傻傻地杵在那儿，任凭其他孩子去捉弄他、嘲笑他、大呼小叫，在他的面前模仿他的样子东奔西跑。菲利普使出浑身解数，憋着没有哭。但他再也不愿奔跑，让他们看到了。接下来会发生什么，他自己也不知道，只是在那里站着，一动不动。

突然校园里响起了上课铃声，学生们纷纷向讲堂奔去。菲利普头发乱蓬蓬的，衣服脏兮兮的，膝盖也在淌血。上课已经好几分钟了，可孩子们还对刚才那套新奇的游戏兴奋不已，班上的秩序很乱，连赖斯先生都觉得失去了控制。课堂上，竟然有两个同学还在偷偷打量残疾的菲利普。为了不被人再次嘲弄，菲利普吓得赶紧把脚藏起来。

到了下午，孩子们要到球场踢足球。沃森先生叫住了吃完饭正朝外走去的菲利普。

“你应该不是去踢足球，对不对，凯里？”沃森先生问。

菲利普脸涨得通红。

“你说得对，沃森先生。”

“不过，还是到足球场去吧！能自己去吗？”

菲利普不知道足球场在哪儿，但他不想问，于是说：

“我可以的，先生。”

赖斯先生带领孩子们朝操场走去。他扫视一眼，发现菲利普没换运动服，便问：

“你为什么不去踢球？”

“沃森先生不让我踢了，先生。”菲利普回答道。

很多孩子围在旁边，好奇地望着菲利普。他羞愧地低下头，一言不发。有个孩子抢先回答：

“他腿有残疾，老师。”

“噢，原来是这样。”

一年前刚取得学位的赖斯先生是个年轻人，他冲着其他孩子大声吆喝：

“喂，你们还不快走！是不是等着挨踢呢？”

有些学生已经走了很远，剩下的人也赶紧跟上走了。

“咱俩一块儿走吧，凯里。”赖斯说。

“先生，恐怕我跟不上你。”

“没事，我等着你。”老师笑着说。

就因为这位满脸通红的年轻人说了句体贴的话，菲利普一下子对他产生了好感。他立即不再觉得难过了。

12

时间一长，跟有些现象一样，比如有人是红头发，或者有的孩子是个胖墩之类的，最终会被大家习惯，孩子们也不再对菲利普的残疾感兴趣。然而经过这件事情，菲利普瘸得更加严重了，即使走平路，也会一瘸一拐的，看上去很怪异。所以，只要有人看到，他就尽可能站在原地，并把残疾的那只脚放在另一只的后边，以免引来别人奇怪的目光。他变得愈发敏感，时刻都很在乎别人有没有看到自己的跛足。他刻意疏远别人的生活，从不参加其他孩子玩的游戏，只是孤独地在旁边看他们玩耍。慢慢地，他感觉自己和别的孩子之间有一个障碍，他在这边，别人在另一边。时间一长，其他孩

子也理所当然地认为，菲利普是因为他自己的跛足才不会踢足球的，没人能体谅他，所以菲利普无法融入他们，只能是一个人独来独往。以前那个能说会道、活泼可爱的小男孩，现在却渐渐变得不爱说话了。他经常在想：跟别的孩子相比，他自己怎么会这样。

作为宿舍里最年长的孩子，辛格尤其不待见菲利普。从身高上来说，菲利普个子矮小，所以他只能忍受他人的嘲讽。大约半个学期之后，学校的孩子们又有了新的关注点，他们掀起了一股游戏热潮，叫“玩笔尖”。这种游戏是两个人一起在桌子或长凳上，用钢笔尖斗着玩。一个人用手指使劲推动自己的笔尖，设法爬上对方的笔尖去；而另一个人一面极力阻止，一面努力地爬上对方的笔尖。胜利者就可以往自己的拇指上吹口气，再用力同时按这两支笔尖，如果能把它们粘在一起提起来，这两支笔就属于他的了。很快，这个游戏在校园里随处可见，赢得很多笔尖的当然是那些聪明手巧的孩子。可没过多久，由于沃森先生认为这是一种赌博行为，不利于孩子的成长，于是断然宣布学校里禁止玩这种游戏，并没收了全部笔尖。对于这种游戏，菲利普玩得很老练，同时也增长了他不少的自信，但现在他也只能接受现实，将自己赢得的笔尖全部上交。但是，事后他老是忍不住想再玩几把。终于，他按捺不住了，趁去足球场的路上，偷偷猫进一家商店，用一个便士买了几个笔尖。随后他把这些笔尖偷偷放进口袋里，没事时就摸摸它们。但即便这样，没过多久他的笔尖还是被辛格发现了。在上缴笔尖的时候了，辛格特意留下一支被称作“巨无霸”的笔尖，就是被他封为常胜将军的那个。趁此机会，他一门心思要赢走菲利普刚买的笔尖。尽管菲利普知道与“巨无霸”比赛，自己的小笔尖简直就是螳臂当车，绝无胜利的可能。但他还是决定冒一次险。再说他很清楚，即便是自己不愿意，辛格也决不会放过他，还不如跟他较量较量。他已经一个星期没玩这种游戏了，如今重新坐在一起比赛，内心不免兴奋。可初战失利，菲利普的两只小笔尖很快就被赢走了，这无疑激励了辛格，他乐得合不拢嘴。可是上天不会一直眷顾某个人，再次交手时，被誉为常胜将军的“巨无霸”突然出现一个大的漏洞，抓住机会的菲利普顺势就赢了他。这意外的胜利让他情不自禁地喊起来。不巧的是，沃森先生碰巧进来了。

“干啥呢，你们？”他大声喝道。

辛格和菲利普相视一望，知道自己犯忌了，谁也不敢说话。

“这种害人的游戏在我们学校是被禁止的，你们忘了吗？”

菲利普心里是七上八下的，接下来会发生什么，他是清楚的，皮肉之苦是绝对少不了的。说来也怪，虽然他内心很害怕，但还有令他开心的成分在里面：挨打固然可怕，但经过这件事，他就有资本在别的孩子面前显摆显摆，显示自己的胆量也足以让他有点沾沾自喜。

“你们两个都到我的书房来。”

沃森先生转过身，两个孩子灰溜溜地跟在后面，菲利普听到辛格小声说：

“这一次，咱们惨了。”

校长指着辛格呵斥道：

“趴在桌子上！”

看见辛格的身子因为疼痛抽搐着，一连挨了三鞭，辛格哇哇大哭起来。菲利普吓得面无血色，沃森又接着抽了三鞭才说：

“行了，起来，站在一旁。”

辛格站起身，满脸的泪水。以为轮到自己了，菲利普鼓起勇气向前跨了一步，沃森先生看了看他，说：

“你今天就不用挨藤鞭了。一是你初来乍到，二是我也不会打一个腿有残疾的孩子。滚吧，今天就饶过你们，下不为例啊。”

他俩一走进教室，那群知道点什么的孩子已经在那儿等着了，他们急不可耐地把辛格团团围住，东问西问，想知道事情的详细经过。由于疼痛涨红了脸，面颊上还留着斑斑泪痕的辛格转脸看了菲利普一眼，不服气地说：

“占了瘸腿的便宜，他给躲过了一劫。”

面对其他孩子投来的鄙夷的目光，菲利普羞得涨红了脸，一声不吭地站着。

有个孩子问辛格：“先生打了你几下？”

受了皮肉之苦及一肚子苦水的辛格没有回答。

“以后别再找我玩游戏了，”他没好气地冲着菲利普大声喊，“你倒好，什么事也没有。”

“又不是我找的你。”

“你说什么？”

说着辛格猛地抬腿，一下子让菲利普倒在地上。没有任何防备的菲利普原本走路就一瘸一拐的，这一次摔得更惨。

“瘸子！”辛格又嚷道。

接下来的半学期里，辛格处处为难菲利普。尽管故意躲避他，无奈抬头不见低头见，菲利普实在无法摆脱辛格的作践。他不得不改变策略，主动向辛格示好，甚至还买了一把小刀来巴结奉承他。礼物已经送出了，可辛格就是不愿与他和好。有几回，菲利普实在无法忍受，脑子一热，举起拳头就朝这个比他大比他壮实的男孩挥去，可他哪是辛格的对手？最后偷鸡不成蚀把米，不仅又挨了打，而且还得苦苦求放过。他实在不愿忍受这种讨饶所带来的羞辱，但每次忍受不了疼痛的时候，他又不得不用同样的方法认错道歉。这种悲惨的生活周而复始，不知何年何月才有个尽头。辛格今年才十一岁，两年后才能从这里毕业。菲利普知道他还得和这个讨厌的家伙同窗两年，躲都躲不掉。平日里，只有在学习和睡觉的时候，菲利普才有那么一丁点宁静与快乐。他一直有一种幻觉：目前的苦难日子，还有那个讨厌的辛格，只是一个梦，等第二天早上睁开眼，自己又待在伦敦老家，正躺在那张小床上，又回到原来的生活啦。

13

一眨眼，过了两个春秋，生活到底还是有了不少的改变，菲利普将近十二岁。现在他进入预科高班，还是品学兼优的好学生。过了圣诞节，那几个成绩比他好的学生要进入中学部。从此，菲利普就是班里的名副其实的第一名了。他还获得了一大堆奖品，不过都是些质地很差没有什么价值的图书。但这些装潢考究，封面上还印有校徽的图书到底令菲利普兴奋了很久。成了尖子生以后，菲利普在学校的处境好了不少，至少再也没有人戏弄他了，而他也慢慢开心快活了起来。虽然成绩非常惹人羡慕，但由于他天生残疾，其他同学也不怎么妒忌他。

“除了死记硬背，什么也不会。拿个奖品有什么了不起！”他们说。

早先那个说话大声的令人害怕的沃森先生，菲利普也感觉到亲切了不少，尤其是当校长先生的手掌沉沉地按在菲利普的肩头上的时候，他甚至还能感到父亲般的爱抚。我们都知道，在小学，记忆力往往比智力更有助于学业上的长进，菲利普记性很好，这确实是他的优势。沃森先生还告诉菲利普，只要坚持不懈，说不定在他预科毕业时，有一笔奖学金等着他呢。

在这两年的时光里，菲利普形成了十分强烈的自我感觉。通过日积月累的疼痛感觉，他才逐渐理解到自己肉体的存在，自我感觉也慢慢强烈。这就像所有的婴儿一样：通常情况下，刚出生的婴儿根本不知道他与周围事物的不同，甚至认为周围的一切都是自己的东西。比如，他在玩脚趾的时候，感觉就像耍拨浪鼓似的，因为此时他没有意识到脚趾跟玩具有什么不同。所以每个人都需要在经历一些疼痛之后，才会慢慢知道自己的存在；不过人与人也是不同的：尽管我们每个人的身体都是独立存在的，但并不是每个人都意识到自己是个独立的个体。尤其是处于青春期的孩子，总免不了会产生一种孤独无援的感觉，只是没有到与别人丝毫不合的地步很多人是感觉不到的。所以，像蜂群那样习惯集体生活的人是幸运的，因为他们一起进进出出，经常在一起，而他们生活的乐趣就在于一起快乐，所以他们最有可能获得幸福。就像那些圣灵节时在汉普斯特德·希恩公园跳舞的人们，还有在足球比赛中摇旗呐喊的球迷，或是看到从蓓尔美尔大街[1]的俱乐部门后走过的庄严的宗教队列而大呼小叫的旁观者。正因为他们的存在，社会动物才跟人类画等号。

但这对于菲利普来说却是无法实现的，由于自己的跛足不断遭旁人的捉弄，菲利普逐渐失却了十几岁孩子该有的纯真活泼，这种痛苦使他过早成熟，很小就知道自己的与众不同。他很清楚个人情况，身体方面的特殊造就了特殊的心理：他不能学习前车之鉴来对待这个社会，而不论这些法则是多么的奏效。所以菲利普的生活原则与

[1] 伦敦一条因俱乐部众多而知名的大街。

同龄的小孩也不同，他把自己埋在书的海洋里，破书万卷，脑子里也因此被乱七八糟的念头占据了。虽然他并不十分了解书中的道理，但他的想象力却驰骋在广阔的天地里。残缺的外表之下，某种所谓的个性的东西却在他的心灵深处逐渐成型。甚至有的时候，他都被自己的想法给震惊了；自己的行为举止有时连自己也茫然不知所措。事后他也常想，自己的小脑瓜当时在想些什么呢?

不过，还是有人欣赏菲利普的：有个男孩叫卢亚德，同一个班的，就和他成了朋友。有一次在教室里，他俩一起玩耍。突然，卢亚德拿着菲利普的乌木笔杆，玩耍起来。

“别玩啦，”菲利普说，“你会把它弄折的。”

“放心吧，怎么会呢。”

结果，他还没说完，“啪”的一声，笔杆断成了两段。卢亚德回头看着菲利普，充满歉意地说：

“哎呀，对不起。”

这可是菲利普最爱的东西，他没有吱声，但泪珠却顺着脸颊吧嗒吧嗒往下掉。

“至于吗？”卢亚德没想到他会有这种反应，着实很惊讶，“赔你一根相同的还不行吗？”

“我也不是在乎一支笔杆，”菲利普哽咽地说，“可这支笔杆有特殊的含义，是我妈的遗物。”

“噢，凯里，真是对不起啦。”

“算了，也不能全怪你。”

菲利普出神地看着手里的已经折成两段的笔杆，强忍着不发出哭声，内心里非常悲伤。可是，他也没有料到自己会如此悲伤。说起那支笔杆，其实是他有一次在布莱克斯泰勃旅游时买的，记得当时花了一两个便士，不知这次竟会胡编乱造出这么触动内心的故事，并且还确实动了真情，着实悲伤，连他自己都觉得事情就如他所说的那样。牧师家里一直是忠实坦诚的氛围，并且学校也有很浓的宗教色彩，菲利普特别在乎良心的洁白无瑕，潜移默化中他形成了一个观念：魔鬼无时无刻不在偷看，总想把他永驻的灵魂摄走。其实，跟其他孩子相比，菲利普不一定更诚实，但是每次只要一撒谎，他总会后悔不已。这次也不例外。菲利普思前想后，觉得自己不该撒谎，决定找卢亚德说明真相。不过，最终他并没有那样做，而是选择了向万能的耶稣表示忏悔，用这种相对舒服的办法来让自己心理上过得去。现在他还是不明白，自己为什么会被那个编造的故事所感动呢，并且还流下了两行真挚的热泪。后来，他又想起那一幕，就是埃玛告诉他母亲不在的消息，菲利普不禁泣不成声。不过，他依然坚持进屋跟两位沃特金小姐分别，好让她们见到他哀痛悲伤的样子而可怜他。

14

接下来，一场关于信奉宗教的运动在学校里兴盛起来。学校里，很少再听到有人骂脏话，连低年级学生的搞怪行为也不能被容忍，而高年级的孩子们则靠着自己的武力迫使弱小者见贤思齐。

这股热浪中的菲利普也变得十分虔诚，跟以往思想躁动、渴望探求新事物的他截然不同。后来，“圣经联谊会”要招募会员。他听说后，立即给它写了一封信询问详情。“圣经联谊会”要求如下：交一份申请表，注明姓名、年龄和所在学校；并签一份保证书，主要是强迫自己在接下来的一年里，每天晚上要念一节《圣经》；还有会费半个克朗[1]（之所以要交些费用，一方面看你有没有诚意，另一方面是要支付一些办公开支）。菲利普没有犹豫，当即就把填好的材料和钱一起寄过去了。随后他收到“圣经联谊会”寄来的价值一个便士的日历，上面注明每天规定要念的经文，随之寄来的还有一张纸，正面印着一幅耶稣和羊羔的图画，反面是一小段框着红线的祈祷词，并注明这段祈祷词要放在念《圣经》之前吟诵。

到了晚上，菲利普开始按照要求读经。他尽可能快地脱掉衣服，因为煤气灯一熄灭，他的读经任务就无法完成了。诵经时，跟读书一样，他会不假思索地将那些关于欺骗、忘恩负义、暴虐、不诚实和诡诈的故事念过去。假如故事中的所作所为跟周围的现实生活一样，他一定会惊恐万分。如今，他念到这些内容时，仅仅是在大脑

[1] 英国货币单位，等于五先令。

里走走过场，因为是上帝故意安排的这些恶行。按照“圣经联谊会”的要求，菲利普要相继诵读《旧约》和《新约》中的一个篇章。某天夜里，菲利普在读经时，读到耶稣的一段话：

“只要你们没有怀疑之心，始终坚持充满信心，那么除了能干成无花果树上所能的事情之外，说也能把一座山从此地搬走，然后扔进大海，更不用说其他事情了。”

“无论你们求什么，只要在祷告的时候有信心，必能如愿以偿。”

这句话当时没有给菲利普留下多少印象。说来也巧，接下来的一个星期天，教堂牧师会成员布道时所说的就是这段话。按照常理，菲利普根本听不清布道的内容，因为位置的问题，菲利普他们这些孩子在唱诗班的座位上，而布道坛却在教堂的一个角落处。如此一来，菲利普他们几乎就是面朝着布道人的后背。再说，他们之间相距也不近，如果唱诗班座位上的孩子们想听清楚布道人的话，那么他们得碰到一位声音洪亮，还懂演讲技巧的布道人。实际上，坎特伯雷大教堂牧师会挑选成员所看重的主要是教士们的学识造诣，至于他们是否具备处理大教堂事务的能力，不是很重要。所以，当菲利普清晰地听到这段布道时的话时，突然产生了好像这些话专门说给他自己听的感觉。接下来，菲利普满脑子都在考虑这句话，一直到布道结束。到了晚上，他躺在床上，马上在《圣经》里找到那段经文。对书上所讲的条条款款，菲利普从没有怀疑过，可现如今他发现《圣经》确实挺玄乎的，它所说的跟到头来所指的不是一回事。在学校里，他想请教一些东西，连个合适的对象都没有，所以他只好将问题记在心里，然后趁圣诞节回到家里，找个机会问一下家里人。一天晚饭后，做完祷告，跟往常一样，玛丽·安把鸡蛋拿进屋，然后凯里太太数着鸡蛋，并标上日期，而桌子旁边的菲利普则装作无所事事的样子随意地瞄着《圣经》。

“伯父，你看看这段话，是什么意思？”

他一边说，一边指着那段经文，好像是无意间看到的。

凯里先生正凑在炉火前面，烘烤一份《布莱克斯泰勃时报》。这份报纸刚送过来，油墨还没有干，需要烘烤十分钟左右，然后才能开始阅读。听到菲利普的疑问，他将眼睛抬起，掠过眼镜框看着菲利普。

“是哪个章节？”

“哦，就是心诚能移走大山这一节。”

“如果《圣经》是这么说的，那它的意思就是这样。”凯里太太轻声细气地说，并随手拿起餐具篮。

菲利普没有吭声，一直看着伯父，好像在说：“您的意思呢？”

“这是讲一个人心诚不诚的问题。”

“照您所言，只要心诚，那搬掉一座大山应该不是问题，对不对？”

“首先，得先用诚心感动上帝才行。”牧师说。

“菲利普，该休息了，给你大伯道晚安吧，”路易莎伯母说，“难不成今晚你就要去搬大山吗？”

听到伯母的话，菲利普合上书，吻了一下伯父的额头，然后上楼去了。他的目的达到了。房间冷得像个冰窖，所以在换睡衣的时候，他一直在打哆嗦。菲利普觉得祷告条件越艰苦，越能显示出心诚，更能博得上帝的垂怜，而此时他奉献给上帝的祭品正是那双冰冷麻木的手。想到这儿，他当即跪拜在地，双手挨着额头，全身心地向上帝祈祷，恳求上帝治好他的跛足。也许跟搬大山相比，让他的跛足恢复正常是件很容易的事情。在他的意识里，上帝无所不能，只要他老人家愿意，一定可以满足自己的祈求。他所能做的就是把自己的一片赤诚展现在上帝的面前。第二天，早晨祷告时，菲利普再次祈求能让跛足恢复正常，同时还希望在自己期望的日子里实现。

“伟大的上帝，我知道您永远是充满仁慈与怜悯之心的，我祈求您赐我一点，在我假期结束回学校前，把我变成一个正常的人。”

这套词是菲利普精心编成的。后来，在念完祷告后牧师静默的那段时间，菲利普在餐室里又重复了一遍。晚上睡觉前，他身穿睡衣，浑身哆嗦着又默告了一遍。他也算是够诚心的了，现在他期盼着假期赶紧结束，这样跛足就能早些完全恢复。到时候，他一步三跳地跑下楼，一定能让伯父大吃一惊；然后，路易莎伯母会在饭后带着他出去买一双新靴子……还有，到了学校，同学们见到他，也一定会大吃一惊。

“嘿，凯里，你的脚是怎样好的？”

“该怎么好就怎么好的呗。”他不无自豪地说，仿佛这件事本身就很平常似的。

接下来，他就可以踢足球了。菲利普仿佛看到自己在绿茵茵的草地上飞奔，跑得比谁都快。越往下想，菲利普的心跳得越厉害。学期结束时，正是复活节，菲利普参加了学校组织的运动会，他选的是田径赛；他可以同正常人完全一样，甚至想象到自己飞步跨栏的情景。新来的学生再也不会因为他的跛足而好奇地打量他；到浴池洗澡，他再也不用百般防范，小心翼翼地脱掉衣服，然后快速钻到水里。想到这一切，他觉得太妙了。

为此，菲利普更加专注，整个祈祷过程都注入了他的全部精力。他毫不怀疑，无限信仰上帝的言辞。假期结束，明天该返校了。最后一个在家的晚上，户外地面积了一层白雪，温度很低，菲利普睡觉前冻得浑身发抖，这时候连路易莎伯母都破格在卧室生个火，而菲利普的小房间比地窖还冷，他的手指都麻木了，连解开扣子都有些费劲。等他解开扣子，牙齿已经在咯咯地打战。突然，他心生一念：要想吸引上帝的注意，需要一些不同寻常的举动才行。想到这儿，他马上将床前的小地毯挪开，然后跪在光秃秃的地板上。后来，又想到穿着软和的睡衣有可能会惹上帝不悦，于是他脱掉睡衣，不穿衣服在做祷告。做完以后，他上床钻进被窝，身子好半天都是冰凉冰凉的，一直睡不着，但是等睡着后，睡得又香又沉，一觉睡到大清早。要不是玛丽·安进屋给他送热水时将他叫醒，还不知他会睡到什么时候。玛丽·安走到窗户前，将窗帘拉开，并向菲利普问好。菲利普没有搭理她，因为他清楚他所期望的奇迹马上要出现了，心里甭提有多高兴了，充满了对上帝的无限感激之情。接下来，他想做的第一个动作就是用手去摸他的脚。突然他想到，如果这么做，或许是对上帝不敬，于是他先用右脚脚趾碰了碰左脚，突然有些出乎预料，随即用手去摸。

菲利普情绪低落，走下楼，和往常一样一瘸一拐的。然后走到餐桌前坐下，准备吃早餐。这个时候，玛丽·安进了餐室，准备晨祷。

“怎么啦？今天怎么听不到你说话呀，菲利普？”路易莎伯母见到菲利普有些异样，就赶紧问他。

“能有什么事情呢？说不定，他正在想着明天在学校会吃到什么样的早餐。”牧师说。

很明显，他的大伯有些生气。的确，菲利普的回答跟眼前的事儿风马牛不相及，而他的大伯不止一次被他这种答非所问的情况惹火，认为这是一个不专心的毛病。

“假如您向上帝请求了一件事，比如像搬走大山这样的事情，并且也真心相信这种事儿一定会发生，而且心是也够诚，”菲利普说，“可是，最终的结果却是这件事情没有发生，这是为什么？”

“怎么又提起这个搬走大山的事情？我记得你前些天就说过，”路易莎伯母说，“怎么有这么古怪的想法？”

“那还能说明什么呢？只能说明你还是心不够诚。”牧师回答道。

菲利普没有接话，显然是认可了。菲利普想到，他的跛足没有治好，只能怪自己心还不够诚。可是，他搞不清楚，究竟怎么做才能表现出自己的诚心呢。突然他灵光一现，也许是自己太心急了，留给上帝的时间有点短，毕竟也就十九天的时间。接下来，他再次做祈祷。这一次，他把期限定在复活节那天，因为那天正是上帝复活的日子，也许他老人家沉浸在快乐之中，会更加慈悲，越发怜悯受苦受难的人们。为了能梦想成真，他还用了其他一些方法：当一轮新月升起时或者看到马的身上有条纹，他就许愿；有时他还十分留意天上的流星。某个假日，他趁机回家。正巧赶上吃鸡，他同路易莎伯母一块儿扯那根如愿骨[1]时，他又在心里祈祷了一下。每次的祝愿都是祈求自己的跛足能治好。后来，他竟神不知鬼不觉地祈求起比上帝更久远的神仙来，这些是他们的图腾信仰。只要他有时间，就会用那几句一成不变的话，一遍又一遍地向全能的主祈祷，因为他觉得让上帝听到同样的祈祷很重要。但是没有坚持太长时间，他又觉得他信得还有点浅，也就是还不够诚心。随即而来的是阵阵难以抵御的疑惑，并渐渐地归纳出了一条规律。

“依我看，谁也没法心诚到那种地步。”他说。

[1] 家禽或鸟胸前的叉骨。西方风俗认为，两个人一起扯此骨，谁扯到长的那段将会心想事成。

菲利普想起过去他的保姆常对他说，不管是什么鸟，只要把盐巴撒在它的尾巴上，就能轻轻松松地将它抓住。他还记得有一次，他走进肯辛顿公园，随身还携带了一小袋盐。但是，无论他想什么办法，最终还是无法靠近小鸟，更别提把盐撒在小鸟的尾巴上了。还没有等到复活节的来临，菲利普因饥饿放弃了努力，心里对伯父很生气，觉得上了他的大当，一直在戏弄自己呢。这就像《圣经》里关于移山填海的事，所说的跟所指的压根不是一回事。

15

在菲利普十三岁那年，他正式进入坎特伯雷皇家公学。这所学校，源远流长，这也是它引以为豪的地方。这是一所修道院的学校，在英国被诺曼人征服之前就有了。当时，学校只有几门简单的课程，教授知识的是奥古斯汀教团的修士。在修道院遭到破坏之后，它跟其他这类学校一样，在亨利八世国王时期，政府努力进行了重建，从此命名为坎特伯雷皇家公学。至此，学校的办学方针切中实际，招收的学生要么是当地上流人士子弟，要么是肯特郡各行各业人士的孩子。从这里毕业的个别学生，后来成了名满天下的人物。初期，这几个人主要是写诗，才华接近于莎士比亚，最后变为写散文。这些人对后来者的影响很大，连菲利普这一代都能受到影响。还有一个学生离开皇家公学后成了一名出类拔萃的律师，也许是因为当今社会上有名望的律师本就很多，所以这个就理所当然了。这所学校还出过一位立了大功的将军。实际上，在后来的三百年内，坎特伯雷皇家公学主要还是培养教会所需的人物：教士、主教、主任牧师、牧师会成员，还有大量的乡村牧师。在校的不少学生，他们祖祖辈辈都毕业于这所学校，坎特伯雷主教管区内的教区长好多都是这类人，所以他们进入这所学校的唯一目的就是子承父业。不过，在这些人中，有些人发生着某些变化，他们把从家里听到的一些话带到这里，主要是说如今的教会不复往日，原因并不是教会的薪水低，而是现在教会这些人啥样的都有。菲利普从个别孩子嘴里得知，有几位副牧师的父亲就是生意人。也就是说，这些人不愿做副牧师，屈身在一个身份下贱的人之下，而选择去殖民地做买卖。菲利普心里清楚，布莱克斯泰勃的牧师公馆压根瞧不上做买卖的，在皇家公学也一样。在他们的眼中，买卖人要么是出身低贱，要么是没能继承到田产，更不会是从事四大高尚职业[1]的人。在学校的非住宿生里，大约有一百五十人家境要么是当地的上流人士，要么是驻扎兵站的军官的孩子，而那些父亲是做买卖的学生，在学校里很自卑，根本让人瞧不起。

学校里的那些年迈的教员，一心只盼皇家公学能保持其固有的传统，非常抵触新思想，尤其在教育方面，甚至有时候《泰晤士报》或《卫报》刊登一些新思想，他们也大叫不可思议。那些僵死的语言使得孩子们非常讨厌荷马、维吉尔之类的。有个别无所畏惧的在教师食堂吃饭时，偷偷地说，数学慢慢显现出它的重要性了，但是多数人还是认为数学仍然无法跟高雅的古典文学齐头并进。学校里没有设置化学课，也没有德语课，不过设置有法语课，由级任老师负责传授，因为在维持课堂秩序方面，他们比那些外国教员要有经验。其实，他们的法语知识也不比真正的法国人差。不过，他们去布洛涅的餐馆用餐，如果侍者不懂英文，那么他们想喝杯咖啡都难。地理课上，学生们主要是画地图。学生们很喜欢上这门课程，尤其是讲到某个山地居多的国家时，因为学生们可以通过画安第斯山脉、亚平宁山脉什么的打发很多时间。学校的老师都是一些没有结过婚的教士，几乎都曾受教于牛津或剑桥。假如其中的某个人想摆脱单身，结婚生子，那么接下来，他的下场要么是牧师会的肆意摆布，要么是委派担任一个小职务，当然薪水也少得可怜。迄今为止，菲利普还没有听说哪个教师愿意放弃坎特伯雷这样一个上层的生活圈子（这个生活圈子不光有严肃的宗教氛围，还受到本地骑兵站的影响而有点尚武思想），而到某个乡村教区当个牧师，过着枯燥乏味的日子。据了解，现在学校里的教师都在四十岁以上。

至于学校的校长，必须结婚。他的日常事务就是管理学校的一切事务，一直干到干不动为止。在他退休的时候，他会领到一份丰

[1] 一般指医生、律师、建筑设计师及牧师，均须接受一定的知识和技艺训练才能胜任。

厚的俸禄，这数量是一般教师无法想象的，另外，牧师会还将荣誉会员的称号授予他。

在菲利普升入皇家公学的前一年，学校里发生了一个重要变化。本校校长弗莱明博士当校长已经二十五年了，如今已是老眼昏花，很明显没有办法再继续担任下去了。恰巧，城郊有一个地方空了一个肥缺，光年俸就六百镑。牧师极力推荐他去担任这个职务，说白了就是想让他退休，好让年轻的接替这个位子。这样数目的年俸也足够他舒舒服服地颐养天年了。这样一来，另外三位副牧师开始在自己老婆面前天天埋怨，因为他们盯着这份肥缺也有好长时间了：按说这个位子应该由年轻有为的人来担任，但这次竟让一个年老体衰、只知中饱私囊却对教区工作一无所知的老家伙来担任，实在是忍无可忍！但是，这些教士们尚未领受牧师之职，所以他们的牢骚埋怨根本传不到大教堂牧师会那些当权者的耳朵里。在这种事情上，他们说什么都没用。当然即便他们有所表达，也不会有人去听。

就这样，弗莱明博士的事儿算是到此结束了。而皇家公学校长一职还空着，需要物色一个继任者。根据学校传统，不能挑选本校教师。最后，全体教员一致推荐预备学校校长沃森先生继任，首先他算不上本校教师，此外大家相识也有二十年之久了，可谓是知根知底，根本用不着担心他会变成一个讨厌的人物。但是，让大家伙意料不到的是，皇家公学的校长让一个叫珀金斯的担任了，在此之前，大家很少有人听说过这个人。刚开始，大家都不知道这个珀金斯是个什么来头，也没有什么好的印象，直到后来大家想到布店老板珀金斯，这时大家才恍然大悟，原来是他的儿子！这个消息是弗莱明博士在午餐时告知全体教师的，大家从他的言谈举止中，看得出来他本人也吃惊不已。听到这个消息，正在用餐的教师只顾埋头吃饭，几乎没人说话，好像没有这回事似的，可是等到大家走出餐厅，马上议论纷纷。这几个人姓啥叫啥，说不说都无所谓，不过在几代学生们的嘴里，他们都有绰号：“常叹气”“柏油”“瞌睡虫”“水枪”和“小团团”。

这些人都认识汤姆·珀金斯。他算不上什么绅士，在大家的记忆中，当时他还是一个很瘦的小男孩，个子不高，皮肤黝黑，黑黑的头发凌乱不堪，一双大眼睛圆溜溜的，整个人就跟一个吉卜赛人似的。记得他当时也是一名非寄宿生，学校给他提供的奖学金是最高标准，所以他在皇家公学期间，没有花费家里一分钱。他的确很有才华，在每年的颁奖典礼上，他总能收获多个奖杯，可以这样说，汤姆·珀金斯就是学校的一个名片。如今，教师们又回想起当年为了防止汤姆·珀金斯放弃皇家公学，而选择某所有更高助学金的公学，弗莱明博士竟亲自找到汤姆·珀金斯的父亲，并希望汤姆能一直留在他们学校，直至他进入牛津大学。如今大家还记得那家布店名字就叫“珀金斯－库珀布店”，位置在圣凯瑟琳大街。也许有这方面的原因，从那以后，皇家公学成了“珀金斯－库珀布店”的忠实顾客，当然珀金斯先生很愿意满足顾客的这种要求，一直让汤姆待在皇家公学。后来，汤姆·珀金斯依然稳步前进，在弗莱明博士的印象里，汤姆在古典文学方面应该是学得最好的，并且在他离校时，学校还给了他最高额的奖学金。紧接着他又在马格达兰学院获得一份奖学金，然后开始了他的大学生涯。他每年获得的各种荣誉都记载在校刊里。有一次，他的两门功课都得了第一名，弗莱明博士在校刊的扉页上亲自写了几句颂词。在庆祝他学业上的出色成绩之时，学校还有更满意的事情。“珀金斯－库珀布店”厄运连连，库珀饮酒过度。就在汤姆·珀金斯快要取得学位的时候，他们家宣布破产了。

应众人所望，汤姆·珀金斯领受圣职。实际上，他也很擅长当牧师，曾相继担任威灵顿公学和拉格比公学的副校长。

但是，赞扬他取得的成就，并不意味着乐意接受这个校长并在他的手底下干事。他上学时，被“柏油”先生罚过抄书，还挨过“水枪”先生的耳光。实在是无法想象，牧师也能干出这样的事情。还有，现如今，他的父亲库珀生意破产，而且还嗜酒如命，也让他有些难堪。不过，坎特伯雷校长还是挺支持这位候选人的，也许还会设宴祝贺他呢。不过，汤姆·珀金斯如果参加像教堂园地内举行的那种有一定规格的宴会，并且还要作为上宾，不知道这样的宴会还能不能保持原有的情调。军官和上流人士的圈子是不会接纳他的，而且他进入这个圈子，也将会严重危害学校的名望和地位。到时候，强烈不满的家长们会把他们的孩子带走，这不是不可能的。如果称呼他“珀金斯先生”，简直会脸面无存呀。考虑到这些，教师们都想写封辞呈，不愿与之为伍，受之调遣。可是，如果上面依然决断，接受了他们的辞呈，那岂不是弄巧成拙了，思前想后教师们还是放弃了。

“实在没有什么更好的办法了。不如坦然处之，以不变应万变吧。”“常叹气”先生无奈地说。他教五年级已经二十五年了，没有比他更不堪的了。

教师们跟新校长见面的时间，由弗莱明博士安排在午餐时。当他再次出现在大家面前时，已经是一个三十二岁的人了：个子挺高，还是很瘦，跟教师们记忆中的那个小男孩一样邋遢。身上胡乱地套着几件做工蹩脚的衣服，黑发依旧凌乱，明显是不会梳理头发。他举手投足间，那一绺绺头发就耷拉到脑门上，接着猛抬手从眼睛旁撩过。他胡子拉碴，黑乎乎地蔓延在脸上，快要盖住整个脸颊了。谈话时，他从容自在，让人觉得大家刚见过面没多长时间。当然，他很高兴能见到大家，对于这个新职务他没有生疏感。当人们称呼他为“先生”时，他也没有觉得有什么不妥的地方。

愉快的见面会结束时，有位教师无意中插了一句：“这会儿还早，火车开车还得一阵子。”

“没事的，我到处转转，顺便再去看看那家铺子。”珀金斯说。

在场的人都觉得尴尬，怀疑这个家伙怎么这么没头没脑的。偏偏弗莱明博士还没有听清楚珀金斯的话，向四周打听他说了什么，这让气氛越加尴尬。他的太太对着他的耳朵，大声说：

“他说他想四处转转，再去看一下他父亲原来的铺子。”

话里的羞辱之意让在场的人觉得很窘迫，但汤姆·珀金斯毫不在意，扭脸问弗莱明太太：

“您知道不知道，现在谁经营着那个铺子？”

弗莱明太太心里恼火极了，实在不愿意搭理他。

“现在还是由一个布商经营着，”她愤愤地说，“他叫格罗夫。现在，我们买东西都不去那个地方了。”

“那我去的话，不知道他让不让我随便进出。”

“我觉得应该没有问题，假如您表明身份，他会让您进去的。”

教员公用室里，一直到吃完晚饭才有人把憋在肚子里好半天的事儿说出来，打破平静的是“常叹气”先生。他问道：

“嘿，大家觉得咱们这位校长怎么样？”

大家都在回想午餐时的那次见面谈话。其实，这个也算不上什么谈话，压根就是一场独角戏，是珀金斯一个人的独白。说话时，他心思敏捷，不卑不亢，擅长演说，声音很洪亮。咧嘴笑时，声音不长，可以看到他牙齿白净。他讲话时，大家听起来很费力，并且不明白他说的重点在哪儿。原因在于他在讲话时，话题跳跃太快，大家根本跟不上，并且前言后语也基本没什么关联。后来，他提到教学法，虽是再简单不过的事情，但他却大讲特讲，并且讲的都是大家从未听过的德国现代理论，这更让教师们一头雾水。他从古典文学，讲到考古学，说他还花了整整一个冬天挖掘古物，后来又提到他本人曾到过希腊。让在场老师们不明白的是，校长所讲的这些东西对教师辅导学生应付考试究竟有多大的益处；让在场老师们感到不知所云的是，他竟然将贝根斯菲尔德勋爵[1]和阿尔基维泽斯[2]放到一起来说。当他谈到格莱斯顿[3]先生和地方自治时，大家这才缓过神来，原来这个家伙是个自由党人，顿时心都哇凉哇凉的。后来，德国的哲学、法国的小说等也从他的口中蹦出，原来他在这么多方面都有所涉猎，大家都认为他在学术上应该不会有很深的造诣。

到了最后，“瞌睡虫”先生归纳提炼了大家的想法，并精辟概括成了一句经典语录。说到这个“瞌睡虫”先生，就是一位级任老师，现在教三年级，天生软弱，眼睛老是睁不开。他个子瘦高，看着软绵绵的，动作慢吞吞的，让人觉得整日里都没精打采的，所以才被别人取了这个绰号。说实在的，这个绰号倒是很贴切。

“我就是一个性情中人。”“瞌睡虫”说。

缺乏教养的表现之一就是将热情显露在外面，并且热情容易引起变动。当想到传统习俗如临深渊，这些老夫子不由得心里咯噔一下，

---

[1] 十九世纪英国政治家、作家，最早参与了英国保守党的创建。

[2] 古希腊时期雅典城邦的政治家、军事领袖，苏格拉底年轻时的交好。

[3] 十九世纪英国政治家，曾两次向上议院提出地方自治法案，均遭否决。

不知道往后的日子怎么过。

“看看他那个样子，跟吉卜赛人还有什么区别？”有人突然这么说。

“当初在选定此人时，我怀疑教长和牧师会知不知道他是一个激进人士。”另一个人不服气地说。

谈话到此结束。大家伙儿心里很乱，话堵到喉边都强压着。

又过了一个星期，是牧师会一年一度的授奖典礼，“柏油”先生和“常叹气”先生并肩前往。在路上，“柏油”先生仍然用尖酸刻薄的口气对“常叹气”先生说：

“想想咱俩在这儿参加授奖典礼的次数也不少了吧，但不知道以后咱们还有没有机会？”

听到这儿，“常叹气”比往日更加愁眉苦脸了，无奈说道：

“反正我也没有什么太大的祈求啦，只要我能待在一个像样儿的位子，我也就不在乎什么时候退休了。”

16

时间过得很快，转眼间又过了一年。菲利普升入皇家公学后，老学究们依然死守他们的地盘，百般阻挠新东西的进入，跟表面上随声附和新上司的主张相比，他们在暗地里的冥顽不灵更不容易对付，但是学校里还是发生了不少的变化：级任老师仍担任低年级学生的法语课，不过，学校聘请了一位老师，他曾在海德堡大学获得语言学博士的学位，并在法国某中学里执教过三年，现在在皇家公学既担任高年级的法语课，又要给那些不喜欢学希腊语的学生开德语课；学校还请来了一位数学老师，主要是系统地教授数学（在过去，这个一向是不值一提的）。这两位新老师都没有就任圣职。这的确是一场实实在在的大变动。当他们刚来这里任教时，那些前辈们都侧目而视，压根就看不上他们。紧接着，学校创建了实验室，增设了军训课。老师们私下里纷纷议论，这个新上司脑袋瓜子里都在想些什么，让学校这下来了个底儿朝天的变化。同一般的公学一样，皇家公学的校舍也很狭小，至多能容下二百个学生，并且学校的旁边就是大教堂，没有扩建的可能。至于教堂周围仅有的一幢教师宿舍，也差不多住满了教士，想找到一块扩建校舍的空地，真是难上加难。没想到，珀金斯先生竟大胆地提出一个计划，把伦敦的孩子吸引到这儿来，让他们跟肯特郡的少年接触交流，未必是件坏事，相反也可以给这些没有见过世面的乡村才子提供磨炼的机会。如此一来，学校的规模足足能扩大一倍。

“他到底在干什么？这么做，完全是在违背本校的老规矩呀，”“常叹气”听说这件事之后说，“你也知道，对于伦敦的孩子，我们一直在防备着，为的就是防止我们学校的风气让他们给败坏喽。”

“你这就是胡说！”珀金斯先生愤愤地说。

他竟然当着这位老夫子的面说他胡说，这让“常叹气”承受不了，打算回驳几句，甚至可以添加一些开布店之类的事儿，捅一下他的痛处。可是，还没等他开口，毫不留情的珀金斯先生紧接着毫不畏惧地冲他嚷道：

“等你结婚后，我就设法让牧师会在教堂园地里的那所房子上面再加高两层，用来做宿舍。同时，您就可以让您的太太好好照顾了。”

这位老夫子大吃一惊，谁也没有料到自己五十七了，还要结婚，到了这个年纪还要操心成家的事。他打心眼里不想结婚，如果能选择的话，他更愿意告老退隐，平平安安地颐养天年。

“我可没有想过要结婚呀。”他嘟囔了一句。

珀金斯先生那双调皮的黑眼睛，一直在打量着对方，但这个“常叹气”先生毫无察觉。

“就算你帮帮我，结婚行嘛？这样的话，我也好在主任牧师和牧师会面前说上话，将你家的房子加高哇。”

珀金斯先生还有一个革新，就是不定期地调课，这个也是最不得人心的一个新办法。尽管他嘴上是在商量，看对方愿不愿意，但实际上那是非得不可。按照“柏油”先生，也就是特纳先生的说法，双方都不体面。并且，事先毫无征兆，晨祷结束不久，他会突然对某个老师说：

“今天上午十一点，麻烦您替我上六年级的课，咱们换一下班，怎么样？”

至于其他学校有没有这套做法，老师们不得而知，但在坎特伯雷，这的确是以前没有的。从效果来看，还真有些奇怪。特纳先生是第一个如此做的。在上课前，他已经将消息透露给班里的学生，校长会来教今天的拉丁文。并且，假借学生们要提出一些问题让校长回答，在下课前，他特意留出十五分钟，让学生们熟悉校长要讲的利维[1]的一段文章，主要目的还是避免学生们到时候目瞪口呆，给自己丢脸。但是，等这节课上完，特纳先生来班上，让他大吃一惊的是珀金斯先生的打分记录中，两名拔尖学生成绩很一般，而得满分的却是几个成绩一般的学生。他把班里最聪明的孩子埃尔德里奇叫到跟前，想探个究竟。那个孩子绷着脸，说道：

"那篇课文，校长根本就没有提及。他问我的问题是关于戈登[2]将军的。"

特纳先生听完，惊讶地望着孩子们。显然，此时的他们都很委屈，孩子们现在情绪是一样的，可他也说不清楚究竟戈登将军同利维有什么联系。后来，他实在忍不住就向校长旁敲侧击地询问。

"戈登将军的事，您一下就把埃尔德里奇给问住了。"他对校长说，脸上机械地带着笑容。

没想到，珀金斯先生纵声大笑地说：

"看到他们学习凯斯·格拉胡斯[3]的土地法，所以就用爱尔兰的土地纠纷问他们，看看他们知道多少。没想到他们所知道的仅仅限于都柏林位于利菲河畔这一点，所以我就又问了他们有没有知道戈登将军的。"

很快，这件事情就公布于众了，大家都认为新上任的校长实际上非常喜欢常识。这位校长对目前通行的学科考试充满怀疑，反对为了应付考试而让学生们死记硬背的做法，而他本人认为常识才是重要的。

就这样，一月月地过去了，"常叹气"更加担忧以后的日子。

---

[1] 古罗马时期的历史学家。

[2] 十九世纪英国殖民主义军官，曾指挥了侵略中国的第二次鸦片战争。其最后在苏丹被当地起义者处决。

[3] 古罗马政治改革家。

他一直在想办法摆脱这个念头：珀金斯先生逼他选定日子，马上结婚。另外，在古典文学方面，新校长的态度也让他十分恼火。珀金斯先生，毫无疑问，的确是一位学富五车的人，目前正在为一篇完全符合正统的论著（关于拉丁文学谱系）忙碌着。但是，他对古典文学的态度显得很轻率，就好像谈论什么娱乐项目一样，把它当作茶余饭后的平淡话。还有一个就是三年级的"水枪"先生，这个人的脾气相当火暴，并且是日益严重。

进入皇家公学之后，菲利普正好被安排在"水枪"先生的班上。这位戈登先生的性情，其实并不适合当老师：他脾气暴躁，还缺乏耐性；并且，由于他的教学长期无人问津，再加上教的尽是低年级的学生，他可以想干啥就干啥，早就没有了自制力。在上课时，整个过程，让人能记住的就是他的暴脾气。他中等身材，有点胖，白发开始爬上他的头，上唇有一撮胡须。这个人长相普通，面容较大，一对蓝眼睛较小，面色红润，在发脾气时变成黑红色，而他这个人又容易大发雷霆。每当见到某个学生翻译课文时磕磕绊绊，他就怒火中烧，坐在讲台边直发抖，且他在发怒时，还经常啃指甲，长此以往，弄得连肉都包不住了。他如此对待学生，在学校里也是人所共知的事情，不过也免不了有一些夸大其词的地方。两年前，学校发生了一件轰动一时的事情。有一次，这位老师用书狠狠地打在一个名叫沃尔特斯的孩子脸上，直接让这个孩子的听力下降，并且因此辍学了。这个孩子住在坎特伯雷，孩子父亲还要向法院起诉，好多城里人知道此事后都鸣不平，这件事还登上了当地的报纸。可惜，当时的沃尔特斯先生只是一个微不足道的酿酒商人，所以大家对他的同情无形中也削减许多。同样讨厌这位老夫子的班上的其他孩子，也都很务实，最终选择支持老师，反而非常反感外界干涉校内事务，当时继续留在学校的沃尔特斯的弟弟还经常被他们为难。至于戈登先生，差一点被轰到乡下。从那以后，他再也不敢体罚学生了，同时老师们也没有权力再打学生的手心了，"水枪"老师也收回了他经常抽打讲台的教鞭，顶多就是使劲地捏几下学生的肩膀。但是，对于那些不受管教、倔强的孩子，他还是要进行惩罚，不过方式变了：让这些学生抬起一条胳膊，然后原地站上十到三十分钟。他现在不

再打学生，但没有改变的是：在臭骂学生时，还是不管不顾。

菲利普是一个生性胆怯的学生，遇到“水枪”老师算是糟糕透了。再次回到皇家公学，跟上一次见沃森先生相比，菲利普这次的胆子也算是大了一些。他认识这儿的好多孩子，也算是老资历的人了，不再觉得自己是一个小孩子了，并且他还本能地感觉到，在人多的时候，反而很少有人再关注他的跛足了。可是，第一天进校，遇到戈登老师，他变得诚惶诚恐。这个老夫子能看出谁害怕他，并且为此妨碍这些学生。以前，菲利普在上课时，总能听得很认真，可是现在上课每次都战战兢兢，感觉时间过得太慢。当老师提问他时，他宁愿傻傻地坐在那里，也不愿回答问题，以免答错引来一顿臭骂。当轮到他翻译课文的时候，他就跟大病了一样，说话哆哆嗦嗦，脸色煞白。不过，也有让他开心的时候，比如作为代课的珀金斯先生前来上课的时候。这位校长有个常识癖，菲利普正好投其所好。菲利普涉猎广泛，好多成人阅读的书籍他都看过。在珀金斯先生上课时，经常是这个情况：他先是在同学中间兜一圈，看到他们都回答不出来，然后将目光投向菲利普，同时露出让菲利普心花怒放的微微一笑，接着说：

“凯里，现在你给大家讲一下吧。”

戈登先生对菲利普取得这个高分更是耿耿于怀。有一次，轮到菲利普翻译了，这个时候，老夫子坐在凳子上，两眼凶恶地盯着菲利普，同时还怒气冲冲地咬着大拇指，显然正在气头上。菲利普低声言语。

“声音大点儿，别唧唧哝哝的！”老夫子大吼。

菲利普吓了一跳，感觉喉咙顿时被什么东西给堵上了，发不出声来。

“继续！往下说！往下说！”

老夫子一连吼了三声，且一句比一句厉害，直接把菲利普所学的东西吓得不翼而飞，只剩下看着书页发呆的菲利普和他空白的脑壳。此时的戈登先生大喘着粗气。

“你到底懂不懂？如果不懂，你为什么不早说？你究竟有没有把上次学的东西听进去？你说话呀！简直就是个傻瓜！你说呀！”

越说气越大的老夫子用手紧紧地抓着座椅的扶手，好像是防止自己扑向菲利普似的。大家都知道，要是在过去，他定会扑上去，掐住学生的脖子，不把他掐个半死是不会松手的。此时的戈登先生青筋快暴露了，阴着脸，非常可怕，猛一看还以为是个疯子呢。

实际上，在前一天，菲利普已经完全弄清楚了那段课文，可是此时却一点也想不起来。

“我不懂。”他总算说了一句。

“你是不懂呀，还是在装蒜？来吧，我们一个字一个字地讲解。”

菲利普仍然一声不吭，微微打战，面如土色，耷拉着的脑袋快要贴到课本上了。老夫子气得鼻孔呼呼直响，声音大得就跟打呼噜一样。

“校长还夸奖你聪明，现在看来也不过如此嘛。什么狗屁常识！”他发泄似的大笑着，“我就纳闷了，你怎么会在这个班上。简直就是笨蛋！”

他很欣赏这个词，一连吆喝了好几声：

“笨蛋！笨蛋！一个瘸腿大笨蛋！”

竭力发泄一通之后，戈登先生的火气消了不少。他吩咐脸颊涨得通红的菲利普去拿记过簿。这个本儿是浅黑封面的，是学生的犯错记录。如果上面记录某个学生达到三次，就会遭到一顿鞭打。放下手中的《恺撒纪事》，菲利普悄然无声地走出教室，然后来到校长的住处。书房门没有关。菲利普轻敲书房门，看到珀金斯先生正在书桌旁。

“校长先生，我来拿一下记过簿。”菲利普低声地说。

“在那儿呢，你去拿吧。”珀金斯先生随口说道，并朝那个位置示意了一下。

“不会是你干了什么出格的事情吧？”

“我不清楚。”

珀金斯先生没有想太多，只是看了一眼菲利普，继续忙碌着。菲利普拿着本子走了。几分钟过后，他又走了回来。

“来，先拿给我看一下。”校长说。他接过本子，然后翻开，说：“原来是戈登先生把你的名字记在这里面，理由是‘没有礼貌，

太放肆’。说说吧，究竟是什么事？”

“我真的不知道，校长先生。他骂我是笨蛋，一个残疾笨蛋。”

珀金斯先生听完菲利普的回答，朝他看了一眼，发现这个孩子现在还很害怕，面无血色，眼里充满了害怕和难过，也就暂停了追问。随后他放下记过簿，起身拿起几张照片给菲利普看。

“这些是几张雅典的风景照，是我的一位朋友今天上午刚寄来的，”他随和地说，“你看，这个是雅典卫城。”

说着，他向菲利普仔细地讲解照片上的古迹。在他的解说下，菲利普突然觉得画面上的断壁残垣变得跟真的一样。他又将狄俄尼索斯露天剧场递给菲利普，并解说这个剧场当时要按等级就座，还提到场里的观众在哪个角度可以远眺蔚蓝色的爱琴海。突然，他话锋一转，对菲利普说：

“过去我也在戈登先生的班上念书，记得‘做生意的吉卜赛人’常出自他口。”

校长先生的话，菲利普完全没有领会它的意思，只是一味地看着那些照片。后来，珀金斯先生又将一张萨拉米斯岛[1]的图片拿了出来，用那个指甲尖还有一道黑边的手指指给菲利普看，并将希腊、波斯两国战舰的阵容部署一一解说给菲利普听。

17

在剩下的两年里，菲利普默默无闻，形单影只，生活过得单调但自在，跟那些跟他个头相仿的学生相比，受到的欺凌少了许多。身患残疾的他无法参加任何游戏活动，他存在不存在对别人无关紧要，这个正中菲利普的下怀。有两个学期，他是在“瞌睡虫”先生的班上度过的。说起这个“瞌睡虫”先生，正是人如其名，每天就好像睁不开眼似的，一副没有睡醒的样子，对周围的一切也有些厌倦，干什么事情都马马虎虎，不过还算得上尽职尽责。他这个人为人和善，脾气也温和，不过书呆子气挺浓。他非常信任学生们的操守，认为如果怀疑学生们在撒谎，那学生也会变得没有诚信，还经常说这句

[1] 希腊的一个岛，古希腊曾于此岛与波斯军队打仗，并大获全胜。

谚语："种瓜得瓜，种豆得豆。"在三年级高班的日子确实好过多了。比如说，老师让学生们分析课文，还没有轮到自己，但他已经八九不离十地知道哪几行由他来解释，并且学生们私底下将作弊用的注释本传来传去，很快就能把需要的东西查出来；如果老师要挨个提问，那么学生就会把拉丁语语法书放在大腿上；"瞌睡虫"老师在批改作业时，即便发现有许多学生的作业同时出现同样的错误，他老人家也不会怀疑他们是抄袭的。他从来不相信什么考试，这可能是因为学生们平时在班上的水平要比考试成绩好太多，这个虽然让人丧气，但他觉得并不妨碍大局，他们仍然会如期升级，即便是在学业上没有什么长进，至少他们学会了遇事不急、在弄虚作假时没有脸红的能耐，这个对他们进入社会以后非常管用，至少要比认识一点儿拉丁文管用些。

后来，他们升级来到"柏油"先生的班上。这位老师，原名叫特纳，可以说是这群老夫子里面最富有生气的一位。他五短身材，皮肤黝黑，腆着大肚子，下巴上留着一把花白胡须。牧师服穿在他的身上，活像一个柏油桶。他的绰号正由此得来。不过，他不太喜欢这个绰号，要是听到哪个学生这样叫他，他定会搬出校规处罚那个倒霉孩子，一般是抄写五百行字。但是，在教堂园地聚餐时，他却常常用这个绰号开涮自己。与其他老师相比，他更乐于享受这个世俗，喜欢外出赴宴。他所结交的也都是牧师这个圈子里的人。学生们认为他是一个无赖：学校一放假，他便不再穿牧师服，而是换上其他衣服，有人看到他曾经穿了一套花花绿绿的粗呢服在瑞士街头晃悠；他喜欢杯中之物，注重吃喝享受，有人曾见到他在皇家餐馆跟一位女士喝酒吃饭。这件事情让他名声大降，几届学生一致认为这个老夫子沉迷于宴乐，并且还举出许多关于这方面的绘声绘色的事情，都在证实他自甘堕落。

对于这些在三年级高班待过的学生，要想整顿学风，特纳先生觉得需要用一个学期的时间来改造。学生们经常会受到特纳老师狡猾的暗示，其他班里的种种弊端他都知道。即便这样，他从不恼火，因为他觉得学生本身就是一些小痞子，只有在他们的谎言露馅时才会变得老实一些；并且学生们有自己独特的荣誉感，可是这些荣誉

感在老师跟前毫无用处；还有就是如果他们从恶作剧得不到什么甜头，反而会惹来麻烦，那么他们自然就会收敛起来。对于自己的班级，特纳先生还是挺自豪的，虽然他已经五十五岁了，但仍然热衷于比较班级的成绩，跟当初刚来学校时一样，希望自己班级的成绩是最好的。他也容易发怒，这跟其他胖子差不多，但是他就像炸药包，炸完马上就完事了。很快，学生们就号清了他的脉搏，他表面上声色俱厉，对学生大力训斥，但事实上心里依然是深情厚谊。有一些脑袋瓜不灵光的学生，他是毫无耐心的，但对于一些聪明但爱捣乱的捣蛋鬼，却能不厌其烦地、苦口婆心地加以劝导。他还经常邀请学生们去他的房里喝茶，虽然没有什么蛋糕和松饼之类的点心，但是学生们还是很乐意前往的。

到了这个年级，菲利普更舒服了：因为校舍狭小，所以学校让高年级学生独揽了仅有的一些书室。以前，他挤在一间大宿舍里，里面干什么的都有，有吃饭的，有做功课的，总之是乱糟糟的。这让菲利普静不下来，心里有说不出的难受，渴望着能一个人单独待着，好清静一下。他会到乡间闲逛，看到小溪从绿色的田野淙淙流过，一株株耸立在小溪两岸的大树。他沿着河堤，心里充满了快乐，那是他自己也说不上来的快乐。当走累的时候，他就趴在岸边，望着水里来回穿梭的鲦鱼和蝌蚪。他还经常来到教堂园地，在里面漫步散心，这里能给他带来不一样的踏实和知足。在教堂园地的中心，有一大片草坪。夏天的时候，这里会作为练习网球的场地；其他时候，这里就非常平静了。在这片草地上，孩子们手拉手地闲逛，一些好学的孩子在这里慢慢踱步，嘴里反复念叨着要背的功课，眼睛里露出正在思索的神色。这里有几株参天榆树，上面栖息着一群白嘴鸦，它们凄厉的哀鸣划破长空，传得很远。草地的一侧是教堂，中央塔楼雄伟壮观，直插云霄。菲利普此时对“美”还没有什么概念，可是每当他抬头看着教堂，心里总会产生一种说不出的困惑和喜悦。菲利普搬进的书室是一间四方斗室，朝下能看到贫民窟。里面共住着四个人。他将买来的那张大教堂的照片钉在自己书桌的上方。有时候，他站在四年级教室的窗户旁，往远处看，别有一番情趣。在教室的对面，一块块草坪古香古色，保护得很好，中间还零星分布着郁郁葱葱的树木。如此景象让菲利普也说不清到底是痛苦，还是喜悦，总之就是一种很奇怪的感觉。菲利普的心扉也被打开了，萌生出强烈的美感。发生变化的还有他的嗓音，听上去陌生、古怪的声调从他的喉咙里发出来。

为给孩子们施坚信礼，学校设置了专门的课程，安排在每天下午茶点过后，在校长书斋里听校长上课。菲利普在时间的考验下失败了，早就抛弃了对上帝的虔诚，连晚上念诵《圣经》的习惯也早就丢掉了。可是，这些日子里，他受到珀金斯先生的熏陶，并且身体上所发生的一些奇怪的变化使得他坐立不安，他的虔诚再次萌发，还经常训斥自己有始无终、三心二意，熊熊燃烧的地狱之火经常出现在他的脑海里，而他的一言一行，跟异教徒相比，没有什么两样，长此以往，等到自己断气的那一天，地狱的怒火一定会泯灭了自己。他坚信永久苦难的存在，而就其程度来说，远远超过了对于永久幸福的笃信。每每想到这些，他的心中不免有些恐惧。

菲利普现在特别敬慕珀金斯先生。他之所以有这种类似家犬恋主人的敬慕之情，主要原因还在于那一次，在戈登先生的班上被这位老夫子当众大肆羞辱之后，他心里痛得跟针扎一样无法忍受，后来在校长书房被珀金斯先生的一番亲切交谈给缓释过来。从那之后，菲利普就千方百计讨校长欢心，可是进展不大。菲利普十分珍惜每一句校长夸奖他的话，即便是一些细微的只言片语都让他欣慰不已。当他有机会参加在校长住所举办的非正式的小型聚会时，他会一动不动地坐在那儿，两眼直勾勾地盯着珀金斯先生那双灼灼有光的眼睛，嘴巴似张非张，脑袋微微前倾，唯恐漏掉一个字，有时恨不得直接扑到校长跟前去聆听他的教诲。平淡无奇的学习环境，勾起了许多人倾听他们谈话的欲望，有的时候，校长本人都十分惊讶自己所讲的话题。这个时候，他会将书朝前一推，接着十指相扣，贴在胸前，十分陶醉地继续讲述起扑朔迷离的宗教故事。有些东西菲利普也是不求甚解，但他并不在乎这些，只是朦朦胧胧地觉得，那种气氛美妙极了。菲利普觉得，这位头发凌乱、面无血色的校长跟敢于直言申斥国王的以色列预言家一样，甚至想起基督耶稣时，仿佛看到他也是同样模样。

珀金斯先生很乐意干这件事情。上课时，他态度认真，说话风趣且妙语连珠，连学校的老夫子都认为他为人随便，但在教师会上他却一脸严肃，有板有眼的。从早到晚，珀金斯先生整日里忙个不停，事无巨细，但每过一段时候，总要花费十五到二十分钟，为那些准备受坚信礼的孩子服务，因为他想让他们深刻地记着严肃的第一步对他们的人生道路是至关重要的。他竭力探索孩子们的内心深处，向孩子们的心灵浇灌着自己炽热的献身精神。通过跟菲利普的接触，珀金斯先生发现这个孩子表面看上去羞怯，但内心所蕴藏的那股热情跟自己的相差无几，并且这个孩子拥有着对上帝虔诚的潜质。有一次，他跟菲利普在一起时，突然问菲利普：

“将来想干什么，有没有想过？”

“我大伯想让我当牧师。”菲利普说。

“你是怎么想的？”

菲利普没有回答，而是把脸转向别处。在他的内心世界里，自己没有资格侍奉上帝，可是又不好意思明说。

“这个世界上，我还没有发现比我们更幸福的生活，希望你能慢慢体会到这种荣幸是得天独厚的、了不起的。也许世人能用各种方式侍奉上帝，但很明显我们是近水楼台先得月。其实，我没有干涉你想法的意思，只是想让你知道，一个人一旦拿定主意，伴随而来的将是数不尽的快乐。”

菲利普还是一声不吭。不过，从他的眼神里，校长可以看出他已经心领神会了自己这番话的寓意。

“只要你能坚持刻苦攻读，永不言弃，我想用不了太长时间，你就会是全校出类拔萃的高才生。到你毕业的时候，一定会拿到奖学金的。现在，你有什么财产吗？”

“等我到了二十一岁，我每年能得到一百英镑。这是大伯跟我说的。”

“这么说，你还是挺富有的。比我要强得多，我那个时候，口袋里一个子儿都没有。”

谈话暂停了一会儿，校长拿着一根铅笔在纸上随意画着，然后说道：

“其实，你能选择的职业会受到一些限制，至少那些需要体力的职业都不适合你。”

每逢别人提及他的跛足，菲利普从头到脖子都会发红。珀金斯先生看到这些，神情严肃地对他说：

“你是不是对自己的不幸太过敏感了？为此你是否向上帝祈求过？”

听到这儿，菲利普猛地将头抬起，紧闭双唇。他心里想起当初听信伯父的言辞，一连好几个月都在祈求上帝能治愈自己的残疾，就跟他让麻风病人和盲人治愈一样。可惜，他依旧没有得到改善，那段往事不堪回首。

“这就看你怎样看待这个事情啦。如果你现在不情愿接受自己的不幸，那等着你的只能是它带给你的委屈；但是，如果你觉得这是上帝的恩宠，是因为你的强大让上帝动容了，才将一枚十字架赐予，那它将成为你幸福的源泉，而不是痛苦的根源。”

珀金斯先生看得出来，菲利普心里这个坎一时半会儿无法越过，他还是不愿意谈论自己的残疾，于是就打发菲利普走了。

校长先生的话，菲利普并非没听进去。那次谈话之后，菲利普不断地细心品味校长所说的话，突然心无杂念，全心全意地投入坚信礼中去了，沉浸在妙不可言的快乐中去。他的生活好像也发生了全新的变化，灵魂也摆脱了肉体的羁绊；他的激情也被激发了起来；他下定决心，要当一名牧师，向上帝奉献自己的一切。接受坚信礼的时间越来越近，菲利普满心惊喜；他所付出的所有努力，他所看过的所有书籍，特别是校长给他说的那段受益匪浅的话，都深切地打动着他的灵魂。不过，有一个念头让他心里有些退却。如果他一个人在众目睽睽之下从圣坛走过，他担心的就是让别人再次注意到自己奇怪的姿态，更严重的是参加坚信礼的不光是本校的师生，还有市民和学生家长。经过一段时间的内心挣扎，最终他突然觉得如果自己心情非常欢愉的话，那些屈辱也算不得什么了。受礼时间到了，菲利普在众人的目光下，一瘸一拐地走向圣坛。在气势磅礴的大教堂里，他的身影显得非常渺小。他要向怜爱他的上帝奉献一份祭品，那就是自己的残疾。

18

不愿意再脱离现实的菲利普又重新燃起对宗教的热情之火。信仰的魅力吸引着他，胸中燃烧的是他渴望的无私奉献，并迸发出绚丽的色彩，反而他却显得有些心有余而力不足，他的精力也被激情的猛烈冲动消耗一空，就像遭遇了一场罕见的旱灾，让他的心灵都干枯了。渐渐地，那个时时刻刻都在的上帝也被他抛诸脑后，尽管他照常按时做祷告，但内心却认为还要面对现实，即便是故作姿态也是必要的。起初，他还经常责怪自己没有坚持下来，还经常担心地狱之火的惩罚。这些都曾鞭策他要重新侍奉上帝，但是那种激情早已灰飞烟灭，取代它的是生活中分散了他心思并且让他感兴趣的事情。

很少有人跟菲利普做朋友，所以他经常独来独往。他养成了看书的习惯，心中第一位的就是读书破万卷。无论跟谁待在一起，没过多久他就有些厌倦；他天资聪慧，但为人又过于刚直，经常瞧不起那些愚钝的同学；他自恃博览群书，学识丰富，不把旁人放在眼里。同学们觉得菲利普没有什么能胜过他们的，如今见他尾巴翘上了天，自然经常对他反唇相讥。菲利普也不示弱，他凭着辛辣的幽默感练就了一套讥讽别人的本领，不鸣则已，一旦开口必中对方要害。刚开始，菲利普觉得讲些调皮刻薄的话，只是图个乐子，没有顾虑自己说话如此锋利，最终导致被他讽刺的人都耿耿于怀。等他明白以后为时已晚，开始自我埋怨。他刚进学校时，蒙受了太多的屈辱，潜意识里都不愿见到那些同学，如今依然无法摆脱自卑的心态，始终保持着腼腆忸怩、不爱说话的性情。虽然如此，他更希望那些同窗们能拥戴自己，可惜有的学生能轻易做到，但是他觉得很难。通常，他暗暗地待在一边，无比崇拜这些孩子。尽管有的时候，他经常嘲笑他们，对他们的讥讽毫不留情，但是只要能四肢健全，他更愿意拿自己的一切去换取他们的地位，宁愿自己是这个学校里最蠢的学生。菲利普经常会把自己想象成某个他特别崇拜的孩子，学他说话的口气，学他发笑的样子。把自己当作那个孩子，简直就是往那个孩子的躯体注入自己的灵魂。他想象的跟真的一样，实实地觉得自己变正常了。通过这个方法，他从中也体会到一些莫名其妙的乐趣，并慢慢地养成了这样一个怪癖。

坚信礼过后，紧接着就是圣诞节假期。等假期结束又开始了一个新的学期，菲利普搬到另一个书室里。同屋的一个孩子名叫罗斯，是菲利普的同班同学，也是菲利普敬慕的对象。这个孩子相貌一般：他粗手大脚，腰宽肩阔，长大会是一个大高个儿；面相笨拙，眼睛却很迷人，尤其是他喜欢笑，笑的时候他眼角周围的皮肤就会皱起来，样子挺有趣；他灵性一般，但功课很好，各种游戏玩得都很溜。老师和同学们都很喜欢他，且他对周围的人也很好。

菲利普进入这间书室，马上就觉察到同屋的其他人不愿搭理他。那几个人在一起已经有三个学期了。菲利普觉得自己是一个擅闯他屋的外来人，顿时觉得心神不宁。好在，他知道如何掩饰自己的情感，整日里不爱说话，还算本分。菲利普也被罗斯的魅力吸引，站在他的面前更觉得羞涩、慌张。没想到，见到菲利普的紧张羞涩，罗斯不知道是想施展一下自己的不凡魅力，还是仅仅出于热心，竟主动把菲利普拉进他的生活圈中。有一次，罗斯突然问菲利普愿不愿意一块儿去踢足球。菲利普红着脸说：

“我不行，走得太慢，会扯你们后腿的。”

“别说那没用的，走吧。”他敦促菲利普。

正准备动身，书室门口探进一个人头，招呼罗斯一起走。

“你别管我了，”菲利普赶紧说，“没事的，你们去玩吧。”

“又来了，走吧！”

说完，他打量了菲利普一番，然后一边哈哈大笑，一边拉住菲利普就朝外走。菲利普却在心里打战。

跟一般男孩子一样，这两人说好就好，很快就成了形影不离的好朋友。看到这种情况，其他同学都觉得十分好奇，有人奇怪罗斯到底图啥。

“我也说不上来，”罗斯说，“实际上，他这个人还是挺好的。”

时间一长，他俩的友情渐渐让大家都习以为常了：两人经常手拉着手进教堂，有时还在教堂园地里散步聊天；如果想找寻其中一人，只要知道另外一人的位置，就能找到目标人物；如果有人找罗斯有事，只需让菲利普传个话就行，因为大家一致认为靠他一定能找到罗斯。刚开始，菲利普还经常克制自己，以免因天降好事而不知高低。可是，没过多久，在如醉似狂的幸福面前，菲利普对命运的怀疑就烟消云散了。罗斯成了他心目中最了不起的人物，至于那些他原来沉迷的书籍，现在也被抛到一边，不值一提。他觉得自己还有好多重要的事情要干，哪有什么闲暇时间死捧着书呀。罗斯喜欢热闹，当然不愿错过任何有趣的机会，所以当他的朋友们闲着无事的时候，他常邀请他们来书房喝茶、闲坐，当然这个时候菲利普也都会在场陪着。这些朋友觉得菲利普这个人挺正派，很乐意跟他聊天。菲利普当然更加高兴。

一转眼，学期结束的日子到了。菲利普和罗斯打算着假期结束后，他们该乘哪个班车，以便他俩能在此汇合，然后吃些茶点，最后返校。放假后，菲利普回到家里，整日里郁郁寡欢，整日里都想着罗斯，脑海里经常会蹦出新学期他俩将会一起干些什么事情。时间一长，他在牧师公馆待得早就腻了。好不容易把假期的最后一天给盼到了。那天，威廉伯父用那种开玩笑的语气问他：

“喂，菲利普，又该回学校了。心里是不是很高兴呀？”

“那是当然了！”菲利普很爽快地回答。

放假前，菲利普跟罗斯已确定在车站碰头的时间。但为了保险起见，菲利普换乘另外一班火车早来了一个小时。菲利普在月台附近焦急地等着，突然看到那趟从法弗沙姆开来的班车进站了。菲利普兴奋地朝列车跑去，因为罗斯告诉菲利普他会乘坐从法弗沙姆开来的列车。可是，在这趟车上没有见到罗斯。菲利普向搬运工打听下一班列车到站的时间，然后在车站继续等待。可是等下一班列车到达，菲利普还是没有见到罗斯，他有些失望。又冷又饿的菲利普决定不再等了，抄近路返校了。让菲利普没有想到的是，罗斯已经到书室了。只见他双脚放在壁炉架上，正跟其他东一个西一个到处乱坐着的六七个同学天南海北地聊天。罗斯见到菲利普进来，连忙起身，并主动伸手朝菲利普走来。可是，菲利普阴着脸，因为他知道罗斯把他俩之前的约定忘得无影无踪了。

“嘿，哥儿们，你怎么才来？”罗斯说，“原本我以为你不打算来了呢。”

“你是不是早到火车站了？”其中一位同学对菲利普说，“当时我都见到你了。”

菲利普的脸又红了，但是他不想让罗斯知道自己其实在车站像傻瓜似的等了好久都没有等到他，这才晚些到学校。

“有个朋友，好长时间没有见面了，”菲利普随口编了套词儿，“所以我们就送了他一程。”

菲利普对朋友的爽约有些不悦。他坐在书屋里，沉默不语，当有人问他话时，他会随便应付几句。他决定等屋里只剩下自己跟罗斯的时候，再问个明白。后来，其他人陆陆续续地离开书室，罗斯走到他的跟前，菲利普则靠在椅背上，懒洋洋地看着罗斯。罗斯随即一屁股坐在椅子的扶手上，说：

“这下好了，我们又可以住在同一个书室里了。你说带劲不？”

见到菲利普回到学校，罗斯打心眼里觉得高兴，这让菲利普对他的怨气顿时消散了。两人又开始你一言我一语地聊起他们感兴趣的事儿，就好像刚分开没有多久似的。

19

刚开始的时候，罗斯跟菲利普的友情让菲利普觉得很意外而且感激，没有跟罗斯提过任何要求。一切都自然平淡，他的生活过得还挺快活。可是，没过多久，菲利普变得有些愤愤不平起来，因为他需要的是专一笃实的情谊，而罗斯对任何人都表现得和蔼可亲，跟对自己没什么区别。原来作为恩惠接受下来的东西，现在却被他当作自己的专属。在罗斯跟别人交往的时候，菲利普心里充满忌妒，甚至有时不管自己有没有道理，总会讽刺罗斯几句。比如，罗斯去了别人的书室，并在那儿多待了一会儿，菲利普就会给回到书室的罗斯脸色看。菲利普整日里郁郁寡欢，而罗斯也看出他任性不高兴，故意不去搭理他，这让菲利普更加难过。菲利普也知道自己的所作

所为非常愚蠢，但他还是动不动就跟罗斯闹别扭，然后两人谁也不搭理谁。时间一长，菲利普就有些忍不住了，尽管有时候他觉得自己并没有过失，但还是主动跟罗斯道歉，随后两人和好如初，但两人亲密无间的时间不过一个星期，又会因矛盾而搁浅。长期如此，他们友谊的黄金时代一去不返。当罗斯跟他在一起散步时，菲利普能感觉到罗斯是出于习惯，或者是担心菲利普生气；他们没有了往日的默契，说话做事都离心离德；而罗斯也开始有些不耐烦了。菲利普把这些问题都归咎于自己的跛足上。

到了本学期末，学校里有几个学生得了猩红热，其中就包括菲利普。顿时学校里沸沸扬扬，要求把患者送回家，免得传染给别人。很快，患者就被隔离起来，结果学校里再也没有谁被感染，这场瘟疫算是被及时地控制住了，这才让大家放下心来。整个复活节假期，菲利普都待在医院里。到夏季学期开学时，菲利普被送回牧师公馆疗养。无论医生怎么肯定地说他的病已经过了传染期，牧师依旧是疑心重重，认为这个时候不该把菲利普放到海边来疗养。但是，他一时也没有什么法子解决菲利普的去处，只得同意菲利普回家。

又过了半个学期，菲利普这才完全康复，回到学校。疗养期间，他已经将跟罗斯之间的不痛快都忘了，只知道罗斯是他的好朋友。他知道以前自己太愚蠢，以后要学会宽容大度。他还收到罗斯寄来的几封信，信的结尾都是："祝你早日康复！"菲利普认为，罗斯也十分想念自己，很期盼自己早日回到学校。他也一样，特别想早日见到罗斯。

后来菲利普了解到他不能跟罗斯住在一起了，因为同一年级的某个学生死了，是因为猩红热，所以同一书室的学生有所调整。真不幸！菲利普刚回到学校，一放下行李，就奔跑着来找罗斯，顾不上敲门，直接进屋了。当时，坐在书桌旁边的罗斯正跟一个叫亨特的同学在一起写作业。他听到有人突然闯入，连忙转过身。

"谁呀？这么冒失。"他大声说道，定睛一看是菲利普，"你回来啦！"

菲利普进屋后，发现有其他人在，连忙停住脚步，满脸的歉意。

"我进来看看，你怎么样了。"

“我们正写作业呢。”亨特说。

“你啥时候到学校的？”

“刚到，还没有五分钟。”

坐着的两人谁也没有动身，只是盯着菲利普看，好像在说他不凑巧，心里巴不得他赶快离开。菲利普有所觉察，顿时涨红了脸。

“我不妨碍你们做功课了。等你做完之后，能不能来我的书室一趟？”他问罗斯。

“行啊。”

菲利普出了门，并随手把它关上，瘸瘸拐拐地回到他的书室。此时，他的内心很难受，没想到罗斯见到自己时没有感到高兴，反而有些不愿意见到，很明显他跟自己也就是泛泛之交吧。回到书室后，他就一直待在那里，没有离开半步，生怕万一出去，正好罗斯来找他，而错过时机。可是，他的这位朋友一直没有过来。第二天，他正准备做早祷的时候，见到罗斯跟亨特一起旁若无人地走了。也许菲利普不清楚，在学生时代，三个月的时间其实是很长的。这段日子里，菲利独自在家养病，而罗斯依旧跟那么多的学生在一起生活，恰巧亨特在这个时候替代了菲利普。菲利普觉得罗斯一直在躲避他，具体因为什么他也不清楚。这个孩子不是那种愿意迁就的人，更不会有话就往肚子里咽。他要找个机会，向罗斯问个明白。有一次，菲利普见到罗斯一个人待在书室里，就进去了。

“有没有打扰到你？”菲利普问。

罗斯见到是他，觉得有些尴尬，同时还有些不高兴。

“随你便！”

“那就多谢啰。”菲利普挑衅地说。

“不知你到此，所为何事呀？”

“不知怎的，我觉得自从我回到学校，你怎么变得这么窝囊呀。”

“别胡说八道！”

“我没有胡说吧。那个亨特，有什么值得你看中的？”

“这个，你就管得有点宽了。”

菲利普低头不语，不知道怎样把满肚子的话和盘托出，担心言多必失。罗斯起身朝外走去，边走边说：

“现在我得去健身房了。”

在罗斯将要走出房门时，菲利普忍不住说：

“罗斯，你听着，你这么不讲情面，迟早会后悔的。”

“哼，去你的吧！”

说完，罗斯砰的一声将门关上，把菲利普一人留在他的书室里。气得满脸通红的菲利普跑回自己的书室，不停地想着刚才所发生的事情。现在，他十分讨厌罗斯，发誓要给他点颜色看看，并后悔刚才为什么没有讥讽他。菲利普知道，这段友谊就此结束了，还不知道会被人怎样看待，背后怎样议论呢。也许是他神经过于敏感，他从其他同学的言谈举止中觉察到了别人对他的各种不屑和埋怨。实际上，他在其他人的心中是无所谓的，没有人在意他，而他却一直觉得别人私下里总在议论这件事情：

“我说吧，他们好不了太久。像凯里这样惹人厌的家伙，罗斯是哪根神经错乱，跟他做朋友？”

菲利普出于尊严考虑，决定要让别人知道他对这件事情是满不在乎的，于是他马上刻意向一个同学示好，尽管他内心里一向看不上甚至有点厌恶这个同学。这个学生叫夏普，来自伦敦，长相粗俗：个子又矮又胖；嘴唇上还有软软的一层绒毛；眉毛很浓，连在一起。他的行为举止跟同龄人明显不同，一说话，满嘴的伦敦腔。夏普行动非常迟缓，所以他也从不参加什么游戏、活动，但按照学校规定，有些活动项目是必须要参加的，于是为了能躲避掉，他千方百计地找各种托词。一直以来，老师和同学们打心底里有点讨厌他。菲利普这次跟他结交，纯粹是为了赌气。夏普在两个学期之后，就要去德国，还要在那里待一年时间。他根本就不喜欢上学，一直认为上学就是一件没有面子的事情，只不过任何长大踏入社会的人，几乎都有这段经历。在这里，他没有任何兴趣，但一提起伦敦，还是很兴奋的。他说话时，声音弱小，言谈里总让人联想到伦敦街头的夜生活。听他说话，菲利普虽然觉得讨厌，但又有一种心灵神往的感觉。菲利普凭着自己的想象力，依稀看到蜂拥的人流围在剧院正厅门口；档次不高的餐馆和酒吧间里的炫目灯光下，坐在高脚凳上的一些神色迷离的男人正跟女服务生打情骂俏；一心想寻欢作乐的人群在忽明忽暗的路灯下，神色凝重地游荡。后来，夏普借给菲利普几本小说。这些是他从霍利韦尔街廉价买来的。菲利普拿到小说后，便待在斗室里不吃不喝，专心致志地看起来，心里还有些说不出的担忧。

罗斯性情还算温和，不愿意给别人闹矛盾，就试图跟菲利普和好。有一次，他对菲利普说：

“凯里，你怎么这样，又是何苦呢？你不搭理我，对你我都没有什么好处吧？”

“你说的什么意思，我不明白。”菲利普说。

“我的意思是，咱俩这是何必呢，谁也不理谁？”

“谁让我不喜欢你呢。”

“既然如此，随你的便吧。”

说完，罗斯耸耸肩，离开了。每当遇到情绪激动的时候，菲利普总是面无血色，心怦怦直跳，这次也是这样。罗斯走后，菲利普心里很难过，不知道刚才自己为什么这样跟罗斯讲话，其实他也想跟罗斯和好，即便是付出代价也在所不惜。现在他后悔刚才如此对待罗斯，看到他痛苦地离开，菲利普心里内疚极了。可是，在那个时候，他自己都不知怎的，仿佛魔鬼缠身，出口就是尖酸刻薄、句句带刺的话，尽管这些话完全是违心的。他也特别想主动上门跟罗斯和好，但是现在他报复的欲望十分强烈，一直在找机会为自己所忍受的痛苦和屈辱寻找发泄的去处，显然这是为了那点儿自尊，并且这个做法相当笨拙，他明知道无论他怎么做，罗斯是毫不在意的，而自己却因此更加难过。突然，一个念头从他脑间闪过：现在就去找罗斯，然后跟他道歉，请求他的原谅，从而两人重归于好。

这个明显不可能，因为他根本不会这么做的，他担心罗斯嘲笑他，给自己带来更大的愤怒。少许时间过后，夏普进来了。以往，菲利普总是找碴儿跟他吵架，并且还喜欢揭人伤疤，经常会一针见血，毫不留情，惹得大家伙都很讨厌他。不过，这一次，还没等菲利普开口，夏普上来就挖苦菲利普。

“刚才，我在路上听到罗斯同梅勒讲到你啦，”夏普说，“我听见梅勒说：‘你应该飞起一脚踢死他，让他也尝尝被教训的滋味，以后多注意些。’罗斯说：‘我看没这个必要，不值得为一个死瘸子生气！’”

听完，菲利普的脸更红了，喉咙像是被什么东西堵住了，半天说不出一句话来，甚至气都喘不过来。

20

新学期开始了，今年菲利普该上六年级了，可是他从内心里不喜欢学校的生活。没有了奋斗方向，菲利普开始变得懒惰，对待功课也好不用心。每天醒来，他的心情都是沉重的，无法接受又要面临的枯燥无味的一天。无论干什么，他都认为不是出自自己的意愿，心里都觉得很烦，尤其是学校的各项规定，他更是不胜厌恶。其实，学校的各项规定并不是不合理，而是他不想被这些束缚人们身心的诸多规定给限制住。他所渴望的是自由。还令他厌恶的就是老师总爱重复那些他已经知道的内容。其实，老师此举也是事出有因，毕竟学校里学生的资质参差不齐，有些孩子天生笨拙，为了照顾他们，老师会不厌其烦地讲解某些内容，可这些内容对天资较好的菲利普来说，太容易了。

学生们上珀金斯先生的课，完全凭自愿。珀金斯先生讲课时，总表现得积极、热情、深得体会。学校将一座修葺后的修道院改成了六年级的教室，里面有一扇哥特式窗户。在上课的时候，菲利普闲来无事就一遍又一遍地画这扇窗子；有时候，根据脑海里的记忆，他随随便便画着大教堂的主塔楼；有时候会描绘出通向教堂园地的走廊。他画画还不错。菲利普的伯母路易莎在年轻的时候，也曾画过一些水彩画，直到现在她还保存着好多她原来的作品，画的内容有教堂、古桥，还有田园风光。每逢牧师公馆聚会，她都会让客人们欣赏这些画册。有一次，她送给菲利普的圣诞节礼物，就是一盒颜料。菲利普最初学画画，临摹的正是他伯母的水彩画。没想到，他画得还挺像模像样，出人意料。很快，菲利普就开始自己观察、构思、画图了。凯里太太经常鼓励他，让他坚持学习画画，一方面可以避免菲利普的调皮捣蛋，另一方面他的画如果日后有机会参加义卖，也是很好的。菲利普有几幅不错的画作，伯母把它们配上镜框，然后挂在菲利普的卧室里，至今还挂着三幅他自己的画。

有一天上午，刚下课，菲利普无精打采的，正准备出教室门，忽然他被珀金斯先生给叫住了。

“等一下，凯里。我有话跟你说。”

菲利普停了下来。珀金斯先生走上前，一边捋着胡子，一边盯着菲利普，心里好像在琢磨什么事情。

“你到底想干什么，凯里？”珀金斯先生突然问道。

菲利普自觉不妙，脸色顿时通红，眼睛快速地看了一眼珀金斯先生。珀金斯先生的脾气，菲利普已经摸透了，所以这会儿他没有急于回答，继续听校长先生的训话。

“你近段时间的表现很糟糕呀，怎么老是心不在焉的。你对功课好像满不在乎，作业也是在应付，字体写得不堪入目。”

“真对不起，校长先生！”菲利普说。

“只有这些吗？”

菲利普没有吭声。他绷着脸，低着头。心里面的苦衷他无法跟校长先生诉说，难道跟他说自己非常厌恶这里的一切？

“这个学期，你的成绩不进反退，这个你知道吗？我看哪，一份成绩优秀的报告单，你是甭指望了。”

说起这个报告单，校长先生可能不会知道它的处境。菲利普暗暗在想，如果他知道的话，心里不知有何感想。曾经有一次，学校成绩报告单寄到牧师公馆。凯里先生心不在焉地瞄上一眼，然后就交到菲利普的手里。

“给，学校寄来的报告单。你还是仔细看看上面都写了什么。”说完，就去干别的事情了。

菲利普随即瞅了一眼。路易莎伯母会问他：

“这次成绩怎么样？”

“完全没有发挥出我的真实水平。”菲利普嬉皮笑脸地说，然后将它递到伯母手中。

“过会儿吧，等我戴上眼镜再说。”

早餐过后，肉铺掌柜来啦。自此，这张成绩报告单就被抛之脑后了。

珀金斯先生接着说：

“我对你真是失望透了，简直难以理解。我很清楚，你愿意干的事情，你一定会做得有模有样。可见，这次你是不想在这方面花费心思了。原本我还打算下个学期让你担任班长，现在看来，我这个想法还得仔细斟酌斟酌。”

想到自己被人瞧不起，菲利普紧咬嘴唇，满脸通红，心里不服。

“对了，还有一件事，关于你的奖学金。如果从现在开始你能发奋读书，或许还有希望。否则，奖学金就跟你无缘了。”

这下，菲利普恼火了。他不光生校长的气，还自己生闷气。

“我不打算去牛津上学了。”菲利普说。

“为什么？你不是想将来当牧师的吗？”珀金斯先生吃惊地问。

“现在我不想了。”

“发生什么事了？”

菲利普没有接话。珀金斯先生又摆出刚才他叫住菲利普后的姿势，跟佩鲁季诺[1]画里的人很像，一边若有所思地捋胡须，一边盯着菲利普看，想弄明白这个孩子到底在想些什么。片刻之后，他突然说：“菲利普，你可以走了。”

其实，珀金斯先生还有话说，但菲利普突如其来的变化，让他一时不知怎么开口。一星期之后的一天晚上，菲利普来交作文。珀金斯先生又提起上次的话题，不过这次他换了一种方式：不再用校长的身份跟他交流，而是以一个普通人的身份想跟菲利普谈谈心。他没有计较菲利普的成绩，也没有刻意询问菲利普不去牛津念书的缘由，只是想了解一下近段时间是什么让菲利普发生如此大的变化，竟然会大到影响他今后的生活。珀金斯先生希望菲利普能重新回到侍奉基督的道路上来。他开始对菲利普打感情牌，显然这个套路不难做到，因为他自己都为之动容了。面对菲利普的这些变化，珀金斯心里很难受，他实在不希望看到菲利普误入歧途，放弃幸福美好的人生。他在说话时，尽量和蔼可亲，以便从内心打动菲利普。菲利普是个性情中人，感情牌很有效，别看他表面上除了脸红之外，

[1] 十六世纪意大利重要画家，文艺复兴“美术三杰”之一，拉斐尔的老师。

再没有其他变化，其实他的内心极易动感情。这个跟他的秉性有关，也是他长期以来形成的习惯。这一次校长先生胜利了。他的一席良言深深感化了菲利普。菲利普非常感激校长的关怀，也对给校长造成的伤感感到非常内疚。珀金斯先生是校长，每天需要考虑的事情繁杂，没有想到校长先生还为他的事情费心，这让菲利普受宠若惊。但他的心头同时还有相反的东西，正紧迫地提醒他：

“不行！不行！不行！”

菲利普无力克服正逐渐充斥他整个身心的软弱，这就像水正不断地往浸在满盆水的空瓶里灌水。他牙齿紧闭，不断地说：

“不行！不行！不行！”

最后，珀金斯先生将手伸到菲利普的肩膀上，说：

“其他的我也不用多说了，主意还得由你自己来拿。你就多向上帝祈祷，祈求他老人家保佑你，让他给你指条明路吧。”

走出校长的屋子，天上正下着细雨，菲利普走在那条通往教堂园地的走廊上，周围一个人也没有，只见那些栖息在大榆树上的白嘴鸦。菲利普浑身不安，正好趁此机会随便转转，好让身上淋些雨清醒清醒。路上，他不停地体会着珀金斯先生刚才说的每句话。他觉得现在正是一个好机会，趁着自己没有让步，可以冷静地好好思考一番。

夜色中的大教堂，只能看到它模模糊糊的轮廓。菲利普非常憎恶这座教堂：在这个地方，各种烦琐而古板的宗教仪式让他疲惫不堪；每次他还得无聊地像只木鸡似的站着，吟唱那些没完没了的圣歌；诵经人的声音，单调且低沉得让人根本无法听清；并且每次还得正襟危坐，想伸展肢体都不容易。想着想着，以前在布莱克斯泰勃做礼拜的情景浮现在菲利普的脑海：礼拜安排在星期天，早晚各一次；教堂内，阴森森的，发膏和上过浆的衣服的刺鼻气味四处扩散。副牧师和他大伯分别主持两次布道。后来，菲利普渐渐长大，也慢慢看清了他大伯的为人。性格率直、激进的菲利普没有办法解释这种现象：一个虔诚的教士所讲的跟他的所作所为根本就不是一回事。他非常厌恶这种言行不一的行为，而这种行为的实施者就是他的伯父凯里先生。菲利普觉得大伯为人软弱狭隘，其生活的主要宗旨就是别让麻烦找上自己。

东英吉利那一带的各个牧师过着什么样的生活，菲利普再熟悉不过了：怀特斯通教区离布莱克斯泰勃不远，那里的牧师没有结婚，现在通过务农来打发自己过于悠闲的日子，并且他在郡法院经常打官司的情况也会刊登在当地报纸上——不发给雇工们工资，或者说商人们巧取豪夺，还有人告他不给自己的奶牛吃东西。当地的人们都觉得该对这个牧师采取些行动了。费尔尼教区的牧师，留着一个大胡子，看上去很有男子汉气概。可是他经常打自己的老婆，导致他的老婆终于无法忍受而离家出走，左邻右舍都知道一些他的恶行。海边的小村庄苏尔勒，那里的牧师每天晚上都在离他公馆很近的小酒店里混日子，大家是有目共睹的。那一带住的大多是农夫或渔夫，如果找人聊天，也只能是他们。那一带的教会执事经常登门请教凯里先生。到了冬季，布莱克斯泰勃的漫漫长夜里，寒风凄厉地掠过光秃秃的树林，四周能见到的只剩下翻过的田地和贫困悲惨的现实。菲利普目睹着完全暴露的人们性格中的各种偏激因素，这些使他们没有顾忌，个个行为乖张，心胸狭小。但出于小孩特有的固执，菲利普没有将这些说出来，但是只要想到往后要过这种生活，他就毛骨悚然。他在心里说，我要摆脱这种生活。

第3章

21

很快，珀金斯先生就发现，他说的一番话对菲利普根本不起作用。学期结束时，珀金斯先生写在菲利普报告单上的话语有些尖锐。路易莎伯母在家收到学校寄过来的报告单，问菲利普报告单上说了些什么，菲利普笑嘻嘻地答道："简直非常糟糕。"

"不会吧？"牧师说，"拿来，我看一下。"

"我继续在坎特伯雷待着，您是不是觉得真的是对我好？我早明白了，还是去德国会好些。"

"你怎么会这样想？"路易莎伯母疑惑地说。

"我这个想法，您难道不觉得挺好吗？"

自从夏普离开皇家公学到了汉诺威，曾给自己写过信，菲利普想起这件事，他就越发心神不宁。他一直觉得夏普才是真正开始新生活的人，再想想自己还要浪费一年的时间待在牢笼似的学校里，他一下子觉得实在是不能忍受。

"要是这样的话，奖学金，你就别想了。"

"我早就不指望了。还有，我也不想去牛津读书。"

听到这儿，路易莎伯母吃了一惊："将来你不想当牧师了，菲利普？"

"我早就不想那样了。"

凯里太太万万没有料到，这个孩子竟会有如此的想法，她用惊讶的眼神牢牢地盯着菲利普，竭力克制自己不再说话，随即起身给凯里先生又添些茶水。此时，伯侄二人也都没有再说话。

忽然，菲利普发现伯母眼圈红了，眼泪顺着脸颊滚落，这时他的心瞬间揪了一下，这才明白伯母的伤心难过是自己带来的。伯母的脸上爬满了皱纹，眼神暗淡无光，头上的发式跟她年轻时的一样，

梳理成一卷卷的，不过头发已经花白，身上穿着那件黑色紧身外衣，是街头的匠人给做的。此时她整个人的模样，既有点好笑，又让人产生怜悯之情。这可是菲利普第一次觉察到，但他一时也不知说什么好。

后来，副牧师来了。伯父凯里先生随即进了书房，将门关上，两个人在里面聊天。在这个时候，菲利普将胳膊放到伯母的腰上，搂住她说："对不起，路易莎伯母，我惹你不高兴了。可是，如果我天生不是这块儿料的话，即便是我勉为其难当了牧师，我想这也不会有什么前途的，您说是不是？"

"你太让我失望了，孩子，"她抽泣着说，"其实我早就这样想过，将来能让你成为你大伯的帮手。所有人都不可能长生不老的，是不是？万一我们有什么不测，你大伯的位子就属于你的了。谁知道你竟是这个心思，我……"

菲利普的心怦怦直跳，有些慌神，浑身不停地颤抖，就像一只落入网中而不停拍打翅膀的鸽子。路易莎伯母靠在他的肩膀上，还在抽泣着。

"我还是恳求您能帮我跟威廉伯父商量商量，别再让我去坎特伯雷了，我很厌恶那个地方。"

随后，两人找到牧师，把菲利普的想法说了一下，希望征得他的同意。想必菲利普并不会知道，很少有人也很难改变这个布莱克斯泰勃教区牧师的想法。原本教区牧师是这样考虑的，首先让菲利普在皇家公学待到十八岁，然后去牛津大学学习。所以，这次菲利普想中途离开皇家公学，说什么他都不会同意的。事先没有跟学校说过退学的事，所以还要继续缴纳这学期的学费。

经过长时间的舌剑唇枪，菲利普最终鼓足勇气，说："您还是给学校说一下吧，我打算趁圣诞节假期从那儿离开。"

"那行吧，我现在就写信给珀金斯先生，把你的想法告诉他，到时候听听他的想法。"

"唉，主呀，为什么我现在还不满二十一岁，否则我想干什么就自己做主啦。想想都觉得气不过！"

"菲利普，你怎么跟你伯父说话呢。"凯里太太说。

“你这样做，明摆着是让珀金斯先生不把我放走嘛。难道你不知道他想把所有学生都拦在学校里吗？”

“这个先不说了。去牛津念书，你现在为什么改变主意？”

“我已经打算好了，将来就不侍奉上帝了，再去牛津读书毫无意义。”

“不管将来你当不当牧师，现在你已经属于教会啦！”牧师说。

菲利普也耐不住了，说：“照你这么说，我可是一个牧师啦。”

“现在不去上学，你有没有想干点什么呢，菲利普？”凯里太太问。

“我还没有打算好，一时半会儿也说不清楚。但是，不管将来从事什么行业，提前学点外语还是很有必要的。如果能在德国待上一年半载的，我想总比继续圈在那个鬼地方要好得多。”

在菲利普看来，去牛津读书实际上是他继续着自己的学校生涯，跟现在差不多，只是他现在不愿意把这个意思直接说出来。他所希望的就是自己的事情完全由自己做主，也想远远避开他的一些老同学，因为这些人或多或少知道点他的底细。他的求学生涯以失败告终，现在要重整旗鼓，开始新的征程。

事情就是这样的巧合，在布莱克斯泰勃，人们最近所议论的某些想法跟菲利普想去德国的念头碰巧相同。医生家有时候会来一些朋友，在这儿小住一段时间，从他们那儿能了解一些外面发生的新鲜事儿；有些游人在八月里来海滨度假，他们看待事物的独特方式也很新颖。牧师从他们那儿或多或少也听到一些消息，比如现在的老式教育已经没有多大用处了，他年轻时大家都忽视那些现代语，现在却渐渐变得重要起来，对此他有点不知所措。记得当初，他的一个弟弟成绩不好，结果被送到德国去念书，在当时也算是破了先例。可是后来这个弟弟因伤寒死在那里，这也是他觉得去德国很危险的原因之一。

关于菲利普的事情，伯侄俩不知费了多少口舌，最终双方都有所让步，才达成一致：菲利普需要回坎特伯雷，再坚持一个学期，然后就可以离开那儿了。可让菲利普没有想到的是，等他回到学校没几天，校长就找到他，说：“你伯父给我写了一封信，信里说你想要去德国。他想问问我的意思。”

菲利普顿时傻眼了，他被自己的监护人欺骗了，顿时对伯父很愤怒。过了一会儿，他缓过劲来，坚决地说：“我想我的事情已经定下来了。”

“事情不是你想的那样。我已经给你的伯父凯里先生回信了。信中，我的意思很明确，如果让你坚持退学，那就是犯了一个大错。”

与校长分开后，菲利普马上给大伯写信，根本没顾上琢磨怎么说，直接是激烈怨愤的口气。生气的他连觉都睡不着，满脑子都是这件事；等到了早上，他还仔细地琢磨他们到底在玩什么把戏。过了两三天，菲利普急切盼望的回信终于来了，不过是路易莎伯母写的。信里的语气很温和，不过可以觉察到写信人充满了痛苦，还有不满：他不应该那样跟他伯父说话，弄得凯里先生很伤心；他不体谅长辈，没有宽容之心。信里还说道，伯父伯母为他费了那么多心血，并且他们经历的事情也比他多得多，究竟怎么做他们更清楚。信的结尾还提到，凯里先生已经撤回了他给学校的退学通知。菲利普读信的时候，拳头握得很紧，心里的怨愤更加强烈。这些话听得他耳朵都长茧子了，实在想不明白，为什么还有那么多人死心塌地地遵循着。何况他们并不了解自己的实际情况，凭什么如此一意孤行，难道年长就一定什么都是对的吗？

菲利普憋着一肚子的火，一直挨到又一个星期的半休日。（考虑到每个星期六下午他们都得去大教堂做礼拜，所以通常，学校的半休日安排在星期二和星期四。）那天一下课，六年级的其他学生都走了，只剩下菲利普留在教室里，他有事情跟校长谈。

“我想回趟布莱克斯泰勃，就在今天下午，可以吗？”

“不行。”

“我的确有重要的事情跟我的伯父说。”

“我刚才说的‘不行’，你没听到吗？”

菲利普再也没有说话，立刻掉头，走出教室。这时的他难过得直想哭。这次算是受了两次羞辱，先是不得不请求校长，接着又被他断然拒绝。现在他对这位校长充满痛恨，尤其是他独断专行的蛮横作风更为可恨。想到这儿他很揪心，心中的怒火噌噌地往外冒，也顾不了那么多了。用过午饭，菲利普就抄近路到了火车站，幸好没有错过开往布莱克斯泰勃的那班列车。

回到了牧师公馆，他看见伯父伯母都在餐室坐着。凯里先生看到他，很吃惊地说："你不在学校待着，怎么这个时候回来啦？"其实他见到菲利普，心里也不舒服，看上去还有点紧张。

菲利普没想那么多，张口就说："这次回来，我还是找您谈谈我离校的事。上次在这儿，我们已经达成一致，可没想到一星期后你竟突然改变主意了，我想知道你这样做究竟是什么意思。"这番话刚说完，菲利普自己都微微感到吃惊，不知哪儿来的胆量，但他已经铁了心，顾不上心里的胆怯，最终还是强迫自己说出心中所想。

"你这个时候回来，学校有没有准你的假？"

"当然没有。我去找帕金斯先生请假，结果吃了闭门羹。如果你不嫌麻烦，不妨现在就写信告诉他我回来了，我一定会被他大骂一顿。"

坐在一旁的凯里太太，正做编结活，手不停地在颤抖。看到伯侄俩刀光剑影的场面，看不惯别人争吵的她不愿继续听下去。

"你别逞能，如果我写信给他，你挨骂也是你自找的。"凯里先生愤怒地说。

菲利普也不甘示弱，反击道："上次你不是已经给他写过信了吗？也不差这一次，反正你在这方面是行家，不愧是一个地地道道的告密者！"他的这些话有失水准，正好顺理成章地给牧师一个脱身机会。

"打住，我可不想再听你胡说八道！"凯里先生说完，起身大步走出餐室，去了书房，然后关门落锁。

伯父不愿搭理他，菲利普难受极了，无助地说："上帝呀，要是我已经满二十一岁就好了。我真的不愿意受人摆布。再这样下去，我就要疯掉啦。"

一直坐在餐室里的路易莎伯母，这个时候正轻轻地抽泣着："唉，你真不应该用这种态度对你伯父说话，孩子，你应该赶紧给他赔礼道歉去。"

"道什么歉呀，是他先戏弄我的嘛。我待在那个鬼地方继续念书，

很明显是浪费时间和金钱。他可什么都不在乎，反正又不是他的钱。我的监护人什么也不懂，你说是不是很残忍……”

“菲利普！”

菲利普发泄着不满，正说得起劲，听到伯母十分悲痛的一声叫唤，立刻住嘴了。他顿时意识到刚才所说的话太尖酸辛辣。

“菲利普，真没想到你竟会没肝没肺！我和你伯父费尽心血，无非是想让你将来好好地活着。我们没有生养过孩子，知道自己在照看孩子方面没有经验，所以才写信给珀金斯先生，希望能得到他的帮助。”

她的声音在颤抖，一时无法继续往下说。停了一会儿，接着说：“我把你当亲生儿子一样对待，竭尽所能想像母亲一样待你、爱你。”

她瘦小的个儿头，好像风一吹就倒似的。她那老态龙钟的神态里，有一些凄厉的怨恨。此时眼前的伯母，深深触动菲利普的心，好像有什么东西堵住了他的喉咙。

“伯母，对不起，”他说，“我没有让您老伤心的意思。”说完，他跪在伯母的身旁，抱住她，吻着她。

凯里太太依旧伤心地低声哭泣着。菲利普看着伯母，一股怜悯之情油然而生，可怜伯母白白虚度了一生，他从来没见过伯母像现在这样表露着真实感情。

“菲利普，我也知道，我做得还不够好，但我也是真心对你好的呀，难道非得让我把心掏给你看？我没有孩子，跟你一样，都让人难受呀。”

此时的菲利普，再也不提他的事情了，也把自己的满腔怒火抛诸脑后，满脑子想着如何让她宽心。菲利普一边磕磕绊绊地说好话，一边用手安抚她。

这时，时间不早了。菲利普立即跟伯母告别，慌忙地去火车站。如果错过这趟车，就算返回坎特伯雷，也赶不上今晚点名。等他坐上火车，静下心来，仔细一琢磨，发觉这次回来什么也没有干成，实实地白跑一趟。想想伯父目中无人的傲慢劲儿，还有伯母惹人怜的泪水，竟把自己搞定了，连回家要干什么都给忘了。他对自己的懦弱无能感到气愤，真泄气。

然而，在菲利普走后，凯里夫妇商量了一下，决定再给校长写一封信。珀金斯先生看到信后，不高兴地耸耸肩。然后菲利普也看了一下。信中这样写道：

亲爱的珀金斯先生：

很抱歉，因为菲利普的事情再次唐突地给您添麻烦了。我是这个孩子的监护人，这段时间由于他的事情让我和内人心神不宁。他一心想赶快从学校离开。我的妻子也觉得这个孩子现在很不快乐。我俩毕竟不是他的生身父母，究竟该怎么做，我们实在不知。

他觉得他学习不好，继续学下去毫无意义，纯属浪费金钱。我恳请您，能不能跟他好好谈谈，看看他的意思。如果他还是坚持不愿上学，我想还是按他的意愿，圣诞节时，让他退学吧。非常感谢！

您忠实的朋友
威廉·凯里

看完信，菲利普还到校长手里，心头涌上胜利者的自信和满足感。毕竟，他的愿望实现了，终于夺回了自己的权利。

“算了，你的一封信让他改变了主意，那我就不给他回信了，毕竟是浪费时间嘛。”校长不高兴地说。

菲利普一声不吭，脸上不露一点声色，但眼睛里神采奕奕的光芒是无法遮掩的。珀金斯先生似乎看出来了，不禁冷笑起来。

“是不是算你胜利了？”他狡猾地问道。

菲利普没有回答，只是坦然地嘿嘿一笑。内心的狂喜难以掩饰。

“你就这么着急走吗？”

“没错，先生。”

“在这儿，你感觉不开心？”

听完这话，菲利普感觉脸蛋像被火烤，内心十分厌恶别人追问他的感情。

“这个，我也说不清楚，先生。”

珀金斯先生又开始他的老动作，一边捋着胡子，一边盯着菲利普，嘴巴一直在动，好像自己在说些什么。

“话说回来，这学校本就是为天资一般的学生设立的。这里就像圆孔儿，不管你原来是什么样子，都一个模子对待。[1] 至于天资聪颖的学生，谁也不会专门为他们花心思。”

忽然，他对菲利普说：“我刚好有个想法，你不妨考虑一下。这个学期也没有多长时间了，你不妨再待上一个学期，这总不至于要你的命吧。要是你确实决定去德国，我觉得最好还是过了复活节再去，没有必要圣诞节就走，毕竟春天比寒冬更适合出远门，你说是吧？到下学期结束时，如果你仍不愿留下，我就放你离开。你看怎么样？”

“嗯……这样也行，谢谢您，先生！”

菲利普内心充满喜悦，为自己争取到权利而高兴，至于再多待一个学期，也不算什么。每当想到自己快要跳出牢笼，最晚也就在复活节前，菲利普就暗自窃喜，连他厌恶的校园似乎也变得可爱了。到了晚上，学校的小教堂里挤满了人。菲利普想到自己过不了多久就离开这儿，再也见不到面前这些老老实实站在年级队列里的同学了，暗自高兴。他用友善的目光打量着四周的同学。罗斯在履行班长的职责时，还是那样认真，今晚正轮到他朗诵经文。罗斯念得很动听，也很认真，他的一切努力都是为了成为学校里有影响的模范学生。想想六个月以后，不管他罗斯身材如何高大，四肢如何健全，都与他不相干；不管罗斯当班长，还是当耶稣的领头门徒，在自己眼中都算不了什么。想到自己将与罗斯永远分开，菲利普的脸上露出了笑容。

菲利普又把目光放在那些身穿教士服的老师身上。除了两年前中风而死的戈登以外，其余的都在这里。在菲利普的眼中，这是一群可怜的人，不过特纳或许可以不在其列，至少他还有点儿人情味儿。回头想想，这些年来，自己一直被这些人约束着，不由得感到悲痛。不过还好，六个月以后，他也不用再买他们的账了，至于所谓的褒奖和训斥，已毫无意义，完全可以抛诸脑后，一笑了之。

[1] 英国成语：圆孔中的方木桩。意为彼此不相称，此处指不考虑每个学生特点进行死板教条的教育。

在这儿待了这么长时间，菲利普在克制自己的感情方面有所进步，他的脸上完全看不出其内心的喜怒哀乐。虽然他为之烦恼的胆小羞涩没有多大变化，但精神还是焕发的。尽管他依旧表情冷漠、走路时一瘸一拐的，没有伙伴相陪，其实他的内心却充满欢乐，就连步履也觉得轻快许多。他想象丰富，让人捉摸不透。现在的菲利普，心情放松，决定刻苦读书。在接下来的几个星期里，他下定决心重新拾起荒废多时的学业。凭着天资聪颖，让自己的才智激发出来当然也是人生的一大好事。努力总算没有白费，他在期终考试中取得了优异的成绩。珀金斯先生给菲利普评讲作文时，只简单地做了一般性的评论，然后对菲利普说："你是不是已经拿定主意了？"说完，露出笑容。

此时的菲利普眼睛看着地面，不好意思地强笑一下。

学校里有五六个学生，抱定决心在明年学期末把学校设置的各种奖品和奖学金都给包揽了，因为他们早已不把菲利普放在眼里了，可没有料到菲利普这次出人头地，这让他们措手不及，甚至还有些惊慌。菲利普自己心里清楚，复活节的时候，他就要走了，压根对他们构不成威胁，但是他对这件事在同学中间只字不提，就是要让他们整日地睡不着觉，吃不好饭。他了解到，班长罗斯曾趁假期去过法国两三回，在法语方面自我感觉良好，并且还对牧师会颁发的英语作文奖垂涎三尺。这次期末考试，菲利普的法语和英语成绩甩罗斯一大截，这让罗斯情绪十分低落。菲利普表面上不以为然，但内心的快感不言而喻。还有一个同学，名叫诺顿，如果他想进牛津念书，首先必须得到学校的奖学金。所以这时候他也惴惴不安，甚至私下里去问菲利普对奖学金的态度。

"你有什么意见吗？"菲利普反问道。

想到自己竟然在掌管别人的前途，菲利普觉得很有意思。在他看来，这样做充满了大逆转的情节：在那些人嫉妒的目光下，先是自己独揽所有的奖项，然后再放弃这些东西，他们这才趁机捞点好处。

春天来了，原先计划离开的日子终于盼到了。菲利普向珀金斯先生告别。

"你不会是真的要离开这儿吧？"

听到校长说这样的话，又看到校长惊讶的表情，菲利普松弛多日的脸再一次阴沉下来，郁郁寡欢地说："先生，当初您说好的，到时候不会拦我的。"

"孩子，当时我以为你只不过是一时想不开，就顺着你的意思说了，谁知你这么固执。这次你说清楚，究竟为什么非走不可。你想想看，再有一个学期你就毕业了，以你这次的成绩，到时候能轻轻松松拿下马格达兰学院的奖学金，就连咱们学校颁发的奖项，至少一半非你莫属。"

菲利普心里难受极了，觉得自己又被耍了，噘着嘴一动不动地看着珀金斯先生。他在心里盘算：反正珀金斯先生已经承诺过，这次无论他怎么说，我都要走。

"去牛津念书，是多少人的梦想。你知不知道，要是到了那儿，你不必急着决定以后的前途。但凡有点头脑的人都会觉得那里的时光很顺心。"

"我要去德国，并且好久之前就已经决定了，先生。"菲利普说。

"决定归决定，至少现在你又没去，不能有变化吗？"珀金斯先生反问道，嘴角扬起一丝微笑。他见菲利普没有吭声，接着说，"说实在的，让你这样的学生离开，是学校的损失，我感到很惋惜。就成绩而言，学校里那些只会死记硬背的学生通常要比天资聪颖但生性懒惰的学生要好。但是，如果聪明的学生肯努力学习，那他们就会像你一样，拿到高分。"

菲利普脸又红了，听到别人夸奖自己，他有点不习惯。因为以前，在别人眼里，聪明跟自己毫不相干。紧接着，校长按住菲利普的肩头，继续说，"向脑袋瓜子笨的学生硬塞知识，简直就是一件非常无聊的事情，不过若是有幸遇到一个耳聪目明的学生，只要引导一下，他就融会贯通了。你知道吗，这时候我才觉得原来教书也是一件大快人心的事啊。"

校长意味深长的话语和谆谆规劝，让菲利普开始动摇了，也许他完全没有料到珀金斯先生会如此在乎自己的去留，心中不免产生一种说不出的甘甜和骄傲。他刚才的坚持有些妥协了，心里开始想着要顺利地从皇家公学光荣毕业，包揽多项奖励，接着去牛津读书。

顿时，他的脑海里展现出一幕幕的大学生活场景。这些场景他没有亲眼见到过，或许是从参加“皇家公学校友体育比赛”的前辈们口中得知的，也或许是从有人读校友来信时听到的。不过，他又惭愧起来，原来一直在坚守，这时如果再次妥协，那跟大傻瓜有什么区别，并且校长先生这次的成功还会让伯父心花怒放的。本来学校的那些奖品并没有入菲利普的法眼，本身还想着颇具大逆转情节地把这些东西施舍给其他同学，可现在竟跟他们一样，也开始争夺这些东西，这前前后后态度的大反差岂不让他人嘲笑。此时，尽管内心犹豫不决，闷闷不乐，但他依旧面不改色，显得很镇静，别人完全看不出他内心正进行着前途的抉择。说实话，此时如果有个人在一旁给校长帮几句腔，再给菲利普铺上几层台阶，这个孩子一定会放弃自己原先的想法，而完全按珀金斯先生的意思来。可是周围没有其他人。

“我觉得还是走吧，先生。”菲利普还是坚持原来的意愿。

珀金斯先生也属于依靠个人的职权解决事情，并因此觉得很有身份的那种人，当见到自己大费口舌也没有劝动菲利普，他就有些忍不住了。毕竟他还有好多事情要办，不能在这个固执倔强的孩子身上浪费大把的时间。

“那就这样吧。我原来说过如果你坚持要离开，我不拦你，现在我信守诺言。你打算什么时候去德国？”

菲利普听到校长同意自己离开了，心脏怦怦直跳。这一次是自己赢了吗？他也说不清楚。

“初步定在五月初，先生。”菲利普回答。

“行，等你再次回来，记得来看看我们。”说完，他伸出手跟菲利普道别。这个时候，如果他再劝劝菲利普，说不定菲利普会改变主意的，但是珀金斯先生觉得事已至此，也没有必要再挽留了。

作别后，菲利普走出校长办公室，来到教堂园地溜达。想到自己的中学生涯就此结束，现在恢复了自由之身，可以说是如愿以偿，但长期盼望的那种欣喜若狂的感觉却不知所踪，只觉得心里很沉重。他有点懊悔，不该做出这样愚蠢的决定。他突然又不想走了，可是现在他终究不会找到校长，说出不愿意离开的想法，因为他不想受这样的委屈。至于这次他的选择对不对，他也搞不清楚。现在，他非常讨厌自己和周围的事物。他扪心自问："难道这是人之常情？自己费尽周折实现了愿望，谁知事后却想让愿望破灭。"

22

凯里先生有个老朋友住在柏林，叫威尔金森，原是一名牧师的女儿。当时这位小姐的父亲是林肯郡某村的教区长，凯里先生最后担任副牧师的那个任期，就是跟着他的。

后来，父亲去世，威尔金森小姐无奈自找门路，当了家庭教师，前前后后在法国和德国许多地方都待过。她跟凯里太太经常通信，还来过布莱克斯泰勃牧师公馆两三次，主要是度假，有时候会付一些食宿费，就跟那些做客的亲友一样。

现在菲利普的事情已经明了，如果这个时候依然执意违背菲利普的心愿，凯里太太觉得只会让事情更加糟糕，不如顺着他的心意吧。随即她写信给威尔金森小姐，向她询问菲利普上学的事。回信中，威尔金森小姐说，如果想学习德语，优先推荐海德堡这个城市，并且在当地一所中学执教的欧林教授将亲自教授菲利普德语，菲利普可以寄宿在他家里，那儿环境不错，每星期三十马克，作为伙食和住宿的费用。

那是五月初的一个早上，菲利普只身来到了海德堡。行李放在脚夫拉的小车上，他跟随脚夫进了城。天气真不错，蓝天白云，阳光明媚，空气清新。海德堡的大街上，两旁树木郁郁葱葱，阳光从树叶的缝隙穿过，照在大地上。看到周围的一切，菲利普觉得十分新鲜，他顿时觉得重新获得了新的生活。尽管周围都是陌生人，但一种神清气爽的喜悦之情足以掩盖忸怩羞涩的情绪。

走了一段时间，他们到地方了。脚夫把行李放在这幢白色大房子的正门前，然后就走了。菲利普独自站在门口，也没来个人迎接，这让他心里有点别扭，还有点怯怯的感觉。过了会儿，一个凌乱邋遢的小伙子走出来，问明情况后，将他领进客厅。菲利普站在客厅里四处张望：客厅里摆满了家具，这些家具用绿色的天鹅绒蒙着；一张圆桌摆放在客厅中央，上面放着一瓶清水，水里插着用一条装饰纸绑扎的一束鲜花；一些皮质封面的书籍随意摆放在鲜花四周。屋里面，他还闻到一股发霉的味道。

没过多久，教授夫人进来了，身上有股油烟味，显然她刚在厨房忙着做饭菜了。这位妇人个子不高但身体结实，头发梳得整整齐齐，脸蛋红扑扑的，一双眼睛并不大，但很有神，像两颗黑珍珠。整个人的行为和精神面貌给人热情、亲近的感觉。教授夫人见到菲利普，就马上拉住他的双手，嘘寒问暖，还提到威尔金森小姐，并打听她过得怎么样。威尔金森小姐曾到过她家两次，一共在这儿待了几个星期。教授夫人主要说德语，偶尔也会说一些别扭的英语。菲利普知道自己其实跟这位威尔金森小姐没有见过面，但又不好意思让教授太太知道实情。后来，菲利普还见到了教授的两个女儿。在菲利普的眼里，这两个人年龄应该比他大，但凭直觉不会超过二十五岁。老大叫特克拉，身材和神态跟她妈妈差不多，并且长得漂亮，头发很黑；小女儿叫安娜，身材修长，长相一般，不过笑容甜美。初次见面，菲利普觉得他更喜欢妹妹一些。

大家互相介绍、寒暄过后，教授太太带着菲利普进了给他安排的房间，然后就忙别的事情去了。这个房间位于顶层，朝下可以看到街心花园内的一大片密密麻麻的树叶。房间布置得很别扭，从书桌的位置观看整个房间，无论怎么看都不会把它跟卧室联系在一起。算了，不想那么多了，既来之，则安之。菲利普打开行李箱，将所有带来的书籍都摆在书桌上。现在的他，心里很轻松，因为他觉得自己就像脱了缰的野马，再也不会受到约束了。

下午一点钟，有人叫他去吃午饭。当他走进客厅时，教授太太的房间里已经坐满了人。教授太太介绍菲利普给丈夫认识。她的丈夫个子挺高，大脑袋，双鬓有些花白，蓝眼睛，目光很温和。在与菲利普聊天时，教授用的是早已过时的英语，由此可以看出他的英语不是平时实际对话练出来的，而是从英国古典作品中学来的。因为他说英语所用的词汇，除莎士比亚的作品之外，很少能见到，总之听起来有点不习惯。欧林教授太太称这所公寓为“房客之家”，而不是叫食宿公寓。至于这两个究竟有什么区别，也许只有风水师用细致入微的眼力才能区分开来。

吃饭的地方是客厅外侧的一个狭长而幽暗的套间，平常大家都围在这里用餐。菲利普进来时，大家都到了，他觉得很不自在。他看到这里共有十六个人，坐在餐桌一端的教授太太，正用刀切着熟肉。领菲利普进来的那个小伙子的主要任务是上菜并把食物分给大家。笨拙不堪的他，每次都会把餐盆子碰得咣里咣当响个不停，并且忙得不可开交。更可笑的是，他在人群中来回不停地穿梭，可等到最早分到饭菜的人已经吃完的时候，等在后面的人还没见到他们的饭菜在哪儿呢。教授太太要求大家在吃饭时尽量用德语交谈。这样，羞涩胆怯的菲利普更不敢随便开口说话了，尽管他特别想用德语说上几句。菲利普既然没有机会说话，不妨就悄悄地观察一下这些跟自己坐在一起的人：有几位老太太坐在教授太太的身旁，她们并没占用菲利普多少视线；有两个年轻的金发姑娘并排坐着，从谈话中听到别人称呼她们赫德威格小姐和凯西莉小姐，其中名叫凯西莉的姑娘脑袋后拖着一条长辫子，她俩在一起叽里呱啦不停地说话，还噗噗发笑，不时地朝菲利普看一眼，两人低头不知小声说了什么，但见她俩笑了起来，这让菲利普觉得很尴尬，顿时满脸通红，双耳发烫，好像她俩在取笑他；坐在她俩旁边的，是一位中国人，听说他对西方社会的状况很感兴趣，在大学正研究这个，他是黄色皮肤，脸上绽放着开朗的微笑，那双眼睛几乎成了一道缝，他说话很快，口音也别扭，每次大家都听得不太懂，有时会逗得姑娘们哈哈大笑，而他自己也就跟着发笑；还有三个身穿黑外套的是美国人，他们的皮肤枯黄而干燥，在大学研究神学，此时，他们正用那带着新英格兰口音的德语交谈，这让菲利普对他们充满了怀疑，更何况原先所受的教育灌输给他的观点是：美国人是一群性格轻率、喜欢冒险的粗人。

用过午饭后，大家重新回到客厅，坐在那几张蒙有绿色天鹅绒的椅子上。教授太太的小女儿安娜小姐问菲利普愿不愿意和她们一起出去溜达。

菲利普表示很乐意前往。一起溜达的人还挺多，特克拉小姐和安娜小姐、赫德威格小姐和凯西莉小姐、菲利普，还有一个美国大学生。跟安娜和赫德威格小姐走在一起，菲利普有点不自在，因为他还没有跟女孩子交往过。以前在布莱克斯泰勃的时候，他也知道当地一些女孩子的名字，也跟她们见过面，但每次都是底气不足，总担心她们会笑话自己是残疾人。凯里夫妇自命清高，不愿意菲利普跟庄稼人交往。慢慢地，菲利普也被熏陶了，不愿接近她们。医生的两个女儿，年龄比菲利普大得多。菲利普印象中，她俩分别跟医生的两位助手结了婚。在皇家公学上学时，有些学生认识一些有胆识但不文静的姑娘。这件事在同学之间传得沸沸扬扬，说他们之间有私情。也许这不完全是事实，可能是出于男孩子的大胆揣测，故意添油加醋，但在菲利普看来有点不可思议。每次别人讲给他听，他总摆出一副不屑的姿态。但他看过的书籍和丰富的想象力告诉他在女孩子面前要保持绅士风度。在女孩子面前，既要怀揣着病态的羞涩胆怯，又要表现出洒脱的绅士风度，这可把菲利普折腾得够呛。

这个时候，菲利普觉得应该表现得风流倜傥，又不失幽默，可脑子里却一片空白，半天也凑不出完整的句子来。看出菲利普有些拘谨，安娜小姐会不时地主动找菲利普聊天，而她身旁的赫德威格小姐没有跟他搭话，时而用她闪烁的眼睛看他一眼，时而又放声大笑，这让菲利普越发惊惶不安，觉得在她眼里自己就是个小丑。

他们一行人沿着崎岖的山路，缓缓地走在松林中。松树散发着阵阵幽香，使菲利普心情不错。万里晴空，没有一丝云彩。最后，他们来到高处一片开阔地。低头往下看，莱茵河附近的美景映入眼帘：灿烂的阳光沐浴着广阔的田野和远处的城市；曲折蜿蜒的莱茵河好像一条银色的绸缎，在阳光的照耀下闪闪发光。菲利普在肯特郡从没见过如此广阔的地方，也只有站在海边远望时，海天一色的美景才难以忘记。此时此刻，菲利普的内心被眼前这一片无边无际的田野震撼了，陷入美好和幸福之中。也许他没有意识到，他人生第一次感受到了美，并且是不会被微妙的感情稀释的那种美。这时，其他人没有停下脚步，继续朝前走去，只剩下坐在凳子上休息的三个人。安娜小姐和赫德威格小姐快言快语地用德语聊着天，旁边的菲利普无暇顾及身边的两位姑娘，被眼前的绚烂风光给深深吸引住了。

“上帝呀，我太幸福了！”他不由自主地说了一句。

23

空闲的时候，菲利普回忆起在坎特伯雷皇家公学念书的日子，有时想到某些高兴的事情或者自己办的傻事，不由得笑起来。他经常会在梦里看到自己在皇家公学勤奋读书，等梦醒后一睁眼，呈现在眼前的是这个小房间，他的内心充满了别样的满足感。躺在床上，看着蔚蓝的天空中飘浮着层层白云，那种充满自由的乐趣让人陶醉。想睡就睡，说起就起，也没有人强迫干自己不愿意干的事情，这一切着实让他感到满足和真实，也没有必要说谎了。

菲利普开始了新的生活，他的拉丁语和德语由欧林教授来教，法语课是一个法国人每天上门来教，他的数学课老师是教授夫人推荐的一个海德堡大学语言学专业的学生，叫沃顿，现在正为这个学位而奋斗。每天上午，菲利普都要去他那儿学习。沃顿住在不远处的一幢破房子里，也是顶楼。菲利普走进屋里，发现房间里乱七八糟，满屋子弥漫着各种各样的气味，刺鼻难耐。上午十点钟，当菲利普准时来到这里的时候，他基本上还在床上睡觉。起床后，他经常披一件不像样的睡衣，趿拉着拖鞋，一边简单地吃些东西，一边讲课。这位“老师”个子不高，一撮小胡子又浓又黑，头发蓬蓬松松显得很凌乱，因为贪饮啤酒，搞得肚子跟孕妇似的。言谈中菲利普了解到，沃顿来德国已经五年了，可以说现在已经是“老油条”了。他曾拿到剑桥的学位，但现在对那所大学总是冷嘲热讽。后来，他来到海德堡大学读书，有望拿到博士学位。可不幸的是，毕业之后，他被逼无奈还得回到英国当一名教书先生。每次他谈到毕业后的前途，都会惴惴不安。其实，他还是挺喜欢在德国大学里的学习生涯的，整日里自由自在，没有束缚。他还结交了许多好朋友，大家朝夕相处，美得不亦乐乎。他是大学生联合会的会员，曾答应过菲利普有机会要带他去参加大学生饮啤晚会。但是，住在这里最重要的问题就是温饱问题。他曾毫不避讳地对菲利普说，他现在非常缺钱，甚至到了难以填饱肚子的地步。给菲利普上课可以赚些钱来改善他的生活，起码有机会让他吃点肉打打牙祭，要不然只能用面包和干酪来填饱肚子。有时候他疯狂喝酒到深夜，第二天头疼得厉害，非常难受，想喝杯咖啡都无法下咽。这样的话，不用说教课时他一定是无精打采的。藏在床底下的几瓶啤酒是他的主要家当，当他感觉压力大的时候，喝杯啤酒再抽上一支烟，就可以放松一些。

为了不让啤酒起沫，喝起来更尽兴一些，他经常会一边慢腾腾地往杯子里倒啤酒，一边自嘲地说："解愁还须杯中物呀。"

后来，两个人逐渐熟悉了，沃顿向菲利普大肆宣扬大学里的那些事儿，比如学生联合会里派系的明争暗斗、学生打架斗殴、教授们的是是非非等。可以这样说，菲利普从他那儿学到的数学知识远远比不上学到的人情世故。还有几次，一番高谈阔论后，沃顿靠着椅子笑着说："时间真快，到点了，今天什么也没教哇。算啦，今天我不收费。"

"不碍事的，该给的。"菲利普不介意地说。

菲利普觉得沃顿讲的事情鲜有耳闻，还富有趣味，是三角学比不了的。其实，这门课对菲利普而言有些吃力，怎么都学不会。沃顿的话打开了生活的另一扇窗户，让菲利普忍不住往里看，同时心怦怦直跳。

沃顿不好意思收钱，说："那怎么能行，钱你还是自个儿留着吧。"

"你要不收，中午可就只能啃面包、嚼干酪啦，就没有肉吃了。"菲利普笑着说，因为他非常了解这位老师的境遇。按约定，每节课菲利普要付两先令的酬金，沃顿提议将付款周期由一个月变为一周，这样容易算钱。

"这个你就不用管了，又不是第一次用啤酒充饥，再说这样还有好处呢，至少脑袋比其他时间清醒。"

沃顿满不在乎地说完，就到床下去踅摸什么东西。菲利普将目光扫向那张床，床单发暗，可见是长时间没洗的。很快，沃顿就从床底下提出一瓶啤酒，并示意菲利普一起喝。年纪尚小的菲利普，没有这样的生活阅历，不愿意喝酒。没法子，他只好独自喝起来。

"在这儿待多长时间，你想过没有？"沃顿问。

既然已说到这个地步，两人直接置数学于不顾，只管尽兴地交谈。

“这个我还不很确定，也许会待上一年时间。一年后，家里人准备送我去牛津继续念书。”

沃顿耸了一下肩，脸上露出不屑的神色。菲利普见到后，觉得不可思议。牛津大学，也算鼎鼎大名，竟然被鄙视，菲利普还是第一次见到。

沃顿说：“去那儿有什么意思？还不是混几年，拿个文凭走人嘛。来德国上大学不好吗？在这儿，一年时间是不够的，需要五年时间。不知你有没有同感，思想自由和行动自由是生活的两件法宝。法国追求行动自由，你干什么别人都不会妄加干涉，但是思想必须保持统一；相反，德国重视的是思想自由，别人是无视你到底在想些什么，只要行动跟他们一致就行了。虽然思想自由和行动自由都很可贵，但就我个人而言，我更喜欢没有束缚的思想。但是在英国，有什么自由可言，一年到头，身心整天承担着老掉牙的庸俗习性，既束缚人的思想，又限制人的行动。这就是所谓民主国家的现状。其实，美国的情况更糟。”

说话时，他身子往后靠，动作小心翼翼地，他也感觉到椅子一条腿已不牢靠了，如果自己只顾着侃侃而谈，突然从椅子上摔到地上，岂不是有伤大雅。

“如果我能弄点钱，凑合着再待上一年。随后，我就得回去了，只好跟这里的一切再见啦。”说完，沃顿对着这间脏乱不堪的房间，伸出右臂示意。菲利普再次打量一番这个房间，屋子的确很乱，被褥脏兮兮的，衣服随地可见，喝完的空啤酒瓶并排靠在墙边，残缺不全的破书堆满了每个角落。沃顿又接着说：“我会到外省的一所大学任教，成为一个语言学教授。到那时候，我就经常打网球，参加各式的聚会。”忽然，他停了下来，将目光转移到菲利普身上，看到菲利普衣冠楚楚，头发整齐发亮，慌忙说道：“呀，我的神哪，我先洗把脸。”

沃顿竟然指责自己的整齐穿戴，菲利普顿时涨红了脸。最近一段时间，菲利普发现沃顿也开始注重仪容了，那几条从英国带来的领带，就是他精挑细选的。

人们还没有准备好，夏天就势不可挡地来了，让人觉得很突然。

整日都是艳阳当空，透着傲慢的湛蓝天空，刺激着人的各条神经；街心花园内郁郁葱葱的树木，长势旺盛，树叶密密麻麻的；阳光下，一排排房屋反射出刺眼的白光，让人浑身不自在。有的时候，菲利普上完课，从沃顿的住处出来，经过街心花园时，就坐在花园里树荫下的凳子上，一边乘凉，一边观赏地面上跳动着的金色图画，这些图画是灿烂的阳光透过树叶间隙洒在地上交织而成的。此时此刻，这种闲来无事的欢乐使他陶醉，心灵也随着图画欢快地跳动。有时候，在这座古老城市的街头，悠然散步的菲利普向大学生联合会的学生投去敬爱羡慕的目光，划在他们脸上的口子还流着血，头上的帽子五花八门，走在大街上无视一切。吃过午饭，菲利普常常陪着公寓里的女士们出去散步。有时他们会向河的上游走去，到阴凉的露天啤酒店用茶点。等到了晚上，他们又去公园溜达，在那里可以听到小乐队的演奏。

没过多久，菲利普掌握了这幢房子里的每个人的切身状况。教授的大女儿特克拉小姐原本已订婚，婚礼将在年底举行。男方是英国人，住在斯劳，父亲是一个橡胶商人，曾专门来德国学习德语，当时在这个公寓里住了一年，后来就回国了。再后来，他来信说他的父亲不同意他俩的婚事。特克拉小姐看完信，非常伤心，整日里偷偷流泪。有时，母女二人再次翻看那位不负责任的英国小伙的来信时，气得快炸了。特克拉小姐在水彩画方面很有功底，偶尔有机会她会叫上菲利普和另一位姑娘，一块儿到户外去写生。在爱情方面，颇有姿色的赫德威格小姐也有自己的烦恼。起初，她认识了一位风流倜傥的轻骑兵军官，有德国贵族血统，随后两人相爱了。可是，那位轻骑兵军官的父母嫌弃赫德威格小姐的父亲是柏林的一个商人，反对这种身份的女子进他们家门。于是，赫德威格小姐主动提出要来海德堡，想把对方给忘了。可是，无论怎样，她始终没法忘记她的王子。同样，那位帅气的年轻军官也忘不了她。就这样，两人经常通信，诉说相思之苦。她的情郎还绞尽脑汁，千方百计劝说满腔怒火的父亲，希望他能改变主意。在给菲利普讲述这一切的时候，不知是激动，还是羞涩，赫德威格小姐总是红着脸，唉声连连。菲利普从她的手中也见过那个骑兵军官的照片。菲利普对公寓里的所有姑娘都很友好，最喜欢的就是赫德威格小姐，所以每次外出散步时总是设法靠近她。有时别人看到后，会跟他开玩笑，说他应该雨露均沾，羞得菲利普耳根子都发烫了。一个偶然的机会，菲利普向赫德威格小姐表明了心意，这是他平生第一次表白。平常如果不出门，在满是绿色天鹅绒的客厅里，姑娘们会聚在一起唱歌，热心肠的安娜小姐会在一旁给她们伴奏。一天晚上，赫德威格小姐唱了一首情歌，这是她最喜欢的歌，然后来到阳台，正好菲利普也在。菲利普仰头看着满天的星星，突然想谈一下自己对这首歌曲的感受。

他磕磕绊绊地用德语表达感受，还不时地苦思冥想为自己的表达增添色彩。就在他停顿的瞬间，赫德威格小姐突然说："喂，你跟我在一起说话，就别再分彼此啦。"

听后，菲利普觉得浑身发烫，不敢在她的面前这样腻歪，但是一时半会儿也无话可说。他觉得这个时候如果向她解释这并不是自己的切实感受，而是随口这么一说，那一定会有失风度的。

"请别介意。"菲利普羞涩地说。

"不会的。"她悄悄地说。

说完，她莞尔一笑，使劲握了一下菲利普的手，然后转身就离开了。

第二天，菲利普再次见到她，觉得很不自在，连打个招呼都不自然，羞愧得说话都不利索，甚至还刻意避开她。平常他很乐意陪着姑娘们外出散步，现在却借故推脱。赫德威格小姐察觉到这个情况后，找个时机，趁其他人都不在的时候，温柔地对菲利普说："你这是在干什么？说真的，你昨天晚上讲的话，并没有惹我生气呀。如果你真的爱上了我，这并不是谁的错，何况我是很高兴的。不过，虽然目前我跟赫尔曼在婚姻上有些阻碍，但是我早已认为我就是他的新娘啦。所以我对别人是没有感觉的。"

听完，菲利普的脸又涨得通红，脸上的神情足以表明他这次求爱失败。

"祝愿你们永结同心！幸福美满！"他说。

24

菲利普每天要上一堂欧林教授的课。为了日后菲利普能把巨著《浮士德》顺利读懂，欧林教授专门列了一个目录，罗列了许多菲利普要攻读的名著。与此同时，欧林教授还别开生面地教菲利普开始先学一部德译版的莎翁作品。从中学时代起，欧林教授经常研读莎翁的作品。那个年代，德国正盛行的是歌德。在此插入一些歌德的事迹：一直以来，歌德对于爱国主义抱有偏见，但在德国人的心中，仍把他称为伟大的民族诗人。1870 年普法战争爆发，此后他被德国人称为最有资格体现民族凝聚力的代表人物之一。格拉夫洛[1]雷鸣般的炮声，也没有把人们从五朔节前夕[2]的疯癫中惊醒。其实，作家的伟大之处在于每个人都能从他的作品中体会到属于自己的共鸣。欧林教授，十分憎恶普鲁士人，却对歌德充满敬意，因为他觉得歌德的作品稳重、严肃，只有它能给那些头脑清醒的人找到一个藏身之处，躲避野蛮的攻击。近段时间，菲利普不止一次听到一位戏剧家的名字。剧院在去年冬天曾上演过这位戏剧家的一个剧本，据说当时迷倒了一大片追随者，同时也被正派人士一顿贬斥。在公寓餐桌上，大家也在沸沸扬扬地议论。此时的欧林教授没有了平日里镇定自若的风度，而是拍案而起，顿时嘈杂声戛然而止，然后他用浑厚充满磁性的声音批判那出戏，断定那纯粹是胡说八道，尤其是无法忍受其中的肮脏台词。为了证实自己的看法，他亲眼观看了那出戏，可以说他是硬逼着自己坚持到最后的，内心的感受除了憎恶，就是想吐。他心里在想，要是戏剧变成这般倒霉模样，希望政府趁早介入，把戏院都给封了，这才皆大欢喜哩。说实话，虽然欧林教授是一位教师，但他并不是拘于俗套、呆板的那种。他经常去皇家剧院看戏，当听到剧中的那些庸俗不堪的浑话时，也会笑得喘不过气。可是，

---

[1] 法国一地名，普法战争中普军于此大败法军。

[2] 在德国民间传说中，恶魔之王和魔女会在此节（五月一日）前夕进行狂欢。

这出戏实在是不堪，里面全是有伤风化的东西。在欧林教授看来，这就是国破家亡、道德败坏的表现。最后，欧林教授不由得捏住鼻子，吹声口哨显示鄙视之意。

“别激动,阿道夫,”坐在桌子对面的教授太太说,“你先听我说。”

欧林教授本性柔和，平时夫妇俩意见不一的话，他不会冒险的。现在，他有些失去控制，在太太面前挥挥拳头，大声说道：“海伦，我先说，我希望孩子们到死也不要去听那些污言秽语。”

告诉大家，那出戏的名字是《玩偶之家》，是亨利克·易卜生的作品。

欧林教授将易卜生和理查德·瓦格纳归为一类，但他并不生理查德·瓦格纳的气，只是不跟他计较，一笑了之，因为在他眼里，瓦格纳充其量是个冒充内行的江湖骗子，只不过他能以假乱真，掩人耳目。就凭这个，他的作品就有几分喜剧色彩，让人沉浸其中已不在话下。

“他是一个疯子。”他说。

欧林教授看过歌剧《洛亨格林》，觉得剧中气氛没有活力，但整体效果还凑合，算不上糟糕。一提起歌剧《齐格弗里特》，欧林教授就会把手放在脑后，仰天大笑，因为里面的旋律全都不堪入耳。试想一下，假若理查德·瓦格纳本人看到所有的观众都在郑重其事地观剧，他一定会笑得肚子疼。你说，这难道不是十九世纪最大的骗局吗？想到这儿，欧林教授举起酒杯，一口干了，然后擦擦嘴，说：“不妨告诉你们，年轻人，不是我胡说八道，三十年后，大家就会忘了瓦格纳。瓦格纳！唐尼采蒂[1]的一部歌剧能顶你所有的作品。”

25

教菲利普法语的老师是这几个老师里最古怪的一个。这个老头名叫迪克罗，来自日内瓦，个子挺高，皮肤灰黄，双颊陷得很深，一头稀松花白的长发。平时他衣着简陋，经常穿一身黑色衣服，袖子破了个洞，裤子也磨得不像样子，他的衣领总是脏兮兮的。他虽

[1] 意大利作曲家。

然话语不多，但教课时认真执着的态度值得尊敬，不过就是没有激情。平时，他来教授公寓给菲利普上课，都很准时。时间一到，就按时下课。他上课的报酬很少。菲利普所了解到的关于迪克罗的一些经历，都是别人说给他听的。迪克罗曾跟加里波迪[1]并肩作战，对抗罗马教皇。后来，他明白了，他们为之奋斗献身的自由（建立共和国就是“自由”）其实是换汤不换药。无奈之下，他含恨去了日内瓦；再后来，他犯了政治罪，具体罪名不详，被驱逐出境。菲利普眼中的迪克罗，无论如何也无法跟他脑海中的革命者相提并论。事实却让他大吃一惊而又充满怀疑。迪克罗先生声音低沉，与人交往时显得很有礼貌；别人没说请坐，他都不好意思坐下；在大街上碰见菲利普，这位先生则会脱帽行礼；没有人听到过他的笑声，甚至没人见过他的笑容。菲利普不会认为年轻时迪克罗有一个光明的前途。一八四八年，迪克罗已经成年。那个时期，法国兄弟的悲惨命运让各国的君主们如履薄冰，整日里惴惴不安，慌忙逃命。简直难以想象，当时那股追逐自由的浪潮，短时间内就涌向了整个欧洲，来势汹汹，横扫一切挡在前面的肮脏污垢（一七八九年革命之后，欧洲出现了反革命逆流，新政权失败。在这儿指逆流中夺权的专制和暴政），并在人们胸中点起熊熊大火。我们不妨想象一下：迪克罗，激烈地跟他人争论着他信奉的自由和平等，挥舞战刀在巴黎的大街小巷顽强地战斗，带领米兰的奥地利骑兵奔驰在自由的道路上；时而在这儿蹲大牢，时而在那儿被驱逐。但是，不论什么时候，处在什么境地，是“自由”这个有无穷力量的意念一直支撑着他，给他希望和信心。谁承想，到最后，他竟然被饥饿、衰老给打倒了，如今只能靠着给几个穷学生上课，勉强维持生计。更糟糕的是，海德堡外观看着整洁、安静，实际上正被专制和暴政统治着，并且比欧洲其他城市的情况还要严重。历经沧桑的迪克罗也意识到了这个情况，在寡言少语的外表的掩饰下，他的内心非常鄙视人类，因为没有人再去追求“自由”，而是整日里在醉生梦死的麻醉之中游荡。也许他懂得，三十年来，先烈们为了自由不惜生命奋斗的革命成果早已无影无踪，这恰恰证明了现在的人类没有获得自由的资格。这个时候他突然明白了，自

[1] 十九世纪意大利民族英雄，为意大利统一奋斗了一生。

己不值当把一生献给了追求自由的信念，如今年老体衰，一无所成，只能悲凉地等待死神的召唤。

有一次，毫无顾忌的菲利普问迪克罗，是不是真的同加里波迪并肩战斗过。这个老头没在乎太多，跟平时说话一样，用法语很平淡地回答：“你说得没错，先生。”

“这么说，别人说的是真的？你确实参加过公社。”菲利普顿时不再怀疑了。

“听别人说的？来吧，我们先上课。”

有一天，饱受疼痛折磨的迪克罗先生，身体很虚弱。他吃力地上到顶楼，刚进入菲利普的房间，就一下子瘫在了椅子上，那张蜡黄色的脸扭向一边，呼哧地直喘粗气，一颗颗汗珠顺着脸颊落下。

“您是不是生病了？”菲利普关切地问。

“没事的。”

菲利普看得出来，迪克罗先生实在是病得厉害，可他还是坚持按时讲课。这节课结束后，菲利普提议让他休息几天，等病好了再上课也不迟。迪克罗坚决不同意，他说：“不行，我的身体没问题，可以继续教下去。”他刻意让自己说话的声调跟往常一样。菲利普本就性格腼腆，在提及钱的时候，他心里更加慌张，脸颊通红。“即便你没有上课，我仍然会如数奉上，不会影响你什么的。”说完，菲利普突然想到了什么，接着说：“你看这样行不，下星期的酬金我先预付给您。”

迪克罗先生的酬金是每小时十八个便士。菲利普很难为情地把口袋里的一枚十马克的硬币放在桌子上，而不是塞进老头的手里，以免他误认为是在打发一个乞丐。

“那就这样吧，等身体好了，我再过来上课。”说完，他把那枚硬币从桌子上拿起，揣进口袋，然后跟往常一样，向菲利普鞠个躬，就走了。

“保重身体呀，先生。”

菲利普想来有些失望，原以为迪克罗先生会因为自己的雪中送炭而感激不尽，可没想到这位老先生觉得收下这预支的酬劳是理所应当的。其实，菲利普还是年轻，对人情世故缺少阅历，与行善者的施恩图报心理比起来，接受者的知恩图报心理要淡薄得多。

又过了五六天，迪克罗先生再次来给菲利普上课。这一次，他步履蹒跚，很明显身体还没有恢复，但总算重病之后捡了一条命。课上完之后，他才跟菲利普说起生病的事，在此之前，除了讲课，没有多说一句。随后，他便跟菲利普道别。他走到门口，刚打开门，突然停住了，好像犹豫着想说什么但又不知如何开口。忽然，他说："我能活下来，全靠着上次您预支给我的那点钱，非常感谢！要不然，我再也没有机会给您上课了。"

说完，他毕恭毕敬地给菲利普鞠个躬，然后出门离开了。对刚才的见闻，菲利普有点吃惊，接着心里有一种说不出的苦楚，喉咙好像被堵住了。直到现在，他才看清楚一点，原来这位老人一直在拼命挣扎，试图摆脱悲哀和绝望的命运。生活的滋味真是千差万别，菲利普觉着自己的生活如此幸福，充满希望，而这位老人却活得如此悲惨，绝望透顶。

26

日子过得挺快，掐指一算，从刚来海德堡至今，已经有三个月了。有一天一大早，菲利普从教授太太嘴里得知，有个英国人要搬过来住，他叫海沃德。当天晚饭时，菲利普就见到了他。这些日子，整个公寓好事连连，所有人都高高兴兴的。第一件事，教授太太母女一轮轮的出击，不管是好言相求，还是暗含呵斥的表露，甚至是其他鲜有耳闻的招数，最终有了好的结果：起初反对特克拉小姐婚事的那对英国夫妇，已经邀请她到英国住几天。走的时候，特克拉小姐还不忘将自己绘的一本水彩画册带在身上，显然这是想向二老显摆她高超的绘画技能，另外她还带着所有的情书，用来证明她的白马王子是多么爱她，思念她。第二件事，特克拉小姐走了一个星期之后，春风满面的赫德威格小姐兴奋地告诉大家，过几天她的心上人要陪同他的父母来海德堡，见见他们未来的儿媳妇。原来，这对夫妇态度的改变是有原因的：主要原因是他们的儿子经常死缠烂打，这让夫妻俩有点儿招架不住，另外就是赫德威格小姐的父亲主动提出的

价值不菲的嫁妆，让他们心动了。后来双方见了面，事情非常顺利。赫德威格小姐带着她的恋人一起去市立公园溜达，脸上露出幸福、自豪的笑容，让公寓里的人都羡慕不已……

餐桌上跟教授太太紧挨着的那几位老太太，平日里都很成熟冷静，这次却不知为何心烦意乱。赫德威格小姐告诉大家，她明天就要回家了，准备和恋人订婚。大家听后，都表示衷心的祝贺。此外，教授太太为表祝贺，还特意请大家喝草莓酒。这种酒入口香甜、醇厚，是欧林教授精心调制的，他为此也颇为自豪。晚饭过后，大家聚在客厅里唱歌。圆桌上郑重其事地摆放着一大壶白葡萄酒，酒里掺有苏打水，上面还浮着一些香草和野生草莓。安娜小姐趁机拿菲利普开涮，说他的心上人丢下他，跟别人跑了。菲利普内心本来就难受，再听她这么一说，心里更不是滋味了，浑身上下都觉得不舒服。而赫德威格小姐此时很开心，也很兴奋，她一连唱了好几首歌曲。另外，欧林教授唱了《莱茵河上的卫士》，安娜小姐演奏了《婚礼进行曲》。

在如此美妙的氛围中，菲利普无暇顾及刚住进来的英国人。刚才，他俩还脸对脸坐着吃晚饭。那个英国人很有可能是听不懂他们在说什么，索性一言不发，只管在那儿安心用餐。菲利普也正忙着同赫德威格小姐聊天，没有过多注意对面的陌生人，只是冷不丁地看他几眼：这个英国人，约莫有二十六岁，一头卷发，常被他无意识地用手拨拉一下；一双蓝眼睛大大的，但眼神没有活力；薄嘴唇上方刮得很干净，没一点胡茬子。在菲利普眼里，这个人看起来很清秀。不过，他系着一条淡蓝色的领带，这让菲利普实在受不了。安娜小姐很喜欢给人看面相。她留意这个人头型匀称，下部脸庞皮肤松弛，认为这是一个思想家，要是他再配个有个性的下颏就更完美了。总认为自己这辈子嫁不出去的安娜小姐，高颧骨、大鼻子，十分在意人和事物的个性。当他俩正评价相貌的时候，那个英国人已吃完饭离开餐桌，然后站在不远处，用鄙视的眼神看着这嘈杂的场面，脸上露出傲慢的神态，并且凭借着修长的身体摆出一副温文尔雅的姿势。

来自美国的大学生中，有一个叫维克斯的，第一个发现海沃德离开餐桌并独自一人站在旁边。他就上前跟他套近乎。两个人站在一起，差别非常鲜明：维克斯，美国人，浑身上下整齐干净，穿着黑色外套和一条乳黄色的裤子，个子瘦小，但行为举止还有点传教士的风度；海沃德，英国人，穿着一身宽松且花里胡哨的呢子，虽然笨手笨脚，但一举一动显得温文尔雅。

翌日，菲利普才跟海沃德聊了几句。还没到吃午饭的时间，客厅的阳台上只有他们俩站在那儿，并且双方也发现了这个尴尬的状况。海沃德先开口说话："你也是从英国来的吧？"

"对，我是英国人。"

"这里的饭菜也不怎么样，跟昨晚的一个口味，你觉得呢？"

"从我来到这里，就一直是这样的。"

"那岂不是糟透了？"

"是呀，是一般。"菲利普敷衍着，可事实上他觉得伙食还不错，每次吃饭他都吃得很香，并且饭量也增加了。既然海沃德这样评价这里的伙食，为了让人觉得自己也是个讲究饮食的人，他也只好违心地附和几句。

自从特克拉小姐去英国做客，留下妹妹安娜帮欧林太太操持家务，所以安娜就没有时间出去溜达了；近段时间，那位梳着一头金色长辫子的凯西莉小姐，不知怎的突然就不合群了，也常常一个人待在屋里；赫德威格小姐回家去订婚了；还有维克斯，原来也经常跟他们一起出去溜达，如今去南方度假了。整个散步队伍只剩下菲利普一个人，形单影只。自从上次海沃德跟他聊了几句后，他觉得菲利普人不错，愿意跟他成为朋友。但菲利普天生胆怯，羞于结交他人。正是由于这个缺陷，使得他跟别人交往时，刚开始他从内心讨厌这个人，慢慢地接触多了，这才改变了原来的偏见。所以，别人总觉得菲利普是一个不好相处的人。这次，面对海沃德的友好表示，菲利普也是凑合着应对，心里面惭愧不已。

有一次，海沃德邀请菲利普外出溜达。这次，菲利普实在是找不到合适的理由推辞了，无奈之下就答应了。每次面对这种情况，菲利普都是这个样子，他自己都觉得不可饶恕，但又无可奈何，只好苦笑着为自己的窘迫打掩护。

"你也知道，我可走不快呀。"

“我呢，只是喜欢随便走走，又不比谁快谁慢。不知你记不记得，佩特的《马里乌斯》里有这么一句话：双方交谈时，闲庭信步是最理想的催化剂。”

菲利普在领会他人讲话的妙处方面还是擅长的。他希望自己也能经常说得妙语连珠。可等到他想好准备说的时候，时机已经过了。但这个海沃德很擅长交谈，阅历老练些的人认为海沃德是一个侃侃而谈的人，并且是他一直在天马行空地说，而对方只管听着就行。对菲利普而言，印象最深的还是海沃德的恃才傲物：别人眼中非常神圣的东西，在海沃德这里不值一提。菲利普很佩服他这一点，不由得对他钦佩不已。比如，大家盲目崇拜体育，他就鄙视这些，认为热爱体育的人无非是想从中得到奖品，仅此而已。其实，海沃德也没有脱离这个世故，毕竟在身心的陶冶方面，也有他所迷恋的。这一点菲利普还没有看清楚。

两个人慢悠悠地走到了古堡，然后坐在古堡前的平台上。从这里，人们可以浏览海德堡的全貌。这座城市，依景色迷人的内卡河而建，给人一种超然世外的感觉。缕缕青烟从烟囱里缓缓升起，在空中慢慢消散，最后形成一层浅蓝色的纱帐；城里的房屋和有塔尖的教堂，交错布置，让人感觉好像回到了中世纪。两个人漫无目的地谈论着，让菲利普惊讶的是海沃德很喜欢诗歌，不论自己写的，还是别人的，他都用一样的声调轻松地朗诵下来。他把菲茨杰拉德翻译的我默·伽亚谟的诗集一句不落地背诵下来，这让菲利普刮目相看，当时知道这部诗集的人寥寥无几。后来，《理查·弗浮莱尔的苦难》和《包法利夫人》，魏尔伦、但丁和马修·阿诺德都从海沃德的嘴里娓娓道来。从此以后，菲利普对海沃德的态度发生很大的改变，由原来的怀疑猜忌转为钦佩羡慕。

每天下午，菲利普总要跟他的新伙伴到外面去散步。很快，他就对海沃德的身世了如指掌。他的父亲是一名乡村法官，前不久刚去世，留给海沃德一笔三百镑的遗产。在查特豪斯公学念书时，他成绩很好，后来去剑桥深造时，受到特林尼特学院院长的亲自迎接，并对海沃德选择该学院感到非常高兴。大学时，海沃德一直刻苦学习，希望以后能有个远大光明的前途。期间，他经常游走在杰出人士之间，专心学习勃朗宁的作品，但十分轻视丁尼生的作品。在与这些著名的知识分子交往中，他也听到了关于雪莱和海略特的离奇姻缘[1]；艺术方面，他也略懂一二，房间里挂着 G.F. 华茨、伯恩・琼斯和波提切利等名家大作的仿品；有时，他诗意大发，顺手写下几篇哀伤、颇具个性的诗。朋友们一致认为海沃德天资聪颖、才华出众，将来一定有机会技压群雄，拥有一番成就。他听到这些，心里别提多高兴了。很快，他在文学艺术方面颇具造诣。海沃德受纽曼的《自辩书》的影响也很大。他的父亲思想狭隘，喜欢直来直去，生前对麦考利的作品情有独钟，而他却跟罗马天主教有着不解之缘。如果当时他成为天主教教徒，他的父亲一定会怒发冲冠，所以无奈之下，他没有加入天主教。

可毕业考试的成绩一下来，他的成绩刚刚及格，让所有的朋友都大吃一惊，而他却不以为然，只是不屑地耸耸肩，为自己开脱，说他可不想让主考人任意摆布，优异的成绩也显得庸俗不堪。他给大家说了一个经历，听语气好像事不关己的样子：他有一次参加口试。主考人问他一些逻辑学方面的问题，整个口试过程充满了枯燥和厌烦。没承想，他正在为主考人脖子围的领圈感到恶心的时候，突然发现那人将松紧靴套在脚上，这让他觉得滑稽又好笑。随后，他开始天南地北地胡思乱想，连金斯学院里的哥特式教堂都想到了。他接着开起小差，跟金斯学院哥特式教堂的粗犷之美联系起来。不过说实在的，他在剑桥大学的那段时光还是很美好的：他请朋友们吃饭，宴席丰盛的规格，还没有人能超过他的；邀请同学光临他的书房，一起高谈阔论，大家都被他的谈吐折服。

随后，他引用了一句话：“赫拉克利特，我听他们说，你已经死了。”接下来，他又回到主考人和靴子的话题，一边形象地说着，一边哈哈大笑。

“这事的确很蠢，”他说，“但其中也说明了一些问题。”

菲利普听得入了迷，心里在想：他可真厉害！

---

[1] 海略特是雪莱的前妻。其父亲开了个酒吧，性格暴虐。她十六岁时遇到十九岁的雪莱。雪莱为解救她，与其结婚，但后来发现与其无共同语言，又爱上了别人，海略特因此自杀。

海沃德继续讲述他的经历：剑桥毕业之后，又去伦敦读法律。当时住的是克莱门特法律协会的房子，是他租来的。他模仿学校书房的样子，费了不少工夫才把这几个精致的房间布置妥当。他希望将来能从政，常以辉格党人自居。他的想法是先当一名律师，他觉得处理大法官法庭方面的诉讼事务还是比较仁慈的。如果各个环节得到疏通，他觉得到某个适合的选区当个议员还是可以考虑的。在那段时间里，有人在歌剧院里经常能见到他，正跟几个说得来的高雅之人在一起抒发情怀。有一个聚餐协会，追求的是全、佳、美。他加入到这个协会，还跟一位女士建立了柏拉图式的情谊。这位女士比他大八岁，在肯辛顿广场附近居住。每天下午，在昏黄的烛光中，两个人面对面坐着喝茶、饮酒，一起谈论乔治·梅瑞狄斯和沃尔特·佩特。其实大家都知道，律师协会举行的考试几乎是没有门槛的，所以海沃德也就毫不在乎。谁知在结业考试时，他的成绩没有及格。跟往常一样，他又为自己开脱，说这一定是主考人专门为难他的。与此同时，那位跟他有着柏拉图式情谊的太太告诉他，她远在印度的丈夫要回来休假，近几天就到了。虽然她对丈夫的为人无可挑剔，但不一定会容忍其他男人频繁地在家里出现，所以她便与海沃德断绝了往来。突如其来的双重打击让海沃德气急败坏，觉得生活顿时变得如此丑陋。再一想，如果继续参加律师考试，就要再次面对自己十分讨厌的主考人，索性再也不考了，也算是了结一件事情。更何况，他眼下也是负债累累。在伦敦想过上体面的生活，这三百镑远远不够。约翰·罗斯金[1]把威尼斯和佛罗伦萨说得很神秘，使得海沃德一直心向往之。法律方面琐碎繁杂的事务让他望而却步，他觉得单单把名字贴在大门上，根本接不到什么案子，更何况现代政治并没有什么尊严。反而，他觉得自己更适合做一个诗人，毕竟自认为很有天赋。他随即退掉租住的房子，来到意大利，在佛罗伦萨和罗马分别住了一年，现在又来到这里，决定在此住上一个夏天学习德文，为以后可以欣赏歌德的原著做好准备。

海沃德有一个天赋极其可贵，即他在鉴赏文学方面颇具功底。他在全身心地欣赏作品，并从中感知作者所想，明确作品精华所在

[1] 十九世纪英国作家。

的同时，还会诚恳地附上自己的见解。单凭这一点，菲利普就望尘莫及。虽然他也是博览群书，但对书从来没有精心挑选过。现如今，跟这位亦师亦友的高雅人士住在一起，菲利普觉得自己太幸运了，觉得自己在文学鉴赏方面的能力经他稍加点拨，一定会提高一大截。

从那以后，凡是海沃德跟他提及的作品，菲利普无论从本城图书馆借或者其他渠道，都要想办法弄到，然后一本本地仔细阅读，即便有的书籍或文章读起来极其枯燥，他始终坚持不间断，因为跟海沃德相比，此时的他简直是个黄口小儿，所以趁此良机，抓紧时间让自己成长起来。

八月底，去南方度假的维克斯回来了，这时海沃德彻底成了菲利普的标杆人物。他不待见维克斯，经常对维克斯的黑外套和裤子摇头叹气。听到海沃德大肆批判维克斯，菲利普也跟着添油加醋，心里在窃喜。如果听到维克斯无故妄议海沃德，菲利普会马上怒气冲冲，完全不顾维克斯对他的情谊。

“菲利普，你的新朋友好像一个诗人呀。”维克斯不怀好意地说，嘴角翘起一丝微笑。

“什么叫‘好像’，人家本来就是一个诗人。”

“他也是这样给你说的？哼，在我们国家，这种人标标准准是个混饭吃的。”

“可惜呀，这里不是美国。”菲利普悻悻地说。

“他有多大？看上去也有二十五六了吧，整日里啥事不干，只会写诗，有个屁用！”

“你才知道多少呀，你了解他吗？”菲利普生气地反问道。

“我怎么不了解这号人！他这类人，我见得多了去了。”

说话间，维克斯的眼里放射着光芒，心里有点激动。在菲利普眼里，维克斯虽然只有三十出头，但几乎进入中年人序列，个子瘦长，背有点驼，像个学者，脑袋大得跟身体不协调，稀稀的头发没有光泽，皮肤暗黄，薄嘴唇，长鼻子，额骨突出，看着就是觉得粗俗，而且平日里对人冷淡，行为古板，缺乏激情和活力，但总会给人轻率浮躁的感觉，常常让一些庄重严肃的人不知所措。可维克斯丝毫不知，总是跟这些人走得很近，让这些人对他意见很大，其中包括跟他一起学习神学的一些同胞，他们认为他有很强的叛逆心理，都对他避之不及，至于他奇怪的风趣，大家也都嗤之以鼻。

“你怎么可能见过那么多跟他一样的人呢？”

“我在好多地方都见过，巴黎的拉丁居民区、柏林和慕尼黑的公寓里、佩鲁贾和阿西西[1]的小旅馆里都住过这种人；在佛罗伦萨的波提切利的名画前，他们也会扎堆出现；他们还出现在罗马西斯廷教堂的座位上；他们在意大利更偏爱喝葡萄酒，在德国则对啤酒情有独钟，不醉不归。不管什么东西，他们只要认为是正确的，一律崇拜得五体投地。在不久的将来，他们每个人都会写一部鸿篇大作。不妨想象一下，这么多人的心中就酝酿了这么多的鸿篇大作，那得多雄伟呀。可惜呀，现如今，这么多的鸿篇大作还在酝酿着，不知何时才会产生一篇。而这个世界依旧照常运转。”

维克斯煞有介事地娓娓道来，快结束时，他故意闪了几下眼睛。菲利普听后，脸又红了，他已经听出维克斯在取笑他。

“纯属瞎说！”菲利普怒不可遏地说。

27

公寓后堂的两个小点儿的屋子，被维克斯租下，一间用来睡觉，另一件作为客厅，布置得挺敞亮，有客到就在这儿交谈。由于他天性淘气，一些麻省坎布里奇的朋友对他也是无可奈何。到了这里，他还是死性不改，只要吃过晚餐，他就把菲利普和海沃德请到他屋里随便聊聊。他处事待客还算客气，每次接待他俩都礼貌有加，屋里面仅有的两张比较舒服的椅子成了他俩的专座。他从不喝酒，但屋里随时都可以以酒待客。他经常会在海沃德的手头边摆放几瓶啤酒，菲利普见状，总觉得这里面不光有他的好客表现，还多少有点嘲弄的意思。即便双方经常进行针锋相对的争辩，但若看到海沃德的烟灭了，维克斯还会给他重新点上。在他们刚见面的时候，在剑桥毕业的海沃德总会在毕业于哈佛大学的维克斯面前摆出一副不耻下问的态度。双方争辩中，有时会提到希腊悲剧作家。这时候，自

[1] 佩鲁贾和阿西西是意大利的两个城市。

命不凡的海沃德当然要发表自以为权威的评论，并且给人舍我其谁的感觉，连对方插句话的机会都不给。维克斯先是一声不吭，面带笑容，耐心地听着，一直等到海沃德停下来，他才开始发表自己的看法，提出的一些问题好像没什么水准，但暗藏杀机。海沃德哪里知道其中有诈，脱口而出，结果掉进专为他准备的陷阱里。此时，维克斯很有礼貌地加以反驳，随即纠正海沃德的失误之处，接着把某个生疏的拉丁民族注释家的一段注释搬出来，最后用德国某权威人士的经典断词进行收尾，整个下来，有理有据有节。显然，这一切表明，在古典文学方面，维克斯才是行家。并且，维克斯说话时，总是微笑着，还很谦虚，但最终把自大的海沃德所抛出的高谈阔论反驳得一文不值。这样，海沃德才学的浅陋暴露无遗，还不伤和气，一举两得。此时坐在旁边的菲利普只会眼睁睁地任凭海沃德被戏弄一番，自己却无能为力。海沃德固执己见，也不甘示弱，对维克斯的反驳不以为然，依然会加以抗争。他越是这样，漏洞就越多，给了维克斯进一步反驳的机会；有的时候，海沃德自知理亏，仍然硬着头皮胡搅蛮缠，而维克斯毫不留情，一定把他批得体无完肤。后来，维克斯承认他曾在哈佛大学教过希腊文学。海沃德听后，脸上露出轻蔑的笑容，不屑地说："不用你说，这一点我也能猜到了。你看待希腊文学跟那群老学究一样，可我是用诗人的情怀在欣赏它们。"

维克斯继续反驳他："你对作品一知半解的时候，有没有觉得它的诗味更浓？就我个人而言，无意中的错误理解竟比原意更加完美，这也就在天启教[1]里会出现。"

离开维克斯的房间，酒后的海沃德浑身发热，头发也被他用手拨弄得一团糟。他愤愤不平地对菲利普说："这位先生很明显就是一个老学究，只知道作品的内容，而没有什么审美能力。光凭牢记内容大意有什么用，追求准确，那是办事员该干的。对于希腊文学，我们要抓住它的本质，光在文字上下功夫，这叫本末倒置。他这个

[1] 天启教是指直接接受上帝启示的宗教，如犹太教、基督教，主要是相对于天主教经由教会传达上帝旨意而言。这里的"错误理解"应指有时对《圣经》的某种个人的不准确的意会有时比原本的意思更有种美感。

人喜欢吹毛求疵，好比听鲁宾斯坦弹琴，他总要揪住那几个弹错的音符不放，而演奏者的高超技艺他却视而不见。说实在的，与演奏者弹琴时炉火纯青的技艺相比，那几个音符也就不值一提了。在我面前，如此地大肆显摆，只能让我觉得是他个顽固不化的老学究。”

这段话深深地印在了菲利普心里，也让他开始对海沃德另眼相看了：这些自我慰藉的愚蠢言论正是庸碌鼠辈为自己开脱的见证。

近段时间，双方争论不断，海沃德每次都落在下风，但他仍然坚持不懈，期待着哪一天能转败为胜，收复失地。所以，每次维克斯请他来做客，他都欣然地如期而至，然后开始他俩之间无休止的争辩。在维克斯面前，海沃德显得孤陋寡闻、捉襟见肘，但他本人不以为然。凭着英国人特有的顽固和受伤的自尊心，他从不认输，反而越挫越勇，有时专程登门挑战，好像对自己的妄自尊大、自以为是引以为豪。每次，只要海沃德说了逻辑错乱的言论，维克斯就会轻松地指出破绽，然后沾沾自喜，马上更换话题。有时菲利普也会插上几句，意图帮海沃德解围，但同样会败下阵来。还好，对待这两个客人，维克斯的态度截然不同：他对待菲利普一直都是很温和，所以面对维克斯的反驳，性格警觉的菲利普也从不觉得丢脸。但维克斯对海沃德绝不留情，经常弄得他像个笨蛋，有时候听到维克斯言辞辛辣，海沃德忍无可忍，便不顾形象，张口就骂。庆幸的是，维克斯不跟他计较太多，一直面带微笑，要不然两人的争论会升级为吵骂，说不定还会大打出手。遇到这种情况，海沃德出门后，总要愤愤地嘀咕一句：“这个杀千刀的美国佬！”

然后什么问题都没有了，他的这句谩骂也算是为他刚才的败局挽回了心灵的慰藉。

争论中，他们会提到形形色色的话题，但最终都会转到宗教方面。在海德堡大学攻读神学的维克斯自然会偏爱这个话题，说着说着就转到这方面了；而海沃德对这个话题更是求之不得，一是他再也不用举证让他不知所措的无聊例子；再者，他也不用顾忌逻辑的严谨程度，因为神学是唯心主义，判断事物的真伪在于人的主观意念。他心里很清楚在逻辑方面他明显处于劣势，这下正合他的心意。海沃德心里清楚，要想让菲利普明白他的信仰，不是一蹴而就的，必须付出大量的时间和精力。前面已经提过，海沃德从小就开始接受国教的洗礼。因为父亲的原因，他早已无心加入罗马天主教，但至今仍然同情这个教派，因为他觉得罗马天主教有许多优点。比如庆典仪式，英国国教过于简单，而罗马天主教的气派才是他喜欢的。他向菲利普推荐了纽曼的《自辩书》，虽然这本书索然无味，但菲利普愣是坚持看到最后一页。

“读这本书的时候，不要太在乎它写了什么，主要还是要把握它的写作格调。”海沃德提醒菲利普。

有时候，海沃德津津有味地发表他对祈祷室音乐的看法，并且还会对焚香与心诚之间的关系畅所欲言。而维克斯跟往常一样，一言不发，安静地听着，脸上挂着不屑的笑容。等海沃德发表完毕，他接住话题，马上是无情的辩驳和嘲讽：“你的意思是，你刚才的这番论断就能证明罗马天主教蕴含着宗教的本质，就能证明约翰·亨利·纽曼的作品很精彩，就能证明红衣主教曼宁风度翩翩，是这个意思吧？”

海沃德向在座的暗示，他也曾饱经风霜，在迷茫中漂泊了一年，还习惯性地拨拉了一下他的卷发。他继续说，那段日子不堪回首，现在即使有人给他五百镑，他也不愿意重新来过，何况现在他也算是找到了属于自己的心灵港湾。

“你的信仰到底是什么？”菲利普迫切地问，因为他希望得到准确明了的答案。

“我的信仰是：全、佳、美。”

说话同时，他慢慢地伸展一下懒腰，头跟着摆出优雅的造型，整个模样看上去还挺洒脱。

“在档案里，您的宗教信仰写的就是这些吗？”维克斯疑惑地问。

“其实，我非常讨厌所谓的定义，没有深意不说，还特别可恶。不妨告诉你们，我填写的教派跟惠灵顿公爵和格莱斯顿先生一样。”

“那不就是英国国教嘛。”菲利普说。

“哟，还是这个年轻人聪明！”海沃德说，同时还微笑了一下。

这句话把菲利普羞得无地自容，因为他顿时觉得，自己用苍白无力的语言来应对他人隐含深意的话语，真是大跌眼镜。

海沃德接着说："虽然我信奉的是英国国教，但我更对罗马天主教情有独钟，喜欢教士身上金光闪闪的衣服，喜欢他们的个人主义，喜欢他们的忏悔室。在威尼斯，我曾经走进意大利一个大教堂，里面黑压压的一片，全是来做弥撒的。整个教堂内烟雾缭绕，充满了神秘色彩。当时我就被征服了，诚心诚意地接受了弥撒的洗礼。一位光脚的渔夫走进来，扔掉鱼篓，面朝圣母玛利亚，双膝着地，诚心地向她祈祷。这是我亲眼所见，此时我恍然觉悟，这才是真正的信仰。后来，我跟他一起向圣母马利亚祈祷。除此之外，我还信奉阿佛洛狄忒、阿波罗和潘神[1]。"

他说话时，声音悠扬婉转，句句有声有色、朗朗上口。就在他想接着说的时候，维克斯"砰"地又打开一瓶啤酒。

"来，我再给你倒上。"

海沃德转身，对菲利普说：

"你现在满意吗？"

仿佛坠入云里雾里的菲利普恍然点头示意。

"我有点不满意。我觉得在你的信仰里再加点佛教的禅机进去，就再好不过了，"维克斯说，"说真的，其实我对穆罕默德倒有几分同情。所以我有点失望，您为什么对他置若罔闻呢？"

海沃德听出了维克斯的意思，随即哈哈大笑起来。当晚，他开怀畅饮，高谈阔论。直到深夜，屋里还回响着他抑扬顿挫、铿锵有力的声音。

"我可没有指望你能了解我，你们美国人的理解力总是生硬的，时刻准备着批判别人，跟爱默生一个样。批判就意味着破坏、摧毁。破坏谁都会，但建设可不是谁想会都会的。老哥，你就是一个老学究。实际上，人在思想上的突破，重要的不是批判，而是建设。而我就是这种富有建设性的人，我早说过我是一个诗人。"

维克斯一边听海沃德的高论，一边看着他，眼神很严肃，又透着友善。

"要是你不介意，我想说，你应该是醉了。"维克斯说。

---

[1] 古希腊的三个神祇。其中，阿佛洛狄忒是掌管爱情、美丽、性欲的女神；阿波罗是光明、预言、音乐和医药之神；潘神则是牧羊神。

“怎么可能，这点酒能有多大点事。你信不，我照样可以打败老兄您，”海沃德信口开河地说，“我已经掏心窝子地对你说了这么多，现在是不是轮到你给我说说你信仰什么啦？”

维克斯一扭头，陷入深思，看上去像一只正在树枝上睡觉的麻雀。

“这么多年来，我一直在琢磨这个问题。我个人以为我信仰唯一神教。”

“这么说，你就是一个非国教派教徒。”菲利普说。

让菲利普意想不到的是，听完菲利普的话，两个人同时笑起来：维克斯傻傻地抿嘴笑着，海沃德则是哈哈大笑。

“在英国，是不是只有国教派教徒才算绅士？”维克斯问。

“我很确定地说：‘是的。’”菲利普回答，面带不悦。他不喜欢别人笑他，可这两个人偏偏跟他作对。

“那行，您说，什么样的才算绅士？”

“这个我也说不好，不过算不算绅士，大家都心知肚明。”

“您算不算是一个绅士？”

对于这个问题，菲利普非常肯定，他从没有认为自己是个绅士。不过，他觉得这种事儿还是从别人嘴里说出来更好一些。

“这让我怎么说呢？假如有人自称绅士，我敢断定他一定不是绅士！”菲利普反击了一句。

“那你看看，我算不算一位绅士？”维克斯接着问。

从不撒谎的菲利普对这个问题有些为难，但一向礼貌待人的他最终还是婉转地回答：“喔，您跟我们不一样，因为您是美国人。”

“这么说的话，是不是绅士，只有英国人才有资格，对吗？”

看到维克斯说话时一脸的沉重，菲利普没有吱声。

维克斯见没有回应，继续发问：“您能不能再讲得细致一些？”

菲利普有些恼怒了，脸颊通红，这时候也就顾不得会不会当众出丑了，回答说：“好的，我可以给你具体地讲一下。”这时他想起伯父凯里先生曾给他说过：造就一位真正的绅士需要花费三代人的心血。有一句俗话“一口吃不成胖子”，表达的也是同样的意思。他接着说：“要想成为一名绅士，首先他的父亲必须是一名绅士，其次他得上过公学，然后在牛津或者剑桥学习过。”

“是这样呀，在爱丁堡大学念过书就不算啦？”维克斯问。

“除了以上条件外，他在说话时要像绅士一样，并且衣着得体。如果他自身是一名绅士，那他无论何时何地都能判断一个人到底是不是绅士。”

菲利普慢慢地发觉自己的观点漏洞百出，这也不足为怪，因为他所认识的人对绅士的判断也全都是这样的，况且他也是按他听到的去做的。

“你这么说，我就清楚了，很明显我不是一名绅士，”维克斯说，“但我有一事不明，当听到我是一名非国教派教徒时，你为什么会感到那么意外呢？”

“主要是因为我对唯一神教不了解，不清楚究竟是怎么回事。”菲利普羞涩地说。

听完，维克斯又把头一歪，给人怪怪的感觉，让人觉得他真的像麻雀一样叽叽喳喳。他说道：

“我来告诉你是怎么回事。唯一神教派的教徒对知之甚少的事物毫不怀疑，但对世人都相信的事物持怀疑态度。”

菲利普觉得自己被讥笑了，说：“我是真心想要知道，不明白你为何这样说。”

“好哥们儿，我没这个意思，我怎么会笑话您呢？这些都是我这么多年刻苦钻研、饱经沧桑，才得出来的结论呀。”

时间不早了，菲利普和海沃德准备离开。这个时候维克斯拿出一本没多厚的书，勒南写的《耶稣传》，递给菲利普，说：“这个时候，法文书籍对你来说，应该不在话下啦，这本书你拿回去看看，不知能不能让你产生兴趣。”

菲利普连忙道谢。

28

他们晚饭后的争论交谈，初衷是睡觉前这段日子相当无聊，正好借此打发时间，海沃德和维克斯万万没有想到，它竟在菲利普的脑子里掀起了轩然大波。以前，菲利普一直认为宗教是神圣的，不可亵渎，没想到现在竟然在这儿能拿来当茶余饭后的谈资。一直以来，只要提起宗教，他的脑海里就只有一个，就是英国国教。如果有人不相信它的教义，那就是胆大妄为，一定会受到处罚，只不过是早晚的问题。不过，对于不信教义就会被惩罚，他心里有点不大相信，认为凡事都有例外，比如说，一位心地善良的判官，用地狱之火专门惩处信奉伊斯兰教、佛教及其他宗教的教众，而对基督徒和罗马天主教徒则宽宏大量，饶恕他们。（这可能有附加条件，比如要他们承认错误，这会加重他们精神上的负担。）还有，上帝他老人家也可能动了恻隐之心，对那些无法知道真相的人加以宽恕。（这也可以理解，他们四下里布道，由于范围小而造成的影响微乎其微。）但是，如果有人对机会视若不见，那么他就会得到应有的处罚。也就是说，在英国没有信奉国教，总有一天会玩火自焚的。菲利普从没有听别人讲这些东西，但它们已经深深地印在菲利普的脑子里了：只有英国国教徒，才有希望真正获得上帝的赐福。另外，菲利普还听到一句话：不信奉国教的人，都是奸诈、可恶之流。维克斯对菲利普的信仰持怀疑态度，但他现在的生活，跟基督徒似的，过得超凡脱俗。

菲利普的生活从小就没有多少爱，但接下来发生的事情，他深深地被维克斯的雪中送炭打动了。有一次，菲利普受了风寒，身体虚弱，三天不能下床。维克斯像母亲一样，整日里守候他，精心照顾他。这个时候，菲利普觉得维克斯充满真诚和善良，哪有什么奸诈、可恶。由此可见，没有信奉国教的人，也完全有可能品德高尚。

从维克斯的言谈中，菲利普还了解到，有些人之所以总抱着他的信仰不肯放手，要么是由于他们顽固不化，要么就是心存私利。（尽管他们早已心知肚明信仰都是虚无缥缈的，但为了能蒙蔽别人的心灵，也只能故意有模有样地糊弄一番。）在海沃德到来之前，菲利普会坚持在礼拜天上午去路德会教堂祈祷。而现在，为了让自己的德语大有进益，他选择跟着海沃德去做弥撒。这样一来，他有机会对两者进行比较：耶稣会[1]教堂内人满为患，济济一堂，善男信女们

[1] 耶稣会是天主教的一个教派，强调贫穷、贞洁、服从的品质，并绝对服从教皇，反对宗教改革，新教徒则认为他们虚伪狡诈。

都非常虔诚地祷告，看上去没有一个像奸诈小人；而路德会教堂[1]内冷冷清清，门可罗雀，仅有的教徒无精打采地做着礼拜。如此鲜明的对比让菲利普大吃一惊，与罗马天主教相比，路德会的教义跟英国国教更贴近，但他的教众却没有多少，并且几乎都是德国南部的男性。菲利普心里在想，假如他生在德国南部，那他一定会信奉天主教。显然，他在英国出生，但是起初他也有可能在某个天主教国家出生；更幸运的是，他诞生的家庭恰好信奉英国国教，而不是信奉像美国以美教、浸礼会或卫理会之类的非国教教会。一想到这儿，他不由得长舒了一口气，真是好悬哪，幸好当初没有投错胎。那位个子不高的中国人跟菲利普很谈得来，经常会见到他俩在一起吃饭。这位中国人姓宋，心地善良，温文尔雅，脸上总是带着笑容。菲利普觉得，这个中国人因为出身就得被地狱之火焚烧，这不是太奇怪了吗？相反，如果一个人不管有没有信仰，有何信仰，上帝都会拯救他们，那么信奉英国国教还有什么近水楼台的优势？

眼前的所见所闻，让菲利普出现了前所未有的迷惑彷徨。他思来想去，谨慎又谨慎，决定探探维克斯的口风，看看他如何对待此事。之所以如此谨慎，主要是因为担心再次受到讥讽。维克斯提到英国国教，说话的语气变得很辛辣，让菲利普觉得无地自容。可是，维克斯的看法让菲利普愈加困惑，让他不得不承认：跟他虔诚地信奉英国国教一样，在耶稣会教堂里做弥撒的人对罗马天主教坚信不疑；还有，伊斯兰教徒和佛教徒对各自的信仰也是虔诚的。从这些可以看出，大家都认为只有自己的信仰是正确的，所以自认为正确没有多大意义。实际上，维克斯并不是有意诋毁菲利普的信仰，而是因为他被宗教这个话题深深吸引，认为这个话题能让双方的争论达到很高的境界。他曾对菲利普说过，他对别人信仰的一切东西都持怀疑态度。这句话也正好跟他的观点一致。有一次，菲利普向维克斯提了一个问题，这是他从伯父凯里先生那里听到的，那次大伯在家里同别人谈论报纸上热议的一部唯理主义唯物主义作品。

[1] 路德会指以德国宗教改革者马丁·路德为名的基督教派。

“请问，你怎么证明你就是对的？而圣安塞姆和圣奥古斯丁[1]这些人物就是错的。”

“噢，你这是不相信我说的，是不是因为觉得我没有圣贤们的智慧，更没有他们渊博的学识才质疑我的？”

见状，菲利普觉得自己刚才有点冒昧无礼了，一时半会儿也不知说什么好，只是吞吞吐吐地说：“是的。”

“你可知道，地球是平的，而且太阳围着地球转，这个观点是谁提出来的？就是那位圣贤，圣奥古斯丁。”

“你说这话主要想表达什么，我不明白。”

“这是想说，每代人的信仰是不同的。圣人们生活在充满信仰的年代，我们今天觉得难以相信的东西，对他们来说都是不容置疑的至理名言。”

“照你这么说，我们现在认为正确的东西，你凭什么认为它就是对的？”

“我说的可不是这个意思。”

想了一会儿，菲利普说：“我不明白，既然他们那个年代所信奉的东西是错误的，为什么我们今天笃信的事物就不会是错误的呢？”

“我说不清楚。”

“那您应该不会有信仰吧。”

“我说不好。”

接着，菲利普又向维克斯请教对海沃德的信仰的看法。维克斯说：“神祇的模样都是人们按照自己的形象塑造出来的，所以我觉得，形象有趣的东西才是他的信仰。”

菲利普陷入了沉思，半晌过后突然说：“为什么必须信奉耶稣呢？我实在不理解。”

话刚说完，菲利普立刻意识到自己对上帝已经不虔诚了。他睁大眼睛，惊惶地看着维克斯，心里越想越觉得害怕，感觉呼吸都困难，

[1] 圣安塞姆（1033—1109）：意大利神学家和哲学家，曾任英国坎特伯雷大主教。圣奥古斯丁（354—430）：古罗马帝国时期天主教思想家，欧洲中世纪基督教神学、教父哲学的重要代表人物。

好似被掐住了脖子。等缓过神来，他马上离开了维克斯的屋子。这是他第一次经历这样的事情，需要好好冷静地想一下。本来他想把这件事从头到尾地想一下，毕竟这是一件大事，对他的人生影响很大，稍有差池，就会跌入万劫不复的深渊。但是，他思来想去，更加坚定了他的想法。接下来的日子里，他一心扑在关于怀疑主义的书上，结果他亲身体味出来的念头愈加坚定。实际上，他早在小学时就已经开始怀疑上帝了，理由很简单：他生来就不是信奉宗教的材料。他从小所处的环境以及大伯的影响，让他信奉了上帝，完全是外界迫使他这么做的。现在，他又遇到新的环境和榜样，再次到了重新认识自我的时候。他把从小养成的信仰扔掉，并不是件难事，好像随手脱掉了一件没用的斗篷。这些日子里，菲利普没有了信仰，好像丢了什么重要的东西，好比一个拄拐杖的人突然没了拐杖，生活也突然变得孤单、生疏，就连白天和晚上，他都觉得比以前要冷得多。但内心的兴奋一直鼓励他面对生活中新一轮的充满惊喜和凶险的冒险之旅。不久的将来，菲利普会永远卸掉身上的重负，顿时觉得轻松许多。这么多年来，菲利普被那套宗教仪式像枷锁一样套在身上，完全成了他信奉上帝的必要条件。菲利普常常想起当年硬着头皮背诵祈祷文和使徒书的场景，还有烦琐、漫长的宗教仪式：从头到尾都要一动不动地坐在椅子上，身上发痒也不行。当年在布莱克斯泰勃的教区做礼拜，晚上跟着伯父顺着崎岖、泥泞的小路前去。在那幢阴暗、寒冷的房子里，双脚冻得冰凉，手指僵硬，还要忍受着四处弥漫的可恶的润发油味。这些经历想起来都让人忍受不住。现在，这一切在他的身上都不复存在了，他的内心不由得怦怦直跳。

其实，他也很吃惊，自己怎么会如此轻松地丢掉那个信仰。如今，他已进入神志清醒、难以迷惑的境地，并归功于他聪明的头脑，有点妄自菲薄了。但真正的原因在于他的性格，这一点他并不知道。菲利普盛气有余，修养不足，对跟自己不同的态度都耿耿于怀。内心里，他对维克斯和海沃德有点不屑，瞧不起他们满足现状，不愿开启新的征程。有一天，他突发奇想，独自来到山顶上，想眺望一下美好的景色。当时连他自己都感到奇妙，野外景色使他欣喜若狂，顿时觉得神清气爽。现在正值秋季，天高气爽，万里无云。菲利普居高临下，注视着眼前的一切：阳光下是一大片风吹草动的宽广平原，远处是若隐若现的曼海姆的房屋，再远些的沃尔姆斯看上去更加缥缈。莱茵河从平原一划而过，宽阔的河面微波粼粼，发出一道道金光，令人兴奋不已。菲利普站在山顶上，俯视着眼前的景象，内心有种说不出的快感。他完全被眼前的绚丽景色吸引了，觉得这仿佛就是他的整个世界。如今，他已经不再害怕堕入深渊，也无视世俗的偏见，他要走完全属于自己的路，让地狱之火的焚烧见鬼去吧。他快速朝山下跑，迫不及待地领略尘世间的繁华和快乐，同时又突然意识到责任的重担也被他卸掉了。以前，由于有责任重担在身，他的一言一行，都要深思熟虑，顾及周全，要不得半点疏忽。而现在，他的行为举止自己说了算，连呼吸都顺畅极了。这就是自由，他所期盼的自由！他成了自己的主宰，不受任何羁绊和束缚。此时此刻，他毫无征兆地对原来信奉的上帝感激不尽。

就这样，菲利普自我欣赏、忘我陶醉的同时，也悠闲地开始了他的新生活。他原本以为，没有了信仰，自己的一言一行都会受到影响，但实际不是这样的。他仅仅丢掉了基督教的条条框框，对基督教的伦理观并不反对；反而，他觉得基督教倡导的这些美德应该发扬光大，并且，无须考虑回报或处罚，自己尽力实现价值，也是一件好事。可是，在公寓里，这些美德尚无多大的用途。不过，他依然愿意做得更好，甚至硬逼着自己更加殷勤地对待那几位闲聊无趣的老太太。有时候她们想跟他聊天，而菲利普也就随意附和几声。如今，像诅咒的话、愤慨的词语等之类的象征男子汉气概的话，菲利普都刻意不再说了。

这件事顺利解决了，以后再也不会发生了。既然这样，菲利普打算把它彻底忘掉。但这谈何容易：那些后悔的念头时常闪现出来，疑惑也会涌上心头。毕竟他还年轻，涉世不深，因此他对追求不灭的灵魂没有什么感觉，自然能轻易地放弃。但是，心中埋藏的一件事总让他暗自悲伤，还经常指责自己的冷酷无情，有时通过自嘲来安慰自己。这件心事是他再也无法见到在天堂看着他、等着他的漂亮的母亲。每次想到这件事，他都会不由自主地黯然流泪。在母亲去世后，他觉得母爱非常宝贵，并且年龄越大，这种感觉越强烈。

也许是潜移默化的原因，他心中的恐惧难以释怀：上帝，藏在蓝色的天幕后面，用地狱之火惩治那些不虔诚的人。想到这儿，菲利普就会失去理智，想象着烈火不停地焚烧自己的身体。那种煎熬，吓得他一阵阵的冷汗顺着后背往下流，差点晕过去。想完，他陷入绝望，喃喃地说：

“我没有错，因为我无法相信他。如果上帝真的存在，并且由于我不相信他而非要惩治我的话，随他便好了。”

29

时间到了冬季。维克斯去了柏林，他要聆听保尔森讲学；海沃德又准备去南方度假。每周，菲利普和海沃德都要去几趟戏院，观看形形色色的剧目。他们这样做的原因很简单，就是让他们的德语有所长进。菲利普觉得，同样是学习德语，与做弥撒相比，这个方法显得更有趣味，而且他们也深入到复兴戏剧的运动中。这些剧目中，主要是易卜生的作品，另外还有一部苏台尔曼[1]的新作——《荣誉》。大家观看《荣誉》之后，一贯安静的海德堡顿时好像炸开了锅，传得沸沸扬扬。有人极力推荐，有人大力斥骂。其他剧作家在新思潮的影响下，也纷纷上马，构思出不少的作品。看了这些剧目后，菲利普长了不少见识，这些剧目将人类犯下的款款罪行昭然于天下。以前在家乡时，他从来没有看过话剧。（当时，布莱克斯泰勃也会迎来一些没啥名气的小剧团，但威廉伯父从来不看。他觉得看戏不是牧师该干的事情，再说也不是什么高雅的活动。）如今，菲利普深深地被戏院舞台上形形色色的人物吸引了。他每次进入戏院，尽管这里昏暗、狭小，心里却兴奋不已。没过多长时间，菲利普已经摸清了小剧团的脉络，只要知道安排了什么角色，就毫不犹豫地将剧中人物的特点挨个儿道明，并且菲利普看戏的兴致丝毫不减。他觉得，戏剧是真实的，它反映的是一种悲痛、昏暗的生活。里面的男男女女都毫不掩饰地把内心的邪恶公布于众：俊俏的模样下隐藏着肮脏的心灵；看似正经的男女竭力遮盖无耻的隐私；由于自身的

[1] 苏台尔曼（1857—1928）：德国作家、剧作家。

弱点，徒有其表的强者逐渐变得外强中干；表面诚实的人其实很奸诈并不诚实；看似清纯的人真实生活竟然淫乱不堪。这让人仿佛来到这样的地方：夜里，人们还在这儿寻欢作乐，等到翌日清晨，窗户还没有打开，屋子里灯还亮着，空气污浊，凌乱不堪，台下只能听到几声窃笑。

戏剧，汇集了人间邪恶，完全把菲利普给吸引了，这让他开始重新认识这个世界，并且他也是望眼欲穿，想透彻地了解这个世界。看完演出，他们两人一起去吃东西。每人要一个三明治、一杯啤酒，然后坐在敞亮温暖的大堂里尽情享用。今天酒店的生意不错，大堂里热热闹闹的。有大学生的妙趣横生，也有一家人的欢声笑语。其中有一家，夫妻俩带着三个儿子和一个女儿。父亲好像是听到女儿说了什么可笑的话，就朝后一靠，仰头大笑。但是，菲利普对这一切却置若罔闻，因为他的脑海里还在放映着那些戏剧。

“生活就是这个样子，难道你没有同感吗？”他兴奋地说，“你也清楚，我在这个地方不会待太长时间的。我先出来见见世面，然后回到伦敦，过我真正想要的那种生活。我需要改变，不能仅仅准备去生活。这种日子我都过烦了，我真的想品尝一下生活是什么滋味。”

有的时候，从戏院出来，海沃德不会跟菲利普一起回公寓。对于菲利普急不可耐的问题，海沃德从没有正面回答过，而是若无其事地嘿嘿傻笑，然后东拉西扯地谈起其他事情，有时也会把罗塞蒂[1]的诗句搬出来。最绝的一次，他把一首十四行诗给菲利普看。这首诗是为一个名叫特鲁德的少女而作，主要讲述海沃德粗俗不堪的艳遇，全诗充满了惋惜、可叹之情。海沃德引以为豪，还大言不惭地要与伯里克理斯[2]和菲狄亚斯[3]媲美，也可能跟他也用“情人”（至少这个词没有那么露骨）代表了他的心上人有关。有一天，菲利普出于好奇，特意去了一趟古桥附近的小街，见到了那几幢整齐划一、带绿色百叶窗的白房子，这里就是海沃德常常挂在嘴边的特鲁德小

[1] 十九世纪英国女诗人。

[2] 古希腊时期雅典的著名执政者，具有雄才大略。

[3] 古希腊雕刻家，被公认为最伟大的古典雕刻家。

姐的住处。可是，菲利普看到那些从房子里出来的女人，一个个浓妆艳抹、低级庸俗，还大声地招呼他，有的直接拉住菲利普，这下把他吓得够呛，扭头就跑。到了这个岁数，小说里经常描绘的男欢女爱的滋味，菲利普从没有品尝过，这让他觉得自己太天真，更加期望增长见识。但只可惜，他把握事物本质的能力是娘胎里带来的，这让他在面对眼前出现的现实时，觉得跟他梦境中的理想简直是天上地下。

也许他还没有体会到风雨彩虹的意义：每个人进入真实的世界，必定要从危险、邪恶中冲出来。别人口中的“年轻是多么幸福”，也只是他们感叹青春不在而现实如此残酷时对那段时光的美好记忆。跟现在的年轻人一样，他们年轻时也无时无刻不在遭遇着不幸，虚幻的理想塞满了他们的脑子，而这些东西完全受外部的影响，自己只是一个容器。一旦他们踏进现实，残酷无情的生活定会让他们措手不及。经过一次次的蜕变后，他们才明白生活的样子。由此可以看出，他们曾经也是受害者，只是现在看着年轻人受害，因为外部的影响，比如读过的书籍（能流传下来的书籍都是经过现实生活精心挑选的，描绘邪恶、凶险、庸俗生活的书被生活彻底抛弃了）。长辈们自己都迷惑的谈论等，给他们对生活的憧憬蒙上了虚假的外衣。所以，年轻人想摆脱眼前的虚幻，就要靠自己：原来自己念过的书、听过的话都是假的，并且每揭开一层虚假的外衣，就好比再次将一根钉子揳入十字架上的身躯。不过，意想不到的是，那些从磨砺苦难中挣脱出来的人，被内心强劲的力量支配，用另一件虚假的外衣蒙住了现实。海沃德就是这个样子，菲利普觉得与他结识是人生的不幸。一直以来，海沃德对待四周的事物，没有属于自己的见解，总是受书本和别人言语的支配；他很危险，因为他把自己都给骗了，根本不知道自己说的都是谎言。当别人为此指责他时，他会用自己是一个理想主义者来搪塞别人，为自己开脱。他把性欲当成浪漫的爱情，把他的犹豫不决当成艺术家的派头，把他的碌碌无为视为哲学家的与世无争，无视自己的平庸，一贯追求高雅脱俗的境界。所以在他的眼里，金色的薄纱蒙住了一切事物，模模糊糊的轮廓让虚幻的事物放大了。

30

菲利普身心都觉得少了什么，整日里心神不宁。海沃德不时地在菲利普面前朗诵爱情诗句，使得菲利普开始胡思乱想，也想经历一场轰轰烈烈的浪漫爱情。他没有向别人说过自己的想法，但心里确实是这样想的。

就在这个时候，欧林太太的公寓里发生了一件事，让菲利普对男女关系更加敏感了。有好几次，菲利普在散步时总会遇到凯西莉小姐独自溜达。每次，菲利普都会走上前去向她问候施礼，然后接着往前走。走到不远处，又碰到公寓里的中国人。说实在的，单纯的菲利普当时并没发觉什么地方不对劲。不过，说来也巧，后来的一天傍晚，夜幕降临，周围黑乎乎的。菲利普散步结束，在返回的路上，隐隐看到前面有两个人。原本这两人挨得很近，当菲利普接近时，两人马上分开了。当时光线很差，菲利普仅看到轮廓，但他敢肯定凯西莉和宋先生正走在自己的前面。他俩急急忙忙地分开，正说明他俩刚才走得很近。菲利普吃了一惊，接着又纳闷起来。凯西莉小姐相貌平平，不算清秀，是个方脸，之前菲利普从未过多注意她。并且从她梳着长辫子这点判断，她应该不到十六岁。当晚吃饭的时候，菲利普用好奇的目光看着她。虽然近段时间凯西莉小姐吃饭时很少说话，但这次竟主动找菲利普说话。

“凯里先生，今天去哪儿散步了？”她问。

“御座山呀，我一直去那儿。”

“我有点头疼，所以今天哪儿也没去，只能在屋里待着。”她赶紧为自己打掩护。

那个中国人当时就坐在她的旁边，听后立马扭头对她说：“真可怜，希望您现在能好受点。”

凯西莉小姐还是心虚，她继续问菲利普：“路上是不是很多人？”

“哪有哇，天都黑了，谁还会出来呀。”菲利普为避免尴尬撒了谎，脸儿都红了。

听完，凯西莉小姐紧张的神经这才有所放松。

时间不长，他俩之间的暧昧关系就成了公开的秘密了，毋庸置疑，两人恋爱了。整个公寓里的人，都见过他俩鬼鬼祟祟地躲在昏暗的地方，不知在干什么，就连那几位平时故作庄重的老太太也在议论这个“丑闻”。教授太太知道后，更是气得肺快要炸了，可是她却一直假装不知道。她有自己的打算：现在即将进入深冬，租客要比夏天少很多；并且那个中国人，宋先生，在这个公寓里也算得上舍得花钱的主，他在楼下租了两间房子，每餐花费两个马克喝一瓶摩泽尔葡萄酒，而其他租客很少喝酒，有的连啤酒都不喝；还有那位凯西莉小姐，也是她不想失去的房客，那位姑娘的父母在南美洲经商，出手相当阔绰，希望教授太太能悉心照顾。有一点，她心里很清楚，凯西莉小姐有位伯父住在柏林，只要跟他说一下这事，他一定会把凯西莉小姐领走。所以，教授太太暂时也不想撵他们走。但是，大家一起吃饭时，她会凶巴巴地看着他俩。她不想惹宋先生，只好拿凯西莉小姐撒气。但是，那三位老太太毫无顾虑，一心想让教授太太撵他俩离开。她们中有两个已寡居多年，另一个看着像个男的，荷兰人，没结过婚。虽然她们没多少钱，并且老爱管闲事，但教授太太考虑到她们是长期租户，所以对她们格外地迁就。她们一起找到教授太太，说这太不像话了，强烈建议她要赶紧处理才行，要不然公寓的名声就臭了。面对她们的软磨硬泡，教授太太能想到的招数都用上了，但最终还是没有抵过那三位老太太的攻势。最后，她摆出义愤填膺的姿态，表示要彻底解决这件事情。

午饭后，教授太太在她的卧室里跟凯西莉小姐关于这个事情进行了深谈，并强硬地让她拿主意。凯西莉小姐非常生气，说她的事情谁都不要干涉，只要她自己乐意跟宋先生在一起，谁也管不着。教授太太听完，立即搬出那位小姐的伯父吓唬她。而这位姑娘说：

“那就谢谢您了。那样的话，我可以离开这儿，然后亨利希伯父把我安排到柏林的某户人家住下，到时候宋先生也一定会跟着去的。这对我俩反倒是好事！”

教授太太万万没想到，她手里面唯一的底牌竟如此没用，反而让对方触摸到自己的底线。无奈之下，她开始大哭起来，眼睛通红，眼泪顺着脸颊簌簌地往下掉。而凯西莉小姐趁机耍笑她：

“要是这样的话，三间大屋子都要空出来啦。正好你可以安排其他人住。”

教授太太灵机一动，硬的不行，就来软的。她想尽办法，企图打动凯西莉：她是一个心地善良、处事冷静、能忍让的好女孩，现在也算是个大人啦，不能老由着自己的性子乱来；还有，本来她就看不上那个中国人，要不是他就不会发生今天的事情；全怨那个姓宋的，让她天天心神不宁；还有，每想起那副不堪的尊容，她就想把昨天吃的饭吐出来。

“别说了，你不要再说啦！”凯西莉小姐一边消气，一边说，“我不想听到别人诋毁他，哪怕一句也不行！”

“这话你不是认真的，对吧？”欧林太太吸口凉气，强忍着心中的怒火。

“我爱他！我爱他！我爱他！”

“天哪，我的神哪！”

教授太太惊慌失措，愣愣地看着凯西莉小姐。她原以为是这个女孩子一时兴起，权当游戏玩了。不料，这个女孩动了真情，陷入了热烈、真挚的爱情深渊。凯西莉小姐心里无比激动，用坚毅的目光瞅了一会儿教授太太，然后一耸肩，便夺门而走。

自此，欧林太太从没有跟别人谈起这件事。又过了几天，她企图重新调换一下餐席的座次，就问宋先生能不能跟她坐得近些。一向知书达理的宋先生毫不犹豫地答应了，而凯西莉小姐毫不介意座位的改变。也许他俩也知道他们的关系在整个公寓已经传得沸沸扬扬了，所以就更无所顾忌了。现在，他们再也不用偷摸着掩人耳目，直接光明正大地在每天下午都到山里闲逛。很明显，他们现在已不介意别人在一旁指指点点了。他们在公寓的影响愈演愈烈，连一向柔和的欧林教授都忍无可忍，强烈要求自己的太太直接找那个中国人理论。这一次，教授太太采取迂回战术，把宋先生拉到没人的地方，好言劝导他：他的行为荒诞不经，不单单会毁了那姑娘的名声，还会败坏整个公寓的名声。但是，宋先生笑着说：没有那档子事，他对凯西莉小姐根本没有感觉，更别提跟她一块儿溜达啦。这些都

是无稽之谈，可笑至极。

“你怎么能这样说呢，宋先生。你们的事情，整个公寓里谁人不知呀。”

“想必是您听岔了吧，真的没有这回事。”

宋先生再次矢口否认，脸上一直带着微笑，整齐洁白的牙齿显露出来。自始至终他都镇定安然，厚着脸皮而又温文尔雅地矢口否认。刚开始，教授太太顾忌着脸面，强忍着心中的埋怨。当看到这个年轻人一直跟自己打哈哈，终于忍无可忍了，愤怒地说，凯西莉小姐亲口承认已经爱上他了。即便是这样，宋先生还是面不改色心不跳，依旧面带笑容地看着教授太太，说：“别瞎说，谁在胡扯呢！根本没有这回事。”

听完他的话，教授太太算是明白了，从他的嘴里很难掏出一句实话。接下来的几天，天气也好像跟着凑热闹，渐渐变天了，不是结霜，就是下雪，屋外冷冷清清的。接着，冰雪逐渐融化，一连好几天气温很低，让人打不起精神来，很少出去。有天晚上，上完德语课的菲利普从教授先生的书房出来，走进客厅跟欧林太太聊天。刚开始说，他们就看到安娜慌慌张张地进来了。

“妈妈，你看到凯西莉小姐去哪儿了吗？”

“没有在她的房间吗？这个时候，她应该在那里呀。”

“可是她的房间里黑漆漆的，没有亮灯。”

“哎呀！”教授太太大吃一惊，脑袋里闪过跟安娜一样的念头，表情严肃地望着女儿。

“赶紧打铃，让埃米尔过来。还愣着做什么，快点！”她说话的声音快要失控了。

埃米尔，就是在大家一起用餐时在一旁忙着端碟送碗分菜的那个傻乎乎的小伙子，基本上承担了屋里大部分的活计。听到铃声，他赶紧跑过来。

“埃米尔，你听好了，现在就去楼下宋先生的房间。记着，不要敲门，直接闯进去。要是有人在里面，你就说你看看火炉烧得怎么样。听清楚没？”

埃米尔点点头，脸上没有一丝惊讶的表情。

随即他便不慌不忙地下楼去了。教授太太的房门没有关上，以便随时清晰地听到楼下的动静。很快，埃米尔便回来了。她俩赶紧打听情况。

“有人在里面吗？”教授太太迫切地问。

“宋先生在屋里呢。”

“屋里没见到其他人？”

埃米尔嘴一抿，坏坏地笑着说：

“不是，还有一个人……”

“是不是那个姑娘？”还没等埃米尔说完，教授太太已经迫不及待了，慌张地说，“哎呀，这下丢人丢大发了。”

听完，埃米尔龇着牙笑了，接着说：“每天晚上，他俩都会待在那里，一般不到深夜，她是不会离开的。”

教授太太听着听着，双手不由得紧紧抓在一起。

“真是太放肆了。还有你，既然知道，为什么不早些告诉我！”她有些责备傻小子的意思。

“这也不是我该管的事呀。”说完，他无奈地耸了一下肩。

“就这么简单吗？你不会拿了他们什么好处吧？行了，你别说了，一边待着去！”

埃米尔悻悻地走了，一脸的委屈。

站在一旁的安娜开始说话了：“妈妈，是时候撵他俩走啦。”

“说得倒轻巧！把他们撵走了，房租谁来付呀。眼下快要交税啦，要是没有这些房租，我付账都成问题。”

说完转身看着菲利普，两行泪痕印在脸上。“凯里先生，我想你不会将此事宣扬出去的，对吧？如果让福斯特小姐（那位没结过婚的荷兰老太太的名字）知道了，她一定不会继续住下去的。到时如果大家都走了，我也没法维持下去，只好歇菜了，到时你也得离开了。”

“你放心吧，我是不会说出去的。”

“可是，要是她还继续住在这儿，我不再搭理她了。”安娜又说了一句。

当晚吃饭时，凯西莉小姐按时到场。不过，脸上有些红，神情

里透着一股扭劲儿。宋先生却迟迟未到。菲利普心里琢磨，是不是他得到什么口风，故意不搅入这样的场面。后来，他还是出现了，脸上带着笑容，眼睛不停地来回转动，为自己的迟到向大家不停地道歉，并且跟平时一样，他额外买了一瓶摩泽尔葡萄酒。这次先给教授太太倒上一杯，接着又给福斯特小姐倒了一杯。屋里的炉子一直烧着，窗户几乎一直关着，屋里温度挺高。埃米尔在屋里一味地手忙脚乱，东跑西颠地为租客服务。幸亏他干活利索，要不然根本无法应付整个公寓的用餐。那三位老太太谁也不吭声，只是坐在那儿，脸上露出不屑的神情；刚才教授太太还在流泪，现在好像还没有缓过神来；教授也是闭口不言，好像有心事。可以说，大家都不愿张嘴说话。这时，菲利普顿时感觉到，在这群三顿饭都在一起的人身上有种令人心惊胆战的东西。菲利普觉得心神不宁，通过吊灯射出的光线，他看到那群人异于往常的样子。偶然的机会，他的眼睛遇到凯西莉小姐的目光，被它里面的鄙视和埋怨给惊住了。整个屋子里死气沉沉，让人喘气都困难，这对恋人把大家弄得毫无兴致。其实他自己也迷茫，现在他心神不宁到底是受到什么样的感情的干扰，仿佛又有什么奇怪的东西在深深地吸引着他，同时又让他觉得恐慌和不耐烦。

这样的情况持续了好几天。在这些日子里，公寓里乱糟糟的，大家之间的情感也变得很反常，每根神经都绷得很紧，稍微触碰一下就会断掉。唯独宋先生跟往常一样，逢人便主动亲切问候，脸上堆着笑容，还是那样温文尔雅、知书达理。大家搞不清楚，他如此神态是胜利者的炫耀，还是对失败者的不屑与宽容。而凯西莉则行事高调，摆出一副不可一世的姿态。教授太太是看在眼里，急在心里，最终还是受不了了。有一次，一个念头闪过，她顿时觉得慌乱不安。她的丈夫曾很严肃地提醒她，这种事情最后一定会众所周知，并在全城掀起轩然大波。到那个时候，不光是公寓的生意受到影响，还有她长期积攒的好名声也会随波逐流，一去不返。幸亏丈夫提醒及时，要不然她还会因为一点小恩惠继续迁就下去。如今，她被慌乱、愤怒冲昏了头，恨不得马上把这姑娘轰出去。幸亏安娜有些见识，没有做得太过，给凯西莉伯父的信中，言语不算辛辣，只是建议把凯西莉从这儿接走。

教授太太最终狠下心来，决定忍痛舍弃这两名房客。长期积压在她心头的那股怨气无须再克制了，她要狠狠地发泄一下。既然如此，当然没有必要在凯西莉小姐面前遮遮掩掩了，直接有什么就说什么了。

“凯西莉小姐，我已经寄信去柏林了，过几天你的伯父会将你领走。我可不想让你再待在这个公寓里了。”

听到这儿，那位姑娘顿时脸色苍白。教授太太看着她，眼里闪烁着快乐的光芒。

“你太不要脸了，没脸没皮的。”她继续说。

接着她又把凯西莉训斥了一通。

这位姑娘，原来不可一世、顽强固执的姿态突然消失了，反过来恳求：“教授太太，您给亨利希伯父的信中都写了什么呀？”

“这个嘛，不用问我，到时候他自然会当面告诉你的。他的回信说不定明天就到了。”

翌日，在晚饭时间，为了能在大家面前羞辱凯西莉小姐，教授太太故意大声地对她说：“你伯父回信了，凯西莉。今天晚上，你就得把行李收拾妥当，等到明天天一亮，我们就送你去坐火车。到时候，你的伯父会亲自在中央车站接你。”

再看那位中国人，仍然满脸堆笑。他不顾教授太太的阻拦，硬是给她倒了一杯酒。这顿饭，教授太太吃得格外香，毕竟这件棘手的事情得到了解决。可是，最终的结果却出乎她的意料。

晚上睡觉前，她把仆人叫到跟前，交代他：“埃米尔，你去看看凯西莉小姐的行李收拾妥当没有。如果已经妥当，那么你现在就去把她的行李箱拿到楼下去，至少今晚得拿下去。明天一大早，脚夫就过来了。”

“好的，太太，我这就去看看。”说完，仆人出了门。

没过多久，仆人慌里慌张地跑回来，说：“凯西莉小姐的房里没人，并且也没有见到她的手提包。”

教授太太听完，顿时大吃一惊，起身就冲向凯西莉的房间。进了屋，眼前的景象让她傻了眼：行李箱已收拾妥当并上了锁，正搁在地板上；梳妆台上什么也没有，并且也没有见到手提包、帽子和斗篷。很明显，凯西莉小姐不辞而别了。教授太太突然想到了什么，她顾不上喘口气，直奔楼下，径直冲向宋先生的房间。差不多有二十年没有像今天这样身轻如燕了，她的仆人跟在她背后不停地提醒她当心脚下。等跑到宋的房门口，教授太太顾不上敲门，直接推门而入。她又傻眼了：屋子收拾一空，行李也不知去向；桌上的信封里有几张钞票，猜想应该是他俩这个月的吃住花销，余下的算是小费；通向花园的门大开着，看来人和行李都是从那扇门离开的。

眼前的一切再加上刚才过度的运动量，教授太太突然扛不住了，忽地一下倒进沙发，嘴里还不停地哼唧着。事情很明了：他俩私奔了。这个时候，埃米尔还是一副木讷、事不关己的模样。

第4章

31

将近一个月，海沃德不知说了多少次他明天到南方去，但很快念头就被整理行装的烦琐以及旅途的枯燥无味给打消了，一直没有下定决心，结果就是他的出行计划一天天地往后拖。快到圣诞节了，他才下决心要走。大家都忙着过节，可他不愿意在这儿过圣诞节，因为他实在没法接受这里庆祝圣诞节的方式。每当见到圣诞节期间满城全是放荡不羁的景象，他浑身都觉得恶心难受。在圣诞节前夜，他悄悄地走了。

暂别海沃德时，菲利普心里并没有觉得伤感，一方面也许与他爽直的性格有关。遇到有人在做决定时瞻前顾后，他心里不由得怒火中烧：他觉得一个人做什么事情都犹豫不决，根本不能跟敏感、惹人怜联系起来。他就认为海沃德迟迟没有动身完全是太矫情，尽管海沃德对他有很深的影响；另一方面，菲利普面对人情世故的行为举止，被海沃德经常嗤之以鼻。这让菲利普心怀埋怨。

海沃德走后，两人经常写信交流。海沃德在写作方面的确很有一套，并且有很高的天赋，写信时也是下足了功夫。海沃德生来就能深切体会见到的美好事物的真谛，就连意大利的田园景色，他的文字也能完全把清静、淡雅的气质表现得淋漓尽致，让人读后有身临其境的感觉。在他的眼里，由古罗马人建造的这座城市显得庸俗不堪，多亏罗马帝国的衰落，它才有些名气。但是在这里仍有一个地方在他心头引起共鸣，那就是教皇们的罗马[1]。在信中，海沃德字字珠玑地将洛可可式建筑精心描述一番，让人觉得它就在眼前。海沃德把教堂音乐、阿尔卑斯山的绚丽景色描绘得有声有色。信中还提到令人沉迷的缕缕青烟，还重笔描写了下雨天街头的夜景：路灯

[1] 指梵蒂冈，罗马教廷大部分机构均坐落于梵蒂冈城内。

影影绰绰，路面闪着微光，显得虚无缥缈。他写的这些书信，的确令人大加赞赏，很有可能还会原封不动地寄给亲朋好友一睹风采。而且，它们在菲利普心头激起了浪花。菲利普觉得目前的生活一潭死水，枯燥沉闷，根本无法跟海沃德信中所绘相比。春天的脚步越来越近，突发奇想的海沃德鼓动菲利普也到南方来：在海德堡待着，简直就是混吃等死，浪费大好时光；德国人粗鲁野蛮，跟他们交往不会有什么前途。整日里在那单调、死板的环境里待着，什么时候才能让自己的心灵得到升华。而这边就截然不同，此时的托斯卡纳已遍地鲜花绿草，景色迷人。菲利普今年也有十九岁了，是时候出去走走了。到时候，他们可以到翁布里亚那些山城里游览。（菲利普清晰地记得这些城市的名字）他还提到，他在意大利见到了那对私奔的小情人。说来也奇怪，每提起这两个人，菲利普心里就有一种说不出的慌乱。如今他对自己的命运充满愤恨，虽然时刻有前往意大利的冲动，但可惜手头拮据，无法凑齐去意大利的费用，因为他很清楚除了每月寄来的十五镑之外，凯里先生是一点儿也不会多给的。并且，日常生活中他也大手大脚惯了，所以在海德堡，交完食宿费和学费，他的口袋几乎空空如也。何况，如果跟海沃德一块儿出去，旅途的花销会更大，那家伙今天去郊游，明天要看戏，动不动就要瓶啤酒。这些整个下来早把菲利普的口袋弄个底朝天。可作为那个年龄的年轻人，自尊心很强，都不愿意将自己的经济拮据公布于众。值得庆幸的是，菲利普偶尔会收到海沃德的来信，所以他的内心平静了一段时间，继续维持现状，并去海德堡大学旁听了几门课。当时有一名学者，名叫昆诺·费希尔，可谓是一时间名震大江南北。那年冬天，一系列有关叔本华的课题讲座就是他主讲的，大家一致认为相当出色，就连菲利普也是由此对哲学开窍了。菲利普一直关注的就是切身的所见所闻，若碰到思维抽象的事物时，仿佛坠入迷雾似的心神不宁。菲利普第一次聆听昆诺的哲学专题报告时，就深深地被吸引了，一反常态地安静下来，这好像在观看杂技演员走钢丝：他正在悬崖峭壁之间秀绝技，观众们内心紧张、兴奋，但现场一片安静，连观众们的表情都凝固了。这个年轻人好像跟这个哲学话题形成了共鸣，他全身心地聆听着。虽然他很清楚眼前的社会就是一个昏暗无光、充满痛苦的世界，但是他仍然还是想迫不及待地早些进入社会。没过多久，凯里太太给菲利普写来一封信，主要表达凯里先生的意思：期限将至，准备回国吧。菲利普看完后也完全接受伯父的建议，因为现在他觉得是时候下决心选择自己的未来了。菲利普盘算着七月底启程回家，到家正好八月，正好跟伯父伯母好好聊聊。如果有一个好的结果，那就再好不过了。

菲利普给凯里太太回信时确定了回国时间，很快他又收到凯里太太的回信，信里特意提醒他走的时候记得跟威尔金森小姐说一声，不管怎么说，如果当初没有这位小姐的帮忙，他初来海德堡时要想安顿下来可能会费番周折的。信中还有，威尔金森小姐也打算来布莱克斯泰勃一段时间，并明确了威尔金森小姐自弗拉欣过来的日子，并建议菲利普能在同一时间动身，这样就可以和她一起回来，路上可以对她照应一下。看到这儿，胆怯害羞的菲利普随即回信，借故有事不能跟她同行，可能会晚两天。

菲利普想到跟威尔金森小姐同行，真的好难为情：在人群中怎样能找到她，然后还得厚着脸皮跑到跟前问问是不是她，如果不是的话，说不定还会招来一顿埋怨；还有，两人一起坐在回来的火车上，怎么跟她相处呢，是跟她聊天，还是埋头看书。这些困惑让菲利普有些费解。

最终，菲利普从海德堡离开了。由于最近几个月，菲利普一直在考虑往后的路怎么走，所以走得很坚决，义无反顾，何况对他来说，那里的生活也没有什么大的乐趣。临走时，菲利普收到安娜小姐送的《柴金恩的号手》，同时回赠给她一册威廉·莫里斯的著作。不过，两个人也很知趣，都把对方送的书卷搁置一旁，不再理会。

32

菲利普回来了，刚见到凯里夫妇，心里大吃一惊：眼前的两个老人现在如此沧桑老迈，而自己却从没有注意到。跟往常一样，牧师威廉仍然不太在意菲利普的到来。现在的威廉先生比以前有些发福，头发也变少了，变白了。在菲利普看来，伯父并不重要，内心

的软弱和任性都显现在他的脸上。而路易莎伯母见到菲利普的时候，将他搂到怀里，一直亲吻他，两行热泪顺着脸颊滚滚流下，幸福的感觉溢于言表。菲利普没有想到，伯母竟是这般疼爱自己，这让他非常感动，不过还是有些不自在。

“孩子，你知道吗，你不在家的这些日子，我们很想念你，简直就是数着日子挨过来的。”伯母一边哽咽，一边说。

说话间，伯母一直抚摸他的双手，用充满慈祥的目光打量着菲利普。

“转眼间，你都这么大了，算得上是一个大人了。”

到了这个年纪，菲利普已长出软软的胡须。他经常用剃刀慢慢地剃掉下巴上的软须，让下巴看上去很光滑。

“你去了海德堡，这个家就显得冷清了许多。”接着，她又问，“这次回来，你是不是觉得很高兴？”

“那是当然的了。”

菲利普望着面前的这位妇人：她的身子单薄、消瘦，仿佛透过她的身子就能看到背后的东西；两条胳膊，骨瘦如柴，看上去就像个鸡骨头；脸庞干枯、蜡黄，爬满了密密麻麻的皱纹；满头的白发，梳着她年轻时流行的发卷，看上去感觉既老式，又有些惹人怜。整个人看上去，显得十分干瘪瘦小，好像秋天的一片枯叶，随时都有被寒风吹得不知所踪的危险。在菲利普的心里，伯父伯母都是名不见经传的普通人，他们的人生旅途也到了尽头，他们的时代也应景成为历史，现在他们所能做的就是等着死神的召唤。反观自己，正处于年轻气盛、追逐刺激与冒险的大好年华，当看到他们如此碌碌无为地浪费时间，心里难免会大吃一惊。他俩的一生，没有什么作为，等到离开这个世界后，没有什么让这个世界留恋的，就好像这个世界没有来过这两个人一样。想到这儿，菲利普突然更加可怜并疼爱路易莎伯母了。

这个时候，威尔金森小姐进来了。看到眼前的一幕，她很知趣地想要避开，以免妨碍这家人久违的重逢。

“菲利普，这位就是我给你提到的威尔金森小姐。”凯里太太见她进来，连忙给菲利普介绍。

“你终于回来了。”她一边说，一边微笑着将一朵玫瑰花插在菲利普的衣扣里。

这朵玫瑰花是她刚从花园里摘来的。菲利普不知如何是好，只是愣愣地站着不动，满脸通红。据菲利普所知，威尔金森小姐是一位教区长的女儿，比威廉大伯早一任。菲利普以往所认识的那些牧师们的女儿，根本入不了他的法眼。她们衣着很普通，经常浑身上下都是黑色的衣服，脚上的靴子鼓鼓囊囊的。菲利普的这个印象还是停留在他住在布莱克斯泰勃的那些日子，当时东英吉利这边还没有手织衣，并且牧师家的女士们不允许穿得花里胡哨的，连她们的头发都是随便一梳就完事了，所以头上总是乱糟糟的。她们的内衣也是上过浆的，散发着呛人的味道。在她们的眼里，女性的打扮不应该太过暴露。所以，那些女性，不论年龄，都是同样的装束。她们自恃与教会联系密切，凭借宗教的势力任性固执，甚至有飞扬跋扈的气势。

但是，这位威尔金森小姐就与众不同：她身着白纱长服，上面布满了漂亮的花形图案；脚上穿着一双高跟鞋，头尖尖的，还穿着一双长袜。也许是菲利普见识有限，也许是由于她的与众不同，菲利普觉得她的衣着很上档次，殊不知她的衣服其实是一些徒有其表的低档货。她的头发做得很别致，发丝乌黑发亮，前额中央垂着一缕卷发，立体感很强，看起来一直都是整整齐齐的；黑黑的大眼睛，略呈钩形的鼻梁，从侧面看她有几分鹰的模样，让人有点不悦，但正面还是很惹人喜欢的。不过，有些地方还是让菲利普不好接受的，一是她在笑的时候，会露出让人生厌的满口黄牙，另一个就是她的妆容，厚厚的一层粉贴在脸上。菲利普十分注重女性的仪表形态，在他的心里有教养、有涵养的文雅女性是不该也不会去浓妆艳抹的。不过，在菲利普的心里，牧师是属于上流人士，而威尔金森小姐正是牧师的女儿，所以她应该算得上是有教养的小姐。

菲利普原本想着不会对她有什么好的感觉，因为她在说话时总带着一点儿法国腔，这让菲利普很不解，毕竟她是在英格兰的土地上长大的；还有，她笑的时候，故作娇柔，刻意显出羞涩的模样，让菲利普觉得看不惯她。刚开始几天里，菲利普对她很不满意，不愿意搭理她。可是，威尔金森小姐没有意识到这个问题，依然跟他表现得很亲近，并且很少跟其他人说话，经常会就某些问题寻求菲利普帮助，有时还会故意逗菲利普发笑，这些自然让菲利普很开心。像菲利普这种颇有几分口才，也能说上几句不同凡响的话语的人，一向无法将那些使自己感到有趣的人拒之于门外，更觉得是碰上了一位知音，当然会更加高兴。这个屋子里住的这几个人中，伯父和伯母整天板着脸，对菲利普所说的一切从没有觉得好笑，更别提开怀了。慢慢地，菲利普跟威尔金森小姐成了很熟的朋友，他再也没有原来的胆怯和不自在，相反开始对她有好感了。菲利普原来讨厌她的那口法国腔现在听着别有一番风味，并且在医生家的聚会上，她的穿着与众不同，打扮得非常漂亮，远远胜出在场的其他人。别的不说，单凭她身上那件蓝底大白点子的印花绸裙衫这一点，就让菲利普想入非非。

“可以这样给你说，今天的打扮在他们看来，跟你的身份不符。”

“那岂不是正好，我一直都希望别人把我当作一个轻浮的人。”威尔金森小姐毫不掩饰地回答道。

菲利普发现自己对威尔金森小姐愈加感兴趣了，有一次趁威尔金森小姐不在场，他向路易莎伯母打听威尔金森小姐的年龄。

“亲爱的，打听女孩子的芳龄是不礼貌的。但是，有一点不容置疑，那就是如果你们俩结婚，那么你们的年龄差距是很悬殊的。”

一旁的牧师听完，胖胖的脸蛋上露出淡淡的笑容，说道：“她已经不小了吧，路易莎。我记得当年我们在林肯郡的时候，好像她都已经长大了。想来这都是二十年前的事儿了，我还记得那时她还扎了一个大辫子呢。”

“说不定那个时候她还不满十岁呢。”菲利普说。

“我看不像，一定比十岁大。”路易莎伯母说。

“我也这么认为。我觉得差不多应该有二十岁。”牧师说。

“没有那么大，但也不会低于十五岁。”

“这样说来，现在她已经三十好几了。”菲利普惊讶地说道。

刚说到这儿，威尔金森小姐的卧室门开了，她戴着帽子，迈着轻盈的步子朝楼下走来，并一直哼着本杰明·戈达德的曲子。他俩已经约好要出去散步。走到菲利普的跟前，她停了下来，伸出手臂，示意菲利普帮她扣好手套的纽扣。菲利普连忙照做，不过他不擅长干这个，笨手笨脚的，不过窘迫的同时也不失为一名绅士。准备完毕，两个人一起出去了。现在，两个人谈话时，没有丝毫的拘束，也很聊得来。这次他们一边闲庭信步，一边漫无边际地侃大山。威尔金森小姐讲了一些她在柏林的点点滴滴，菲利普告诉她一些自己在海德堡的事情。过去发生的点点滴滴，当时觉得不值一提，可是如今想起来也添了不少的乐趣。他提到那些住在欧林太太公寓里的人以及发生在海沃德和维克斯之间的那些争论，虽然对他影响很大，但此刻出于私心，故意歪曲事实，好让那两个争论者变得滑稽不堪。威尔金森小姐听后大笑不止，菲利普也觉得十分开心。

“你这个人有些让人害怕，”她说，“你的口才太好了。”

后来，威尔金森小姐又拿他打趣，问他那个时候有没有难忘的恋情之类的事情。菲利普坦然告诉说：“我没有那个福分，从没有过这种事情。”听完，威尔金森小姐一直用怀疑的眼光看着他。

“看来，你的嘴挺严实的。到了这个年龄，没有艳遇，怎么可能呢。你不会是骗我吧？”

菲利普脸蛋一红，笑了起来。

“连这些事情你都打听，未免管得多了点。”

“看看，是不是让我说中了，”威尔金森小姐跟着笑了起来，“撒谎了吧，你的脸出卖了你。”

菲利普相当得意，没有想到自己竟被她当作情场高手。为了让眼前的女人相信自己的确欠了许多风流债，菲利普故意马上岔开话题。现在，他只能埋怨自己从没有恋爱过，主要还是完全没有机会。

威尔金森小姐命运多舛，如今还得自谋生路，养活自己。她给菲利普啰里啰唆地讲述了自己的经历。原本，她可以继承她叔姥爷的一笔财产，不料这个叔姥爷竟娶了他的厨娘，更改了遗嘱，那笔财产自然不翼而飞。言谈之中，她提起当年在林肯郡，也曾骑马出游、以车代步，而如今却独自谋生，并暗示了自己的门庭也曾辉煌过。关于这件事，后来菲利普曾向路易莎伯母提到过，路易莎告诉了他一些关于威尔金森小姐以前的事情，让菲利普有点迷惑不解的

是两人所说的东西还是有差别的。路易莎伯母对菲利普说：当年她跟威尔金森一家结识的时候，他们家里的确有一匹小马驹和一辆寒碜的马车，一匹马拉的那种；她的确听说过那个有钱的叔姥爷，不过他早已结婚，并且他的孩子比埃米莉[1]年龄要大，所以埃米莉无法继承遗产的原因并不是如她所言，而是她根本就没有资格得到她叔姥爷的遗产。威尔金森小姐把目前自己在德国的工作批得是一文不值，还把德国粗陋庸俗的生活跟巴黎绚丽多彩的生活进行了比较。讲到巴黎，她在那里待了好几年，具体是几年她也记不清了。当时，她是一名家庭教师，在一个潇洒的肖像画师家帮忙。女主人很有钱，是一个犹太人。那段时间，在肖像画师的家中，威尔金森小姐有幸结识了许多社会名流，现在她还能很熟练地说出那些人姓甚名谁，听得菲利普头脑发昏。这些人中，有一些是法兰西戏剧院的知名演员。她很自豪地讲道：大家在一起吃饭，她和科克兰坐在一起，科克兰还夸奖她能说如此正宗的法国话；阿尔方斯·都德[2]也曾来过，并将一本《萨福诗选》送给她，原本答应签名的，可是给忘记了。直到现在，那本书跟宝贝似的被她走哪儿带哪儿。如果菲利普想看的话，她愿意借给他。莫泊桑也常来。当提到这个人物的时候，威尔金森小姐不由得有些难为情地笑了，并且很有深意地盯着菲利普看，好像在暗示着什么。菲利普也曾听过莫泊桑的名字，是海沃德告诉他的，是一为很有名气的小说家。

“看你的样子，你好像跟他有点暧昧呀。”他有点怀疑。

不知怎么回事，他准备说这句话的时候，喉咙好像被什么卡住了，但最终还是从嘴里说出来了。菲利普很喜欢威尔金森小姐，在跟她聊天的时候，心里兴奋不已，但是他没有想过有人会向他诉说心声。

“你怎么会这样问，”她说，“可怜而又可恶的居伊[3]，只要是女人，他都会表达爱意的。他注定就是这种人。”

话音刚落，她轻叹一声，好像在回忆那段柔情蜜意的时光。

“那个男人真的很迷人。”她低声说着。

[1] 威尔金森小姐的名字。

[2] 十九世纪法国著名小说家。

[3] 法国著名作家莫泊桑的名字。

菲利普阅历尚浅，无法想象到那种可能有的浪漫场面（也许这种场面只有有一定阅历的人才能想象得到）：莫泊桑应邀赴约，同时这位女教师彬彬有礼地走了进来，身后跟着两位气质颇佳的很有礼貌的女学生。主人向到场的客人们介绍：这是我们的英国小姐。

用餐期间，男女主人跟著名作家聊得十分投机，而那位女教师静静地在一旁坐着。

菲利普虽然没有这样的经历，但他听完她的那番话后，脑海里模模糊糊地呈现出浪漫的约会场景。

"快点给我讲讲那个著名作家的故事吧。"菲利普兴奋地请求道。

"其实，也没有什么啦。"

她说的的确是句实话，但是她的神情好像在暗示她与那位作家的风流韵事一时半会儿怎么能说得完呢。

"你怎么能打破砂锅问到底呢？"

接着，她谈起在巴黎的美好时光。巴黎的马路布置得别具一格，道路两旁的大树遮天蔽日，各种花草争奇斗艳，尤其是香榭丽舍大街，那里的绿树红花更有一番滋味。说话的时候，这两人正在公路边的凳子上坐着，威尔金森小姐看着眼前几棵挺拔的榆树，不屑的神情浮现在脸上。让她念念不忘的还有巴黎的剧院，那里有丰富多彩的节目和栩栩如生的演技，其他地方根本无法与之相媲美。她的女主人，福约太太，经常会让她陪着一起去服装店试衣服。说到这里，她抱怨了一句，"唉，人活着却没有钱花，简直就是活受罪！"紧接着又说道："那里的时装真是漂亮，也许只有巴黎人在穿着打扮方面才是真正的行家。可是我呢，唉！根本就买不起，只能跟着去饱饱眼福喽。不像人家腰缠万贯的福约太太，虽然身材不咋样，但还是能随意买自己看中的衣服。不过，我觉得她也挺可怜的。有一次，卖衣服的凑到我的耳边悄悄地说：'美女，她可没有你这样的好身材呀。'"

菲利普听后，刻意扫了一眼威尔金森小姐丰腴的身材。

"不像这些愚蠢的英国男人，只会关注脸蛋长得如何，法国的男士知道身段要比脸蛋重要，他们才是懂得爱情的人。"

原本菲利普并没有过于注意这件事儿，现在他发现威尔金森小姐的脚脖子真难看，显得很粗笨。讨厌之余，他马上扭过头去。

“法国，你也值得去。要是你能在巴黎住上一年半载的，就可以轻松地学会法语，还会让你变得老练许多。”

“老练？这是什么意思？”菲利普问道。

听到菲利普如此发问，她坏坏地抿嘴笑了。

“这个问题嘛，我觉得你还是去查查字典吧。英国男人，只会磨磨叽叽的，根本不懂如何跟女人相处。你说，作为男子汉，在男女之事上经常胆小羞涩的，这算什么样子，可笑吧。这些男人根本不知道如何获得女人的芳心，更别说如何赞美女人的美丽动人，只会傻乎乎的，笨得像头猪。”

渐渐地，菲利普品出其中的寓意了，顿时觉得自己也挺笨拙、好笑的，威尔金森小姐分明是在暗示他打败心中的胆怯羞涩，向法国男人学习。这个时候，菲利普多么希望自己能顺口说出有趣有意思的语言，然后在她的面前表现得殷勤些。只可惜，此时的他绞尽脑汁，也没有蹦出一个字；等到好不容易想到了，又怕惹人笑话。

“那个时候，我是真的爱上了那座城市，”威尔金森小姐感叹地说，“但是后来我无奈之下去了柏林。我的学生，就是福约家的女儿，都结婚了，我就没有待下去的必要了，但一时也没有合适的事情来做。正好，柏林有个机会，是福约太太家的亲戚，正在寻找合适的家庭教师。现在我住在布里达街上的一个小套间里，是五楼。那里简直就是污秽不堪，一点档次都没有。布里达街，你知道吧，那儿的女人，是吧。”

她的话把菲利普弄得晕头转向的，但多多少少也猜到一些东西，不过为了避免她笑话自己少不更事，他还是点了点头。

“但是，这些我都不在乎。我这人，还是很开明的，对吧，”她继续说道，“再说啦，在那里，我还经历了一段浪漫的邂逅呢。”

说到这儿，她顿住了。菲利普想听下去，就一个劲儿地催她往下讲。

“你在海德堡的事情也一直瞒着我的呀。”她说。

“那有什么可讲的，都是一些无关紧要的事情。”菲利普说。

“你说，要是你的伯母知道我们在谈论这种事情，到时候她会怎么办呢？”

“我怎么会给她说这件事情嘛。”

“你能保证不跟她说吗？”

“那是当然，我保证不说！”

看到菲利普如此坚决地保证，她开始讲那段奇遇：她的住处旁边住了一个学美术的学生，他……刚讲到这里，她的话锋突然转变了。

“为什么你不去学美术呢？我觉得你画得还真像回事。”

“您过奖了，我的还远远不行。”

“这个你说了不算，得让别人来说。就我而言，我觉得你身上有那样的潜质。”

“我想，还是算了吧。如果这个时候我贸然跑去跟我的伯父说我要去巴黎学美术。那你就看着吧，他的那副表情，我都不敢想象。”

“不会吧。难不成你现在还是听任别人的安排吗。”

“你就别再转移话题了吧，现在请你赶紧继续你的故事吧。”

威尔金森小姐面带笑容继续往下讲：那个学美术的学生跟她打过几次照面，当时她并没有留心，只是记得他的那双眼睛很漂亮，还礼貌地站在一旁让她先行。突然有一次，有一封信从她的门缝里塞进来。信中满是诉说着对她的爱慕之情，署名正是那个美术生。信中还说，他经常故意站在楼梯边，等着她从这里经过。整封信写得感天动地、感情真挚！她并没有回信。但是，作为一个女人，经常被别人追捧，谁都喜欢。第二天，她又收到一封信，当然写信人还是那个美术生，内容写得更加深情，隐隐有非你莫属的感觉。事后，两个人在楼梯相遇，她不敢正视那个男人，甚至连眼睛都不知往哪里放。接下来的日子里，她每天都会收到来信，主要的内容依旧是倾诉爱慕，渴望能有机会约会。有时，他会在信里告诉她，晚上要来拜访，大约在九点钟，这让她不知所措。当然，她是不会让他进屋的。可是，当她待在屋里，等着门铃响的时候，那个人竟出乎意料地进来了，后来才知道她进屋时竟没有关门。

“也许这就是缘分吧。”

“接下来怎么样了？”菲利普急切地问道。

“没有啦，到此结束啦。”说完，她笑了起来，发出一串银铃般的声音。

接下来，菲利普半天没有吭声，心里一直跳个不停，好像有一股不可名状的情感浪花涌上心头。他的脑海里上演了在昏暗的楼梯上两人相遇的场面。说实在的，他还是很佩服那个写信人的勇气，这一点他自己的确远远不如，还钦佩他一声不吭、悄悄地突然出现在她的面前。就菲利普而言，这一点才让这件事情得到升华。

“那个小伙子模样如何？”

“他呀，很迷人，是一个很帅的小伙子。”

“现在你们还有联系吗？”

不知怎的，此时的菲利普心里像打翻了醋瓶子，酸溜溜的。

“后来，我过得很糟糕。你们男人都是一路货色，良心都让狗叼走了，没有一个好东西！”

“啊，这个我还不知道，你怎么会有这种看法？”菲利普有些迷惑。

“不说了，该回去了。”威尔金森小姐说。

33

接下来的一段日子，菲利普完全无法把威尔金森小姐的那段孽债忘掉，虽然在讲到关键的时候她故意收住，没有继续讲下去，但很明显还有主要的部分已经讲明白了，这让他心绪不宁。对于一个已婚女子来说，那些苟且之事也是很正常的，他以往看到的一些法国小说中，也有许多这类事情，谈不上有什么可奇怪的。但是，身为英国人的威尔金森小姐，至今还没有结过婚，更何况她的父亲还是一个牧师，有这类经历对她来说的确让人震惊。突然，他又想到，也许那个学美术的学生只不过是她经历中的一个，并且也不可能是最后一个。想到这儿，菲利普不由得长舒一口气：他从来没有想过从这个方面去了解威尔金森小姐，令他没有想到的是，居然真有人向她吐露心声。由于他的天真，菲利普从没有怀疑过她所讲的故事的真实性，跟书中的内容一样，他从没有怀疑过；让他不忿的一点，就是自己为什么从没有遇到过这么美不可言的事情。如果这次或者以后，威尔金森小姐极力要求他开诚布公地讲述他的风流韵事，而自己的确无从谈起，那将会让人大跌眼镜，怎么抬头见人呀。或许，他完全可以捏造出一个个故事，但是能不能让她认为自己是一个风月场上的熟人，这就不好说了，因为菲利普从小说中了解到，女人有着相当敏锐的直觉，弄不好菲利普刚开始说，就让威尔金森小姐揪住小辫儿了，到时候会被她一番嘲弄。想到这儿，菲利普不由得脸就红到了耳朵根。

经常，威尔金森小姐一边悠闲地唱着歌，一边弹着钢琴。她唱的都是菲利普很陌生的歌曲，由马赛耐特、本杰明·戈达特和奥古斯塔·霍姆斯谱写。他们俩一直围在钢琴旁能待上好几个小时。有一次，威尔金森小姐非得让菲利普吊吊嗓子，看看他的嗓音如何。试完后，威尔金森小姐夸奖他的男中音听起来挺迷人的，并特意让他跟自己学唱歌。刚开始，菲利普还有些羞涩，出于习惯婉言拒绝了她。但是后来，在威尔金森小姐的一再坚持下，菲利普最终同意了。每天早餐后抽个时间，他们在一起教、学一个小时。在教课方面，威尔金森小姐的确很有一套，不愧是一个出色的家庭教师。在教学方面，她方法别具一格，也很严格。在上课的时候，她的法国腔依然很浓，但是完全没有了平时的软弱无力、矫揉造作的语气和形态。整个过程不多说一句废话，说话的语气带有震慑力；只要学生精力不集中，或是粗心大意，她会本能地直接指出，并毫不留情地进行纠正。所以，在教菲利普唱歌的时候，硬逼他练习发声，也就不足为奇了。

讲完课后，她转瞬就脱掉了家庭教师的身份，又转回平时的状态：脸上重新显着笑容，交谈的语气开始嗲起来。而不易的事情在于菲利普无法随时更换自己的身份，很难从学生的状态里解脱出来。菲利普觉得威尔金森小姐上课时的状态，跟她讲述风流韵事时的表现截然不同。菲利普对她更加关注，可以说到了丝丝入微的地步，还发现威尔金森小姐早晨的模样跟晚上也是相差很大：早晨，显而易见的皱纹爬到她的脸上和颈脖上，显得皮肤很粗糙。有时候真想把她的脖子盖住。可是由于天气变暖了，她故意放低上衣领口，并且她对白色衣服情有独钟，菲利普很讨厌她在上午穿这样的衣服。可是，到了晚上，她会穿上漂亮的裙子，跟晚礼服很像，前领和袖

口上都镶着花边，同时在脖子上会戴着一串石榴红项链，整体看上去显得娇艳迷人，看得菲利普心花怒放。她喷洒的香水也与众不同（在菲利普的印象中，布莱克斯泰勃的人只有礼拜天或者头不舒服时才会洒上几滴科隆香水），那种香味让人有冲动的欲望。威尔金森小姐在晚上的穿衣打扮使她看上去年轻了许多。

为了弄清楚她的真实年龄，菲利普可谓是费了不少心思，简单地把二十和十七加起来，得到的答案总让菲利普不满意，其实主要还是不相信。他曾多次询问路易莎伯母，威尔金森小姐真的有三十七岁吗？希望能从她那里得到确切的答案。但是，这位小姐根本就不像三十多岁的人，看上去也就二十多岁吧。再说，外国的女人要比英国女人显得老些，威尔金森小姐长期在国外居住，应该也算是一个外国人，所以，菲利普觉得她就更年轻了，应该不到二十六岁。

“咦，她的年龄可比这个大得多。”路易莎伯母说。

菲利普始终怀疑凯里夫妇记忆的准确性，从谈话中唯一可以肯定的是：当年他们在林肯郡分别的时候，威尔金森小姐梳了一个大辫子。在菲利普看来，那个时候她很有可能只有十一二岁；伯父记性一直不好，林肯郡的结识距今也过了好长时间，他们所说的二十年，也许是出于喜欢用整数的缘故，实际上也可能只有十七八年。这样一算，十七加十二，也就二十九岁，这个岁数怎么算得上老呢？当年安东尼为了埃及女王克莉奥佩特拉，放弃了一切，当时她也已经四十八岁高龄了。

夏天来临，一直是大晴天，整日的蓝天白云。虽然气候炎热，但由于布莱克斯泰勃在大海边上，酷暑有所消减，空气中弥散着一股沁人心脾的气息，所以八月份火辣辣的太阳，并没有让人们觉得炙热难耐，反倒是增加了几分兴致。公馆外有一个水池，池中喷出一股股的喷泉，莲花正开得鲜艳，许多金鱼不时地漂浮在水面上，也来享受阳光的抚摸。用过午餐，菲利普和威尔金森小姐来到水池边，在玫瑰树挡住的阴凉地方，把带来的旅行毯和坐垫往草地上一铺，两个人坐在一起。整个下午，他俩就待在那个地方读书、交谈，有时还会抽烟。牧师很讨厌抽烟，认为抽烟是很坏的毛病，所以他严禁在屋里抽烟，还经常说如果有人被某种嗜好控制，那将是令人心痛的。殊不知他也有嗜好，那就是喝下午茶。

有一次，威尔金森小姐在牧师的书房里偶尔翻到一本名叫《波希米亚人的生涯》[1]的书，觉得很有意思，就将这本书拿给菲利普看。这本书是凯里先生有一次去买廉价书，顺便一起买回来的，然后放在书房里，近十年来从没有打开看过。

一翻开书，菲利普当即被米尔热的这本杰作的内容吸引了，尽管其中内容虚无、荒谬，文笔拙劣不堪。书中的描写，有关于饥饿的，笔调滑稽中透着嘲讽，悲怨中而不含怒；有关于赤贫的，下流的恋情画面在作者的笔下描绘得活灵活现、耳目一新，充满罗曼蒂克的浓郁情调；作者甚至把里面人物矫情的伤心哀叹都描绘得触动心扉。菲利普对这一切都充满向往，心中的欢喜无法自抑。书中的主角，鲁多尔夫和米密，缪塞和肖纳德，穿着路易·菲利普时代的奇装怪服流浪在拉丁区的各个角落里，今天委身在这个小阁楼里，明天又暂住在那个小顶楼上，生活的漂浮不定让他们面带笑容，眼里闪着泪光生活在这个昏暗的世界上，今朝有酒今朝醉，不管明天会怎么样。这种日子是多少人梦寐以求的呀。但是，等到个人的判断力提升到一定高度后，再捧起这本书，就会发现里面所描绘的那些快乐如此低俗，那些灵魂庸俗不堪。到了这个时候，书中所提到的那几具躯体，无论是所谓的艺术家，还是一般人，犹如行尸走肉一般，简直就是一无是处。当然，缺乏鉴赏力的菲利普，也就难免会沉迷于这部小说。

“你的想法变了没有？是坚持去伦敦，还是去巴黎，你决定了吗？”威尔金森小姐问他，并对他的热情颇有讽刺之意。

“我改变，又能怎样？现在打算去巴黎，还有用吗？”

菲利普的担心也不无道理。从海德堡回来至今，他曾多次跟伯父谈论自己的前途。进牛津念书这个路子，菲利普是执意拒绝的，并且他对在大学里拿奖学金根本不抱什么希望，最后就连他的伯父都认为他没有能力上大学。对菲利普来说，他目前的想法就是赶紧去伦敦谋生计，因为他原继承的财产只有两千镑，后来这笔钱又减少了一些，尽管这些钱以百分之五的利息做了投资，但是所得的利

[1] 十九世纪法国作家亨利·米尔热所写的一部描写一群巴黎青年艺术家的小说。

息根本无法维持他的生活。如果拿这些钱去牛津上大学，每年至少要花费二百镑用于生活，整个下来所需的费用还是挺高的。再说，即便在那里念上三年书，毕业后能养活自己也是很难的。在凯里太太的心目中，唯有陆军、海军、司法和教会这四种职业才是有绅士身份的人的理想选择。随后她又把医生这个行业加了进来，因为他的小叔子，即菲利普的爸爸，就是干这个行业的。但是，在她还年轻的时候，医生是不能列入上等人行列之中的。菲利普身体残疾，自然排除前两个职业，而他极力反对侍奉上帝，那剩下的只有司法这个路子了。另外，当地的医生曾向凯里太太建议，工程实业已成为当今许多有身份的人踊跃参加的职业，当即遭到凯里太太的拒绝。

“做买卖有什么身份，我可不想让菲利普干这个。”她坚定地说。

“你说得没错，但是总得给他找个像样的职业吧。”牧师说。

“要不，让他去当医生，就像他的父亲那样。”

“我可不喜欢当医生。”菲利普说。

菲利普不想当医生，凯里太太并没有多说什么。菲利普不愿意去牛津大学念书，也就意味着他不能踏进司法界，因为他们觉得律师要想有所作为，首先需要的就是学历。商量到最后，他们决定送菲利普去当学徒，跟着一个律师慢慢学习。他们首先想到的就是阿尔伯特·尼克逊，一位家庭律师，是亨利·凯里（菲利普的父亲）生前指定的遗嘱执行人之一，另一位执行人就是菲利普的伯父。他们随即给律师写信询问他是否愿意收菲利普当学徒。没过几天，凯里夫妇收到回信，信中说到如今没有空缺，并且还对他俩的想法持不同意见：现在从事这个行当的人太多，只有凭借金钱和靠山，才可能有所成就，否则顶多就是混个事务所的主管，没有大的前途。最后信中建议菲利普当个会计。说起这个会计，老两口压根都没有听说过，就连菲利普也没有听过会计是干什么的。后来，律师又寄来一封信，信中专门做了解释：现代工商业扩充得很快，市场上每年都会增加许多的企业和公司，随即许多专门审核账目、管理财务的会计师事务所接踵而至。前几年，在取得政府许可后，这些会计事务所逐渐地被重视起来，那些会计师收入不菲，社会地位也在不断提升。这些会计事务所采用的新式财务管理制度，是老式财务管理所没有的。其中的一个会计事务所，给阿尔伯特·尼克逊管理了三十年的财务，刚好那里空缺一个实习生，并且表示愿意让菲利普当学徒，需要缴纳三百镑的学费，签订合同，为期五年，这五年之内本人还会得到一百五十镑的工资。菲利普觉得不管它的前景如何，此刻是时候决定了。经过得失的定夺，最后菲利普克服掉心头的畏缩懦弱，决定前往伦敦当个会计事务所的实习生。凯里先生还写信给尼克逊先生，问他这个算不算得上一个上等人的职业。随后他收到尼克逊先生的回信，信里说：现在这个行当里不乏念过公学和大学的青年人。并且还提到，如果一年之后，菲利普觉得这个行业不太适合他，而希望离开的话，赫伯特·卡特（菲利普跟着实习的会计师）还能退回一半的费用。至此，三个人心中的石头落地，事情总算有个眉目了。菲利普被安排在九月十五日去伦敦工作。

“我还有一个月可以用来潇洒快活。”菲利普说。

“你多好哇。到那个时候，你将踏上光明征途，而我呢，唉，还得回到那个牢笼里。”威尔金森小姐应了一声。她的假期有六个星期，要比菲利普提前几天离开这个地方。

“到时候，不知道我们还能不能有机会见面。”她说。

“当然会了，我不明白为什么你会这样问。”

“算了，说的话一点儿情趣都没有。像你这种不解风情的人还真是少见。”

听她这么一说，菲利普羞得脸都红了，真是怕啥来啥，最后还是让威尔金森小姐识破了自己。威尔金森小姐毕竟年龄不大，并且有时候看上去还有几分姿色，而菲利普也将近二十岁了，如果现在两人之间的交谈还仅仅限于艺术和文学，这的确有些滑稽。他应该做的是向她表白爱慕之心，毕竟他们也谈论过爱情，比如说布里达街的那个学艺术的学生，还有那位巴黎肖像画家。她在那个肖像画家的家里住的时间不算短，那个画家还邀请她做模特，随后又疯狂地追求她，这让她有些不知所措，只好借故推掉，放弃做模特。由此可见，威尔金森小姐在这个方面，可谓是见多识广，早已习惯了男人们对她苦诉衷肠。今天，威尔金森小姐在头上那顶大草帽的衬托下，显得格外迷人。到了下午，气温很高，今年入夏以来还没有

哪天超过这个温度的，热得威尔金森小姐连嘴唇上都冒出汗了。这时，他突然想起私奔的凯西莉小姐和宋先生。凯西莉小姐长相一般，没有什么值得留恋的地方，也不会对她产生爱慕之情，但他俩的坚贞不渝的爱情以及不顾一切的恒心着实让菲利普看到了爱情的力量，不乏浪漫色彩。对于菲利普来说，摆在眼前的也算得上品尝浪漫的好机遇。威尔金森小姐在法国时间太长，差不多已经被同化了，她追求浪漫的感觉自然让接下来的爱情过程充满期待和乐趣。但不知怎的，当菲利普独自一人时，无论白天还是晚上，每次想到她，心里总会不由得兴奋激动，可是跟威尔金森小姐在一块儿的时候，心中那股感觉就淡化了，没有觉得她有什么令人着迷的地方。

不过，话又说回来，威尔金森小姐凭着那几段风花雪月的往事，如果这个时候菲利普向她表白，她应该也会坦然处之的。并且，菲利普潜意识里还觉察到，自己至今依旧无动于衷一定让她觉得不可思议。可能这个想法有些荒唐，但是最近两天，威尔金森小姐不止一次地用不屑的目光看着菲利普。

“你脑子里想什么呢？整个人傻愣愣的。”威尔金森小姐问菲利普，并面带笑容地盯着他。

“没有什么，再说我也不想告诉你。”菲利普回答。

此时此刻，菲利普觉得应该是吻她的好时机，不知道她愿不愿意这样做，因为现在没有任何的征兆和表示，假如现在他突然地凑上前，也许这位小姐会觉得他发疯了，说不定还会赏几个耳光，甚至生气地跑到伯父的跟前告上一状，到那个时候，事情就非常糟糕了：伯父的为人他很清楚，到时候医生和乔赛亚·格雷夫斯也会知道，接下来会有更多的人知道，如此一来，在众人面前他完全就是一个蠢货，毕竟路易莎伯母早就确切地告诉过他威尔金森小姐已经三十七岁了，这个年龄做他的妈妈也完全可以的。想到这里，他禁不住惊了一下，心头的冲动顿时消失了一半。

“你又开始发呆了。”威尔金森小姐说。

“哦，刚才我是在想你。”他也不知哪来的勇气。

无论如何，这句话应该没有什么纰漏。

“都想到什么啦？”

“前几天你还让我别随便乱问，现在你怎么也这样？”

“真是调皮！”威尔金森小姐说。

每次，菲利普好不容易把自己的情绪调整到位，可迎接他的是出自威尔金森小姐金口的那些不应景的语气，总让人联想到正在接受她的授课，就像当时练嗓子的时候一样，因为没有达到她的要求而顺口说出的同样的话。这一次，菲利普有些恼怒了。

“我希望，你以后别老把我当小孩子对待！”

“不会吧，生气啦？”

“当然，非常生气！”

“别计较了，你知道我是无心的。”

说完，她伸出手，菲利普随即握上了。近段日子，每当晚上两人握手暂别的时候，有好几次她都有意捏一捏菲利普的手，这一回应该没有什么可疑的。

接下来，菲利普有些不知所措。按说，这是一个值得冒险的机会，如果这次错失良机，那才是天大的蠢货呢。不过此时的场面也没有了刚才的感情浪花，能有一些情调就好了。小说中描写的那种突然爆发的冲动以及冲动带来的意乱情迷，菲利普此时都感觉不到，毕竟他心中的女神形象与眼前的这个小姐差别还是很明显的。他心中的女神是这样的：姑娘长得娇艳欲滴，两只大眼睛水灵灵的，皮肤白嫩细腻，跟雪花膏似的。另外，她还有一头梳得漂漂亮亮的浓密的头发。可是，他从来没有想过要把脸靠近威尔金森小姐的长发，因为他总觉得这位小姐的头发黏糊糊的。不过，偶尔的拈花惹草也是令人兴奋的。接下来他决定要成功拿下威尔金森小姐，心里说不出的兴奋和骄傲，毕竟这次他是完全凭借自己的能力把她攻下的。他下定决心要亲威尔金森小姐，但现在不行，需等到天黑下来，那样更自在些。先亲吻她，接下来的事情就好办了。对，就在今晚，他为此还暗暗地发了誓。

他思忖再三，尽可能地排除一切干扰。吃过晚饭，他提议去花园里溜达，威尔金森小姐欣然答应了。随后两人并排走在花园里。此时的菲利普相当紧张，更糟的是两人的话题总在别处。原本他决定先把她搂在怀里，可是她嘴里一直叨叨着下周赛船会的事情，这个时候如果搂住她也太冒失了。菲利普不死心，带着她顺利地来到花园的密林里。可是当他们到那儿以后，菲利普的勇气竟没有了。等坐到凳子上以后，菲利普仍然决定要把握这次大好机会。就在菲利普准备出击的时候，威尔金森小姐突然非要离开这儿，说这里有忸怩虫，弄得菲利普不好意思。于是他们围着花园里又转了一圈，一路上菲利普都等待着采取行动的时机。可是当他们经过屋子大门时，凯里太太把他们叫住了。

“年轻人，进屋吧，夜里外面凉，小心感冒了，对身体不好。”

“我也觉得,咱们还是进屋吧,我也不想让你受凉了。”菲利普说。

他说完，顿时泄了气，今晚应该到此结束了。等到他回到屋里，突然觉得自己就是一个十足的懦夫，顿时对自己十分恼火。他很确定，威尔金森小姐应该一直在准备接受他的吻，要不怎么能大晚上陪着他在花园里闲逛，还很顺从地跟着他。也许真的如她所说，只有法国人懂得情调，知道如何捕获女人的心。他也曾看过许多法国小说。假如他是一个法国人，跟小说描写的一样，他早已经将她搂住，用充满爱慕的语气向她求爱，还会深情地吻她的脖子。不过，菲利普一直在纳闷，为什么法国人喜欢亲吻女人的脖子，难道法国女人的脖子有什么令男人迷恋的地方？这些举动对于真正的法国人应该不是什么难事，法语更是能锦上添花，但是对于菲利普，他觉得那些充满感情的言辞用英语去表达，将会是滑稽可笑的；如果从来没有想过向威尔金森小姐求爱，现在想来求之不得了。起初的半个月，菲利普觉得还算轻松，可是现在却觉得非常难受。但是，现在放弃的话，这辈子他都不甘心，一定会小瞧自己。经过一番挣扎之后，他下定决心，明天晚上一定要吻她。

第二天，他醒来时，外面下雨了。闪现在他脑海里的第一个念头就是今晚有可能没法去花园了。用早餐时，他心情很好，可是没有见到威尔金森小姐下来吃饭，问仆人才得知原来她头疼不舒服，还在床上休息呢。一直到下午茶的时候，她才从屋里出来，披着一件睡衣，面无血色，无精打采的。直到晚上，她才恢复了精神，晚餐时还弄得大家都很开心兴奋。祷告结束，她决定回屋休息，跟凯里太太吻别后，她转过身来对菲利普说：“我也想亲你一下！”

“为什么不呢？”菲利普说。

她莞尔一笑，握住菲利普的手，很明显地紧捏了一下，然后转身离开了。

又过了一天，天气晴朗，万里无云。雨过天晴后，花园里的景色分外娇艳，空气也非常清新。菲利普去海边畅游了一番，回家吃饱后，等着参加下午在这里举行的一场网球聚会。聚会上，擅长衣着打扮的威尔金森小姐自然穿得很漂亮，这让菲利普没法不将目光放在她的身上。她在副牧师太太和医生的女儿旁边坐下，更显得美丽动人：两朵玫瑰花十分精美地缀在她的腰带上；她打着一把红色的太阳伞，在草坪边上的椅子上坐着。网球是菲利普喜欢的运动之一，他擅长发球但不便来回跑动，所以不喜欢打远球。不过，虽然他有只脚是残疾，但动作迅速敏捷，很少打不着球。每局都是他赢，让他高兴极了。休息的时候，他走到威尔金森小姐旁边坐下，浑身都湿透了，还一直喘着粗气。

“这身法兰绒服看上去很适合你，”她说，“你今天的样子很潇洒。”

菲利普听完，心里乐滋滋的，脸又变红了，这次是由高兴所致。

“说句心里话，今天你的样子也很迷人，让人倾倒。”

她带着迷人的微笑，盯着他看，久久不愿离去。

用过晚饭，菲利普坚持出去散步，并且要让威尔金森小姐陪着。

“白天都一直在疯玩，你还要继续吗？”

“你看，今天晚上天上这么多的星星，花园里的景色一定很美。”菲利普饶有兴致地说。

“你知道吗？”当他们悠然走过菜园子时，威尔金森小姐突然说道。

“嗯？什么？”

“咱们在一起，凯里太太还怪过我，说我不应该跟你调情。”

“是吗？咱俩调过情吗？我从没有感觉到哇。”

“我觉得，她只不过是在开玩笑。”

“你好狠心哪。昨天晚上，你为什么不肯亲我？”

“你还说呢。当时你大伯在场，当我说那话时，他的那副表情都不对劲。”

“也就是说你被他给吓到了。”

“不是。我只是不喜欢别人看到我吻你嘛。”

“是吗？现在周围可是没有人呀。”菲利普微微一笑。

说完，两人靠得更近。接着，菲利普搂住她的细腰，将嘴凑上去亲了亲她。她并没有退缩，只是轻轻笑了笑。没想到，这次竟自然而然地发生了，菲利普心里甭提有多自豪了。因为他一直想要做的事情，现在最终办成了。这件事原本就是世界上再容易不过的事情了，他还后悔自己没有早些干。

接着，他又亲了一次。

“你为什么要这样？”她说。

“什么意思？”

“因为……我太喜欢你的吻了。”她咯咯地笑起来。

34

翌日，午饭过后，两人来到花园的水池旁边，并带着旅行毛毯和软垫，还随身带着书。但两人哪有心思看书，只是做个幌子而已。等铺好毯子，整理停当之后，威尔金森小姐打开红色的太阳伞。菲利普毫无顾忌上来就要接吻，但是被威尔金森小姐拒绝了。

“昨天晚上，我是不是太轻浮了？回到屋里，我怎么也无法入睡，就跟做了什么见不得人的事一样。”她说道。

“别瞎说，我怎么觉得你应该睡得很安稳呀。”

“才不是呢。你有没有想过，这件事要是让你大伯知道了，他会怎么办？”

“我们谁都不说，他怎么会知道呢？”

说完，他再次凑近威尔金森小姐，心却跳得厉害。

“我问你，你为什么要亲我？”

照常来说，他会说“当然是因为爱你呗”之类的话，可是此时的他怎么也说不出口。

“你觉得我为什么吻你？”他反问一句。

她含情脉脉地望着菲利普，同时用指尖在他的脸蛋上轻轻地画着。

“你的脸蛋摸起来又滑又嫩！”她柔情地说道。

“是嘛，主要是我胡子刮得勤。”

不知怎的，菲利普觉得柔情蜜意挺难的，反倒是沉默更有效，同时目光也可以用来抒发自己内心的情感。没想到，威尔金森小姐长叹了一声，问：

“你是不是真的喜欢我？”

“当然喜欢啦，这还用说吗？”

说完，他又一次凑上去，显得十分热情冲动。这一次，威尔金森小姐没有拒绝，只是推搡了几下。别看菲利普表面上热情，内心里却在装腔作势，故意表现得风流倜傥，并且觉得自己还演得像模像样。

“说实话，我开始有些担心了。”威尔金森小姐说。

“那好吧，我不强求。但你得答应我，今晚要出来。”他恳求说。

“也行，不过你也得答应我，不能胡作非为。”

“只要你今晚能来，我什么都答应。”

没有想到，虚张声势搞出来的欲火，竟真的让他欲罢不能。在下午茶的时候，他挑逗着威尔金森小姐，好像旁边没有其他人在场一样，而威尔金森小姐则不安地一直提醒他。

“大家都在场的时候，你应该注意一下你那双眼睛，别让你的路易莎伯母发现什么。”后来她对菲利普说。

“我才不会在意她怎么想呢！”

听完，威尔金森小姐会心地笑了。刚吃过晚饭，菲利普就对她说：“我出去抽根烟，你愿不愿意一块儿去？”

“你一个人出去就行了，能不能让她歇会儿？”凯里太太说，“你以为都跟你一样年轻精神呀。”

“没事的，我正好也想出去走走。”威尔金森小姐连忙说道。

“午饭后适合散步，晚饭后适合休息。”凯里先生说。

“你的路易莎真挺好的，唯一让人无法忍受的就是有时候絮絮叨叨的，心情不好的时候还真有些想发火。”他们刚出屋子，关上门，

威尔金森小姐就嘀咕着。

菲利普没有接话，只是将手里刚点着的烟卷扔在地上，然后猛地将她搂入怀中。威尔金森小姐慌忙从他怀里挣脱。

“你保证过的，今晚一切听我的，菲利普！”

“我信守我的这种诺言，你也不见得会相信吧？”

“这儿离屋子太近了，你就别这样吧，菲利普，”她说，“万一从屋里出来一个人看到我们，怎么办？”

在菲利普的引领下，两人来到菜园里。这个地方应该安全，都这个点了，应该不会再有人过来了。这一次，威尔金森小姐也没有说有什么忸怩虫。菲利普猛地凑上去，紧紧地搂住她，疯狂地亲她。菲利普心里也在嘀咕，为何一天之中，他对威尔金森小姐的感觉不断变化。早上，没有什么好感；到了中午，倒觉得她勉强可以；可是，到了晚上，只要摸到她，他的魂魄就被勾走了。并且这个时候，他也会哄女人了，什么甜言蜜语、海誓山盟都会脱口而出。要是在白天，这些话怎么也说不出口，也许都想不起来。这一点，他也惊讶不已。

“没有想到，柔情蜜意对你而言，也是信手拈来呀。”她调侃道。

一下子说到菲利普的心坎里，他的心里别提有多自豪啦。

“如果我能把心中的狂热冲动全部都说出来，那才算好呢。”他低声说道。

真是太奇妙了。菲利普从来没有经历过如此新鲜、激动的事情，这次觉得非常美妙，每一句话都是他的肺腑之言，有时只是有点夸张而已。没有想到这一切竟深深打动了她。菲利普觉得太有意思了，并且还很兴奋。威尔金森小姐费尽力气才从菲利普的怀中挣脱出来，说想回去休息了。

“怎么现在就要走吗？不要这个样子，好吗？”菲利普请求她。

“不行，我必须要回屋了，这会儿我有些害怕。”说完，她准备转身。

菲利普眼看无望留住她，突然他的直觉告诉他这个时候应该做点什么才显得有风度。

“那好吧，你回去小心点。我还不能回去，我得留下静一静，现在我浑身发热，需要冷静一下。晚安。”

说完，菲利普伸出手示意握手告别。威尔金森小姐一直控制自己的情绪，以免失态，只是握着菲利普的手，一声不吭。等她走后，在这黑乎乎的花园里，只剩下菲利普一个人无聊地待在这里。他越想越觉得兴奋、自豪，这个也算是达到目的了。过了一会儿，他也回到房子里。这个时候，威尔金森小姐已经上楼了。

从此，两人之间的恋爱关系算是确定了。接下来的几天里，菲利普深深地堕入热恋的情网中，不能自拔。威尔金森小姐也爱上了他，要么用英语，要么用法语，向他频频示爱。在双方接吻时，她颤抖的身体和心灵让菲利普觉得妙不可言，心里美滋滋的，得意极了。威尔金森小姐还不时地称赞他眼睛多么迷人，嘴唇多么性感。此时的菲利普开始注意自己的仪表了，时不时地站在镜子前面自我欣赏一番。他觉得亲吻她要比跟她说一些甜言蜜语容易得多，但他也能感觉到她更喜欢听到那些肉麻的情话。直到现在，菲利普仍觉得向她表白心声是很滑稽、很荒唐的事情。热恋中的菲利普，现在特别想炫耀一下，甚至愿意把恋爱时的点点滴滴都表述出来。要是海沃德在这儿就好了，这样就可以知道下一步该做些什么，要不要趁热打铁，还是水到渠成，他一时没了主意。剩下的时间只有三个星期了。

“假期快要结束了，一想到这儿，我都难受，心如刀割，”她说，“说不定到那时我们就永别了。”

“别说得那么绝情，除非你对我一直是虚情假意。”他嘀咕道。

“怎么，觉得咱们现在不好吗？你们男人都一个德行，永远都不知足，得陇望蜀。”

在菲利普的百般祈求之下，她只得说：

“别那么心急，这儿不行的。”

无论菲利普提出什么方案，她都不肯。

“这个也太冒险了。要是让你的伯母发现，就糟糕了。”

又过了一两天，菲利普想到了一个万全之策。

“听好了，到这个星期天晚上，你就对路易莎伯母说你头疼，不能去教堂祷告了，可以留下来替她看家。到那个时候，她一定会去教堂。”

这个方法的确不错。通常，每逢星期天，女仆玛丽·安去教堂祷告，凯里太太留下看家。但只要有机会，她一定会参加晚祷的。而菲利普在海德堡时就放弃了他的这个信仰，不过他觉得还是别让凯里夫妇知道的好，更没有想过他俩会谅解自己。所以，他只会在早上默默地去教堂，一方面省得给自己找不痛快，另一方面权当是自己不再计较某种偏见。但他坚决不参加晚祷，也算是维护一下自己对追求自由的尊严。

听完菲利普的想法，威尔金森小姐半晌没有吭声，突然摇起了头。

“不行，我不能这么做。”她说。

到了星期天下午，大家正在吃茶点，她突然说：“今晚我不能去教堂了，我头疼得要命。”

这让菲利普大吃一惊。

凯里太太知道后，很关心她，不停地催促她喝点儿治头疼的药。威尔金森小姐对她心存感激，吃完茶点后，就上楼睡觉去了。

凯里太太不放心她，问：“你不用吃些药吗？”

“不用了，非常感谢您！”

“真要如此，今晚我就去教堂了，麻烦你看一下家。以前我做晚祷的机会很少。”

“这个没有问题。你就放心去吧。”

“路易莎伯母，你就不用担心了，我也可以留下来呀，”菲利普说，“到时候她需要什么东西，比如端茶倒水呀，我还是能应付的。”

“那行，不过，你得让起居室的门一直开着，要不有什么万一，你就听不到威尔金森小姐打铃了。”

“这个我知道。”菲利普说。

到了晚上六点之后，他们都去教堂了，家里只有菲利普和威尔金森小姐，这也算是如愿以偿。可是，菲利普倒是打起了退堂鼓，心里有点乱，埋怨自己不该想出这个点子。但后悔已来不及了，这个时候望而却步，白白放弃这个来之不易的机会，那以后威尔金森小姐会怎么看他？想到这儿，他悄悄地走到过道里，仔细倾听，没有听到任何动静。他在心里嘀咕，难道这次她是真的头疼，也许她早就不记得他说过的话了。这下菲利普开始心神不宁啦。随后，他又小心翼翼地朝楼上走去。正走着，楼梯突然响了一下，把他吓了一跳，赶紧停住脚步。听上面没有任何动静，这才蹑手蹑脚地继续朝上走去。费了好大的工夫，他才走到她的房门前，然后用耳朵贴着房门听听里面的动静，接着握住门把。这个时候，他有些犹豫不决，手都有些哆嗦，站在门口足足不下五分钟，主要还是担心事后后悔，要不早就走了。他现在就像站在最高层的跳台上朝下看，跟站在下面看这个跳台时的感觉截然不同，心里别提有多担心啦。硬着头皮往下跳要比按原路爬下去强得多。他给自己壮壮胆，然后扭动门把，开门进入。他觉得自己的身子在不停地发抖。

这个时候，威尔金森小姐正在梳妆台前收拾。听到门开了，连忙转身看着闯入者。

“你进来干什么？”

菲利普心里紧张不已，进屋看见她没穿外套，只有一件短裙穿在身上。黑色的裙摆看起来光泽柔滑，还是荷叶镶边。见到她如此奇怪的样子，菲利普顿时没了冲动，还从没有见到她如此不堪，但是到了这步田地，已经没有挽回的余地了，也只好继续吧。他将门关上，并从里面把门锁住。

35

太阳刚露头，菲利普就睁开了眼睛。这一夜他躺在床上翻来覆去，难以入睡，但还是心满意足的，此时的他浑身舒服地躺在床上，悠然地看着地板上一道道金黄色的条纹，这些条纹是阳光透过百叶窗形成的。他长吁了口气。想起威尔金森小姐要他叫她埃米莉，菲利普无论如何都张不开嘴，因为在他的脑海里她仍然是威尔金森小姐，还有就是他听别人说过，伯母的妹妹，是一个海军军官的遗孀，也叫埃米莉。如果叫威尔金森小姐这个名字，菲利普觉得很别扭。菲利普如果不按威尔金森小姐的要求称呼她，肯定两人会闹别扭，但一时也没有合适的称呼，干脆什么也不叫了。自从菲利普第一次知道她，听到的就是威尔金森小姐这个称呼，可以说在他的印象里，这个称呼早已跟她本人紧密相连。他有些发愁了，皱着眉头，一声不吭，心里总不由得想到她的缺点。尤其是昨晚他看到的真实的威

尔金森小姐：皮肤有点粗糙，脖子上的褶子实在扎眼。现在想来，他的心中顿时涌出颓丧的感觉，并瞬间掩盖了兴奋和自豪。他重新算算她的年龄，觉得应该有四十岁了吧。若真是这样，天哪，他第一次经历的这段恋爱就太荒诞不经了。菲利普闭上眼睛，眼前出现了威尔金森小姐蜡黄的皮肤，满脸的皱纹，浓妆艳抹也挡不住的年龄，娇艳、装嫩的穿衣打扮，他不禁心颤了一下。菲利普很害怕再跟她见面约会，特别是想到两人激情的热吻，更是不堪忍受，同时也对自己嗤之以鼻，竟做出如此荒唐的事情。这个不会就是爱情吧。

起床时，为了能晚点出屋门，菲利普尽量拖延时间，直到该祷告的时候才走进餐室，此时他的心情很糟糕。仪式结束，大家开始一起用早餐。

"大懒虫！"威尔金森小姐挑逗他。

菲利普看着她，发现逆光看上去，她还挺漂亮。菲利普突然觉得好了许多，开始怀疑自己为什么老是不想想她的好，随即又打起了精神。

威尔金森小姐也是判若两人，完全出乎菲利普的意料。吃过早饭后，她就急切地在菲利普身边腻歪，说"我爱你"。菲利普明显感觉到这是发自内心的真挚情感，她的声音都激动得在颤抖。后来，他俩一起去客厅练习唱歌。菲利普坐在琴凳上，静静地听着。刚弹到一半，威尔金森小姐突然停下，仰起头，用法语说："抱住我。"

菲利普刚弯下腰，她便一把搂住他的脖子，紧紧勾住菲利普，简直要把他憋死，同时用法语大声说："我爱你！"在菲利普心里，他更希望听到她用英语这么说。

"你有没有想过，这个时候如果园丁从这儿走过看到，怎么办？"

"看到又能怎样？我才不管那么多呢。"

没有想到，这个场景竟跟法国小说中的如出一辙，菲利普顿时有点生气。

"我打算到海边转转，顺便游个泳。"

"你的意思是，今天一大早就让我一个人待在家里吗？"

菲利普有些不解，为什么今天就不可以呢？但是，他不太在意她说什么。

“那我得留下陪着你，是不是？”菲利普笑着说。

“不是的，宝贝儿，你出去吧。你在海浪里随波逐流的样子一定很棒，我很期待。”

菲利普没有再说话，戴上帽子，转身出去了。

“真是个傻娘们儿。”他小声说了一句。

话虽如此，但他内心还是很开心的，开始有点飘了，很明显他已经完全把威尔金森小姐给迷住了。他拖着跛足来到布莱克斯泰勃的主道上，感觉自己好神气，边走边打招呼，不停地向他们点头微笑，迫不及待地想把自己的风流韵事讲给他们听。他突然想起海沃德。对啦，给那个家伙写封信。随即，他开始构思信的内容：花园里，玫瑰正浓烈地盛开着。一位漂亮乖巧的法国女教师温文尔雅地在花丛中漫步（她长期在法国居住，说话、生活跟法国人无异，称她为法国人也很合理）。她绯红的脸庞好像映上了红玫瑰的绚丽，她也仿佛成了玫瑰丛中的一枝独秀，娇艳欲滴，芳香四溢。接下来，开始描写两人邂逅的场面：他的玫瑰仙子婀娜多姿，身上穿了一套长裙，纱薄如烟。她信手拈来一朵鲜花，含情脉脉地送给他。为了更富有感情地描写这一情景，同时也炫耀一下自己的文笔，他特意编写了一首诗：阳光赐给爱情烈日般的火焰，海水赋予爱情无穷尽的魔力，星星为爱情添加了浪漫的味道，充满古典气息的牧师公馆花园为爱情营造着浓浓的激情氛围。他的恋人，也许不及梅瑞狄斯笔下的露茜·弗浮莱尔、克拉拉·米德尔顿，但她回眸一笑百媚生的姿态，让文人墨客绞尽脑汁也形容不上来。想着想着，菲利普的心跳得厉害，他已经被自己的遐想给迷住了。当菲利普湿淋淋地从海水里出来，浑身发抖地进了更衣室，又开始了他的遐想：他的恋人长着精致漂亮的鼻子，一双棕色的大眼睛充满光芒，浓密的棕发散发着玫瑰花香；皮肤细腻白嫩，犹如刚出水的嫩豆腐，脸蛋光艳绯红，好像是盛开的红玫瑰；至于年龄嘛，也就十八岁；名字富有诗意，叫缪赛；她的笑声像银铃一样清脆，说话时，声音优雅温柔，让世界上最好听的音乐都黯然失色。

“你在想什么呢？”

菲利普突然缓过神来，发觉自己已经走在回家的路上。

“我在老远的地方给你招手，你都没有看到。看看你现在心不在焉的模样。”

菲利普吃惊地看着面前的威尔金森小姐。

“我来迎你一下。”

“还是你知道体贴人。”

“没有吓到你吧？”

“一点点。”他直言不讳地说。

后来，他真的给海沃德写了一封信，足足有八页之多。

很快，剩下的两周时间快要结束了。每天晚上，他俩照例在晚饭后来花园溜达散步。每次威尔金森小姐总会抱怨时间过得太快，而菲利普的激情丝毫没有减退。有一次，威尔金森小姐突然说想把柏林的工作辞掉，然后在伦敦找份工作，这样就不用过分居两地的生活了。菲利普嘴上说那当然最好啦，可他的心里对之毫不在乎，甚至想着开始更加美妙的新生活，当然最好是跟以前没有任何的瓜葛。在他说以后的想法时，可能是说得有些随便，让威尔金森小姐听了有些难过，明显觉察出他想的跟自己的完全不一样，巴不得赶紧离开这里呢。

“你竟用这样的语气跟我说话，说明你压根就不爱我。”她哭了。

菲利普大吃一惊，赶紧闭嘴。

“我太傻了。”她嘟囔了一句。

万万没想到，眼前的女人竟然哭起来了，菲利普是个软心肠，见不得别人掉眼泪。

“真对不起，你先别哭，我哪里惹你生气了？”

“菲利普，别丢下我不管。你知道吗？对我而言，你太重要了，是你让不幸的我重新收获了幸福。”

菲利普没有说话，一直吻着她的脸，心里却害怕起来。他完全没有料到威尔金森小姐会说出掏心窝子的话，并且声音里充满了惊慌和痛苦，跟以往闹着玩的截然不同。

“我知道你很爱我，我当然期待着你能来伦敦生活呀。”

“可是，你知道吗？伦敦的工作很不好找，并且我也不喜欢伦敦的生活。”

她的悲苦不幸深深地打动了菲利普，他再也不在乎自己究竟是什么样的身份，而是紧紧地抱着她，热情地吻着她，这一次他完全发自内心。

不过，后来，威尔金森小姐终于受不了菲利普对她的态度，跟他当众闹了一番。那天，有一场网球聚会在家里举行。其中，来了两位漂亮的年轻女孩，姐妹俩的父亲曾经是印度驻军的少校，现在退休在家。一家人也是刚搬到布莱克斯泰勃住。两姐妹长得都很俊俏，大的跟菲利普一样大，小的比姐姐小两岁。在年轻男子跟前，她俩好不拘束，并且还能说出有关印度的各种新鲜事（拉迪亚德·吉卜林的短篇小说在当时可谓是洛阳纸贵，供不应求）。要知道，布莱克斯泰勃当地的年轻姑娘对待牧师的侄子都很客气，而今天来的这两位年轻貌美的女子跟他嬉笑打闹，毫无生分可言，这让菲利普充满新鲜感，瞬间变得活跃起来。更甚的是，菲利普也许是浪鬼附体，竟跟她们眉来眼去。这儿的年轻人只有他一个男性，所以姐妹二人很主动地凑到他的身边。菲利普听说这两人的网球打得也挺好，而威尔金森小姐刚开始学习打网球，菲利普觉得跟她在一起打球没有什么意思，因此在安排对阵的时候，他建议第一局由威尔金森小姐跟副牧师一组，对阵副牧师太太，后来的一局由他对阵年轻的两姐妹。随后，他走到奥康纳小姐旁边，低声对她说：

“先让那个菜鸟淘汰掉，然后我们再甩开膀子玩上一场。”

没有想到，威尔金森小姐也在仔细注意着菲利普的一举一动，并且还听到了菲利普的话，当时心里就怒了，将球拍往地上一摔，借口头疼，转身就走了。

在场的人都能看出她是发火才离开的。菲利普也很恼火，觉得她不应该当众闹情绪。很快，他们重新安排了阵容。没多久，凯里太太来了，叫住菲利普。

“菲利普，你怎么又招惹埃米莉了？她回屋里，就抱头痛哭起来。你还是去看看吧。”

“她为什么哭呢？”

“好像是菜鸟什么的，具体我没有听清楚。你快去给她道个歉，好好劝劝她。快点，找她去！”

“那好吧。”

他辞别众人，来到威尔金森小姐的门口。敲敲门，里面没有应声，他干脆直接开门进去了。她正趴在床上，呜呜地哭着。菲利普轻轻地推了一下她，问道：

“你到底怎么了？”

“你别管，我不想跟你说话。”

“我又惹着你啦，是不是？我向你道歉，不该伤你心。其实我也不是有意的，请你原谅。快起来吧。”

“我的命真苦呀，没有想到你会如此对我。你应该知道，我并不喜欢打网球，今天之所以玩这个，还不是因为想和你在一起嘛。”

说完，她起身走到梳妆台前，看了一眼镜子中的自己，然后失落地倒进椅子里，并将手帕揉成团儿，然后轻轻地擦干眼角的眼泪。

“我已经把最珍贵的东西给你了，没有想到你一点儿也不珍惜，更别提什么感激之情了。我真是好傻呀！你这个没良心的，竟会这么狠心，根本没把我放在眼里，跟那两个浪蹄子卿卿我我。你要知道，我们在一起的时间也就一个多星期了，你都没有想过趁此机会好好陪陪我吗？”

菲利普一声不吭，只是沉着脸，站在一旁看着她，心里觉得她的行为很滑稽，不过还在为她当众闹情绪而恼火。

“其实，你是想多了。那两位小姐对我来说一点兴趣都没有。你是哪只眼睛看到我喜欢她们了？”

威尔金森小姐停止擦拭眼泪，深情地注视着菲利普。她的脸蛋也花了，头发也乱了，连身上的白裙子也嫌弃她了。

“还用看嘛。你们年龄相仿，都还年轻，而我已经老了。”她声音沙哑地说道。

听着她悲凉可怜的声音，菲利普满脸通红，将头扭向一边，避开她的眼睛，心里的滋味无从说起。此时，他后悔极了，怨恨自己真不应该跟威尔金森小姐有这层关系。

“我也不希望你伤心，”他说，“我觉得你最好还是出去招呼一下朋友们，因为他们现在还不知道你到底怎么样了。”

“好吧。”

顿时，菲利普觉得轻松多了，终于能清静一下了。

他们之间的这一次别扭也算是解决了。但是接下来的一个多星期，菲利普过得相当郁闷。现在他想谈论的是今后要干什么，可是每到这个话题，威尔金森小姐就会伤心哭泣。刚开始，她的眼泪让菲利普觉得自己薄情寡义，于是会让她知晓他的爱永不会变。可时间一长，菲利普倒是心生厌恶：假如她还年轻，经常哭哭啼啼的，还能说得过去，可她是一个将近四十岁的人了，如果还这个样子，简直是不可理喻。威尔金森小姐曾多次告诉他，他亏欠她的，这辈子甭指望还清了。既然她这样说了，菲利普觉得自己没有必要争辩了。但他不明白，为什么是自己欠她的，而不是反过来。她经常提醒菲利普不要忘记她的恩情，需要履行情人的多方面的义务，这个真把菲利普累惨了。菲利普习惯于孑然一身，尤其是现在都更让他觉得是奢望，因为威尔金森小姐整天要他陪着，并且还得唯命是从，要不就是薄情寡义、狼心狗肺。有一次，那两位年轻姐妹邀请他俩一起去喝茶，菲利普欣然答应了，但是威尔金森小姐却借故不去，还不让菲利普同去，理由是再有五天他们即将分开，这个时候应该始终待在一起。这些话听起来的确甜美浪漫，但是真正做起来却烦得要死。威尔金森小姐经常絮叨，法国的男人跟漂亮女人恋爱，就像他俩这样，对女人的照顾一定会细致入微。她经常夸奖法国男人热情、潇洒，体贴入微。看来，她的要求还真不低。

听完威尔金森小姐提出的种种要求，菲利普暗自庆幸：还好以后不会住在同一个地方。

“你到伦敦后，记得给我写信，并且是每天都要写，因为我要掌控你的一切情况，包括说的、做的，都得让我知道。”

“到时候忙起来，这个我可保证不了。但是，只要有空，我一定尽可能多地给你写信……”

还没等菲利普说完，她就伸开双臂紧紧地搂住菲利普的脖子。菲利普有时候真想避开这种主动的爱情攻势，因为他宁愿威尔金森小姐处于被动，别做得那么直接，要不然他不仅无法接受这种如饥似渴的女性，还让他有些狼狈不堪。

时间总算到了，威尔金森小姐该动身回柏林了。当天，她下楼吃饭时垂头丧气，面如死灰。她身上那件时间不短的黑白格子旅行服，正好配得上她家庭女教师的身份。菲利普一声不吭，他不清楚该怎样说话才不会惹到威尔金森小姐，以免她在牧师面前大闹一番。前一天晚上，两人已经哭着做了告别，今天应该没有单独相处的机会，菲利普倒觉得省了不少心。吃过早饭，为了避免威尔金森小姐不顾一切地亲他，菲利普一直坐在餐室里，主要还是不想让玛丽·安撞见。那个妇人已到中年，牙尖嘴利，不容易摆平。再说了，她很讨厌威尔金森小姐，暗地里还叫她老馋猫。凯里太太碰巧身体不好，无法亲自到车站送她，只好让凯里先生和菲利普去送了。火车快走了。她从窗口伸头吻了一下凯里先生。

“菲利普，来吧，我们也告个别吧。”她说。

“当然。”菲利普红着脸说。

站在车外的菲利普直着身子，坐在火车里的威尔金森小姐探出身子，两人快速地吻了一下。火车开始走了，威尔金森小姐收回身子，沮丧地坐在位子上，眼泪顿时失去了控制。

凯里伯侄二人朝牧师公馆走去。在回来的路上，菲利普有种卸掉重担的感觉，一下子轻松了。

“她坐上火车了？”

见到二人走进屋里，路易莎伯母便问道。

“那当然。不过，她哭得像个泪人儿，还硬是跟我和菲利普吻别。”

“是吗？她现在这个年纪，吻别也不算什么。”说完，她指着餐具柜说：“菲利普，你有封信，刚寄来的。”

菲利普拆开信封，原来是海沃德的回信，内容如下：

亲爱的兄弟：

很高兴收到你的来信。看完你的信，我马上写了这封回信。未经你的允许，我便将信中的内容念给朋友听，希望你不要介意。

这位挚友，也是一位漂亮女人，并且对文学艺术，她有精湛的鉴赏能力。我非常感激她的帮助和付出。我们一起阅读你的来信，一致认为你的文笔感情丰富，饱含诗意，能完全感受到你内心的真挚情感，充满了羡煞旁人的浪漫和温馨。你正处在热恋之中，你的气质更像一位诗人。说实话，你那种狂热的激情和真实的感情交织在一起，就像拨动着令人心动的琴弦，让我感到震撼，深深地被打动了。

现在的你应该很幸福！真令人羡慕！我渴望着能目睹那种场景：你们在那个开满红玫瑰的花园里散步，像扎弗尼斯和赫洛[1]一样，十指相扣，悠然地漂浮在花丛中。你，扎弗尼斯，热情奔放，眼睛里放射出强烈的光芒，似乎要穿透她的心房；而赫洛，你的恋人，此时正依偎在你的身边，含羞待放，温文尔雅。花园里鲜花盛放，有玫瑰、紫罗兰，还有忍冬花，香气扑鼻而来，沁人心脾！哦，我的朋友，整个场景真是太浪漫了。

没想到你第一次就遇到这么真挚、清纯的爱情，真让人羡慕，并为之高兴。兄弟，好好珍惜这段美好的时光吧，伟大的爱情之神对你如此眷顾，送给你一份世界上弥足珍贵的礼物——初恋。它给你带来了幸福美好的经历，这段经历将会永远陪着你直至终老。再没有什么东西能比初恋更让你欣喜若狂、魂牵梦绕，这就是它弥足珍贵的地方；她的俊俏，你的潇洒，让你们眼中只有彼此，仿佛这个世界只属于你们两个。你在信中对我肝胆相照，毫不掩饰内心的情感，坦然地告诉我你愿意把自己藏在她的秀发里，当时我的心就沸腾了，简直是羡慕不已。我可以断定，你的赫洛的秀发一定是悠长飘逸、香气四溢，是不是更像一垂而下的金色瀑布？我想象着你俩如胶似漆地坐在树荫下，一起拿着《罗密欧与朱丽叶》。接着你俯身跪在地上，代我向她经过的每一个地方致以崇高的敬意，从而表达我——一个浪漫主义诗人，对她的感谢，以及对你们坚贞爱情的钦佩。

你永远的朋友
G. 埃思里奇·海沃德

“简直就是胡说八道！”菲利普看完信，说了一句。难道是巧合？威尔金森小姐曾提出让菲利普陪她一起看《罗密欧与朱丽叶》，

[1] 在古希腊神话中，西西里牧羊人扎弗尼斯和谷物女神赫洛发生了爱情。

被他当场驳回了。菲利普将信件放回口袋，突然心里涌出一股不可名状的酸涩，没有想到梦想跟现实竟有如此悬殊的差距。

36

又过了几天，菲利普动身去了伦敦。在副牧师的建议下，菲利普准备住在巴恩斯，于是给那里写了封信，找到一所住处，租金是十四个先令一周。直到黄昏降临，菲利普才到达那个地方，见到了房东。这个老太太看上去有点奇怪，个子不高且很瘦，脸上爬满了密密麻麻的皱纹。简单的晚餐已经为菲利普准备好了。菲利普走进客厅，发现地方不大，但基本上被家具占满了：里面摆放着餐具柜、一张方桌，靠墙摆着一张沙发，壁炉边有把椅子，用白罩布包着靠背，上面还有坐垫。饭后，菲利普走进自己的房间，开始整理行李。将书籍摆放好后，坐下来打开一本书，可是无法静下心来读书。菲利普静静地听着外面，一点儿声音都没有，心里有点惴惴不安，感觉这个地方过于清静了。

第二天，菲利普起得很早，今天是第一次去事务所，自然注重自己的形象。他穿上燕尾服，戴上那顶以前在学校念书时戴的帽子。这个帽子时间久了，看上去很寒酸，菲利普决定在去事务所的路上再买一顶新的。等换了一顶新帽子后，离事务所开门的时间还早着呢，菲利普就来到河边，慢慢悠悠地溜达着。菲利普只是隐隐约约记得赫伯特·卡特先生公司的事务所位于一条小街道上，离法院街不远，但是如何去那里，他还得麻烦路人。他一边走，一边向过往的路人打听。奇怪的是，菲利普老觉得那些人一直盯着自己看，这让他有些疑惑。他把帽子摘下，仔细检查是不是商标没有去掉，但是没有发现。经过一番周折，终于到了。他上前去敲门，没有任何回应。难道是来得早了？当时已经九点半了。他随即转身离开，过了十分钟左右，再次来到门口敲门，这时一个伙计把门打开了。这个小伙子年纪不大，鼻子挺长，脸上长满了青春痘，操着一口苏格兰腔调。菲利普向他询问赫伯特·卡特先生有没有来，他说还没有来。

“平时他都几点到这儿？”

“一般都在十点半之前。”

“那好吧，我就在这儿等他吧。”

“您找他有什么事吗？”打杂的问。

听到问话，菲利普有点心神不宁。“要是您没有意见的话，我将在这里上班。”菲利普跟他开个玩笑，想让自己放松些。

“原来，我听说的实习生就是你呀。快请进！过一会儿，古德沃西先生就来了。”

进入事务所后，菲利普边走边跟那人交谈，得知他叫麦克道格尔，年龄跟自己差不多，现在是初级书记员。菲利普发觉麦克道格尔一直惊讶地盯着自己的那只脚，这让他很不自在，脸都红了。菲利普赶紧找地方坐下，并习惯性地把那只跛足藏起来。菲利普四下打量了一下这个房间：屋内昏暗、凌乱，仅有的几缕光线从天窗漏进来；办公桌摆放了三排，每个桌子旁边配了一把凳子；一幅脏兮兮的图画放在壁炉架上，但还能辨认出那是一场拳击比赛的画面。随后，工作人员接二连三地来了。当他们从菲利普旁边经过时，都会看他一下，然后私下里问麦克道格尔这个人是干什么的。突然，一声口哨在屋里响起。麦克道格尔忙站起来对菲利普说：

“他到了。他是这里的主要负责人。你看，用不用我先给他说一声您已经来了。”

“那就麻烦您了！”菲利普说。

那个伙计找到主管，征得同意后，回身来到菲利普跟前。

“先生，请来这边。”

于是，在他的引领下，菲利普经过一段走廊，然后来到一个小房间。屋内没有什么摆设，显得很空荡。一个男子站在那里，背对着壁炉。他个子很矮，远不到中等身高；大大的脑袋，松松垮垮的脸蛋儿，几乎看不到脖子，好像整个脑袋直接长在肩膀上似的；长相不堪入目：皮肤蜡黄，面部扁平而五官散得挺开，一双鼓鼓的金鱼眼黯淡无光，所剩不多的头发有黄有红，脸上的胡子看着像是好几天都没有打理了。见到人进来了，他很礼貌地跟菲利普握手，同时笑了一下，满口黄牙让菲利普大吃一惊。说话的时候，他的神态有点胆怯，好像明白自己渺小的地位，但又要摆出一副与众不同的

样子。后来他还提到希望菲利普能喜欢这个职业，不过干这行时间长了，难免会有些厌倦，只要坚持下去，习惯以后，就会觉得还是挺有意义的，毕竟这个行当相当赚钱，这个也是坚持的动力。说完这些，他狡黠地笑了，脸上的表情既有自大，也透着自卑。

“今天是周一，卡特先生有时会来得稍晚一些，按说他该来了。”他说，“如果他到了，我会通知你。现在先给你安排点事情做吧。以前，你学过或者干过记账之类的事情吗？”

“没有接触过这类的事情。”菲利普回答。

“没事，在我的意料之中，毕竟很少有学校教大家这些商业中很管用的学问，”他想了一会儿，说，“不过有些事情，你还是可以做的。”

说完，他出门去了旁边的屋子，没多久就从那里搬着个凌乱地塞满了信件的大纸箱过来。菲利普接下来要做的事情就是把这些信件按照写信人姓氏的字母顺序分类整理。

“来吧，我带你去实习生的办公室。那里有一个很不错的年轻人，名字叫华生，他的父亲是华生·克莱格·汤普森公司的老板。那个公司你知道吗？从事酿酒行业。他在这儿实习一年时间。”

在去实习生办公室的路上，菲利普打门口那个昏暗凌乱、邋遢不堪的办公室经过，看到有不少职员已经来了。然后，他进到靠里的一个小房间。菲利普看得出来，这个房间跟刚才的房间被一道玻璃隔开。里面有一个年轻人，想必就是华生，但见他体格魁梧、壮实，衣着得体。他正靠着椅子看杂志。觉察到有人进来，华生抬起头，直接称呼主管的名字，可以看出他的背景不一般。主管并不在意，而直接称呼他为华生先生，可是这个小伙并不以为这仅仅是个称呼，而当成了别人恭维他有绅士气质时的称谓。

主管给菲利普交代后就走了，屋里只剩下他们俩。

“我觉得，里哥雷托已经被他们拉出比赛。”他突然对菲利普说。

“什么呀？”菲利普一头雾水。毕竟他从没有接触过赛马。

看到华生得体名贵的穿着，菲利普不禁暗暗佩服。他穿着修身的燕尾服，戴着一个大领结，上面还别着饰针，这枚饰针看着就不便宜。壁炉架上有顶时髦的礼帽，上窄下宽，应该是他的。站在他的面前，菲利普有点自卑。两人你来我往地交谈着，当华生谈到狩猎时，开始埋怨在这个地方没什么前途，简直是浪费时间，每周只能周六出去打猎，实在是糟糕。随后，他将话题转移到了射击，说全国各地一封封的邀请信向他飞来，他自然是很兴奋，但又不得不忍痛谢绝，究其原因，还是因为这个工作，但好一点儿的是，他在这个地方也就一年的时间，随后就去闯荡了。从此，他就舒服了，每星期有四天用来打猎，此外，还要加入各地射击比赛的行列。那才是生活。

“听说，你得在这个地方待上五年，是不是？”他边说边朝屋子里挥了一下手臂。

“是这样的。”菲利普说。

“等我走后，咱们还有机会见面的。卡特现在是我家的财务委托人，想必这个你也知道吧。”

这位年轻人目中无人的架势完全把菲利普给镇住了。以前在布莱克斯泰勃的时候，大家对酿酒业的态度，虽然没有嘲笑讥讽，但骨子里是瞧不起他们的。凯里先生还经常开他们的玩笑。但是菲利普觉得如今的情势与以往不同，面前这位不可一世、体面潇洒的华生就是见证，这完全出乎他的意料。这位绅士在聊天时，多次提到温彻斯特公学和牛津大学是他的母校，所以菲利普的印象特别深刻。当菲利普给他讲了自己曲折的教育经历后，华生的神气劲儿更足了。

“如果没有这种学习经历，是不是觉得这些学校都是令人向往的知名高校哇？”

菲利普没有接他的话，而是转移了话题，打听这里面的其他人怎么样。

“这个别问我，我哪有时间浪费在这些人身上，”华生说，“不过，卡特这个人还有点意思，偶尔请他吃顿饭也是值得的。至于其他人，别提了，都是些饭桶。”

说完，他开始忙碌他的工作，菲利普也开始干自己的事情。过了一会儿，古德沃西先生通知菲利普，卡特先生来了。菲利普跟着他来到一个大房间，在古德沃西先生办公室的旁边。这个房间摆设还算可以：一张大桌子，两把椅子；屋里铺着土耳其地毯，墙面上挂着体育方面的图片。卡特先生正在整理他的办公桌，看到他们进屋，主动热情地握住菲利普的手。寒暄过程中，菲利普打量了一下卡特：他身上穿着一件跟军人一样的大衣；胡子油光发亮，像是抹过蜡；头发灰白，但收拾得很利索；站立的时候，精神矍铄，意气风发；说话的时候，口齿伶俐，有说有笑的，兴致也很高。他请菲利普坐下，很随和地同菲利普聊天，并告诉他古德沃西先生为人很好，一定会善待他；华生那小伙子人也挺好，有骑士风度，擅长打猎。接着问菲利普是否打猎，看到菲利普摇头，随即说，实在是可惜，错过了上等人的一种乐子。更可惜的是，他也很少玩这个，现在只能把机会留给他的儿子。提起他的儿子，他神采飞扬，赞不绝口。他儿子很擅长打猎，如今正在剑桥念书，之前在拉格比公学念书，从那所学校出来的学生都是德才兼备的人物。他计划着等儿子毕业后，也安排到这里实习，到时候菲利普就有伴儿了，到时候希望菲利普跟他好好相处。然后，谈起菲利普的工作，卡特先生说这个行业正处于发展壮大时期，正值用人之际，希望菲利普能努力学习，喜欢干这一行，还提醒菲利普记得参加他给实习生教授的业务课。

“好了，有什么事情还需要了解的，直接找古德沃西先生就可以，他会告诉你的，你的工作也由他具体安排。”

菲利普被他这种风流倜傥的绅士风度给折服了。在英国东部，怎样才算得上是上等人，这是大家有目共睹的。

后来，菲利普还了解到，卡特先生在恩弗尔德居住，热爱体育，非常喜欢有趣的田园生活。他曾在哈福德郡义勇骑兵队里服役，是个军官，后来加入保守党，成为协会负责人。当地一位富豪瞧不起他，曾嘲笑他说，他就是个乡巴佬，没有人能看出他住在伦敦城里。他知道后，心中窃喜，前半辈子过得挺值。

37

刚开始，菲利普对这份工作充满了新鲜感，干什么都有心劲。他的主要工作是抄写财务报表，跟别人一起去查账。

卡特先生的想法是让事务所的档次逐步提升，所以他不喜欢搞文字、速记之类的工作。在这个事务所里，如今只有杂工古德沃西先生还在用速记这项本领。通常，事务所的一位前辈带着菲利普去查某家商行的账，慢慢地他摸索出了一些门道：哪些客户经济状况良好，要真诚相待；而哪些客户处境艰难，经济拮据。每次查账，菲利普都会收到顾客提供给他的账目，然后他再统计整理。为了能在第一次考试中取得好成绩，菲利普还得坚持上课。菲利普一直记得古德沃西先生曾多次告诉他的话：这个行业起初觉得无聊乏味，但只要坚持，渐渐地就习以为常了。每天下午六点，菲利普准时下班，然后步行回住处。等回到公寓，晚饭已经做好了。晚饭后，菲利普回屋看书，不再出去。到了周六，他会在下午去一趟国家美术馆。海沃德曾推荐给他一本根据罗斯金的作品编成的游览指南。菲利普在这个游览指南的引导下，不停辗转于各个陈列室：首先，罗斯金对某幅名画的评论被菲利普费力地攻读下来，然后他按照指南的指示找到这幅画，接下来他进入鉴赏画面的阶段，一直待到他找出该画的内涵为止。到了周日，他就难以打发这一天的时间了。迄今为止，他在这里还没有交到朋友，只能孤零零地熬过这一天。有一次，在律师尼克逊先生的邀请下，菲利普去汉普斯泰德赴约。这一天，菲利普的周围都是一群充满活力的生面孔，但他过得很愉快。吃过饭后，他们还去公园里散步。等离开时，主人礼貌性地给他说以后有时间可以常来玩，菲利普很爽快地答应了。到了后来，菲利普还想去玩，但考虑到自己若贸然前往可能会影响他家的正常生活，所以静等邀请。当然，他根本不会等到，因为每到星期天，好多亲朋好友都聚在尼克逊家，所以他根本就想不到菲利普这个人，更不在乎他初来乍到，有没有觉得孤独之类的。所以，到了这一天，菲利普总是起床很晚，然后来到河边溜达。泰晤士河流经巴恩斯这段时，水变得很脏，并且这段距海很近，河水会随着海潮起起落落。船闸上游有绚丽多姿的景色，伦敦大桥下有波澜壮阔的胜景，而这里几乎没有什么美景。到了下午，菲利普来到开放的草地。这里既没有乡村的宁静，也不及城镇的繁华，并且到处是灰蒙蒙的，显得很脏；唯一值得观赏的金雀花长势还不好；放眼望去，到处都是人们丢弃的垃圾，显得脏乱不堪。来到这一带，菲利普备感孤寂。他从博物馆出来，赶到这个点，如果去咖啡馆吃饭为时尚早，但要是再回巴恩斯一趟又划不来。他犹豫着这段时间如何打发呢。菲利普要么无聊地沿证券街走一段，要么去伯林顿拱道上溜一会儿；如果累了，便在公园里坐着休息；要是赶上下雨，就躲进圣马丁街的公共图书馆，在那里翻一会儿书。走在路上，看着来来往往的过客，三五成群，有说有笑的，菲利普心里非常羡慕，甚至达到嫉妒的地步。看着他们欢天喜地聚在一起，而自己待在这座大城市里孤苦无依，菲利普心里别提有多难受了。看戏时，旁边的观众想跟他聊一下感受，但是菲利普却产生怀疑，不愿意搭理他，让对方觉得很尴尬，无法往下说。节目结束后，他是满肚子的观后感无人诉说，只能闷在自己的心里，急匆匆赶回滑铁卢区。回到寓所后，看着简陋的摆设，连个火都没有，想着自己的处境，菲利普觉得悲凉极了，如此寂寞凄凉的生活真受不了。渐渐地，他对公寓产生了厌恶之感，对寂寞难耐的长夜产生了厌恶。好多次，菲利普心神不宁，心里孤寂伤心，无心看书，傻傻地坐着，两只眼睛愣愣地盯着壁炉，心里的悲苦无从说起。

他来伦敦有三个月之久了，很少跟别人交谈，偶尔会跟同事们攀谈几句，除了那次在汉普斯泰德热闹的场面。某个晚上，菲利普陪华生出去吃饭。晚饭后，两人又去杂耍剧场看节目。菲利普觉得有些胆怯，跟华生在一起有点不自在。整个晚上，华生天南地北乱说一通，不过他说的话题都没有引起菲利普的兴趣。菲利普觉得，华生这个人，虽然算不上上流人士，但有许多值得他羡慕的地方；不过，令菲利普气愤的是，华生完全看不上他的文学修养，反而相信别人对菲利普的评价。也许受此影响，菲利普也开始对自己自以为了不起的学问不屑一顾，甚至产生厌恶之情。菲利普第一次感觉到贫穷给他带来了自卑。他每月能收到大伯寄来的十四英镑，这笔钱囊括了他一个月的衣食住行。他咬咬牙才舍得花五畿尼买了一件晚礼服，他还不想让华生知道这件衣服是从河滨街买来的，因为怕他笑话，记得华生曾跟他说过，整个伦敦只有一家算得上是真正的裁缝店。

有一次，华生瞅着菲利普的跛足，说道："你应该不会跳舞吧。"

"是的，我没跳过。"菲利普说。

“那就太可惜了。有一个舞会，正在托我约几个人参加。你知道吗，舞会上可以认识一些漂亮的女孩子。可惜你不会，要不然我一定带你去。”

还有几次，菲利普实在是无聊极了，特别不愿意回到巴恩斯，于是深夜时分他还在市区晃着。突然，他的眼前出现一个豪宅，里面应该正准备聚会。他悄悄地混了进去，故意让仆人挡住，看着陆陆续续前来的宾客，听着美妙的音乐。有时，他会见到一对不怕寒冷的男女站在阳台上，说说笑笑。菲利普认为那两个人应该是一对恋人。他实在受不了眼前的景象了，心情变得很沉重，随即转身离开了这个地方。他想到那个男的找到了爱情，而自己可能永远也没有那样的机会，因为没有女人会不嫌弃他的跛足而真心喜欢他。

他突然想到了威尔金森小姐，即便是这样，心里也没有觉得幸福。记得两人离别时约定：她先把信寄到切尔林克罗斯邮局，待菲利普告诉她确切地址之后，再按新地址寄信。菲利普到这个邮局，竟收到了三封信，全部是威尔金森小姐寄来的。信的内容是用法语写的紫色的字，用的是蓝信笺。这让菲利普不理解，为什么她不用英语呢？菲利普看到信里面充满对他的爱意，但他并不动心，在他看来里面的内容跟法国小说很像。信中还埋怨菲利普没有给她写信。菲利普给她回信时，借口自己工作太忙，没能及时回信，可是开头的称谓让他有些犯难。“最亲爱的”或“心肝宝贝”等让他浑身起鸡皮疙瘩，“埃米莉”更不行。他最终决定用“亲爱的”。虽然这个看上去有点傻，有点别扭，但他觉得这个很合适。这封情书是他平生写的第一封，但里面的内容还没有给海沃德的那封有激情，从头到尾是平铺直叙，味同嚼蜡。他也觉得，情书应该充满炙热的感情，比如，无时无刻不在想她，如饥似渴地想亲吻她那性感娇艳的嘴唇，想起她心里就激动不已，备感寂寞，等等。但是，菲利普心中固有的胆怯羞涩，让他退却了，而是给她描述着住处和工作的情况。等再次收到她的回信，字里行间充满了愤怒和责备：说菲利普太狠心！完全不顾及她苦苦等待回信的感受。菲利普得到了她的全部，可是她却落得这个下场。她开始怀疑菲利普已经厌烦她了。菲利普看信后，没有马上回信。而威尔金森小姐的信件像潮水一样涌来，内容大体相同，不是指责，就是训斥：菲利普的冷酷无情快要把她逼疯了；她整日里期待着收到菲利普的回信，可惜是竹篮打水一场空；每天晚上，她做梦都在流泪；如果菲利普不爱她了，为什么不明说呢？但是如果菲利普离开她，她就活不下去了，不如死了算了。每封信都是用法语写的，菲利普觉得她是故意在显摆她的法语。但无论怎么说，菲利普被这些信件都弄得不得安宁，整天忧心忡忡的。有一次，菲利普收到来信，里面说到威尔金森小姐实在无法忍受这种两地分居的痛苦，打算趁圣诞节假期来伦敦找菲利普。菲利普看后大吃一惊，赶紧回信说，真的特别期望她的到来，只可惜早已跟朋友们约好圣诞节在外面过，不好意思改变主意。她随即回信，说很明显是菲利普不想见她，这让她非常伤心，完全没有料到菲利普会如此冷酷，而自己还傻傻地对他一往情深。信笺上还能看到许多泪痕。菲利普看完，心潮澎湃，赶紧回信，请求她的原谅，并殷切地盼着她的到来。当再次收到回信后，菲利普内心才轻松些，信中说她没有时间来伦敦。从此，菲利普不愿意甚至讨厌看她的来信，因为他知道信中大体内容：先是劈头盖脸一通埋怨指责，接着就是哭诉她的相思之苦，最后是苦苦哀求，希望菲利普多关心她，永不变心。时间久了，菲利普都觉得自己就是一个薄情寡义之人，但自己也没有发现应该指责的地方。菲利普迟迟没有回信，只是一个劲儿地拖延。后来他收到一封信，信里说她生病了，身边无人照料，现在非常凄凉。

“我的神呀，真是后悔当初一时冲动，跟她结下了如此的孽缘！”菲利普心里暗暗叫苦。

在男女之事上，菲利普很佩服华生。华生遇到此类事情，绝对是快刀斩乱麻。华生曾跟菲利普讲了一个他跟剧团小姑娘之间的事情，让菲利普又吃惊又佩服。花心的华生对那位姑娘有些厌倦了，就打算跟她分手。这个桥段是华生亲口说给菲利普听的。

“我觉得这种事情决不能犹犹豫豫，应该快刀斩乱麻。我就直接对那个姑娘说：‘我对你没兴趣了，分手吧。’”华生说。

“她就平静地同意了？”菲利普疑惑地问。

“哪能呢，免不了要大吵大闹啦。可是我跟她说，这个对我没有用！”

“她哭没有？”

“哭是难免的。我最烦那些动不动就泪流满面的女人。所以，看到她哭，我顿时火了，直接对她说：‘别再纠缠了，赶紧分手吧。’”

“后来呢，她一声不吭就走了？”菲利普笑了。（菲利普的幽默感随年龄的增长也变得越来越强烈了。）

“那她还能怎样？只能走了。”

马上要到圣诞节了。前些日子，凯里太太身体一直不好。凯里夫妇接受医生的建议，他俩要在康威尔待上一段时间，让凯里太太在那儿养养身子，所以圣诞节也就在那里过了。既然如此，菲利普没有必要回家了，但他一时没想到合适的地方，只能待在公寓里过节了。不知是受海沃德的影响，还是出于无奈，菲利普也觉得圣诞节时搞的活动没啥意思。菲利普决定这个节日他不过了。但是，到了圣诞节这一天，看到周围的人们都欢天喜地地庆祝节日，每家每户都在为节日忙碌着，菲利普心里禁不住孤单惆怅起来。当天，房东家已出嫁的女儿回来了，全家聚在一起过节。菲利普为避免尴尬和麻烦，主动提出不在公寓里吃饭了。他动身前往伦敦市区，到的时候差不多都中午了。他来到凯蒂餐厅，要了一片火鸡和一个圣诞节布丁。吃完饭，他无事可做，突然想到西敏寺，可以去那里做祷告。大街上，冷冷清清的，偶尔见到一两个人也是匆忙走过。除他之外，再没有人在街上漫无目的地溜达。菲利普羡慕他们，认为他们都有福气，而自己孑然一身，连说话的人都没有，心里那种悲苦凄凉比以往任何时候都要强烈。原本计划就这样溜达一天，可是大街小巷充满了人们的欢声笑语，让菲利普难以忍受内心的煎熬，无奈他只好回到滑铁卢区。他顺路买了些吃的，就回到巴恩斯的小屋里。整个下午，他待在清冷的房间里，饿了就随便吃点买来的东西。到了晚上，他想看会儿书。可是，在昏黄的房间里，他心中的惆怅无处诉说。

假期过后，大家重来上班。华生还在回味节日里的种种乐事。菲利普越听越难受。华生说节日里，有几个俊俏开朗的姑娘去他家了。他们在晚饭后开了一个疯狂的舞会。

“直到凌晨三点，我才上床睡觉。那天，我喝大发了，怎么上的床我都不记得了。”

菲利普在难受的同时，也很羡慕华生。他终于忍不住了，鼓起勇气，唐突地问道：

“在这个地方，怎样才能交到朋友呢？”

听到他的话，华生满脸的惊讶，同时还带着一点儿不屑之神色。

“怎么说呢，其实也不难。比如说，经常参加舞会，这样就很容易结识朋友，只要你有精力，想认识多少就能认识多少。”

尽管菲利普不太喜欢华生，但现在更愿意过他那样的生活，甚至不惜一切代价都愿意。他感觉又回到了当年在学校的样子，失去自我，把自己想象成别人，更羡慕别人的生活。

38

接近年底，事务所里需要处理的账务很多。事务所里的一个同事，叫汤普逊，经常带着菲利普四处忙着处理事务。这位同事瘦高个儿，有四十岁上下，脸色发青，头发和胡须都乱糟糟的，双颊深陷，脸上的皱纹密密麻麻的。菲利普每天干着同一件事，就是向汤普逊详细汇报账本上列出的各项开支，其中有些项目还需要先把数据加起来才能汇报。这个有点难为菲利普了，因为他天生不擅长数学。菲利普费尽心思把数据加起来，不光效率很低，有时还有好多错误。这让汤普逊很恼火，经常训斥菲利普。这位邋遢的办事员一直对菲利普抱有偏见，认为他也就是一个能付得起三百个畿尼的实习生，在这个地方混上五年以后，说不定还能出人头地；而自己要经验有经验，要能力有能力，而每月也就领到可怜巴巴的三十五先令，这一辈子也就是一个微不足道的办事员，终究没有出人头地的可能。他现在有好几个子女要养，生活的重担压在他的身上，连喘口气的机会都没有。所以他心里一直郁郁寡欢，脾气暴躁，动不动就火冒三丈。在菲利普的身上，他看到一些傲气，自然就有一些不忿，经常拿比他多念几年书的菲利普开涮。有时他对菲利普的发音感到可笑，嘲笑他没有伦敦腔。他跟菲利普在一起交谈，会学着菲利普的发音，把“h”的音故意发得很重，其实是在挖苦菲利普。刚开始，他只是看不惯菲利普而出言不逊，让菲利普不愿意搭理他；后来，发觉菲利普不适合也没这个能力干会计师这个行业，他便变本加厉，经常看他的笑话，还以此为乐。他采用的方式很没有水准，但每次都能深深地刺痛菲利普。时间一长，菲利普有点受不了了，不再顾及情面，开始想办法反击，在他的面前也显示出比他优越的一面。

菲利普对这份工作失去了激情，现在上班也不怎么守时了。有一次，菲利普上班来得晚了些。汤普逊嘲弄他：

“你今天早上是不是洗澡了？现在才来！”

“你怎么知道的。你洗没？”

“我没有那么金贵，当然不会每天都洗澡啦。我这个小职员哪，每周洗一次，趁星期六晚上有空。”

“哦，是这个样子呀。我说呢，你为什么星期一比平时更讨厌。原来如此呀！”

“别说这些没用的。来，麻烦您现在把这几笔款子加一下，然后报给我。不知道这个对于像您这种懂拉丁文和希腊文的上等人来说，算不算难为人？”

“你这句话，讽刺意味很强呀。很明显，说得没有什么水准。”

其实，菲利普心知肚明，这里的办事员，虽然收入不高，也不讲什么礼貌，但论能力都要强于自己，把事情办得井井有条。古德沃西先生也发现菲利普没有多大长进，心里有些不高兴。有一次，他找到菲利普。

“菲利普，这么长时间了，你还没有大的长进，跟那个打杂的相比，你还不如他呢。”

菲利普没有吭声，满脸的不悦。菲利普向来讨厌别人对他进行批评。他写的账目让古德沃西先生觉得不满意，这才让其他人重新弄，这都会让他觉得很难堪，而不是觉得惭愧。刚来这里的时候，一切都觉得很新鲜，遇到这样的事情，菲利普很快就能释怀。可是，时间一长，菲利普开始厌倦这份工作，并且他也认识到自己在这一方面的确不擅长，不由得对这份工作产生了憎恶之情。工作时间，他置分内的差事于不顾，整日里什么事情都不愿意干，把大把大把的时间都荒废在乱涂乱画上，同时也浪费了不少事务所的信笺。他

在信笺纸上，描绘了华生许多姿势的图画，这让华生对他的素描能力印象很深。有一次，华生突发奇想，带着这些画回家给家里人看。大家对这些画啧啧称赞。等再次上班见到菲利普，华生把家人的称赞讲给菲利普听。

“我在纳闷，你为什么不去当个画家呢？”华生说，“不过话又说回来，靠画画的确挣不了大钱。”

几天后，华生的父亲邀请卡特先生来家吃饭，在那里卡特也看到了那些画。到了第二天，菲利普刚开始上班，就被卡特先生请到办公室谈话。平时，菲利普很少有机会见到他，这个时候心里难免会有一些担心。

“小伙子，我不会干涉你下班之后都干了什么，但是你给华生画的素描，一是在工作时间画的，二来用的是咱们所里的信笺，这让我不得不有所追究，况且古德沃西先生也曾跟我反映过你近段的表现相当糟糕。你要明白，作为一个实习生，应该学得世故一些，多学学巴结领导，要不在将来很难有机会出人头地的。这个行当现在也是很体面的，正赶上扩大业务，需要吸纳大批的人才。不过，要想在这一行混出些名堂，至少学得……”他突然停住了，一时不知这里该怎么表达才算合适。很快，他顾不得太多了，想快些结束这次谈话，说：“就需要巴结着往上爬。”

还好来这儿工作之前双方约定，如果觉得不适合这项工作，待满一年后允许解约，并退回一半的学费，要不然菲利普还得在这儿继续干。菲利普觉得这个工作不太适合自己，希望找个有前途的工作。但是，令菲利普觉得难堪的是自己连这种低贱的事情都做不好。令他更为难受的，还是汤普逊的冷嘲热讽以及他们之间的嘴仗。到了三月份，华生要走了，因为他一年的实习期结束了。菲利普虽然对他没什么好感，但还是觉得挺舍不得的，毕竟他俩在事务所都不怎么招人喜欢，而且所处的阶层相当，比那些办事员要优越得多，这在无形之中已将二人绑在一起。菲利普每次想到还要花费四年的时间待在这里，天天面对着这群没有前途的同事们，心里顿时凉透了。记得刚来这里的时候，菲利普觉得在伦敦的生活应该是美好的，谁料至今没有多大的改变。他开始对这个城市产生憎恶之情：在这里，孑然一身的他，连个熟人都没有，更不清楚如何结交朋友。这种生活，他再也难以忍受了，不想再孤独地消磨时间。躺在床上的时候，他在想如果能离开这个讨厌的事务所，再也不用见到那些泛泛之辈，那应该过得比现在好得多。

春天到了，在菲利普身上发生了一件扫兴的事情：海沃德曾写信来说准备来伦敦踏春。为此，看到曙光的菲利普是满心期待，急切盼望他的到来。最近一段时间，菲利普看了许多书，他的脑子也让乱七八糟的想法搞得心烦意乱，正想找人聊以慰藉。菲利普扳着指头盘算着他的朋友，还没有发觉有哪位喜欢探讨抽象的东西。当知道他的知音要来伦敦的消息后，他心里别提有多高兴了。不料海沃德又来了封信，说今年的意大利难得遇到这么好的春天，不愿意就此错过，所以不打算去伦敦了。菲利普满腔的热情瞬间被浇上一盆冷水，那种滋味不堪忍受。海沃德在信中还邀请菲利普去意大利，出去看看世界的娇美，别整日里待在一个固定的地方，白白浪费大好时光。信中还写道：

“实在是想不明白，你怎么能忍受那样的生活。那个舰队街，还有那个林肯旅社，我现在想起来，咦……想想就想吐，浑身不舒服。我觉得，世界上能激励我们继续生活下去的也就两样东西：爱情和艺术。你每天待在办公室里，将头埋进账册之中，你在想什么？每天你是不是也戴着礼帽，拿把雨伞，掂着一个小黑包？这跟那些庸俗的人有什么区别？我一直觉得，我们的一生应该是一场冒险之旅，一团炙热的火焰始终在内心燃烧。人嘛，就要有冒险精神，不管前方如何，只管往前冲。我觉得你的艺术天赋还不错，可以考虑去巴黎施展你的才华。”

后面的话正说到菲利普的心坎上了。最近一段时间，菲利普也一直在考虑这个事情。刚开始有这个念头的时候，他也不敢相信，但是还是朝这方面想了很多，想改变自己目前不堪的境遇，这也许是最佳的选择了。况且，的确很多人都说过他在这方面很有天赋：记得在海德堡，教授太太的公寓里，好多人都对他的水彩画称赞不已；后来，威尔金森小姐也跟他说过这个意思，并着重提到他的画有种很讨人喜欢的气质。在这里，虽然华生一家跟他不熟，但对他

的素描还是啧啧称赞的。当他感到心里很压抑的时候，会翻上几页带来的《波希米亚人的生涯》，很快他的郁闷压抑瞬间化为乌有，仿佛自己也身临其境，来到让人醉生梦死的阁楼里，跟罗道夫他们一起打情骂俏，寻欢作乐。当初，他对伦敦充满好奇和向往，如今他对巴黎有同样的感觉。只要能去巴黎，不惜再经历一次人生的失败，因为他觉得巴黎才是他得到浪漫爱情生活的地方。既然自己喜欢画画，干脆去巴黎学画画，到时候也一样会有前途。接着，他把自己的想法写进信里，寄给威尔金森小姐，并询问在巴黎的费用情况。威尔金森小姐很快回信过来，说一年有个八十英镑应该没有问题，并积极支持菲利普的想法，鼓励他凭着才气，完全能成为一名大艺术家，的确不该在办公室虚度光阴，一辈子也就是一个小办事员，让谁都不甘心呀。信中还鼓励菲利普要充满自信，这点很重要。菲利普天生胆小，干什么都很谨慎。他知道自己没法跟海沃德相比，自然对海沃德的冒险精神有所怀疑。海沃德凭着手里的股票，每年能收入三百镑，而他自己的全部家当最多也就一千八百镑。他有些犹豫不决。

有时候真是无巧不成书。有一次，古德沃西先生找到菲利普，突然问他愿不愿意去趟巴黎。巴黎的圣奥诺雷区，有一家某英国公司开设的旅馆，委托他们的事务所管理账务。那个地方，以往都是古德沃西先生和另外一名办事员过去处理，一年会去上两次。而现在，这个办事员生病了，再加上这个时候正是事务所最忙的时候，大家都忙得不可开交，根本无暇顾及这边的事情。古德沃西先生思索再三，决定让菲利普去一趟，毕竟他在这里闲着也是闲着，并且双方合同中也明确提到他有权选择一些感兴趣的事情来做。菲利普接到这个消息后，当然是喜不自胜，满口答应。

“我们白天可能很忙，但是晚上就自由了。”古德沃西先生说，“巴黎毕竟与众不同嘛。”说完，他嘿嘿地笑了。接着，他继续说道：“我们就住在那个旅馆，里面的人会很友好地对待我们，并且服务也周到，吃饭住宿都免费，咱们不用花一分钱，费用全从旅馆出。所以，我特别愿意来巴黎。”

他们启程了。当到达加来港，看见一大群脚夫在比比画画，菲利普的心里随即游荡了。

“在这里，才算看到生活的真实模样。”他暗暗说道。

菲利普坐在正穿梭于乡间田野的火车上，两只眼睛直勾勾地盯着窗外，以免错过任何一个美景：成片的沙丘，起起伏伏，汇成一片沙海，让菲利普激动不已，他还是第一次见到如此美景；菲利普被眼前的一道道沟渠和一排排的白杨树深深吸引了。火车很快便到达巴黎北站，他们出门叫了一辆破旧的马车，坐上去，然后沿着铺满碎石头的马路朝目的地颠去。菲利普大口大口地呼吸着这里的空气，倍感芳醇，忘我地陶醉其中，几乎快要叫起来。当到达旅馆门口时，那儿的经理正站在门口等着迎接他俩。这位经理身材胖胖的，为人温和，英语也说得不错，跟古德沃西先生是老相识了。两人一见面，相互问候，十分亲近。在经理的陪同下，他们来到专门供经理吃饭的地方，这个时候经理太太也出现了。宴席很丰盛，土豆牛排、家常酒，都是菲利普从来没有吃过的、喝过的。

古德沃西先生，在事务所可以说是一个中规中矩的领导，但巴黎给他的印象就是一个声色犬马，可以寻欢作乐的地方。到来的第二天上午，他就问那个经理，现在巴黎有什么刺激的可以玩玩。看来，来到巴黎，他深谙其中的乐趣，经常来这里，可以防止脑袋失去灵性。用过晚饭，菲利普跟着他跑遍了专为外国人安排的寻欢作乐的场所，包括红磨坊和情人游乐场。在菲利普看来低俗淫秽的场景，古德沃西先生都两眼直勾勾地盯着，充满光芒，嘴角挂着一丝狡黠的笑意，口水都快要流出来了。看完，古德沃西先生充满感叹：唉，这类事情在一个国家如此地放纵，对这个国家应该为害不浅呐。他带着菲利普几乎走遍了巴黎所有淫秽不堪的地方，还看了一场小型歌舞剧，见到一名几乎全裸的女人，并指给菲利普看那些搽脂抹粉、丰腴风骚的巴黎知名妓女。尽管如此，菲利普没有被这些不堪的东西迷住，而用另一种角度观察着这座神秘的城市。天刚蒙蒙亮，菲利普就起床出门了，迫不及待地走在爱丽舍田园大街上，站在协和广场上。此时是六月份，整个巴黎到处都显得洁净亮堂，空气中充满清香的气味。菲利普恍惚觉得，自己已经飞入其中，终于来到他向往已久的地方。

在巴黎住了近七天，他们的事情办妥后，就离开了。回到巴恩斯的住处时，已经深夜了。此番经历让菲利普下定决心，要去巴黎学画。但是，为了原先的约定，以免被人认为他不明事理，菲利普决定再待两个月，到时候正好一年，并且是八月中旬，他有两个星期的假期，到时跟卡特先生说自己已不愿意再干这个行业了。剩下的这段时间里，菲利普每天硬逼着自己去事务所上班，但仍然提不起兴趣，连装装样子都不愿意。他满脑子想的都是去巴黎学画。到了七月中旬，事务所暂时清闲不少。菲利普趁此机会，以应付首次考试而去听相关讲座为由，很少去事务所，而是在国家美术馆频频出现。在里面，许多关于巴黎和绘画的书籍，他都仔细地一一查阅。其中，有罗斯金的论著、瓦萨里写的许多画家传记，尤其是高里季奥的经历更让他印象深刻。他甚至想让世人都知道："我是一个画家！"如今的他坚信自己在画画方面一定大有前途。

"事已至此，我已经不打算回头了，只能冒险了，"他暗暗说道，"海沃德说得对，冒险让人生无憾。"

菲利普期盼的八月份来临了。这个月，卡特先生去苏格兰度假了，所内所有事务由古德沃西先生全权处理。从上次巴黎一行，菲利普反而得到古德沃西先生的一些称赞，而他自己即将离开，也不打算跟这个老家伙过多地打交道。

"菲利普，明天起，你要去休假，对吗？"临近下班时，古德沃西先生问他。

"是的，第一年的实习期总算熬过去了。"菲利普整日地暗暗发誓，此时此刻，他要离开这个讨厌的地方。

"你觉得你干得怎么样？对你的表现，卡特先生意见很大。"

"无所谓的。说实话，我还不满意他呢。"菲利普说得很随意。

"你这孩子，怎么能说这样的话呢。"

"那有什么，反正我不打算在这儿干了。起初，咱们双方已约定，如果这里的工作让我不喜欢，等我干满一年，我可以离开，并且还会收回一半的实习费用。"

"我觉得，你还是仔细考虑一下，别一时冲动，让事情无法挽回。"

"还考虑什么呀。刚来两个月，我就开始考虑离开了。从那以后，我便讨厌这个职业，不愿在这间办公室里浪费时光，无时无刻不在想马上离开伦敦这座城市。当时我在想，即便是扫大街，也比待在这里瞎混强。”

“那行吧，反正会计这一行真的不适合你。”

“好吧，再见，”菲利普边伸出手边说，“非常感谢你的照顾。如有冲撞或做得不对的地方，请你见谅。我早就知道我不是干这行的料儿。”

“如果你已拿定主意，那就不再劝你了，你多保重。不知道日后你打算干什么？如果你有机会再来到这儿，我们欢迎你进来坐坐。”

听完，菲利普不屑地一笑，说：“我也不怕说难听的话，说实在的，我跟你们真的不想再见了。”

39

后来，凯里先生听了菲利普的想法，当时就表示反对，并给菲利普讲了他的理由：无论做什么事情，坚持到底才是最关键的。他的这些想法，在菲利普眼里，跟那些没本事的人一样，注重的是不该得陇望蜀，一山看着那山高。

“当一个会计师，当初你是凭自愿选择的，我和你伯母可没有逼你。”牧师说。

“您说得没错。不过，当初我做这样的决定，纯粹是想着也就这一个机会能让我走进大城市。没想到，伦敦是这个样子，真让我厌恶。还有那份工作，我更不喜欢。现在无论如何我都不愿意再回去了。”

凯里夫妇对菲利普去巴黎学画，那是一百个不赞成。两人强压着心中的怒火，郑重地警告菲利普：“我们一家侍奉上帝，是很体面的，而画画是下等人从事的行业，不仅地位低下，而且还丧失伦理，更何况去的还是巴黎那个放荡的城市！”

“我的意见很明确，坚决不同意你去那个地方混日子。”牧师口气很生硬地说，“那个城市就是罪恶之城，到处是浓妆艳抹的浪荡女子，还有巴比伦的婊子。在这个世界上，论邪恶，巴黎应该是

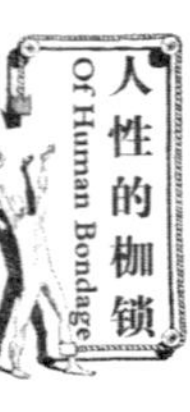

首屈一指的。”

“孩子，从小你就在皇家公学念书，接受的都是上等人和基督徒的教育。再说，你的母亲临终前，把你托付给我们，对你的将来抱很大的希望。我们不能有负重托，放纵你去那种地方混日子。”

“你们还不知道，我早丢弃了那个信仰，如今我算不算上等人，都让我充满疑惑。”菲利普说。

双方固执己见，谁也不让步。现在制约菲利普的唯一条件就是去巴黎的费用。父亲留给他的那笔遗产，他现在还无法自行使用，因为他还差一年才到年龄。凯里先生已经明确表态，只有继续在事务所里工作，他才会把生活费交到菲利普的手里。

菲利普心里清楚，如果这个时候放弃会计师这个行业，一定是个最佳时机。这样的话，有一半的见习合同费能回到自己的口袋。不过，伯父不以为然。看到伯父的态度，菲利普终于忍不住了，大声嚷道：

“那些是属于我的钱，你凭什么把它们打水漂。我已经不是三岁小孩了，我有我的想法。我铁定去巴黎，谁都拦不住，我也绝不会去伦敦了！”

“你别横，我不看好的事情，就是不能干。否则，你别想从我这里拿走一分钱。我说得出做得到！”

“你难不倒我。没有生活费，我可以把衣服、书，还有我爸留下的首饰都卖了。巴黎，我一定要去！”

坐在一旁的路易莎伯母，一声不吭。她为菲利普感到焦躁和忧虑。她心里清楚，这个时候菲利普已经气急败坏了，根本听不进别人的异议，多说无用，反而会让事情更糟糕。后来，凯里先生觉得自己的意见已表达明确，不愿意为此继续争论不休，便起身大摇大摆地走了。

接下来的三天，叔侄二人谁也不主动搭理谁。菲利普觉得还是先问问海沃德有关巴黎现在的情况，一旦有消息就马上前往，不能往后拖了。这几天，凯里太太心绪不宁，满脑子都是如何解决叔侄之间的分歧。她觉得菲利普现在连她都不愿意搭理了，跟这个孩子怨恨凯里先生有很大的关系。她越想越痛苦。她对菲利普的疼爱完全出自真心，所以她想了解菲利普的内心世界，后来就主动找菲利普谈心。遇到这个机会，菲利普也想一吐为快，就把自己的想法一股脑地全讲给伯母听了，提到他对伦敦如何失望，提到自己的抱负和理想。他所讲的一切，路易莎伯母都仔细地听着。

“不排除这种可能性，在那里我没有什么成就，但至少我得去试一试，要不然怎么会知道自己到底行不行，但最差的结果也一定比待在那个让人心烦的事务所里有前途。不止我一个人觉得我有画画的天赋，我真的想试一试。”

她没有凯里先生那样固执。她觉得菲利普这个想法很可能是一时犯了糊涂，自己作为长辈应该制止。但是，在她的印象里，一些大画家也有这样的经历。她读过那些人的传记，最初父母也是极力反对他们画画，但他们不屈不挠、坚持不懈，最后功成名就了，这些正说明他们父母的做法是不明智的。还有，画家并不都是低级庸俗的，应该还有一些生活作风正派的，也算不上是对上帝的不敬吧。

“我不反对你去学画，只是担心你去巴黎。如果你去的是伦敦，就不会这么多事了。”她说。

“既然学画，当然要去巴黎，只有那里才能学到真正的绘画艺术。”

凯里太太听从菲利普的建议，先写信给尼克逊律师，告诉他菲利普现在不喜欢当会计师，想换一个，征求一下他的意见。尼克逊先生回了信。

亲爱的凯里太太：

我就不再隐瞒了。赫伯特·卡特先生坦白地告诉我，这一年，菲利普几乎没有任何进步。如果他坚决要辞职，我认为这个时机正好，趁早解除合同。对这样的事情，我很抱歉，正所谓“强扭的瓜不甜”。

永远忠诚的

阿尔贝特·尼克逊

凯里太太把尼克逊的回信递给牧师。他看完之后，更坚定了他

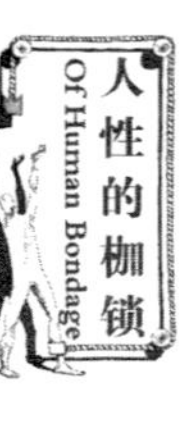

的信心。他觉得，菲利普可以辞掉伦敦的工作，重新换个职业，还建议他从医，跟他父亲一样。但是，如果菲利普依然坚决要去巴黎学画，那么一分钱都不会给他。

“很明显，如今他甘愿堕落、沉迷女色，这只不过是个幌子。”牧师说。

“这个听上去挺有意思，你竟然指责别人自甘堕落。”菲利普愤愤地说，语气暗含讥讽之意。

不久，菲利普收到海沃德的回信。他非常欢迎菲利普去巴黎，还给菲利普推荐了一个旅馆，月租三十法郎。另外，里面还附了一封介绍信，到时候让某美术学校的女司库对菲利普多多关照。路易莎伯母也看了这封信。最终，菲利普决定，九月一日启程去巴黎。

“别忘了，你可是一分钱都没有哇。”凯里太太很担心他。

“没事。我已经想好了。今儿午饭后，我就去坎特伯雷卖首饰。”

菲利普刚说的“首饰”就是他父亲留下的那些东西：一块金表、几枚金戒指、几串金链子，还有两枚饰针，其中有一枚上面缀着珍珠。总共算下来，应该能卖不少钱。

“东西买的时候很贵，但再卖也卖不上价的。”凯里太太说。

听完，菲利普忍不住笑了一下。这句话常挂在他大伯的嘴上。

“您说得很对。但是，我觉得这些东西怎么着也能卖个一百英镑吧。有了这些钱，在我二十一岁之前，我还是能生活下去的。”

凯里太太没再说话。她径直走进卧室，戴上帽子出去了。具体去哪儿，菲利普没有过问。大约一个小时之后，凯里太太回来了，当时菲利普正在客厅里安心看书。她把一袋东西递给菲利普。

“这里面是什么东西呀？”菲利普好奇地问。

“一个礼物，送给你的。”她边笑边说。

菲利普打开一看，里面是一些钞票和一个小纸袋，纸袋里满是黄灿灿的金币。原来，他的路易莎伯母刚从银行回来。

“我实在是不忍心看到你把那些首饰卖掉。我在银行里就存了这么多，不过至少也有一百英镑。”

顿时一阵酸楚涌上菲利普心头，他眼含热泪，满脸通红。

“亲爱的伯母，我要谢谢您，”他说，“我心里明白，您人真好。

但是无论如何，我是不能拿走这些钱的。”

这些钱是凯里太太结婚时陪嫁的，当时有三百英镑，一直攥在她的手里。一直以来，她没舍得随便花，想着万一哪天有需要的地方，可以拿来应付一下。比如，捐款赈灾，或者给他俩买件礼物等。尽管这些钱至今所剩不多，但凯里先生仍拿这个取笑妻子，称她为“富婆儿”，并且还经常惦记着这笔钱。

“孩子，你拿着吧，这样我才会高兴。别嫌少，主要是因为平日里花费大，现在也没有剩下多少了。”

“这个您还要用呀，您自己留着吧。”菲利普说。

“原本，我考虑着哪天你伯父先离开人世，我还能靠这笔钱度过余生，毕竟这些钱也算是一点保障，至少能救急吧。现在我应该用不着了。你看，我年纪也大了，时间也不多了。”

“亲爱的伯母，您千万别这么想，我可不能没有您呀！您一定会长寿的！”

听菲利普说这话，凯里太太用手捂着脸哭了，激动得说不出一句话。很快，她又破涕为笑，一边擦泪，一边说：“开始，我祈求上帝把我留到后边，这样的话，你的伯父就不会孤零零地待在这个世界上，遭受痛苦。可是现在我觉得他更想活着，因为他跟我不同，不会把这一切看得那么重。我看得出来，他的理想伴侣不是我，假如哪天我不在了，我想他可能还会续弦再娶的。但是，如果他先去了，我肯定会受不了的。所以，我现在倒是希望自己能先走一步。菲利普，我这么说，并不是说我很自私，对不对？”

菲利普点了点头，然后深情地在她布满皱纹的脸上吻了一下。这个场面可谓是真情实意、感人肺腑，但他没有想到，一股不可名状的惭愧之情在这个时候涌上心头。她的丈夫，是一个冷酷无情、自私自利、庸俗不堪的男人，但她仍然把他照顾得无微不至，这让菲利普捉摸不透。从路易莎伯母的话语中，菲利普能感觉到：纵然她很清楚自己的丈夫性格乖张、冷酷无情，但她依然死心塌地地爱着他。

“菲利普，这笔钱你可以收下了吧？”她边说边抚摸菲利普的手，“我很清楚，即便我没钱资助你，你照样可以过下去，就是紧

巴点儿。但是，你收下这笔钱，我才会高兴起来。我没有生过孩子，自从你来到这儿，我一直把你当亲生儿子对待，我很爱你！一直以来，我总想为你做点什么，甚至有时候都盼望着你能生病，这样的话，我就可以像母亲一样照料你、疼爱你。我经常会因为没有帮你分忧解难而难过，这次正好是个机会，也许是我唯一的机会。我希望，有那么一天，你会功成名就。到时候，我知道你不会把我忘记，还记得我资助过你。"

"您真是太好了，"菲利普说，"我非常感激您！"

"太好了，我也很高兴！"说完，她的眼睛里闪烁着泪光，脸上带着一丝微笑。此时此刻，她的内心完全被幸福占据了。

40

菲利普启程的日子已到，凯里太太送菲利普坐上火车。站在车厢门口的路易莎伯母两眼泛着泪花，万般不舍。而菲利普却焦急得很，他想马上到巴黎。

"来，孩子。"她泣不成声，示意菲利普再亲她一下。

菲利普从车窗里探出身子，吻了一下伯母。菲利普坐着火车渐渐远去，留在月台上的路易莎不停地挥手告别，一直等到看不见火车，这才朝回走。此时，她的内心就像压了一个铅块，非常沉重。火车站距牧师公馆也就几百码远，可她觉得遥不可及。她走在路上，心里一直在想：菲利普毕竟年纪轻轻，对未来的炙热向往也是在所难免，所以他焦急地离开也是正常的。她在心里默默祈求上帝保佑菲利普一切平安，希望他能免受诱惑的伤害。她双唇紧闭，尽量不让眼泪流下来。

此时端坐在车厢里的菲利普很快就忘了刚才的事情，脑子里满是对未来的美好向往。海沃德曾写了一封推荐信让菲利普转交给某美术学校的司库——奥特太太，他还给奥特太太介绍过菲利普的情况。后来，菲利普给这位奥特太太写过一封信，然后收到回信，信封中还有一张邀请菲利普喝茶的请帖，现正放在菲利普的口袋里，见面的时间定在明天。菲利普走出巴黎车站，雇了一辆马车，连人带行李一起塞进马车。坐在缓缓前行的马车上，菲利普东张西望，尽可能地领略沿途风光，他先从花花绿绿的街道经过，然后上了一座大桥，后来又看到拉丁区狭窄破败的街道。最后马车停在“两极”旅馆的门前。他已在此租了一个房间。这里到阿米特拉诺美术学校（菲利普学画画的地方）不远，离蒙帕纳斯大街也很近。有个服务生搬着行李，领着菲利普来到五楼的一个小房子里。进屋后，菲利普上下打量着这间屋子：屋内发霉的味道很重，很明显是窗户长时间紧闭，没有通风；房间不算大，以至于一张盖着大红棱蚊帐的木床就占了一大半面积；窗帘的颜色和质地看着跟蒙在床上的布料一样，但时间长了，显得黯淡无光；一个五斗橱柜，还可以用来放洗脸盆，旁边是一个大衣柜，看上去很结实，不过它的样式好像是贤明君主路易·菲利普时期的；糊在墙上的装饰纸显得灰突突的，无法分辨出原来的色彩，只是隐隐约约能看出树叶状的图形。不过，这个房间在菲利普的眼里倒有几分趣味。

已至深夜，菲利普却毫无睡意，干脆不睡啦。他离开房间来到街道上，朝着五光十色的地方走去。感觉没有多久，火车站就呈现在他的面前。他站在前面的大广场上，看着弧光灯照亮的场景，觉得这些充满了活力和趣味。错综交叉的黄色有轨电车叮叮当当地蜂拥而至，又叮叮当当地四下离开了。看着眼前的一切，菲利普不禁笑了起来，笑得很温和。菲利普发现周围有好多咖啡店正在营业，正好自己想喝点东西，并想更仔细地观察街上来往的行人，于是他来到凡尔赛咖啡馆门前，坐在门外露天的餐桌旁。店里店外几乎都坐满了人，大家都不愿错过今晚迷人的景色。看着坐在周围的人们，菲利普充满了新鲜感：其中有一桌是全家的小聚会；旁边坐着一伙男子，个个长着浓密的胡子，头上的帽子很奇特，他们正在大声嚷嚷，还不时地比比画画，好像在探讨什么大事；挨边坐着有画家风范的两名男子，还有女人，菲利普觉得她们如果不是画家的老婆才有意思呢；背后是几个争论不休的美国人，菲利普听得出来他们正在讨论艺术方面的东西。坐在那儿，菲利普听得是心潮澎湃，不舍得离开，一直待到店面打烊。菲利普虽然一路奔波，有些疲惫，但心里一直暖暖的。回到房间，菲利普仍然是精神抖擞，一点儿睡意也没有。

他靠近窗口，侧耳谛听着热闹非凡的巴黎夜生活。

第二天下午，菲利普拿着请帖赴约。奥特太太的住处在一条新修的道路边上，这条路跟拉斯帕依大街相接。正是下午茶时间，他敲开了奥特太太的房门。开门的是奥特太太，双方认识后，奥特太太介绍菲利普给她的母亲认识。奥特太太是个三十岁左右的女人，行为大大咧咧，却硬要学着高贵的模样。从两人的闲聊中，菲利普很快得知这位奥特太太已在巴黎学了三年美术，并且还了解到她现在跟丈夫已各奔东西。客厅不算大，里面挂着两幅奥特太太描绘的肖像画。此时的菲利普毕竟还是个菜鸟，他觉得这些画已经很有水准了，可以算得上是栩栩如生了。

“这些画真不错，不知道我什么时候能到这个水平。”他发着感叹。

“你迟早会的，”奥特太太很得意地说，“不过，俗话说得好，一口吃不出一个胖子，画画同样如此，需要长期的坚持和努力才行，还得一步一个脚印。”

奥特太太很细心，考虑很全面。她向菲利普推荐了一家商店，在那里可以买到画画用品，比如夹子、纸和炭笔等。

“一般情况下，我会在上午九点到阿米特拉诺画室。要是你明天也去的话，到时候我可以找个好位置留给你。其他用得着我的地方，我也很乐意帮忙。”

接着，当菲利普被问到接下来想从什么地方入手的时候，他才发觉自己至今压根没有确切地想过，但为了不被奥特太太看出来，他故作娴熟地说：

“我初步打算先从素描入手。”

“很高兴听到你这样说。以往的好多人一上来就嚷嚷着要画水彩，迫切地想一举成名，殊不知这样反而是舍本逐末，一事无成的。我在这里待了两年以后，这才尝试着画水彩。对了，正好有一幅水彩画，你今天也见识一下。”

说完，她指着一幅肖像画给菲利普看。那幅油画，看着黏糊糊的，就摆放在钢琴的上方，看得出里面的人物是她的母亲。

“我一向谨慎小心，不能有一丝的疏忽。所以，给你提个建议，一定要长一百个心眼，再跟陌生人交往，尤其是别跟外国人瞎胡混。”

菲利普觉得她的这番话很突然，也很奇怪，但还是谢谢她的忠告。不过，他还是不明白为什么非要做一个像她那样的人呢，干什么都唯唯诺诺，放不开手脚。

“现在我俩过着跟在英国时一样的生活，”坐在一旁一直没有吭声的奥特太太的母亲突然插入一句，“当初来这个地方的时候，把原来家里的东西，能搬来的都搬来了。”

听她这样说，菲利普下意识地瞅了一下四周，觉得屋子里的布置非常熟悉：笨重的家具塞满了整个房间；房间里的窗帘跟牧师公馆夏天时挂的一个样；一样的绸罩布盖着钢琴和壁炉架。菲利普四下打量着屋里的布置，奥特太太也随他一起看着。

“到了晚上，把窗帘拉上，整个屋子跟在英国时的一模一样。”

“吃饭的习惯也没变，一天三顿饭，早饭有肉吃，午饭才是正餐。”奥特太太的母亲加了一句。

菲利普跟奥特太太告别后，随即去了她推荐的那家商店，买了一系列的绘画用品。翌日上午九点，菲利普准时到达阿米特拉诺美术学校，并表现出沉着冷静的样子。奥特太太来得稍早一些，看到菲利普后，她走向前，脸上带着笑容。在这之前，菲利普一直为自己这样的新学员会是什么样的待遇而担忧。他曾从很多书里了解到，新学员老是被无端捉弄。见到奥特太太热情地迎接他，再加上她接下来的一句话立刻让菲利普的一肚子疑惑如密云消散。

“没事的，咱们这里还是很有规矩的。你仔细看一下，这里将近半数都是女孩子，可以说是女士们的天下。”

菲利普朝画室里看了一下，里面很宽敞，墙上挂的都是这个画室拿奖的作品。这会儿刚好是模特儿的第一次休息时间。椅子里坐着一个模特儿，一件宽松的外套裹在她的身上。十几个学生，有男有女，围着那个模特儿，有的还在静心地画画，有的在一起交谈。

“刚开始的时候，最好还是画一些难度较低的物体，”奥特太太说，“来，凯里，把画架摆到这儿。这个位置角度很好，对素描有利。”

在奥特太太的指引下，菲利普将画架在位置上放好。奥特太太又介绍他跟旁边的一个年轻女子认识。

“这位是普赖斯小姐，这位是凯里先生。他以前没有学过画画，刚开始还得靠你给他指点指点。希望没有给你添麻烦。”说完，她朝着模特说：“开始吧，上台把姿势摆好。”

正在看《共和国小报》的模特儿，随即放下报纸，把外套放到一边，站在画台上。但见她一脸的严肃，双脚分开，站在那里跟木头一样。她用双手托着后脑勺，十指相扣。

“这么个奇怪的姿势，”普赖斯小姐不屑地说，“真不知道他们脑子里都想些什么，这么别扭的姿势也能想得出来。”

菲利普刚进来的时候，屋里的人都好奇地看着他，那个模特儿也瞅了他一下，而现在大家无视他的存在了。菲利普在画架上夹上一张画纸，紧张拘谨地注视着画台上那个人，但无从入手。这可是他第一次见到一丝不挂的女人，心里很自然会有些紧张。这名女子岁数不小了，胸前的奶子都下垂了，头发蓬松无光，跟杂草一样长在脑袋上，脸上的雀斑密密麻麻。菲利普有意看了一下旁边普赖斯小姐的画板，整个画纸弄得乱七八糟，主要是她老用橡皮修改的缘故。她已画了两天，这次看来是遇到什么麻烦了。菲利普觉得她的画已经不像样了，根本看不出到底画的是什么。

“我觉得让我来画，应该会比这要好些。”菲利普心想。

菲利普决定先从脑袋画起，然后再顺着身体画其他部分。可是菲利普想不明白，画头部的时候，照着实物画画竟比凭空想象要难。他停下来，不知道从何画起。他又看了一眼普赖斯小姐，此时她正全神贯注、认认真真地勾勒着，无暇拭去脑门上的汗珠。她皱着眉头，眼里露出焦急的目光，显然她迫切地想完成这个作品。她看着约莫二十六岁，金褐色的头发柔软、浓密，还带光泽，只不过被她随便一梳，往后扎成一个大发髻，显得有些蓬乱。大脸小眼，鼻子不高，脸上毫无血色，白嫩的皮肤有点发青，好像生什么病似的。整个人看上去邋里邋遢，好像从没捯饬过一样。这不免让人怀疑：她是不是在晚上睡觉时都没有脱过衣服呀？

等到再次休息时，她朝后一退，仔细看着她的作品。

“这次不知怎么了，总是很别扭，”她说，“就这样吧，至少我也尽力了。”

然后，她扭过头问菲利普："你画得怎么样了？"

"别提了，简直糟糕透顶。"菲利普回答，脸上带着一丝苦笑。

她凑向前，看了看菲利普的画。

"这样画可不行。一般情况下，我们都是先用笔比画一下，接着在纸上画出大体的轮廓。"说完，她提笔娴熟地演示给菲利普看。菲利普始料未及，被她的热情帮助感动了。可是看到她的行为衣着，菲利普还是有些不舒服，但仍然对她的指点表示感谢。接着，菲利普提笔画画。这个时候，教室里学习画画的人差不多到齐了，并且菲利普还发现晚来的多数是男生，女生们来得都比较早。今年，这个画室招的学生人数较多，一下子就挤满了屋子。后来，一个年轻男子径直走来，坐在菲利普的另一边，隔着菲利普跟普赖斯小姐点头示意。菲利普看着他头发很少，鼻子很大，特别是那张长脸，总让人跟马联系到一起。

"这都什么时候啦，你才出现。不会又睡懒觉了吧？"她说。

"今天天气不错，阳光明媚，微风习习，所以我就在床上多躺了一会儿，美美地想着屋外美好的景色。"

菲利普明白其中的意思，禁不住笑了。而普赖斯小姐却完全不知道这是一句玩笑。

"真是可笑，你这是什么逻辑。换作是我，我一定会早早起床，趁着天好到外面溜达一番，不辜负这大好风光。"

"唉，现在想成为一个幽默大师还真是挺难的。你的幽默，观众未必会听出来。"他正儿八经地说。

说完，他看了一眼自己的画布，但好像没有继续画的意思。他昨天已经把那个模特儿的轮廓勾勒出来了，今天准备涂水彩。他突然问菲利普：

"你是英国人？"

"嗯。"

"当初你是怎么想的？怎么选择这所美术学校呢？"

"当时我是从朋友那儿知道这所美术学校的，其他的学校我都不知道。"

"我只希望你别抱太大的期望，别以为在这里就能学到一些

本事。”

“别听他瞎说。在巴黎的所有美术学校中，阿米特拉诺美术学校也算是最好的了，”普赖斯小姐反驳道，“除此之外，我还没有见过第二个如此细致严谨地对待艺术的学校。”

“对待艺术，难道就必须这样吗？”青年人不屑地问。普赖斯小姐没有接话，只是轻蔑地耸了耸肩。他接着说：“巴黎所有的美术学校都高而不精，主要是学究气太浓。这所学校之所以没受多大影响，主要是因为它的教学比别处要差得多。所以，我觉得在这里甭想学到什么……”

“明知不行，那您来这里，是出于什么考虑呢？”菲利普不解地问。

“我原以为找到了好门路，不料还是如出一辙。这句话的拉丁语原文，你一定还记得吧，咱们的普赖斯才女。”

“我希望你在说话的时候，别老拉上我，克拉顿先生。”普赖斯小姐生硬地说。

“现在，我才明白，学习绘画别无他法，只能是自己弄个小画室，再找来一个模特儿，然后自己潜心研究，别指望别人。”

“你说的这个，难度不算大。”菲利普说。

“不过，这样做，需要花不少银子呢。”

终于，克拉顿继续画画了。菲利普斜着眼打量着他：个子很高，瘦得皮包骨头；胳膊肘很尖，快要刺穿他破外套的袖管；屁股部位的裤子都磨烂了，两只靴子也是破烂不堪，一块块儿的补丁很难看。这时，普赖斯小姐走到菲利普的画架旁边。

“要是克拉顿先生能把他的嘴闭上一会儿，我就去指点一下你。”她对菲利普说。

“我知道，是我很幽默，惹得普赖斯小姐不喜欢我，”克拉顿一边仔细看着自己的作品，一边煞有介事地说，“她之所以这样，还不就是我的才华给害的。”

在克拉顿说话的时候，菲利普一直盯着他的大鼻子，忍不住被他的话逗得开怀大笑。而普赖斯小姐在一旁生气，脸都红了。

“在场的所有人，除你之外，没有谁会因为你的才华去生气。”

“算了，我说什么也没用。”

接下来，菲利普的作品被普赖斯小姐拿来评头论足。从剖视、结构，到平面、线条，还有许多菲利普根本不知道的，她讲得头头是道，有丁有卯的。毕竟她待在这里的时间很长了，关键的绘画要领也都熟练掌握了，所以她能将菲利普画画中的各种毛病和盘托出，但是下一步该如何修改，她却捉襟见肘了。

“非常感谢你耐心地指点。”菲利普说。

“哦，这个不算啥。”她说，同时还有些羞涩，脸又红了。接着，她说道：“我初来乍到时，也是在别人的帮助下进步的。所以，只要有需要，我都很乐意帮忙的。”

“也就是说，普赖斯小姐帮助你，纯粹是出于好心，跟你的个人魅力完全没有关系。”克拉顿戏弄地说道。

没有想到，克拉顿被普赖斯小姐愤怒地瞪了一眼。然后她气呼呼地回到自己的座位上，不再说话。

十二点了，该下课了。那个模特儿如释重负，舒了一口气，然后走下画台。

收拾完画具的普赖斯小姐正准备离开，突然对菲利普说：“格雷维亚餐馆，你知道吗？我们中某些人要到那里吃饭。”说着，她朝克拉顿白了一眼，“我呢，就回家吃饭去。”说完就离开了。

克拉顿对菲利普说：“要不，我陪你去那里吃饭吧。”

“谢谢你！”

两人正准备离开，奥特太太走了过来，询问菲利普感觉怎么样。

“普赖斯小姐有没有认真地指点你呀？”她问菲利普，“我专门让你坐在她的旁边，就是想让她帮助你。因为我相信她有这个能力。虽然她脾气不好，还有些惹人讨厌，画得也不怎么样，但是作画的技巧，她还是可以的，只要她愿意，给像你这样的新手指点指点还是绰绰有余的。”

克拉顿陪着菲利普走在大街上，他突然说：

“你得小心点儿，我能看出这个范妮·普赖斯对你有点意思。”

听完，菲利普不屑地笑起来。在他的心里，像范妮·普赖斯这样的女人根本提不起他的兴趣。他们在一家小餐馆门前驻足，发现屋外有几个画室的学生也在这里吃饭。餐桌上已坐了四个人，他俩也过来坐下。这里的饭菜的确很实惠，一个鸡蛋、一碟肉，还有奶酪和一小瓶酒，也就一法郎。如果想喝咖啡的话，再加点儿钱就可以了。这张餐桌摆放在人行道上，旁边便是来来回回的叮叮当当的黄色有轨电车。

“您贵姓？”两人刚坐下，克拉顿突然问菲利普。

“凯里。”

“好啦，请允许我向各位介绍一位新朋友给你们认识。他叫凯里。”说完，他一本正经地给菲利普介绍：“这位是劳森先生，这位是弗拉纳根先生。”

桌上的人哄堂大笑。之后，他们又各自聊起来，个个都滔滔不绝，信口开河，没有什么固定的话题，只管谈论自己的想法，完全不顾及别人说什么。有的说去过哪些地方消暑，有的评价画室、学校。菲利普从他们口中听到不少没听说过的名字：莫奈、马奈、雷诺阿、毕沙罗、德加[1]等。他没有说话，只是在侧耳倾听，尽管不知所云，但还是很兴奋，激动得心脏怦怦直跳。

不知不觉，就过了中午。克拉顿对菲利普说：“我今晚还来这里吃饭，到时候只要你愿意，咱俩还能见面。这可是拉丁区里最经济实惠的餐馆啦，不用花很多钱，就能让你吃撑。”

[1] 均为法国印象派画家。

第5章

41

在蒙帕纳斯大街上，菲利普漫无目的地信步闲逛。现在所看到的巴黎，跟他上次春天来这里给圣乔治旅馆处理账务时（菲利普每每想起这件事心里都不自主地后怕）所看到的有很大的不同。单说这个城市风貌，在菲利普的心中，它跟其他城市区别不大。四周的气氛充满着和谐与静谧；天气晴朗，艳阳当空，空气很洁净，让人心胸打开，总想朝更远的地方眺望，仿佛置身于人间仙境；宽阔的街道上，树木修剪得整整齐齐，两旁的房屋收拾得干干净净，一看就让人觉得充满活力。在菲利普的心里，他已经跟这里的生活完全融合了。走在街头，菲利普不住地看着周围的人们。这儿的所有人似乎都充满生气，富有活力，就连系着红色宽腰带、穿着阔腿裤的工人，个头不高、穿着破旧制服的士兵等巴黎最普通的人也是如此。菲利普先来到天文台大街，不由得被这里雄伟壮丽的景象震撼了，不住地啧啧称赞。接着卢森堡花园出现在他的眼前。他悠然地看着眼前的景象：孩子们在打闹奔跑；系着长丝带的保姆结伴而行；胳膊夹着皮包的男士们脚步很快，很像有什么急事要办；还有许多衣服怪异的小伙子也在这里嘻嘻哈哈。眼前的景象洋溢着祥和、安静，虽然巴黎人对这里的大自然有所雕刻，但它的细致典雅丝毫不减，反而让那些纯天然的景色显得粗犷野蛮。他想起以前曾读过描写这处景色的文章，当时是神向往之。而如今自己竟能身临其境，并陶醉其中，菲利普的内心不由得涌出兴奋喜悦之情。这里是文艺盛行的地方，菲利普心里充满了敬畏和欣慰，就好像绚丽多彩的斯巴达平原突然出现在老夫子面前，让他感叹不已。

他继续闲逛，突然一抬头，看见有个熟人独自坐在一条长凳上，她是普赖斯小姐。他有些犹豫，这个时候真的不愿意见到任何熟人，

更何况四周高兴的氛围不适合那位举止不雅的小姐出现，但是他也知道那位小姐比较敏感，并且还不好惹，更何况她也看到了菲利普。迫于无奈，又出于礼貌，菲利普决定过去跟她聊上几句就走。

“你来这里做什么呢？”见到菲利普走过来，她好奇地问道。

“没什么事，出来随便走走。你呢？”

“我几乎每天都来这里，大约在下午的四五点钟，都养成习惯了。我觉得整天只知道工作，未必是件好事。”

“我能坐下吗？”

“随你的便。”

“听你的语气，好不客气，不愿意吗？”他笑着说。

“没有哇。我这个人舌头笨，好听的话我也不会说。”

顿时，两人都沉默了。菲利普感觉气氛有些尴尬，不由得抽起烟来。

“我的画，克拉顿说过什么吗？”她突然问了一句，有意打破这种安静。

“我想想，好像没有听他提起过。”菲利普回答。

“他这个人自以为是天才，纯粹瞎吹，根本没什么出息。你也知道，咱别的不提，就说他懒惰成性，就不可理喻。按理说，天才就应该能吃苦耐劳。最关键的是要有坚韧不拔的精神、气魄。有志者事竟成嘛。可他身上有吗？”

她说这些话的时候，情绪很激昂。菲利普这才仔细打量她：整体上毫无风韵可言，头上的草帽是黑色的，跟水手戴的样式一样；上身的白衬衫应该不经常更换，有点脏，下身棕色的裙子随意地束在腰上；今天她把手露在外面，看上去脏兮兮的，真应该仔细洗一下。现在，菲利普有点埋怨自己，怎么能主动过来找她聊天呢？到了这个时候，他也搞不清楚，普赖斯小姐是想让他继续待下去，还是想让他赶紧走开？

“有什么需要帮忙的，告诉我。只要我能办，我愿意帮忙，”她忽然又来这么一句，“我能体会到你的不易呀。”

“很感谢你。”菲利普说。

双方又沉默了一会儿，菲利普说：“不知你能否赏脸，我想请你去喝茶。”

普赖斯小姐快速地看了菲利普一下，然后苍白的脸蛋唰地红了，顿时变得红白相衬，就好像草莓拌进了变质的奶油里。

“不用了，谢谢，我吃过午饭还没多久，现在干吗要喝茶呢？”

“那就全当打发打发时间嘛。”菲利普说。

“这倒不必。别看我自己一个人在这儿，但我的内心并不孤独。你要是闲得发慌，就不用在这儿待着了。”

就在这时，从旁边走过两个男子：上身是棕色棉绒外套，下身穿着宽大的裤子，头戴巴斯克便帽，看着年龄不大，但都留着胡须。

“这俩货，也是学美术的吧？看上去怎么跟《波希米亚人的生涯》这本书里面的人物造型如出一辙呀。”菲利普疑惑地说。

“那是两个美国人，”普赖斯小姐很不屑地说，“他们身上的衣服，在三十年前我们法国人就已经不穿了，可是这些来自美国西部的纨绔子弟们，跟傻子一样，来到巴黎就买了许多这样式的衣服，还穿在身上四处溜达，拍照留念。看来，他们的艺术水平也就到这个层次了。不过，他们根本不在乎这些，谁让他们有钱呢。”

但是，他们打破常规的装扮，在菲利普看来，倒有些意思。菲利普觉得这恰好跟不拘一格的艺术气息很般配。后来，普赖斯小姐向菲利普询问时间。

“时间不早了，我要去学画画了。”

她又对菲利普说：“有素描课，你想不想去上？”

菲利普是一头雾水，他压根儿就不知道还有这个课程。普赖斯对他说，每天晚上五点到六点，有模特儿在画室里让人练习画画。如果想去的话，五十生丁就可以搞定。去那儿的模特儿每天都不重样，正好用来练习素描。机会难得，错过就太可惜了。

“不过，依我看，你现在的能力还不行，过段时间去会好点儿。”

“我压根不知道什么是素描，反正这会儿闲着没事干，干吗不去见识见识呢？”

说完，两人起身一起走向画室。不过，菲利普从她的神态上来看，还是搞不清楚她到底愿不愿意自己陪她一起去画室。实际上，菲利普单单是因为窘迫，一时也找不到合适的脱身机会，这才无奈留下来；而普赖斯小姐也不愿意多说一句话，有时对于菲利普的问题，她总表现得很冷漠，不愿意搭理他。

等到了画室门口，菲利普看到门口站了一个男子，双手托着盘子，盘子里放了一些硬币。就如普赖斯小姐所言，每个来学素描的人需要先付上五十生丁。他们照例投些钱后，进了画室。此时的画室人满为患，明显多于上午的，并且外国人的比例也小了许多，反倒是男性数量明显增加。看着满屋子的人，菲利普觉得他们跟自己想象的习画者的形象差别很大。屋里很暖和，也很密闭，很快里面的空气就变得很难闻。一个老头，长着花白胡子，正在当模特儿。今天上午刚学的那点儿技巧让菲利普有尝试的冲动，可惜画得却一塌糊涂。

这时他不得不承认自己的画画技艺并没有自认为的那么高超。旁边有几位习画者正在潜心地勾勒着。菲利普看了一下他们的作品，心中不禁充满钦佩和羡慕，并暗下决心自己有朝一日也要跟他们一样画得如此娴熟独到。时间飞快，不知不觉中一个小时的学习就结束了。进画室后，菲利普故意坐在一个离普赖斯小姐较远的地方，主要是不愿再给普赖斯小姐添麻烦。下课后，菲利普正朝外走，突然被普赖斯小姐拉住，并询问他画的情况。

"糟透了，还是觉得很别扭。"他说话的同时，脸上挂着羞涩的笑容。

"是吗？刚进来时，如果你愿意挨着我坐下，给你一些提示和帮助，我还是绰绰有余的。不过也未必，谁让你自以为水平非凡呢。"

"怎么会呢，我主要是怕再给你添麻烦，惹你厌恶。"

"你还是不了解我。如果我那样想的话，会直接告诉你的。"

听了她的话，菲利普有点吃惊，这才发现这位小姐喜欢帮助别人的举动竟然如此粗鲁，难怪大家都不喜欢她。

"要是这样的话，下次请您多多指教。"

"没问题！"她说得很干脆。

随后，两人离开画室，各回各家。现在离吃饭还有段时间，菲利普不知道怎样度过。他苦思冥想，其他事情都提不起精神，就想找一些与众不同的事儿来做。突然，他想到喝点苦艾酒来消磨时间。

想到这儿，他便朝车站的那家咖啡馆走去。目的地到了，菲利普依然选择坐在外面的露天餐桌上，并要了一杯苦艾酒。服务生刚把酒端过来，他便提杯一口喝下，随即觉得胃里一团灼热，差点吐出来，不过心里还是挺开心的。虽然这酒味道很糟糕，但此时他的状态很好：现在，他已经把自己看作一个真正的艺术生了。喝酒前，肚子里空荡荡的，喝下一杯酒后，顿时让他有了飘飘然的感觉。菲利普看着四周的人们，内心的兄弟之情四下泛滥。此时，他非常得意。

出了咖啡馆，差不多到了吃饭时间，他的下一个目的地是格雷维亚餐馆。正在这里用餐的克拉顿看到菲利普拐拐趔趔地朝这边走来，连忙大声招呼他过来。虽然他在的餐桌已经坐满了人，但他们还是挤出来一个空位。桌上的食物很简单：一碟肉、一点儿水果、奶酪，还有半瓶酒、一盆汤。对于餐桌上的东西，菲利普没有太多关注，他把重点放在这个桌子的其他人身上。他看到弗拉纳根也在这里。弗拉纳根来自美国，年龄不大，喜欢笑，经常笑得合不拢嘴；头上的帽子看着怪怪的，脖子上绕了一条蓝领巾，身上的夹克衫花里胡哨的。当时，印象派在拉丁区可谓是一枝独秀，而传统画派也在近期复出，人们把卡罗律斯·迪朗、布格罗之辈跟马奈、莫奈和德加等人相提并论。大家对高雅艺术的评判还是落在传统画家的作品上。惠斯勒整理了一套日本版画集，很有见地，当时在英国艺术界有深远的感染力。拉斐尔的作品，近几个世纪一直被世人视为经典佳作，崇尚有加，但现在竟成了这群狂妄自大的艺术生餐桌上的谈资。在他们的眼中，拉斐尔的所有作品，都无法跟委拉斯开兹画的腓力四世头像（现存于国家美术馆）相提并论。可以说，大家坐在一起的主要话题就是谈论艺术，这俨然成了一种潮流。菲利普在人群中还发现了劳森，吃午饭的时候他俩还在一起过。劳森面对着他坐着，两只眼睛正直勾勾地盯着菲利普。劳森年龄也不大，身材瘦小，满头的红发，脸上的雀斑非常明显，但一对绿眼睛忽闪忽闪的，很有精神。

突然，他放声谈论起来：

“拉斐尔的作品中，也有一些还算可以，不过都是他仿照别人的名作画的。他曾模仿彼鲁其诺或平图里乔的画，这几幅作品还很不错。但是，但凡是他的原创，那只能是……”他突然停了一下，一耸肩，满脸是不屑的神态，继续说：“画如其人。”

菲利普很是吃惊，没有想到劳森竟然在此大放厥词，但这个时候也没有必要跟他争论，因为此时的弗拉纳根有些压不住性子了，就大声嚷道：

“见鬼去吧，艺术！来，咱们放开了喝，不醉不归！”

劳森有些不高兴，他说：“弗拉纳根，难道昨天晚上你喝得还不够痛快吗？”

“那能一样？昨晚已成为历史，现在正逢良辰美景，我们可不能辜负呀！”他说话时有浓厚的西部口音，“自从来到巴黎，我们整天满脑子都在想艺术、艺术，累不累呀？”说完，他脑子一热，猛地捶了一下桌子，然后又大声嚷着：“听我的，咱们继续喝酒。见鬼去吧，艺术！”

谁知，在一旁的克拉顿听完，不高兴地说：“这句话一次就够了，没有必要多说几次了，更没有必要在这儿絮絮叨叨的。”

桌上还坐着一个美国人，身上的打扮跟野蛮的海盗无异。菲利普突然想起下午在卢森堡公园见到那几位美国小伙子，看来美国人都是如此的打扮。不过，此人的模样还不错，满头黑发，黑黑的眼睛炯炯有神，消瘦的脸颊显得很冷峻。由于头发会不时地挡在眼睛前面，所以他也会不时地将头往后仰起，甩开那几缕长发，动作看着很有范儿。这次他开始评论马奈的作品，一幅陈列在卢森堡宫的名画《奥兰毕亚》。

“今天，我花了一个钟头的时间欣赏这幅画，也没觉得它有什么值得推崇的地方。”

劳森听后，心中的怒火噌噌地往外冒，眼神里充满了怒火。他放下餐具，强压心中的愤怒，但还是发出刺耳的声音：

“你这个未进化好的蛮小子，也敢在这儿大放厥词，真是可笑至极。我想听听，这幅画的不妥之处究竟在哪儿？”

还没等那个美国人开口，突然有一个人就气呼呼地说：

“我觉得那幅人体画，画得惟妙惟肖。你凭什么认为它不值一提？”

“谁说不值一提啦。相反，我觉得画中人物的右乳房还有点意思。”

“见鬼去吧，右乳房！”这次是劳森，他几乎在吼：“可以这么说，在艺术界，整幅画算得上是技压群雄。”

接着，他对这幅佳作侃侃而谈，但所说的都是大家共知的。所以，这张桌子上的人，都不愿意听这些没有新意的言论。他们心里都清楚，侃侃而谈者，对他人无益。刚才议论马奈作品的美国人终于压抑不住内心的愤怒，硬生生地将劳森的高论打断了。

“你不会是想说，那幅画里的人物的脑袋别具一格吧？”

此时的劳森内心非常激动，满脸煞白，一直维护着画中头部的妙处。再把视线转移到克拉顿身上，他安静地坐在一边，一言不发，只有从脸上才可以看出他心中的不屑。突然，他说起话来：

“别说那么多没用的。不如这样，咱们把那颗脑袋给他吧。反正这幅画的美妙之处又不止这一点儿。”

“对呀，你把脑袋拿走吧，然后去见你的鬼艺术！”劳森大声地说。

那个美国人仍不服气，大声反问道：“画中的黑线算什么名堂？”

说着，他下意识地将头向后一仰，把垂在眼前并快要掉进汤盆里的头发甩到后面，接着说：“虽然大家都说，林子大了，什么鸟都有。但是把黑线条画在四周的作品，我这是第一次见到。”

“我的神呀，希望你能用地狱之火烧死这个不知天高地厚的家伙！”劳森说，“这幅画怎么会跟大自然扯上关系？再说，谁能说清楚大自然究竟有什么，或者没什么。而眼前的这个人，他在审视大自然的时候竟靠着一双艺术家的眼睛。几百年了，我们都能看到马在越过栏杆的时候，一直是把腿伸直的。这个上天就可以见证。没错吧，各位？一提起影子，大家的印象就是黑色的，对不对？苍天为证呀，各位，难道之前大家不觉得影子是黑色的？后来，莫奈觉得影子有多种颜色。在勾勒物体时，如果我们用的是黑线条，那大家就会认为轮廓线是黑色的；假如用红颜色画草木，用蓝颜色画牛，那大家就认为草是红色的，牛是蓝色的了。上天可以做证，草确实会是红色的，牛也能成为蓝色的！”

“见鬼去吧，艺术！”弗拉纳根说，“现在我想痛痛快快地喝酒！”

劳森没有接话。

“当年，在一次巴黎艺展上，《奥兰毕亚》参加了展览。可是，迎接它的是低级庸俗之人的嘲笑讽刺，是顽固守旧者的唏嘘不屑。但是，左拉扬言道：‘总有一天，卢浮宫内会挂上马奈的这幅画，并且就挂在安格尔的《女奴》对面。到那个时候，《女奴》将会黯然失色。我有信心，那儿一定能挂上《奥兰毕亚》的，并且这个时刻会越来越近，最迟十年后，卢浮宫定会有《奥兰毕亚》的一席之地。’”

“怎么可能，卢浮宫怎能宽容它？”还不服气的美国人一边大声说，一边把头发使劲往后甩，好像要让它往后再也下不来。他说：“我认为，十年之内，《奥兰毕亚》不但进不了卢浮宫，反而会消失得无影无踪。它有什么值得欣赏的地方？只不过是为了迎合现在的偏爱，根本没有内涵，更不用说生命力啦。但从这一点就可以看出，可怜的马奈离艺术大家的距离还很远。”

“劳烦你说说，你说的内涵具体是什么？”

“那就是道德思想。一幅作品如果缺少这样东西，它就算不上伟大的艺术。”

“我的天哪！”劳森大声吼道，“我当是什么呢，原来是这个！原来你善于拿道德来说事呀。”说着，他双手合十，学着祈祷的模样，说：“天哪，克里斯托弗·哥伦布，克里斯托弗·哥伦布，你可知道你干了什么事情吗？你去美洲大陆干什么呢？”

“罗斯金说……”

劳森想继续说下去，不料克拉顿突然拿起刀柄，在桌面上砰砰地敲着，边敲边说：

“在座的听我说。我听到一个人名，就在刚才。我原以为这个人名不会被上流社会提及。虽然我们也提倡言论自由，毕竟也不是什么坏事，但是我觉得任何事情总得有个度，注意点分寸，绝不能信口雌黄。甚至在不介意的情况下，你都可以提到布格罗。虽然他让人觉得讨厌，但至少能给人带来笑料。不过，像罗斯金、G.F. 瓦茨和 E.B. 琼斯这些侮辱我们耳朵、嘴巴的名字，就不要提啦！”

他说得义愤填膺，激动得鼻子上都起皱了。

“罗斯金，何许人也？”弗拉纳根纳闷地问。

“在维多利亚时代，他算得上一个伟人，是那个时代的文坛大师，擅长优美文体，称为罗斯金文体。其实都是一些乱七八糟、很浮躁的东西。”劳森不屑地说，“这个不提了，那个时代的伟人早该见鬼去了！报纸上有时刊登某个伟人的讣告，看到后我都手舞足蹈：苍天有眼呀，又少了一个老家伙。在我的心里，他们除了善于养生之外，没有别的什么本事了。过了四十岁，艺术家们也就黔驴技穷啦，不会再有什么值得推崇的新东西了，剩下的都是在啃老本。在座的你们没有觉得，雪莱、波宁顿、济慈，还有拜伦等人英年早逝，的确令人惋惜，但不得不说他们并没有跟少有的好运失之交臂。《诗歌和民谣集》的作者史文朋，如果只出版了第一卷就与世长辞，说不定他的名字将永垂不朽！”

他的这番话算是说到大家的心里面了。在座的都还年轻，没有比二十四岁大的。听完他的话，大家马上纷纷交谈起来。不过这一次大家是统一口径，站在同一条战线上，都痛痛快快地大肆评价一番。这个时候，他们有人说，要烧掉那些超过四十岁的老家伙的全部作品，同时还要将维多利亚时代活过四十岁的伟人统统扔进火里。大家对这个建议拍手称赞。于是，约翰·布赖特、格莱斯顿、科勃登，连同丁尼生、卡莱尔、勃朗宁、罗斯金、E.B. 琼斯、G.F. 瓦茨、狄更斯以及萨克雷等，还有爱默生、马修·阿诺德，都被毫不犹豫地扔进了熊熊火焰；关于乔治·梅瑞狄斯，大家曾争执过，但最终也是没有逃脱厄运。后来，该沃尔特·佩特登场了。

菲利普说：“怎么还有沃尔特·佩特呢，我觉得就不必了。”

劳森盯了他一会儿，然后点头同意。

“你的建议也有道理，毕竟让《蒙娜丽莎》的真正价值展现在世人的面前，沃尔特·佩特功不可没。还有一人，克朗肖，你知道他吗？以前他俩可是挚友啊。”

“不知道，他是何人？”

“克朗肖喜欢写诗，他的住所离这儿不远。咱们现在去丁香园，说不定能见到他。”

他口中的丁香园，其实是他们经常在晚饭后去打发时间的地方，也是一家咖啡厅。每晚九点至次日凌晨两点，在那儿定能见到克朗肖。这时候，弗拉纳根听到劳森的提议，起身准备离开。这样的高谈阔论已把他折腾得够呛，如果再去那个地方，还是这样的话题，简直是不能忍受。临走时，他拉住菲利普，对他说：

“嘿，哥们儿，别去那个无聊的地方了。哥们儿带你去蒙帕纳斯游乐场，那里的姑娘们很有滋味。到时候，咱们喝个痛快。”

菲利普推开他的手说：“还是算了吧，喝醉了会很难受的。我还是去见克朗肖吧。”

42

大家又简单地议论了一下，就四下离开了。有几个人跟弗拉纳根一起向蒙帕纳斯游乐场走去，而劳森、菲利普跟克拉顿一起去了丁香园。

“说真的，在巴黎，能算得上胜景的，蒙帕纳斯游乐场是其中之一。所以那个地方你值得去逛逛。我都计划好了，等过段时间，我准备去那儿写生。”劳森建议菲利普去看看。

在菲利普看来，游乐场污秽不堪，不值一提。这是因为受到海沃德影响的缘故，他俩对所谓的游乐场充满鄙视和偏见。可他不知道的是，时代不同了，在巴黎，游乐场迎来了自己的春天，正搞得风风火火的。巴黎人也是刚刚领略到它在艺术上的迷人之处。在巴黎的拉丁区，许多习画者都喜欢去这些地方写生，有一半的画室放着这方面的作品。一些文人也紧紧跟随画家的脚步来到游乐场，对这里的艺术价值也充满好奇地挖掘起来。

很快，人们热捧红鼻子小丑，夸奖他们表演得活灵活现；那些身材肥胖的女歌手的地位，也发生了翻天覆地的变化，现在被人们所喜爱，称赞她们美妙的歌声和融入的感情，而在以前，有谁知道她们的存在，有谁正眼瞧过她们；古灵精怪的狗狗们上台表演，竟让有些文人感受到美的存在；魔术师的魔幻表演、飞车杂技的惊险刺激，也让在座观众拍手称赞。一时间，大家对游乐场的追捧可谓是穷其美言，就连台下的观众也跟着沾光，受到社会的大力关注。

受海沃德的影响，菲利普的想法跟海沃德一样，对吵吵闹闹的人群向来都是不屑一顾。菲利普生来就是一个孤傲的人，喜欢独来独往，非常注重自己的品格，非常厌恶社会上那些荒诞不经的行为。可是现在，他的两个同伴，劳森、克拉顿，却一直在讨论泛泛众人，并且他们的神情中显露出兴奋和热情：在巴黎的许多集市上，黑压压的全是人头，大家挨挨挤挤，热闹非凡；乙炔灯照在人的脸上，呈现出半阴半阳的模样；汽笛声、说话声、喇叭声响成一片，此起彼伏。听着他们绘声绘色地说着，菲利普对这些陌生的东西充满好奇。

后来，他们谈到了克朗肖，就问菲利普：

“你看过他的作品吗，伙计？”

“从来没见过。”菲利普说。

“在《黄皮书》上能见到他的作品。”

克朗肖在他们眼中的形象，跟普通画家眼中的作家如出一辙，轻视之中还带有几分宽容（因为克朗肖画画是个外行，但他的作品也有艺术气息）。除此之外，克朗肖采用的艺术介质也让他们有些敬畏。

“这个人并非泛泛之辈。刚开始，你不太了解他，会对他感到失望。可是，在他醉酒后，他的真才实学才开始渐渐显露，他的非同一般才渐渐将人折服。”

“但是，”一旁的克拉顿接住话茬，“要想看到他的本色，需要等上好几个钟头才行，那时他才有醉意。就是这个有点儿麻烦。”

他们来到咖啡馆，菲利普没有见到克朗肖。劳森示意他说，那货喜欢靠里面的位置。虽然进入秋季，天气凉爽，但还不足以让人感觉到冷，可是与众不同的克朗肖，非常害怕寒冷，喜欢靠里面坐下，即便在温暖的春天，也是如此。

“但凡有点名气的人，都与他相识。他曾结交过佩特，也跟奥斯卡·王尔德有所交往，如今一直与马拉美等名人往来。”劳森说。

他们进咖啡厅要寻找的对象——克朗肖，现在正坐在一个遮风最严的角落里。此人身材魁梧，敦实而不流于臃肿；脑袋有点儿小，明显跟魁梧的身材不搭配，就好像一粒豌豆放在鸡蛋上，随时有滑下来的可能；圆脸，脸上有一撮小胡子，眼睛眯细，呆板无神；身

上裹着外套，衣领上翻，帽檐压得能把脑门盖住，生怕着了凉。旁边坐着一个法国人，桌子上多米诺骨牌游戏正在进行。看到熟人，他没有说话，将桌面上的一摞儿茶托推到一边，微笑一下，算是腾出地方留给来者。熟悉他的人可以从他手边茶托的数量判断出有多少杯酒进了他的肚子。当向他介绍菲利普的时候，他并没有停止玩牌，只是象征性地点点头。虽然菲利普知道自己的法语很一般，但从说话中他得知克朗肖也是满嘴蹩脚的法语。这让菲利普有些惊讶，毕竟眼前之人来巴黎也非一年两年啦。

过了一会儿，游戏结束。他挺起头，靠在椅子上，脸上露出胜利的喜悦。

“你输了。”

“服务员！”他向服务生大声喊，接着扭头问菲利普：

“你也是英国人？刚来这儿的？板球比赛，有没有看过？”

菲利普没有想到他会问这样的问题，当时就蒙了。

“克朗肖十分了解一流板球队的技术水平，这么跟你说吧，近二十年来的，他都烂熟于心。”劳森媚笑着说。

刚输了多米诺骨牌的那个法国人觉得没有意思，就跑到另外一桌跟自己的朋友聊起了天。现在，桌上只剩下他们四人。说起板球，克朗肖张口即来。他将肯特队跟兰开夏队放在一起比较，议论双方的技术优势。说话时，他的语气一直慢条斯理，不温不火的，这也算是他异于常人的地方。随后，他将上次的板球决赛专门提出来，把球员逐个被击败的过程从前到后、详详细细地讲了一遍。

等再次喝完服务生端来的啤酒，他又接着说：“自从我来到这里，一直让我念念不忘的一件事就是板球赛。巴黎这个地方从没有板球赛，这个咱们都知道的。”

听他啰唆这么多，也没个正经的话题，菲利普有些失望了，连劳森也有些坐不住了。这也不足为怪，劳森刚才在菲利普面前大肆吹嘘这位拉丁区的名人，现在见到克朗肖杯杯进肚，但迟迟不见他有任何醉意。这让他心急火燎，担心菲利普失去耐心后借故离开，到那个时候自己在菲利普面前岂不成为笑柄。但是，桌子上的一摞茶托，还在不停地增高，由此可见，克朗肖这是要不醉不归的，只是现在火候未到。久未开口的克拉顿瞅着目前的场景，心里觉得有点儿滑稽：大家坐在那儿，听克朗肖不停地显摆自己对板球赛的了解，看上去有些矫揉造作；克朗肖，有时会故意说一些大家都不喜欢的话题，还经常卖关子来彰显他异于常人。

克拉顿实在不愿意继续往下听了，就打断了他的话：

“最近一段时间，你和马拉美见过面吗？”

看了克拉顿一眼，克朗肖安静下来，好像在思索这个问题。但他并没有着急回答，而是用茶托轻轻地敲了几下桌子。

“服务员，我的那瓶威士忌呢，帮我拿过来。”他大声说着。然后，他又扭头对菲利普说：“这里的酒，一小杯都要半个法郎，我哪喝得起。所以我带威士忌过来，喝不完就存在这儿。”

不一会儿，服务员就拿过来一瓶威士忌。克朗肖不急着开喝，而是仔细打量这瓶酒。

“服务员，我的酒被人喝了。你知道是谁吗？”

“怎么会呢，克朗肖先生，没人喝过呀。”

“怎么不会，你看这儿，我特地做的记号。很明显，有人喝过。”

“是你做的记号不假，可是过后先生仍然会继续喝的。你这样做记号，没啥意思，说白了其实就是瞎耽误工夫，不是吗？”

这个服务员在克朗肖面前，说话毫不避讳，毕竟大家相识多年，相互知晓。这时，克朗肖一直盯着他，说：“这样吧，我也不难为你了，如果你能用名誉担保，就像那些贵族和绅士一样，说只有我一个人喝过这瓶威士忌，我呢，就相信你的说法。”

他说的这句法语，没有任何的修饰，只是生搬硬套地逐字翻译而成，并且相当生硬，让人听着非常好笑，就连站在柜台前的女老板——一个肥胖的中年妇女，听到后都忍不住“扑哧”一下笑出声来，嘴里还嘀咕着：“这个人可真有意思。”

克朗肖听到女老板的话，扭头向她看去。但见她派头十足，风韵犹存，克朗肖就冲她眉飞色舞，大有放电的意思，还郑重地送上飞吻一枚。而那个女掌柜反应冷淡，只是撇了撇嘴，耸一耸肩，没有再吭声。

“这位太太，你不用担心，”他吃力地用法语说，“如今我已

年过四十，对你不会有什么想法和期待了。”

说完，他给自己倒上一些威士忌，并向里面掺入一些苏打水，然后拿起杯子慢慢喝起来。每口喝完，还不忘深吸一口气，并抹一下嘴。

见克朗肖如此这般，克拉顿和劳森心里很明白，刚才问马拉美的事情，克朗肖不愿正面回答，这才说了这番话。在每个星期二的晚上，马拉美都会邀请一些文人和画家来做客。客人提的任何话题，她都娓娓道来。克朗肖也经常去找马拉美谈论，很明显，最近一段时间，克朗肖不可能没有见过她。

“的确，他说得头头是道。可惜呀，我觉得那全是废话。在他的眼中，世界上最重要的东西好像只有艺术了。”

“谁说不是呢！不然，我们怎会到这里来？”菲利普说。

“唉，至于你为什么来到这里，其实我不清楚，并且跟我也没有什么关系。无论怎样，对我们而言，艺术毕竟是身外之物，只不过它相对而言比较昂贵。作为自然界的一分子，人类首先要满足的就是自己存活、繁衍后代。也就是说，如果这两个本能的要求得不到满足，其他的根本就不会存在，更别提让他们通过书画、诗歌、著作等来放松身心了。”

说完，克朗肖暂停了一下，举杯喝了一口酒。有一个问题二十年前就开始困扰着他：到底是长时间连续说话让他口渴而想到美酒的甘甜，这才侃侃而谈，还是因为酒能助兴，让他在谈话时兴致勃勃，这才贪恋杯中之物?

口中酒刚下肚，他继续说：“我给各位念一首诗，昨天刚写的。”

还没等别人请他念，他就毫不介意地开始念了，一边充满感情地念着，一边合着拍子。这首诗也许是一首好诗，可是就在这个时候，厅堂里进来一个漂亮的女孩子。她化着浓妆，脸蛋绯红，嘴唇涂着厚厚的红色唇膏，颜色看上去太过娇艳；眉毛和睫毛比正常的黑了许多，不知用什么染的；发型很时尚，跟克莱奥·德梅罗德小姐推荐的发型一个模样，这种发型在当时也是风靡一时。她的突然出现以及如此艳丽的打扮，深深地吸引了菲利普的眼球。等朗诵结束，克朗肖朝菲利普投来宽容的笑容。

"原来你没有听呀。"他说。

"啊，听着呢，一直在听。"

"没事的，我不会责怪你的。不过，这正好印证了我刚才说的话。没有了爱情，艺术将无从谈起。刚才你无视我佳作的存在，而被眼前这位娇艳欲滴的美人勾得魂魄出窍。就冲这一点，你应该接受我的钦佩之情。"

那位妇人从旁边经过的时候，被克朗肖拉住了胳膊。

"亲爱的，宝贝，来，挨着我坐。希望我们俩能开始一场妙不可言的爱情故事。"

"请你松开，我想静静。"说完，她猛地挣脱开，大摇大摆地走了。

克朗肖一扬手，毫不介意地又继续说："艺术，说白了，其实就是聪明人在温饱、淫欲都满足之后，想打发时间而创造出来的东西。"

说着，他将酒杯斟满，然后又接着往下说。说话时，他的嗓音比较圆润，发音清晰，也很讲究语法和措辞。很明显，这些都是仔细考虑过的，并且他经常将经典语录跟庸俗低级的话揉在一起，让人觉得荒诞不经、瞠目结舌。他的话锋不断变换，一会儿一本正经地逗乐子，过会儿又满脸笑容地劝告各位；在谈起艺术、文学和人生时，一会儿显得虔诚恳切，一会又满嘴脏话，一会儿满脸笑容，一会儿又泪流满面。这个时候，可以断定，他已经酩酊大醉了。接着他背起诗来，一会儿把自己写的跟弥尔顿的搅在一起，一会儿把雪莱的融入他自己的诗句之中，一会又把自己的同基特·马洛混为一谈。

后来，劳森实在熬不住，先离开了。

"不好意思，我也瞌睡得不行了。"菲利普说。

在场的四个人，克拉顿说话最少，他没有走，反而留了下来，一丝嘲讽的笑容显现在他的脸上。他继续等着克朗肖能胡说八道些什么。

菲利普和劳森两人道别后，菲利普回到房间，躺在床上，可是他睡不着。这会儿，他的脑海里翻腾起伏着自己听到的那些新鲜的言论，尽管这些言论是他人酒醉后的胡言乱语。这让他很激动，仿

佛有一股巨大的能量汇集在他的身上，让他一时间自信心爆棚，这样的感觉从未出现过。

“我相信，终有一天，我将挤入著名画家的行列。我能感觉到我有这样的才气。”他小声地对自己说。

突然，他的脑海里闪过一个念头，这让他激动得有点儿发抖了。其实对于这个念头，他不愿多说什么，即便是只说给他自己听。

“上天可以做证，我，毋庸置疑，是一个天才！”

虽然今晚他喝的啤酒不多，加起来也不到一杯，按说是不会让人醉的，但实际上，他也已经醉了。让他陶醉其中的，不是酒精，而是一种更厉害的东西。

43

在每个星期二、星期五的上午，某位画家会光临阿米特拉诺画室，主要任务就是对学生的习作进行讲评。在这个国度，这些画家的待遇很差。给别人画画像是他们的主要经济来源，有时也会跟着美国的有钱人混日子。在巴黎，像阿米特拉诺这类的画室有很多。他们会经常联系一些有点儿名气的画家，来给学生的作品指点一下，并支付一些报酬。而这些画家也很乐意做这个兼职，毕竟每周只需花费两三个小时就可以不费吹灰之力挣些收入。米歇尔·罗兰，会在每个星期二来阿米特拉诺画室做兼职。这个画师上了年纪，胡子都白了，不过气色倒是不错。他有一件为大家所不屑的事，原来曾给政府部门画过一些装饰画。大家都知道，他跟师傅安格尔一样，始终对美术的新时尚嗤之以鼻。当听到德加、马奈、西斯莱和莫奈等这伙新流派的名字时，他就怒火中烧。但作为一名老师，他依然是很优秀的：温文尔雅，乐此不疲，并且很注重引导。到了每个星期五，富瓦内会来到阿米特拉诺画室。这个人不好打交道，别看他个子瘦小，嘴里的牙齿几乎全坏了，胡子乱糟糟的，整个模样跟得了什么病一样，但两只眼睛射出恶狠狠的光芒，说起话来声音尖锐，话里话外都带着几分嘲笑。许多年前，当时他有二十五岁，卢森堡美术馆曾买过他的几幅画，因此他便觉得自己不可一世，相信自己终有一日会出人头地，成为画坛的一枝独秀。可惜，天不遂人愿，凭借着自己年轻时的一点活力和灵感，他有所成就，但好景不长，很快就到了江郎才尽的地步，在接下来的二十年里，他再无其他新的作品问世，只能依靠模仿他年轻时的一些出名的风景画来维持生活。有时，大家觉得他的作品如出一辙，没有新意。面对这些指责，他并不在意，反而问道："这个有什么呀？柯罗，你知道吧，他这一生也就对一样东西感兴趣。我干吗不能这样呢？"

看到其他人有点儿成绩，他心里就十分妒忌。他更痛恨那些印象派画家，曾扬言要跟那个派系一争高下，甚至认为印象派的作品完全蒙蔽了那些喜欢追逐潮流的大众的眼睛，而对自己的作品置之不理，这才造成自己一落千丈。不过，对于米歇尔·罗兰，虽然也隶属印象派，但他倒给些面子，只是用"江湖骗子"来称呼他。除此之外，富瓦内毫不留情，定是恶语相加，像"恶棍"和"流氓"已经算是很文雅的称呼了。他还经常拿他们的私生活开玩笑，措辞很风趣，但无不透着十足的讽刺，更甚者会用"私生子"来恶意诉说他们的私生活淫乱不堪，充满了鄙视和谩骂。有时，他会运用东方文化里的比喻手法，以及强调语势，目的是为自己的言语讽刺壮大声势。画室的学生都不喜欢他，甚至对他是敢怒不敢言，因为他在评讲大家的作品时，嘴不留德，毫不留情，满脸都是鄙视的神情。很多女同学因为这流眼泪，没有想到他为此大加讽刺，言语更加犀利。有时候，面对他的嘲讽和训斥，学生们实在忍受不住，曾加以抗议，但令人无可奈何的是他照样在画室内执教，就好像在巴黎没有比他更优秀的美术教师似的。遇到这种情况，画室的负责人，一个老模特儿，会鼓起勇气劝劝他。但是，面对这位任性固执的画家，老模特儿的劝说很多时候应该算是低三下四的赔礼道歉。

不幸的是，菲利普上来就遭遇到了。那次，富瓦内早早地就来到学校，司库奥特太太正陪着他挨个画架地看。后来，菲利普走进画室，挨着范妮·普赖斯坐下。菲利普看到她神情慌张，脸色青一块白一块，画画时很不自在。她不时地将画笔放下，用手搓擦着上衣，紧张得手心冒汗。忽然，她转过脸，皱着眉头，表情很慌张，看着菲利普，好像要把她心神不宁的事情掩盖起来。

“这幅画，你看看怎么样？”她问菲利普。

菲利普将身子凑到她的画前，然后看她的画。这一看不要紧，她的画让菲利普大吃一惊，心里在想：“难道她的眼睛瞎了？她画得完全走了样，根本看不出是个人形。”但出于礼貌，他只好说：“比我画得好多了，我要是有你的一半，就心满意足了。”他安慰地说，说得很勉强。

“你怎么这样说，我来这儿已经两年了，你才来几天呀。现在就想跟我相提并论，是不是有点异想天开了？”

没想到范妮·普赖斯会说这样自负的话，菲利普突然吃了一惊，不由得怔住了。看来，就是因为她似乎特别喜欢出口伤人，这才让整个画室里的人都不愿意跟她走得太近。看来这些都是事出有因，也不足为怪了。

“半个月前，我实在受不了富瓦内那副嘴脸，就跑到奥特太太那儿把他告了，”她继续说，“从那以后，我发现那个家伙竟然对我的画置若罔闻，看都不愿意多看一眼。可是，他愿意把时间花在奥特太太身上，一看就将近半个钟头，还不是因为那个女人是这里的司库嘛，要不还有什么呀。但是无论如何，我也是在这儿付了学费的，并且一个子儿也不比别人少，难道是因为我付的钱比别人的少了胳膊或者缺条腿吗！我就纳闷了，为何只对我一人不闻不问的，究竟是何居心？”

说完，她再次拿起炭笔，好像要画些什么。可是很快就撂下了，并叹了一口气。

“我心里发慌，不想再画下去了。”

说话时，她还望着跟奥特太太（一个性格温和、没什么见识，但自我感觉良好的妇人）一起朝他们这边走来的富瓦内。当从露思·查利斯（一个英国姑娘）的画架边经过时，富瓦内停住脚步，然后看着她的那幅画。这位姑娘个子不高，衣衫褴褛；一双黑眼睛，看上去没什么精神，只是偶尔会闪烁一下。看来，今天富瓦内的兴致似乎很高。这次他没有多说话，只是拿起炭笔，在画布上信手拈来，马上就把她的失误之处给标出来了。这下，查利斯小姐高兴得不得了。接着，富瓦内起身离开，又站在克拉顿的画架前。看到富瓦内快要到了，菲利普突然有些紧张，不过奥特太太曾给他说过，如果有事会帮忙的。站在克拉顿的作品前，富瓦内没有作声，只是把大拇指塞在嘴里，突然无意识地将一丁点儿脱皮吐在了画布上。

突然，他开腔了："这根线条画得不错，看来你已经摸出些门道了。"他一边说，一边用拇指点着他所欣赏的成功之笔。

听着他的评价，克拉顿没吭声，脸上的神情仍然是舍我其谁的感觉，其中还夹杂着讥讽的意思。他的两只眼睛凝视着这位画家。

"到今天这个阶段，你总算露出了几分才气，至少是这样。"

站在一旁的奥特太太听了这话就把嘴一噘，表现得不以为然。她一向不喜欢克拉顿，并且从画里也没有看出有什么特别的名堂值得一提。而富瓦内更加来劲，他将身子坐正，耐心细致地向克拉顿谈论起绘画方面的诀窍。一旁的奥特太太可有些不耐烦了。克拉顿一声不吭，只是有时点点头，这让自大的富瓦内备感得意，因为他觉得自己的这番讲解，让克拉顿有种醍醐灌顶的感觉，明显是体会到他的含义，而在场的其他人却是一头雾水，显然不知所云。

指导完克拉顿，富瓦内起身来到菲利普的身边。

"这个是新来的，没来几天，"奥特太太在一旁赶紧为菲利普开解，"过去没学过，现在就是个新手。"

"这个不用你说，我看也是。"富瓦内说。

富瓦内说完他，没有停留，继续朝前走，来到范妮·普赖斯的画架前。奥特太太特意轻声地对他说："这个姑娘就是那位我给你提过的告你状的人。"

听到这儿，富瓦内顿时看着她，两眼充满怒光，心里那种无比的憎恶之情不言而喻，就连跟她的讲话都显得十分刺耳。

"你就是我一直亏待的那位姑娘了，不就是因为我没有关心你的大作嘛，没有想到你竟在司库面前告我一状。这样吧，现在就把你的这幅大作拿给我看看，也让我长长见识。"

听完他的话，低头不语的范妮·普赖斯脸羞得通红，原本发青的皮肤，几乎成了怪异的紫色。她一时无法争辩，用手朝她的画一指，示意是这幅从星期一画到现在的画。

随即，富瓦内就坐了下来。

“看到这幅画，阁下想要我怎么说？是不是想让我恭维它是一幅好画？门儿都没有。还是让我夸你画得还不错？照样没门儿。是不是要我指出它的优点？简直是不可理喻。不过，如果是想让我挑毛病，我倒觉得除了毛病，就是毛病。如果你想知道接下来该怎么办？我会毫不犹豫地说‘干脆把它撕了’。这样，不知道你还满意吗？”

听完，普赖斯小姐面色苍白，内心十分恼火，没有想到她自己竟在奥特太太面前被这个可恶的画师如此羞辱。在法国也待了这么长时间了，她对法语也算熟悉，听着没问题，问题是让她说法语，她却捉襟见肘，说不出几个像样的词。

“他有什么权利如此对待我？你也清楚，我付的学费没有比别人少一个子儿。我付学费是来学习画画的，不是让他羞辱的。你们都瞧瞧，他这是在教我画画吗？”

见到这个学生当众大声说话，富瓦内问：“她说什么呢？刚才她究竟在说些什么？”

奥特太太不敢将原句翻译给他听，只是支支吾吾地想转移话题。而普赖斯小姐不依不饶，直接用生硬的法语对他说：“我付学费是来学习画画的，是要你来教我的。”

画师听后，怒火中烧，随即挥着拳头，放开声音，说：“得了吧，你，我可没能耐教会。骆驼也比你学得轻松。”说着，他转过身对着奥特太太说：“麻烦你再请教一下她，她为什么来学画，是想以此为生，还是仅仅出于消遣？”

普赖斯小姐马上答道：“我要像画家那样挣钱过日子。”

“哦，这句话让我听明白了。如果是这样，我可以很负责地对你说，你这是在虚度时光，知道吗？首先，你没有这方面的天赋，不过这也不算什么大问题，毕竟天底下有这个天赋的人少之又少，你没有那么幸运！其次，你没有灵性，至今你的脑子还是一窍不通，这是你最大的问题。你掐指算算你来这里有多少日子了。就算是五岁的孩子来这里上几节课，画画的水平也比你高。所以，还是听我一句，你最好趁早放弃吧，别做这番无谓的尝试了，我想你做打杂女工也比当画家可靠。你瞧着……”

说完，他随手抓起一根炭笔，使劲地在画布上画着，突然笔折了。

他轻声骂了一句，随即用手中的断头在画布上信手画了几下。他画画时动作麻利并且充满力量。一边勾勒，一边讲解，一边骂骂咧咧的。

“你瞅瞅，这两条手臂长度一样吗？很明显一边长一边短。再看看膝盖，我的天，你都画成什么样子了。我没说错吧，这些地方让五岁的孩子来画，也不至于到这个地步吧。还有这儿，她靠着这两条腿能站住才怪呢！这个是什么，别给我说这是脚！”

从他口中喷出的每一个词，都会在画布上“咚咚”地被那支发疯似的炭笔标记出来。没有多久，这幅范妮·普赖斯花费好几天，费了九牛二虎之力完成的画，竟在他的手下变得一塌糊涂、不忍直视，画布上留下了他用力标出的记号。最后，他站起身来，扔下炭笔，对普赖斯小姐说：“这位小姐，我想你还是去学点裁缝的手艺吧，这个不适合你。”

说完，他低头看了一下时间，“时间过得真快呀，已经到下课时间了。各位，下周再见。”他转身走了。

大家随即各自收拾，陆陆续续地离开了。菲利普故意落在别人后面，想宽慰正在慢腾腾地收拢画具的普赖斯小姐。他绞尽脑汁，说了一句：

“普赖斯小姐，这件事我也不好受。那个人实在是野蛮，太过分了。”

可没有想到的是，她竟冲着菲利普发起火来，好像那位老师附体了。

“你怎么没走？留在这儿，就想跟我说这些吗？我明确告诉你，无论如何，我也没有到山穷水尽的地步，也轮不到你来可怜我。行了，请你让开，别站在我的面前。”

她收拾停当，从菲利普身边走过，径自走了。菲利普觉得很无趣，无奈地耸了一下肩，然后也离开了。他要去格雷维亚餐馆吃午饭。

当菲利普到餐馆之后，他把心中的不悦告诉了劳森。劳森说：“那是她活该，谁让她的脾气那么臭呢。”

每逢星期五上午，劳森故意不去画室，因为他害怕富瓦内指责他，所以总是避而不见。

“我的作品究竟怎么样，数我自己最清楚，我可不愿意别人对

我的作品评头论足。”

“那你的意思是说，”克拉顿讥讽道，“是不是对自己的作品心知肚明，所以才不希望在别人面前出丑？”

菲利普计划下午去一趟卢森堡美术馆，里面还有好多藏品等着他去欣赏呢。在经过街心花园时，他一眼就看到了坐在老地方的范妮·普赖斯。菲利普还记得中午那件事，本着一片好心安慰她，谁知她竟不领情，还冷言冷语地对自己，现在想想心里还觉得委屈别扭。这次，无论如何也不要自找没趣，干脆就当作没有看见她，赶快走得远远的。不过，当菲利普装作旁若无人地经过时，普赖斯小姐却突然起身迎了上来。

“怎么，还在生气呢，是不是打算不再理我了？”

“你说的这是哪里的话，没有的事。我原想是因为今天发生的事情，你不希望别人来打扰，所以我没有主动跟你搭话。”

“接下来，你准备到哪儿去？”

“哦，我计划下午去卢森堡美术馆。听说那里有马奈的那幅名画，但我还没有真正见过。”

“你觉得让我跟你一起去怎么样？那个地方我去过好多次了，到时候可以带着你欣赏几件大作。”

很显然，要让她说些表达歉意的话，还真是很难呐。不过，她选择这种方式来表达歉意，还算不错。

“真的吗？那就太麻烦你了，我正为无人指点而发愁呢。”

“你要是不想跟我一起，不妨直说，我不会勉强的。”她有点怀疑菲利普。

“不，我真心愿意你能陪我去那个地方，顺便指点一二。”说完，他很绅士地伸手示意普赖斯小姐同行。

那位小姐这才打消心中的疑虑，陪着菲利普去了美术馆。这一段时间，凯博特的私人藏画正在卢森堡美术馆公开展示。对于学习画画的人来说，这是一次绝佳的时机，可以学习印象派作品的奥妙。以往都是拉菲特路迪朗·吕埃尔在他的画铺里或者私人寓所内展示这些作品。他是个生意人，不过跟那些自以为是的同行不同，他不会拒绝穷学生的来访，并尽量不限制他们。每逢周二，他的寓所公开对外，并且很容易就能弄到入场券，但是，那里却摆着许多世界名画供人参观。等进了美术馆，菲利普跟着普赖斯小姐直接朝马奈的《奥兰毕亚》走去。当看到这幅油画时，菲利普惊呆了。

“这幅画，是不是你一直期待的？”她问菲利普。

“其实，我也说不清楚。”他不知如何回答。

“我可以这样告诉你，在这里，惠司勒的肖像画《母亲》应该是首屈一指的，紧接着就数这幅画最精彩啦。”

在菲利普仔细揣摩这幅杰作的妙处时，普赖斯小姐就耐心地守在一旁。过了好一会儿，她才带着菲利普来到一幅描绘火车站的油画前面。

“你看，这幅画是莫奈的另一个作品，画中的地点是圣拉扎尔火车站。”她解释道。

“这幅画里，铁轨不平行，是怎么回事？”菲利普不解地问。

“这很重要吗？我觉得很正常。”她看到菲利普如此外行，脸上显现出自豪的神情。

听后，菲利普顿时觉得自己多么的渺小。接着，普赖斯小姐带着菲利普在美术馆内的名画前驻足欣赏，并向他讲解每幅作品的妙处，态度有些傲慢，但也有不逊色的见地。从她那里，菲利普了解到画家们的灵感来源，也知道了一些画画时该从何着手等问题。在给菲利普讲解时，普赖斯小姐的大拇指有时也会跟着比画一番。菲利普对她说的这些，觉得很有新意，所以他尽管有些迷迷糊糊，但仍然听得很认真。在来这之前，瓦茨作品的绚彩多姿、布因·琼斯的细致形象，让他崇拜至今，这些正好吻合他的审美观。现如今，呈现在他眼前的一切都与以往完全不同：从这些作品中，看不到道德的影子，使得人们在欣赏它们时，无法体会到追求更纯洁、更高尚生活的动力。想到这儿，他觉得不可思议。

菲利普实在是觉得迷惘，最后他说：“不好意思，我现在很累了，整个脑子已经装不进任何东西了。要不，咱们先找个地方坐下休息一会儿。我看你也很累。”

“好吧。你也知道，追求艺术，最忌讳的就是一时心急，因为吃得多未必就能全部消化掉。”

他们一起走出美术馆。在馆外，菲利普再三感谢普赖斯小姐的热心陪伴和讲解。

“哦，这不算什么，我很乐意，”她说，“要是你明天有空，咱们还可以去趟卢浮宫。等过些日子，咱们还可以去一趟迪朗·吕埃尔的画铺。”

“是真的吗？你对我太好啦。谢谢！”

“我也得谢谢你呀。不像他们，压根就没有把我当人来对待。”

“不会吧？”

“怎么不会？哼，那些家伙不想让我待在画室里，总想把我轰出去。没门儿！我才不走呢。我既然付了钱，那么我乐意待多久就待多久，谁也别想赶我出门。你知道吗？今天早上发生的事情，我觉得应该是露茜·奥特那个贱人使的坏。她天天诅咒我赶紧离开画室，因为她做的那些见不得人的事情，我是门儿清呀，所以，她对我一直怀恨在心，想借此机会将我扫地出门，还以为这样一来我就会乖乖地走了。这个家伙……”

她说起早上的事情，一发不可收拾，说来说去还主要围绕在奥特太太身上，说这个妇人虽然个子不高，看上去却温文尔雅，虽然没有什么姿色，却是一个水性杨花的荡妇，经常跟某个野男人寻欢作乐。说完奥特太太，她又提起露思·查利斯小姐，这位姑娘在今天上午被富瓦内大肆夸奖了一番。

“那个女人更是不敢苟同，画室里的男人几乎全部跟她有勾搭，这跟妓女有什么区别？还有，她一个月也洗不上一回澡，身上应该脏得不堪入目。这些都是真的，半点儿水分都没有。”

听到这些抱怨和谩骂，菲利普心里就不是滋味。关于查利斯小姐的各种传闻，他的确听到不少。但对于奥特太太的操行，他从来没有怀疑过，毕竟奥特太太一直跟母亲住在一起，而这次普赖斯的一番话让菲利普觉得不可思议，简直算得上荒诞不经。在光天化日、朗朗乾坤之下，站在自己身旁的这位女人竟然恶意中伤别人，不由得让他心凉了半截。

“我才不管别人怎么说呢。我自己的路，只要我坚持走下去，迟早有一天会熬出头的。我有这个天赋，将来当一名画家应该没问题。

如果让我放弃这一行，我宁愿去死。再说了，我又不是第一个在学校里遭人耻笑的人。你发现没？正是这些备受冷落讽刺的人成了有名的画家，而那些讥讽别人的人却一无所成。艺术对我而言是值得去拼搏的唯一事情，甚至付出我的生命也在所不辞。现在最大的问题就是我能不能坚持下去。”

她滔滔不绝地向菲利普讲了对自己的评价。如果别人对她的评价有不同意见，那么她就认为别人没安什么好心，一定是妒忌她。就像克拉顿，她很讨厌那个家伙。她对菲利普说：

“克拉顿，那个家伙，其实才疏学浅，他的作品没什么真正的内涵，徒有虚表。就他那样的，一辈子也画不出稍微像样的东西来。”

然后，她又提到劳森：

“这家伙满头红发，满脸雀斑。其实他对富瓦内充满恐惧，别说拿自己的画给他看啦，画室都不敢进。相比而言，我还算有胆量的，你说是不是？无论富瓦内如何讽刺挖苦我，我都不在乎，但我很清楚一点，那就是我迟早会实现我的理想的。”

这一路上，她一直叨叨个不停。菲利普觉得路程好远呐，不过总算到了她家附近的街道上，这才长吁一口气，终于跟她告了别。

44

又到了周末。尽管上次普赖斯小姐让菲利普感到心寒，但是这并没有影响菲利普接受普赖斯小姐的主动邀请。这次他们要一起去参观卢浮宫。进了卢浮宫，普赖斯小姐先把他带到《蒙娜丽莎》的前面。看着这幅大作，菲利普竟觉得失望起来。还好，前段日子，他曾反复拜读过沃尔特·佩特对这幅画的评论。这个时候，为了显示自己有所准备，菲利普在普赖斯小姐面前将这段话背了出来。

“你说的原本就是沃尔特·佩特那家伙在显摆自己的文采，仅此而已。你可别被他蒙蔽了。”她说话的语气中，充满了不屑。

然后，她指着伦勃朗的名画给菲利普看，并向他仔细地介绍这些作品，讲得是有丁有卯。后来他们来到《埃墨斯村的信徒》跟前。普赖斯小姐说：

“这幅画的妙处，如果你能领悟到，那么你对绘画这一行也算是摸着一些门道了。”

接着，在普赖斯的引领下，菲利普逐个看到了安格尔的《女奴》和《泉》。她对学画极认真，很有一股子蛮劲。可是她是一个专横的向导，根本就不顾菲利普的爱好，只凭着自己的喜好去一幅一幅地欣赏，甚至她赞赏的作品也要硬逼着菲利普加以夸奖。当经过长廊的窗口时，窗外绚丽、雅致的杜伊勒里宫映入菲利普的眼帘。明媚的阳光照耀着整个宫殿，此时的景象就好似一幅拉斐尔笔下的风景画，这让菲利普不由得放声大喊：

“快看那儿，好美呀！我们在这儿待一会儿吧，我想多看一会儿。”

可是，普赖斯小姐不为所动，只是漠然地回了一句：“行吧，行吧。那就待一会儿吧。不过，你可别忘了，来这儿看画才是咱们的目标。别耽搁太长时间呀。”

秋风缓缓迎面而来，空气中弥漫着清新的味道，让人神清气爽，菲利普也顿时觉得心旷神怡。没过多久，菲利普在普赖斯的催促下依依不舍地离开了这个长廊。时间很快将近中午，两人来到卢浮宫的一个大院子里，然后伫立其中。这个时候菲利普想到了弗拉纳根，真想学着他的样子，抬头大喊一句：见鬼去吧，艺术！

两人静默了一会儿，突然菲利普提议说：“要不，咱们现在一起去米歇尔大街上的馆子，在那儿随便吃点儿东西。你看，怎么样？”

没想到，迎接他的是普赖斯小姐充满怀疑的眼神。

“不去了，我早已把午饭准备好了，留在了家里。”她说。

“这个没有什么关系，反正留到明天也可以吃呀。这次，我请你吃饭吧，给我一次机会，怎么样？”

“你为什么要请我吃饭呢？”

“我愿意请你呀，这让我感到很高兴。”菲利普微微笑了一笑。

两人相视一笑，一起走向米歇尔大街。途中经过一条河，然后就到了米歇尔大街。有一家餐厅就坐落在街道的拐角处。

“就这家吧。”

“算了吧，一看这地方就知道要花好多钱，我就不进去了。”说完，普赖斯小姐扭头走了。菲利普无奈，只好赶紧追上，二人并肩而走。没走多远，就来到一家小餐馆跟前，已经有十来个客人正在那儿的人行道的凉篷下面用餐。有几个白色的醒目大字写在餐馆的橱窗上：午餐，带酒水，仅仅 1.25 法郎。

“就这里吧。我想没有什么地方的午饭能比这儿更实惠了。还有，这个地方的环境其实还挺好的。”

两人坐在一张空桌旁。点过菜后，他们就开始等着服务员给他们上第一道菜——煎蛋卷。闲着没事，菲利普对过往的行人产生了兴趣，仿佛被迷住了。尽管此时他已有几分疲惫，但心中的兴致无从说起。

“哎，你看那儿，那个穿短外套的，你说他逗不逗？有意思。”

见没有回应，他看了一眼普赖斯小姐。没想到，这位小姐对眼前的景象无动于衷，只是死死地盯着她面前的菜盘子发呆，脸上还挂着两行热泪。

“你这是怎么啦？”他慌张地问道。

“别理我，否则我马上起身走。我什么也不想说。”她回答说。

眼前突发的事情让菲利普措手不及，他也被弄糊涂了。不过还好，正在尴尬时，服务员将煎蛋卷端过来了。菲利普随即将煎蛋卷一分为二，然后两人各吃各的。气氛有点儿尴尬，菲利普一直跟她扯一些无关紧要的事情，而普赖斯小姐也没有耍性子，一直控制着自己的情绪。但菲利普还是觉得有点儿不舒服：本来菲利普的胃口就不好，再加上普赖斯小姐吃饭时的馋样，这让菲利普彻底没了胃口。这位小姐吃饭时，狼吞虎咽，好像一只饥饿的野兽，并不时地发出奇怪的声音。每盘菜快吃完时，她会连菜汤一起吃完，整个菜盘一点儿菜汁都不剩。后来，她一个人把两个人量的卡门贝尔奶酪也吃了个精光，连干酪皮都没有给菲利普留下。看到这些，菲利普心里禁不住有点儿讨厌她：她怎么比几天未进食的恶鬼还贪吃？

普赖斯小姐性格乖张古怪，让人无法捉摸她的喜怒哀乐。今天两人分别时她表现得还算礼貌，不过到了明天，就不好说了，也许她会任性固执，对你冷若冰霜。不过，话又说回来，在这些日子里，菲利普毕竟从她那儿学到了不少东西。虽然普赖斯小姐自己画画水平并不高，但她还是懂一些有用的知识的。菲利普从她那里学到这些东西，也算是她对菲利普的指点，使得菲利普的绘画技能有所长进。同时，这个也离不开奥特太太的大力帮助，有时查利斯小姐也会伸出援手，帮助菲利普修改作品中的瑕疵。除此之外，菲利普的不断长进还受益于劳森和克拉顿：劳森的高谈阔论，给菲利普提供了不少灵感；克拉顿给菲利普提供了一些值得学习的范本。然而，菲利普接受旁人的指点，遭到范妮·普赖斯小姐的嫉恨。每次只要菲利普没有直接向她求教，而是先同别人交谈，她总会恶语相加，断然拒绝。这也成了弗拉纳根、克拉顿、劳森等人取笑菲利普的把柄。

“小伙子，你当心呐，那位姑娘已经爱上你啦。”

“别胡乱说话。”菲利普不以为然，一笑了之。

菲利普可不这样认为。在他的眼中，普赖斯长相丑陋，头发乱得跟杂草似的，两只手整天脏兮兮的，身上的衣服没有见过她换过，整年都是那件破烂不堪的棕色衣服，想到这些让他心里不禁一颤。像这样的人也会坠入情网，简直荒谬至极。即便是她口袋里没有钱，但想一下，来这学画的有几个是有钱人？为什么别人能收拾得干净利索，而她却整日里邋里邋遢的。别的不提，光说那条裙子，既然它有破烂的地方，总得缝补一下吧，这应该不算什么难事，可是她的裙子依旧破烂不堪。

经过跟这么多人的接触，菲利普的脑海里对他们开始有了系统的认识。想起在海德堡学习的那段岁月，菲利普觉得那时的自己的确幼稚，那段时光好像是另外一个世界。现如今，菲利普的境遇截然不同，他对周围的人的认识更加理智、更加全面，只需在一旁留意他们的一举一动，然后在心里做出判断即可。虽说克拉顿跟他相识不下三个月，并且几乎是每天都见面，但菲利普却不了解这个人，好像两人第一次认识一样。在画室里大家对克拉顿的认识是：他有些才气，在画画这条路上走下去，必定有出头之日。这也正与他自己的看法不谋而合。不过，至于能干成什么样子，就连他自己都说不明白。最初，克拉顿在“朱利昂”学习画画，后来又转到“美术”“马克弗松”等画室，最后才来阿米特拉诺美术学校。不过，与以往的学校相比，他在阿米特拉诺待的时间应该是最长的。他愿意待在这个地方的原因是他觉得这里的管理相对比较宽松，自己可以无拘无束。他这个人跟其他初学者有所不同，不愿意屈尊请教别人，也不喜欢让自己的作品被四处展览。后来菲利普才听说，克拉顿自己的一些好的作品都收藏在他的小画室里。那间画室坐落在首次战役路上，既是工作室，又是卧室。那些作品听说很有水准，他只要愿意公展于众，一定会一鸣惊人，他的大名也会为众人所知，可惜他不屑于此。

他没钱雇模特儿，所以只好搞一些静物的图画。至今，劳森经常对出自克拉顿之手的那幅盘中苹果图大加赞扬，称它为艺苑中的杰作，毫不过分。追求完美的克拉顿，一心向往的目标连他都说不清楚。他一直对自己的作品不太满意，总觉得还有更完美的诠释。很多时候，他发现作品中某一部分，还算勉强达到满意，比如人体画的某个部位，或者静物画中的某个小物件等，就会把这些部分单独剪下来，并保存起来，剩下的就果断地舍弃。所以，他经常对那些期望一睹风采的人说，实在是没有一幅能拿得出手的作品。原先在布列塔尼，他结识了一个奇怪的画家[1]。这个人原来从事证券经纪工作，到中年时却突然放弃当前的工作，一心去学习画画。此人对克拉顿的影响很大。如今的克拉顿一直考虑着放弃印象派的风格，希望通过自己的努力，除了开辟出一条属于自己绘画的路子以外，在观察事物方面也能捉摸出一套新思路。在克拉顿身上，菲利普感到有一股与众不同的奇怪的状态。无论是在凡尔赛或丁香园咖啡馆消磨黄昏的清谈中，还是在格雷维亚餐馆的餐桌上，克拉顿都很少说话。每次，他总是静坐一旁听别人谈论，饥瘦的脸上显示出一副不屑的模样。只有碰到可以插句俏皮话的机会，他才开口说话。不过，如果有人跟他争辩，尤其是他发现了可以戏弄的对象时，他就像打了鸡血一样，充满昂扬的斗志。他谈论的话题，绝大多数都是关于绘画方面的，并且每次发表自己的高见，也只会在极个别人面前进行，并且这几个人还得让他觉得值得一谈才行。时间长了，菲利普经常纳闷：这个家伙，只有鬼知道他心里到底在想什么。很显然，他满

[1] 应指法国印象派画家保罗·高更。作者的另一部小说《月亮与六便士》即以他为原型。

脸的憔悴、一贯的寡言少语还有犀利的讽刺，把他的性格也表露无遗。不过，话又说回来，不知道所有这些是不是用来掩饰他没有真材实料的本质呢。

现在说说劳森，就是没几天就跟菲利普混熟的那个家伙。兴趣广泛的他，很讨人喜欢。在阅读方面，他比任何一个同学看的书都多。他喜欢看书，也经常买书，尽管经济上不宽裕，但他依然嗜书如命，还有他很愿意把书借给别人去看。正因如此，菲利普从他手中借到了福楼拜、巴尔扎克的小说和魏尔伦、埃雷迪亚和维利埃·德利尔·亚当等人的诗作。当地有个奥代翁剧场，就在他们住处附近。两人经常去那里看话剧，还会到顶楼看歌剧。很快，菲利普也被感染了，热情高涨，不比劳森差。他深深地被路易十四时期悲剧作家的作品和苍劲有力并且悦耳动听的亚历山大体诗歌迷住了。具有现代气息的红色音乐会[1]经常在泰特布街上举行。在那里，如果想听到悦耳优美的旋律，只需花费四分之三个法郎就能满足，要是碰上好运气，说不定还能不花钱喝几口酒呢。不过，剧场里面的氛围不太乐观：没有舒服的位子，里面人满为患，好多人抽烟，使得整个剧场烟雾弥漫，乌烟瘴气的，有时把人熏得喘气都困难。但是，他们满腔热情，根本不在乎这些。有的时候，他们心血来潮，会去比利埃舞厅放松放松。如果去这个地方，弗拉纳根很乐意陪着一起去。这个小伙子活泼好动，喜欢热闹，浑身充满了活力，常常逗得菲利普和劳森乐不可支。在跳舞方面，也就数他最在行。他们进入舞厅还不到十分钟，这家伙就已经同一个刚结识的年轻售货女郎在舞池里相拥而舞啦。

说真的，他们这群人，没有谁不愿意弄一个情人，因为在他们这群学习画画的学生中间，情人就跟装饰品一样，很有面子。如果谁拥有一个情人，必然会引起周围其他人的羡慕，连他本人也觉得自己了不起。但是，唯一让他们犯难的就是经济方面。这群人大多连自己都养活不起，更别提什么跟情人一起生活啦。虽然他们经常口口声声说法国的女孩子个个都聪明伶俐，如果养个情人，其实也增加不了多大的支出，但可惜的是，那些姑娘跟他们的想法差不多，

[1] 前卫音乐家们在街头或酒吧举行的音乐会。红色在法国人心目中具有“前卫”“别致”之意。

所以想弄到一个情人还是很困难的。现实中，大多数的习画学生只能是吃不到葡萄说葡萄酸，指责那些女人势利眼，不把他们这些穷学生放在眼里，却很乐意主动向那些有点儿名气的画家献媚，进而成为那些人的玩物。有时候，劳森费了九牛二虎之力认识了一位姑娘，两人商量好了要出去约会。然后，劳森在大家面前兴奋不已，四处炫耀他的情人如何漂亮，如何令人陶醉。不过，每次他都是高高兴兴地去赴约，垂头丧气地回来，因为根本没有见到那位姑娘的影子。天已经很晚了，劳森失望地来到格雷维亚餐馆吃饭，气呼呼地大声说道：

“真他妈见鬼，这次又被放鸽子了！我就不明白了，她们为什么不喜欢我，是因为我说的法语让她们难堪，还是因为她们对我的红头发心生厌恶？现在算算，从我踏入巴黎至今，也有一年多的时间了，可是为什么到现在我连一个情妇都没有呢？想想都觉得泄气。”

弗拉纳根神秘地说：“小伙子，里面的门道，你还没有摸到哩。”

他说的也在理，毕竟他是这方面的行家。他在情场上可谓是屡试不爽，交往过的情人数不胜数，这让周围的光棍儿们既佩服又眼红。虽然他说的不一定全是真话，但是摆在眼前的事实，又让别人不得不觉得他说的也有几分道理。但是，他想要的不是婚姻和永久的爱情，因为他本就只打算在巴黎待两年，然后准备回西雅图去继承家产。至于这两年，他还是费了好大一番口舌才说服父母不去上大学，只来这里学习画画的。所以，他来到这里，早已本着及时行乐的想法，根本不会考虑什么一生一世，主要热衷于招蜂引蝶，贪图美色。

“我就不明白了，那些娘们儿，你是如何搞定的？”劳森显然有些心理不平衡。

“伙计，这有什么难的，”弗拉纳根回答说，“要是你看好了一个对象，直接主动靠上去就可以了。这些倒是容易，真正难的在于甩掉她们，这个时候就需要玩点儿手段。”

对菲利普来说，自从来到巴黎，他的大部分时间都忙于画画，其余的时间花费在看书、看戏，还有听别人谈天说地等这些事上面，哪有心思去追女孩子？不过，他也想过追女孩子，但得等到他的法语很流利的时候。

自从上次与威尔金森小姐分别后，菲利普至今也有一年多没见她了。期间，菲利普曾收到她的一封来信，当时他还在布莱克斯泰勃，不过马上就要离开了。但来到巴黎以后，刚开始的几个星期他忙得不可开交，也就没有时间回信了。后来，那位小姐又寄来一封信。这一次，菲利普认为信里应该满是怨愤。菲利普当时心情不好，为避免情绪失控而造成不好的局面，干脆就将信束之高阁，没有打开看，想着哪天心情不错再打开也不迟。一个月后，他正在四处找完整的袜子，突然在抽屉里发现了那封信。看着好久都没打开的这封信，菲利普心情沮丧，不停地责怪自己没有人性，想象着这下威尔金森小姐应该是伤心透了。忽然他又窜出一个念头：不在乎她怎么想了，反正这段时间她都熬过去了，也算是把最痛苦的时刻熬过去了。后来他又觉得女人经常会用夸张的手法来表达自己的感情，所以她们说的话、写的信的内容都未必全是真的，必有言过其实的地方。一样的话，要是从男人嘴里说出来，分量就会重得多。还有，自己已经决定，以后都不会跟她见面了。再说，自己也好长时间没有寄信给她了，现在更不必要多此一举啦。最终，他把那封信原封不动地扔在了一边。

“我想她应该不会再来信了，”他心里想，“她应该会明白，我们之间的这段孽缘到此为止了。再说，她毕竟年纪不小啦，岁数差不多都赶上我的妈妈了，这一点她应该早就知道。”

想到这儿，菲利普内心很难受。虽然他目前的处境，可以采取这种快刀斩乱麻的态度，但他想来想去，感觉这件事实在是太可笑了。正如他所料，从那以后他再也没有收到威尔金森小姐的来信，也没有在巴黎见到她。说真的，他最担心的就是威尔金森小姐突然出现在巴黎，出现在他的面前，这会让他在朋友面前出丑。实际上，他的这个担心是多余的，并且还很荒唐。很快，他就把威尔金森小姐忘到九霄云外了。

在此期间，他还把旧时的崇拜偶像毫不犹豫地摒弃了。最初，当他看到印象派的作品时，相当惊讶。现如今，他对印象派充满了敬意。如今的菲利普，对莫奈、德加和马奈等画家的不俗之处也是娓娓道来，逢人便夸。他在脸盆架的上方并排钉了两张照片，一张是安格尔的名作《女奴》，另一张是《奥兰毕亚》。这样一来，当他修面剃须的时候，一抬头就能欣赏大师们的杰作。如今他认为，以前所谓的风景画在莫奈面前都不算什么，甚至连风景画都算不上。伦勃朗的《埃默斯村的信徒》、委拉斯开兹的《被跳蚤咬破鼻子的女士》，也让菲利普觉得心灵在颤抖。虽然图画中的那位女士真名不叫"被跳蚤咬破鼻子"，但格雷维亚餐馆却为此出名。由此可见，尽管画中的人物形象古怪，让人一时难以接受，但它的魅力依然让人折服。为了迎合自己内心的真实感觉，他把随身带来的硬边儿圆顶礼帽和笔挺的蓝底白点领带扔到一边，就像他抛弃瓦茨、罗斯金和因·琼斯等人一样。如今的菲利普，头戴着宽边软帽，黑色的围巾随风飘荡，一件裁剪式样的披肩穿在他的身上，给他增添了不少浪漫的味道。当他如此打扮走在蒙帕纳斯大街上时，路人会觉得他就是在这里土生土长的人。他喜欢上了苦艾酒的苦涩味道，把自己的头发留长，还盘算下一步把胡子留出来。

45

很快，菲利普觉察到自己的这伙朋友脑子都灵光了不少，这些都归功于克朗肖的灵感：劳森从克朗肖那儿学来了那一套奇谈怪论；一直追求完美、不落俗套的克拉顿，经常拿克朗肖的一些说词来抬高自己的见解；在一起吃饭时，他们把克朗肖的想法作为主要的话题来谈论；在物质的是非面前，被他们作为评判准则的还是克朗肖的独到见解。就这样，无意间他们对克朗肖的敬意逐渐流露出来。也许是为了掩饰这种情感，他们会经常拿克朗肖的性格弱点开玩笑，还不时地感叹克朗肖堕落的生活状态。

"唉，克朗肖，这个老家伙，说起来也挺可怜的，竟沦落到今天这个地步，无法回头啦。不必多说，他呀，也就到此为止啦，绝不会有什么长进啦。"他们都这样说。

实际上，克朗肖的才华，也就只有他们这个圈子里的几个人欣赏，并且，这几个人还经常引以为豪。虽然年轻人总瞧不起那些干傻事的中年人，但在他们的心里，克朗肖还算是一位高人，但现在是一

枝独秀的年代，此人生不逢时，郁郁不得志，实在是可惜，不过他们仍以能结识此人而感到骄傲。大家在格雷维亚餐馆从没有见过克朗肖。听说，他和一个女人同居已有四年，而这个女人也很少有人见到，劳森和她也只是一面之缘。他们住在大奥古斯丁街上的一栋很烂的公寓楼六楼的一个小套间里，经济状况也不容乐观。有一次，大家在吃饭时，劳森和他突然说起那里的情形，想想都不堪入目：

“你们都想象不到，屋里面脏乱不堪，到处都是垃圾，弥漫着刺鼻的臭味。不闻则罢，如果闻了小心把你的肝胆脾肺肾给吐出来。”

“唉，劳森，大家还在吃饭呢，你就先别说了。”

此刻的劳森，正说得起劲，怎么能住口？他先是详细地给大家描述了那股直入肺腑的肮脏之气，然后又把那个女人的模样有模有样地讲述一番。这个时候，劳森更来劲儿了：那位妇人年纪不大，个子不高，皮肤黝黑，身材丰满；头上的黑发随时都会披散下来；衣着暴露，只有一件破旧的短上衣包住身体；脸蛋红润，嘴巴性感，尤其是那双眼睛，忽闪忽闪的，让人着迷，会使你不禁想起弗兰兹·海尔斯的名画《波希米亚女子》（在卢浮宫内陈列着）；这个女人浑身上下都散发着水性杨花的风骚气息，既让人很有兴趣，但又觉得有些不安，好像见到了一个趴在地上、脏兮兮的小孩子；更不可思议的是，她趁克朗肖不在，经常跟拉丁区一些无所事事的野孩子打情骂俏。才华横溢、聪明过人的克朗肖，虽然把美看得比命还重要，但他跟这样的女人待在一起，实在是让他的崇拜者难以理解。克朗肖不知道怎么就被她迷住了，连她口中淫秽不堪的话语也能让克朗肖大加赞赏，有时还毫不掩饰地四处张扬。那位女子被克朗肖戏称为“我的管家婆”。一贫如洗的克朗肖，靠着给一两家英文报纸撰写评论画展的文章，挣些收入来勉强度日，有时他也会做一些翻译。以前，他曾在巴黎某英文报社工作，是个编辑，后来由于贪杯误事而被单位开除，不过，有时候这家报纸的一些零活还会让他来做，一般也就是报道一下拍卖会呀，或是活报剧之类的。可以说，巴黎的生活已经深深渗入他的骨髓了，虽然贫困、劳累和艰苦都让他尝尽了，但是相比之下，他更愿意待在这里生活，甚至愿意为此舍弃世间的一切。一年到头，他就在巴黎待着，即便在炎热的夏季，他的好友们都出门避暑去了，他还是不愿离开半步。用他的话说就是，离开圣米歇尔大街，哪怕只有一英里，他都会感觉浑身上下都不自在。不过，事情说来也奇怪，虽然他不曾离开巴黎，但是迄今为止，他的法国话还说得很糟糕，还有每天的衣着打扮总给人留下英国人的印象，这个也许永远都无法更改。

正如大家所说，克朗肖的确是生不逢时。他这个样子，如果放到一个半世纪之前，那绝对混得风生水起，因为在那个时候，只要能说会道，就能经常在社交界出入，能结识许多上层名流，跟他们在一起推杯换盏，喝得一醉方休应是家常便饭。

没事的时候，他也经常对自己说："我的命好苦，我要是出生在十九世纪，一定会出人头地的。只可惜，命运不济呀！有钱有势的人无视我的存在，现在我所缺少的就是他们的帮助。要是能得到他们的帮助的话，我的诗集就可以在他们的资助下出版。接着某个达官贵人会接受我的这份馈赠。如果某位伯爵夫人愿意让我写上对仗押韵的句子送给她的狮子狗，我是迫不及待呀；我盼望着能跟某贵人的侍女在一起打情骂俏；我十分期待能有一天跟主教大人们高谈阔论。"

他还将浪漫诗人罗拉的诗句搬出来："虽然我来到了古老的国度，但还是来晚了。"

相比之下，克朗肖不喜欢跟熟悉的面孔待在一起。就像菲利普，就很招克朗肖的喜欢，这也许跟菲利普的一个特殊的本领有关：他跟人交谈时，语言恰到好处，一方面把话题引了出来，另一方面别人在他面前谈论什么都不会被打断。可以说，克朗肖把菲利普给迷住了。尽管他的言辞大多数是陈词滥调，没有什么新意，但是他有着与众不同的谈吐、洪亮悦耳的嗓音以及独到的见解，这些优点让年轻一辈折服是绰绰有余的。从他口中说出的一字一句，都能让年轻人陷入深深的思考，就像劳森和菲利普那样，来回往返两人租住的旅馆，不把克朗肖随口提出的某个观点弄清楚，是不会各自回屋休息的。身为年轻人，菲利普一直疑惑的是，都说克朗肖很有才华，他的诗作不同凡响，可是为何至今没有出版过，虽然偶尔会在杂志上看见，但这种结果不是大家愿意看到的。菲利普死缠烂打，费了

不少口舌，才总算从他那里拿来一叠纸。这些纸原是《星期六评论》《黄皮书》等杂志里的，上面登有他的诗作。菲利普怀着崇敬的心情读了这些诗句，突然觉得似曾相识，跟亨莱或史文朋的很像，这让菲利普大吃一惊。原来克朗肖的诗句大部分是从别人那儿抄袭过来的，不过这个本事也不是一般人能有的。后来，菲利普跟劳森说了这件事，并表示对克朗肖有点儿失望。没有想到，劳森口无遮拦，随后就把此事四处宣扬，弄得是人尽皆知，搞得菲利普措手不及。有一次，在丁香园，菲利普再次见到克朗肖。他觉得十分尴尬，而克朗肖却冲他狡黠地一笑，说："我听说，我的诗作没能入您的法眼呀。"

这下让菲利普更加羞愧了。

"没有这回事，"他慌忙说道，"阁下的大作我还是非常爱读的。"

"哦，是吗？怎么跟我听到的不一样呢？没事的，有什么话不妨直说，我的面子没有那么金贵，"他挥一下手，继续说，"说实在的，我对自己的诗作都不怎么看重。我觉得如何把生活的价值描述出来并不重要，重要的是它价值几何。从生活的瞬息万变中抓住它释放的感情，探索生活所提供的多方面经验，这才是我的生活目标。对于写作，我把它看成生活中的一项有趣的事情，是它让我现实生活中的乐趣不断增加，而不是减少。至于别人如何去评价，我就不在乎了。"

坐在一旁的菲利普没有说话，只是面带笑容，因为他觉得没有必要掩饰了，怎么着也无法掩盖内心的想法：明说了吧，原来这位诗人，只是喜欢在纸上涂涂画画，连一件拿得出手的作品都没有。克朗肖把自己的杯子倒满，若有所思地打量了菲利普一眼，然后吩咐服务员帮着去买盒纸烟。

"你是不是觉得好笑，当听到我这么议论的时候？你很清楚，我就是一个穷酸的人，在公寓的顶楼上跟一个骚娘们儿住在一起，并且那个贱货经常在外面偷情，还喜欢跟理发师、咖啡馆的服务员打情骂俏，真是贱货！我呢，为了活着有口饭吃，不得已会翻译一些庸俗低级的刊物，违心地评论一些不三不四的画。说到这些画，说真的，我连骂几句的心思都没有，因为我怕弄脏自己的嘴。这样吧，你给我说说，在你的心里，生活的真谛在哪里？”

“哦，这个问题的确很难。我一时说不上来，还是请你来说吧。”

“不是这样的。这个答案只有你自己找出来才有价值。我再问你，你究竟为什么要活在世上？”

菲利普第一次被问到这个问题，他想了半天，才说：

“这个具体的我也说不清楚。我认为，活在这个世界上，要尽到自己的职责，把自己的才能挖掘并发挥出来，还有就是不要对别人造成伤害。”

“按你所说，简单点儿，就是别人如何待我，我就怎么样对待别人，是这个意思吗？”

“也算是吧。”

“典型的基督徒！”

“怎么可能！”菲利普不高兴地说，“这怎么又扯上基督徒啦，两者明显相差甚远嘛。很明显这个只是道德准则。”

“可是，这世上，有“道德准则”吗？压根就没有！”

“是吗？如果真如你所说，那么咱们假设一下，你喝醉酒后，丢下钱包，从这儿离开了，碰巧我看到并捡走了。在这种情况下，你是不是觉得我应该如数奉还呀？但这是为什么，该不会是认为我担心警察找我的麻烦吧。”

“很简单，按照基督徒的想法，我觉得，你是想积点儿阴德为天堂铺路，也许是担心日后被地狱之火焚烧。”

“胡说！现在我根本不相信天堂和地狱之类的谎话。”

“你说的也许是对的。现在你不再信奉基督教，可是你的道德观念还是从基督教义里学来的。所以说，如果真有上帝，我想你一定会有好报的。尽管你不再侍奉他老人家，可是你还在按照他的指示行事。单凭这一点，他也会奖赏你，而不会计较你信不信奉他。”

“假如丢钱包的是我，碰巧你捡到了这个钱包，我想你也会这样做的，对吧？”菲利普说。

“那是自然，不过我这样做，并不是因为道德准则的驱使，而是我担心警察找我麻烦。”

“可是，这件事警察是不可能查明真相的呀。”

“警察知道不知道，对我并不重要，因为我世代活在文明的国度，骨子里就害怕警察。如果是我的那位管家婆见到了，她一定不会还给你，至少不会是全部奉还。这样你或许会把她当作罪犯来对待。但实际上，她这么做，只是把世俗的偏见扔到了一边而已。”

“她那样做，不光扔掉了世俗的偏见，还把自己的良心、名声、道德、良知和体面也统统抛弃了。”菲利普说。

“以前，你有没有做过孽？”

“这个我倒没有察觉。也许会有。”

“你怎么跟非国教派的牧师一样的腔调。我很坦白地告诉你，我什么孽都没做过。”

此时的克朗肖，模样着实滑稽：一件破大衣裹在身上，帽子快要盖住眼睛了，胖胖的圆脸满脸红光，小眼睛炯炯有神。而菲利普一直在较真儿，所以没有发现这个有趣的地方。

“不会吧，你自己感觉遗憾或者羞愧的事情，一件也没有干过吗？”

“当然没有。我觉得好多事情是无法躲开的，既然如此，我怎么会感到遗憾呢？”克朗肖反驳道。

“你这是典型的宿命论。”

“一直以来，人们总把自己的意志当成不受限制的，其实这是一种幻觉，并且我们陷得很深，很难从中走出来。现在我已经习惯如此了。每次，我们所做的任何事情，原本以为是我们的意志在指使，但实际上，事成之后，我才明白，原来这些行动结果完全是由宇宙中错综复杂、永恒不灭的力量促就的，与我们的意志毫不相干。换句话说，它是必然会发生的。因此，如果做了好事，我没有想过什么奖赏；同样，假如做了坏事，我自然也不会感到遗憾或者羞愧的。”

“哎呀，我被你弄得头都晕了。”

“先休息下，来点儿威士忌，怎么样？”克朗肖边说边递酒瓶给菲利普，“如果想让脑子清醒，可以说这个玩意儿应该最好使了。如果光喝啤酒，脑子迟早会锈钝的。”

菲利普摆摆手，示意不愿意喝威士忌。克朗肖见状，收回酒瓶，继续往下说：

“你这个小伙子，其实还是很不错的，要是能喝酒，就更好了。你可能不知道，如果你头脑很清醒，你我之间的交谈很可能会受到阻碍。话又说回来，刚才我所提到的‘好事’和‘坏事’，并没有具体的含义，纯粹是为了让意思更加明了。‘恶’与‘善’这两个字，就我本人而言，可以说是一点儿意义都没有。所以，我对待任何行为的态度就是全部接受，不管它们好坏，也不会赞扬或者批判。”

“按你所说，难道没有例外的？”菲利普反驳道。

“你这是固执己见。当我感觉到别人的存在时，是因为他限制了我的活动。我们中的每个人都有一个属于自己的世界在围绕着自己不停地转动，而自身就是这个世界的中心。我对其他人的权限范围只与自身能力有关，我可以为所欲为的范围也就是我力所能及的范围。人类，因为喜欢群居交际，因而能够形成社会生活，而维系这个社会需要依靠的就是‘力’。这个‘力’既包括武力，比如警察，又有社会舆论的力量，比如格朗迪太太[1]。这样一来，你就面临着一种态势，该态势的双方都是有机体，分别为社会和个人，并且双方都想让自己生存下去，因而‘力’的较量也在双方之间持续进行着。就我而言，孤身一人，与社会相比，一己之力毕竟微乎其微，所以我只能屈从于这个社会。但是，我这样做并不全是因为我是弱者，被逼无奈，毕竟我是纳税人，有权利得到社会的保护而免受强者的欺辱，同时，我也有义务服从社会法律。实际上，法律的正义性在我这里得不到认可，因为在我的字典里，没有什么所谓的正义，只有权力。打个比方，我生活的国家实行的是征兵制，为了让警察保护我，我成了纳税人；为避免我的房屋田产受到侵犯，我需要到军队里服兵役。这样的话，我就对这个社会没有什么亏欠了，也算是我的自我保护。那么，如果不这样呢？假如我凭一己之力跟社会相对抗，以便自己能更好地生存下去呢？这个社会，同样是为了保全自身，就制定出一些法律，可以将那些犯法的人投入监狱，严重的甚至还可以处死。它之所以能这样做，主要还是因为它拥有力量，

[1] 十八世纪英国剧作家莫尔顿的喜剧作品中的人物，喜欢按照世俗的观点议论别人，周围人都害怕她的尖刻，因此她经常被人用来代指社会舆论。

同时这份权力也就应运而生了。如果犯法的是我，那没有办法，社会一定会依法来处罚我。尽管我也心甘情愿接受，但这不是惩罚，至少我是这样认为的，因为我觉得自己没有犯罪。至于社会上的名誉、大家的赞许以及金钱，这些都是社会的诱饵，企图让我屈从、效劳于社会。可是，名誉，我根本没放在眼里；大家的赞许，我也不稀罕；你看我现在，虽然没有腰缠万贯，但是还不照样将日子过得挺好。”

“照你所说，人人都跟你一样，这个社会早就崩溃了！”

“别人怎么想，我根本不会考虑，它跟我有什么关系呢？我只为自己考虑。如今这个社会上有许多人之所以愿意为社会效力，无非是受到名利的诱惑。不过，他们这样做多多少少都能给我这个纳税人带来好处。我何乐而不为呢？”

“如此说来，你的这个想法很自私呀。”

“哦，照你这么说，这个世界上，还有人只做事情而不图名利吗？”

“那是当然。”

“那当然没有！你太幼稚了，我认为这种人是不可能存在的。等再过几年，你的阅历和心智增加后，就不会这样想了。到时候，你会发现，这个世界要想让大家有生活下去的空间，那么第一件事就是承认人的本质是自私的。”

“如果真像你说的那样，这个世界会是什么样子，我们活着还有什么意义！如果大家全都出于私心，没有天职，没有真善美，你觉得有必要生存在这个世界上吗？”菲利普内心很激动。

“看哪，答案来了。”克朗肖微笑着说。

说着，克朗肖指向店堂门口。紧接着，店门打开，进来两个流动小贩，同时还伴随着一股飕飕冷风。这两个人是阿拉伯人，来自地中海东岸一带，是卖毛毯的，不过都是些便宜货。碰巧今天是星期六，晚上的咖啡馆早已经宾客满座。两个小贩，扛着毛毯，穿梭在餐桌之间。整个店堂内，烟雾弥漫，空气污浊，喝酒的人身上那股难闻的气味也弥散其中。这两个小贩衣着打扮跟欧洲人一样，身上的大衣破旧单薄，上面的绒毛也快没了，但头上的土耳其无檐儿毡帽看起来很有趣。也许是在外面待的时间较长，此时面孔冻得发青。

其中一人正值中年，留着黑胡子；另一个是个小伙子，年纪大约在十八岁，一脸的麻子，其中的一只眼还瞎了。当他们从菲利普旁边经过的时候，克朗肖突然说：

“伟大的真主！先知穆罕默德是您的代言人。”

听到此言，中年人赶紧走向前，献媚地微笑着，看上去像条哈巴狗。但见他有意地看了门口一眼，然后偷偷摸摸地把一张春宫图从怀里拿了出来。

“马萨埃德·迪恩，一个亚历山大港的商人？不。那这种东西是你从巴格达千里迢迢带过来的？哎哟，大叔，你看看跟你一起来的那个人，对，就是那个一只眼，我怎么看着他跟三国王故事里的一个国王很相像呀，你说呢？”

虽然商贩一句都不明白，但他脸上的笑容明显有些勉强。接着，那个商贩跟玩魔术一样，快速地把一只檀香木盒拿了出来。

“行啦，行啦。你拿的这些，我都不感兴趣。来，把你带的那些布或其他什么之类的拿过来让我瞧瞧。”克朗肖说。

那个中年人听完，随即把一块桌布展开。这块桌布红黄相间，上面的图案不堪入目，想来还挺好笑的。

“这块布值三十五个法郎。”他说。

“稍等，大叔，我问一下，这块布是撒马尔罕的匠人们织的吗？或者，是在布哈拉染的色吗？应该都不是吧？”

“你说得对。在你这儿可以再便宜些。你看，二十五个法郎，怎么样？”商贩又一次献媚地微笑着。

“这个东西，鬼才知道哪儿产的。或许，是我家乡伯明翰产的呢。”

“那就十五个法郎，怎么样？不能再少了呀。”另一个商贩乞求似的说。

“算了，你还是离开吧，老弟，”克朗肖说，“祝你好运！”

那个商贩顿时收起脸上的笑容，然后拿好他的东西一声不吭地扭头走了，去另一张桌子推销。

“克鲁尼博物馆，你去过吗？那里的波斯地毯才是正宗的，色调优美，图案丰富多彩，让人看了不禁惊叹钦佩。你还可以从里面

体会到神秘的东方特色，还能欣赏到莪默[1]的酒杯和哈菲兹[2]的玫瑰。说实在的，你能看到的还远不止这些。你刚刚不是还在问，人生的真谛何在？我建议你去那里看看那些波斯地毯，没准你的答案会在那里找到。”

“你不会是骗我的吧？”菲利普怀疑地说。

“看来我真的喝多了。”

46

来到巴黎的这些日子，菲利普慢慢觉得这里的消费并不像当初听人说的那样，还是挺大的。现在还不到二月份，他已经花掉了一大半的费用。性格孤傲倔强的菲利普，不愿意开口向伯父凯里先生再要些生活费，并且他也不愿意让路易莎伯母知道如今拮据窘迫的处境，因为他担心如果路易莎伯母得知这一情况，一定会想办法再寄些钱过来。菲利普很清楚伯母的经济状况，心有余而力不足，来巴黎的费用全靠伯母资助，她的“小金库”应该没剩下什么钱了。不过话又说回来，再有三个月，按照法律规定，他就成年了，到时候就可以继承并自由支配他父亲留下的那笔小小的财产。先把父亲留下的几件小饰物换成钱，熬过这段时间应该没问题。

这段时间菲利普手头拮据，而劳森突发奇想，想跟菲利普合伙租下一间小画室。这间画室，不知什么原因关停了，就在拉斯佩尔大街附近。劳森打听过这里租金很低，并且还多出一个小房间可以当卧室用。劳森喜欢清静，他一连换了好几所学校，都不满意，最终他总结的经验是：还是单枪匹马干比较好。他心里盘算过：菲利普会在上午去学校学画画，自己正好趁这段时间搞一些自己的事情，也不会有外人干扰，随后再找个模特儿每周来个几次。刚开始时，菲利普还一直担心这样一来，费用会花费太大，有点儿犹豫不决。

[1] 十二世纪波斯哲学家、诗人，作品谴责僧侣的伪善，宣扬世俗享乐。

[2] 十四世纪波斯著名抒情诗人，其作品对封建专制和宗教偏见进行揭露，咏叹美酒和爱情等生活的美好。

后来，因为他俩都巴不得能有间自己的画室，所以他们在一起仔细地算了一笔账，结果表明住旅馆的花销跟租间画室的费用差不太多。租画室的花销比住旅馆稍微多了点儿，并且还要支付清洁费给看门人，但是自己可以做早餐，这下就能省下一些费用。一两年前的菲利普是绝对不愿意跟别人一起合租房子的，因为那时候他还非常在意自己的残疾。但现如今，随着年龄和阅历的增长，他的自卑心理也逐渐释怀：虽然他的跛足让他时刻都铭记在心，但在巴黎，这样的事情似乎算不了什么，他也不在乎别人怎么看他了。

最终两人决定合租。很快，他们就把那间画室给租下了。随后两人把自己的东西搬进画室，并买了两张小床、一个盆架和几把椅子。那天晚上，两人第一次住在这里。躺在各自的小床上，看着这个“家”，他们兴奋得一点儿睡意都没有，没有合眼，一直聊到凌晨三点。等到第二天早上，两人穿着睡衣，一起生火、煮咖啡，然后边喝边聊，细细地品味家的味道。直到上午快十一点了，菲利普突然想起还要上课，这才急忙朝阿米特拉诺画室赶去。一路上，他都兴致很高，心情也非常好。赶到画室后，他碰见了普赖斯小姐，连忙点头微笑。

“怎么样，这几天过得还好吧？”他很轻松地问。

“这跟你没有什么关系吧，问这干吗？”她不耐烦地反问道。

听她这样说，菲利普不禁笑了起来。

“你这是何必呢？一下子把我给问住了，我呢，没有别的意思，只是想表示一下问候而已。”

“我可消受不起你的问候。”

“您觉得，要是跟我闹翻了，还划得来吗？说实在的，你又不是不知道，这个画室里愿意跟您说话，就像我这样的，实在是没有几个。”菲利普口气温和地说。

“那更没什么关系啦，你别费心了。”

“你说得也是。”

接着两人不再说话。在画画时，菲利普暗自思索：为什么这位姑娘故意不招人待见呢？他想来想去，想到一点：她浑身上下、从内到外都让人讨厌。在这里，没有人愿意跟她相处。如果有人很礼貌地跟她说话，其实完全是出于不想被她的话语中伤，万一她说一些难听的话，岂不是自找没趣？可是刚乔迁新居的菲利普心里确实很高兴，他不想去得罪这个普赖斯小姐，惹她生厌。相反，他要像平时一样，故技重演，花点儿心思让她心情好起来。

“嘿，我画得糟透了，我真希望你能过来看看我的画。”

“谢谢你，你抬举我了。可是我这会儿没空，有重要的事情等着我去做。”

这让菲利普大吃一惊，没有料到她会这样说。他惊讶地看着普赖斯小姐，原以为自己已经号准了她的脉，她一定不会拒绝自己的请求，没想到这一次她会断然拒绝。普赖斯小姐有些生气，她轻声地对菲利普说：

“是不是因为劳森走了，你才屈尊来问我的，不过我还是要谢谢你。不好意思，你找别人吧！我不是收破烂的！即便是，我也不是什么破烂都收哇！”

她之所以这么说，主要还是因为菲利普经常先向劳森请教，然后才想起她来。不过事情总是有原因的：这位姑娘性格孤傲，出言不逊，这让菲利普不愿意跟她接触；而劳森，颇具老师风范，也很乐意教人，只要他自己有什么好的想法，就会毫不保留地讲给别人听，所以他教起人来也很有方法。正因为在劳森的经常不吝教导下，菲利普不自觉地形成了习惯定式，进到画室先找到劳森，然后挨边坐下，方便随时请教。谁也没有料到，普赖斯小姐因为这件事不依不饶，怒火中烧。

“回想一下过去，你刚来这里的时候，由于人生地不熟，你才乐意屈尊向我请教，”她生气地说，“可是等你来这儿有些日子以后，尤其是你交了一些新朋友后，就马上把我甩到一边不理不睬了，就像甩掉了一只破旧的手套一样（其实这个比喻，早就被她用得滥之又滥了，这次又重复了一次）。既然这样，我也没有必要在乎了，不过，我是不会当第二次傻瓜的！”

普赖斯小姐的这番话也情由所原，不无道理，但是正戳到菲利普的痛处，让他随即恼羞成怒，说话也没有经过大脑，愤怒地说：

“不愿意就算了！你要知道，我之所以这么做，仅仅是为了投你所好，我可没有其他的企图！去你的吧！”

面对菲利普的无礼，普赖斯小姐深吸了一口气，猛地正面朝向菲利普，眼睛满含痛楚，随即两行热泪沿着脸颊滚落下来，这个形态看上去既邋遢又古怪。菲利普也是第一次见到她如此尊容，也没有搞清楚是怎么一回事。他没有考虑那么多，就气势汹汹地弄自己的画去了。但没过多久，他就觉得内疚起来，心里很不自在，但是他也不愿意跟她赔礼道歉，怕她会由此再奚落他一顿。打此往后的两三个星期，普赖斯小姐都没有跟菲利普说过话。刚开始，面对这种情况，菲利普很不习惯，总觉得有些别扭，还有点儿心神不宁。可是，过了几天，他又觉得这样也挺好，就像是自己摆脱了一个难以甩掉的女友，如释重负。让菲利普受不了的还有一点，这位小姐的神情总让人觉得菲利普只属于她一个人。不过，她的确有与众不同之处：每天，她都会早晨八点准时来到画室。只要模特儿把姿势摆好，她就立刻着手画起来。画画的时候，她韧劲十足，一声不吭，埋头苦干。不管遇到什么阻碍，她总会坚持到中午十二点的钟声敲响，否则她是不会离开的。但是，她画的画简直是无药可救，按说她如此努力应该会大有长进的，可不知为何仍然一无是处。来这里学上几个月，好多年轻人总有进步，随手勾勒几下还挺像回事的。可她是个例外，按说来这儿的时间已经不算短了，但是她与他们相比，有明显的差距。在菲利普的印象里，她每天的装扮一成不变，永远都是那件破旧的棕色衣裙，有时候裙边挂着泥点。裙子上的那个破洞，在菲利普第一次见到她时就已经有了，至今还没有缝补。

菲利普还没有庆幸几天，突然有一天，普赖斯小姐找到菲利普，红着脸问，愿不愿意待会儿跟她说几句话。

“这个当然没有问题，你想说几句都可以，”菲利普笑着，“等十二点下课后，我留下来等你。”

下课后，菲利普守信用没有走，而是走到普赖斯的跟前。

“能陪我走一会儿吗？”她低着头说道。

“当然可以。”

说完，两人就并肩走出画室。可能是长时间没有说过话，也许是因为上次的不愉快，此时此刻两人都沉默不语。

过了有两三分钟，也许是为了打破这个尴尬，普赖斯突然问道：

“你还记得，那一次你是怎么说我的吗？”

“咱们还是说些别的吧。我真的不想跟你争吵，那样做对你我都没有什么好处。”菲利普说。

听完菲利普的话，普赖斯说：

“我没有想跟你吵架。在巴黎，我唯一的朋友就是你。最初我觉得，你有点儿喜欢我，并且我也觉得我俩之间好像真有些缘分，我也被你吸引了。尤其是你的跛足，让我更加坚定自己的想法。”

听完，菲利普的脸唰的就红了，并出于本能，把走路的姿势装成正常人的模样。一直以来，别人提到他的残疾，他就心生厌恶。听完普赖斯小姐的一席话，他心里跟明镜一样，完全明白了她话的意思：这位姑娘相貌平平，并且人还邋里邋遢的，而菲利普是个瘸子，两人可谓是同病相怜，理应相互理解和扶持。这让菲利普很恼火，但是上次事情的余温还没有消失，这下他只好强忍着不吱声，继续听普赖斯小姐往下说。

“你上次说到，之所以向我请教，完全是因为投我所好。也就是说，在你的眼里，我画得是不是很差劲？”

“你的画，我只在阿米特拉诺画室里见过。如果单单是这个，我还真不敢做什么判断。”

“真的是这样吗？要不，你来我的住处看看我的其他作品，不知你愿不愿意？虽然我的那些作品不愿意让别人看到，但可以为你破个例。”

“我当然愿意，我也想大饱眼福呢。谢谢您的邀请！”

“那好吧。我家正好就在这儿附近，”她有点儿内疚地说，“走着也就十分钟的路程。”

“行吧，咱们现在就去吧。”

两人一起沿着大街朝普赖斯的住处走去。普赖斯小姐带着菲利普先拐入一条小街，接着又走到更窄的街道上，街道两旁的商铺卖的全是十分低廉的东西。然后，又爬了一层又一层的楼梯，最后终于到了目的地。普赖斯小姐打开门锁，领着菲利普走进一间斜顶、开着扇小窗的小顶室。菲利普环视着屋里的一切：窗户紧闭，屋内到处散发着发霉的味道；外面天气很冷，但屋内却没有生火，并且这个屋子好像从来都没有生过火炉；被褥凌乱不堪地堆在床上，看上去还脏兮兮的；壁炉架上，颜料和画笔在上面胡乱堆放着，其间还搁着一只杯子、一只脏盆子和一把茶壶；还有一个五斗橱、一把椅子和一个低廉的画架。屋里的家具也就这些。本来这间屋子就脏兮兮的，再加上屋里的杂物四处可见，让整个房间看上去十分凌乱，几乎没有下脚的地方，真叫人有点儿受不住。

“威廉先生，请站在那边，我要把椅子放这里，以便你能更清楚地看这些画。”

她接连递给菲利普二十张她的作品，都是些约十八公分长、二十公分宽的小油画。每看完一幅，她就把它放在椅子上。然后两只眼睛直勾勾地盯着菲利普看。菲利普也有所察觉，每看完一张，他总会点点头。

“你是不是很喜欢这些画？”她迫切地问。

“我先不着急发表评论，等把这些画都看完再说吧。”菲利普镇静地说。

也只能这样说了，好歹给自己留些机会。菲利普表面上看着跟没事似的，其实内心很慌张，完全不知道如何说才好。一方面这位姑娘所画的的确很差劲，另一方面画上的油彩也上得很糟糕，一眼看上去就好像是一个没有学过美术的门外汉随意涂鸦似的，根本谈不上什么章法，更谈不上层次和立体感，透视就更别提了，简直是荒唐可笑。可以说，这些画，跟五岁的小孩画出来的差不多。但是，如果真的让五岁的孩子来画画，他会模仿东西的外观来画，并且还会有几分天真的意趣。看到这些，菲利普回想起前些日子普赖斯小姐曾带他去看的一些名画，还在他的面前兴致勃勃地显摆对莫奈和印象派画家的评论。现在看来，她的这些画倒没有一点儿印象派的风格，倒是把学院派的糟粕继承了。

“没有了，这些就是全部了。”她说道。

这下可把菲利普给难住了。虽然在待人接物时，菲利普不会特别实诚，但是这次要撒这么大的谎，确实为难。菲利普思前想后，决定干脆撒个大谎。但在说谎的时候，他的心跳得很快，并且整个脸都羞红了。

“你的这些画，我个人觉得还挺好的。”

等了半天，总算听到菲利普的评论了，并且是赞扬的评价，这让普赖斯小姐苍白的脸上泛起了淡淡的红晕，嘴角处还漾起一丝笑容。

“你说的是真的吗？如果你觉得这些画有什么地方不合适，千万不要藏着掖着，不用顾太多面子。我想听听你真实的想法。”

“我没有撒谎，我说的全是实话。”菲利普勉强地说。

“难道这些都没有问题？我想总该有几幅不完美的吧。你说说看。”

看来，这位小姐硬是要菲利普提些意见，要不就显得是在敷衍她。出于无奈，菲利普赶紧四下寻找，找见一幅风景画：整幅画色彩丰富，画中有一座古桥；旁边有一间农舍，房顶被密密麻麻的青藤盖住了；农舍门前是长长的河堤，岸边是郁郁葱葱的树木。

“有是当然有的啦，不过我也不是什么行家能手，对绘画也是略知皮毛，但是我没有看明白这幅画的意义。”

谁知她一下子脸就红了。她赶紧拿起那幅画，仔细端详，说道：

“没想到你会拿这张开刀。这些画中，我觉得这个应该是我画得最好的一幅，并且我完全相信我的眼力。不过，关于这幅画的价值，懂就是懂，不懂就是不懂，这种事情是靠灵性和感觉的，手把手是教不会的。”

“其实，我就是不明白它的含义。说实话，这里的画都很好。”菲利普马上称赞道。

听到菲利普的夸奖，普赖斯小姐心里很高兴，眼睛里显现出得意的神情。

“依我看，你也不要不好意思，完全可以把你的这些画拿给别人看。”

说着，菲利普有意识地看了一下表，说：

“你看，现在也不早了，该吃午饭了。你看这样行不，我请你去吃顿便饭，也算是感谢你对我的信任。你肯赏脸吗？”

“不用了，谢谢。我的午饭已经准备好了。”

听她这么说，菲利普好奇地再次环顾四周，没有见到任何可以当作午饭的东西。他心想应该有人会上来送午餐的。说实话，他也想早点儿离开这间屋子，因为他实在无法再忍受四处弥漫的发霉的味道了。

47

进入三月，一年一度的巴黎艺展即将来临，大家都忙着投送画稿，这间画室顿时热闹起来。但是，与世无争的克拉顿，什么作品也没有准备，而劳森勇于参加，把自己画的两幅头像画（模特儿的写生画）投了过去，这竟遭到克拉顿的一番讽刺。明眼人很明显可以看出这两幅画是新手的作品，还可以看出作品苍劲有力，透着一股浑厚之气。但在艺术上追求完美的克拉顿，实在是无法忍受这个乳臭未干、技艺一般的小子把那样的作品拿出来现眼。他不屑地耸了耸肩，直接告诉劳森，这个画室里的许多作品都比这两幅画好很多，这个毛小子不知天高地厚，竟敢拿它们来参加展览。后来，画展处接受了劳森的画。克拉顿依然不依不饶，不以为是。弗拉纳根也想碰碰运气，只可惜送去没多久就被拒绝了；画室的司库——奥特太太也把自己的作品《母亲之像》送了过去。她的这幅画具有一定的造诣，成功入围，还被划入二流的行列，在展厅中也是出类拔萃的。

为了庆祝劳森的作品荣获公展，菲利普和劳森决定搞一个小聚会，地点就在他们的画室。这几天碰巧海沃德也来到了巴黎，赶上了这次热闹的聚会。他从海德堡离开后，再也没有跟菲利普见过面。跟海沃德分别后，菲利普也一直期待着能和他再见面，可是如今实现了愿望，菲利普心里却有些失落。海沃德的模样变了：原本满头柔软的金发如今却稀稀拉拉的；原本俊朗的面孔一去不复返，整个人显得很干瘪，没有一点儿活力，整个面容都带点儿灰溜溜的神情；原本那对灼灼有神的蓝眼睛也失去了往日的光泽；虽然他的思想没有变化，但逐渐成熟的菲利普对他的那种文化素养由十八岁时的甚为叹服变成如今二十一岁的轻蔑之情。想来也是如此，如今的菲利普已今非昔比：原来从海沃德那儿学到的一整套有关艺术、人生和文学的见解，如今被视为草芥，一点儿价值都没有；他无法忍受那些迂腐之人时至今日依然固执己见。其实，菲利普的内心迫切地想让海沃德注意到自己的变化，想在他面前表现一番。有一次，他陪着海沃德去美术馆参观大作，一时难以压制心中的兴奋，把自己刚学到的印象派的一些观点和盘托出。美术馆里陈列有马奈的《奥兰毕亚》。菲利普带着海沃德站在这幅画前，学着戏剧中的模样，说：

“古典的绘画作品，除了伦勃朗、维米尔和委拉斯开兹的之外，剩下的全部加起来也比不上这幅作品。”

“等等，你刚才提到的维米尔，我第一次听到，他是谁？”海沃德问。

“不会吧，伙计，连他都没听说过？如果不知道他，只能说明你消息闭塞，没有见识。要是不知道维米尔，我觉得没有必要再活下去了。在古典大师之中，能称得上具有现代派风格的唯他一人。”

在这里，海沃德意犹未尽，就被菲利普催促着去卢浮宫参观，不情愿地被强拉着离开了卢森堡展览馆。

“别着急，有没有我们还没来得及看的？”海沃德担心错过什么好的作品，不停地提醒菲利普。

“还有一些没有参观。不过这些作品都不怎么样，不值得看。如果非要参观，等以后你再有机会，可以带着导游手册来参观。走吧，咱们去下一个地方。”

二人来到卢浮宫。海沃德被菲利普直接领到长廊。

海沃德提议去参观一下《永恒的微笑》。

“没有这个必要，我的老兄，它没有传说的那么好，只是被那些迂腐的文人捧起来的，还算不上杰作。”菲利普说。

菲利普带着海沃德来到一个小房间，里面陈列着一幅油画——《织女》。它是维米尔·凡·戴尔夫特的大作。菲利普走到这幅画的跟前，停住脚步。

“你看这幅画，它应该算得上卢浮宫内首屈一指的珍品，跟马奈的手笔简直就是如出一辙。”

说着，菲利普向这幅画伸出大拇指加以赞赏，并把这幅画的美妙之处仔细地介绍给海沃德。听他的口气，好像是一名画家在点评，说的尽是些行话，叫人听了佩服不已，这更让海沃德惊叹不已。

“听你所言，它真是精妙绝伦。不过，我也不知道能否完全领悟其中的奥妙。”海沃德说。

“那是当然，这幅作品可是出自知名画家之手呀，”菲利普说，“我可以这样说，这幅画的精妙之处，其中的名堂，门外汉是看不懂的。”

“门……什么意思？”海沃德疑惑地问。

“就是外行人。”

海沃德也想让人觉得他也是这方面的行家，但担心自己原形毕露。实际上，这个是大多数艺术爱好者的通病。如果谈论时对方闪烁其词，对自己的见解不自信而不敢轻易发表，他就充满自信，马上显示一种无所不知的神情；如果对方高谈阔论，娓娓道来，他则表现得很虚心。这一次，面对菲利普如此坚决的评论，海沃德不得不服，只能选择虚心接受，对菲利普的言外之意深信不疑：绘画的好坏不是谁都能评论的，只有画家才有这个资格，并且无论怎么说都很有道理。

又过了两天，聚餐会——相当于劳森的庆功会如期举办。克朗肖也破了例，亲自前来品尝两个主人准备的食物。同在一个画室的查理斯小姐很乐意前来，并主动帮厨，招呼客人。由于她没有什么女性朋友，所以她主动提出没有必要因为她的缘故而特意去请一些女客。弗拉纳根、波特、克拉顿，还有另外两个人也前来参加聚会。画室里没有多少家当，连个餐桌也没有，最后只好用模特儿台来替代。至于坐的地方，依来客的意愿：如果愿意的话，可以坐在旅行皮箱上；要不就席地而坐。

今天准备了四道菜：第一道是查利斯小姐做的蔬菜肉汤。它是查利斯小姐的拿手菜，里面有早已煮好的土豆和散发着香味的油煎胡萝卜，刚上桌的时候，大家被这沁人心脾的香气搞得食欲大增；第二道菜是烤羊腿，需要从街角处一家餐馆买过来，听说是香味扑鼻；第三道菜是克朗肖做的，取名叫火烧白兰地梨。另外，聚会还有一道菜，是一块很大的布里干酪，虽然现在还没有端上餐桌，只是静静地在窗口处放着，但它的香味让整个画室增添了更浓的香气。坐在首席的是克朗肖，他在一只旅行皮箱上坐着，双腿盘起，脸上露出宽厚的笑意，看上去活像个土耳其帕夏[1]。虽然画室里生着炉子，屋里很热，但他习惯性的衣着打扮让人忍俊不禁。四大瓶的意大利西昂蒂葡萄酒、一瓶威士忌酒就摆在他的面前，让他充满期待地望着那些酒，心里还联想到那几瓶酒的形态就好像一位好身段、俊容颜的彻尔克斯[2]女子被四个顶着大肚子的太监保护着。为了不影响良好的气氛，海沃德专门让自己的衣着打扮看上去有点儿英国范儿，不过看上去还是有些格格不入。但是，大家并没有因此冷落他，依然很热情地跟他交谈，好像一位远来的贵宾。聚会正式开始，大家首先品尝蔬菜肉汤。一边吃，一边相互谈论，热闹非凡。等到吃烤羊腿的时候，房间里突然安静下来。大家对它的到来迫不及待，口水都快流出来了。

突然，查利斯小姐说道："兰蓬泽尔，我要把头发放下来。我觉得这样更舒服，不受约束。"说着，她优雅地用手解开头绳，随即头发唰的一下就散了下来。

瞧她现在的模样，真的好像是从布因·琼斯的画里走下来似的。她脸庞消瘦，棕色的大眼睛忽闪忽闪的，皮肤白得有些不自然。她的纤纤玉手给人很深的印象，只是被尼古丁熏得发黄的指头有些大煞风景；身上穿着一件紫色跟绿色相互映衬的裙子，让她看起来透着浪漫的韵味；她虽然生活作风有点儿淫乱，不过人还是挺温和的，也算得上是一个浪漫女郎，只可惜没什么感情可言。突然，有人猛地敲门，大家心照不宣，一起欢呼起来，心里都清楚是烤羊腿到了。慌忙起身的查利斯小姐走到门口，打开门，然后把羊腿接了过来，并将它举过头顶，好像托着施洗者圣约翰的头颅一样。她嘴里的烟卷还冒着青烟，她的步伐让在座的觉得很神圣。

"太妙了，希律迪亚斯的女儿！"克朗肖欢呼起来。

等羊腿一上桌，大家迅速伸手撕扯着羊腿，然后大口大口地吃起来。刚刚还优雅端庄的查利斯小姐，此时也顾不得什么淑女形象了，像只饥饿的野兽，狼吞虎咽地蚕食着这个可怜的羊腿。她如此形态，让人看了觉得有趣。克拉顿和波特分别坐在她的两边。这里的人都

[1] 伊斯兰国家对高级官吏的一种敬称。

[2] 俄国高加索山区的一个山区民族，相传盛产美女。

知道，这两个男子都曾经跟她有一段渊源。当然，在这两个男子面前，她就不顾及自己的形象了。一般情况下，如果她跟某个男子交往的时间超过六周，她就会觉得无聊、倦怠，没什么意思。不过，她还真的有能耐，事后她还能很好地跟她的诸多前男友相处。原来两人坠入爱河，如今却各奔东西，但这并不影响他们之间的交情，依然会和睦相处，只是，最初的亲昵不复存在了。今天，大家看到，她用忧郁的眼神不时地望着劳森。羊腿很快就被哄抢一空，接下来是火烧白兰地梨。这道菜很受大家的青睐，因为大家很喜欢里面白兰地的味道。查利斯小姐率先示范，要把奶酪夹在里面一同吃下，大家拭目以待。

等查利斯小姐充分品尝了这道杂拌以后，说道："这种东西的味道，怎么这么奇怪？我说不明白它究竟是好吃还是难吃。"

为防止出现什么不良局面，比如查利斯小姐可能会因食用火烧白兰地梨而引起呕吐，菲利普赶紧端上来一些咖啡和白兰地。用餐结束，大家坐在一起，悠然地享受着香烟的味道。饱餐过后的露思·查利斯，又开始故作忸怩，把她伪装起来的艺术家风度再次展现在大家的眼前。这次，她优雅地坐在克朗肖的身边，靠在他的肩膀上，安静地凝望着上空，好像在深思着什么，也许是想望穿那黑森森的时间的深渊。偶尔她会朝劳森身上深情地瞥一下，同时长叹一声。

一眨眼的工夫，夏天到了，这群年轻人再也按捺不住，开始蠢蠢欲动了。每个人都想离开巴黎。湛蓝辽阔的苍穹将他们引向湛蓝辽阔的大海；阳光明媚，温风习习，街道两旁的梧桐树不住地挥手，招揽他们到乡间去漫游。他们准备好尺寸合适的画布，带着写生用的画架，分别去了自己的目的地：喜欢孔卡努的弗拉纳根约上志趣相投的波特一同前往；热爱自然风光的奥特太太和她母亲把篷特阿旺作为目的地；租住在一起的菲利普和劳森，商量着去枫丹白露森林一趟。那个地方离巴黎也不算远，来回车费也在两人的承受能力以内；另外他俩从查利斯小姐那儿打听到：那里有一家旅馆，很有特色，并且那里有很多值得一画的东西。还有，劳森要带着露思·查利斯一起去，因为他打算给她画一幅在野外的肖像画。当时，入围巴黎艺展的这类肖像画比比皆是。克拉顿喜欢独来独往，尽管菲利

普一行人再三邀请他结伴同行，但他还是决定一个人去避暑。另外他对印象派画家塞尚充满向往，所以迫不及待地去了普罗旺斯。那里有他向往的美丽景色：云幕低垂的天空夹带着点点的蓝色，仿佛白云间镶着一颗颗蓝宝石；宽阔的白色公路上，尘土飞扬；还有苍白的房顶和灰色的橄榄树忍受着热浪的青睐。

有一天课后，正在收拾画具的菲利普对范妮·普赖斯小姐说：

“明天我要走啦。”

“你要去哪里呀？”她立刻追问道，“你走了是不是就不回来了？”

说完，她的脸色变得阴沉起来。

“不是你想的那样。我只是出去找个地方消暑度假，还要回来呢。你呢，有什么打算？”

“我没有打算出去，还要继续留在这里。原本我觉得你不会出去的，还想着……”

说到这儿，她突然停住了，没有继续说，只是失望地耸了耸肩。

“这儿的夏天，热得让人难受，你不觉得吗？这个时候留在这里会让你的身体吃不消的。”

“说这个干什么，你会在乎我的身体能不能吃得消？你计划到哪儿去？”

“去枫丹白露森林。”

“你也去那里？我听说查利斯小姐的目的地也是那里。你们不会是商量好一起去的吧？”普赖斯小姐情绪有些激动了。

“没有，不是的。最初是我和劳森决定要去那里，后来得知她也要去。不过，会不会跟她一起去，跟我没有什么关系。”

普赖斯小姐轻声地嘟囔着，满脸通红，神情更加阴沉。

“在这群人中，我原以为你是唯一的正人君子，谁知道你会跟那个婆娘勾搭在一起，真不要脸！你不知道吗？那个水性杨花的臭娘们儿现在跟克拉顿在一起鬼混，原来他跟劳森、波特和弗拉纳根都有过私情。还有那个老家伙，富瓦内，也跟她有些私情，要不然怎会如此为她费神。现如今，她又开始勾引你了，你不觉得恶心吗？”

“你在胡说什么呢？她不是你说的那种人，人家也是一个善良的良家女子，我们大家在一起，都把她当作好哥们儿。”

“我不听你的狡辩，我不想听！”

“唉，话又说回来，我自己愿意去哪儿消暑，是我自个儿的事情，你又何必管那么多呢？”

普赖斯小姐喘着粗气，仿佛是在自言自语：“你以为我愿意呀，原本我想着你没钱出去，正好这儿再没旁人，也是我一直痴痴地盼望的一个机会。我们可以一块儿作画，一块儿出去走走看看。”

刚说完，露思·查利斯再次出现在她的脑海里。她大声说道：“菲利普，你个破烂货，根本就没有资格跟我说话。”

看着眼前的这位姑娘，菲利普心里可谓是五味杂陈。因为他的跛足，菲利普变得很敏感，尤其是在女人面前，他更是觉得自卑，连说话都变得笨拙起来。所以他从没有想过要让世上的女人都爱上自己，也不会是一个自作多情的人。这个时候，普赖斯小姐的大发雷霆，在菲利普的心里，她除了纯粹是发泄心中的怒火之外，应该没有其他什么原因了。菲利普一直看着面前的姑娘，那件棕色衣裙习惯性地套在她的身上，头发乱糟糟的，两道泪水顺着脸颊往下流。菲利普真的有些受不了了，他朝画室门口望去，期待着“救星”的出现，把自己从如此尴尬的局面中挽救出来。可是，只有光亮从门口射入。

“实在对不起，请你原谅！”他说。

“你不用给我道歉！你们都是一样的货色，把能捞的都捞走了，走的时候还很绝情，甚至连一句‘谢谢’都没有，都是一群忘恩负义的家伙。还记得，当初我是怎样手把手教你的吗？你有没有这样的感受：平时学画画的时候，除了我，还有谁会如此费心地教你？富瓦内？别指望他，他关心过你吗？说实在的，无论你在这里学到什么时候，根本不会有出头的那一天。不只我一人这样说，其实大家都在说，你这个人没有这方面的天分，缺少匠心，也就是说，你这辈子就跟画画无缘了，当个画家也就甭想了。”

“我能不能成为画家，跟你有什么关系？”菲利普说着，脸变得通红。

“哟，我刚说的你还不信呀，以为我是因为发脾气才这样说的呀。你想错了，大家都是这样认为的。如果你不相信，尽可以问问你那

群狐朋狗友！比如劳森、克拉顿，对了，还有那个婊子，看他们是怎么认为的。你压根就不是这方面的料儿，所以你别再做将来当画家的梦啦。你永远成不了的！”

终于按捺不住的菲利普耸了耸肩膀，再没有说话，径自走了。伤心的普赖斯小姐哭成了泪人，望着菲利普的背影，还是一个劲儿地大声叫道：

“你永远成不了的！”

菲利普、劳森还有查利斯小姐按原计划来到莫雷。这座小镇只有一个街道，里面的建筑物有些年头了，它的旁边就是枫丹白露森林。镇上有一家“金盾”客栈，规模不大，如今还保留着封建时代的风格。弯弯曲曲的洛英河从它的门前流过。他们来到这儿，在查利斯小姐的引导下，就直接住进了这里。查利斯对这里不算陌生，当然知道怎样能领略到美丽的景色，所以她选了一间带个小凉台的房间。站在凉台上，可以俯视整个河面，河上面驾着一座古桥，桥上的通道刚刚重新加固维修过。吃过晚饭以后，他们三个人都会坐在这个凉台上，一起喝咖啡、抽烟、谈艺术。不远处，是一条运河，河面狭窄，最终跟洛英河汇合。运河的两岸各种着一排白杨树，看上去整整齐齐的，挺拔有力。当年，西斯莱和莫奈曾经在这儿画过白杨掩映的运河。闲暇时，三个人经常会沿着运河的堤岸随意溜达，欣赏眼前的美丽景色。白天，他们把精力全部投到画画上。这个时代的大部分年轻人都不擅长描绘富有诗情画意的景色，他们三个也不例外，对莫雷小镇的绚丽风景置若罔闻，对颜色鲜艳的事物更是不屑一顾，而偏偏对朴素单调的事物充满兴趣。他们也来到运河边上，学着前面两位大师的样子，试图勾勒出一幅美妙的风景画，并且让这幅风景画充满浪漫色彩。但是，他们绘画技艺有限，没法跟大师们相比，很难把握好自然风景的协调性和真实性。在这一方面，三个人都有些担心，所以都设法避开这个缺陷：查利斯小姐，心灵手巧，画画时她特意将树顶部分略掉，从而使自己的画标新立异，与众不同。她的这一想法把劳森都惊呆了，尽管他一直不看好女孩子所画的画，但这次让他十分钦佩。劳森自己的想法也很独特，将一块蓝色的美尼尔巧克力的大广告牌添在画的前景上，原来他十分厌恶巧克力盒糖，借此加以宣泄。

也许是受同伴们的影响，菲利普也跃跃欲试。这是他第一次学习油画，一阵阵狂喜止不住地涌上他的心头。每天早晨，他跟着劳森一起外出，随身携带着小画盒。每次，他和劳森坐在一起，也像模像样地在画布上一笔一笔地画着。虽然他看上去得心应手，画画时很顺畅，但从艺术的角度来看，他所做的只不过是依葫芦画瓢而已。他深受劳森的影响，甚至可以这样说，他所观察到的世界完全是通过他朋友的眼睛得到的。劳森喜欢用很重的色调来画画，绿宝石般的草地被他涂得跟墨绿色的天鹅绒一样，蔚蓝明亮的天空在他的笔下成了深蓝的大海。今年的七月份每天都是烈日炎炎的晴天，天气一天比一天热。菲利普的画画灵感好像被这一波波的热浪给烤干了一样，新鲜劲儿过后的他整日里打不起精神，甚至都懒得提笔，整个脑壳里一团乱麻，毫无头绪。早晨出去，他没有心思画画，经常独自一人来到河边，站在树荫下，时而背诵诗歌，时而漫不经心地发呆，有时能一下待上三十多分钟。除此之外，他有时会租来一辆破旧的自行车，骑着它在尘土飞扬的小路上，奔向枫丹白露森林。来到森林里，他找来一片空地，然后躺下，环视着上方的景象，开始了充满浪漫色彩的幻想：一群妙龄女子，个个婀娜多姿，就像华托画笔下那些年轻有活力的俏佳人一样。她们在树林里闲庭信步，四周是大批骑士的保卫；她们时不时地贴耳说话，随即咯咯笑起来。但是，另外一种说不出的担忧困扰着菲利普，让他不知所措。

客栈里总共也没有住几个人，除了他们三个之外，还住了一个胖胖的法国中年妇人。这个女人看上去跟拉伯雷作品中的人物很像，喜欢大笑，动不动就咧嘴发笑。菲利普经常见到她在河边钓鱼，能耐着性子钓上一整天，不过始终没见到什么成果。有的时候在河边遇到她，心血来潮的菲利普会走上前跟她聊上几句。从闲聊中，菲利普了解到这个女人过去干的是那种苟且的营生，也就是华伦太太[1]干的那个行业。后来，她觉得钱也赚得差不多了，索性放弃不再干了，来到乡下，就过起了如今这般清闲的生活。菲利普还从她那儿听到

[1] 英国剧作家萧伯纳的剧作《华伦太太的职业》中的一个妓院老鸨。

许多淫秽不堪的事情，看来这个女人依然没有什么羞耻心。

“你有没有去过塞维利亚？如果没有去过，那个地方还是值得一去的，那里的女人可以说是世界上最标致的。”她的英语让人听了很别扭。他一边给菲利普介绍，一边挑逗性地看着他，不时地点头，仿佛在说这个小伙子体格不错。忽然，她又咯咯地淫笑起来，连她鼓鼓的大肚皮都一起抖动着。

七月的气温越来越高，暑热像是一种有形物质，在树丛间、空气中、房屋里滞留不散，让人们很难入睡。每到晚上，漫天繁星一闪一闪的。菲利普他们三个被美丽的夜景吸引，静静地坐在那个凉台上，不愿离开。他们谁都不吭声，只是安心享受着幽静的夏夜，静心聆听着潺潺的流水声。他们在这里一坐就是好几个小时，伴随着教堂的钟声一点、两点，有时甚至到三点的时候，才会打着哈欠、拖着疲惫的身子，回到自己的屋里睡觉。过了几天，菲利普这才迷瞪过来，原来劳森和露思·查利斯小姐是一对恋人。这个一直没有人告诉他，他完全是凭自己的直觉猜到的。因为这位姑娘凝望年轻画家的目光以及这位年轻画家像着了魔似的神态出卖了他们，这让菲利普发现了。难怪他们三个人在一起时，他俩给菲利普的感觉有点儿过于亲昵，好像在打情骂俏，相互传递诸多情感，甚至能感觉到连周围的空气也变得凝重起来。恍然大悟的菲利普很惊讶，这几天，他把查利斯小姐当作一个好伙伴，自己也很喜欢和她交谈，但好像也没有想过能与她有更深的发展。记得有一个周末，三个人决定去森林里游玩。他们一起来到某个空地，这个地方环境幽雅，绿树成荫，三人一致认为这是个野餐的理想之地，于是就此驻足，并把带来的茶点放下。在查利斯小姐看来，这个地方很具有田园风光，所以她执意要脱掉自己的鞋袜。要不是因为她的脚有些大，并且两只脚的第三个脚趾上都长着一个大鸡眼的话，那两只脚还算得上很好看的。菲利普看着那两只脚，心里暗自揣度：她行走时步态有点儿滑稽可笑，也许跟这个有很大的关系。可如今，菲利普有些后悔了，起初不该那样看待她，更不该取笑她。菲利普对查利斯小姐的看法发生了反转性的变化：她的身上充满了女性所特有的温柔，尤其是那双水灵灵的大眼睛更彰显了她的美丽。菲利普想到自己一直没注意到她原是那么富于魅力，就越发觉得自己是个彻头彻尾的大傻瓜。他有时还觉得查利斯小姐有些看不上他，原因就是他实在太愚钝了，竟然没有发现他的身边还存在如此的尤物，反而是自己的好朋友劳森，如今倒很神气，有点儿不可一世的感觉。菲利普有些嫉妒劳森了，并不是因为劳森抢先拿下了查利斯小姐，而是对他俩之间的爱情心生嫉妒。菲利普经常幻想，如果自己是劳森的话，能跟查利斯小姐经历刻骨铭心的爱情，那该是一件多么美好的事情呀，只可惜现在为时已晚。再说即便她没有跟劳森恋爱，也不会跟自己有所进展，毕竟自己是个跛足。菲利普心里越想越乱，整日忧心忡忡、心神不宁的，仿佛自己的爱情走失了似的。菲利普期待着自己快些被猛烈的爱情洪流卷走，不管被带到什么地方，任凭受这股洪流的摆布，他都不会在乎。他亲眼看着查利斯小姐和劳森现在发展得如火如荼，心里觉得惴惴不安。他对自己的生活感到不满意，因为他想得到的东西，生活里却没有，这让他觉得很难受，甚至内心里认为他现在是在浪费美好的时光。

经常去钓鱼的那个法国胖女人，也许是在这个方面见多识广，很快就发现了劳森跟查利斯小姐的恋情，还毫不掩饰地跟菲利普谈论。

“可是你呢，你现在有女朋友吗？”她说，脸上的微笑仿佛在说她重操旧业了。

“目前还没有。”菲利普羞得脸都红了。

“不会吧，你还没有吗？怎么会这样呢？按说你已经到了谈情说爱的年龄了。”

菲利普没有接她的话，只是向她耸了耸肩，然后转身离去。

本来他想通过看书打发时间，魏尔伦的一本诗集还攥在他的手里，可是他的心被情欲搞得七上八下，哪有心思再安心看书呀！菲利普突然想起，弗拉纳根曾讲过逛妓院的情节：在一条很深的小巷里，藏着一座院落，幽暗的客厅里，乌得勒支天鹅绒织品随处可见，一群浓妆艳抹的风尘女子一边淫笑，一边挑逗过往的客人。想到这里，菲利普心里不由得咯噔一下。他躺在地上，四肢伸展开来，看上去就像刚睡醒的小狗崽在伸懒腰。周围的这一切：河水微波粼粼、那排小白杨在微风中翩翩起舞，还有如此洁净湛蓝的天空，都让他无法忍受。现在他应该是陷入了单相思，不能自拔，经常胡思乱想，幻想着露思·查利斯在吻他，还温柔地搂着他，甚至幻想他深情地投入露思·查利斯的怀中，四目相对，充满了脉脉深情。幻想毕竟是虚幻的，现实是他白白地错过了这份良缘，感觉自己就是一个疯子。既然劳森能跟她好，为什么他就不能呢？但是，菲利普这样的欲念要么是在夜晚无法入睡的时候，要么是白天在运河边杨树下发呆的时候，总之就是查利斯小姐不在他跟前的时候，才会出现。一旦菲利普见到查利斯小姐，他的想法便会立刻发生转变，既不想拥抱她，也不再想象自己如何吻她了，这倒是一种奇怪的感觉，世上也算是罕见的。两人没在一起的时候，查利斯小姐在他的眼里就是百媚丛生、风情万种，尤其是她迷人的眼睛和白净的脸颊让菲利普陶醉；可是跟查利斯小姐在一起的时候，菲利普所能看到的只剩下微小的胸部、满口的蛀牙，还有她脚上的鸡眼。这样的反差让菲利普感到很迷惑，难道是自己太在乎心上人的缺点而故意夸大了？要不自己怎么老是这样：见不到心上人的时候，自己很想去爱她；而面对面的时候，却毫无兴致。

天气渐渐凉爽起来，这就意味着漫长的暑夏即将过去。他们也从莫雷回到巴黎。离开时，菲利普没有丝毫的留恋之意。

48

等回到巴黎，再次到阿米特拉诺学画画时，菲利普才知道普赖斯小姐已经离开了，学校也收回了她存放私人用品的柜子的钥匙。奥特太太向前来打探普赖斯消息的菲利普耸了一下肩，告诉他不知道那个姑娘去了哪里，回国也说不定。听到这些，菲利普如释重负。的确，菲利普实在受不了普赖斯的臭脾气和盛气凌人的架势：每次画画的时候，那位姑娘总会在一旁指指点点，硬是逼着他照她的意思行事，如果菲利普稍有异议，她便斥责他不把她放在眼里，是有意怠慢她。可她哪里知道菲利普也在进步呀，他已经不是那个初来乍到、什么都不懂的愣头儿青啦。从那以后，菲利普再也没有打听普赖斯小姐的消息，很快就把她忘到九霄云外了。现如今，菲利普被油画迷住了，全力想画出一两幅有分量的作品来，以便到时候有机会参加巴黎艺展。这个时候，劳森正在画查利斯小姐的肖像画。说句实话，这位姑娘的模样确实很适合画肖像画，由于她的神态之中有股天生的心慵意懒之感，另外她很擅长摆姿势、做动作，这些足以让她担当模特儿的角色。除此之外，她在画画方面也算在行，提出的意见也很中肯，所以那些拜倒在她脚下的青年人，都曾替她作过画。她十分向往艺术家的生活，所以她对艺术无比热爱。不过，她并不在乎自己的学业究竟处在什么地步。画室里热闹的气氛吸引了她；她还经常肆无忌惮地抽烟；有时她会对艺术的爱和爱的艺术侃侃而谈，但是她始终没有搞清楚究竟两者有什么区别。

近段时间，劳森为了露思·查利斯的肖像画，达到了废寝忘食的地步，能连续几天不停地画着，实在吃不消了才会停下来休息。然后他细心观摩自己的作品，再擦掉已经画好的部分。值得庆幸的是，露思·查利斯小姐是他的模特儿，要是用的是别人，早就不干了。如此一来，整个画面搞得乱七八糟的，一点补救的余地都没有，可以说整个画布都废了。

“我需要换一张新的画布，从头开始。不过，这次我胸有成竹，应该花不了多长时间，就会画好的。”劳森信心满满地说。

查利斯小姐对正好也在场的菲利普说：“要不你也来给我画一张，怎么样？这段时间，劳森先生作画的时候，你也一直在学习，应该大有长进。现在不妨试一试？”

对于她的情人，查利斯小姐一律客气地称其姓氏。从这儿也能看出这位小姐在待人接物时所表现的细致入微的能力。

“我是非常乐意的，不过还要看看，你的劳森先生他介不介意。”菲利普调侃地说，脸上还挂着坏笑。

“我才不会介意呢。”劳森说。

刚一上来，菲利普还着实有些紧张，毕竟这是他第一次动手画人像，但是他的内心还是很兴奋的。他跟劳森坐在一起，方便他一边观摩，一边画画。他的面前放着一件相当有水平的作品作为参考，还有一对情侣在旁边耐心地指点，这次他收获颇丰。果然如劳森所说，这次他的画很快就完成了，他还请克拉顿过来给指点了一番。

说起克拉顿，他也是刚从外地回到巴黎。原来，他首先去了普罗旺斯，然后继续往南到了西班牙，因为他迫切地想目睹委拉斯开兹在马德里的作品，接着又花了将近三个月的时间待在托列多，最后又回到这里。在巴黎再次见到他，大家从他的嘴里听到一个陌生的名字——埃尔·格列柯。这是克拉顿在托列多听到的，现在让他崇拜的画家。克拉顿的原话是：要想学埃尔·格列柯的画，你必须到托列多才行。

“你说的这个人，我也听说过，”劳森得意中还夹杂有些许不屑地说，“他算是一位古典大师，其主要特点就是他的作品富有现代派的气息（暗含他的作品同样拙劣）。”

没有想到，此时的克拉顿比以往更加少言寡语，一句话也没有说，只是瞅了劳森一眼，投去讥讽的目光。

“既然你在西班牙待了一段日子，让大家欣赏一下你从西班牙带回来的大作，如何？”

“其实我在那边挺忙的，一幅画都没有。”

“是嘛，那你在那里都忙点儿什么？”

“我一直在思考问题，最后决定要与印象派划清界限。因为我相信，不出几年时间，那些印象派的华而不实就会暴露无遗，所以我打算摒弃以往的东西，从头再来。于是，我一回来，马上就把我画的东西全部烧掉。现在你们可以去看一看我的画室，里面只剩下画架、颜料，还有几张干净的画布。”

“真要是这样，往后你有何打算？”

“具体要干啥，我还没有想好，现在只是初步的打算，不过还有点儿模糊。”

也许是留神谛听某种勉强能听到的声音，克拉顿故意放缓语调，神态也很奇怪。一股难以名状的神秘力量，正在他的身上暗暗地四下挣扎，一有机会就有可能爆发出来，这股劲儿让人觉得很有气势。虽然劳森把克拉顿请来主要是想评说一下自己的作品，但现在他的内心其实有些发慌。为了能冲淡可能挨到的批评，劳森最终摆出一副对克拉顿的见解不屑一听的架势。站在一旁的菲利普心里很清楚，这个时候如果克拉顿能大加赞扬，那劳森应该是求之不得的。盯着劳森的人物像，看了半天，克拉顿没有说一句话（当然，对劳森来说，这比挨批强太多了）。接着，克拉顿又朝着菲利普的作品看了一下，问：

“这个画的是什么呀？”

“哦，这个是我画的人物像，我是第一次尝试。”菲利普连忙回答。

“哦，看出来了，你是照着他的画来画的，是不是？”

说完，克拉顿转身再次观摩劳森的作品。此时的菲利普一声不吭，满脸通红。

“阁下看了半天，不妨说说你的高见，我们都洗耳恭听。”劳森等不及了，连忙说道。

“我觉得画得挺好，立体层次很分明。”克拉顿说道。

“那你觉得，这幅画的明暗层次如何，画得还到位吗？”劳森又请教他。

“相当不错。”

听到克拉顿的赞许（至少劳森会认为是赞许），劳森喜上眉梢，咧嘴笑了起来，还刻意地将身子连着衣服一起抖动起来，那个模样就像一条落水狗在甩身上的水。他连忙对克拉顿说：

“真没有想到，你对我的这幅画会有这么高的评价，你不知道我心里是多么的高兴和自信。”

“别高兴太早，我可不喜欢你的画，我觉得这幅画一点意识都没有。”

克拉顿突然话锋一转，来了这么一句。当时，劳森的脸拉得老长，脸色充满窘样。他吃惊地看着克拉顿，想弄明白克拉顿到底在耍什么花招。不太爱说话的克拉顿，说话都让人捏把汗，话语之间跳跃的幅度很大，有些话能毫无章法地重复几次，但是从他这些东拉西扯、语无伦次的话语中，菲利普还是琢磨出一些有价值的东西。克拉顿所说的这番话，并不是从书里得来的（大家都知道他并不喜欢看书），而是在克朗肖谈论时他留意到的。虽然他自己当时并没有太在意，但是这些话还是留在了他的记忆里。直到最近一段时间，他不停地思索，竟然又让这些话重新浮现在脑海里，并且还有了新的启示：如果想画一幅不错的肖像画，需要把握住两个关键点：人的外观及其内心世界。克拉顿原先崇拜的印象派能深入细致地描绘人物形象，这一点让人称赞不已，但这个画派仅浮于人物的表面，跟十八世纪

英国肖像画家没有太大的区别，对人物的内心世界从没有关注过。

“如果你朝这个方向走下去，那不就意味着太书生气啦？”劳森不服气地插话说，“依我看，我更愿意向马奈学习，注重人物形象的勾勒。至于内心世界，谁还考虑它干什么！”

“正像你说的那样，你跟马奈一样画人物像，如果你的水平能赶超他的话，这当然最好，可是你觉得你能赶上他吗？退一步说，你无法超越他，可你跟他差得何止毫厘呀。目前看来，印象派如今的地盘已经没有丝毫的余地留给你了，你怎么能既站在现在的地盘上又想用往昔的东西来丰富自己的创作呢？现在你能做的就是退回去，脚踏实地地重新来过。当我见到格列柯的作品之后，我的眼界顿时打开了，好像见到了新的曙光，从他的肖像画中可以了解到我们所不知的暗藏在画中的深意。”

“这么说的话，那不是跟罗斯金一个套路吗？岂不是在开倒车？”劳森仍不服气。

“可不是那样的。罗斯金喜欢说教，而我不一样，根本不在乎那一套。我所在乎的，并不是他关注的那些，而是画面的激情和情感。在我看来，要想在肖像画方面有所成就，把人物的外貌描绘出来只是一部分，另外很关键的部分就是要把人物的内心世界也描绘出来。这方面的杰出代表就是埃尔·格列柯，还有勒勃朗。那些只注重刻画人物外貌的画家，充其量算是二流的。咱打个比方，以在山谷中盛开的百合花为例，即便闻不到它的香气，大家依然会喜欢它。但是，除了欣赏它的美丽之外，还能闻到沁人心脾的香味，大家会更加地迷恋它。你的这幅画，”他抬手指着菲利普的人像说，“正像我前面所说，整幅图布局、构思还行，层次感也很明显，不过我看不到任何新的东西。参照真实人物，通过线条描绘出人物形象，使得画中的风骚娘们儿一目了然。这样的画画风格也没有什么不对，但如果让埃尔·格列柯画的话，他会画出身高八英尺的人物，否则他心中预期的韵味便难以充分展现出来。”

“这算什么玩意儿，让埃尔·格列柯见鬼去吧，”劳森说，“我从来都没有见过他的作品，所以你对此人的种种夸赞，我根本不在乎。还所谓的什么韵味，明明是胡说八道嘛。”

见到劳森有些愤怒，克拉顿不再说话。他无奈地耸一耸肩，然后抽着烟，默默地离开了。画室里，只剩下菲利普和劳森，两人相互看着，脸上的表情很难堪。

“我觉得他说的也有一定的道理。”菲利普说。

劳森看着自己的画，心里很不服气。

“如果把你看到的东西毫不走样地勾勒下来，还不能表达人物的真实意愿，那除此之外还会有什么办法呢？”

也就在这段时间里，另一个人走进了菲利普的世界，两人还成了朋友。跟往常一样，每个星期一早上，学校里会来很多模特儿，他们期望着被学校选中，然后就可以留下一个星期给习画者当模特儿。有一次，有个青年男子成了幸运儿。虽然模特儿并不是他的专业，但是他的姿态把菲利普给吸引住了。他稳当地站在台上，双腿交叉，双拳紧握，脑袋向前微倾，将他健美的体型展现在大众面前；身材很好，不胖不瘦，身上的肌肉鼓凸起来，就像钢铁铸成似的；头发很短，下巴留着胡子，眼睛又黑又大，还有两道浓密漆黑的眉毛。他能一个姿势坚持好几个小时，并且没有丝毫的倦意。他站在那里，面带羞涩，但身体射出的刚毅之气让大家为之赞叹。菲利普看到他每次都这样精力充沛、充满活力，心中不免产生浪漫的联想。一到结束的时间，这位男子马上把衣服穿上，然后离开画室。看着他的身影，菲利普仿佛觉得他是一个乞丐皇帝，心里有些惋惜。平日里，这位青年不爱说话，更不愿意主动跟人交谈。菲利普曾向奥特太太打听这位青年的消息。几天后，菲利普被告知，这个男子来自西班牙，这是他第一次来这里当模特儿，以前没有干过。

“他如此做应该是为生活所迫吧。”菲利普心想。

事情总是很巧合。有一个美国人，名叫波特，也是来阿米特拉诺画室学习画画的。此时，他正要去意大利待几个月。在菲利普的请求下，他同意借自己的画室给菲利普用一段时间。这可让菲利普高兴坏了。劳森在他面前，总喜欢指指点点，还用命令的口气训导他，这让菲利普慢慢有些不耐烦了。波特一走，还愿意把画室借给他使用，正中菲利普的下怀，他正想一个人住呢。到了周末，菲利普找到那个模特儿，问他愿不愿意来自己这儿加一天班，这样可以画完自己没有完成的画（实际上，这是个借口）。

“我想你是搞错了，模特儿并不是我的职业，”那个男子说，“下周我还有别的事情要做。”

“如果你不嫌弃，咱们就一起出去吃午饭吧。到时候咱边吃边聊。”见到对方有些犹豫，菲利普赶紧赔着笑脸说道：“咱们就简单地吃个便饭，不会为难你。”

西班牙人耸了一下肩，答应了。随后，他们来到一家点心店，决定在这里用餐。模特儿的法语相当蹩脚，说话就像吐泡一般，一个词接着一个词的，听起来很吃力。菲利普是有求于人，一直忍耐着小心应付，还算跟他谈得来。从聊天中，菲利普得知：这个男子在巴黎是写小说的。为了能填饱肚子，来到巴黎以后，没钱人能干的，什么脏活、累活，他差不多都干过，像教书、翻译商务文件等。说起翻译，其实不限于商务文件，只要能弄到手就可以。如今竟靠当模特儿挣点钱。不过，虽然这个青年因为要填饱肚子而不得不裸露自己的身子，在他的眼里，这是一件羞愧难当、难以启齿的事情，也可以说是一件堕落的事情，但话又说回来，当模特儿收入还是很可观的。按照他跟菲利普讲的，他一天的花费只需两个法郎，所以他当一个星期的模特儿就可以让他舒服地过上半个月，这让菲利普很吃惊。于是他经常安慰自己，虽然当模特儿算不上体面，但是至少能让自己不用挨饿，甚至饿死。

菲利普连忙向他解释，自己这次画的不是全身，光画脑袋，并表示很想画一幅他的头像画，然后参加下一届巴黎艺展。

“为什么非得画我的头像呢？”那个男子迷惑地问。

“我是觉得你的头型很有艺术气息，我也很期待，弄不好，我这么一画，一幅成功的人像画就诞生了。”

“你说的意思，我也明白，可是我实在是抽不出多少时间呀。这段时间我正在写作，一点儿时间都不愿意耽误，哪怕是一分一秒，我都舍不得挤掉。”

“这个好说，只要你下午抽点儿时间就可以。每天上午，我还得去学校上课呢。再说了，你坐着挣钱，总要强过翻译什么东西吧。”

曾经有一段时期，来自许多国家的学生来到拉丁区，相互之间都很友善，直到现在这段时光还被大家大加称赞。不过那些早成为历史，现在的情形非同往日，跟那些东方城市里几乎一样，国籍不同的学生不再有任何的交际。包括在朱利昂画室或是在美术学院里，也是如此。假如一个法国学生被同胞发现跟非法国籍的学生有来往，他一定会被瞧不起，甚至遭到排斥。同样，从其他国家来到巴黎的人，如果想跟巴黎当地的人有很深的交情，也是一件非常艰难的事情。所以，好多从英国来的学生，尽管来巴黎都五年了，可是他们所学到的法语也就凑合着能去商店买东西、去饭馆吃饭时派上用场，至今他们在巴黎还是过着地道的英式生活，好像没有走出南肯辛顿似的。

对浪漫生活充满兴致的菲利普，现在好不容易逮到一次跟一个西班牙人接触的机会，他怎么能随意放弃，当然要费尽心思加以把握。这次，他软磨硬泡，用利益诱惑，最终总算让对方同意了。

“好吧，就按你说的办，”这位男子说，“不过，咱们先说好，你的请求得到我的同意，主要是因为我高兴这么做，跟钱没什么关系。”

“你愿意这么做，我很感激，但是我也不能白白地占用你的宝贵时间呀。”

无论怎么劝，他都坚决拒绝菲利普支付酬金，最终酬金还是不提了。他们商议定在下周一下午一点，模特儿会来画室跟菲利普见面。临别时，西班牙人递给菲利普一张印着他的大名的名片。菲利普看了一下名片，这才知道米格尔·阿胡里亚是他的大名。

从此，西班牙人按照约定会定期前来让菲利普描绘他的脑袋。虽然他口口声声说自己出于自愿，拒绝收费，但是他会不时地向菲利普借钱，每次少说也有五十法郎，算下来绝不比实际付费少。对于这个西班牙人来说，他还是很满意这样做的，至少他会觉得通过这种方式得到的钱让自己很有尊严。在菲利普的心里，西班牙是一个浪漫的民族，所以他把这位西班牙模特儿当作那个民族的代表人物，刻意向他请教格拉纳达、塞维利亚两个地方，还有西班牙诗人卡尔德隆等。可是，出人意料的是，米格尔跟他的许多同胞一样，并没有把心思花在自己国家的灿烂文化上，而是一贯认为能称为群英荟萃的国家就是法国，能称为世界中心的只有法国的首都巴黎。

“西班牙算什么呀，现在没有作家，没有艺术，什么也没有。你说它是不是要完蛋了？”

随着接触的深入，两人也到了谈理想、抱负的阶段。在向菲利普诉说自己抱负的时候，米格尔的言辞也表现出其民族所特有的那种浮夸。现在，他正忙活着一部长篇小说。左拉对他有着深刻的影响，所以他将作品中的生活场景定在巴黎。有时，他还会给菲利普详细地讲述一些里面的内容。听后，菲利普很不以为然，觉得这个小说没什么内涵，全是庸俗低级的内容，尤其是一些描写相当稚嫩，比如这就是生活；我的朋友，这就是生活，更显示出这个作品的陈腐俗套，根本就拿不到台面上来。不过，谈起他苦心孤诣的精神倒是让人肃然起敬。他已经坚持写了两年了。这两年来，他所处的困境难以想象，整日里为生计奔波，而他期望着能在巴黎找到的那些有趣的生活从没有光顾他。他这也算是为了艺术而甘心忍饥挨饿。他持之以恒，矢志不移，相信定能克服种种苦难从而实现毕生宏愿。

“你对巴黎还不熟悉，为什么不把西班牙的生活好好写写呢？毕竟你更熟悉那里，并且那里的乐趣也不少呀。”菲利普不解地问。

“在我心中，西班牙不值一提。我觉得只有巴黎才配得上我的作品。可以这样说，也只有巴黎才有我想要的生活。”

还有一次，米格尔再次来到画室，随身还带着一部分他的手稿。在菲利普面前，他边念边译，心情十分激动，可惜法语很糟糕，最终菲利普也没有弄清楚他一直在说些什么，也没有刻意打断他。谁知，他越念越来劲，一口气念了好几段，但还是不尽人意。既然不知所云，菲利普干脆不再注意听了，而是把目光放在他的画上，渐渐地发起了呆：竟然没有料到，虽然米格尔眉宇宽阔，但其脑子里的思想竟如此肤浅；尽管他有一双炯炯有神、充满热情的眼睛，但他眼里的生活尽是轻描淡写，浮于表面。菲利普越看越觉得自己的画不尽人意，总是不顺心意，所以每次画完画，他总会毫不吝惜地将所画的全部刮掉。按克拉顿所说，人物肖像，旨在表现人物内心的世界。这句话的确很有道理，但是你所描绘的人物浑身充满矛盾，又有什么办法能知道他心灵的意愿呢？不论米格尔思想陈腐也好，还是没有内涵也罢，菲利普还是挺喜欢他的。尽管米格尔不懈努力、呕心沥血地去奋斗，可结果却是一事无成，这让菲利普不由得为之惋惜和哀痛。一位杰出的作家应该拥有的条件，米格尔唯一缺少的就是天赋，这个也是他劳而无功的关键因素。望着自己的作品，菲利普心里很矛盾，无法分辨里面的人物到底是个经历诸多磨难而成功的天才，还是一个虽然辛劳但纯粹是虚度光阴的庸人。很明显，这个时候他的自信心和不达目的誓不罢休的意志已毫无意义，或者说根本没有多大作用。突然，他想到了范妮·普赖斯小姐，这位姑娘意志力惊人，并且始终认为自己具备这样的才气。

“早知如此，何必当初呢，”菲利普说，“如果我自知不是这块料，倒不如现在封笔不画了。即便当个什么二流画家，也不会有什么前途。”

有一次，一大早，菲利普刚走到门口，就被看门人给叫住了，并递给他一封信。菲利普觉得好奇，这封信的笔迹他从没有见过，再说了，平时跟他有书信来往的除了路易莎伯母，再一个就是偶尔来上一封的海沃德。这次会是谁呢?

菲利普随即把信拆开，看到信里的内容：

见到此信，务必赶紧亲自前来。我已经连续三天三夜没有吃一口东西，实在是快支撑不住了。现在我一直在坚持，我的身子可不能让别人触摸，希望我的全部都能给你。但是我快受不了了。

范妮·普赖斯

菲利普看完这封信，突然身子一软，一阵惶恐不由得涌上心头。接下来要干什么，他心里很清楚，也很迫切。他拔腿就往普赖斯的住处飞奔。原以为她已经回英国了，出乎意料的是现在她还待在巴黎，不过近几个月，他俩从没有见面过。刚到房子门口，菲利普立刻向门房询问普赖斯有没有在家。

“好像在吧。不过，我也有两天没见她出来了……”

没等门房把话说完，菲利普就转身朝楼上跑去。他一口气跑到普赖斯的房门口，急切地敲了敲房门，还大声地呼叫她的名字，但屋子里面一点儿回应都没有。他想推门进去，可是门锁着，并且菲

利普还发现锁孔里插着一把断了的钥匙。顿时，一种不祥的预感出现在菲利普的脑海。

“哎呀，我的老天哪，她不会干了什么糊涂事吧。但愿没有！”情急之下，菲利普竟大喊起来。

菲利普见如此情形，光在这儿瞎站着也不是办法呀。他又飞快地来到楼下，急急忙忙地对门房说：

“我敢肯定，她一定还在里面。我刚收到她寄的信，这才急急忙忙地赶来的。现在是不知道她在里面怎么样，所以非常担心她出事。要不咱们先把她的门锁撬开吧。”

刚开始，门房一直阴着脸，不愿搭理他，当得知事情的严重性后，顿时也慌得不知所措。不过，他还是不赞成撬锁，毕竟负不起破门而入的责任，而是提出要报警，通知警察一声。说完，他们立刻前往警察署，告知一切后，领着一名警察，又找来了一个开锁匠。在回来的路上，菲利普了解到，上个季度的房租普赖斯小姐还没有交，并且在元旦那天，门房也没有收到她送的礼物。一行四人来到普赖斯的门前，再一次敲了敲门，还是没有任何回应。警察示意锁匠把门打开。锁匠随即试着开锁，虽然费了一些工夫，但门总算打开了。他们连忙推门而入，马上被眼前的景象吓了一跳。菲利普看到如此景象，第一反应就是把眼睛捂住，还不由得大叫一声。普赖斯小姐上吊自杀了：天花板上有一个铁钩，原本是先前某个房客用来挂床帘的，这次被她用来套上了一根绳子。她的小床因为碍事，已经被移到一边。她将椅子放在绳子下方，然后站上去，套住脖子，接着又把它蹬开，不幸就此发生了。现在那把椅子还在地上横倒着。

他们赶快割断绳子，将她平放在小床上。只可惜还是来晚了，她已经死了。

49

后来，菲利普了解到多方面的情况，突然发现普赖斯小姐的一生充满了悲哀。画室的那些女学生经常会相约一起去餐馆吃饭，可范妮·普赖斯从来没有跟她们一起过，这也招来不少她们私底下的闲言碎语。实际上，其中的缘由一目了然，并不是范妮·普赖斯不愿意凑这份热闹，而是她经济拮据，根本就没有钱出去吃饭。此时的菲利普还记得初来乍到时，他邀请普赖斯小姐一起在餐馆吃午饭，看到她像只饥饿的野兽横扫面前的食物，当时心里十分厌恶，现在回头一想，当时并不是她想那样，主要还是饿得无法忍受。菲利普从门房那里了解到她平时吃的东西：一个面包和一瓶牛奶就是她一天的食物。中午放学，回到家里，她会把牛奶和面包吃一半，留一半放在晚上吃。一年 365 天，每天都是这样。听着门房的描述，想起普赖斯生前忍饥挨饿，吃了那么多的苦，菲利普的心头不由得揪了起来。尽管生活已经如此窘迫，但她并不愿意让别人知道她生活很拮据，直到后来学习画画的费用没有着落，她这才不得已离开了画室，很明显是因为她已经到了山穷水尽的地步。在这间小屋里，除了一个小床和一把椅子，就没有其他家具了，可谓是家徒四壁。那件破旧的棕色裙衫，整天套在她的身上，因为她只有这一件衣服能穿。在收拾普赖斯小姐留下的东西的时候，菲利普希望能找到她家人的详细地址，能跟他们取得联系，以便告知这个不幸的消息。菲利普一件件地寻觅着。突然，一张纸条映入他的眼帘。纸条上面全是菲利普的名字，有几十个之多。他这才意识到，这位姑娘原来是爱上了他。他顿时愣住了，好像当头挨了一棒。忽然想起普赖斯衣衫褴褛地挂在绳子上，菲利普禁不住吓了一身冷汗。菲利普回头一想：如果她的心里真是想着自己的话，为什么她不跟自己开口呢？自己知道的话，一定愿意周济她的。菲利普又开始悔恨：当初自己明明也感觉到那份来自她的情感，却不以为然，完全辜负了普赖斯的心意，并且她给菲利普的信中的那句话，“我的身子可不能让别人触摸，希望我的全部都能给你”，从中，菲利普也能感觉到她对自己的哀怨。显然，她是活活给饥饿逼死的。

最后，菲利普总算找到了想要的东西。有一封信，里面有“家兄艾伯特”的文字。从信封上可以看到，这封信从伦敦萨比顿区寄过来，时间大约是二十天前。菲利普又看了信的内容，主要是拒绝向她转借五英镑的事情，剩下的就是一些理由：一家老少还靠他来养活，实在是没钱可借。另外，信中还奉劝普赖斯小姐尽快回伦敦找份工作来谋生。随后，菲利普赶紧给范妮·普赖斯的哥哥艾伯特·普赖斯发了一封电报，告知范妮去世的消息。没过多久，那边回电了：

听闻此事，非常伤心。但俗事缠身，难以离开。不前往，可否？普赖斯。

接着，菲利普又发了一份简单的电报，这次语气恳切而强硬，让他务必马上过来。电报发出的第二天早上，画室里来了个陌生人，要找菲利普。

两人一见面，那个陌生人自我介绍道："我叫普赖斯。"

菲利普仔细打量着眼前这个人：身上穿着一件黑色衣服，头上戴着一顶圆顶礼帽，显得有几分粗俗之气；跟范妮一样，也是笨手笨脚的；下巴留着短短的胡子，张嘴便是地道的伦敦口音。

等他禀明身份后，菲利普向他讲述这件事情的前前后后，并把料理后事的事情也说了一下。这个时候，菲利普发现他并没有注意听，而是不时地斜着眼朝屋里四下打量。

"她的遗体，我就不必去看了。我这个人一点儿刺激都经受不住的。"艾伯特·普赖斯说。

接着，他开始滔滔不绝地东拉西扯。菲利普没有制止他，而是静静地听着。他一直经营橡胶生意，家里有老婆和三个孩子，共五口人。他的妹妹范妮原本是一名家庭教师，可是后来不知为什么，放弃老师这个行业，偏偏背井离乡，跑到巴黎学画画。

"在家时，我和他嫂子经常劝她，不愿意她来巴黎，毕竟这个地方也不是她该来的。再说了，自古以来，画画这个行当能赚几个钱？"

由此可见，普赖斯兄妹俩的关系比较疏远。

接下来，他开始埋怨范妮，说她太自私，不该为了让自己从痛苦中解脱而一走了之，这下也让他觉得很费事。其实，他心里也清楚一点，范妮极有可能是迫于贫困才走此绝路的，但是他不愿意让别人知道这个原因，否则会让他家蒙羞的。突然，另外一个念头出现在他的脑海里，她这么做，是不是因为她干了什么不可告人的事呀？

"她来巴黎这么久了，会不会早已跟某个野男人有私情？你也知道，在巴黎，没准什么事情都会发生呢。这一次，她这样干，也可能是为了保全她的声誉吧。”

他的一席话，让菲利普觉得羞涩难当、脸蛋发烫，心里暗暗诅咒自己的软心肠：很明显，眼前这个男人怀疑自己跟他的妹妹有私情，这个完全可以从他那对刺人的小眼睛里看出来。

“那是你的妹妹，你怎么能这样说呢？我相信令妹是纯洁的，”菲利普生气而坚定地说，“她之所以走这一步，完全是饥饿造成的。”

“凯里先生，你这么说的话，可让他的家人十分难堪了。你想一下，如果真是如你所说，她完全可以写信给我，告诉我她的境遇，我会不闻不问吗？我怎么会对她不管不顾呢？”

“真的是这样吗？”菲利普有点儿讨厌这个小男人，他正是看了这位兄长拒绝借钱的信才知道了他的地址，没想到这个男人竟在这个时候说谎。菲利普起初想当面揭穿他的谎言，很快他就改变了主意，何必呢，事情已经到了这般田地，争论这个已无意义，倒不如一起商量下一步如何做，好好安葬范妮。不过他还是希望这个男人赶紧离开自己的视野。正好，艾伯特·普赖斯也着急回伦敦，赶紧完事，越快越好。两人一并进入普赖斯小姐生前居住的小房间里。

她的哥哥艾伯特·普赖斯看着屋里的画和少得可怜的家具，说：“在艺术方面，我是一个外行，但是我觉得这些画应该还能卖上几个子儿吧，对不对？”

“别指望了，都是一文不值的东西！”菲利普心里既同情范妮，又更加厌恶这个见钱眼开的商人。

“不会吧？那这些家具呢，怎么说也能卖点儿钱吧？”

“不到十个先令。”菲利普表现出一脸的不屑。

接下来的事情还是全靠菲利普一人出面张罗，因为艾伯特·普赖斯对法语一无所知，根本无法跟他人交流。整个手续还挺烦琐，证件在这里办理，但需要拿到另外一个地方去盖章，并且还得求见许多政府官员。看来，要让那具可怜的遗体安然入土，还是要费许多周折。整整三天，菲利普连续忙个不停，从早到晚，连正儿八经喘口气的工夫都没有。不过最终事情还是办妥了，他跟艾伯特·普赖斯一起，护送着灵车，将遗体运往蒙帕纳斯公墓。

“葬礼办成这样，也算不错了，”艾伯特·普赖斯说，“但是，这样做就好像将钱白白地往水里扔，我觉得太不值当了。”

葬礼如期举行。当天早晨，周围灰蒙蒙的，天气有点儿冷，葬礼草草了事。前来参加的，除了菲利普和艾伯特·普赖斯之外，还有五个人，都是在画室学画时范妮·普赖斯的同窗：奥特太太，虽然不喜欢范妮，但考虑到她司库的身份，自认为应该参加这个葬礼；露思·查利斯，她是出于好心；还有劳森、克拉顿和弗拉纳根。这些人在范妮生前对她从没有过好感。菲利普伫立在墓地，放眼望去，看到一排排的石碑立在那里，阴森森的。看着看着，菲利普被眼前这片肃杀凄然的景象镇住了，禁不住打起了哆嗦。

葬礼结束后，大家相继离开。艾伯特·普赖斯想请菲利普一起吃个午饭。本来经过这几天的接触，菲利普很厌恶他，再加上这几天的奔波，以及因为害怕导致睡眠一直不好，搞得他非常疲惫。菲利普想拒绝，可是这会儿又找不到合适的理由。

“这几天，净为这事忙活啦，连顿像样的午餐都没有吃过，这弄得我很疲惫，我的神经也快崩溃了。这样吧，你带我找一家上等的饭馆，咱们好好地吃上一顿。”

“这附近最上乘的一家馆子，就数拉夫组餐厅了。”菲利普说。

“那好，咱们就去那里。”

说完，菲利普就带着艾伯特·普赖斯去了拉夫组餐厅。

等坐到天鹅绒靠椅上之后，艾伯特·普赖斯长吁一口气，好像卸下什么沉重的东西一样。也许是几天来压在心里的事情就此办完，他点了一份丰盛的午餐，另外还要了一瓶酒。

“总算结束了此事。今儿可真高兴。”

吃饭时，艾伯特·普赖斯不停地问菲利普，在巴黎，画家的私生活是什么样子的。由此，菲利普看出他的圆滑。虽然他的口中关于画家的私生活很糟糕，但是他迫切地想听到他想象中画家们所过的那种淫逸放浪的生活的细枝末节。他一会儿眨眨那双狡猾的眼睛，一会儿又很有深意地窃笑，好像是说：你瞒不住我的，还是如实交代吧。他是个商人，经常在外面走动，也见过不少世面，所以他对这类事情早有耳闻。在两人交谈中，艾伯特·普赖斯提到蒙马特尔，问菲利普去过没有。还说在那里，上自皇家交易所，下至坦普尔酒吧，在冒险家眼中，都是闻名遐迩的人间乐土。至于“红磨坊游乐场”，他巴不得去那儿！

两人吃着丰盛的菜肴，喝着醇香的美酒，边吃边聊。在酒足饭饱之后，艾伯特·普赖斯更来劲了。

当咖啡端上来的时候，他说：“干脆再来点儿白兰地吧，全当破财消灾了。”

他搓着手，一脸坏笑，对菲利普说：“不如这样吧，我今天就不回去了，明天再回。今晚咱们一起去潇洒一下，不知老弟你觉得怎么样？”

“你的意思是，今天晚上，让我陪着你一起去蒙马特尔？门儿都没有！”菲利普有点儿愤怒了。

“哦……”他愣了一下，继续说，“我不是那个意思。”说完把头摆到一边，不敢正视菲利普的目光。

看到他心口不一，回答得正儿八经的，菲利普“噗”的一声笑了。然后，又很严肃地说：“去那儿的话，我担心你的神经受不了啊。”

最后，艾伯特·普赖斯决定饭后就走，不耽误搭上下午四时去伦敦的火车。果然，等吃过午饭，他跟菲利普告别后，便走了。

“老弟，咱们后会有期。等过些日子，我会再到巴黎来。届时再来拜访你。到时候要跟你一起去潇洒一番。”

跟艾伯特·普赖斯分别后，菲利普一直觉得惴惴不安。他什么事情都不想干，突然想到迪朗·吕埃尔画铺，觉得与其无所事事，倒不如索性坐公共汽车到河对岸去，看看那里有没有展出新的画作。到那儿以后，他沿着大街信步闲逛。当时天气还冷，寒风呼呼地吹着，路上的行人无不裹紧大衣，将身子蜷缩着，在刺骨的寒风中匆匆走着。看着他们皱紧眉头，好像有什么心事，菲利普突然想到，蒙帕纳斯公墓里，那白色墓碑林立的地下，一定比冰窖更阴森寒冷；又想到在这茫茫人世间，自己独身一人，一股说不出的思乡之情顿时在心头涌起。此时此刻，他特别想找个人，哪怕只是坐在一起就行。他细数着周围的那群人：此时的克朗肖应该还在忙碌；至于克拉顿，算了，他更喜欢一个人待着；还有劳森，这个时候他也不希望被打扰，

因为他正忙着画另一幅露思·查利斯的肖像画；剩下的只有弗拉纳根。那就他吧。菲利普决定去找这个美国人。当菲利普见到他时，弗拉纳根正在画画，但是他也无心于此，正愁着没人聊天。见到菲利普，他自然很高兴。相比他们大多数人来说，弗拉纳根算是很阔绰的。画室里生着炉火，布置得也挺好，菲利普坐在那儿，觉得既舒服又暖和。趁着弗拉纳根倒茶的工夫，他走到肖像画跟前，仔细端详着。这两幅是弗拉纳根为参加巴黎艺展准备的。

弗拉纳根将水递给菲利普，然后谦虚地说道："这两幅画是我为参加巴黎艺展准备的。我也知道自己水平不够，这样做也是靠着厚脸皮支撑的。不过我不想太多，只要能送去就是莫大的进步了。在您的眼里，我这两幅画是不是糟糕透了？"

"你太谦虚了，哪有你想的那么不堪，"菲利普说，"相反，还有不少过人之处。"

经过这么长时间的熏陶，再加上好多人的不吝指导，菲利普对画作的评价也有些见地了。的确如菲利普所言，巧妙的手法为这两幅画增光添彩，让人不由得拍案叫绝。弗拉纳根很熟练地把那些难以处理的地方都规避了，并且他还大胆地调色用彩，让画面的刚劲之气直逼人的眼睛，给人的感觉是出乎意料但又意义深远。尽管绘画的技巧让弗拉纳的这幅画存在不足，但此画妙趣横生，更像是出自一位终生绘画的画家之手。

"你的画，乍一看上去，还是很有水平的。所以，如果把欣赏每幅画的时间，规定在三十秒以内，你就了不得了，一定很出色。"

他们之间，完全不存在溜须拍马、阿谀奉承的现象。

"这下可好了。在我们美国，大家的时间都很紧张。一幅画让他们花费半分钟的时间，是不可能的。"

在大家的眼中，弗拉纳根可谓是头号的华而不实，但是大家对他的喜爱主要是因为他有副热心肠。这让大家觉得不可思议（毕竟他很阔绰）。如果有人生病了，他准会第一个站出来，主动提出要照顾病人。病人也很乐意跟他在一起，因为他性格活泼，爱说爱笑，陪护效果要比吃药打针管用得多。跟多数美国人一样，他毫不掩饰自己的情感，认为感情的流露本是人之天性，而像菲利普这样的英国人，只会把自己的感情捂得严严实实，唯恐流露出来，遭到别人的质疑，显得矫揉造作。正是由于弗拉纳根的热心帮助，那些经受苦难的朋友都对他不胜感激。

这段时间，因为普赖斯小姐的事情，菲利普被折腾得疲惫不堪、情绪低落，心情也很差劲。充满爱心的弗拉纳根再次行动，想让自己的说笑玩闹把菲利普从失落中拉出来，把他原先的劲头提起来。有时候，他会刻意用惹英国人大笑的美国腔，在菲利普面前口若悬河、东拉西扯，并且乐此不疲，十分快活。有的时候，弗拉纳根会拉上菲利普，先去外面吃饭，然后跑到蒙帕纳斯游乐场，在那里好好地玩一番。弗拉纳根最喜欢去的就是这个游乐场。等到晚上，弗拉纳根充满了激情。喝酒以后，他表现出一副又疯又傻的样子，也许是因为饮酒过多所致，但更贴切的还是归因于他天生活泼好动的性格。累过头的菲利普，已经没有一点儿睡意了，所以当弗拉纳根提议一起去比里埃舞厅时，他没有拒绝，并且表现得还挺愿意去。到达目的地后，他们坐在舞池附近的桌子旁。这个位置较高，所以视线挺好，他们在这里喝酒的同时，还能欣赏舞池里正在晃动的灯光和人影。没过一会儿，弗拉纳根就瞧见一个熟人，并冲着那个人大喊了一声，然后纵身一跃，翻过栅栏，就进入了舞池。桌子上只剩菲利普一人，不过他也没有闲着，而是环顾四周，打量着一切。出入这个舞场的并不是一些上流人士，都是普通人物。今天周四，整个舞场黑压压的全是人头，有些是大学生，大多数的男子是公司小职员和售货员。他们戴着帽子，穿着呢子上衣或者燕尾服，跟平时的便装一样。里面还有不少女人，有帮佣，但大多数是女售货员，这些人个个打扮得花枝招展的。其实，她们也没有充足的钱去买河对岸的正品，只好将新款的仿品穿在身上。她们把眼睛周围涂得黑乎乎的，脸蛋儿抹得红红的，看上去就好像玩杂技的，也有可能是模仿那些有名的舞蹈演员，真让人觉得大煞风景。舞池上空，离地面不远悬挂着一只白色的大灯。在灯光的照耀下，每个人的脸上都呈现出浓黑的阴影，周围的一切显得呆板冷漠、庸俗低级，让这个地方显得破败不堪。

觉得无聊，菲利普站起身，斜靠在栏杆上，精神专注地看着舞池。这个时候，音乐声已经无法引起菲利普的注意了。人们在舞池里忘情地跳着，很少有人说话，个个专心地慢慢转圈儿，舞池的闷热让他们的脸上挂着豆大的汗珠。看着舞池中的这群人，菲利普发现：在如此欢乐、忘乎所以的时刻，他们已经卸掉了平日里的画皮（戴着这层一本正经的画皮可以提防别人的伤害），把庐山真面目显现出来，狐狸的狡猾、狼的凶残、山羊的愚蠢……在此都能看到。脸上带着的一层菜色，跟他们不健康的生活、营养不足的食物有莫大的关系。他们过着庸俗而低级的生活，个个显得愚不可及、目光短浅，唯一能引人注目的就是那双滴溜溜转动的小眼睛。生活于他们而言，不过是繁多琐事跟诸多邪念的组合。从人身上发出来的汗臭充满了整个舞池，使得里面的空气污浊不堪。可是，他们完全没有顾虑到这些，好像他们的身体被什么神奇的力量操纵着，不停地狂舞。也许这个神奇的力量应该是他们追求享受的那股激情，因为面对这个充满邪恶的世界，他们都急于脱离，唯恐避之不及。他们不停地跳着，头上是命运之神，脚下仿佛是茫无尽头的黑暗深渊。他们的沉默寡言，正表明了他们内心深处极为不安，胆都吓破了，发言权就不值一提了。沦落到这般田地，他们一次又一次地把已经冲到喉咙口的呼喊硬是憋了回去。这群碌碌无为之辈，脸上的表情卑劣而凶狠，心中的淫欲如同兽类，更糟的是荒唐愚昧，但是他们内心的凄苦也从每个人的眼神中显现出来，让人觉得害怕、可悲。同样，菲利普对他们，也充斥着厌恶，同时又感到痛心；对他们的处境充满同情。

随后，菲利普从衣帽间取出外套，没有跟弗拉纳根打招呼，就离开了比里埃舞厅，走在寒风凛冽的大街上。

50

从那以后，那些可悲的形象一直在菲利普的脑海里游荡，难以忘记。其中，他最难以释怀、心神不宁的还是范妮。尽管范妮·普赖斯始终勤奋好学，可最终还是一场空，以悲剧收场。无论是刻苦程度，还是诚心专注，周围的人都望尘莫及，并且她始终坚信自己天生就具备艺术才华，这样的自信也算勇气可嘉？但这却算不了什么，菲利普周围的这群朋友，哪一个不是信心满满的，还有他刚结交的人，同样是信心十足。也许在别人的眼里，他们的所作所为没有任何价值，但他们仍踌躇满志，就像那个西班牙人——米格尔·阿胡里亚，虽然他生活窘迫，甚至硬逼着自己干一些自己认为下贱的事情而只是简单地为了能填饱肚子。尽管他的作品毫无意义，但是他依然苦心孤诣、矢志不移地坚持写作，为自己的梦想从没有停止过奋斗。目前为止，他所付出的心血跟收获的成果相差甚多，让人大跌眼镜。早年的学校生活充满痛苦，简直就是噩梦，这让菲利普学会了自我剖析的能力，并且在往后的日子里，还渐渐地养成了习惯，甚至到了有瘾的地步。他沉迷其中，不能自拔，将这种能力深深地植入内心，如今他仍然不断地剖析着自己的思想和感受。就拿对艺术的感受来说，他发现自己与众不同的地方：当大家共同欣赏一幅出色的美术作品时，劳森习惯用直觉来欣赏，所以一上来就直接被画作震撼；在欣赏作品的时候，弗拉纳根擅长从感觉上来获取内涵；但是菲利普却不同，他是靠着自己的理性来欣赏作品，所以需要经过一番思索才能有收获。所以，菲利普内心经常在想，幸亏自己身上没有艺术家的气质，否则在欣赏美好的事物时只能从感性的角度获取美感，而不是通过推理得到。现在，他有些怀疑自己也就是靠着手上的一点技巧，比葫芦画瓢而已，这个实在是不可取的。他认识到，如果想改变现状，就要向别人学习，放弃技巧，要通过画面把自己的内心感受抒发出来。劳森的性格对他作画的风格起决定作用。他在学习画画的时候，同样是模仿别人，同样容易被别人感染，但是最后却能将他的个性风格很鲜明地表现出来。望着那幅自己临摹的露思·查利斯画像，菲利普陷入深思。三个多月过去了，他才从这幅画中醒悟过来，原来自己一直在模仿劳森的作品。此刻，他觉得自己浮于表面，不是可造之才，只是在用脑子画画，并且他也意识到，要想画出一幅有意义的美术作品，靠的还是内心感受。

菲利普的资产，统统加起来，也就将近一千六百英镑。这就意味着，如果他坚持艺术路线，至少十年之内，他的日子会过得比较拮据，因为这些年他是一分钱都赚不到的。从古至今，在绘画这个行业里，一事无成的画家数不胜数。往后的这些年，他需要节衣缩食，贫苦度日。如果有朝一日，他向世人呈现一幅杰出的作品，那么一生穷苦又有何妨？不过他担心自己终究只能是个二流画家。如果到头来真的是个二流画家的结局，回想起当初牺牲的大好年华、放弃或错过的情趣和机会，还会甘心吗？他十分熟悉那些来巴黎谋生的画家的生活境况，为了有朝一日出人头地，二十多年始终如一，含辛茹苦，孜孜不倦，最后仍是无名小卒，无奈意志消沉，整日以酒为生，一蹶不振。他又想到上吊自尽的普赖斯小姐，勾起了他的往事。记忆中，他经常听到某位画家身处绝境，无奈之下一死了之，落了个可悲的下场。他还想到当时在画室里，画师富瓦内曾用辛辣的语气讽刺普赖斯小姐，并郑重地告诫她，让她放弃学画。想想如果当时普赖斯小姐不那么倔强，听从他的告诫，早早就放弃画画，也许不会走到今天这个地步。

菲利普近期画的肖像画已经完成，他决定拿它去巴黎艺展参展。正好，弗拉纳根也要参加巴黎艺展，他有两幅画参选。在菲利普看来，他的画跟弗拉纳根的相差无几。近段时间，他的全部心思都花费在这幅画上，虽然仔细揣摩这幅作品时，也没发现有什么不合适的地方，但一时半会儿也说不清楚，他仍坚信应该没有问题。他只要看不到那幅画，心里的别扭就会消失，不再会觉得失落。但是，没过多久，他的画被拒绝了。刚开始，他并没有太在意这件事，因为他心里已经准备好了，也认为入选的概率不大。谁知，有一天，兴高采烈的弗拉纳根跑到劳森和菲利普跟前，将他其中一幅画被巴黎艺展选中的消息告诉了他们。听到这个消息，菲利普很冷漠地向弗拉纳根表示祝贺，同时心里非常难受，情不自禁地流露出嘲笑的神情。此时，正忘乎所以的弗拉纳根完全没有看到菲利普的神态，只顾着表示感谢。站在旁边的劳森，脑袋瓜聪明，马上看到菲利普心中的嫉妒，不解地看了他一眼。早在几天前，劳森已收到消息，他送去参加巴黎艺展的画成功入围，这也在意料之中。但这个时候菲利普的态度让他觉得很不舒服。更让劳森感到意外的是，弗拉纳根离开后，菲利普突然问他：

“假如你现在的处境跟我一样，你会不会选择放弃这个行当？”

“我不明白你说的什么意思？”

“我是说，如果仅仅当一个二流画家，你觉得值不值？我们都清楚，如果不干这一行，而去当个医生或者做个生意，让家人衣食无忧也不算太难，也许不会在乎自己这一生有没有干过什么有意义的事情。可是如果当个二流画家，一辈子穷困潦倒，靠着那些二流作品谋生，又有什么前途呢？”

在劳森的心目中，他还是挺喜欢菲利普的，认为这一次菲利普应该还是因为遇事爱较真，一直苦于他的画稿落选的事。劳森劝慰菲利普：

“作品没有入选，并不见得作品不好，你我都听说过，曾经有许多名震画坛的大作，当初也被巴黎艺展无情拒绝。再说，你这是第一次投稿，没有被选中，也不足为奇，对不对？我个人觉得这次弗拉纳根能侥幸入选，应该是个巧合：他的作品，把技巧玩得很花，没什么内涵，恰巧这次的评选团没什么欣赏水准，刚好偏爱这类作品……”

听着听着，菲利普就心生厌烦。他觉得劳森的一席话跟自己真正郁闷的地方不搭边，相反，还觉得劳森有点儿看不起自己。真正让菲利普心灰意冷的，并不是这次跟巴黎艺展失之交臂，而是他完全失去信心，认为自己的能力真的不行。

作品落选之后，菲利普的情绪很低落。这段时间，不知什么原因，克拉顿很少去格雷维亚餐馆吃饭，好像故意躲着这群伙计。一向活泼的弗拉纳根认准了克拉顿应该是跟某个姑娘谈情说爱呢，可是，偶尔见到他时，一脸的严肃让大家觉得好像又不是那么回事。上次听完克拉顿的评论，菲利普也慢慢感受到克拉顿的想法很有道理。对于克拉顿现在不愿跟旧友见面的举动，菲利普觉得他应该是给自己创造一个独立思考的空间，从而可以系统地整理一下新的思想。某次，用完晚饭，菲利普目送他们离开餐馆——那群人要去看话剧。餐桌上只留下他一个人闲坐着。后来，克拉顿来了，坐在菲利普的旁边。点完吃的，克拉顿就跟菲利普聊起了天。期间，菲利普突然发现：这家伙变得健谈多了，并且说话也比以往悦耳多了。他当即决定要跟克拉顿好好聊聊。

“哎，不瞒你说，我特别希望你能抽空看看我的作品，能给我提一些建设性的想法。”菲利普试探着问。

“得了吧，那种蠢事，我可不愿干。”

“怎么了？是不是我的作品根本不值得你动嘴？”菲利普心中不悦，脸都红了。正常情况下，他们之间经常互相请教，从没有被拒绝的情况。可是，这次竟出乎意料。

“不是这个。其实，咱们大家心里都明白，嘴上说的跟内心想的完全不同。虽然是谦虚请教，但内心还是希望得到称赞。再说了，即便是我指出一些瑕疵，可这又有什么用呢？无论你画得好与坏，又有多大关系呢？”说完，克拉顿耸了耸肩。

“那是他们，我不这样认为。我觉得，对我可大有关系呢？”

“别这样想了。我认为，如果一个人想画画，那是因为他必须这样做，所以他们在画画的时候，纯粹是出于自己的考虑。如果这个时候不让他画，说不定他还会寻短见呢！这个也算是一种本能，就像人体内的器官，唯一不同的就是很少有人具备这个本能。不妨想一下，你苦心经营这么多年，费尽心血，这才在画布上涂了一些。但结果是送去的大多数作品，都会遭到巴黎艺展的拒绝；如果有幸入选，展在艺馆里，但在它跟前驻足的人们顶多看上十秒钟；如果有个附庸风雅的外行将画买走，带回家中，随后往墙上一挂，也就完了。难道这就是好事吗？在买画人的心里，你的画跟他家的家具一样，哪有闲工夫正儿八经地欣赏一番。所以，我这番话的意思是画家一向跟批评没有缘分。但凡客观的东西，都跟画家无缘，而批评正是客观性的。”

说话时，克拉顿用手捂住眼睛，这让菲利普有些迷茫。原来他在说话的时候，想通过这种方式让注意力集中。克拉顿继续说道：

“画家全心地审视面前的事物，并从中得到一些体会，然后他就会情不自禁地把心中的感受通过画面展示给世人。为什么会这样，他们自己都说不上来，反正就是想用线条和色彩把他的内心感受表现出来。音乐家也是如此：他读到某一两行文字，深有感触，于是他的脑海不由得就显现出一些音符，但要让他说明白，这些音符跟这几行文字为什么会联系到一起，还是很困难的，他们仅仅觉得应该就是这样的。咱们可以举个例子来证明我为什么会认为批评没有任何意义。世人总是被大画家硬逼着按他的眼光来观察自然。时过境迁，画坛出现一位新秀，他按照自己的方式来观察世界。但是，世人依旧按照原来的眼光评判这位新秀的作品，结果可想而知。起初，人们受巴比松派画家的影响，已经习惯了某种观察树木的方式。接着，莫奈又发现了另外一种方式，不同于前者。人们看到莫奈的作品，都很惊讶，甚至不以为然：他怎么把树木画成这个样子，到底会不会画呀？可是，他们根本就不知道绘画中树木的样子完全凭画家个人的感觉。因为画家在作画时，是有里至表的。所以，如果我们的眼光让世人接受了，我们会被他们当作大画家；要是不接受的话，我们在他们眼中便一文不值。不过，也没有必要因为这个而改变我们自己。无论伟大，还是渺小，我们都要坦然地面对世人对我们的看法，不要计较得失。至于我们辛苦创作出来的作品往后是什么样的结果，我觉得也不用太在乎。其实，在创作时，所能获得的一切，我们已经获得了。”

也许是克拉顿想尽快吃完面前的食物，他没有继续往下说。趁二人谈话中断的时机，克拉顿秋风扫落叶似的将食物全部吃完了。菲利普坐在一旁，点上一支烟，一边吞云吐雾，一边盯着克拉顿仔细打量：他的头颅，好像是用顽石雕刻而成的（并且还是雕刻家用凿子雕刻的），凹凸不平；头发又黑又粗，鼻子很大，下颏儿骨很宽，一看就是一个倔强的铁汉。但菲利普另有所想：克拉顿虽然表面看着强悍，但他是不是有自己不可告人的弱点呢？比如，他的作品从不愿意公示于众，会不会是他强烈的虚荣心在作祟，以至于他不愿听到别人对他作品的批评，又担心他的作品遭到巴黎艺展的拒绝而从没有参加过。他所希望的，就是能被人当作艺术大师看待，并且不是通过看他的作品才如此称谓他，因为他始终不敢跟别人比个高低，担心自己落入下风。自从认识克拉顿，这十八个月以来，菲利普觉得克拉顿变得越来越放肆、刻薄了。虽然他从来没有跟伙伴们真正一比高下，但当其中有人轻松地获得某些成就时，他总会不服气，表现出不平、讽刺的神态，特别是这次劳森入选巴黎艺展，他更是看不惯。记得菲利普初来乍到时，克拉顿和劳森关系甚笃，完全称得上莫逆之交。但现在两人之间的隔阂很大，原先的交情已不复存在了。

“劳森这个家伙，以后的日子应该过得不错，”他不屑地说，

“等他回英国后，应该会成为时尚界的肖像画家，每年有个一万多英镑的收入应该不成问题，说不定他成为皇家艺术协会会员的时候，年龄还不到四十岁。这个很有可能，因为达官显贵、社会名流只要愿意让他画上几幅肖像画，他定会声名远扬的。”

听完克拉顿这番话，菲利普联想到未来的情形：二十年后，尖刻、孤僻、粗野的克拉顿，依旧守在巴黎，因为他的骨髓早就被巴黎的生活给占据了；他靠着他那三寸不烂之舌，在艺术家的小型茶话会上与人争风称雄，但依旧是看不惯周围的一切；对那种十全十美的艺术造诣，他会愈加疯狂地追求，但只能望洋兴叹，因为他自己创作不出什么拿得出手的作品；说不定到最后他会变成一个虚度光阴的酒鬼。最近一段时间，菲利普总被他的一个想法弄得心神不定。人生只有一次，他不愿意一生碌碌无为。只有大富大贵、声名远扬才算不枉此生的观念，菲利普并不赞同，但他也不清楚如何才算不枉来世上走一遭。如果想要找到这个东西，做到人尽其才，也许跟人生阅历关系很大。不过，无论怎样，如今的克拉顿很明显已经到悬崖边了，如果再拿不出几幅杰作，那就会落入深渊，销声匿迹。菲利普又想起有一次克朗肖借波斯地毯所打的古怪比喻，并且这个比喻菲利普近段时间也经常想到。记得当时，就像农牧神一样，克朗肖在那儿故弄玄虚，更深层次的意思他硬是不说明白，不过还是提醒了一句：其中的奥妙只有你自己领悟出来才有意义，否则一文不值。现在，这句话的深意，菲利普有些体会：他在是否继续绘画的问题上徘徊不定，说到根上还是由于他不希望白白虚度掉自己的年华。

克拉顿又开始说话了：

“你还想得起来那个家伙吗？我原来给你说过，在布列塔尼认识的？就在几天前，我又见到他了，就在这里。交谈中，我得知他正打算去大洋洲的塔希提岛。当初，他有自己的事业，是一个股票经纪人，收入十分可观，再加上老婆孩子，简直就是人生赢家呀。只可惜，不知什么原因，他迷上了画画，一心想当画家，后来还心甘情愿地抛弃自己的事业和家庭，离家出走，只身来到布列塔尼，开始了他的艺术生涯。现如今，他生活窘迫，每天都面临着随时被饿死的危险。”

“他连老婆孩子也不管了？”菲利普问。

“他才不会管他们的死活呢。”

“这样做，也太不是人了！”

“老弟呀，如今你还不明白吗？要想成为一个艺术家，就甭想做一个正人君子，说白了这两者不可兼得。想必你也有所耳闻，有些人为了照顾母亲，会随便画一些粗俗低级的作品，然后出售换钱，维持生计。但这只能说，作为孝顺的孩子，他们是称职的，可这不能作为他们坑蒙欺骗的正当缘由，顶多称他们是奸商。同样是对待母亲，真正的艺术家会把自己的母亲送进济贫院。有一次，一位画家跟我说，他的妻子难产死了，这让他悲伤不已。可是我们根本不会想到，守护即将离世的妻子时，他默默地构思着爱妻临终前的面部表情、遗言以及他当时的实际感受。你说，他是不是很无耻？至少缺乏绅士风度是无疑的。”

“你说的这个人现在怎么样了，是一个杰出的画家吗？”

“不怎么样，还称不上杰出。在绘图上的风格，他跟毕沙罗很像，这一点他自己都没有发觉。不过，在色调搭配及点缀装饰方面，他略有建树。其实他身上关键的东西不是这个，而是激情，一种义无反顾的激情：他就是一个地地道道的浑蛋，不光虐待自己的老婆孩子，对那些帮他忙的人的态度也很恶劣。说真的，要不是靠着亲朋好友的接济，他早就饿死了。这个人是不是禽兽不如？可结果呢，杰出艺术家的称谓竟落在他的身上。”

听到这儿，菲利普心里翻滚起来。他没想到那个人为了艺术竟然放弃了这么多，包括名誉、金钱、甜美的爱情、舒适的生活、美满的家庭。一股敬佩之情在菲利普心里油然而生，连他都承认这样的气魄不会出现在他身上。

突然，克朗肖出现在菲利普的脑海里，算算两人也有一星期没见面了。等克拉顿走后，菲利普走出格雷维亚餐馆，然后径直来到丁香园咖啡馆，只有这个时候能见到克朗肖。菲利普刚来巴黎的时候，克朗肖的一言一语就像圣旨一样让菲利普言听计从。随着日子的慢慢变化，克朗肖的那套空头理论在讲究实际的菲利普身上渐渐失去效果。出身于中产阶级的菲利普无法抹掉自己品性中的阶级本能，

而一贫如洗的克朗肖，干的是雇佣文人的营生，处在饥饿的边界线上。克朗肖要么窝在肮脏不堪的小屋里写东西，要么待在丁香园里喝个烂醉，日子过得相当单调。不仅如此，在菲利普的心中，这些事情毫无体面可言。克朗肖也算精明，也发觉菲利普对他有意见，不免会出菲利普的洋相。他偶尔会开点儿玩笑，但大多数时候，则是犀利地挖苦菲利普，讽刺他是一副小市民模样："你就好比是一个生意人，企图把一辈子都捆在统一公债上，然后稳稳当当地接受每年三分的红利；恰恰相反，我是个败家子儿，坐吃山空，等哪天吃光花尽，我就一丝不挂去见上帝，对世间再无挂念。"

菲利普被这个比喻惹怒了。克朗肖如此说倒是把几分浪漫的色彩添在他对世人的态度上，但同时又把菲利普对人生的看法给诋毁了。原本菲利普还想跟他争辩一下，但最终还是不知从何说起。

当晚，心里充满矛盾的菲利普迟迟决定不下来，他决定去找克朗肖谈谈自己的想法。碰巧当时天也不早了，克朗肖应该喝了不少酒，因为餐桌上累累的茶托就是见证，基本上喝完酒的杯数跟桌上的茶托数一致。这也表明，菲利普来得正是时候，恰好赶上克朗肖发表独特的人生高见。

"你能不能给我一些忠告呢？"菲利普突然问道。

"我说了，你会接受吗？"

菲利普耸了一下肩，不耐烦地说："这段时间，我也看明白了，在绘画方面，我是不会搞出什么名堂的。如果我是二流画家的命，我觉得倒不如现在就此收手，以免浪费大好年华。"

"这是为什么呢？"

沉思了片刻之后，菲利普说道："我觉得，应该是出于对生活的热爱。"

听完菲利普一席话，克朗肖面色大改，嘴角下垂，目光呆滞，眼窝深陷。凑巧的是，这个时候他弯腰驼背，一副老态龙钟的模样。

"仅仅就因为这个？"他失声嚷着，随即不好意思地环视四周。菲利普听得出来，他很激动，话音都在颤抖。

"如果你不想干了，还是趁早脱身吧。"

克朗肖的这句话让菲利普很惊讶，不由得瞪大了眼睛。在这种拨拉心弦、富有感情的气氛下，菲利普心中羞涩，忍不住闭上眼睛。他心里明白，眼前之人可谓是一个失败的典型。霎时，两人都不再说话。看着克朗肖的神情，菲利普觉得此时的克朗肖应该在回味以往的点点滴滴，回想着自己年轻时对生活充满希望和期待，而如今却沦落到形只影单、借酒浇愁的地步，那虚无缥缈而又悲惨凄苦的未来，还值得去面对吗？两个人好像心灵相通，都看着桌上的一摞茶托发呆。

第6章

51

数月光阴如白驹过隙，转瞬即逝。

经过长时间的思考，菲利普好像从前段时间发生的事情中领悟了一些东西：如果是真正的画家、作家、音乐家，身体里总有一种力量，能让他们将精力都投入到工作中来，就这样，最终他们会把自己的全部心思都放在艺术事业上。他们明明在承受着一种他们毫无知觉的影响，被习惯驱使和愚弄着，像疯子一样，自己却一点儿也感觉不到。光阴似箭，他们到最后却像从未在世上存在过一样。而菲利普觉得，活着，就应该畅快淋漓地活着，不应当只是作为别人画画的素材而存在着。他想要历经沧桑，从生活的细节中寻觅生命的热情。最后他终于下定决心，并且愿意为自己的所作所为承担后果。决定之后，他打算立即行动起来。明天富瓦内正好来学校讲课，他打算亲自去请教他：我应不应该继续学画？他对范妮·赖普斯提出的建议印象深刻。忠言逆耳，可说中了他的要紧处。菲利普怎样都没法忘却范妮·赖普斯。画室里没了她，让菲利普觉得陌生。班里其他女同学的一些动作，总会吓菲利普一跳，会让他想起范妮。她死后却比她活着时更有存在感。菲利普时常会被梦中的她吓得惊叫出声。她活着时肯定受了很多苦，想到这些，菲利普就感到胆战心惊。

菲利普知道富瓦内的习惯，每回来上课，总会在奥德萨街上的一家小饭馆吃午餐。为了能够及时在小餐馆外等候富瓦内，菲利普急匆匆吃完了自己的午餐。他徘徊在满是行人的街道上，等了很久，终于看见富瓦内先生低着头走了过来。满怀忐忑，菲利普硬着头皮迎上前去。

“打扰了，先生，我想占用您几分钟的时间，向您请教一个问题，可以吗？”

富瓦内一看就认出了他，可也不说话，只是绷着个脸。

“你有话快说吧。”他说道。

“我在这儿跟您学了近两年的绘画了。我想让您直白地告诉我，您觉得我有必要继续学下去吗？”菲利普颤抖着声音说道。

富瓦内头都不抬地往前走着，半天也没说一句话。菲利普往他身边凑了凑想看清他的表情。过了好一会儿，富瓦内说道：

“我不懂你说这话的意思。”

“我生活得很穷苦。如果我画画没有天分的话，我想趁着为时未晚，改行得了。”

“你自己都不知道自己有没有天分吗？”

“我的很多朋友都觉得自己是个天才，可是我明白，这些人里鲜少有人具备自知之明。”

富瓦内微微一笑，撇了撇他那张利嘴，问道：

“你在附近住吗？”

菲利普告诉他自己画室的地址。富瓦内终于转过身子，看向菲利普。

“我们现在就去你的画室，我想去看一看你的作品。”

“现在就去？”菲利普嘟囔了一声。

“现在不行吗？”

菲利普没有拒绝的理由。他一言不发地走在富瓦内的身侧，内心十分忐忑，表面却不动声色。他怎么也想不到富瓦内现在就要去看他的画。他很想问问富瓦内：要是他们约好改天去，或者哪天他把自己的作品拿到富瓦内的画室让他看，他会不会不高兴？要是这样，菲利普就能提前做好心理准备，不用像现在这样惊慌失措。菲利普紧张得连身子都开始发抖了。他真心希望富瓦内能够喜欢他的作品，并且在看过他的作品之后能够大加赞赏，边和他握手边说：“这些画都太棒了，小伙子，你真的很有天分啊！要继续加油啊。”想到这里，菲利普觉得全身都暖洋洋的。那将是多么大的鼓励！从此以后他菲利普就再无顾虑，可以一心作画了。只要最后能成功，所有的艰辛、贫穷和失望，他全都能忍受。他从来不是懒汉，可如果费尽心思，最终却一无所获，那就真的让人悲痛欲绝了。他突然被自己的想法吓了一跳，想起范妮·赖普斯不也是这么说的嘛！终于还是来到了菲利普的画室，他整个人都被恐惧包围着。但凡他是个有勇气的人，立时就请富瓦内离开了。菲利普惊慌失措，富瓦内也沉默无言，随着沉默的延长，菲利普的恐惧有增无减。教授找张凳子就坐下了，菲利普默不作声地把那幅被艺展退回的画拿到他的面前，恭敬地请他鉴赏。菲利普仔细观察富瓦内的表情，期待他能说些什么。富瓦内微微点了点头，可还是什么话也没说。菲利普又将他为露思·查利斯画的两幅肖像拿给富瓦内看，还看了两三幅在莫雷画的风景画外加几幅速写。

“只有这么多了。”菲利普努力扯起一丝笑，说道。

富瓦内自己去卷了一支烟，慢慢抽着。

“你并不很富有吧？”他思虑良久，终于开口问菲利普。

“几乎没什么财产，”菲利普回答着，霎时间内心变得冰凉，“还不够填饱肚子的。”

“世上最丢脸的事情，莫过于因为吃不饱肚子而烦忧。我非常看不上那些视金钱于无物的人，他们要么虚伪，要么愚蠢。财富就像是一种身体机能，缺了它，其他机能也不可能正常运转。只有拥有充足的金钱，生活才会充满希望。你只能斤斤计较，绝不会为与自己无关的事情多出一分力气。我们经常听人说，艺术家必须承受贫穷的鞭策，否则就不可能成为真正的艺术家。这种话绝对是那些从未忍受过贫穷的人说出来的。他们无法想象贫困会让人变得毫无尊严，为了吃饱一顿饭什么都愿意干。它让人遭受永无止境的羞辱，让人变得目光短浅甚至出卖灵魂。艺术家不需要数额庞大的财富，他们只是需要金钱为其艺术事业提供保障：足够的金钱能够让他们的生活保有自尊，工作时不会为了想要吃饱饭而分心。我发自内心地觉得那些靠艺术吃饭的人非常可怜，不论是写作的还是画画的。”

菲利普沉默不语地收拾好刚刚拿出来的作品。

“我听您这话的意思应该是说，我若想成功，希望非常渺茫吧？”

富瓦内先生轻轻耸肩，像是一种默认，随后接着说：

“你的手可以说是很灵巧的了。我觉得你要是坚持不懈，十年如一日地练习画画，极有可能成为一个勤劳的画家。到时候，你会发现你自己永远徘徊在中等水平，总是能够看到很多同行不如你，还有很多同行如你一般的水平。你这些作品里，我看不到不可多得的天分，只能感受到你的勤劳与聪颖。你永远不可能成为一个一流的画家。”

菲利普努力压抑着内心的情绪，尽量用还算沉着的语气说道：

“给您添了太多麻烦了，真对不起，实在不知道该怎么感谢您。”

富瓦内先生站起身来刚准备离开，忽然一转念便顿了步子，一只手搭在菲利普的肩膀上，语重心长地说：

“下面是我必须要给你的建议，小伙子，趁年轻拿出些勇气来去其他领域奋斗吧。忠言逆耳利于行，恕我直言：如果在我如你一般年纪时有人向我说了这番话，又设法让我接受其建议的话，我情愿将我现在所拥有的都给他。”

菲利普抬头望向他，十分诧异。富瓦内脸上露出一丝强笑，眼睛里却充满了严肃与忧伤。

“最让人难受的是，等到无法重新开始的时候，才知道自己的平淡无奇，可即便再难受也不能对自身的状况有一丝一毫改善了。”

说完这席话，他无奈一笑，转身便离开了菲利普的房间。

菲利普僵硬地拿起了伯父寄给他的信，入眼的却是伯父的笔迹，这让他非常不安，因为以前总是伯母执笔给他写信。菲利普想到她已经重病三个月了。菲利普曾表示，希望回英国看望她，可她认为学业为重便婉言拒绝了。她不希望带给他一丝麻烦，说等到八月份的时候，如果方便，希望菲利普能够回到牧师公馆来住上一段时间。只有在伯母病重到连笔都拿不动的情况下，才会由伯父代笔给菲利普写信。菲利普连忙拆开信封，信中写道：

亲爱的菲利普：

现在我必须满怀悲痛地告知你这一噩耗，你敬爱的伯母已于今日清晨离世而去。病势陡转直下，我竟没有时间唤你回来。你的伯母已准备充分，平静地服从了我主耶稣基督的神圣旨意，安然离世。与此同时，她坚信自己将在天国复活。她在最后一刻说想让你回英国参加她的葬礼，因此我相信你定会尽早回来的。无须多言，现在有数不清的事情堆在眼前，需要我去处理，而我却心慌意乱，我想你定会帮我处理好所有事务的。

爱你的伯父

威廉·凯里

52

菲利普次日就匆匆赶回了布莱克斯泰勃。自打他的母亲去世，他身边再不曾有人死去。伯母的骤然离世深深地震撼着菲利普的心，给他的内心注入了一股莫名的恐惧：他有生以来第一回意识到自己终有一天也会死去。他想象不出他的伯父失去了那位贤惠的、深深爱着他的、陪伴在他身边四十年的妻子后该怎么生活。他能想象到他的伯父现在定是伤心欲绝、生无可恋。他有些害怕与他见面了，因为在这丧礼期间，他实在想不出该说什么话去安慰伯父。他一边走着，一边默念着几段得体的吊唁之词。

菲利普从侧门进入牧师公馆，直接走到餐厅。威廉伯父正低头看着报纸。

“火车到站比预定时间要晚。”伯父抬起头。

菲利普原本都准备好了要把自己心中的悲伤之情发泄一通，可不曾预料到与伯父的见面竟这般平淡，这让他十分惊讶。伯父在努力压抑着自己的痛苦，让自己保持镇定，把手中的报纸递给了菲利普。

“《布莱克斯泰勃时报》登出的这段写你伯母的文章还不错，看看吧。”他说。

菲利普伸手接过来，沉默地看着。

“你现在打算上楼去再见她最后一面吗？”

菲利普点头同意了。他们俩并肩上了楼。路易莎伯母安然地躺在那张床上，毫无生气的遗体周围摆满了艳丽的鲜花。

“现在请为她祷告吧。”牧师说。

菲利普跟随牧师屈膝跪下。菲利普凝望着那张骨瘦如柴的脸，心里突然闪过一种念头：光阴似箭，一生竟这般虚度了！不一会儿，凯里先生咳嗽一声，站起来，指着床脚处的一个花圈。

“这是本地乡绅送的。”他压低嗓音，用在教堂做礼拜时的语气对菲利普说道。他的语气让人觉得现在的他已是个真正的牧师了。“茶点应该已经备妥了。”

他们下楼来到餐厅。餐厅中有些冷清，应该是百叶窗还拉着的缘故。牧师舒适地坐在餐桌一端他妻子生前的专座上，彬彬有礼地为大家布置茶点。菲利普觉得他们现在应该什么也吃不下才能够表达内心的痛苦，可他发现伯父的食欲却丝毫没受影响，因此他也像平素一般津津有味地大快朵颐起来。伯侄两人都沉默不语了很长时间。菲利普专心致志地享受着一块精致美味的糕点，可脸上却露出一片哀伤，他觉得这么做才是对的。

“现在的情况可不是我当副牧师时那样啦，”过了一会儿牧师说话了，“我年轻的时候，参加葬礼的人都能得到一副黑手套和一块蒙在礼帽上的黑绸。可怜的路易莎常常把黑绸收集起来做成衣服。她总是说，参加十二次葬礼的黑绸就能做一件新裙子。”

然后，他细细地对菲利普说着现在收到的二十四只花圈都是谁送的，福尔尼镇牧师的妻子罗尔森太太去世时，曾收到过三十二只花圈。不过明天他们还会收到很多。在十一点送葬之前，他们的花圈数量定能超过罗尔森太太。路易莎一向厌恶她。

“我会亲自主持葬礼。我曾对路易莎发过誓，她的葬礼我不会让别人来插手的。”

菲利普不满地看着伯父打算再吃一块蛋糕。这种时候还要吃两块蛋糕，他觉得伯父实在太贪吃了。

“玛丽·安做的蛋糕真是太美味了。我担心以后再也没人能做这么好吃的蛋糕了。”

“她准备离开了吗？”菲利普惊叫出声。

在菲利普的印象里，玛丽·安一直在牧师家中。她总是记得菲利普的生日，等生日那天总会准备小礼物送给他，虽不贵重，可是礼轻情意重。菲利普打心眼里喜欢她。

“是的，她不会再留在这里了，”凯里先生答道，“一个大姑娘被留在家里总有些不方便。”

“天呐，她都有四十多岁了吧。”

“不错，我知道她年龄也不小了。可她最近总是多管闲事，我有点儿厌烦她了，正好我可以趁机赶她走。”

“这种机会真是难得呢，以后怕是再也遇不到了吧。”菲利普说。

菲利普拿出一支烟，可伯父却不让他抽。

“等葬礼结束之后再抽。”他温和地说。

“好吧。”菲利普说。

“你可怜的伯母路易莎还躺在楼上，在屋里抽烟不合适。”

葬礼结束后，银行经理兼教会执事乔赛亚·格雷夫斯回到牧师公馆吃饭。百叶窗拉开了，这让菲利普骤然间有了轻松的感觉。只要遗体还在屋子里，菲利普总是有种不自在的感觉。生前这可怜的女人十足地温柔和善，可当她冰凉僵硬的遗体躺在那里时，却好像变成一种能掌控活人的邪恶力量。这个念头让菲利普感觉恐怖极了。

菲利普与教会执事在餐厅中有一两分钟的时间得以独处。

“希望您能多陪您伯父一段时间，”他说，“现在不能留他一个人，那一定会很孤单。”

“我还没想好我的下一步计划，”菲利普答道，“如果他愿意，我很乐意留下来孝敬他。”

吃饭时，教会执事为了开解那位不幸的鳏夫，说到了布莱克斯泰勃近来发生的一起失火事件，这次火灾让美以美会教堂的部分建筑遭到了损毁。

“听说他们还没有买火险呢。”他说着，脸上不禁露出一丝笑容。

“火险倒不重要，”牧师说，“等修教堂时总能够募捐到足够的钱，这不足以让人发愁。非国教的教徒们总是对教堂很慷慨。”

“我看见霍尔登也送来了花圈。”

霍尔登是本地的非国教派牧师。凯里先生看在耶稣的分上——耶稣就是为了拯救他们两方才慷慨献身的嘛——在街上从未和他说过一句话，只是点点头招呼一下。

“我觉得这回已经很风光了，”他说道，“总共有四十一只花圈。您赠送的那只花圈我们非常喜欢，真是太漂亮啦。”

“那不算什么。”银行家说。

事实上，他感觉十分得意，因为他看到自己送的花圈是最气派的，其他花圈都比不上他的那只大。他们一起谈论着来参加葬礼的人。为了都能来参加葬礼，镇上的商店都没有开门营业。教会执事从衣袋里拿出一张印着广告的通告：由于去参加凯里太太的葬礼，本店于下午一点前暂停营业。

“其实这是我想到的主意。”教会执事说。

“他们的情谊我领受了，”牧师说，“可怜的路易莎如果在天有灵也会十分感激的。”

菲利普只顾吃饭，并不插话。玛丽·安是将这天当作主日来做的准备，所以他们有烤鸡和鹅莓馅饼可以享用。

“你大概还没有开始考虑墓碑的事情吧？”教会执事说。

“怎么会呢，我早就已经考虑过了，我准备制作一个朴实大方的十字架。路易莎不喜欢太过张扬。”

“十字架是最合适不过的了。你要是在考虑碑文的话，我已经想到了一句，你听听觉得怎么样：留在基督身旁，岂不更有福分？”

牧师不满地噘起嘴巴。这执事真是一位活的俾斯麦，什么事情都想掺和进来！他一点儿不喜欢那句经文。这好像是故意在给自己丢脸。

“我不觉得那段经文有多好。这一句我倒是更加喜欢：主赐予的，主已取走。”

“噢，你原来喜欢这句啊！可我却觉得这一句缺少温情。”

牧师的回答有些刻薄，他又觉得执事说话太过傲慢，完全是不讲分寸。哪有丈夫不能为自己去世的妻子选择墓碑上的经文的，忒不像话！彼此沉默了一段时间后，他们谈起了教区事务。菲利普漫步到花园里，点起了一支烟。他沉默地坐在长凳上，不知怎的，突然间放肆地大笑起来。

过了几天，牧师对菲利普说希望他能留在布莱克斯泰勃陪伴他一段时间。

“好的，我正是这样想的。”菲利普说。

“我想让你九月份再回巴黎，可以吗？”

菲利普没有答话。他近日来十分纠结，他常常回想起富瓦内给他的建议，还没有想好该怎么选择，所以不想就将来的事情深入讨论。终止学习绘画会是一个不错的决定，因为他深知自己在绘画上没有很高的天分。不过可能只有他自己这么觉得，别人肯定以为他是因为畏惧艰难才自愿认输的，可他就是不愿服输的性格，会使他的境遇变得糟糕。他生来倔强，明明知道自己在某件事上不一定有天赋，却偏要和命运较量一番，非得做出点儿成绩来不可。他不允许自己变成朋友们的笑谈。这种性格导致他很可能不会迅速地决定放弃学习绘画，可现在环境一变，他对事情原本的看法突然也跟着产生了变化。同其他大多数人一样，他一穿过英吉利海峡，原本可能是十分重要的事情，突然间变得不值一提了。原本觉得有趣又让他不舍的美好生活，现在却感觉失去了滋味。他开始讨厌那儿的咖啡馆，讨厌那儿烹饪手法十分糟糕的饭馆，讨厌那群人穷困潦倒的生活方式。朋友们的看法他也觉得无所谓了。不论是巧舌如簧的克朗肖、端庄大方的奥特太太，还是装模作样的露思·查利斯、争论不休的劳森和克拉顿，所有这些人，菲利普全都感到深深的厌恶。他写信给劳森，烦请他将留在巴黎的行李物品全都邮寄回来。一个星期后东西都被寄回来了。菲利普打开帆布包，注视着自己的画作，内心竟是毫无波澜。他感觉自己这种心理实在很有趣。伯父反而迫不及待地想一睹他的作品。那时候，伯父是最反对菲利普去巴黎学画的，如今木已成舟，他也顾不得这么多了。牧师问了很多巴黎学生生活方面的事情，对此显示出了极大的兴趣。实际上，菲利普能够成为画家，这让伯父觉得面上十分有光。家中有客人时，伯父总变着法儿地找机会让菲利普说话。菲利普拿了几张画模特儿的练习画作给他看，他看来看去地不舍得丢下，非常感兴趣。菲利普将自己画的那幅米格尔·阿胡里亚头像拿给牧师看。

“你为什么要画他呢？”凯里先生问道。

“噢，我需要一个模特儿来练习。我觉得他的头型很有意思。”

“你在这里闲着也很无聊，何不抽出时间来给我画张像呢？”

“坐在那里让别人画，您很快就会厌烦的。”

“我却觉得这会让人喜欢的。”

“那我们找个时间试试看吧。”

伯父的虚荣心让菲利普忍俊不禁。很明显他迫切希望菲利普能为他画张像。这种有得无失的机会，伯父绝不会让它白白溜走了。接下来几天，他时不时就会暗示菲利普是时候该给他画像啦。他责怪菲利普太懒散，总问他何时能开始工作。后来，他逢人便说菲利普要给他画像。最后，在一个下雨的日子，刚吃过早饭，伯父就对菲利普说：

“这样，今天上午你就给我画像吧，你有意见吗？”

菲利普放下书，往后靠在椅背上。

“我已经决定再不画画了。”他说。

“怎么回事？”他伯父非常震惊。

“做一个二流画家没什么乐趣，在绘画领域我不可能取得更大的成就。”

“我简直太震惊了。去巴黎之前你不是还肯定地说自己是个天才吗？”

“那时候我还没能认清自己。”菲利普说道。

“我还以为你既选择了绘画就能有骨气地干下去呢。如今看来你也不过如此，朝三暮四，做事不知道坚持。”

伯父竟然丝毫不理解他下这个决心耗费了多少勇气，菲利普控制不住地怒从中来。

“滚动的石头长不出苔藓[1]。”牧师继续说。菲利普一点儿都不喜欢这句在他看来毫无意义的谚语。当初菲利普要离开会计事务所时，伯父就是拿这句谚语来教训他的。如今，他定是又想到了当时的场景。

“现在你年龄也不小了，是时候想办法养活自己啦。当初你想做一名会计师的心如此坚定，可不久就厌烦了，后来又想当一名画家，现在一不高兴又要变卦，这足以说明你这人……”

说到这里他顿住了，想思考这到底证明了个性上的何种缺陷，菲利普趁机接过话头，帮他把话说完：

“优柔寡断、懦弱无能、目光短浅、当断不断。”

牧师猛然抬头看向侄儿，想看他是否在嘲讽自己。牧师发现菲

[1] 意为没耐性的人做不成事，此为英国谚语。

利普脸上一本正经，可是眼中却在闪烁着光，这让他十分恼火。菲利普怎能如此吊儿郎当？牧师觉得他真该被狠狠地教训一番才好。

“以后，你就自己当家吧，你的花费我一概不管了。我有必要提醒你一下，你没有多到花不完的钱，再加上你可怜的残疾，养活自己将不会是件容易的事情。”

菲利普想起他不论和谁吵架，对方总会第一时间提起他的跛足。由此他觉得全人类都有这样一个特征：几乎没人能抵挡住不去触碰别人伤痛的诱惑。由于经历得多了，现在菲利普已经练就了一种面不改色的本领，即便别人当场提起他的残疾。别看他现在这么应对自如的，小时候他经常因为自己容易脸红而痛苦不堪。

“凭良心说，现在不管怎样你都得承认，当初我坚决阻止你去学习绘画的做法是正确的吧。”

“这点可就难说了。我觉得与其让别人引导着老实做事，不如自己出去闯荡一番，虽然难免会有挫折，可收获的却会更多。我已经放任自己一段时日了，如今正想找个工作稳定下来。”

“你想做什么工作呢？”

实际上，菲利普还没有考虑清楚到底该做什么。他脑子里想过十几种职业。

“你做一名医生就很合适，正好子承父业。”

“奇怪了，我正有如此打算。”

菲利普在众多职业中选择当一名医生的原因，主要是由于医生这个职业能给人更多的个人自由，以前坐办公室的那段经历，让他决定不再做任何与办公室有关的工作。可他刚刚只是顺口做出的回应，完全是一种情急智生的巧妙回答。偶然之间便做出了决定，这让他觉得很有意思。他当场决定到秋季就进入他父亲曾读过书的医院。

“那你在巴黎的那两年呢？就这么白扔了？”

“这可不好说。最起码这两年我过得十分快乐，还学会了几样本领。”

“你倒说说学会了什么本领？”

菲利普沉思片刻，给出的回答带着几分挑逗，他说道：

“我学会了看手，以前从未这么看过。我还学会把天空当作背景来观察房子和树木，而不再是纯粹地观察房子和树木。我还明白了影子并非是黑色的，而是有颜色的。”

“你是不是感觉自己很聪明？可我却觉得你只是愚蠢地信口胡说。”

53

凯里先生余怒未消，拿着报纸回书房了。菲利普起身坐到伯父刚刚坐的椅子上（房间中也就这么一把椅子坐着舒服一些），目不转睛地望着窗外的大雨。即便天气十分阴沉，窗外那一望无际的田野仍是悠然安宁。这美丽的田园风景，天生即是用来亲近的，菲利普想不起来上一次有这种感受是什么时候。这两年的法国生活让他的心智得到了启蒙，让他学会了欣赏家乡的美好。

想到伯父对他说的话，菲利普的脸上露出一丝笑意。幸好他性情轻狂！他开始察觉到父母的早亡给他带来了多大的损害。这让他的人生变得特别，他无法用常人的眼光来打量世界。真正毫无保留的情感，只有父母才会给。在陌生人中，他坎坷地长大成人，别人对他时常是毫无耐心，对自己的情绪也毫无控制。朋友们的冷落嘲讽让他练就了一种自我克制的能力，到头来却都说他放浪形骸、不讲情分。他学会冷静沉着地对待朋友，很多时候他都是不声不响的，时间一长，人们就很难从他的言行中看出他的情绪。别人说他十分冷血，可他心里知道自己常常感情用事，他因别人偶尔的帮助而心生感动，想说话又怕别人发觉他的声音在颤抖，因此连嘴都不敢张。他回想起从前上学的时候，同学们的侮辱和嘲弄造就了他现在的性格，害怕在人前丢脸。最后，他还想起自己一直孤僻不快乐。原本菲利普是一个想象力活跃的人，对生活充满希望，可进入社会后，现实生活却如此绝情，二者的悬殊差别，让他希望破灭。尽管这样，他还是能够理性地分析自己，并且轻松地一笑置之。

“上帝啊！要不是天性轻狂，我早都自杀了！”他精神放松地暗暗说道。

菲利普想起他伯父问他的话：在巴黎都学了什么？事实上，远远不止他告诉伯父的那些。他终此一生都不会忘记与克朗肖的那次谈话，克朗肖随便说出的一句话，听上去普通极了，可细细思量过后却让菲利普茅塞顿开。

“朋友，世上本就不存在所谓的‘抽象的道德标准’。”

菲利普想起当初决定不再信仰基督教时，真是如释重负啊。在那之前，他的所作所为都与不灭灵魂的安宁直接相关，这让他绝对不敢有一丝放松。在那之后，那种约束被他彻底扔掉了，什么责任感他都不在乎了，他感到没有任何挂念，生平第一次那样自由。可现在他明白了，那只是错觉而已。就算他不再信教，他在成长中已经将属于宗教的那种道德观念毫无保留地吸收了过来，因为他就生在那个环境中。所以他决定要养成独立思考的习惯，思考任何事都不能被偏见所影响。他将所有的腐朽思想和现存法则都抛诸脑后，不论是有关道德还是罪恶的，并且决定要找到属于自己的那套准则。这也是他希望弄清楚的事情之一。显然，之所以他认同现存的很多“道理”，是因为他打小所受到的教育告诉他就是如此，却并不一定都是真理。读过那么多书却帮不上他的忙，因为但凡是一本著作，皆以基督教的道德观念为依托。即便是那些声称不信基督教教义的作家，最终还是满足于按照基督登山训众的戒律，进行道德训育。一部鸿篇巨制，如若反复阐述的只是劝人随俗沉浮，遇事万不可越过禁区一步，那么这本书好像也完全没有读的价值。菲利普想要弄明白，自己究竟要怎样待人处事，才有信心能掌控住自己，不被周围舆论所干扰。不过，他既然还要生活，在自己的做人哲学产生出来之前，他暂时给自己设定了一条权宜准则。

“尽情恣心所欲，只是别忘了适当注意街角处的警察。”

他觉得在巴黎期间的最大收获，即是精神世界获得了完全解脱。他觉得自己彻底自由了。从前他遍读哲学著作，现在他打算用之后数月的闲适时间来博览群书。他心情激动地涉猎各种学说，希望从中找到自己的行动准则。他感觉自己好似流浪在异国他乡，一边在翻山越岭，勇往直前，一边因为经历幻境而感觉心旷神怡。他阅读各类哲学名著，就和他在阅读文学作品一样心潮翻涌。当他在这精妙的文字中找到似曾相识的东西时，他就无法控制自己咚咚直跳的心了。他本是擅长形象思维，一遇到抽象概念就感觉很吃力。即便有时无法理解，但跟随作者妙不可言的推理、辗转曲折的思路，穿梭在学术边缘时，他也感觉别有一番滋味。有的时候，他感觉哲学家们已经不能再告诉他新的东西；有的时候，他又通过语言本身辨识出一位自己相熟已久的智者。他如一位在中非腹地探险的人，无意中走到一片广阔的高地，目之所及的高地上生长着参天大树，中间点缀着几点绿茵茵的青草地，他仿佛是身在英国公园里。菲利普喜欢托马斯·霍布斯[1]那种活力充沛又通俗易懂的观点，斯宾诺莎[2]则让他满是敬畏。此前，还从来没有这般品行高洁又学问严谨的哲学家，他不仅将他们与自己所崇拜的罗丹[3]的雕塑作品《青铜时代》联系起来。另外，休谟[4]这位引人入胜的哲学家所提出的怀疑主义也让菲利普有种异样的感觉。菲利普喜爱他的文体，如此明朗清晰，将相互缠绕的思想变得具有音乐感和节奏感。他如同欣赏小说一般地翻阅着休谟的作品，唇边永远挂着幸福的微笑。可是，所有这些著作中都没有菲利普要找的东西。他隐约想起了曾在一本书中看到过这样一个观点：一个人到底是柏拉图主义者还是亚里士多德的追随者，是禁欲主义者抑或是享乐主义者，全是先天就确定了的。乔奇·亨利·刘易斯[5]的人生经历（哲学知识是一种空谈的观点除外）不就证实了这样一个事实嘛：哲学家的思想总是与他个人的血脉相关；了解过哲学家本人后很可能能够猜到他的哲学观点。这么说来，思维主导着行动这一观点是不对的；相反，你的行动却是在很大程度上影响着你的思维。“真理”是不可能存在的，每个人都拥有自己的一套哲学体系。以往的先哲圣人所费尽心思思考的整套理念，只是对于作者自己有用罢了。

从这方面看来，若想拥有一套属于个人的哲学体系，重点是要

[1] 十七世纪英国哲学家。

[2] 十七世纪荷兰哲学家。

[3] 法国雕塑家。

[4] 十八世纪英国经验主义哲学代表人物。

[5] 十九世纪英国哲学家。

对自身有深刻的认识。菲利普觉得首先得弄清楚三件事：一是个人与世界的关系；二是个人与其身边人的关系；最后是个人与自己的关系。菲利普为此认真制订了自己的学习规划。

比起国内来说，生活在国外有一个这样的优势：能够轻易接触到身边的异国人的民俗风气，同时作为一个旁观者去进行客观观察，你会发现，有些被本地人时刻遵守的风俗习惯，事实上并无此必要。你一定会发现这种情况：有些对你来说是金科玉律，可在他国人看来十分荒谬可笑。菲利普先后在德国与巴黎居住过一段时日，这让他在思想上很容易接纳怀疑主义，如今他对这种学说一见倾心，感觉那真是一种无可言说的安慰。他认为世间万物的存在都是有某种目的的，本不存在善恶之分。《物种起源》一书解决了很多长久以来困扰着他的问题。他现在好像成了这样的自然考察者：依照推理，他预测大自然必定会出现某种情况，而后，往上游走，果不其然，有一条支流存在，那儿有人口聚集的肥沃田野，再向前就是绵亘不绝的山岭。每每有了某种重大发现，人们以后总会觉得不解：为什么最开始时人们没有接受？为什么即使那些接受的人也并未因此真正受其影响？《物种起源》的第一批读者，理性上虽认可该书的观点，可主导着他们行为的感性，却并未因此而受到震撼。到菲利普出生时，距离这本名著的诞生已经一代人了；书中有很多知识让上一代人感到不可思议，可慢慢地也被这代人中的大多数认可了，因此菲利普现在阅读这本著作已经相当轻松了。菲利普被书中所描绘的如此壮观的生存竞争所打动，这种生存竞争所衍生的道德标准，好似和他原本的思想倾向完全一致。他默默对自己说，可不是嘛，强权就是真理。在这种竞争中，社会构成一个有机体，产生了自我存在和完善的规律。而人构成另一方，但凡做对社会有好处的事情，都被赞誉为善举；但凡做对社会有害的事情，都被称作恶行。看来所谓的“罪孽”只是一种偏见，自由之人早该抛掉。

菲利普觉得如果对错都失去了区分的必要，那么良知也就失去了束缚。他一声喝彩，因为自己终于想明白了，他捉住了这个吃里爬外的无赖，从自己的身体里使劲甩了出去。可他并未向真理靠近一步。这个世界为何存在？芸芸众生又因何而生？这种疑问还和以前一样没有答案，但可以肯定的是，原因必然存在。他想起克朗肖所说的那个“波斯地毯”的比喻，可谓是对生存谜题的解答。最后他还高深莫测地加了一句话：自己找出来的才能叫作答案，否则就不是真正的答案。

“鬼知道他到底是什么意思。”菲利普不禁暗笑。

如此，在九月的最后一天，菲利普怀揣着迫切想实施新处世原则的梦想，带着一千六百镑和那条瘸腿，再次来到伦敦，开始他人生之旅的第三个新起点。

54

在给会计师做学徒以前，菲利普曾经通过了一次考试，有了这个资格，随便哪家医学院，他都可以去学习。他选择了圣路加医学院，因为那是他父亲的母校。夏季学期结束前，为了去找学校里的干事，他花了一天时间专程跑了趟伦敦。干事给了他一张住宿房间一览表，之后菲利普在一栋昏暗的楼房中找了个栖身之所。这里距离医院不到两分钟路程，十分方便。

“你要提前备好一份解剖材料，”干事告诉菲利普，“一般学生都是从解剖人腿开始，他们似乎觉得人腿解剖起来相对容易些。”

菲利普的第一节课就是解剖学，从上午十一点开始。十点半左右，他就拖着瘸腿穿过马路，心情激动地朝着医学院走去。刚走进学校大门，他就看到布告栏中贴着几份通知，有关课程表和足球赛的预告等。菲利普看着这些通知，努力表现出一种悠然自得的状态。小伙子们成群结队地进入校园，一边在书信架上面翻找信件，一边乱嚷嚷地闲谈，然后顺着楼梯向地下室中的学生阅览室走去。菲利普还看到有一些学生一边到处闲逛，一边胆怯地四处张望，便猜想这几个人也同自己一样是新来的。等看完所有通知后，他发觉自己到了一扇玻璃门前面，屋子应该是一个陈列馆。看看表，距离上课还有二十分钟，菲利普就信步走了进去。他发现这里陈列着各式病理标本。突然，一个十七八岁的男孩子走了过来。

“嗨，你也是新生吧？”他问。

“是的。”菲利普回答。

“你找到教室了吗？快上课啦。”

“我们一起去找吧。”

他们走出陈列馆，沿着一条黑且长的小道向前走着。小道两旁的墙上刷着深浅不一的两种红色油漆。还有些年轻人也往前走着，教室一定就在前面。他们来到一扇房门前，上面写着“解剖学教室”，阶梯教室里面已经坐了很多人了。菲利普进来的同时，一位工友走进来将茶杯放在了讲台上面，然后又拿过来一个盆骨和左右两块股骨。还有些学生陆陆续续走了进来，在座位上面坐下。等到十一点，教室已经差不多坐满了。一共有六十名左右的学生，大都比菲利普年轻很多，全是一群嘴上没毛的小伙子，只有少数几个比他年龄大。其中有一个大高个儿，有三十岁左右，蓄着满脸的红胡子；还有一个小个子，满头黑发，年龄比前面那位小了点儿；还有一个戴眼镜的男人，胡须都有些许发白了。

讲师卡梅伦先生走了进来。他眉清目秀，五官端正，头发已染了一层白霜。他开始点名，长长一串名字从头到尾点了一遍，之后说了一段开场白。他讲话时声音悦耳、斟字酌句，好似很为自己这段简明扼要的讲话暗自得意。他提到几本书，建议学生买来放在手边，还建议他们人人都要买一具骨架。他说到解剖学时情绪激昂：这是研习外科的必修科目；学习解剖学可以增进艺术鉴赏水平。菲利普听得十分认真。之后他听说，卡梅伦先生也为皇家艺术学院的学生讲课。他在日本居住期间曾在东京大学任教，卡梅伦先生自认为对世间的美丽事物拥有独特的鉴赏力。

“从今以后，你们学习的东西很多都是枯燥乏味的。一旦你们通过课程考试，这些东西就会立即忘得干干净净。然而，对于解剖学来说，即使最后忘了，也比从未学过要好。”他以此结束了自己的开场白，脸上带着包容的微笑。

卡梅伦先生拿起盆骨，便开始了他的讲解。他讲得有条有理、绘声绘色。

刚刚在病理标本陈列馆与菲利普交谈过的那个小伙子，上课时与菲利普坐在一起，下课后，他提议一块儿去解剖室。菲利普和他又沿着小道走过去，向一位工友了解到了解剖室的位置，一进到解剖室里面，菲利普立刻就明白了在小道中闻到的那股刺鼻的涩味儿是什么了。他忍不住点上一支烟，那位工友轻轻笑了一下。

“你很快就会习惯这种味道的。我可是久而不闻其臭啦。”

他问了菲利普的名字，看了看布告板上的名单。

“你分到了一条腿——四号。”

菲利普发现在同一个括号中还有另一人的名字。

“这是什么原因？”他问道。

“现在人体不够，都是两个人共用一个肢体。”

解剖室非常宽敞，房间中刷着和走廊中一样颜色的油漆，上面是艳丽的橙红色，下面的护墙板则是较深的褐色。顺着房间的纵向两边放置着一块块铁板，与墙壁垂直，铁板之间隔着一定距离。铁板和装肉的盆子一样开着槽口，里面各放置了一具尸体。大多都是男尸。尸体颜色发黑，肤质如皮革一般，一定是长时间泡在防腐剂中的缘故。尸体瘦骨嶙峋，皱得不成样子。工友将菲利普带到一块铁板前，那里立着一位青年。

“我猜你就是凯里吧？”他问。

“不错。”

“噢，那就是我们两个一起用这条大腿啦。真是运气好啊，这是一个男的。”

“为什么这么说？”菲利普问。

“学生们都更喜欢解剖男尸，”那工友道，“女尸总是有厚厚的脂肪层。”

菲利普观察着眼前的尸体。四肢瘦得看不出原来的模样，肋骨突出，表皮紧绷。死者大概有四十五岁吧，下巴上一小撮胡子颜色发灰，脑袋上的几根头发稀稀疏疏，早已失去了光泽；双目紧闭，下颚坍塌。菲利普如何也想象不出这曾是个拥有鲜活生命的人，说实话，这一排尸体就这样一动不动地躺在那儿，气氛真是有些阴森森的，让人汗毛倒竖。

“我想我们下午两点左右动手，你觉得怎么样？”那位将要和菲利普一起解剖的小伙子说道。

“好的，我会准时到这里来的。”

昨天，菲利普购买了那盒不可或缺的解剖器械，现在他分到了一个更衣柜。他向那个和他一起来解剖室的小伙子看了一眼，发现他苍白着一张脸。

“你感觉很不舒服吗？”菲利普问道。

“不瞒你说，我还是第一次看见死人。”

他们两人顺着走廊径直走到学校门口。菲利普忆起了那个悬梁自尽的女孩——范妮·普赖斯，那也是他第一次看到死人。他如今还记得当时的惨状带给了他什么样的奇怪感觉。活人和死人之间有着没法衡量的差别，两者好像并不是同一个物种。想起来也真是奇怪，就在之前不久，这些人还能讲话，活动，用餐，嬉闹呢。死人身上好像有一种让人惧怕的东西，难怪有人会想，他们可能有一种阴晦邪恶的力量呢。

“我们现在去吃点儿东西怎么样？”这个新朋友和菲利普说道。

他们去往地下室。那里有一个装修成餐厅的房间，虽说光线有些暗，可供给却十分充足，学生们可以吃到校外甜品店所供应的各色餐点。吃东西时（菲利普要了一个白脱麦饼和一杯巧克力），他已经知道了这个同伴叫邓斯福德。小伙子有着很棒的气色，一双蓝色的眼睛，一头深色卷发又黑又亮，手脚很大，长得颇壮实；说话快慢适度，举止斯斯文文。他是一个初到伦敦的克里夫顿人。

“你上的联合课程，是吗？”他问菲利普道。

“对，我想快点儿得到医生资格。”

“我读的也是联合课程，可我希望以后能加入皇家外科协会，成为外科协会会员。我的计划是主修外科。”

学生们多数会选择修习内外科协会联合委员会规定的课程。可总有些雄心万丈或者勤奋刻苦的学生，他们要继续学习，直到取得伦敦大学的学位。在菲利普进入圣路加医学院之前不久，学校规章发生了一些变化：一八九二年之前实行的四年制变成了五年制。邓斯福德早就对自己的学习安排成竹于胸，他告诉了菲利普学校课业的常规安排：“第一轮联合课程”测试包含三门课程，生物学、解剖学和化学，不过允许分时段分别参加考试，多半学生在入学三个月之后会参加生物学考试。这是一门新增的必修课，不过只需稍微了解就可以了，不必花费太多精力去进行细致研究。

由于菲利普忘记了提前买好解剖时用的护袖，他下午到解剖室时就迟了几分钟。他发现这时已经有很多人在专心致志地工作了。他的伙伴早已准时开工了，这时正忙于解剖皮肤神经。对面还有两个人在合作解剖另外一条腿，另外有几个人在解剖上肢部位。

“我已经开始干活了，我想你不会介意的吧？”

“没有的事，我们继续干吧。”菲利普说。

菲利普拿起桌子上放着的解剖参考书，发现书已经被翻到了画着人体解剖图的地方。他仔仔细细地看着书上的内容，想要弄明白那些重要的地方。

“你看起来对解剖学十分在行呢，动作真是娴熟。”菲利普说道。

“是的，事实上，我在读预科时就已经进行过很多动物的解剖实验。”

解剖台上讲话声此起彼伏，学生们一边聊着天，一边进行着手边的人体解剖实验。菲利普觉得这里所有人都要比自己年轻好几岁，全是一些小年轻。然而年龄的大小并不能说明任何事情，更加重要的在于你肚子里的知识。纽森，就是和他一起做解剖实验的那个机敏小伙子，十分精通这门课程。或许他并没有感觉炫耀一下知识有何不妥之处，因此事无巨细地和菲利普解释他是如何做的，为何要这么做。菲利普尽管自认为学识渊博，但在这门课程上，也必须在一边仔细聆听他的讲解。然后，菲利普拿起解剖刀和镊子开始解剖，纽森在一边看着。

“遇上这样一个瘦猴子，太有意思了，”纽森一边擦手一边说道，“我猜这家伙也许有一个月没吃到一点儿东西。”

“真看不出来他是得什么病死的。”菲利普小声说。

“哦，这个我可看不出来。不过只要是这样的老家伙，多半可能是饥饿而死……朋友，小心你的手，不要把那根动脉割断了。”

“‘不要把那根动脉割断了’，你说得倒十分轻巧，”在对面坐着解剖另一条腿的学生不满意了，“但这个老蠢驴的动脉压根就长错位置啦。”

“动脉怎么可能长对位置，”纽森说道，“所谓的‘标准’指的就是永远别想找到的东西，不然也不必称之为‘标准’。”

“你们别开玩笑啦，”菲利普说道，“真是的，我差点要割破手指了。”

“一旦割破手，千万要记住，立刻用消毒剂清洗，”见闻广博的纽森说道，“这件事你可绝对不能疏忽。去年有个伙计只是被刺了一下，他也没有太在意，结果感染了败血症。”

“那他后来康复了吗？”

“怎么可能呢！一周都没有撑下去就死掉了。我专程跑到太平间去看了看他。”

等到吃茶点的时间，菲利普已经觉得很累了，浑身酸痛。午餐他吃得太少，所以很早就期待着茶点时间了。他手上有一股怪味，就是他上午第一次在走道中闻到的那股味道，他甚至感觉手中的松饼也被染上了这股怪味。

“不要在意它，我想你很快就会习惯的，”纽森说，“以后你要是闻不到那种让人喜爱的解剖室气味，你一定会觉得很乏味的。”

“我不会允许这种怪味影响到我的胃口。”菲利普说。像是要证明这句话的正确性似的，他刚吃了一块松饼，立刻又吃下了一块蛋糕。

55

菲利普原本觉得医学生与一般人没有什么不同，他认识的源头皆出自查尔斯·狄更斯在十九世纪中叶所描写的社会生活场景。不久后他发现，就算真存在狄更斯所写的那个鲍勃·沙耶[1]，那也和现在的医学生没有一点儿相像之处。

就拿这些原本打算在医学界奉献终生的人来说，真可谓是鱼龙混杂。中间当然也不缺懒惰成性的鲁莽汉，他们认为学医是最轻松的了，在学校里懒懒散散地混上几年，没承想到最后，要么将自己的钱财散尽，要么失望至极的父母不愿意再花钱养着他们，最后只

[1] 狄更斯的小说《匹克威克外传》中所描写的一个医学生。

能垂头丧气地偷偷逃离医学院。还有这样一群人，医学考试对于他们来说简直是难于登天，接二连三地考试失败消磨着他们的意志，直到最后消失不见。他们一看到那座庄严宏伟的联合课程委员会的大楼，就情不自禁地产生一种恐惧之感。明明是早已背熟的书本内容，霎时间全忘个干净，简直是六神无主。一年接着一年，他们都变成了那些年轻后辈们的取笑对象。最后，他们中间总会有些人经过坚持不懈的努力，勉强通过药剂师课程的考试，可仍有很多人什么资格都没有考到手，只能去应聘一个医生助理的职位，整日仰人鼻息，艰难度日，最终他们都逃不脱贫穷加上酗酒的命运，他们的结局没人能猜得到。而大多数医学生都是些勤奋聪慧的小伙子，他们出生在中产阶级家庭，父母每月给的生活费已足够让他们保持原本体面的生活习惯。其中有些学生，父亲原本就是做医生的，他们已经是一副训练有素的架势。他们的事业早已被规划好了：医生资格一拿到手，立刻就申请一个医院的职位（或者先做一位去远东的随船医生），然后回到故乡和父亲一同行医，安然度过一生。对于那少数的几个被评为“卓尔不群”的高才生，他们每年顺理成章地领取各类奖励和奖学金，毕业后被院方聘请，担任医院中的各种职务，慢慢成为首脑人物，最终会在哈里街开办一家私人诊所，成为某科的专家。他们名利双收，高人一等，享尽荣华富贵。

医生是唯一一个不受年龄限制的职业，任何人都可以来尝试，说不定最后能在这个行业混上一口饭吃。菲利普那个年级中有几个人早已不再年轻。其中有一人曾是海军，因一次酗酒而被削了军籍，今年都已经三十岁了，脸颊红彤彤的，举止鲁莽，声音粗犷。另一位已经结婚，家里有两个小孩要养，他因一个不负责任的律师而倾家荡产。他弯腰驼背，好像早已被生活的残酷所击垮。他应该也知道自己年龄大了，死记硬背一些东西对于他来说并非易事，因此成天只知道闷不吭声地读书，也不经常和同学们交谈。见他那么用功，真让人十分同情。

菲利普居住的那个小房间被他布置得非常舒服。他将书整齐有序地摆放在书架上，再将自己带来的一些画作和速写都挂在墙上。在他的楼上，是一间拥有客厅的屋子，住着一个五年级学生，名为

格里菲斯。菲利普鲜少能见到他，一个原因是他把大多数时间都耗费在了医院的病房里，还有一个是因为他在牛津大学读过书。但凡是在大学中读过书的学生便会常常聚集在一起。他们刻意去冷落那些运气不好的人，让他们自知不如人，这是一种年轻人所惯用的方法；他们那副拒人千里的孤傲姿态，让其他的学生都感觉无法忍受。格里菲斯有着高高的个头儿，拥有一头浓密的红色卷发，蓝眼珠，白皮肤，嘴唇是鲜艳欲滴的红色。他恰巧是那种人见人爱的幸运儿，每天兴致盎然，嬉皮笑脸。钢琴他能随意弹几下，还能一时兴起地扯起嗓门唱几首搞笑歌曲。几乎每天晚上，当菲利普独自一人在屋内看书的时候，都能听到格里菲斯的那群朋友在楼上毫无顾忌地嬉笑玩闹。每逢这种时刻，菲利普都会产生一种孤独之感，他不禁想起了曾在巴黎度过的那些让人愉快的夜晚：他和劳森、弗拉纳根和克拉顿坐在画室中，一起探讨有关艺术和道德的话题，讲述着当下碰到的风流佳话，遥想以后怎样名扬四海。菲利普越想越觉得懊恼。他想到仅凭一时意气就做出决绝的姿态很容易，难就难在必须要承担随之而来的后果。最糟糕的是，他现在对于学习医学专业的知识好像已经感到厌烦了。解剖示范教师所提的问题让他感到头疼，在听讲时总是忍不住地胡思乱想。他觉得解剖学真是一门毫无趣味的课程，只是让人死记硬背那些数不过来的条条框框，解剖实验他也觉得很烦闷。费劲解剖那些神经和动脉有什么用呢？从书上的图标或者病理学陈列馆的标本学习神经和动脉所在的地方岂不更加方便？菲利普有时候也会结交一些朋友，可也仅止于点头之交，因为他感觉与同伴好像并没有多少特别的话要说。有些时候他努力想对他们所关注的事情表现出兴趣来，可又感觉他们都知道自己是在曲意迎合，这让他对于假装也兴味索然。菲利普并非那种一谈起自己感兴趣的话题，就完全不顾对方是否也有兴致就说个没完没了的人。曾有个同学听说菲利普在巴黎学过绘画，就想与菲利普谈论艺术，因为他觉得他们两人是意气相投的。事实上，菲利普完全无法忍受别人的想法不同于他的，说了没几句就发觉对方所谈的不过是些陈词滥调，就敷衍了事的，不愿再多说下去。菲利普想得到大家的喜欢，可又不愿意主动靠近别人。他害怕自己对别人好却没有换来同样的对待，因此不愿意去讨好别人。他不想别人发现他气质中的忸怩害羞，因此就依靠不近人情的沉默来进行遮掩。在皇家公学的那一段历程，如今好像又要重演了，幸运的是这里的医学生生活很自在，他完全能够独来独往。

菲利普与邓斯福德慢慢地交好了，菲利普倒没为此而做出过积极的努力。邓斯福德就是他在刚开学时相识的那个气色好、身体结实的小伙子。邓斯福德在圣路加医学院结识的第一位朋友就是菲利普，所以他爱和菲利普来往。邓斯福德在伦敦孑然一身，每个周六晚上都要和菲利普一起去杂耍剧场，坐在正厅的后座观看杂耍，要不就是去戏院，站在最高层的楼座上看戏。邓斯福德天生笨拙，可脾性温和，从未有人见过他发怒。他总说些没必要的事情，即使菲利普有时拿他开几句玩笑，他也是笑容很甜地轻轻一笑。即便菲利普喜欢拿他开玩笑，可心中还是很喜欢他。他感觉邓斯福德的率真很有意思，还喜欢他温和的脾性：邓斯福德身上有些吸引人的地方，菲利普就恰恰没有。

国会街上的一个点心店他们经常光顾，因为店中一名年轻女侍者很得邓斯福德的喜欢。菲利普并不觉得那个女人有任何招人喜欢的地方，她个头瘦瘦高高的，臀部窄窄的，胸部却看不出一点女孩儿样，活像个男孩子。

“她若生在巴黎，不会有人看她一眼。”菲利普蔑视地说道。

“你不认为她的脸长得有几分帅气吗？”邓斯福德说道。

“只有脸蛋好看有什么了不起？”

说实在的，她五官倒长得小巧玲珑，眼睛湛蓝，额头又宽又低（莱顿勋爵、阿尔马·泰德默等维多利亚女王时期的英国画家，都努力让人民认为那种又宽又低的额头代表了古希腊的美），浓密的头发看上去是经过了细心的打理，留几缕头发垂在前额上，显出几分柔美来。这正是所谓的“亚历山大刘海”。她肯定患有重度贫血症，薄薄的嘴唇十分苍白，没有一丝血色，皮肤十分细腻，颜色却微微发青，就连那唯一可看的脸蛋上都不见一丝红润，满口洁白的牙齿倒很漂亮。她总是小心谨慎，不管做什么都生怕弄脏了她那双瘦白柔嫩的小手。面对客人时，她总是表现出一副不耐烦的神情。

一面对女性，邓斯福德就表现得十分羞涩。直到现在他还没和那个女侍者搭上话，他想让菲利普来帮他牵线搭桥。

“你只要帮我起个头就好啦，”他说，“之后的事情我自己就可以应对了。”

为了满足邓斯福德的心愿，菲利普鼓足勇气和她主动搭话，可她明显是在敷衍应对，爱答不理的也不主动接过话头。她早就暗自打量过这两人了，只不过还是正在读书的小孩子，她可对他们没什么兴趣。邓斯福德也发现了，有一个看上去像德国人的男人很得她的喜欢，那是一个长着淡茶色头发、留着一撮浓密小胡子的男人。每逢他来到店里，那女招待总是表现得十分热情。相反，若是菲利普他们想要点儿东西，总是得召唤个好几次她才不耐烦地应答。而她在对待那些素未谋面的客人时，总是毫不热情，态度还十分傲慢。要碰上她在和朋友聊天的时候，无论有多要紧的事情，客人喊她再多遍她也不加理睬。至于那些到店吃点心的女客人，她的应对本领倒是十分特别：她姿态嚣张却不至于过分，既让她们愤怒，又让她们找不到任何证据去向经理告状。

有一天，邓斯福德对菲利普说，那女招待叫米尔德丽德。他听到店中另一个女招待就是这样称呼她的。

“连名字也这么难听。”菲利普说道。

“怎么就难听了？”邓斯福德不解，“我就很喜欢啊。”

“这名字太拗口了。”

恰巧有一天那位很得她喜欢的德国客人未到。当她来送茶点时，菲利普趁机向她笑道：“你的那位朋友今天怎么没有来呢？”

“你说这话是什么意思？”她冷淡地说道。

“我说的是那位留着小胡子的大老板，他不要你而去找别人了？”

“我劝你还是管好自己的事情吧。”她反而讥讽道。

米尔德丽德懒得再搭理他们，转身就走了。有段时间，店里没有其他客人需要她伺候，她就坐在那儿翻阅一份客人落下的晚报。

“你怎么这么傻呢，这回把她惹恼了吧。”

“谁叫她整天惺惺作态，我才懒得搭理她呢。”

菲利普虽然嘴上这么说，心中着实有些懊恼。他本意是想逗她开心的，结果画虎不成倒把她惹恼了，这叫谁能开心得起来。他找她索要账单时，鼓足了勇气和她说话，想借此挽回面子。

“难道我们从此以后连话都不说了吗？”菲利普微微笑着说。

“我的工作是招待客人，给他们上茶送点心。我和他们本就无话可说，也不指望着他们会主动和我聊些什么。”

她将一张写明应付钱数的纸条放在餐桌上，就向她刚刚坐的那张餐桌走去。菲利普气得面红耳赤。

“凯里，她这明明是故意让你难堪呢。”出了店门，邓斯福德对菲利普说道。

“这个臭女人真的是一点儿教养都没有，”菲利普说道，“我再也不会去那儿了。”

邓斯福德凡事都顺着菲利普，从此他们俩就到其他点心店吃茶点了。邓斯福德很快就又寻了一个追求对象。可菲利普自从遭到那女招待的冷漠对待就一直耿耿于怀。如果当初她对他毕恭毕敬的，他又如何能记住这样毫不出色的女人。可是，她对他的厌恶狠狠地损伤了他的自尊心。菲利普郁闷极了，思来想去要怎样报复一下她，非让她知道自己的厉害不可。反过来他又因为自己产生了这样的小心思而感到羞愧。他煎熬地度过了好几天，下了决心再也不去那点心店了，可最终也没有压下心中想要报复的念头。最后他只能妥协地对自己道，算了吧，去见她一面最省事了，说不定见过之后就再不会想着她了。这天下午，菲利普为撇开邓斯福德，借口对他说自己要去赴约，随后直奔那家点心店而去——那家他发誓这辈子都不会去的点心店。菲利普刚进店门，就发现了那个女招待，立刻就在一张她照看下的餐桌旁边坐下。他内心期待着她会主动招呼他，并问他为何有一周都没有光顾小店啦。谁曾想她走过来后就等着他点东西，一句话也没和他说。刚刚他明明还听到她这样招待其他客人来着：

“欢迎光临，您还是首次光临小店呢！”

从她的那张冷傲的脸上，丝毫看不出他们俩曾经打过照面。为了试探一下她是否真的不记得自己了，菲利普趁她上茶点时问了她

一句：

“今天晚上，你见我的朋友到这儿来了吗？”

“没有。他已经好多天没来这儿了。”

菲利普原本想就此起个话头，和她再好好地聊上几句，不知为何突然一阵心慌，再想不出要如何说了。对方也没再给他说话的机会，转身就离开了。菲利普一直等到找她开账单的时候，才终于得到和她说话的机会。

“今天天气真是糟糕透了，不是吗？”他说道。

话刚说出口，菲利普就一阵头疼，考虑了这么长时间，到最后竟冒出这句话来。他想不明白为什么，在这女招待面前自己的表现为什么总是如此差劲。

“我整天待在店里，你觉得天气的好坏和我有关系吗？”

她话里的傲慢，尤其让菲利普无法忍受。他迫切想挖苦她一句，让她也尝尝难堪的滋味，可还是强行把到嘴边儿的话给咽了回去。

“我真恨不得这女人说出几句不像样子的话来！”菲利普恼怒地自言自语道，“要是这样的话，我就去她老板那里狠狠地告她一状，让她丢掉饭碗，到时候看她还得意什么！”

56

菲利普还是没办法把她从脑海中抹去。他觉得自己这种做法真是蠢极了，他感到既好气又好笑：堂堂七尺男儿竟因口舌之争就和一个贫血的女招待较量上了，让人知道岂不笑话？虽是这么说着，他还是没办法彻底放下这事儿，他觉得他是受到那女人极大的侮辱了。其实这件丢面子的事情只有邓斯福德一人知道，他敢肯定邓斯福德早就忘到九霄云外了。可菲利普认为他的内心不会就此而得到安宁，除非他自己彻底洗刷了这层耻辱。他思来想去，最终决定，此后的每天都要去那家点心店。很明显他给她的印象并不好，可他有信心自己能够消除这种坏印象。以后在她面前一定要多加注意自己的言谈举止，说出的话要让最敏感的人听了也不觉得被冒犯。他尝试之后发现这么做竟毫无效果。他进店里时，总会主动说一句“晚上好”，她也会同样回这么一句。有一次他故意没说话，想试试她会不会主动和自己打招呼，结果她也是一句话都没说。菲利普心中暗自嘀咕了一句，可他嘀咕的那个词，虽然对于有些女性常常很实用，但是在上层社会中却罕有拿来谈论女性的。他面上摆出没事儿一样点了份茶点。他紧咬牙关，默默无语，走的时候，连平时那句“晚安”都未说。他决定再也不去那里了。第二天到了吃茶点的时候，他只感觉坐立不安。他想尽办法要转移自己的注意力，可还是没办法控制自己的情绪。最后，他狠了狠心，说：

“想去就去嘛，为什么非要为难自己呢！”

就这样，菲利普纠结了好一会儿，等到最后他进入那家点心店时，已经快七点了。

“我还以为你今天不来了呢。”菲利普坐下时，那女招待竟主动和他说起话来。

菲利普的心怦怦直跳，感觉脸都烧了起来。

“有点事儿耽误了，只能来得晚点儿。”

“在外面和人瞎闹了吧？”

“我可没那么调皮。”

“我猜你应该还是学生？”

“没错儿。”

她得到回答后就走开了，好似好奇心得到了满足一般。现在时间也不早了，她负责照管的区域除菲利普外已经没有了别的客人，她得空就开始专心看起了小说。这时候，市场上那种单行本的小说还没流行起来，自有一群没什么大志向的文人，被雇佣着专为那些目不识丁的小市民定期撰写一些廉价小说，以供他们消遣无聊的时光。菲利普这下可高兴啦，她竟主动和他交谈起来，他当真觉得风水轮流转，到了该他耍威风的时候了，他一定要当着她的面把自己对她的意见说得清清楚楚、明明白白。他真想痛痛快快地把自己心中的蔑视全都发泄出来。他眼也不眨地盯着她瞧。他必须承认她的侧面非常漂亮。让人想不通的是，她这个阶层的英国女孩，她们的线条轮廓常常完美无瑕、让人赞叹，可她的侧影却看上去冷冰冰的，有一种大理石的质感，搭配上微微发青的洁白皮肤，看上去不太健

康。这里的女招待皆是一样的装扮：白色围裙配着黑色平布服，再就是一副护腕、一顶小帽。菲利普从衣服口袋中掏出半张白纸，画了张那位女招待的速写，她坐在那儿趴在桌子上，眼睛紧盯着书本，嘴巴里还念念有词。菲利普临走时，顺手将那张速写留在了餐桌上。让人没想到的是，这一招还真是有效。第二天，他刚进店门就看见她对着自己笑。

“你竟然会画画，这真让我大吃一惊呢。”她说道。

“实不相瞒，我此前在巴黎学过两年的美术。”

“昨天晚上你留在桌子上的那张画，我拿给女经理看了，她看得舍不得眨眼。我想那画的应该是我吧。”

“没错儿。”菲利普说道。

在她去端茶点时，另一位女招待也朝他走了过来。

“我看了您为罗杰斯小姐画的那张画，画得十分传神，我很喜欢。”她说道。

菲利普这才知道她姓罗杰斯，在他拿账单的时候，就拿这个姓称呼她。

“看来你已经知道我的名字了。”她走近菲利普时说道。

“你的朋友刚刚和我说起了那张画，顺便说起了你的芳名，我注意到了。”

“她也希望你给她画一张呢。不过我提醒你，千万不要给她画。这事儿一开头就没完没了，她们会排着队找你画的，”她略一停顿，忽然转开了话题，问菲利普，“以前那个经常同你一起来吃茶点的小伙子，怎么不见他了？他去哪儿了？”

“没想到你还一直惦记着他呢。”菲利普说道。

“那小伙子长得倒是蛮帅的。”

菲利普顿时产生一种奇怪的感觉。邓斯福德的一头卷发十分招人喜爱，气色很好，笑容蛮甜的。这些优点都是菲利普所没有的，这让他心里很不是滋味。

“嗨，他正忙着追女孩子呢。”菲利普玩笑着说道。

菲利普一瘸一拐地走回自己的住处，一路上都在仔细回味他们刚才的那一段谈话。现在，她已经是非常友善地对待他了。等有时间了他一定要给她画一幅精致点儿的素描，一定能讨她的喜欢。他对她的脸庞很感兴趣，侧面线条十分惹人怜爱，就算她那因为贫血症而微微泛青的皮肤都散发出一种神奇的魅力。该怎么去形容这种颜色呢？他首先想到了豌豆汤，但这形容实在不好，他立刻生气地打消了这个念头。随后又想到了黄玫瑰的花瓣，那种含苞待放便被人摘下来的玫瑰花骨朵。这时候，菲利普对她一点儿也不厌烦了。

“还真是一个不错的小姑娘呢。”他暗自说道。

就算她曾经冲撞过自己，也不能因此就生她的气啊？这样也太蠢了。她那样做又不是存心要冒犯我。追究起来还是应该怪自己，要不是没给人家留下好的第一印象，人家也不会不给自己好脸色。算起来又岂止只有这一次？这种事情现如今也早该习惯了。对于自己那幅画所带来的成功，让菲利普感到十分得意。她现在知道了自己还有这种能力，肯定要对自己青眼有加啦。第二天，菲利普心烦意乱了一整天。他想要午餐就去点心店吃，可他明白午餐的时间点店里的人肯定多得很，米尔德丽德不会有时间和他闲聊的。菲利普现在已经没有与邓斯福德一起吃茶点的习惯了，正好到四点半（他已经看了十二次手表），菲利普来到了那家点心店。

米尔德丽德背对着菲利普，这时正一面在椅子上坐下，一面和那个德国佬聊天。前段时间，几乎是每天，菲利普都能看见那个德国佬来店里吃点心，但最近这两周，他却一直没有出现。也不知道德国佬说了些什么，米尔德丽德听后笑得花枝乱颤。她笑得真够庸俗的，菲利普控制不住打了个冷战。菲利普喊了她一声，她也没有管他。他又喊了一声，这下菲利普已经毫无耐心了，他愤怒地用自己的手杖敲打着桌面。米尔德丽德面色紧绷地朝他走来。

“你好啊！”菲利普说道。

“你看上去有十分要紧的事儿啊。”她双眼看着菲利普，满脸的孤傲却是菲利普十分熟悉的。

“我说你怎么啦？”他问道。

“你要是需要点什么东西，我可以给你端来，可让我整晚都站在这儿说话我可受不了。”

“麻烦你给我上点儿茶和烤面包，谢谢。”菲利普简单地回了一句。

菲利普简直生气极了。他随身带了一份《星》报，她在给他上茶点的时候，他故意假装低头看报，看都不看她一眼。

“您要是愿意现在就把账单给我，就不必劳烦再跑一趟了。”菲利普冷漠地说道。

米尔德丽德随手给他开了账单，放在他的餐桌上，转身就朝那德国佬走了过去。没过多久，她就又开始和他说笑开了。这德国人的个头不高也不低，长着个十分典型的日耳曼民族的圆脑袋，一张脸黄中泛着灰，一撮浓密的小胡子，上身穿一件燕尾服，下身穿着一条灰色裤子，胸前挂着一根非常粗的金色表链。菲利普觉得十分难堪，店中别的女招待这会儿一定正转动着眼珠，来回看着自己和那边餐桌上的两人，一边还互相交换着别有深意的眼神。他甚至感觉到受到了她们的嘲笑，这让他觉得全身热血沸腾。此刻他对米尔德丽德只剩下怨恨。他明白现在最好的办法就是永远不再来这家点心店。可一想到自己竟被愚弄得如此不堪，这口恶气让他怎么咽得下去？所以他觉得有必要想一个办法，让米尔德丽德意识到，在他心中她什么都算不上。次日，菲利普换了一张餐桌坐下，朝另外一个女招待要了茶点。米尔德丽德的朋友这时候也在店内，米尔德丽德只顾和他聊天，完全没有注意到菲利普。于是，在她必须要经过他身边时，菲利普趁机站起身来朝外走。他们俩擦肩而过时，菲利普十分淡漠地朝她扫了一眼，好像根本不认识她一般。连续好几天，他都用这个办法，期待着她能找机会主动和自己说话。他原想着她至少会问一问，为什么最近几天他都不去她照管的桌子了？菲利普甚至都想好了该怎么回答，答话中充满对她的嫌恶。他明明知道自己是庸人自扰，可笑至极，可就是无法控制自己。他最终还是失败了。有一天，菲利普发现那个德国佬忽然消失了，可菲利普还是没有回米尔德丽德照管的餐桌。她照样对他不理不睬。菲利普突然醒悟了，她压根儿都不在乎他到底在做什么。再这么下去，哪怕到世界末日也不会达到菲利普想要的效果。

“我可不会轻易放弃！”菲利普自言自语道。

第二天，他又回到了米尔德丽德照管的餐桌，她走近时主动向他问了声好，好像根本不在意他这一周的冷落。菲利普的心止不住地狂跳，面上却故作镇定。那时，喜歌剧刚刚流行起来，人们都很爱看。菲利普觉得他若邀请米尔德丽德去看一场，她一定会很乐意的。

“我觉得，”他忽然张口道，“您能不能给我一个机会，让我请您吃一顿晚餐，然后再去看一场《纽约美女》。我能弄来两张正厅头等座的戏票。”

最后一句是他故意加上的，希望借此引她上钩。他心里明白，一般情况下女招待去戏院只能坐在正厅后座，即使在男朋友的陪同下，也很少有机会坐在比楼厅更贵的座位上。米尔德丽德脸上不见一丝表情。

“可以啊，我没什么意见。”她说道。

“那么我们约在哪一天呢？”

“不出意外的话，我周四下班会早一点儿。”

他们商量着到时候见面的事情。米尔德丽德的家在赫尼希尔，她和她姨妈在一起住。喜歌剧的开场时间是八点整，所以他们七点的时候就要吃晚餐。她想让菲利普在维多利亚车站的二等候车厅中等着她。她脸上看不出一丝喜悦的情绪，明明是受别人邀请，看着却像在帮别人一样。菲利普心中隐隐有一丝不悦。

57

菲利普提前了大约半个小时抵达了维多利亚车站。他坐在二等候车室中等了很久也不见米尔德丽德的踪影。他开始有些不耐烦了，就站起来走进车站，望着从郊区驶来的一列列火车。他们约定的时间已经过去了，可还是不见她的人。菲利普心中十分焦急，跑进了其余几间候车室一间一间地找。突然，他的心扑通一跳。

“你在这儿等着呢！我还以为你今天不来了呢。”

“早知道要等你这么久，我才不来呢。我刚刚还在想你要是再不出现我就回家了。”

“我们说好的在二等候车室里碰面的啊。”

“我什么时候这么说了？我既然能坐在一等候车室里，怎么会坐在二等候车室，你觉得呢？”

菲利普确定自己没有听错，可他懒得与她争辩。他们俩坐上了一辆出租马车。

“我们现在要去哪里吃饭？”她问道。

“我打算去阿德尔夫饭店。你觉得怎么样？”

“去哪儿都行，我无所谓。”

米尔德丽德显然有些不高兴了。她刚才白等了那么久，正憋着满肚子的火气。菲利普想和她聊聊天，她也是爱搭不理的。她身上披着一件深色粗料的长斗篷，头上裹着一条钩针编织的围巾。进入餐馆后，他们在一张餐桌旁边坐了下来。她环视了一下周围，觉得十分满意。餐桌上的烛灯，全都罩着红灯罩。餐厅中布置得镶金嵌银、琳琅满目，还装着一面大玻璃镜，显得富丽堂皇。

“不瞒你说，我还是第一次到这种地方来呢。”

米尔德丽德向菲利普嫣然一笑。她脱掉斗篷，里面穿着一身淡蓝色方领外套，头发梳得比平时更加精致。他要了一瓶香槟，酒菜上桌时，米尔德丽德两眼放光。

“你会喝醉的。”她说道。

“就因为我点的是香槟吗？”他用毫不在意的语气说道，背后的含义好像是，他从来是非此酒不喝的。

“你邀请我去戏院的时候，我真的很吃惊。”

两人聊得不甚契合，米尔德丽德对着菲利普好像并没有什么话好说的。而菲利普觉得自己没有能力哄她高兴，心里忐忑不安。米尔德丽德漫不经心地听着他讲话，双眼却在东张西望，忙碌地观察着别的客人，她明显不屑于装作对菲利普很感兴趣的样子。菲利普偶尔开几个小玩笑，米尔德丽德却当了真，生气地朝着他摆起了脸色。只有当菲利普说起店里的其他几位女招待时，她才稍微表现出一些兴致。米尔德丽德十分讨厌那个女经理，滔滔不绝地向菲利普说着女经理的各种不端行为。

“无论如何，我都和她相处不来，最让人难以忍受的就是她那副臭架子。有时候我真想当着她的面把她的破事都抖出来，别以为我都不知道。”

“到底是什么事儿啊？”菲利普问道。

“嗯，有一回我偶然听到别人说，周末时她经常和一个男人到伊斯特本[1]去。我们店中有一个女孩，她的姐姐已经结婚了，有一次她和她丈夫一起去伊斯特本，刚好碰到了我们店里的女经理。女经理和她一起住在一家旅馆中。不要看她手上戴有结婚戒指，我是知道的，她压根还没结过婚。”

菲利普给她倒了满满一杯香槟，想让她喝了之后能变暖和些，心里期盼着这次约会之后他们的关系能够发生改变。他发现她拿餐刀跟拿笔杆一样，可当她举起酒杯喝酒时，那根兰花指却悠然地翘了起来。菲利普试着找了好几个话题，还是没能让米尔德丽德多和他说上几句话。他又想到米尔德丽德在面对那个德国佬时是多么快活啊，这真让他怒不可遏。晚餐过后，他们一起去了戏院。菲利普自认为是一个很有涵养的年轻人，他是看不上喜歌剧的。他觉得喜歌剧中的噱头过于浮夸，不够文雅，搭配的音乐调子也没什么滋味。相比之下，法国的喜歌剧明显要技高一筹了。可米尔德丽德还是看得兴高采烈，每到得趣时，腰都能笑弯，偶尔还会看上菲利普一眼，要与他交换领会其中妙处的眼神，并且还喜不自胜地拍着手。

“这是我第七次来这儿了，”第一幕结束之后，她说道，“可就算再来七次，我也不会腻烦。”

米尔德丽德对头等座上的女人很感兴趣。她一一指给菲利普看，这个脸上涂了脂粉，那个头上戴着假发。

“西区[2]的这些女人真是要不得，”她说道，“我真是不明白，她们怎么能忍受戴这种玩意儿，”她用手摸了摸自己的头发，“我的头发可都是自己的。”

剧场中简直没有一个她看得上的，不管哪一个，她都要说上几句难听话。菲利普听了她的话觉得很不舒服。他想说不定明天她就会跟店里的女孩说，他带着她出去玩了，可他这个人无聊至极，丝毫不会哄女人开心。他对米尔德丽德反感极了，可想不通的是他就想和她待在一块儿。在送她回去的路上，菲利普问她：

[1] 英吉利海峡边的英国城市。

[2] 当时的伦敦富人住宅区。

“你今天玩儿得开心吗？”

“那是当然啦。”

“我过几天可以再约你出去走走吗？”

“我没有意见。”

她总爱说这些怪声怪气的话。她那种冷漠的神色快要把菲利普给气疯了。

“听你说这话，好像去不去对你来说都没关系。”

“不然呢，你不带我出去，自然会有别人来约我。我从来不愁没人陪我去戏院。”

菲利普不知道该怎么接这话。他们抵达火车站，菲利普买票去了。

“不用买了，我有包月票。”她说道。

“你要是不介意的话，让我送你回去吧，现在真有点儿晚啦。”

“你要是高兴的话，我也没意见。”

菲利普为她买了一张单程头等票，自己又买了一张往返票。

“嗯，我觉得你这人倒是很慷慨嘛。”在菲利普推开车厢门时她说道。

其他旅客陆续走进车厢，菲利普只得不说话，他自己也分不清内心是高兴还是沮丧。他们是在赫尼希尔下的车，然后两人一起走到她居住的那条街的街角。

“就此别过吧，晚安，”她一边说一边伸手，“你不要到我家门口来找我，我怕别人说我的坏话。”

她说了声晚安后转身匆匆离去。在浓重的夜色中，只有那条白围巾隐约可见。他期待她转过身来再看他一眼，可她连头也不回一下。菲利普注意到她走进了一所房子，随即他也走向前去细细打量。那是一栋普通的黄砖房子，小巧玲珑，和街上的其他小屋毫无二致，倒还算整齐洁净。他在外面驻足了几分钟，不一会儿，顶楼窗户中的灯光熄灭了。菲利普慢慢地踱步回到车站。这晚到底算什么呢？他感到气恼，心中说不出的憋屈。

菲利普躺在床上，好像米尔德丽德还在眼前一样：她头上戴着编织围巾，在车厢一角坐着。距离下一次和她见面还有好几个小时，菲利普发愁该怎样度过这漫长的时间。当睡意袭来，他又想起了她那张瘦削的小脸蛋，那小巧的五官和那苍白中泛着青色的皮肤。和她在一起时，菲利普并不觉得快乐，可一旦分开，他就感觉苦不堪言。他渴望在她身旁坐着，凝视着她，用手抚摸她瘦弱的身体，他想要去……这刚刚冒出头的想法吓得菲利普一个激灵，他来不及细想，猛然惊醒了……他想要去亲吻她那张苍白的小嘴！他终于明白了：自己竟爱上了她。他完全想不到会发生这种事。

以前他经常会幻想着爱情终有一天会降临到自己身上，曾不止一次在脑中想象着这样的画面：他迈着轻快的步伐步入舞厅，那儿有一群正在聊天的宾客，有一位姑娘转过身来，一双美目凝望着自己。他喉头发紧，直喘粗气，他知道那姑娘也在娇喘着。他不再向前迈动一步。他们四目相对，旁若无人。她身材曼妙，美丽动人，一双眸子漆黑如星夜，一身礼服亮白如雪，乌黑的鬓发中，钻石在熠熠生辉。菲利普终于向她走了过去，她也挪动轻盈的步伐迎上来。二人都觉得客气的问候实在是多余。菲利普对着她耳语：

“噢，我这辈子都在寻觅你。”

“这次你终于来到了我的面前。”她轻轻地说道。

“能邀你与我共舞吗？”

菲利普握住姑娘的双手，两人迈入舞池，一起翩然起舞。（菲利普总想象自己是没有足疾的。）

“从没有人跳舞如你这般出色。”她说道。

她不顾原来的计划，整晚都在和菲利普一人跳舞。

“我真是太幸运了，幸好我从未放弃等你，”菲利普对她说道，“我相信迟早会遇见你的。”

舞厅中的人全都惊呆了。他俩却完全不在乎，一点儿也不想去隐藏自己心中的热情。最后，他们走进花园，菲利普将一件轻薄的斗篷为她披上，扶着她坐上一辆恭候已久的马车。他们赶上了午夜开往巴黎的火车。火车载着他们穿越寂然无声、星光璀璨的黑夜，向着未知的远方飞驰而去……

他陶醉在这浪漫的幻想之中。他实在不敢想象自己会爱上米尔德丽德·罗杰斯这般的女人。完全没有可能啊。你看她的名字多么怪异可笑，长得又瘦瘦小小，和漂亮几乎不沾边。他们约会时他还发现，因为穿着晚礼服的缘故，她的胸骨都突出来了。菲利普逐一品评了一遍她的五官，那张嘴巴他不喜欢，他甚至有些厌恶她那种病态的肤色。她的品位也相当庸俗，没有一点儿特色。她内心空虚，脑袋中词汇匮乏，说话也没什么趣味，翻来覆去就那几句言辞。菲利普想到她在看喜歌剧时笑得花枝乱颤，真是俗气。她拿起酒杯时还故作优雅地翘起兰花指。她的行为与谈吐一样矫揉造作，令人厌恶。还有她平日里那副冷傲的神情，气得他真恨不能当面给她两巴掌，可转而他也不知为什么——可能是因为想到要揍她，或是因为想到她那一对可爱的小耳朵——他被一股袭来的冲动控制住了。心里涌出了万般柔情，想象着把她那娇小的身躯拥入怀中，亲吻着那薄薄的、苍白的嘴唇。此刻他那么需要她。

菲利普一直在期盼着爱情的到来，他认为爱情是温柔乡，会让人沉溺其中，但凡陷入爱情，全世界都会变得如春天般美好。他却想不到他的爱情带来的不是快乐，反而是内心的饥渴，是令人痛苦的想念，那种极度的痛苦是他从未有过的体验。

菲利普记不起这段爱情到底是什么时候开始的，只记得最开始见到她，并没有特别的感觉。但自从他们开始说话，此后再去，他的内心总是有一种无可言说的情绪。他的心在隐隐作痛。每次和米尔德丽德说话，他都紧张到喉头发紧，连气都要喘不上来。如果说，她的每次离去，留给他的是苦恼，那么，她的每次出现，带给他的却是绝望。

菲利普像条狗一样四仰八叉地摊在床上，内心烦闷极了：我要怎样才能忍受这种永无休止的心灵痛苦?

58

第二天清晨，菲利普一睁开眼就想起了米尔德丽德。他突然想到，为何不去车站接她呢？这样就能早点儿见到她并且陪她走一段路。菲利普立刻起身，慌忙地刮了脸，快速穿好衣服，一出门就跳上了开往火车站的公共汽车。七点四十左右，他到达了火车站。他细心地留意着每列进站的火车，看到人群不断地从火车车厢中涌出来，月台之上熙来攘往。这个时间点，坐车的多半是赶着去上班的职员和店员。他们挤上月台，匆匆忙忙地向前走着，或成双成对，或独身一人（数量更多），偶尔还有成群结队的女孩儿们经过。由于起床太早的缘故，他们每个人都面色苍白，多数人显得丑陋，看上去心不在焉的。年轻人脚步轻快，好似就这般走路都别有一番乐趣，其余人却像是被机器操纵一样，只顾着低头向前赶路，他们眉头紧锁，满面忧愁。

菲利普终于看到了米尔德丽德，他赶紧追了上去。

“你早啊！”他说道，“我思来想去还是得来看看你才好，昨天看了戏你回去休息得还好吗？”

菲利普一看她脸上的表情就知道，在这里碰面让她很不开心。她戴着一顶水手草帽，穿着一件棕色长外套。

“哦，我感觉挺好的。不过我现在没空在这儿磨蹭。”

“我陪你沿着维多利亚街走一段吧，好吗？”

“我快迟到了，得抓紧时间赶路。”说着，她看了一眼菲利普的跛足。

菲利普的脸唰的一下红了。

“抱歉，那我就不耽误你赶路了。”

“请自便吧。”

米尔德丽德头也不回地走了，菲利普无精打采地回到家中吃早餐。他现在恨透了米尔德丽德。他觉得自己傻得很，竟为了她这般魂不守舍。像她这样的女人，一定十分看不上自己的跛足，怎么可能把自己放在心上。菲利普想狠狠心再也不去那店里吃茶点了。可到了时候他还是控制不住自己的腿，又跑到了那点心店里。他真是恨极了自己。他一进来，米尔德丽德就朝着他点头微笑。

“我觉得，今天早上我不应该那么对你，”她说道，“可是你要明白，你来应该提前打声招呼，这太出人意料了。”

“哦，你不用放在心上。”

他只感觉忽然一下就轻松了。听到米尔德丽德这样简短的贴心话儿，足够让他激动的了。

“能陪我坐一会儿吗？”菲利普说道，“反正现在也没人需要

你来照顾。”

“那就坐一会儿吧，反正我无所谓。”

菲利普双目注视着她，瞬间却不知道该说些什么。他绞尽脑汁地想起个话头，这样就可以把她留住。他真想告诉她，让她知道她现在在自己心中占据了一个多么重要的地位。这次他菲利普是发自真心地爱上了一个女孩，可却笨口拙舌地不知道怎样向她表白。

“你那位朋友去哪儿了？就是留着漂亮胡子的那位，最近总不见他。”

“哦，他回伯明翰去了。他在那儿做生意，只是偶尔到伦敦来跑一趟。”

“我相信他是爱你的吧？”

“这我可不知道，你还是去问他本人吧，”她哈哈一笑，“我就不明白了，他爱不爱我和你有什么相干？”

一句嘲讽的话刚要说出口，便被他止住了，他已经学会了控制。

“你为何总这样对我说话啊？”最终他只说了这样一句话。

“我有必要把你放在眼里吗？”

“确实没这个必要。”

菲利普觉得无话可说了，伸手要去拿报纸。

“你这人脾气真糟糕，”米尔德丽德看着他无所谓的神态，说道，“随随便便就生人家的气。”

菲利普微笑着，带有几分请求的神色看着米尔德丽德。

“我能请你帮个忙吗？”

“你得先说是什么事儿。”

“让我今晚送你去火车站吧。”

“随便你。”

吃过茶点，菲利普就回自己的住处去了。晚上八点，点心店下班了，他早已在门外守候。

“你好奇怪啊，”米尔德丽德走到门口说道，“我都不知道你脑子里在想什么。”

“你要真想知道我在想什么，也并不困难吧。”菲利普不无讽刺地回答道。

“店里有没有其他女孩儿看见你在这儿等我？”

“我不知道，反正我是无所谓。”

“你知道不知道，她们都说你被我迷得晕头转向的，都在暗地里取笑你呢。”

“你又不会把我放心上。”菲利普嘟囔着。

“看吧，你又想和我拌嘴了。”

到了车站，菲利普给自己也买了一张车票，说想要送她回去。

“你好像很闲啊。”她说道。

“时间是我自己的，你管我怎么打发呢。”

这两人好像总是故意在斗嘴。实际上，是菲利普在埋怨自己，他怎么就爱上了这样一个女孩儿？她好像总在侮辱他，而他每受一次冷落，就会更加埋怨自己。可那天晚上，米尔德丽德反倒温柔了起来，话都说得比之前多了。她跟菲利普说，自己的父母早已去世。她有意让菲利普意识到，她出来工作只是为了寻找乐趣，打发时间罢了，她压根儿不用挣钱养家。

“我姨妈其实不支持我出门工作。我家里不愁吃穿，事事都很顺心。你可不要觉得我是生活所迫才出门挣钱养家的。”

菲利普知道她说的不是实话。她那个阶层的人总是喜欢摆架子装阔，她觉得为养家而出门工作是一件丢人的事情，怕别人说她，才编出这样一套理由来。

“我们家的亲戚也都是体面人。”她说道。

菲利普淡淡笑了一下，哪承想没能躲过米尔德丽德的眼睛。

“你笑什么？”她立刻有些生气地责问道，“你觉得我对你说谎了？”

“你多想了，我当然相信你说的话。”他答道。

米尔德丽德满脸怀疑地端详了菲利普一会儿。她还是忍不住要向菲利普显摆一下自己往日的富贵。

“我父亲终年备有一辆双轮马车，家中有三个男用人，一个厨师，一个女用人，还有一个短工，专门干些杂活儿的。家中院子里种着漂亮的玫瑰，凡是有人从我们家门口经过，都要停下脚步问这是谁家的房子。当然，和店里那些女孩儿天天混在一起当真是没意思极了，我和她们处不来，有时候真想辞职不干了。你可别以为我干不了店里的活儿，那些都无所谓，我只是不喜欢和那一群人做朋友而已。”

他们面对面在车厢里坐着，菲利普听米尔德丽德在那儿絮絮叨叨地说着，感觉有些可怜她，心里终于感受到了快乐。她的天真愚昧，不仅让他觉得有意思，而且让他很有感触。米尔德丽德的脸颊泛起淡淡的红晕，菲利普真想在这时候亲吻一下她的下巴，那该多美好啊。

“我一见你，就知道你是个实实在在的上等人。你父亲的工作应该十分体面吧？”

“家父是名医生。”

“我一眼就能看出来一个人的工作是不是体面。他们身上总有一些特质，虽然我说不好，可我总能分辨出来。”他们俩从车站走出来。

“嘿，我还想再请你去看一次戏。”

“我无所谓啊。”

“你就不能对我说一句‘我很想去’吗？”

“为什么非得这么说？”

“你不愿意说就算了。我们约个时间，周六晚上你觉得行不行？”

“行。”

他们一边往前走着一边谈论着进一步的约会计划，不一会儿就来到了米尔德丽德居住的大街。在转角处，她向菲利普伸出了一只手，菲利普一把握住了。

“欸，我想就称呼你米尔德丽德，可以吗？”

“只要你高兴，随你怎么叫，反正我无所谓。”

“你也称呼我菲利普，可以吗？”

“如果我记得的话我会这么叫你的。不过叫你凯里先生好像更加顺口。”

菲利普轻轻地将她拉向自己的身边，可她却朝后一仰。

“你想干什么？”

“你不愿意在分别之前亲我一下吗？”他低声说道。

“你真是妄想！”她说道。

米尔德丽德猛地收回手，急忙朝着自己家中走去。

菲利普提前购买了周六晚上的戏票。那天米尔德丽德下班有些晚，没时间赶回家换衣服，因此准备早晨出门时顺便带一件外套，下班后就在店里换上，这样能节省不少时间。说不定女经理一高兴，还能在七点之前就让她下班呢。菲利普许诺六点十五就会在店外等她下班。他满心期待这次约会，他觉得看了戏之后，趁坐在马车上的时候，米尔德丽德会允许他亲一下她。坐在马车上，男人很方便伸手去搂住女孩儿的纤腰（这就是马车比现代出租车更胜一筹的方面）。就凭这点，整晚花再多钱他也觉得值得。

周六下午，菲利普照常进店吃茶点，想再次确定晚上的约会，没想到正好碰到那个留着漂亮小胡子的男人从店里走了出来。菲利普已经知道了这个德国人拥有英国国籍，在英国逗留好几年了，连名字都英化了，叫埃米尔·米勒。菲利普听过他说话，尽管他英语说得很流利，可还是和英国本地人有些不一样。菲利普很嫉妒他，因为他知道这个男人在和米尔德丽德调情。他觉得幸亏米尔德丽德生性就十分冷漠，那个情敌的遭遇定不会比他好到哪里去。如果米尔德丽德的冷淡只针对他一人，那该让他更加难过了。但是，此刻菲利普的心却很不安，他想到这个男人的突然出现，极有可能影响他这几天魂牵梦绕的出行。他走进店中，内心十分忐忑。那女招待走到他面前，问他想要些什么，不久就端了上来。

“我真觉得对不起你，”她说道，面上的确有几分难过的情绪，“今天晚上我真的不能陪你去看戏了。”

“能给我一个理由吗？”

“有必要为这事生气吗？”她微笑着说道，“这不是我的错。昨天晚上我姨妈病倒了，今晚又恰好赶上女仆放假，所以我要留在家中陪伴她。总不能让她一个人在家里啊，你说对吗？”

“没关系。那咱们今天不去看戏了，我送你回家得了。”

“你不是都买好戏票了吗，浪费了多可惜啊。”

菲利普从口袋里拿出戏票来，当着她的面把票给撕了。

“你为什么把票给撕了？”

“你想一想，我自己怎么会去看那种无聊至极的喜歌剧？我去看那种东西，还不都是为了你！”

“我不需要你送我回家。”

“我猜你是又有其他约会了吧。”

“你说这话是什么意思？你和这世上的其他男人没什么区别，都是这么自私，只顾自己不管别人。我姨妈身体不舒服，你在这里责怪我做什么？”

她一说完，顺手就开好了账单，转身离开了。菲利普真是不了解女人，否则他怎么会不明白，这时候就算他一眼就看出来她是在说谎也只能装作不知道，暂时表示相信她。他当即决定，等下他就要守在点心店旁边，看看米尔德丽德到底是不是要和那个德国人约会。他凡事都想弄个明白，这正是他的不幸之处。七点钟，菲利普在点心店对面的路上，左右张望，看那个德国人今天会不会来。十分钟都不到，他就看见米尔德丽德走出店门，她披着斗篷，头戴围巾，与那天和菲利普约会时的装扮一模一样。此刻她绝不是要回家。米尔德丽德一眼就看到了对面的菲利普，他连躲都没来得及。米尔德丽德先是一愣，随后就朝他走了过来。

“你在这里想干什么？”她说道。

“我只是出来透透气而已。”菲利普回答道。

“你是在盯着我吧，你真卑鄙。我原以为你是个正派人物呢。”

“你觉得正派人物会对你这种女人产生兴趣吗？”菲利普悄声说道。

他憋着满肚子的火气，今天就算是闹到没法收拾他也顾不得了。他发誓要报复她，要让她狠狠地伤心一下。

“只要我乐意我随时可以改变主意。谁说我就必须得和你一起出去。告诉你，我现在就要回家，你不准盯着我。”

“你今天遇到埃米尔了？”

“这和你没有一丁点儿关系。实际上我并没有遇见他，看你又想到哪里去了。”

“今天下午我见着他了。在我刚进店的时候，正好他从里面走出来。”

“就算他来了又怎样？我乐意和他出去，这你管得着吗？我跟你没什么好说的。”

“他让你等很久了吧？”

“唷，我就愿意等着他，也不稀罕你等着我。我奉劝你还是乖乖回家去吧，好好读你的书。”

菲利普的愤怒突然之间就消失得无影无踪，变成了彻底的绝望，连声音都开始发颤。

“为什么要对我这么绝情呢，米尔德丽德？你心里知道我是多么喜欢你。我是打心眼儿里爱着你啊。你就不愿意为了我改变你的决定吗？你知道我有多么期盼今天晚上吗？你看，他现在还没来，他的心里根本就没有你啊。和我一起去吃饭好不好？我再去弄两张戏票，你想去哪儿我都陪着你。”

“我告诉你，我不愿意！你再怎么说也没有用。我已经决定了的事情是绝对不会再改变的。”

菲利普呆呆地看着她，心如刀割。熙熙攘攘的人群从他们身边走过，马车和公共汽车走过时车轮发出不同的声音。他看到米尔德丽德在那儿踮起脚尖不停地张望着，生怕错过了人群中的米勒。

“我真的受不了了，”菲利普无力地说道，“总是如此低声下气的，一点儿尊严都没有了。现在我要是走了就再也不会回来了。你今晚要是不和我走就再也见不到我了。”

“你以为这样会吓着我吗？跟你说实在的，没有你在跟前转来转去，我才清静呢。”

“很好，从此以后我们再无瓜葛。”

菲利普开始瘸着一条腿往前走，他脚步放得缓慢，暗自期盼着米尔德丽德能喊他回去。走过一根路灯杆，他驻足回头看去，心中想着她可能会招手喊他回去——他可以既往不咎，可以容忍各种屈辱——可是她早就已经走了，她的心里压根儿就没有他。菲利普这时才明白，米尔德丽德巴不得找机会甩掉他呢。

59

在难以忍受的痛苦中，菲利普过了一夜。他提前告诉了房东太太晚上不用给他预备晚餐，所以他只能去加蒂餐馆随便吃了顿饭。

吃过饭，他就回到了家里。正好格里菲斯那些人正在楼上开派对，阵阵喧闹声不断从楼上传到菲利普的耳朵里，这一对比，菲利普越发觉得心中的苦楚不堪承受了。他干脆跑去了杂耍剧场，因为是周六晚上，场内早已没了位置，他只得站着看了。刚站了半个钟头，双腿就开始发酸，演出的节目也没什么乐趣，索性中场的时候就离开了回到寓所。他完全没法集中精神去看书，可再有半个月就该生物考试了，再不开始用功可就来不及了。虽说这门课程并不难，可他最近太不用功，落下了很多课，他自己知道什么也没学到。好在只有口试，他觉得这两个星期抓紧时间，临时抱抱佛脚，及格还是没什么问题的。他自恃聪明，毫无顾忌。他把书扔在一边，开始专心致志地思考着那件让他魂牵梦萦的事情来。

对于自己今晚的冒失举动，他觉得后悔极了。为什么要把话说得这么绝呢？说什么她要是不陪自己吃饭，从此就再无瓜葛？明明知道她会一口拒绝的。他当时没有考虑到她的自尊。他这种孤注一掷的做法，完全斩断了自己的退路。如果她也在为这件事情难过，那该多好啊。可她是一点儿都不会在乎的，他知道她的性格。但凡当时他聪明点儿，装作相信了她，不要去揭穿她的谎言，也总好过现在这种情形。他真应该保持自己的涵养，不要让他看出自己的失望，更不该朝着她发脾气。菲利普真是不明白，自己怎么就爱上了这样一个女人呢？他曾听到过“情人眼里出西施”的说法，可在米尔德丽德的身上，他明明看到的都是她的真实面目。她毫无情趣，也不聪明，思想又非常庸俗；她身上那种狡猾的市井气，也让菲利普十分厌恶；她缺少教养，也缺乏女性本该有的温柔。就如她所崇尚的那般，她是一个“现实”的女人。要是有人耍花招捉弄老实人，她总是交口称赞；要是有人“上了钩”，她就感到愉悦。菲利普一想到她用餐时矫揉造作的模样，就会忍不住大笑。她还不喜欢粗鲁的言语，虽然她才疏学浅、词汇贫乏，可偏偏喜欢假装斯文。她的忌讳也有很多。比如，她从来不说“裤子”这个词，而偏要说“下装”。还有，她认为擤鼻涕是很不文雅的行为，所以每回要擤鼻涕，总是装出一种迫不得已的样子。她有严重的贫血症，当然就伴有消化不良的病症。她胸部扁平，臀部有些窄，菲利普很失望；她发型俗气，菲利普也很不喜欢。可是他为何偏偏就爱上了她，这让他讨厌、鄙视自己。

讨厌也好，鄙视也罢，现在的菲利普已经完全没办法控制自己了。这情形就和他当年在学校里被大孩子欺辱一样。他拼命抵抗，不惧强势，直到自己精力耗尽，毫无还手之力——那种四肢无力，全身就像瘫痪了一样的奇妙感受，他现在都还记得——最后只能坐以待毙，听任他人摆布。那真是一段痛苦不堪的经历。眼前，他又体会到了那种无力、瘫痪的感觉。现在，他承认自己爱上了那个女人，他发现以前竟从未有过爱别人的体验。无论她有什么缺点，身体上的或品行上的，他可以全不在乎，甚至连那些缺点也一并爱上了。好像这整件事和他一点儿关系都没有，只感觉自己是被一股奇怪的力量驱使着不停地干出一连串违心害己的蠢事来。他天性向往自由，因此十分痛恨这约束着他心灵的枷锁。自己曾经做梦都想体会那无法抗拒的情欲的味道，想想都觉得可笑。他痛恨自己竟然这样放纵情欲。他回忆这一切都是如何开始的。如果当初他没有和邓斯福德去点心店，也就不会出现这样的局面了。总之都怪自己，倘若不是自己这可笑至极的虚荣心，他才不会在那个俗气的臭娘们儿身上费尽心思呢。

不论怎么说，今晚这场争吵，总算结束了一切。只要他还存有一丝羞耻心，就绝不会回去求着她破镜重圆。他迫切地想要从此摆脱这令人苦恼的情网；这样可恨的爱情让他把颜面都丢尽了。他强迫自己不去想她。没多会儿，他的苦闷总算减轻了几分。他开始回想往事。他想起了埃米莉·威尔金森和范妮·普赖斯，不知道她们因为他，是不是也承受过这种折磨。一种悔恨之意油然而生。

“那时的我，还不懂什么是爱情呢。”他喃喃自语道。

整夜他都睡不安稳。第二天是周日，他才正式开始为生物考试做准备。他在那儿坐着，面前摊开一本书，他为集中精力而默诵课文，不停地动着嘴唇，可这么做对于记东西一点儿作用也不起。他现在一刻也没办法将米尔德丽德从脑海中排除出去。他又细细回味了一遍昨天晚上和她吵架时所说的话。他得费很大的劲才能集中精神去看书，索性他丢开书本，出门散步去了。泰晤士河南岸有几条略显

脏乱的小街道，平时人去车来的还有些生气。可一到星期天，街上的店铺都停业了，马路上也没了来往的车辆，安安静静的，看上去凄凄惨惨的，让人产生一种无法言说的沉闷感觉。菲利普感觉这一天如此漫长，好像没了尽头。后来实在太困，才忍不住昏昏沉沉地睡了。一觉醒来就是星期一了，他总算打起精神开始了新的生活。这时圣诞节将近，同学们大多去乡下度假（每到年末，学校都会放一个小假期）。伯父曾邀请菲利普回布莱克斯泰勃过圣诞节，可他却婉言拒绝了。他的功课都落下了，学业几近荒废，现在他得用两周时间来把三个月的课程全都学完。这回他才算真正地发狠用功起来了。随着时间的流逝，他发现，现在不去想米尔德丽德变得越来越容易了。他真庆幸自己身上尚存这一丝骨气。他心里的苦不似从前那般痛彻心扉，而成了暗地里的隐痛。就像一个人从马背上跌下，尽管摔得体无完肤、脑袋昏沉，可骨头却没受到什么伤害，只要别去触碰那些伤口，自然不会觉得疼得厉害。菲利普发现，他现在竟可以怀着好奇心来审视这几周发生在自己身上的事情。他剖析自己的情感，觉得真是蛮有意思。他感觉自己的所作所为真是有些可笑。有一点他感触颇深：身处那样的境地，个人的思想完全起不了作用。菲利普觉得十分不解，为何他那一套经过精心构思，已经令人十分得意的个人处世哲学，竟从头到尾丝毫没帮上他的忙。

话虽如此，可有时他走在街上，远远瞧见一个与米尔德丽德长得很像的女孩，还是会让他的心突然停止跳动。然后，他又会焦急地追上去，可离近了一看才发现是一个陌生人。同学们陆陆续续地都从乡下回来了，他和邓斯福德一起去吃茶点。看到那熟悉的制服，就伤心得话都不知道怎么说了。他还突生一个奇怪的念头：说不定她已被调到这家面包公司经营的某家分店来工作了，说不定哪一天他又会与她邂逅。他一想到这儿，就猛地开始心慌，可又害怕让邓斯福德发现自己的失态。他心乱不已，想不出要说什么，只能装出一副在专心听邓斯福德说话的模样。可是他越听越生气，简直想要冲邓斯福德大喊一声：看在上帝的分上，闭上你的嘴吧！

终于到了考试的日子。轮到菲利普时，他自信地走到主考官面前。主考官先给他出了几个题目，随后又指着各种标本让他看。菲利普平常根本没上过几节课，所以一问到书上没有的知识，立刻就回答不出来了。他竭力想把这次考试糊弄过去，主考官也没有多问他，很快十分钟的口试时间就结束了。菲利普觉得大概总能及格吧。次日，他来到考试大楼看贴出来的成绩，忍不住大吃一惊——在考过的学生名单里，竟然没有自己的学号。他吃惊不已，又将名单反复看了几遍。邓斯福德站在他的身边。

“唉，真是可惜，你这次没及格呢。”他说。刚才他问过菲利普的学号。

菲利普看到邓斯福德有些得意的样子，猜想他肯定是通过考试了。

“噢，这没什么，”菲利普说道，“恭喜你过了这关，我七月份再看运气如何吧。”

他故作镇定，努力装出一副无所谓的模样。在沿泰晤士河堤回学校的路上，菲利普总是尽量避开考试的话题。邓斯福德本来好心好意想帮菲利普分析一下这次考试失败的原因，可菲利普却偏偏装出一副毫不在意的表情。事实上，他觉得自己受到了巨大的侮辱：他一直觉得邓斯福德虽然惹人喜欢，头脑却十分迟钝，这次他竟然通过了考试，而自己却失败了，这让他觉得难受极了。他总是自我感觉良好，觉得自己是出类拔萃的人物，可现在却有些妄自菲薄了，他怀疑自己是否一直自视过高。本学期已经开学三个月了，他们这批十月份入学的学生，顺其自然地分化成了好几个档次。哪些学生才智过人，哪些聪慧机智或者勤奋好学，还有哪些是不能成材的“窝囊废”，早已是泾渭分明的了。菲利普心里明白，他这次考试的失败，除了他自己，任何人都不会感到惊讶。现在是吃茶点的时间，他知道很多学生会在学校的地下室里喝茶。那些顺利通过考试的人，一定是高兴得不得了；那些原本就不喜欢自己的人，肯定会幸灾乐祸地看着他；至于那些没考及格的倒霉蛋，肯定会对他菲利普报以同情，实际上也只是想从对方身上得到些安慰罢了。出于本能，菲利普一周之内都不会进学校的大门，这样一周过后，大家各忙各的，肯定早就把这件事抛诸脑后了。可菲利普的脾性天生就很奇怪，越是不相干的事情他越是要干，在这个时候他偏偏就去了——为了自

寻烦恼。现在他已忘了自己的座右铭：尽情随心所欲，只是要适当注意街角处的警察。要是他按照这个准则做事，那一定是他个性中具有一种病态因素，让他专门折磨自己好从中得到乐趣。

随后，菲利普真就去经历了这次强加在身的折磨，直到他再也不想听吸烟室中吵闹的谈论，孤身一人漫步在黑夜之中，一阵极度的寂寥之感袭来。他感觉自己是如此的荒谬又窝囊。他急切需要抚慰；他再不能抵抗内心的诱惑，现在就要去见米尔德丽德。他悲戚地想道，在那里他又怎么可能得到安慰呢？可他现在就需要见她一面，即便是不说一句话。她的工作就是女招待，只要他去了，不管怎样她都得招待他。在这世上，只有她一个人让他如此朝思暮想。就算自己不承认自己爱她这个事实又有什么用呢？不过他装作泰然自若地再去那店里，确是一件很没面子的事儿，可他的自尊心也寥寥无几了。他嘴上尽管怎么都不会承认，可心里却每天都在盼着她能写封信来。只要把信寄到医学院，他总能收到的，想必这些她都知道。可她偏偏不写。显而易见，她才不在乎见不见他菲利普呢。菲利普喃喃自语道："我必须得见到她，我必须得见到她。"

想要见她的愿望太过强烈，以至于他已经不能忍受走路的时间，他喊停了一辆出租马车坐上去。他一向节省，如果不是这次情况特殊，他不会破费的。他徘徊在点心店外，犹豫不决。过了有一两分钟的时间，他突然想到有这样一种可能：说不定她早就离开这儿了。他一个激灵，连忙走进店里。第一眼他就看到了她。他坐下后，米尔德丽德向他走了过来。

"请上一杯茶，一块松饼。"菲利普交代米尔德丽德。

他差点儿连话都讲不出。当时，他真害怕自己会放声大哭起来。

"这么久都不来，我还以为你见上帝去了呢。"她一边微微笑着，一边说。

她竟然笑了！她看上去完全不记得上次吵架的事情了，可菲利普却把他们吵架时说的话在心里来来回回不知道念叨了多少遍。

"我原以为你会给我写信，要是想见我的话。"他答道。

"我自己的事情都忙不完，哪儿还能抽出时间来给你写信？"

由此看来，她那张利嘴里是不可能说出好话来的。

菲利普暗自诅咒命运，竟将自己与这样一个女人绑在一起。她为他端来了茶点。

“想让我陪你坐几分钟吗？”米尔德丽德端过茶点说。

“请坐吧。”

“你这段时间都去哪儿啦？”

“我一直都在伦敦，哪儿都没去。”

“我还以为你度假去了呢。那你为什么不来这儿坐坐？”

菲利普那双憔悴却满溢热情的眼睛紧紧注视着米尔德丽德，一刻也不愿离开。

“我不是和你说过了，从此以后再也不想见你。你难道都忘了吗？”

“那你现在怎么在这儿呢？”

她好像急切地想让他喝下这杯羞辱的苦酒。可菲利普很了解她的性格，知道她是言不由衷，随口说说罢了。她的话深深地伤了他的心，可对她而言，不一定总是发自内心。菲利普没有回答她。

“真没想到你会在暗地里监视我，你这样欺负我，实在是没良心啊。我可一直把你当成个实实在在的上等人呢。”

“你对我真是太狠心了，米尔德丽德。我无法承受更多你对我的薄待。”

“你这人真是奇怪，我一点儿也看不透你。”

“能有什么奇怪的，我就是一个彻头彻尾的大傻瓜，明明知道你心里压根儿没有我，却还是这么无怨无悔地爱着你。”

“你要真是个上等人，第二天就应该来跟我说声对不起。”

她竟是这般我行我素，完全不考虑菲利普的感受。菲利普盯着她细细的脖颈儿，想着：要是现在拿着这把切松饼的小刀往她脖子上捅一下，该是多么大快人心。他修习过解剖学，想要一刀割断她的颈动脉一点儿不成问题。可这时他又有一股想要靠近她的渴望，他想吻遍她那张苍白、消瘦的面庞。

“我怎么才能让你明白，我爱你爱得都要疯了。”

“你还没求我原谅你呢。”

菲利普的脸上瞬间没了血色。米尔德丽德没有觉得那一天她的所作所为有一丝错误，现在就要来灭灭他的威风。菲利普拥有很强

的自尊心。那一瞬间，费菲利普真想冲她说：见鬼去吧！可是他竟没有勇气说出口。欲望已将他全身的骨气都消耗殆尽。只要能够这样看着她，让他做什么他都心甘情愿。

“我很抱歉，米尔德丽德，恳请你原谅。”

菲利普无可奈何，为说出这句话使尽了全身的力气。

“既然你都这么说了，我也对你说实话好了。我很后悔那天晚上没有和你一起出去。我当初觉得埃米尔人品不错，现在我才知道我看走眼了。那天我很快就把他赶走了。”

菲利普吸了口凉气。

“米尔德丽德，今晚你是否愿意陪我出去走走？我请你吃晚餐吧。”

“那可不行。我姨妈正在家等着我呢。”

“我可以去给她打个电话，就说你有事回不去了，她不会懂这些。噢，米尔德丽德，看在上帝的份上，你就答应我吧。这么长时间没见你，我心里憋了好多话想对你说。”

米尔德丽德低头看了看自己身上穿的衣服。

“你别担心这些，我们就找个随便点儿的餐馆，你穿什么都没关系。吃完饭我们还可以去杂耍剧场。你就答应我吧，我会乐疯的。”

她迟疑了一会儿，菲利普睁大了双眼可怜兮兮地望着她。

“好吧，那就和你一块儿去吧。我都想不起来自己多长时间没出门逛逛了。”

菲利普费尽力气才把持住自己，没有立刻就捧起她的双手热吻起来。

60

两人去索霍区一起吃饭。菲利普太高兴了，整个身子都在颤抖。他们没有到那种生意兴旺、门庭若市的大众餐馆（那是一些手头紧张又爱面子的人喜欢去的餐馆，在那里既可以表现得很豪爽又不用花很多钱）用餐，而是选择了一家少有客人的小馆子。是一位规规矩矩的法国人开的餐馆，他的妻子和他一起照看店中的生意。前段时间菲利普偶然发现了这家餐馆，那种带有法国情调的橱窗吸引了他：橱窗正中间放着一份牛排，两边各自放着两盆新鲜菜蔬。餐馆中只有一位侍者，是个不修边幅的法国人，他本打算在这儿学点儿英语，可听了一遍后才发现，来这里的客人说的都是法语。经常来这里用餐的，有几位狂放不羁的轻狂女人。还有几家法国侨民在这儿包餐，他们在店里存着自备餐巾。除了这些人，偶尔会有几个男人来这里胡乱吃些，他们的样子都挺怪的。

菲利普和米尔德丽德可以在这儿占据一整张餐桌。菲利普打发侍者到附近酒店买了一瓶法国葡萄酒，此外，还点了一份牛排、一份蛋和一份蔬菜汤。这里的菜品和环境确有几分浪漫的异国情调。米尔德丽德刚坐下时还是一副不满意的神情："我向来不喜欢这些外国餐馆，没人知道他们做的菜都用的是什么乌七八糟的材料。"可没过多久，她就悄无声息地被感染了。

"我发现我喜欢上了这个地方，菲利普，"她说道，"这里的环境很轻松自在，不用拘谨，难道不是吗？"

这时，有一个大高个儿走了进来。他留着一头又长又密的灰色头发，稀拉拉几根胡子在下巴上胡乱散着。他身披一件破斗篷，头戴一顶阔边呢帽，朝着菲利普点头致意，因为他俩此前在这里碰过面。

"他的样子真像是一个无政府主义者。"米尔德丽德说道。

"你说他？我跟你说，他是整个欧洲最危险的几个人之一。他进过了大陆上所有的监牢，说到他亲自动手干掉的人，只有那绞刑架上的杀人狂魔能和他比。他在四处游荡，口袋里总离不开一颗炸弹。和他说话的时候千万要谨慎，要是一句话不投机，他就会马上拿出炸弹来，拍到桌子上，让你见识一下。"

米尔德丽德惊惧万分地看着那人。不一会儿，她满脸狐疑地看着菲利普，发现他正在努力憋笑。她的眉头轻轻一皱。

"你在捉弄我呢。"

菲利普终于忍不住欢呼出声。他好久没有感到如此高兴了。可米尔德丽德却是最不喜欢被人拿来取笑的。

"我不知道吹牛说谎有什么可让你高兴的。"

"你别生气啊，我开玩笑的。"

菲利普握着她放在餐桌上的那只手，轻轻捏了几下。

“你真是太可爱了，就算是吻遍你踏过的土地，我也乐意。”

菲利普觉得她那白得发青的皮肤诱惑得他意乱神迷，而她那两片苍白的薄唇似乎有一种摄人魂魄的魔力。因患贫血症，她的呼吸有些短促，所以那两片唇常微张着。不知为何，菲利普感觉这种病态反而为她的脸蛋平添了几分妩媚。

“你其实是有些喜欢我的，对不对？”他问道。

“不然呢，你以为我为什么陪你出来？我是真的觉得你是个实实在在的上等人。”

他们吃过饭就喝起了咖啡。菲利普抽起了三便士一支的雪茄，他现在是完全顾不上要去节省开支了。

“你不知道就像现在这样坐在你面前，这样静静地看着你，能带给我多么大的欢乐。我脑子里一刻都不能停止想你，想天天都和你见面。”

米尔德丽德莞尔一笑，脸颊上泛起一抹淡淡的红晕。平日里，她只要一吃过饭总会有消化不良的症状，可今天却没有一点儿感觉。今天的菲利普好像特别能吸引她。连她看他的目光里都带着默默柔情，和平时大不相同了。这种发现让菲利普欣喜若狂。他只知道像现在这样全然地臣服于她，任她摆布，实在并非明智之举。像她那样的性格，只有装作毫不在意，掩饰自己内心汹涌澎湃的感情，才有可能会获得她的爱。否则，她定会利用他的弱点将他玩弄于股掌之间。可如今，他情令智昏，竟顾不上这些。他对她诉说衷肠，告诉她自从那天和她分开，他是怎样煎熬地度过这一段时间的。自己竭尽全力想要摆脱这份感情，有段日子还以为取得了成效，可到最后那种情感只增不减。他嘴里说着想要放弃这段感情，可他心里清楚这是不可能的。他爱极了她，就算是吃再多苦也不算什么，就差把心掏出来给她了。在她面前他毫不掩饰自己的弱点，并以此为荣。

菲利普觉得，这世上最令人兴奋的事情，莫过于就这样坐在这间简单舒适的小餐馆里了。可他明白，米尔德丽德最感兴趣的是去戏院，逛游乐场。她天性喜动，不管是什么地方都待不长，急切地想着要去其他地方转转了。他可不敢让她感觉烦闷。

“咱们现在就去杂耍剧场吧，你觉得怎么样？”他口中这样提议，心中在想：她一定会说自己更想在这儿待着，如果她是真的喜欢自己的话。

“我正想着如果咱们要去杂耍剧场，现在就该出发啦。”

“那现在就去吧。”

菲利普耐着性子陪她看着，好容易才熬到表演结束。下一步的计划他早就已经想好了。所以他们一上马车，他就假装不经意间顺手搂住了她的腰。可只听到他“呀”地叫了一声，慌忙缩回了手。他的手不知道是被什么东西给扎了一下。米尔德丽德幸灾乐祸地笑出了声。

“嘿，你这不是在故意找事嘛，把手往这里乱伸什么，”她说，“你们这些男人什么时候想伸手抱我，一点儿都瞒不住我。我的那枚别针可是不会饶过你们的。”

“这回我得小心点儿了。”

菲利普又伸手搂住了她的腰。她并没有拒绝的意思。

“这样坐着真是舒服啊。”他高兴地舒了口气说道。

“还不是因为你尝到了甜头，这回开心了吧？”她讽刺了他一句。

马车在圣詹姆士街走了一会儿后，进入公园。菲利普飞快地亲了一下她。他真不明白自己为何这样怕她，他得鼓足了勇气才敢去吻她。可她一句话都不说，只是稍微动动嘴唇，朝向了他这一边，看上去好像不介意也不喜欢。

“你知道吗？我想亲你已经想了很长时间啦。”菲利普低声说道。

他想再吻她一次，可她却拒绝了。

“一次就行了。”她说道。

菲利普陪她往赫尼希尔走去，他还在等机会能再偷香一次，走到她家所在的大街尽头时，他问：

“允许我再吻你一次，好吗？”

她看着她，目光淡淡的，又扫了一眼街道，见四下无人。

“随便你。”

菲利普一把将她拥入怀中，这次亲吻得疯狂极了。米尔德丽德用力将他从身边推开去。

“留心我的帽子，你这傻子，真是笨手笨脚的。”

第7章

61

那天分别以后，菲利普每天都非常迫切地想要和米尔德丽德见面。为了能见到自己的心上人，菲利普甚至在那家点心店开始吃午餐了。因为怕店里的其他姑娘议论，米尔德丽德不准菲利普来店里吃午餐。菲利普很无奈只能在那儿喝下午茶来打发时间。为了和心上人多待一会儿，菲利普每天都在点心店附近等她下班，两人一起走到车站再分别。按照之前两人的约定，每星期他俩都要出去用餐一两次。为了讨米尔德丽德的欢心，他还送给她一些金镯儿、手套、手帕之类的小礼物。由于出手阔绰，他每月花费严重超支，不过为了得到米尔德丽德的芳心，他必须这么做。当米尔德丽德收到礼物时，才会显得很温柔。她清楚每件礼物的价值，她的热情程度也随着礼物价值的大小而有所变化。但是菲利普并不介意这一点，只要米尔德丽德高兴就好。每当米尔德丽德主动吻他时他就陶醉其中，并不去想是怎么获得米尔德丽德亲热的。星期天，通常米尔德丽德在家无所事事，菲利普就会跑到赫尼希尔和她约会，他俩约在马路的尽头碰面，然后一起上教堂做礼拜。

“听说教堂很气派，我早就想看看教堂到底是怎么样的。”

做完礼拜从教堂出来，米尔德丽德就回家吃午饭了，菲利普只好一个人在附近饭店里随便吃点儿。吃过午饭后，他们去了布罗克韦尔公园散步。两人之间的关系不是很好，聊不到一起去，菲利普特别害怕她感到不高兴，从而不喜欢自己。他只好想尽一切办法，积极找话题和她聊天。尽管散步并没有什么乐趣可言，但是为了和心上人待在一起，他总想延长散步的时间。可是每次都因为长时间的散步，让她累得不行，两人因为这个常常闹得不愉快。菲利普心里很清楚她并不喜欢自己，可是他还是不想放弃，想要从她那儿得到爱情，他想她不是不喜欢他，只是太冷淡了，最后她总会懂他爱他的。彼此接触时间长了，他不像之前那样隐忍自己的脾气，只要不高兴就发脾气，有时候到了气头上就开始说些难听的话。每当两人吵架的时候，她就不搭理他了，他又死皮赖脸地去求她原谅。他特别讨厌自己这么低三下四。看到米尔德丽德在点心店里和其他男人聊天，他的醋坛子就打翻了，一发不可收拾。他控制不了自己的脾气，当众羞辱她一番，再愤愤地离开。可是晚上躺在床上的时候，又会恼怒白天的行为，又感到怒气冲冲，两种情感交织在一起折磨着他，他都睡不好觉了。到了第二天，他又会跑到点心店里跟她道歉，希望能得到原谅。

“原谅我吧，”他说，“因为太爱你了，我才对你发脾气。”

“这样下去总有一天场面会无法收拾的。”她回答说。

菲利普想上她家坐坐，缓和两人的关系。他觉得这样他就能比她上班时认识的那些男的有优势了。但是米尔德丽德拒绝了他。

“我姨妈见了你会怀疑咱俩的关系的。”她说。

菲利普觉得她不允许他上她家是害怕被姨妈发现。米尔德丽德总说她姨妈是个有身份的人，虽然没了丈夫，但是她丈夫在世时是个自由职业者（在米尔德丽德眼中，自由职业者就代表着“体面”），而她心里清楚，她的那位姨妈其实很难称得上“有身份”，因为这一点她还常常感到不太舒服。但是菲利普觉得，她姨妈顶多就是个生意人的未亡人而已。他清楚她是个势利的人。他爱她，并不在意她姨妈是不是有身份的人，他想向她说出心里话，可是又不知道该怎么开口。

有一天晚上，他俩在吃饭的时候又吵架了，吵得很厉害，两人闹翻了。她说有个男的邀请她去看戏。菲利普听完后，脸色很难看，把脸绷得非常紧，很生气。

“你不会和他一起去看戏吧？”

“为什么不去呢？他可是一个体面的上层人士呀。”

“只要你愿意，无论什么地方我都可以带你去。”

“这是两件不同的事，不能相提并论。我不能总和你一起出去玩。另外，至于什么时候去看戏，时间是由我来定的，我想定哪一天去

都可以。只要定在不是和你一起出去玩的时间就可以呀，这又影响不到你。”

“只要你还有自尊自爱之心，只要你还有感恩之情，无论如何你都不会和他一起去看戏的。”

“我不知道你所说的‘感恩之情’指的是什么。如果你的意思是送我的那些东西，你全都可以拿走，谁稀罕要你那些破烂玩意儿。”

她说话的语气和泼妇骂街没什么区别——不过她用这样的语气说话也不是头一次了。

“总是和你在一起出去玩一点儿 意思都没有，你总会一遍一遍地问我：‘你爱不爱我？’‘你爱不爱我？’这种问题无聊极了。”

菲利普知道自己一遍又一遍地问她这个问题很无聊，可是他总觉得这个问题很有必要去问。

“是的，我的确是喜欢你的。”她的回答总是这样。

“就只有这一句话？我那么用心地爱着你。”

“我不是那样的人，不会说其他的话。”

“希望你能知道，单单就那么一个词就能带给我巨大的幸福！”

“可是，我还是那句话：我生来就是个这样的人，不管是谁和我接触，都要包容我点儿。如果我们性格不合，话不投机，他们就得多担待点儿了。”

有些时候她会说得更加直接。每当菲利普问到那个问题时，她直接就说：“别总和我来这一套。”

菲利普这个时候就会把脸沉下来，一句话也不说了，在心里默默地讨厌她。

这个时候，菲利普说：“那我就想不明白了，要是你真的讨厌我，为什么还要和我一起出来玩儿呢？”

“我才不愿意和你一起出来呢，你尽管放宽心，要不是你死缠烂打求我出来，我才不会同意和你一起出来玩儿。”

这句话深深地伤到了菲利普的自尊，他像疯子一样大喊：

“别以为我这么好欺负。只有在你找不到陪你一起吃饭一起看戏的人的时候，你才会约我出来让我请你吃饭和你一起看戏。如果你找到了其他人，我就得滚得远远的。就这样吧，我才不乐意当这样的人呢。”

“我可不乐意听到有人用这样的语气和我聊天。你看清楚了，我是多么不想和你一起吃这顿糟心的晚餐！”

说完之后，她猛地起身披上外套快步离开了饭店。菲利普仍然坐在那里，任由她离开了。坐了十分钟后，他飞速跳上一辆疾驰的出租马车，准备去找她。他想着她可能是坐着公共汽车去的维多利亚车站，于是他就坐着马车赶往车站，说不定能在车站和她碰面。刚到车站，他立马就在月台看到了她，他努力躲在她的视线之外，不让她发现，想偷偷地和她搭一辆车去赫尼希尔。他计划等她到家的时候，再和她谈谈，这个时候她就不得不做出回答。

当她转身穿过灯光闪烁、人来人往的大街拐向小道时，他立马飞奔过去。

“米尔德丽德。”他温柔地叫着她的名字。

她并没有看他一眼，一句话也不说，只是往前走。菲利普又叫了她一声，这时她才停下来，转过身来看着菲利普。

“你到底想干什么？在维多利亚车站我就看到你鬼鬼祟祟地跟着我。你为什么总缠着我？”

“对不起，我错了，我们和好吧。”

“不要，我受够了你的坏脾气和一发不可收拾的醋劲。我从来就没喜欢过你，现在不喜欢，以后也永远不会。咱俩不要再联系了。”

她疾步向前走，菲利普只好快步赶上去。

“你从来不愿意站在我的立场为我着想。”他说，“你心里没装着人，当然每天都很轻松悠闲，什么也不去考虑。一旦你也像我这样陷入爱情的旋涡里，就会发现控制不了自己的脾气。可怜可怜我吧。你可以不喜欢我，我不在意这点，感情这东西是强求不来的。只要你让我爱你就好。”

她依然一句话也不说，一直往前走。眼看着她再走不远就要到家了，菲利普的心就揪起来了，哪里还顾得上什么体面，他急忙向她吐露内心深处的爱和悔意。

“再原谅我一次吧，我发誓以后再也不会让你受一丁点儿委屈了。你愿意和谁一起出来玩就出来。要是有空并且愿意陪我的话，

我就很满足了。”

在平时分别的那个街角她停住了脚步。

“现在请你离开，我不想让你靠近我家门口。”

“不，我就不走。只有你原谅我了，我才离开。”

“我讨厌这一切！”

菲利普愣了一会儿。他觉得：他还能说些打动她的话，不过这些话很难为情，自己都不好意思说出口。

“造化弄人呀，我忍受着巨大的痛苦。你不会知道残疾的人是怎么过日子的。你确实不喜欢我，我也不敢妄想你会喜欢我。”

“菲利普，我可不是这个意思，”她赶紧回答说，语气中还透露些同情，“你明白的，你说的话并不是真的。”

于是菲利普就打算假戏真做了。他声音压得有点儿低，带着些许沙哑的声音说道：

“嗯，我也知道这一点。”

她满含着泪水看着菲利普并拉起他的手。

“我能向你保证：我从来没有在意过你的腿。除了刚开始的一两天，以后的那些日子里我从来就没有想过这一点。”

他像个忧郁的悲剧演员那样沉默不语，他努力地想让她感觉出来，他现在非常悲伤。

“菲利普，我喜欢你这一点你是知道的。但是有些时候你会让人感觉受不了。让我们和好吧。”

她抬起头想要去吻菲利普，他松了一口气，和她亲吻起来。

“现在你开心了吗？”她问。

“开心极了。”

她向他说了声晚安就顺着马路回家了。第二天的时候，他送了她一个非常精美小巧的怀表，在怀表的链子上还别有一枚胸针，胸针取下来还可以别到外套上。这件礼物她期待了很长时间。

三四天以后，在上茶点的时候米尔德丽德对菲利普说：

“你没有忘记那天晚上你说过的话吧？你会说到做到的，对吧？”

“嗯。”

他知道她在说什么，所以他已经做好心理准备迎接她下面的话了。

“今天晚上我要和上次和你说过的那个男士出去一趟。”

“好的。希望你玩得开心点儿。”

“你不会生气吧？对吗？”

这个时候他控制住自己的情绪，没有任何不乐意的表情。

“我怎么会介意呢？”他笑着说，“我现在已经能控制我自己的情绪，保证不会再向你发脾气了。”

只要一想到要去看戏，她就很激动，同他聊天也多了。菲利普就想不通了：她这种做法是故意让他心里不好受呢，还是只是因为她本来就不会对他人的感觉感同身受？现在他对于这种行为已经麻木了，觉得她的冷酷不通情达理来自她自身的愚蠢无知。由于她生来反应不灵敏，时常并不知道她的做法已经伤害到了别人。

“实在太没有意思了，和这么一个既缺乏创造力又无趣的人谈恋爱。”他边听边思考着。

但是，换句话说，也许正是因为她的这种性格，菲利普才不会对她生气。要不是这样的话，他怎么可能一次又一次地原谅她带给自己的这么多次的伤害？

“那位男士已经在蒂沃利剧院订好了位置，”她说，“剧院是我来选的，他让我自己来决定。看戏前我们会在皇家餐厅吃晚餐，这家餐厅听他说是全伦敦最阔绰的一家餐厅。”

“他可是一个名副其实的上层人士呀，”菲利普模仿米尔德丽德的口吻，悄悄地在心里嘟囔了一句，但是他表面上不动声色，一句话也不说。

菲利普也偷偷去了蒂沃利剧院，在剧院里他看到他俩坐在正厅第二排的位置。那个男士是一个看上去细皮嫩肉的人，他把头发梳得整整齐齐并且可以看得出油光来，衣服也穿戴阔气，整个人一看过去就像是跑码头的销售员。米尔德丽德戴着一顶插着几个鸵鸟毛的黑色阔边帽，她的这顶帽子很符合她的气质。她浅笑着听着那位主人讲话，她脸上的笑容是菲利普熟悉的笑容。她一般脸上表情很少，除非是听到那种低俗的滑稽段子，她才会开怀大笑。通过她的

表情，菲利普看得出来她对这个戏剧很感兴趣。他的醋劲又上来了，在心里默默地说，她和那个徒有其表、健谈的男士挺般配的呀。米尔德丽德天生反应迟钝，很喜欢亲近那些爱说闲话的肤浅的人。菲利普平时也很喜欢和别人交流各种各样的问题，可是他却不擅长和他人闲谈。不过他的朋友里倒有这样的人，比如劳森。劳森很健谈，很擅长逗别人笑，谈话间魅力四射，不管和什么人交流他都接得上话，这一点让菲利普很佩服。只要是菲利普感兴趣的事情，往往米尔德丽德都不感兴趣。菲利普对米尔德丽德感兴趣的足球和赛马一无所知。他也讲不出能让佳人听后嫣然一笑的流行话，唉，菲利普都快发愁死了。

菲利普沉迷于印刷成册的书，为了使自己谈话时显得很有涵养和趣味，他现在看起了《体育时报》，读得津津有味。

62

就这样被情欲牵着鼻子走，菲利普感到很不甘心。他知道，这世界上任何东西都有终结的一天，自己的情欲或爱情也不例外。他真希望那一天快些到来。爱情像一只吸附在他心灵上的寄生虫，以他的血液和精神为食，让他昏昏沉沉，对什么都提不起兴趣。要是以前，他会高兴地去圣詹姆士公园看风景，坐在那里看着蔚蓝的天空，婆娑的树影，那里美得就像一幅日本版画。他也乐意去泰晤士河边走走，看着河道里的驳船穿行，看着灰暗的码头天空、他会浮想联翩、心旷神怡。可现在，景色多美，对他也毫无意义。只要没有米尔德丽德在身边，他就觉得兴味索然、心神不安。有时候他想去看画展，想借看画分散自己的注意力，可是当他真到了那里，却发现自己怎么也看不进去，没有哪幅画能引起他的共鸣。他开始怀疑，自己是不是对原来所有迷恋的事物都失去了兴趣。他过去喜欢看书，嗜书如命，现在却觉得看书毫无意义，那些书本都是在讲无聊的废话。现在他只偶尔会去医院的吸烟室里坐坐，随手翻看几页往期的杂志和报纸。这样的爱情真是种折磨，使自己变成了一个可怜的囚徒，他心中无时无刻不想打破这情欲的牢笼，得到解脱。

有的时候他一觉醒来，发觉脑子里空空的，什么想法也没有，这种感觉挺好的，他终于挣脱了情欲的束缚，不再想念她。不过好景不长，等他彻底清醒，痛苦的感觉又悄悄爬上了心头。尽管他不可救药地爱恋着米尔德丽德，可内心深处却又对她有些鄙视。这种既爱又憎的矛盾爱情折磨得他无比痛苦。

菲利普一直都喜欢对自己的情感进行冷静的挖掘和反省。经过一番仔细琢磨，他终于认定，要让自己摆脱那卑劣情欲的骚扰，唯一的办法就是让米尔德丽德做自己的情妇。他想和她上床，倘若自己的性欲得到了满足，想必就不会想那么多了。他知道米尔德丽德在性上对他毫无兴趣。每当他热情地亲吻她时，她都会想办法挣脱，并且一脸厌恶地躲开。她对性好像没有什么欲望。有时候为了叫她嫉妒，他故意在她面前讲述自己在巴黎时的风流韵事，她却一点儿反应都没有。后来，他故意坐到邻座上去跟旁边的女招待调情，她也一点儿也不生气。菲利普看得出，这倒不是她有意要做作，而是她真的一点儿也不在乎。

“今天下午我没去你那边坐，你不怪我吧？”菲利普问道，“你管的那几个座位好像全坐满了。”

其实那边的座位远没有坐满，米尔德丽德也不屑于去故意拆穿。而事实上，就算她真的一点都不介意，只要她能装出几分在乎的样子，菲利普也会非常高兴。假如她能再娇嗔地埋怨上两句，那样的话叫菲利普听了，他的心才会得到安慰。

“我觉得你天天只坐这一个座位，也挺傻的。你该去其他姑娘负责的座位上坐坐。”

菲利普想了许久，觉得只有让米尔德丽德心甘情愿地委身于自己，才是目前唯一可行的办法。他就像中世纪中了诅咒变成怪物的可怜骑士，急需找到解药恢复人形。菲利普还有一线生机。米尔德丽德一直都想要去巴黎逛逛。对于大多数英国人来说，也包括米尔德丽德在内，巴黎是真正的时尚之都、欢乐的海洋。她听别人说起过卢浮商场，在那儿最时髦的商品价格只有伦敦的一半。她的一位女工友，曾和丈夫一起去巴黎度蜜月，在卢浮商场从早到晚逛了一天。在巴黎的时候，他们常会彻夜狂欢，不到早上六点是不会上床睡觉

的，后来，他们还去了红磨坊以及其他许多著名的地方。菲利普心想，哪怕她只是为了满足去巴黎的心愿而委身于他，他也并不介意。只要能把她搞到手，付出什么代价他都在所不惜。有时他甚至有了一些疯狂的想法——想办法把她灌醉。一起吃饭时，他不停劝她喝酒，想借助酒精的力量让她变得更加兴奋一些，可偏偏她就不爱喝红酒。为了撑场面，她倒会要求菲利普点瓶香槟酒放在他们桌上，不过她也就抿上一小口。她喜欢斟上满满一大杯香槟酒，而后，原封不动地放在桌上。

“这样才能彰显出咱们的尊贵身份嘛！”她说。

菲利普趁她心情不错，连忙把自己的提议说了出来。三月底他要参加解剖学考试，之后再有一星期就是复活节，到那时，米尔德丽德就能放上三天假了。

“假期里，为什么不去巴黎玩玩呢？”他说道，“我们可以在那儿痛快地玩上几天。”

“钱从哪儿出？我可没什么钱。”

菲利普私下算过，去一趟巴黎起码也得二十五镑。这对他来说，确实不是个小数目，不过，钱要是花在米尔德丽德身上，花再多他也心甘情愿。

“那你不用管。只要你愿意跟我去。”

“亏你想得出来。到那儿之后呢？哪有没结婚就跟个男人四处乱跑的。”

“那有什么大不了的呢？”

他不断地给她洗脑，和平大街到底有多繁华热闹，牧羊女舞剧场又有多富丽堂皇，还有卢浮宫和其他商场，这些好玩的地方他都添油加醋地描摹了一番；他把仙阁酒家、修道院以及所有外国游客常去的地方都有声有色地讲述了出来。甚至巴黎街头艳俗龌龊的一些地方，都被他用含蓄的话包裹上一层缤纷浪漫的色彩。他不断地讲述着，她都有些不耐烦了。

“你一天到晚都说爱我，爱我，要是真爱我，你就会娶我，对不？可你从来都没向我求过婚。”

“你知道我目前还不能结婚。我刚在医学院读一年级。往后六年时间都没有什么收入。”

“哦，我就是说说而已，也没怪你。就算你现在单膝跪地向我求婚，我也不会答应的。”

他也曾多次考虑到结婚这回事，可很难做出决定。他在巴黎时就逐渐形成一个观念：只有愚蠢可笑的市侩之徒才会傻乎乎地结婚。一辈子都跟一个特定的人捆在一起，那不是遭罪是什么？菲利普还是以中产阶层自居，实在拉不下颜面去娶一个餐厅女招待，真要那么做了，就是不合于俗了。再说，娶一个出身寒微的女人为妻，也不利于他的仕途。以他目前的经济状况，自己一人过活，尚可勉强支持，要是再加上妻子、孩子就没法生活了，至少往后学医的这几年是这么个情况。克朗肖就是被他那个粗俗淫荡的妻子毁掉了生活，想到这点，菲利普不禁不寒而栗。他完全可以预见，虚荣、浅薄的米尔德丽德将来会成为一个怎样的“好妻子”，说什么他也不会娶她的。道理谁都能懂，可理智做出的决定总是软弱无力的。如果结婚了，就真能和她在一起，那干脆还不如结婚，将来的问题，将来再解决也不迟。只要能把她弄到手，即使自己名誉扫地，菲利普也在所不惜。他一旦想到一个主意，整个脑子都会被那个想法占据。与别人相比，他有一项过人的本领，那就是他更能为自己的欲望找到合理的借口，好让自己觉得心安理得。现在，他已把那些不利于结婚的种种因素，全部否决掉了。每过一天，得到米尔德丽德的欲望就加重一分，而这种没着没落的思念让他每天都寝食难安、愤怒不已。

“老天啊，要是哪天我真娶了她，我非叫她也体会一下此刻我正受的折磨。”他喃喃自语道。

最后，他再也不愿忍受下去。一天晚上，在索霍区那家小饭馆吃晚餐时（他们经常去那儿吃饭），菲利普对她说道：

“那天你说，即使我现在向你求婚，你也不会答应，你是认真的吗？”

“是啊，有什么问题吗？”

“离开你，我活不下去，我要你永远都陪着我。我无法停止对你的爱，我现在越陷越深了。我要你嫁给我。”

她平时会看小说，类似的场景她不知看过多少遍了。

“你说这些让我很感动，菲利普。你向我求婚，让我受宠若惊。”

“请你直接告诉我结果，你愿意嫁给我，对吗？”

“你觉得我们生活在一起会幸福吗？”

“不会。但那也没什么大不了的。”

这么说并不是菲利普的本来意思，可他实在是不知道说些什么才好。她听完他的回答，有些吃惊。

“喂，你真是个怪人。既然这么想，为什么还要跟我结婚？那天你不是说没钱结婚吗？”

“我还有一千四百英镑的财产。两个人凑合一点儿，也不比一个人时多花多少。咱们精心打算，那笔钱足以支撑到我从医学院毕业，到那时，我就能当上助理医师了。”

“也就是说，往后六年你一分钱都挣不到啦。我们两个人只有一周四英镑的生活费，对吗？”

“三英镑多一点儿。我还得付学费。”

“当了助理医师，能挣多少钱？”

“一周三英镑。”

“你苦读六年，还把所有的财产搭进去，最后也就换来个每周三英镑的收入？我觉得就算和你结婚了，我的日子也未必会好到哪儿。”

菲利普一时竟不知道该说什么。

“那么，你不愿意嫁给我？”他声音嘶哑地问道，“我对你的一片痴心，你觉得一钱不值？”

“活在这个世界上，谁都得先为自己打算打算，对吧？我不介意结婚，可要是结婚以后，还没一个人时过得好，那为什么要结。我不知道这种情况下结婚有什么好处。”

“你一点儿都不喜欢我，才会有这种想法吧？”

“可能吧。”

菲利普无话可说。他拿起一杯酒一饮而尽，他觉得好像有什么东西卡在喉咙那里了。

“瞧那个刚从这里走出去的姑娘，”米尔德丽德说，“她穿的那件皮草，是从布里克斯顿的廉价商场里买的。上次路过那里，我在橱窗里也看到了。”

菲利普冷笑一声。

“你笑什么？”她问道，“我说的是真的。当时我还对旁边的姨妈说，我可不会买那种摆在橱窗里的廉价货，那种山寨货，别人一看就明白了。”

“我真是不懂你。先是狠狠地伤我的心，现在又开始东拉西扯、胡说八道起来。”

“你怎么能这么说我？”她说，好像自己受到了天大的委屈似的，“只是我一看见那件皮草，就会想起，我跟姨妈说过……”

“你跟你姨妈说什么，关我屁事。”他不耐烦地打断了她。

“跟我说话的时候，嘴巴放干净些，菲利普，你知道我不喜欢听别人讲脏话。”

菲利普的嘴角动了动，眼里透出一丝愤怒。他沉默了一会儿，一脸无奈地看着她。他对米尔德丽德既恼恨又鄙视，可就是不能停止爱她。

“我要是稍微有点儿理智，都不会再想见你，”他说道，“你知道因为爱上你这样的女人，我有多鄙视自己吗？”

“我在你眼里就是这个样子？你这样说太无礼了。”她有些生气了。

“是不礼貌，”他哈哈笑了，“让我们去公园走走吧。”

“你真是个怪人。不该你笑的时候，你偏偏在那儿笑。既然我只会伤你的心，你干吗还要带我去公园呢？”

“离开你我会更伤心的。”

“我倒真想知道我在你眼里到底是什么样子。”

他再次大笑起来。

“亲爱的，你一旦知道了，估计会永远不再搭理我啦。”

63

三月底的解剖学考试菲利普没能通过。考试前，菲利普把自己备置的骨架模型放到桌上，跟邓斯福德一起互相提问，他把人体骨骼上的所有骨骼、骨肌、骨沟以及它们的一切功能都背得滚瓜烂熟。可是一进考场，菲利普却突然慌张起来，生怕出错，在试卷上写的答案也变得错误百出。菲利普知道自己考得一团糟，肯定通过不了，所以第二天就懒得去考试大楼查成绩了。由于接连的两次考试失利，他无疑已被列为年级中那类最蠢笨、最无能的学生。

菲利普的心思全在米尔德丽德那里，对考试不理想的事也没怎么放在心上。他对自己说，米尔德丽德只是一个再平凡不过的女人，总有七情六欲，问题在于怎么唤起她的情欲。他自有一套关于女人的独特见解：她们就算骨子里再浪荡，总得找个男人安稳下来。关键是要有耐心，抓住时机；既要若即若离，让她们对你欲罢不能，又要嘘寒问暖，觉得你为人体贴；当她们遇到烦恼想找一个人倾诉时，你的大好机会就来了，你正可以乘虚而入，得到她们的信赖和欢心。菲利普给米尔德丽德讲述过自己在巴黎时交的那些朋友以及他们与女孩交往的故事。那段经历被他描述得妙趣横生，毫无龌龊之感。他把米密与鲁多尔夫以及缪塞[1]和其他人的风流韵事添油加醋地混杂在自己和那些朋友身上，让米尔德丽德听得兴味盎然。几乎让她相信了，生活即使贫乏也能妙趣横生，爱情即使略有缺憾也能浪漫迷人。他从来不忤逆于她的常识性错误和偏见，而她之所以有那些偏见全是因为她的孤陋寡闻。现在，即使她对自己表现得再冷淡、再无情，他也不再那么生气了。他尽量表现得幽默一点儿，谈吐有些风趣，尽量表现得温文尔雅，即使她提出什么无理荒谬的要求，他也决不责怪、埋怨。有时她没有按时赴约，第二天，他也照样笑脸相迎，有时她借故离开，他也不以为意。他不流露出一点儿懊恼的情绪，不让她觉察出自己正因为思念她而备受煎熬，可谓用心良苦。

他的这些改变，米尔德丽德从未注意到，她也从不问到底发生了什么事。不过，两人的关系有了些微妙的改变，她开始跟菲利普谈起心事来。点心店的老板、同事或者她的姨妈怎么亏待她了，每次一遇到什么委屈，她就来告诉菲利普。她说得没完没了，虽然都

[1] 法国剧作家亨利·穆戈的小说《波希米亚人的生涯》中的几个角色。

是些琐碎的小事，可菲利普从来没有表现出不耐烦。

“只要你不死缠烂打，我还是有点儿喜欢你的。”有一次她这么说道。

“那真是我的荣幸。”菲利普呵呵一笑。

这句话像当头一盆冷水，把菲利普浇得心头冰凉。菲利普回答时语气故作轻松，其实心里非常难受。

“嗯，你偶尔吻我，我无所谓，反正又不会掉下一块肉。你爱怎么做就随便你。”

有时候，她会主动要求菲利普带她出去用餐。她肯主动发出邀请，菲利普自然乐意前去。

“对待别人我才不会说这些呢，”她解释说，“我也就对你这样。”

“你肯这么说，我真的很高兴。”菲利普笑着说道。

四月底的一个晚上，米尔德丽德让菲利普带她出去吃点儿东西。

“太好了，你想去哪儿吃？”

“嗯，不用去哪儿，我们就坐下来聊聊天。你不介意吧？”

“不介意。”

菲利普想着，她准是对他有了些感情了。要是三个月前，她是绝不愿意干坐在这儿聊天的，那样她会无聊死的。那天阳光明媚，春风和煦，更增加了菲利普的兴致。他现在很容易就能心满意足。

“喂，现在才有这样的好天气，夏天来了就没有了，”菲利普说这话时，他们正坐在去索霍区的公共汽车上（米尔德丽德主动提出，不能出门老坐马车，那样太花钱了）。“星期天，我们去河边玩吧，可以在那儿吃午餐。”

她微微一笑，像是在怂恿菲利普拿出勇气来。他一把握住她的手，她也没抽手。

“我是觉得，你开始有点儿喜欢我了。”他微笑着说。

“你真傻。你知道我是喜欢你的，要不然，我干吗跟你来这儿呢？”

他俩已是索霍区那家小餐馆的常客了，他们一进门，餐馆老板就会对他们笑笑打招呼。餐厅侍者也围着他们团团转。

“今天我来点菜。”米尔德丽德说道。

菲利普看了看她，觉得她今晚格外妩媚，顺便把菜单递给了她。她点了几个她最爱吃的菜。这家馆子可点的菜肴不多，他们都已尝过好多遍了。菲利普非常高兴，一会儿出神地望着她的双眼，一会儿欣赏着她娇小白皙的脸庞。晚餐吃完，米尔德丽德破天荒地点燃一支烟，她本来很少抽烟的。

“我觉得女人抽烟有些不雅观。”她说道。

她停顿了片刻，又继续说道：

“我今晚叫你带我出来吃饭，你是不是感觉有点儿意外？”

“是呀，我蛮高兴的。”

“菲利普，我有话要跟你说。”

他飞快地看了她一眼，心里一阵慌张。不过现在的他已经变得老练不少。

“你继续说吧。”他面带微笑。

“你不会傻乎乎地想不开吧？我想告诉你，我马上就要结婚了。”

“什么？”菲利普大吃一惊。

他一时想不起该说什么。他以前也在脑海里排练过类似的情节，也想象过面对这种情景时自己该如何应对。他早料到自己对她深深的爱意会被她当成草芥扔到一边，她露出真面目时，他会无比绝望，感觉生无可恋，甚至想到自杀。或许因为他早在心里对这场景提前有过准备，所以事到临头，他倒只有一种精疲力竭后的释然，就像一个病入膏肓的人，已经气息奄奄，对外面的事一点儿都不关心，只想不被任何人打扰，一个人安静地待着。

“你知道我年纪也不小了，”她说道，“我今年已经二十四岁，也该安定下来了。”

菲利普没有回话。他的眼神转移到柜台后面的餐厅老板娘身上，又对着一个女顾客帽子上的一根红色羽毛出了一会儿神。米尔德丽德有些恼火了。

“你应该恭喜我才对啊。”

“该恭喜你？我简直不敢相信你说这话。你要我带你出来吃饭，就为了告诉我这个？你要同谁结婚？”

“埃米尔。”她的脸微微一红。

"埃米尔？"菲利普吃惊地大叫一声，"你有几个月没见着他了吧？"

"上星期他到店里吃午餐，跟我求婚了。他赚着大钱了，现在一周有七英镑收入，往后会更多。"

菲利普沉默下来。他知道米尔德丽德过去一直喜欢着埃米尔。他耍起坏来能把她逗得咯咯直笑，他的异国血统也给他增添不少神秘气息，米尔德丽德早被他迷得神魂颠倒。

"这再正常不过了，"他最后这么说道，"你自然会找个出价更高的结婚。你们决定什么时候结婚？"

"下个星期六。我已经把喜帖发出去了。"

菲利普的心猛地抽动了一下。

"这么快？"

"我们不打算大张旗鼓地办婚礼，去登记处登记后就算结婚了。埃米尔说他喜欢简单。"

菲利普觉得身上一点儿力气也没有，只想快点儿离开这里，他需要好好睡一觉。他把招待叫过来结了账。

"我刚才叫了马车给你送到维多利亚车站，在那儿你很快就能等到火车。"

"你不送我了吗？"

"如果你不介意，我就不送你了。"

"你喜欢怎样就怎样吧，"她傲慢地说，"明天吃茶点时，我们还能见面吗？"

"不，我想我们就到此为止吧。我不想再这样折磨自己了。我给你付过车钱了。"

他朝她点一点头，勉强挤出一丝笑意，接着跳上公共汽车朝自己寓所去了。上床前，他拿出烟抽了一斗，可还是几乎睁不开眼皮。他没有什么痛苦的感觉，头一挨到枕头，就一下子睡着了。

64

凌晨三点，菲利普一觉醒来，就再也睡不着了。他试图控制自己不去想她，可还是会想起来，一遍一遍，直把自己搞得头昏脑涨的。米尔德丽德终究是要嫁人的，这是不可避免的事情，一个姑娘要自己养活自己是无比困难的。如果有人能给她提供一个舒适的家庭的话，她即便以身相许也无可厚非。米尔德丽德真要是嫁给自己那才是发了疯，只有爱情才能让一个女人忍受贫穷窘迫、捉襟见肘的生活，而她并不爱他。这不是米尔德丽德的错，这只是眼下的事实罢了。他试着说服自己。他深知他的自尊因为爱情的挫折和虚荣的摧毁而受到了残酷的蹂躏。实际上，正因为这点，他才变得意志消沉。菲利普鄙视米尔德丽德的同时也更加鄙视自己。他开始为未来做出种种计划，可是，又不由自主地陷入对她的记忆——他的吻落在米尔德丽德柔软苍白的脸颊，她那微微颤抖的嗓音又在他耳边响起。这段时间，他疏远了很多人，可现在却很想找个人聊聊天。半个月前，海沃德来信说，他有事要路过伦敦，叫他一起去吃饭，可是，那段时间菲利普不想被打扰就推辞掉了。这两天，海沃德又会来伦敦度假，菲利普决定不如自己再写封信给他。

早上八点，他能从床上爬起来了，对此他感觉很欣慰。他脸色苍白，愁容满面。洗了个澡穿上衣服，吃过早餐后，他觉得自己又活过来了，痛苦也不再那么难以忍受了。上午，他没心思去听课，去了陆海军商场，打算给米尔德丽德买件结婚礼物。菲利普挑来挑去，最后买下一个化妆手提包，他花了二十镑，大大超出他的经济实力。这只包既精美艳丽又俗不可耐。米尔德丽德一眼就能知道它值多少钱。好不容易为她买来的一件礼物，却不可避免要遭到她的鄙视。菲利普想到这里就觉得无比讽刺。

菲利普惴惴不安地等待着米尔德丽德结婚的日子，那天他一定能体会到什么是万箭穿心。好在星期六一早，他就接到海沃德的回信，海沃德今天就到伦敦，请求菲利普能去火车站接他，并给他找个住处安顿。菲利普急需找点儿事情做，于是，立马去查列车时刻表赶往车站，迎接海沃德的到来。老友重聚，两人都很激动。他们把行李寄存在车站，便开开心心地离开了。海沃德一点儿没变，提议先去一趟国立美术馆，在那儿逛个把小时。他已经好长时间没有欣赏到什么绘画了，他说是为了跟伦敦的生活接轨，所以一定要先去那里看一看。这几个月，菲利普几乎找不到一个能和他一起讨论文学和艺术的同伴。去了巴黎以后，海沃德一直在苦心研究法国的当代诗歌。在法国，你会发现最不缺的就是诗人，眼下，海沃德正就他新近认识的几位年轻出色的诗人发表见解。他们在美术馆里逛着，一边走一边指出各自欣赏的那幅画，话题源源不断。此时的窗外，春风和煦，阳光普照。

“走，咱们去公园坐坐吧，”海沃德说道，“吃过午饭再去找房子。”

公园里，春意盎然，鸟语花香。这种天气叫人感到无比幸福。天空湛蓝如洗，点缀着朵朵白云，白云下面的树林，枝头刚刚抽出嫩绿的小芽，河流像一条玉带延伸到了远处，一群身穿灰色制服的皇家禁卫骑兵队在不远处演练着队形。这种轮廓分明的优美景色带有一种十八世纪图画的风采，使人想到约翰·巴普蒂斯特·佩特的那种平凡质朴的风格，而不是沃特的梦幻华丽的画风。菲利普心里轻松不少。他领悟到书本里的一句话的真正含义，艺术（自然即是另外一种艺术）可以把人从痛苦的心灵里解救出来。

他们俩到一家意大利餐馆吃午饭，还点了一瓶葡萄酒。两人边吃边聊，一起回忆着在海德堡时的日子以及在巴黎时结交的那些朋友，他们讨论文学、图画、道德和人生。时钟接连敲了三下，米尔德丽德就在这个时刻出嫁了。这两三分钟，海沃德说的话，菲利普几乎什么都没听到。他只是不停地喝酒，他酒量原本就不大，所以此刻已经醉了。现在他倒是没什么烦恼了。几个月来，他都浪费了他敏捷的头脑，这时才可以无拘无束地畅聊艺术和文学。他为有个同自己情趣相投的朋友而无比高兴。

“这大好的时光用来找房子太可惜了。不如今晚你到我那儿住，找房子的事，明天或者下周一都可以。”

“太好了。我们现在去哪里？”海沃德问道。

“乘汽船到格林威治玩玩，怎样？”

海沃德听后也很高兴，于是两人就同坐一辆马车，去了威斯敏斯特大桥，在那儿有一艘即将离岸的汽船，他们跳上了船。菲利普的嘴角露出一丝笑意说道：

“我记得刚到巴黎时，克拉顿，是的，就是他，还发表了一篇

长篇大论。他说是诗人和画家发现并创造出美。在他们看来，乔托[1]的钟楼和一家工厂的烟囱没有区别，不过，因为后来一代一代人的描摹才变得有了光彩。古老的事物总是比现在的更值得怀念。那篇《希腊古瓮颂》[2]现在读起来就比它刚完成时更有韵味，是因为上百年来有无数幸福情侣的传唱，还因为无数痛苦的失意者从中得到安慰。

面对两岸一闪而过的景色，菲利普只想让海沃德自己去推测他这句话的意思。他发觉他在自己的暗示下也不无反应，不禁沾沾自喜。长久以来的生活，叫菲利普突然间有了这些感悟。伦敦的空气时而缥缈，时而清新，给灰色的建筑物蒙上了一层柔和的色彩；岸上灰蒙蒙的码头和库房也透出一种日本版画式的纯朴和庄重。泰晤士河一直都是大英帝国的标志，船继续往前走，水面变得越来越开阔。河面上各式各样的船只川流不息。菲利普想起了那些画家和诗人，是他们把这些美景描绘下来，让这些美景更加热烈而动人，此刻他对他们的伟大工作充满了感激之情。船来到伦敦地区最宽阔的河面，任凭谁的画笔也难以描摹出它的庄严肃穆，他思绪飞扬，觉得只有上帝才能知道是什么叫人们能够把这汹涌浩荡的河水变得如此明静如镜，是什么让鲍士威尔[3]和约翰逊[4]相依相伴，让佩皮斯[5]登上了舰艇。那些全都是壮丽的英国历史，全都是离奇的际遇和大胆的冒险！菲利普望向海沃德，他的眼睛里也闪烁着激动的光芒。

“亲爱的狄更斯啊！”当他把自己的情感激动地表现出来时，不觉微笑起来，看着海沃德。

“不画画，你不觉得后悔吗？”海沃德问道。

“不后悔！”

“看来你是喜欢做医生喽？”

“不，正好相反，我不喜欢做医生。不过是没有什么事情可做。头两年的功课有点儿难，都压得我喘不过气来了，也怪我，我可没

[1] 中世纪画家和建筑师。

[2] 英国诗人约翰·济慈所作的长诗。

[3] 本为苏格兰律师，业余创作出《约翰逊传》。

[4] 英国十七世纪学者兼作家。

[5] 十七世纪英国海军大臣，其日记广为人知。

有一点儿科学家钻研的精神。”

“哦，那你可不能再中途放弃了。”

“嗯，不会了。我会坚持把医学学完的。我想，到病房实习时就不会这么无聊了。事实上，我还是对人比较感兴趣。而且我觉得医生是个自由的职业。只要你学到技术，再加上个药箱，无论去哪里都能找着工作，混口饭吃。”

“这么说，你是真打算当医生了？”

“是啊，不久就能拿到行医资格了，”菲利普回答说，“我一毕业，就打算乘海轮去东方看看，到马来群岛、暹罗[1]、中国等地方去，在那里找个活儿干。总有我的用武之地的，比方说，去印度医治霍乱，差不多是这样的吧。我会去各种地方都走走，你知道我没什么钱，那唯一的办法就是做医生了。”

很快，他们就到了格林威治。英尼戈·琼斯设计的宏伟建筑，威严地屹立在河岸，俯瞰着整个河面。

“嘿，快瞧，穷小子杰克肯定是从这里跳下去捞那几便士的。”菲利普说道。

他们俩在公园里悠闲地走着。衣衫褴褛的大小孩子们在公园里嬉闹追逐；年迈的老水手凑成一堆儿坐在墙边晒着太阳。这里大有一种百年前的古老气息。

“你在巴黎白白浪费了两年，有一点儿可惜。”海沃德感叹道。

“浪费？看看那些跑来跑去的孩子，看看那阳光穿过树木在地上闪烁的光影，再看看我们头顶上这片蓝天，要是我不去巴黎，我就看不到那里的天空了。”

海沃德听出菲利普语出哽咽，不禁诧异地望着他。

“你还好吧？”

“没事。真抱歉，我是想起一些事。不过，这半年，我几乎把大自然的美给忘掉了。”

“你过去那么讲究实际。现在听你说出这种话来，真是太有趣了。”

“得了吧，我无意变得有趣，”菲利普大笑着说，“走，咱们

[1] 泰国旧称。

去喝杯茶！”

65

海沃德的来访帮了菲利普的大忙，让他几乎忘记了对米尔德丽德的思念。那段经历叫菲利普产生一股厌恶之情。他也搞不懂自己怎么就堕入这段耻辱的爱情中去了。每当想起米尔德丽德，菲利普心中就生出一阵恼怒和怨恨。此时此刻，在他脑海里闪现的只是她身上的瑕疵和缺点。一想到自己跟这样一个一无是处、虚荣做作的女人有过一段感情，菲利普就隐隐觉得害怕。

“这一切只表明我没什么意志力。”菲利普对自己说道。和米尔德丽德的这段感情纠葛，就像一个人在公共场合犯下错误，责任不容推脱，补救的唯一办法就是：尽快把这段记忆忘记。好在他现在非常憎恶先前那个堕落的自己，他像一条蛇，怀着鄙夷的感觉望着自己刚刚蜕下的蛇皮。他为能找回原来的自己而高兴不已。菲利普意识到，在他沉湎在所谓的“爱情”中时，错过了世界上多少其他有趣的事物。他受够了那种耻辱的感觉，如果那就是所谓的爱情，那么不要它也罢。菲利普对海沃德说了一些自己的经历。

“索福克勒斯[1]不是也曾祈求上天将吞噬他心灵的情欲恶魔赶走吗？”海沃德说道。

菲利普好像获得了新生。他贪婪地呼吸着周遭的新鲜空气，像一个孩子一样，对世间万物又重新充满激情和好奇。他把那段痛苦经历当作是“六个月的劳役”。

海沃德来伦敦还没几天，菲利普接到一张从布莱克斯泰勃寄来的请柬，邀请他去参加一家美术馆将要举办的画展。他想带上海沃德一起去。在浏览画展的分册目录时，菲利普发现上面有劳森的名字。

“我想准是他寄来的，”菲利普说，“我们可以找他聊聊，他肯定在自己画的那幅画前面站着呢。”

劳森画的是一幅露思·查利斯的肖像画，被摆在一个不起眼的小角落里，劳森也在画的旁边站着。他戴着一顶软帽，穿着一件宽

[1] 古希腊著名悲剧作家。

大的、有些发白的衬衫。置身于衣冠楚楚的人群中，他露出一副怅然若失的神情。菲利普一到，他就热情地上前打招呼，他还是老样子，口若悬河地说个没完：他已经搬来伦敦住了；露思·查利斯就是个臭婊子；巴黎快要完蛋了；他租了一间画室；他画了几幅肖像赚了些钱，等等。他还提议，他们最好找个地方吃顿饭，边吃边聊。菲利普向他介绍了海沃德，海沃德考究的衣服和不凡的谈吐让劳森肃然起敬。他俩不住地挖苦着劳森，比在他和菲利普在巴黎合用的一间简陋的小画室里还要刻薄。

吃饭的时候，劳森继续讲述起他这段时间的经历。弗拉纳根回美国去了。克拉顿不见了。克拉顿早就得出了结论：一个人要是跟一群艺术家混在一起，那他一定会一事无成，唯一的办法就是赶紧和他们撇清关系。为了能够脱身，克拉顿同他在巴黎的所有艺术家朋友都吵了一架。他培养了一种说风凉话的本领，让他们都觉得他疯了，当他宣布准备去赫罗纳定居时，他的那些朋友都松了一口气。赫罗纳是西班牙北部的一个小镇，风景很不错，在克拉顿乘车去巴塞罗那的路上偶然发现了它。他现在独自一人在那儿居住。

“不知道他能有什么成就。”菲利普说。

艺术上，克拉顿只对研究抽象的概念感兴趣，他想借此把人们脑袋中模糊不清的感觉表达出来，因此，偏执、易怒是他最大的特点。菲利普隐隐觉得自己好像也有这样的特点，不过，对他来说，让他真正着迷的是现实中的人和事物。劳森用他跟露思·查利斯的风流韵事把陷入沉思的菲利普拉回了现实。劳森被她甩了，她跟一个刚从英国来的青年学生搅和到一起了，闹得满城风雨。劳森觉得有必要拯救那个年轻人，他并不知道露思·查利斯是个多么浪荡的女人。菲利普暗自猜想，最让劳森伤心的事情估计是他还没给露思·查利斯画完她的肖像，就先被她送了顶绿帽子。

“女人们对艺术懂什么？”他说，“她们都是不懂装懂罢了。”接着，他又说了几句很豁达的话，“说到最后，我毕竟还给她画了四幅画，只可惜最后一幅没能画成功。”

菲利普其实很嫉妒劳森。劳森不费一兵一卒，就同一个漂亮的模特儿露思·查利斯共度了许多美好时光，最后她提出分手，劳森看起来也还是活蹦乱跳的一点都没受伤。

“克朗肖呢，他怎么样？”菲利普问道。

“哦，他快玩儿完了，”劳森满不在乎地回答道，“他再过六个月就要死了。他去年冬天患了肺炎，住了两个月院。出院时，大夫跟他说，要想活命，就别喝酒了。”

“真是个可怜的老头儿。”菲利普说道。

“有一段时间，他一点儿酒都不再喝。他还是常常会到利拉斯店里去，不过，他经常就点杯热牛奶，或是橙汁。真是没意思。”

“你们没把他的病情告诉他吧？”

“不用告诉他，他自己也清楚。这不，最近又开始喝起威士忌了。他说他上年纪了，洗心革面也为时已晚。能痛痛快快地活上半年，好过在世上苟延残喘上五年。我想他最近肯定过得很窝囊。生病期间，他可挣不了什么钱，跟他同居的那个荡妇不知要怎么对付他呢。”

“记得第一次见到他时，我对他非常佩服，”菲利普说，“我那时认为他是个天才。可现在，作为一个平庸无奇的中产阶级，他竟沦落到这步田地。”

“当然了，他又有什么能耐？迟早会死在贫民窟里。”劳森说。

劳森说得冷酷无情，菲利普觉得有些不适应。当然，可怜之人必有其可恨之处，不过总有前因后果，许多事情不是那人能左右的。

“啊，差点儿忘了，”劳森说，“你走后不久，克朗肖给你送了一件礼物。我当时以为你还回巴黎呢，因此就放在画室了。现在，我把那件礼物连同我的另外一些行李一道邮到伦敦来了，你什么时候有空，就过来拿走吧。”

“究竟是什么东西？”

“嗯，是条旧毯子。我想也不值几个钱。有一次，我问他为什么要送这种旧玩意儿。他告诉我他在鲁德雷恩大街的一家商店买的这条毯子，十五法郎买的，是条波斯地毯。他说你曾问过他生命之意义，这条毯子会给你答案。不过他说这些时，已经喝得烂醉了。”

菲利普哈哈大笑了几声。

“是的，我知道了。我会去取的。这是他的点子。他当时还说，要我自己去寻找答案，否则答案就没用了。”

66

接下来的一段时间，菲利普用心学习，心里觉得轻松不少。最近等着他忙的事情有点儿多呢，因为七月里有三个科目要进行考试，其中有两项是他上次没过的科目的补考。尽管忙碌，他却还是觉得这样的生活美好极了。他交上了个新朋友。劳森在寻找模特儿的时候，发现了一位在一家剧院做候补演员的姑娘。为了诱使那位姑娘去给他做模特儿，这个星期天，劳森约了那个姑娘来参加一场午餐聚会。那位姑娘带了一位女伴，劳森也邀请了菲利普，这样刚好凑足了四个人。菲利普的职责是陪伴好那位姑娘的伴娘，他发觉这件事并不难办，那位伴娘性格开朗，又很健谈，他们两人很快便成了朋友。她邀请菲利普到她家做客，她家就在文森特广场，一般下午五点喝下午茶。菲利普真的去了，并受到了女主人热情的款待，他很高兴，之后又去过两次。内斯比特太太不到二十五岁，身材娇小，面貌虽不出众，但也温柔可人。她眼睛大大的，高隆的颧骨和一张宽宽的嘴搭配得很协调。她皮肤白皙，面颊通红，眉毛和头发都乌黑，全身的色调形成强烈反差，有点儿当代法国肖像画的风格，虽然有点儿不自然，但绝不会叫人感到不适。她和丈夫离婚了，靠写廉价小说赚来的稿费维持自己和小孩的生活。有一两家出版商专门出这种小说，所以她只要想写，就能接到活儿。虽然稿费不多，三万字才十五英镑，不过，她也能心满意足。

“这种小说，毕竟每本只卖两个便士，”她说，“读者其实喜欢看类似的故事，每次我都只是把故事主人公换个名字写出来而已。有时我不想写了，就想想要付洗衣费和房租，想想要给孩子买衣服，我就又接着写下去。”

除此之外，她还会去几家剧院客串一些小角色，也能挣到些钱。一个星期下来，她能赚得十六个先令到一个基尼不等。每天回到家时，她都累得筋疲力尽，只想在床上睡一大觉。她生活得很不容易，但却很知足；她有强烈的幽默感让她在贫乏之中依然能保持快乐。

有时遇到突发情况，她实在没钱了，就把几件不值钱的家什送进沃克斯霍尔大桥路上的当铺。那段时间，她就只能吃些黄油面包充饥。即便这样，也从没见她不开心过。

菲利普对她乐观的生活态度颇感兴趣。她生动地讲述起自己的个人奋斗史，把菲利普逗得哈哈大笑。他问她为什么不尝试写出些更高级的文学作品。她说自己在这方面并无天分，凑出几千字编出个不值一看的故事她倒能胜任，稿酬尽管微薄，可关键是她也写不出更好的东西。只要能凑合着过，她就心满意足了，她好像没什么亲戚，几位朋友也都和她差不多，都没什么钱。

“我根本不会去考虑未来怎么样，”她说，“只要有三个月的房租钱，另外再有一两个英镑用来买食品，我就放心了。又操心今天，又考虑明天，生活就没法过了。当你实在过不下去的时候，你会发现总是还有路可以走。”

没过多久，菲利普就养成了一个习惯，就是每天去内斯比特太太家喝下午茶。为了不给她增加负担，他每次去喝茶都会带去一块蛋糕或是一罐茶叶。他们开始称呼彼此的教名（内斯比特太太的教名叫诺拉）。他从未遇见过一个女人对他如此包容和体恤，现在有人愿意倾听他诉说心中的苦恼和忧愁，让他觉得开心极了。他们在一起聊天时，时间总过得飞快。他毫不掩饰自己对她的欣赏之情。她是一个善解人意的伙伴。菲利普不禁拿她同米尔德丽德做起了比较：一个是浅薄无知又固执己见，凡是她不能理解的事物，她都认为毫无价值；另一个是冰雪聪明，有着敏锐的鉴赏力。想到自己后半生差点儿毁在一个粗俗的女人身上，他不禁十分后怕。一天黄昏，菲利普把他跟米尔德丽德的爱情纠葛从头到尾地讲给了诺拉听。虽然这件事绝不是什么光彩的历史，但菲利普一想到能得到诺拉温柔而真实的安慰，心里就美滋滋的。

“我想，你现在已经彻底走出那段阴影了。”她把他的故事听完后，这么说道。

听他说话时，她喜欢像只苏格兰金毛犬一样，把头侧向一边，她坐在一张椅子上忙着针线活——她可没有清闲一会儿的资格，菲利普则舒服地靠着坐在她腿边。

“那一切都过去了，我现在真是说不出得高兴。”

“真是可怜，这段时间你一定受了很多苦吧？”她轻声说道，同时把一只手放在他的肩膀上，一副同情的样子。

菲利普突然拉过她的手，吻了一下。诺拉慌忙抽回手。

“你为什么要这么做？”她脸红着问。

“你不愿意？”

她凝视了他一会儿，眼眸中闪烁着亮光，接着莞尔一笑。

“不是的。”她说。

菲利普跪坐起来，让脸朝着她。诺拉静静地注视着他，微笑中有着抖动。

“你怎么了？”诺拉问。

“啊，你真是个顶好的女人。你对我太好了，我真不知如何谢谢你。我真喜欢你。”

“别说这些傻话了。”她说。

菲利普抓起她的胳膊，把她往身边拉着。她并未抗拒，而是向前微微倾身。他吻到了她红润的嘴唇。

“你为什么要这样？”她又问了一遍。

“因为我喜欢！”

她不再说什么，但她的眼神里露出温柔的神情。她用手轻轻地抚摸着他的头发。

“你知道，你这样做是不明智的。咱们是亲密的好朋友。一直做好朋友不更好吗？”

“要是你真是想继续做朋友，”菲利普回答道，“你最好不要在说这些话的时候还抚摸着我的脸颊。”

她咯咯一笑，但她并没有停止那样做。

“我这样做不对，是吗？”她说。

菲利普既惊讶又欢喜。她含情脉脉地望着他，眼睛里泛着微微亮光，眼神无比温柔。菲利普非常开心，他的眼睛里流出了几滴眼泪。

“诺拉，你不喜欢我？”他问道，一脸不确定的表情。

“你这么聪明，怎么问这么傻乎乎的问题？”

他一下子抱住了她。

过了一会儿，菲利普不再抱她，向后蹲着，出神地打量着她。

“嗯，我简直快要疯了！”他说。

“怎么了？”

“太意外了！”

“你会觉得高兴吗？”

“太高兴了，”他发自肺腑地大叫了一声，“太骄傲了，太幸福了，太感动了！”

他拉过她的手，不住地亲吻着。对菲利普来说，他可能要开始一段踏实可靠的新恋情了。他俩成了情侣，但依旧是好朋友。诺拉对菲利普的爱恋，多少混杂有她母性的本能。她需要疼爱一个人，责备和爱护那个人，她喜欢家庭生活的乐趣，以照顾好别人的饮食起居为快乐。她心疼和怜爱着他的残疾，因为他又对这点极为敏感，所以，她本能地用最温柔的方式表达自己的怜爱和同情。她还是个风韵犹存的少妇，健康活泼、充满爱心。对她而言，奉献自己的爱给他是再自然不过、合情合理的事情了。她每天都快快乐乐，充满活力。她说出她生活中的趣事总能逗得菲利普哈哈大笑，这可能是她喜欢上他的原因吧，而且，最重要的是，她喜欢他，可能什么都不因为，就因为他就是他。

她告诉菲利普这种想法时，他高兴地说：

“不对。你之所以喜欢我，是因为我话不多，不打断你说话。”

菲利普一点儿都不爱诺拉。但是，他却非常喜欢她，愿意和她待在一起，她为人幽默，能把快乐传递给他。诺拉帮助他恢复起自信，在他千疮百孔的心灵上涂上治疗的草药。她能爱上他，让他感觉受宠若惊。菲利普非常佩服诺拉，她永远能保持乐观快乐，无论生活再怎么艰辛；她潇洒不羁，大胆地嘲弄着命运。她有一套独立务实的人生哲学，她把自己的人生看得很明白。

“你知道，我不信教堂、牧师那一套，”她说，“但是，我是信仰上帝的。只要你能不忘初心，做力所能及的善行，上帝他老人家是不会在意那些琐碎的小事的。我认为，大多数人都是好的，而对那些作恶的人，我只能对他们表示遗憾。”

诺拉有着女性特有的赞美人的天赋，能投其所好而又不叫别人发觉。她觉得菲利普毅然决然地离开巴黎是非常有勇气的举动。她的称赞叫菲利普感觉很舒心。不过他到现在还不确定，离开巴黎究竟是出于自己的勇敢，还是仅仅说明了他意志薄弱。既然诺拉都认为那是英勇的表现，他也更加确信自己当时是出于一种英雄气概了。菲利普的朋友们都会不自觉地回避的一个问题，而诺拉却偏偏要和他讨论那个问题。

“你总是对你那条跛脚表现得那么敏感，真是太傻了，”她说道，看到他脸涨得通红，她还是继续往下说，“你知道吗，人们并没有像你那样介意这件事。他们除了见面时会注意到，之后就忘了这回事了。”

菲利普不愿回话。

“你生气了？”

“没有。”

“你应该明白，我爱你才会这么说。我不想看到你不开心。”诺拉胳膊环着套在他的脖子上说道。

“什么事情你都可以直接对我说，”菲利普回答道，“你对我这么好，我真不知道如何感谢你。”

诺拉用特殊的方式来驯服菲利普，不让他再乱发脾气。每当他行为粗暴时，她就去嘲笑他的丑态。诺拉把菲利普改造得温文尔雅。

“你叫我做什么，我都会去做的。”有一次，他突然对她这样说。

“你生我的气了？”

“没有，我喜欢听你的话。”

他觉得两人这样的爱情可能就是所谓的幸福吧。诺拉把一个妻子能给予丈夫的所有爱都给了他，并且他还像以前一样拥有充分的自由。她是他最温柔、最娇媚的女性朋友，从她那儿得到的爱护和理解，是他从那一堆男性朋友中从未找到过的。性只是他们友谊的一个有力的联系纽带，但绝不是其中最关键的要素。再说，当菲利普的欲望得到满足时，他会变得更加温和平静，更易相处。他现在觉得能够控制自己的情绪了。有时，他会想起过去半年自己那一段耻辱而痛苦的恋情，感到一阵害怕，对于米尔德丽德，他还是无比恼怒。

诺拉和他一样关注着他的考试。她真心地在乎着他的事情，让他感到非常愉快。她要他考试通过后，第一时间把喜讯告诉她。三个科目的考试他都顺利地通过了，当他告诉她时，她两眼都泛出泪光了。

“喔，我太开心了，你知道你在考场时我有多紧张吗？”

“你这个小傻子。”菲利普哽咽着微笑道。

谁看到她这副关注的表情会不感动呢？

“接下来你准备怎么安排？”她问。

“好好过假期。十月开学之前，我都没什么任务了。”

“我想你会去你伯父家吧？”

“你猜错了。我要在伦敦陪你。”

“我倒希望你出去走走。”

“为什么？你嫌弃我了？”

她大笑起来，并把手放在了他的肩膀上。

“你最近太累了，脸色都不好，需要好好休息一下，呼吸一点儿新鲜空气。去度个假吧！”

他不知该说什么好，用带着爱意的目光凝视着她。

“我觉得除了你谁都不会这样，为我考虑这么多。你总是对我这么好。我真猜不出你是看上我哪一点了。”

“过一个月的假期后回来，你保证你的嘴巴还会这么甜吗？”她欢快地笑了起来。

“你温柔体贴，从不苛求于人，你还能照顾好自己，从不让别人担心，一点儿小事就能让你变得开开心心的，特别容易知足。”

“你说得都不对，”她说，“我要告诉你一件事，从过去吸取教训的人其实不多，而我就是其中之一。”

67

在布莱克斯泰勃待了两个月后，菲利普急于返回伦敦。这两个月来，诺拉时常来信，信都写得很长，字迹大而工整。她用酣畅淋漓的笔墨描述了她两个月的际遇：与房东太太发生口角；在排练一出剧目时遇到的滑稽可笑的事情（她在一出戏剧中客串一个小角色）；同小说出版商们斗智斗勇的惊险故事。菲利普这两个月过得丰富多彩，他博览群书，去海里游泳，打网球，还乘舟四处游览。临近十月，他返回伦敦，暗下决心要认真学习，好迎接快要到来的第二次统考。他希望能尽快通过考试并拿到医师资格证，那样，自己就能去医院实习，医治病人了，而不是像现在这样，同冷冰冰的课本和实验器材打交道。菲利普每天都去和诺拉见面。

这个夏天，劳森一直在普尔待着，并画了许多那里的风景素描。有两三个人找他画肖像画，他打算再在伦敦停留一段时间，过了冬天再回去。海沃德也在伦敦，他本来想出国度假，可时间一天天过去，他就是下不了出发的决心。这两三年时间里，海沃德有些发福——与菲利普五年前在海德堡头次见到他相比——头发也有些秃顶了，唯一值得安慰的是，他的眉毛依然如初，浓密乌黑。他那双蓝眼睛也不再炯炯有神，眼皮低垂，嘴唇不再红润饱满，看起来虚弱、苍白。海沃德依旧含含糊糊地谈论着他的各种计划，可他自己都不自信能否实现，朋友们也更不把他的话当回事了。此时，三两杯威士忌下肚，他就变得忧愁不已、黯然神伤起来。

“我很失败，”他嘟囔着说道，“人生太残酷了，我无法承受。我只能让开道，让那些庸碌之辈为了些蝇头小利而争得头破血流。”

海沃德试图向别人证明：失败远比成功高雅。他暗示着他之所以不合世俗、悲观厌世，全是因为他对世俗平庸粗俗的事物看不上眼。他喜欢柏拉图的观点。

“我还以为你的思想早超越柏拉图了呢。”菲利普有些不耐烦。

“是吗？”海沃德扬扬眉毛说道。

“我不觉得把一个东西反反复复地读来读去有什么意义，”菲利普说，“那不是吃饱了撑的吗？”

“但是，难道你以为那么伟大的哲学作品，读一遍就能懂了吗？”

“我觉得没有必要把他的思想研究得那么透彻，我又不是评论家。我对他的作品感兴趣不是他的原因，而是因为我自己。”

“那你还读什么书？”

“第一是因为兴趣。读书已经是我的一个习惯，就像抽烟一样，

不抽就难受。第二是为了了解自己。我读起书来，只是观其大概。不过，偶尔会碰到一两段文字，或是一个词语，对我来说有特别的意义，我会记下并思考它们，它们也就成了我的一部分了。我只吸收书中对我有用的东西。在我看来，一个人就像一朵花苞，当看书领悟一点时，就像花苞的花瓣一瓣一瓣地开放。一个人所读的书或做的事，如果不领悟，对他来说就毫无作用。”

菲利普对自己的表达方式并不满意，但是也不知如何表达那种微妙的感觉。

“你想做大英雄，想出人头地，”海沃德晃着肩膀说道，“真是个俗人。”

菲利普算是了解海沃德的为人了。他软弱而虚荣，一些小事就能刺激到他的神经，身边的人必须小心谨慎，以免伤到他脆弱的自尊心。他将理想主义和游手好闲混为一谈，分不清它们的区别。在劳森的画室，海沃德曾经邂逅一个记者。这位记者为他不俗的谈吐所折服。一周过后，这家报纸的编辑来信请他写几篇时评文章。收到信后的两天里，海沃德一直处于犹豫不决、痛苦不堪的境地。前一段时间，他常常给别人谈论说自己适合时评家的工作，而现在机会来了，不过，他一想到要出去干点儿正儿八经的事，内心就充满了恐惧，迟迟下不了决心。最后，他还是谢绝了编辑的邀请，这才算松了一口气。

“不行，它会影响我工作的。”他对菲利普说。

“工作？”菲利普也丝毫没给他面子。

“我的精神世界。”海沃德回答道。

接着，他说起了那位日内瓦教授艾米尔的传奇故事。他才华横溢，生前籍籍无名。直到这位教授去世，人们从他的遗物中，发现一本记述详细、语言优美的日记，从此才名声大噪、一举成名。故事讲完后，海沃德露出了满意的笑容。

谈到读书，海沃德的兴致就被勾起来了。他读书的品位一直都高雅不俗。他会把书中深刻的观点、优美的词句记录下来，在跟朋友聊天时，他旁征博引，大家因为他渊博的学识而对他佩服不已。但事实上，他的那些观点对他毫无影响。就像在拍卖会上，你看到一件优美的瓷器，拿到手里仔细把玩一番后，又放回了收藏的箱子。

海沃德却发现了一个好去处。一天黄昏，穿戴整齐后，海沃德把菲利普和劳森带到比克大街上的一家酒馆。这家酒馆相当出名，不是因为店面装修得富丽堂皇，而是因为一走进它，就能让你一下子回忆起光辉灿烂的十八世纪的世界，而且这里的鼻烟儿是伦敦最棒的，鸡尾酒也很著名。海沃德把他们俩领进一个狭长、宽敞的房间。这儿，光线昏暗，布置豪华，墙上悬挂着几幅巨大的裸体女人画，是海登[1]派的画作，不过，因为这里烟雾缭绕，外加伦敦昏暗的天气，这几幅画又有点儿早期大师的风格。那暗黑色的镶板、光泽亮丽的金色檐口和暗褐色的红木桌子，给这个房间平添了几分豪华气派；沿墙摆放的一张张柔软舒适的皮椅，桌子对面的房间门口摆放了一只公羊头，里面装着这里最出名的鼻烟。他们点了鸡尾酒、朗姆酒加上甜饮料，入口下肚，滋味妙不可言。任何笔墨都难以形容这种饮料的妙处。如果这段文字的用词太简单朴实，就不足以表情达意；而堆砌浮华的辞藻又只能让人产生失真不实的联想。喝下这饮料，叫人头脑清晰、心旷神怡，不仅自己才华横溢，而且更容易理解到旁人的字字珠玑。它像音乐那样梦幻缥缈，却又像数学那样简明精确。它的味道、气味和口感都难以用言语表达清楚，要是非要找个比喻：那它就像是人们的一副好心肠。查尔斯·兰姆[2]用尽了他的才情，才完美描绘出他那个时代的世情百态；拜伦创作《唐·璜》时，如能敢于打破文学教条的种种束缚，估计更能留下不朽的诗篇；王尔德如能把伊斯法罕的珠宝镶嵌于拜占庭的锦缎之上，兴许能创作出一种动人心魄的美。此刻，眼前不时晃动着伊拉加巴拉[3]大宴宾朋的场景；耳畔回响起了德彪西弹奏的一首首婉约清新的钢琴曲，曲调中能嗅出发霉的旧衣柜散发出的木屑微香，那香气与百合花从深谷传来的幽香和干乳酪的芳甜香气混杂在一起。菲利普不禁感觉到一阵头晕目眩。

海沃德在街上遇到了他在剑桥大学时的同窗，那人名叫马卡利

[1] 十九世纪英国画家。

[2] 英国作家，擅长散文写作。

[3] 古罗马帝国三世纪时一位统治者。

斯特，是他指点海沃德找到那家出名的酒馆的。马卡利斯特是个股票经纪人，同时又是个哲学家。每星期他都会去一次那家酒馆。不久后，菲利普、劳森和海沃德就同他组成了四人小组，每周二在酒馆聚会聊天。规律形成后，他们去那儿喝酒的次数多了起来，这对于喜欢边喝酒边聊天的人来说，正合适。马卡利斯特骨骼粗大，体格健壮，相比之下，海沃德个头就显得有些矮小。他一脸横肉，说起话来却轻声轻气的。他是康德哲学的信奉者，喜欢从纯理性的角度出发看待事物，他最爱絮絮叨叨地阐述他那套哲学理论。菲利普专心地聆听着他的高深理论，却在心里暗暗觉得好笑。他不清楚这套理性理论对解决现实人生的问题有何指导意义。他在布莱克斯泰勃苦思冥想出来的那个小巧、精密的思想体系，在他为米尔德丽德而执迷不悟时，可没派上半点儿用场。他不确信理性能在生活中起到关键作用。生活就是生活，有其自身的逻辑。直到现在，他还清晰地记得自己被感情和欲望所控制时的感觉：毫无反抗之力，丝毫不能挣脱，就像自己的手脚被绳索捆绑起来一样。他从书中学来不少的名言警句，却只会根据自身过去的经验去判断事情（他也不确定别人是否也是如此）。他做什么事情，不会停下来衡量利弊，而是凭习惯行事。生活里，他始终感觉有一种不可抗拒的神秘力量在驱使着他前进，不管他的所作所为是善是恶，是好是坏，都只能全身心地投入，那种左右着他一切行为的力量，据他看来，根本和理性不沾边。理性的作用只是让他自以为明白了，只要行动就能实现自己的目标。

但马卡利斯特提出了“绝对律令”[1]，用以提醒菲利普。

“你一定要那么做，使得你的行为符合一切人行为的普遍规律。”

“对我来说，这些都是屁话。”菲利普说。

“你太放肆了吧？这可是伊曼努尔·康德！”马卡利斯特有些生气。

“为什么不可以呀？把别人说出的话当成自己的座右铭，那是盲从的人才干的事。现在，盲目崇拜的人太多了。康德思考这件事，并不是康德说的就一定对，康德只是个名字而已。”

[1] 系德国哲学家康德提出的概念，指每个人内心无可逃避的道德义务。

“那你究竟是怎样看待‘绝对律令’的呢？”

（两人唇枪舌剑地辩论着，就好像他们争论的结果即将决定整个帝国的兴衰。）

“它的意思是人可以凭自己的意志力选择道路。而人最可靠的向导就是理性。理性的指令一定就比感性的命令要好吗？它们两者是绝不重合的吗？这就是我对‘绝对律令’的看法。”

“看来你是心甘情愿地做感情的奴隶。”

“我确实是感情的奴隶，那也是无可奈何的事，可我并不因此而开心。”菲利普笑了起来。

这时菲利普想起自己疯狂追求且迷恋米尔德丽德时的感受。当时他被那股炙热的情欲牵着鼻子走，以致自己受困于那段屈辱和痛苦的经历，不能自拔。这些往事在脑中一闪而过。

“感谢上苍，现在我终于解脱了！”他心里想着。

不过，他虽如此说，但他竟不确定自己是不是真这么想的。当他被那种激情所支配时，他浑身都充满活力，脑子异常敏锐。他每天精神亢奋、充满期待，从灵魂深处迸发出无穷的快乐，仿佛只要呼吸着就是一种幸福。而眼下的生活与那激情相比，虽然安稳合理，却枯燥乏味。他一生遭遇的所有不幸都从那种激情中得到了补偿，尽管他的痛苦也那么明显和剧烈。

菲利普的一番自嘲把马卡利斯特的话题转移到对自由意志的讨论上去了。马卡利斯特博闻强识，为自己的论点找到了一个又一个可靠的论据。而且他辩论的技术极为高超，菲利普很快被他逼得自相矛盾起来，菲利普不时陷入窘境，只好做出许多让步，才能摆脱尴尬的境地。马卡利斯特用他缜密的思维和严密的论证把菲利普反驳得无话可说。

最后，菲利普无可奈何地说道：

“嗯，别人我不了解，无话可说。我只想说说我的体会。我做事情前，以为自己有所谓的自由，可事情的结果却每每叫我后悔不已，我才发觉自己原来只是身不由己而已。但是，自由尽管只是自己幻想出来的，它却无疑是我所有行为的最强烈的动机之一。”

“你想得到什么结论呢？”海沃德插嘴问道。

“我是说，事后后悔，一点儿用都没有。牛奶既然已经洒了，你一直哭也没有用，它之所以洒掉，是全宇宙的所有力量一起作用的结果！”

68

一天早上，菲利普从床上醒来。下地刚走没几步路，他就感觉头晕目眩全身疼痛，身上也冷得直打哆嗦。房东太太提着早餐路过他门口时，他透过门洞对她大喊，问她要了一杯茶和一片烤面包。几分钟后，一阵叩门声响起，格里菲斯走了进来。他跟菲利普同住在一间公寓有一年多了，两人的交情只是见面时点头打个招呼。

“喂，听说你生病了，”格里菲斯说，“我想我得来看看能不能帮你做点儿什么？”

菲利普的脸莫名其妙地红了，他知道自己只是得了点儿小病，熬一两天就好了。

“嗯，你最好还是让我给你量一下体温。”格里菲斯说。

“不用你操心。”菲利普烦躁地说。

“你，还是量一下为好。”

菲利普把体温表含进嘴里。格里菲斯在床边坐下来，笑吟吟地跟菲利普聊了几分钟，而后，把量好的温度计拿过来看了看。

“好了，老兄，看看你的体温，你得卧床休息，我去叫老迪肯过来。”

“别胡说八道了，”菲利普说，“根本没关系，你别操心了。”

“什么操心不操心的。你在发烧，应该躺下休息。你躺着别动，知道吗？”

他的语气有一种独特的魅力，既威严又温和，特别迷人。

“你挺会照顾病人的呀。”菲利普闭上眼睛微笑着说。

格里菲斯给他抖了抖枕头，展平床单，掖好被子。他走进客厅去找虹吸管，没找到，便回自己房间里拿了一根来。而后，他把百叶窗放下来。

“好了，你好好睡一觉，老迪肯一来查病房，我就把他带过来。”

格里菲斯去了好几个小时都没回来。菲利普的脑袋疼得都快要裂开了，胳膊和两条腿也跟着麻木颤抖，他几乎就要哭出声来了。不一会儿，一阵敲门声过后，格里菲斯风风火火地走了进来。

“这就是迪肯大夫。”他说道。

老医生态度和蔼，朝前走了几步。菲利普只是觉得这位医生面熟，其实和他并不认识。医生问了一些问题，简单检查了一下，便做出了诊断。

“医生，他怎么了？”格里菲斯微笑着问。

“流行性感冒。”

“我想也是。”

迪肯大夫站在这间幽暗的小房间里环视一圈。

“你还是住院吧。他们会给你安排独立的病房，在那儿你会康复得更快一些。”

“我宁愿待在这儿。”菲利普说。

他不想被人打扰，而且身处陌生环境，总感觉很不安。他讨厌护士们问长问短的，也不喜欢医院里一尘不染的环境。

“我会来照料他的，医生。”格里菲斯立刻说道。

“哦，那就好！”

他开了一个药方，交代了几句后走了。

“现在，你得听我的安排，”格里菲斯说，“我兼职白班和夜班护士，全天照顾你。”

“很感谢，不过我不需要这些。”菲利普说。

格里菲斯用手去触摸菲利普的额头。他的手凉丝丝的，有点儿干燥，一接触到他的手，菲利普感觉到一丝快意的凉爽。

“我这就去药房给你抓药，马上回来。”

他没过一会儿就回来了，给菲利普冲了药让他喝下后，他上楼去拿了他的书下来。

“今天下午我就在这里看书，你同意吧？”他说道，“我开着房门，你需要什么东西，就喊我。”

不知过了多久，菲利普迷迷糊糊地睡醒了，他的头还是很疼。菲利普听到他的客厅里有人在交谈，原来是格里菲斯的朋友来找

他。

“喂，你今晚不用来找我了。”他听见格里菲斯说。

一两分钟后，又来了个人，看到格里菲斯待在这儿，他表现得很惊讶。

“我正护理一个二年级的学生，他也在这里租房子住，这个可怜的家伙得了流行性感冒，今晚玩不了惠斯特（一种类似桥牌的游戏）了，老兄。”

不久，只剩下格里菲斯一个人时，菲利普便叫他进来。

“嘿，你怎么把今晚的聚会推掉啦？”他问道。

“并不是因为你，我得看外科教科书。”

“你尽管去吧。我好多了。你不用守着我。”

“好，那我去了。”

菲利普的病越来越重。天快黑时，他已经烧得昏昏沉沉的了。次日清晨，他心神不宁地从睡梦中惊醒。他看见格里菲斯从扶手椅里爬起来，跑到壁炉旁，双膝跪在地上用手把煤块一个一个扔进壁炉里。格里菲斯穿了一套睡裤和睡袍。

“你怎么在这儿？”他问道。

“吵醒你了？我想把壁炉生起来，没想到吵醒你了。”

“你为什么不在床上睡呢？现在几点了？”

“五点了吧。我想，今晚我还是守着你比较好。我把扶手椅都搬来了，我怕在床上睡得太死，就听不见你叫我。”

“我还是希望你别对我这么好，”菲利普呻吟着说，“假如我把你也传染了，怎么办？”

“我还等着你来照顾我呢，老兄。”格里菲斯笑着说道。

第二天早晨，格里菲斯把百叶窗打开了。熬了一晚上，他脸色有点儿苍白，身体疲惫，不过看上去还是很有兴致。

“喂，我给你擦洗一下吧。”他兴冲冲地对菲利普说。

“我可以自己洗。”菲利普说着，觉得有些不好意思。

“别说废话了，你要是住在医院里，护士也会来帮你这么做的，而我现在就是来护理你的。”

菲利普一点儿力气都没有了，心里其实很不愿意，可也没法拒绝，只能等他给自己洗了脸和手脚，擦了前胸和后背。他的动作很轻柔，擦得菲利普痒痒的，他还不时地跟菲利普聊着天。然后，就像护士在医院里做的那样，他换了张床单，抖了抖枕头，整理了一下被褥。

“要是阿瑟护士长看到我做得这么好，一定会夸我的。对了，迪肯大夫一会儿就会来看你。”

“我猜不出你为什么要如此厚待我。”菲利普说。

“这对我来说是个很好的锻炼机会。照料一个病人也是蛮有趣的。”

格里菲斯把他的早餐留给了菲利普，自己穿上衣服出去吃点儿东西。快到十点时，他终于回来了，手里拿着一束花和一串葡萄。

“你真是太好了。”菲利普说。

菲利普在床上躺了有五天。

诺拉和格里菲斯轮流照料菲利普。虽说格里菲斯同菲利普年龄差不多，但他像一位体贴的母亲一样照顾菲利普，还总能讲一些笑话让菲利普发笑。他是个讨人喜欢的小伙子，脑子灵活，振奋人心，他最大的特点就是他身上拥有勃勃的生气，无论是谁跟他待在一起都会被他的活力所感染。很多人都希望得到母亲或姐姐的关爱，而菲利普却不喜欢这些，不过这位身体健壮的小伙子流露出的女性般的温和气质，还是让他很受感动。菲利普的病已经好了一大半了。于是，格里菲斯坐在菲利普的病床前，给他讲述他的风流野史，为菲利普解闷。他是个情场老手，可以同一时间跟几个女人纠缠在一起。为了摆脱一些女人的纠缠，他不得不使出浑身解数。他有这样一种天赋，经他描述后的任何一件事都被蒙上了一层浪漫色彩。他负债累累，稍微值点儿钱的东西都被送进了当铺，尽管如此，他还是挥霍无度，出手大方。他有一种冒险家的气质。他喜欢跟那些从事短暂职业、居无定所的人打交道。他经常去酒吧喝酒，那些流氓酒鬼他都认识。行为不检点的女人都把他视为知己，向他倾诉着她们的烦恼、苦闷和不切实际的梦想；在他挨饿的日子里，赌场老千给他提供过吃喝，还借给了他五英镑。他考试时常不及格，但也不以为意。在利兹当开业医生的父亲教训他时，一看到他诚恳温顺的表情，就不忍心再对他发火了。

“我真不是块读书的料。”他笑呵呵地说，“我的脑子不好使。”

他的生活乐趣无穷。可以确定一点，等他过了这段青春岁月，取得了医生的资格之后，他一定能成为一名受欢迎的医生。凭他那温柔的语调，就能缓解病人的病情。

菲利普有些崇拜他，正像他在学校里崇拜那些身材高大、学习优秀的学生一样。菲利普恢复健康后，就同格里菲斯成了朋友。格里菲斯似乎喜欢坐在菲利普的房间里，一边谈论着发生在他身边的趣事儿，一边一根接一根地抽着烟卷儿，这让菲利普感觉很荣幸和满足。有时，菲利普带他一块儿去比克大街上的那家酒馆。海沃德觉得格里菲斯很蠢，但劳森却觉得他的样貌很吸引人，并急着要给他画肖像。他身材高挑，眼眸湛蓝，皮肤白皙，还有一头卷发。他们讨论起什么问题，格里菲斯是听不懂的，不过他一直都面带微笑地听着，不需要他说话，他只要到了那里就能活跃聚会的气氛。当知道马卡利斯特是位股票经纪人时，格里菲斯急切地想知道些买股票的门道。然而，马卡利斯特却一脸严肃地告诉他，只有他在合适的时间买进和卖出股票，才能挣到一笔钱。菲利普听得也有些动了心，这段时间，他也常常入不敷出，因此当马卡利斯特讨论起那些不费吹灰之力就能挣到几笔钱的法子时，菲利普觉得这种事简直太有趣了。

“下次，我有好消息就告诉你，”那位证券经纪人说，“有时行情确实不错，问题在于抓住时机。”

菲利普情不自禁地想着，要是能赚到五十英镑就太好了，那样，他就能给诺拉买一件过冬御寒的皮草大衣。他都去过比克大街上的几家商店了，挑选了几件自己负担得起的物品。这一切都是诺拉应得的，因为她给他的生活带来了幸福。

69

在一个下午，菲利普跟往常一样从医院回到公寓，准备梳洗一下，再去找诺拉喝茶。他正准备掏钥匙开门，房东太太却从里面把房门打开了。

“有位太太在等你。”房东太太说。

“找我的？”菲利普惊讶地问。

菲利普觉得有些疑惑。来的人只可能是诺拉了，可她为什么要来找他呢？

“我本来不应该让她进来的，可她都来找你三次了，你都没在，她看上去挺伤心的，所以我叫她进屋，等你回来。”

菲利普没理会还在唠叨的房东太太，一下子冲进房间。他的心猛地沉了一下——是米尔德丽德。她正准备坐下，见他跑进来，便一下子又站起来了。她既没有向他走近，也没有开口说话。他都愣住了，也不知能说些什么。

“你怎么又来了？”他问道。

米尔德丽德还是不说话，却哇哇大哭起来。她并没有用手抹眼泪，而是把手放在了身体两侧，仿佛一个要被主人辞退的女佣，她的动作看起来既卑微又可怜。菲利普也说不出心头到底是什么滋味，他真想夺门而逃。

“我以为我们不会有见面的一天了。”他终于开口说了一句话。

“我还不如死了，那样就好了。”她哭着说。

菲利普把她晾在了原地。此时，他只能先想着自己，他的双膝还在颤抖，几乎站不稳了。他看着米尔德丽德，绝望地哀叹一声。

“你又怎么啦？”他说。

“埃米尔，他，不要我了。”

菲利普的心里无比紧张。他知道自己还是一如既往地爱她，对她的爱从来没有改变过。现在，她就站在那儿，看上去那么低下，那么百依百顺。他恨不得马上将她拉到自己怀里，再将她正在流泪的脸颊吻上一遍。啊，他们分开了好久了！他都不知自己是怎么熬过这段分离的时间的。

“你先坐下吧。我给你倒点儿喝的。”

他把椅子拉近壁炉，让她坐下来，给她配了杯威士忌苏打水。她抽抽泣泣地喝下去，用那双哀怨的大眼睛看着他。她消瘦憔悴了不少，眼圈红红的，脸色也更苍白了。

“你向我求婚时，我要是答应了，该多好啊。”她哀伤地说道。

这句话彻底改变了菲利普的心意。菲利普也说不出为什么会这样。他不能再像刚才那样刻意和她保持距离了。他迫不及待地伸出手来放在了她的肩头。

"看到你这么痛苦，我也很难过。"

她把头靠在菲利普的怀里，号啕大哭起来，并将有些碍事的帽子取了下来。他可从来没见她哭得这么伤心过。他安慰似的吻着她，直到她有些平静下来。

"你一向对我很好，菲利普，"她说，"所以我才来找你。"

"告诉我你怎么了。"

"哦，不能，我不能说。"她尖叫着，从他的怀抱里挣脱出来。

他跪坐在她身旁，用脸颊贴住她的脸。

"你难道不知道，不管什么事情你都可以对我说吗？我决不会怪你的。"

她把事情的经过慢慢讲给他听，有时哽咽得太厉害，他几乎都听不清她到底在说什么。

"上周一，他去伯明翰了，本来说周三就回来，可是，到了星期五也没见到他。我写信给他，问他情况，他根本没回信。我于是又写一封，告诉他要是再不回信，我就直接去伯明翰找他。今天早上，他的律师寄来一封信，信中说我没有权利要求他做什么，还说，要是我再去骚扰他，他就要诉诸法律。"

"真是混账，"菲利普大喊道，"一个男人怎么这样对待自己的妻子？你们是吵架了吗？"

"是，我们大吵了一架，星期日的时候。他说他受够了我，但是这话他也不是第一次说，后来还是乖乖回来了。没想到这次他真要走，我刚告诉他怀上孩子了。我已经尽量瞒着他了，最后也是没办法才让他知道的。他说这都是我不小心，还说这种事我理应比他懂得更多。你看哪有他这么说话的！但是，我很快就发觉他不是什么好人。他一分钱都没给我留下，拍拍屁股就离开了，连最后的房租都没交——我哪有钱交房租啊！那位房东太太还那样说我，好像我是个贼一样。"

"他说一套做一套，他只是在海伯里租一个带家具的房间。他自己小里小气，还说我花钱大手大脚 ，可他根本没给我一个子儿，我怎么花钱大手大脚？”

她说话向来语无伦次，喜欢把鸡毛蒜皮的事和重大的事混为一谈。菲利普听得迷惑不解，整件事听起来有点儿乱。

“他真是个混账。”

“你不了解他，就算他现在跑来跪在我面前求我原谅他，我也不会心软。我那时太单纯了，怎么会相信他，而且他也挣不了那么多钱。他一开始就在骗我！”

菲利普沉思了一会儿。她的悲哀深深地打动了他，他顿时一阵激动竟忘了为自己考虑考虑。

“你要我去伯明翰找他吗？我可以去劝劝他，让他来找你。”

“别想了。他不会再回来了，我知道他什么德行。”

“但是，他必须给你一定的抚养费，这是他必须负担的。具体情况，我也不太懂，你最好找个律师问问。”

“怎么找律师？我身上又没钱。”

“律师的费用我来付。我写封信给我的律师，就是我父亲的遗嘱执行人。要我陪你一起去律师那里吗？我想他现在应该在办公室。”

“不用了，你把信给我，我自己过去。”

此刻，她开始平静下来了。菲利普开始给律师写信。他忽然想起来，她现在没有一分钱。真是赶巧了，前两天他刚兑了一张支票，可以先给她五英镑。

“你对我真好，菲利普。”米尔德丽德说。

“能够为你做些事情，我觉得很高兴。”

“你还会喜欢我吗？”

“像过去一样。”

她嘴唇凑过来，他轻轻吻了她一下。从她这个小动作，他看到了她身上的屈服，他以前受的那些痛苦屈辱全因为这一吻，一笔勾销了。

她走后，菲利普发觉她在这儿待了有两个小时。他感到无比幸福。

“可怜，可怜的人。”他自言自语道，胸中升腾起一股比过去还要灼热的欲火。

大概八点钟，菲利普收到一封电报。在这之前，他几乎都忘记了诺拉的存在。打开电报一看，果然是诺拉发来的。

什么情况？诺拉。

菲利普看了诺拉发来的文字，发愁如何答复。诺拉正在一家剧院演戏。他完全可以像以前一样，跑去剧院门口接她，然后跟她一起漫步回家。但这天晚上，他却不想去见她。他正考虑着给她写信，但想到要称呼她为“最亲爱的诺拉”，心里就觉得堵得慌。他最终决定拍去电报。

见谅，有事缠身。菲利普。

他的脑海里浮现出诺拉的样子。此刻的他一想起诺拉小丑似的脸就有一点儿反感，高高的颧骨、猩红的嘴巴，配上浓黑的头发粗俗不堪，粗糙的皮肤，让他一想起来就浑身起鸡皮疙瘩。他知道，电报发出去后，能给他争取一点儿时间。不过他还要另外想办法。

第二天，他又发了份电报。

抱歉，无法前往。写信解释。

米尔德丽德说她下午四点来，而菲利普那时候正好有点儿忙，不过，不管怎么说，她的事优先。菲利普迫不及待地等着米尔德丽德。他站在窗口望着外面，一看见她来了，他忙不迭地跑去开门。

“见尼克逊了？”

“见了，”米尔德丽德回答说，“他说事情有点儿难办。没有什么办法，只能接受现实。”

“可是，哪有这样的道理！”菲利普大叫着说。

她疲倦地坐进椅子里。

“他有没有说为什么？”他问。

她把一封捏皱了的信递给他。

“这是给你的信，菲利普。我没打开过。昨天我对你有保留，确实没法给你说。埃米尔和我其实没结婚，因为无法结婚，他已经有妻子了，还有三个孩子。”

菲利普的心一阵抽痛，他感到无比嫉妒、痛苦，他差点儿没能承受住。

“这就是我不能去见我姨妈的原因。现在，除了你，我没人可以依靠了。”

“你当时怎么想的？”菲利普尽量克制，低声地问道。

“我也不知道。开始我并不知道他是有妻子的。当他告诉我时，我还当面数落了他一通。接着，好几个月他都没再来找我，当他又回来向我求婚时，我真不知道是不是中了邪，只觉得，我不得不跟着他走。”

“当时你爱他吗？”

“不知道。那时不管他说些什么话，我都情不自禁地发笑。还有他说的一些事——他说他永远都不后悔，说每星期给我七英镑——他说他一周赚十五英镑，不过，这一切都是他骗人的鬼话，他根本就赚不了那么多钱。那段时间，我讨厌去店里上班，同时我和姨妈也闹得不愉快，她拿我当女佣使唤，从不把我当成她的侄女。她说我必须自己打扫房间，如果我不去做，她也不会帮我。唉，要是我当时没犯傻该有多好。可是，当他走到店里来求我时，我真的控制不住自己。”

菲利普往后退了几步，坐在桌子旁，用双手挡着脸。他感觉自己受到深深的羞辱。

“你不生我的气吧，菲利普？”她楚楚可怜地说。

“不，”他回答道，他抬起头来，但没有看她，“我只是感到伤心。”

“为什么？”

“我那时深深地爱着你。为了让你爱我，我什么都可以去做。我以为你不会爱上任何男人。知道你要嫁给那么一个混账男人时，我真的难以理解他身上的什么吸引了你。”

“我也很伤心，菲利普。后来我后悔死了，我不骗你，真的后悔死了。”

菲利普想起了埃米尔·米勒的样子。他脸色苍白，贼眉鼠眼，长着一双精明的蓝眼睛，总是穿件颜色鲜红的针织马甲，一看就是庸俗不堪的流氓。菲利普深深叹了一口气。米尔德丽德走到他的跟前，用双臂勾住了他的脖子。

“你曾经向我求过婚，这点我永远不会忘记，菲利普。”

菲利普握住她的手，抬起头凝视着她。她俯下身子，吻着他。

“菲利普，如果你还要我，那么，凡是你想让我做的事情，现在我都愿意去做。我晓得你是一位真正的绅士。”

他的心猛地停止了一下。她的这句话叫他有点儿难受。

“你真好，可是我不能那样做。”

“你现在不再喜欢我了？”

“我还是像以前一样爱你。”

“那么，既然我们有这样的机会，为什么不好好快活快活呢？你知道的，我现在也没什么关系！”

菲利普从她的胳膊下挣脱了。

“你没懂我的意思。我看见你第一眼，就喜欢上了你。但是，现在，我一下就会想到那个男人，一想起那件事，我就有点儿恶心，唉，都怪我想象力太丰富。”

“你可真有趣。”她说。

他又握了住她的手，朝她微微笑了笑。

“你不要认为我不感激你。我对你能如此做，感到很高兴。可是，你知道的，那种恶心的感觉，我没法控制。”

“你是个很好的朋友，菲利普。”

他们俩继续说着话，很快就又像往日一样熟悉和亲密。天快黑了，菲利普邀请她一起去吃晚饭，然后去马戏团看戏，她装模作样，想让菲利普再劝劝她。她似乎感到此时去寻欢作乐会同她目前悲痛的心境不相符合。最后，菲利普跟她说，他是为自己感到高兴，如果她能一起去那就更好了，直到让她认为这是一种自我牺牲时，她才答应前去。她变得比以前心思细腻了，这让菲利普感觉很高兴。她叫菲利普带她去那家坐落在索霍街上的小饭馆，他们过去常常去那里吃饭。这让菲利普感觉非常感激，因为这说明她还记着他们过去的美好回忆。吃晚饭时，她的兴致越来越好，喝了几杯葡萄酒后，竟忘记了要保持那一副忧郁的神情。菲利普想，不妨趁此机会和她谈谈他们将来的事。

“我想你身上应该没有一分钱了吧？”时机一到，他问道。

“就是你昨天给我的那些钱，还欠房东太太三英镑。”

“哦，我再给你十英镑，你先用着。我立刻去找我的律师，让他给米勒写信。我们要逼他拿钱出来。要是他肯拿出一百英镑，这笔钱足可以支撑到小孩出世的那天。”

“我宁愿饿死也决不要他一分钱。”

“可是他不能这样丢下你不管。”

“我不能不管我的自尊心。”

菲利普不知道要怎么办了。他自己的钱也不够花的，为了拿到医师资格证他得省吃俭用，而且，即便毕业去医院工作，他也需要预留一部分钱作为生活的开销。但是，想起米尔德丽德抱怨埃米尔吝啬的事儿，他便不敢和她讲道理，生怕她也说他是个“吝啬鬼”。

“我就是乞讨要饭，也不愿拿他一分钱。先前，我也想去找个工作来干，可我现在大着个肚子，干活也不方便。我先得考虑自己的身体，对不？”

“眼下你还是别去找工作了，”菲利普说，“在你重新工作前，你有什么缺的，我先借给你。”

“我早就知道你可以信赖。我对埃米尔说，别以为我无依无靠了。你是个真正的绅士。”

菲利普慢慢弄明白了，她跟埃米尔到底是怎么闹掰的了。看来那个家伙的老婆发觉他老是往伦敦跑，知道了他在外面鬼混，就直接找到了他上班的公司，并威胁他说要离婚，而公司的头头说，如果他和妻子离婚，他也可以卷铺盖走人了。那个家伙非常疼爱他的孩子，要他在妻子和情妇之间做出选择，他选择了妻子。他一直小心谨慎，不让米尔德丽德怀孕，不想，她的肚子竟一天天大了起来，她告诉他这件事时，他吓得半死。后来，终于找借口和米尔德丽德吵了一架，直接甩了她，逃回家去了。

“你大概什么时候临产？”菲利普问。

“医生说三月初。”

“还有三个月啊。”

现在最重要的是做好下一步的打算。米尔德丽德提出不想租海伯里的公寓了，菲利普也觉得应该让她住得跟自己近一点儿，这样方便照顾她。他答应第二天去给她找房子。她觉得住在沃克斯霍尔大桥路上比较合适。

"我是为以后打算，到那儿去路也近些。"她说。

"离什么地方近？"

"嗯，我只能在那儿待两到三个月，然后我就得住进私人产院。我知道有一个很不错的地方，去那儿的人都是有身份的人，租金只要一星期四基尼，并且没有其他费用了。当然，医生的诊费还是要付的。我的一位朋友曾在那儿住过，那儿的房东太太才是真正的淑女。我打算和她说，我是一名驻印度军官的妻子，回伦敦生孩子，因为这里利于健康。"

她这么说让菲利普吃了一惊。娇嫩的容貌和苍白的脸色使她看上去很安静、沉着。而她的心中却燃烧着让人害怕的、混乱的激情之火，让菲利普一阵烦躁，他的脉搏跟着突突地乱跳。

70

菲利普回到住处时，希望能等到诺拉的来信，却一无所获。第二天一早，还是没有。诺拉音信全无，让他烦躁不安，同时又惊讶不已。从去年六月开始，他同诺拉几乎天天见面。现在，他却连续两天不去看她，也不去给她说明原因，诺拉一定会觉得奇怪吧。菲利普怀疑是不是她偶然看到他和米尔德丽德待在一起了。想到诺拉会因此伤心，他有些不忍心，于是决定下午就去找她。现在他拿诺拉和米尔德丽德比较，觉得诺拉一点儿都不可爱了，他也不愿意和她继续缠绵下去。

菲利普为米尔德丽德租了两个房间，在沃克斯霍尔大桥路上一幢房子的二楼。房外声音嘈杂、车水马龙，不过他知道米尔德丽德喜欢这样的地方。

"我可不喜欢那种整天看不到一个人影儿、死气沉沉的房子，"米尔德丽德说，"我喜欢有生气的地方。"

给米尔德丽德找完房子，菲利普逼着自己去了文森特广场。按门铃的时候，他内心充满犹豫。他怀有一种对不起诺拉而羞愧不安的心情。他知道自己对诺拉不够好，也知道她的性格直率，他不想和她吵架。也许最好的办法是老老实实地告诉她一切，说米尔德丽德回到了他身边，而他又忘不了她，依然深深地爱着她。他感觉很对不起诺拉，但他实在不能再同她交往下去。他猜想诺拉会感到无比痛苦，他知道她是爱自己的。以往她对他的欣赏和鼓励，使他感到非常骄傲，而他对此也非常感激。可是，眼下这一切简直让他感觉不适应。他不知道诺拉会怎么接待自己。他沿着阶梯拾级而上时，心里把她一切可能的反应想了一遍。他敲敲门。他知道自己脸色苍白，却没办法隐藏心中的慌张。

诺拉正坐在桌边写作，当菲利普跨进房门时，她立马从椅子里跳起来了。

“我听脚步声就知道是你了，”她说着，“最近你上哪儿去啦？你这个小淘气！”

她开心地朝他走过来，两臂勾住了他的颈子。诺拉看到他表现得很高兴，菲利普也吻了她一下。为了掩饰心中的慌张，他说他口有点儿渴。诺拉连忙去厨房煮开水。

“我最近忙得脱不开身。”他支支吾吾地说。

诺拉开心地给他讲起她这两天遇到的事，她说以前看不上她的一家出版商，最近邀请她写书，写成后，她可以拿到十五个基尼呢。

“这笔钱真是天上掉馅饼。你说吧，等拿到钱我们去干什么？我们去哪儿玩？你觉得去牛津玩一天，怎么样？我想去看看那里的学院。”

菲利普看着她，观察着她的眸子中是否有埋怨。可是，她的眼睛跟往常一样，只有坦率欢乐：因为见到他而感到开心。他的心情无比沉重，但不能把真相告诉她。诺拉给他烤了些面包片，将面包切成一小块、一小块，拿他当小孩子疼爱。

“小可爱，吃饱了吗？”她问道。

他点点头，微笑了一下。她给他点了一支烟。接着同往常一样，她走过来坐在菲利普腿上。她的身子很轻。她往后靠在他的胳膊上，脸上露出幸福的神情。

“给我说那些甜言蜜语吧。”她轻轻地说道。

“说点儿什么呢？”

“开动一下你的脑筋，就说你多么喜欢我。”

“我喜欢你，我不说你也知道的。”

这会儿，他没心情说那些甜言蜜语。看她这么开心，不管怎样，今天他说什么也不能伤她的心。他想或许可以写信给她说，在信里比较容易说清楚。想起她会伤心落泪，他实在是不忍心看见。诺拉要他吻她，可是，在接吻的时候，他心里想着的全是米尔德丽德。米尔德丽德的音容笑貌像个幽灵一样跟着他，而事实上，她却有一个实实在在、美丽可爱的肉体，每时每刻他都不能忘记她。现在的菲利普变得神情恍惚，根本没法集中注意力。

“你今天太安静了。”诺拉说。

他们两人在一起时，负责开心逗乐的一方总是诺拉，因为她天生爱说爱笑。

“你从来不让我插话，因此，我的话越来越少了。”

“可是，你也没在认真听啊，你这种态度可不好。”

他有些惭愧，不禁想着诺拉是不是觉察出什么了。他连忙移开自己的目光。这天下午，诺拉的身子突然变得那么沉重，他不想让她碰自己。

“我的脚有些麻了。”他说。

“哦，真对不起。”她叫了一声，从他腿上跳了下来，“要是我改不了爱往绅士腿上坐的毛病，那我只好去减肥了！”

菲利普装模作样地在地板上跺跺脚，还绕着房间走了两圈儿。接着，他站在壁炉跟前，害怕诺拉再坐上来。诺拉说话时，他觉得诺拉要比米尔德丽德好上十倍：诺拉风趣幽默，同她谈话能让人心情愉快。她聪明贤惠，性情温柔，是个优秀、诚实、有胆有识的小妇人。而米尔德丽德呢？他痛苦地承认，她跟这些都不沾边。倘若他稍微有点儿理智，他就应该和诺拉在一起，她一定能给他米尔德丽德永远给不了的幸福。不管怎么样，诺拉是真的爱他，而米尔德丽德只是有求于他，对他感激而已。可是话又说回来，爱比被爱重要得多。他时时刻刻爱着米尔德丽德。同米尔德丽德待上十分钟也胜过同诺拉共度一个下午，米尔德丽德冷冰冰的一吻，胜过了诺拉的全部付出。

“我也没有办法，”他对自己说道，“我爱她已经深入骨髓。”

他不在乎她的冷酷无情，不在乎她的愚蠢浅薄，不在乎她的俗气贪婪，就是无法自拔地深爱着她。他宁愿在她身边受苦，也不愿找其他人一起享受幸福。

他站起来要离开时，诺拉似乎是不经意地说：

“嗯，你明天还会来吗？”

“是的。”他答应了一声。

他心里明白，明天他要去给米尔德丽德搬家，不可能来找她。可是他没有勇气告诉她实情。他打算到时给她发封电报。米尔德丽德上午去看了房间，非常满意。吃完午饭，菲利普跟她一起去了海伯里。她有一箱子衣服，还有一箱子坐垫、灯罩、相片镜框之类的杂物，用这些东西布置一下，就像个家了，她想。此外，她还有两三只硕大的硬纸盒子，不过，放在四轮出租马车上还是能够放得下。他们通过维多利亚大街时，菲利普尽力蜷缩在马车的后面，以防被偶然路过的诺拉撞见。从早上开始，他找不到一点儿空闲去发电报，而在沃克斯霍尔大桥路的邮政局里发电报也不合适，这也会使诺拉怀疑。要是他人都到了那儿，为什么不去近在咫尺的那个广场呢？他觉得最好还是花上半个小时往诺拉那里走一趟。然而这么做好像是受逼迫似的，让他感觉很不情愿。他生起诺拉的气来，因为正是她让自己变成一个庸俗不堪、虚伪无耻的小人。但是，同米尔德丽德待在一起时，他却感觉很幸福。帮她整理行李时，他心里说不出的开心；当他把米尔德丽德安顿在由他付房租的寓所里时，他心中有种莫名的满足感。他可真怕把她累坏了。他为她打开箱子，取出衣服整理好。见她不打算出门，便给她拿来拖鞋，并帮她脱下靴子。他像个奴婢一样为她忙碌着，却心花怒放。

“你会把我惯坏的。”当他双膝跪地给她脱靴子时，米尔德丽德轻轻地抚摸着他的头发说。

他突然抓起她的双手吻了一下。

“你能在这儿，真好。”

他铺好坐垫，摆好相片镜框。她还有几只绿色的陶土花瓶。

“我去买些花来插在花瓶里吧。”他说。

他环顾四周，对自己收拾的房间很满意。

“我不打算出去了，想穿上那件喝茶的睡袍，”她说，“帮我从后面把纽扣解开，好吗？”

她自然地转过身去，丝毫不忌讳菲利普的性别，好像他同样是个女人似的。可是，菲利普却为她对自己表现得如此亲昵而感动不已。他略显笨拙地替她解开扣子。

“从走进那家店，第一眼看到你开始，我实在没想到自己能有这么一天。”菲利普心里美得不行。

“反正，总得有人替我解开。”米尔德丽德应了一句。

她走进卧室，套了件宽松的浅蓝色睡袍，睡袍边上缀着廉价的蕾丝花边。然后，等她坐好，菲利普去给她沏茶。

“恐怕我不能和你一起喝茶了，”他像犯错了似的说，“我与人有个约会。不过，最多半个小时，我就回来。”

菲利普心中有些不安，她要是问起他约会的细节来，他还真不好回答，不过，她并没有多问。他在收拾房间时，就向房东太太预订了两人的饭菜，打算黄昏回家时，和她一起在家里吃一顿难忘的晚餐。他想尽快赶回来，所以就搭乘电车去沃克斯霍尔大桥路。他想一到诺拉那儿，就直接跟她说自己不能久留。

“喂，我只能过来跟你打声招呼，我时间不多，”他脚刚跨进诺拉的房间，就嚷嚷着说，“真是忙得要死。”

诺拉听后脸一下子沉了下来。

“怎么啦，有什么急事？”

他对诺拉硬逼着他说谎非常生气。他说自己必须去参加一个手术指导。说话时，他知道自己的脸一定红通通的。他看她脸上的表情将信将疑的，就更加生她的气。

“哦，这没关系，”诺拉说，“反正明天一天我们都可以待在一起。”

菲利普毫无表情地看着她。明天是星期天，他早就准备这一天去陪米尔德丽德了。他告诉自己，就是出于礼貌，他也应该去陪她，总不能把她孤零零一个人扔在一间陌生的房间里呀！

“实在对不起，我明天有事。”

这话一出口，几乎就预示着一场争吵的开始。诺拉非常委屈，脸都涨得紫红了。

“可是，我已经邀请戈登夫妇来吃中午饭。”——演员戈登和妻子正在到处旅行，星期日路过伦敦——“一周前你答应过我的。”

“实在对不起，我忘了，”他略作停顿说，“我恐怕真不能来。你不能再邀请其他人来吗？”

“那你明天到底有什么事？”

“你在审问我吗？”

“你不想告诉我吗？”

“是，一点儿都不想，我最讨厌别人逼我汇报自己的行踪。”

这时，诺拉的态度有所改变。她极力克制着自己的怒火，走到菲利普的面前，轻轻地拉起他的手。

“明天别让我失望，菲利普，我期望好久，希望和你在一起过个星期天。戈登夫妇希望和你见面，我们一定会度过一个美好的星期天的。”

“要是能来，我就来了。”

“我平时很少麻烦你，对不对？我一向是不会让你为难的。你不能先推掉其他的事吗？就这一次，好吗？”

“实在对不起，我不能那么做。”菲利普冷冷地说。

“那就告诉我，你是去干什么吧。”她撒娇似的说道。

菲利普飞快地编出了个理由。

“格里菲斯的两位妹妹这周末要来伦敦，我们准备带她们到处逛逛。”

“就这事吗？”她高兴地说道，“格里菲斯很容易就能再找个人来替你嘛！”

他想着要是找到一件更紧迫的事儿就好了。这个借口也太牵强了。

“不行，很抱歉，我已经答应人家了，不能违背承诺。”

“但你也早就答应我了。而且，你不应该先考虑我吗？”

“别让我为难了。”菲利普说。

诺拉火了。

“不想来就别来了。这些天你在搞些什么，我确实不知道，菲利普，你不是原来的样子了。”

菲利普看了看手表。

“抱歉，我得走了。”他说。

“你明天真不来？”

“对。”

“明天不来，就不用再来了。”她生气地大叫道。

“随便你怎么说吧。”他说道。

“别再让我耽搁你宝贵的时间啦。”她挖苦地说。

菲利普耸了下肩膀，出来了。他如释重负，事情总算没那么糟。诺拉没有大哭大闹。一路上，他都很高兴，为这么容易就处理掉了这么一件麻烦的事情而高兴。他路过维多利亚大街时，给米尔德丽德买了一束鲜花。

晚餐吃得很可口。菲利普知道米尔德丽德最爱吃鱼子酱，之前送来了一小罐。房东太太给他俩准备了几块炸肉排、蔬菜和甜点。菲利普还订了一瓶她最喜欢喝的红葡萄酒。窗帘拉下，壁炉炉火烧得正旺，把灯泡安在米尔德丽德带回的灯罩下，房间里的氛围舒适温馨。

“这才像个家嘛。”菲利普春风得意地说。

“说不定我会更加不幸呢，对不对？”她说道。

饭后，菲利普将两张安乐椅挪到壁炉前。他们两个坐了上去。他快活地抽着烟斗，感到自在极了。

“明天你准备做什么？”他问米尔德丽德说。

“我要去图尔斯山。你记得那家餐厅的女经理吗？她后来结婚了，她邀请我去她那儿玩。她一直以为我已经结婚了呢。”

菲利普的笑容变得僵硬。

“可是，为了跟你过周末，我推掉了一个约会。”

他想着，要是米尔德丽德真爱他的话，一定会说留下来陪他的。

菲利普心里清楚，如果诺拉碰上这种情况是一定不会犹豫的。

“呵，你真傻，干吗要那么做？三周前我就答应她了，可我一直没去。”

“可是，你一个人怎么去呢？”

“哦，我会说埃米尔出差了。她的丈夫是做手帕生意的，是个体面的人。”

菲利普没再说话，一种苦涩的感觉涌上了心头。米尔德丽德试探地看看他。

“你不会连这么点儿自由都不愿给我吧，菲利普？你明白以后我没什么机会去外面走动了，过一段时间就只能待在家里了。况且我真的和她说好了。”

他握住她的手，笑着对她说：

“不，亲爱的，我要你去痛快玩玩。只要你开心就好。”

一本蓝皮小说打开着，倒扣在沙发上，菲利普无意地把它拿了起来。这本中篇小说定价只有两便士，作者叫科特纳·帕各特。这是诺拉的笔名。

“这个作家，我可喜欢他啦，”米尔德丽德说，“他所有的书我都看，写得太美了。”

菲利普仍然记得诺拉曾告诉过他：

“厨娘女佣都喜欢看我的书。因为她们都把我想象成了一位文质彬彬的绅士。”

第8章

71

格里菲斯对菲利普有知遇之恩，为了报答格里菲斯，菲利普把自己的一些情感纠葛都告诉了他。星期天早上，他俩早早吃过饭后，便披着睡衣在壁炉旁边抽烟，此时，菲利普把自己前日里和诺拉闹得不愉快的事情告诉了格里菲斯，格里菲斯却对他如此快地摆脱窘境而表示祝贺。

“世界上最简单的事情，莫过于和女人谈恋爱，”他摆出一副严肃的样子说，“但情丝难断却很让人讨厌。”

菲利普一想起自己如此高明地摆脱了纠缠，就感到扬扬得意。无论怎样，他终于可以问心无愧了。菲利普想到米尔德丽德开心地在图尔斯山玩，他真真切切地为她感到欣慰。菲利普虽然有时候会觉得失落，但他仍然愿意成人之美。对菲利普来说，他为自己的这种自我奉献的行为感到高兴。

但是，在星期一的早上，菲利普看到桌子上放着一封信，写信的人是诺拉，信上写道：

亲爱的：

星期六那天，我实在不应该发脾气，在此深感歉意，希望能得到你的原谅。请你一如既往地来用下午茶。我爱你。

诺拉

菲利普非常懊恼，一时间不知道该怎么办。于是，他把信递给了跟前的格里菲斯。

“你最好不要回信。”格里菲斯说。

“噢，我不会这样的，”菲利普大声说道，“我一想起她在等我的回信，心里面就感到很不舒服。等待邮递员敲门的滋味可不好受，你不会知道的，我却深有体会。我一定不会让她遭受这种折磨的。”

“兄弟，既想斩断情丝，又不想难过，这是不可能的。想做好那样的事，你必须痛下决心。你心里要明白，那样的难过只是暂时的，不会持续太长时间。”

菲利普坐在桌前，大笔一挥，很快写好了一封给诺拉的信：

亲爱的诺拉：

让你感到不高兴，我深表歉意。然而，我认为我们的关系如果止步于星期六那个时候，这对于彼此都有好处。既然事情的发展已经索然无趣，那么我们便没有必要让它再继续进行下去。你当时让我离开，我遵从了你的意愿。我也不敢奢望再回去。再见。

菲利普·凯里

菲利普把信递给格里菲斯看，想要听听他的看法。格里菲斯看完菲利普的信，并没有表达自己的看法，只是一言不发，目光晶莹地注视着他。

“我觉得这封信一定会产生效果的。”他说。

菲利普出门把信邮寄了出去。整个上午，菲利普都在猜测诺拉收到信后会出现的一系列的情感变化，所以，他的心里面感觉并不舒坦。他一想到诺拉看到信后可能为之落泪，就会感到难过。与此同时，一种轻松愉悦的感觉也涌现在他的头脑中。亲眼所见的痛苦总比想象中的更要难以忍受，另外，此时他终于可以放下一切，一心一意地去追求米尔德丽德了。

他一如既往地准备回到屋里面打扮一下。开门的钥匙还没塞进门锁里，他突然听到一个人的声音从身后传来。

“我可以进去坐一会儿吗？在此之前，我可是等了你半个小时。”

声音的主人不是别人，正是诺拉。菲利普的脸顿时涨得通红。她说话时自然亲切，声调轻盈悦耳，语气中听不出任何的抱怨，完全看不出二人此前发生过什么矛盾。菲利普却感到很羞愧。他既担心又反感，却不得不摆出一副笑脸相迎的样子。

“当然，请进。”他说。

菲利普刚开门，诺拉就抢在他的前面走进了卧室。他心神不定，无所适从，他把一支烟递给了诺拉，当然自己也点燃了一支，以此来缓解心中的不安，好让自己镇定下来。诺拉一直目不转睛地注视着他。

“你太淘气了，不然怎么会写这样一封令人担忧的书信寄给我？我若是信以为真，那么我一定会心如刀绞的。”

“我写这封信是认真的，并没有开玩笑。”他表情忧郁地说。

“别犯傻了。我虽然此前大发脾气，但是我已经诚恳地写信向你道歉了。你难道还不能原谅我吗？好吧，现在我亲自登门表达我的歉意，恳请得到你的谅解。当然，我并不是要求你原谅我，因为我没有这样的权力，况且你也是独立的。我并不希望你做自己不喜欢的事情。”

她一边说一边从椅子上起来，张开双手，激动地走向菲利普。

“我们和好吧，菲利普。如果我曾经惹怒了你，我表示歉意。”

菲利普的双手被她紧紧地握着，但他害怕直视她。

“已经来不及了。”他说。

她伤心地坐在了地板上，双手却紧紧地抱着菲利普的双腿。

“菲利普，你别这样！我知道是我急躁的性格对你的感情造成了伤害，但是如果只因为这个问题而生气，那就太不值得了。现在我们两个都不开心，这对于彼此没有任何好处。我们之间曾经的情谊是多么的深厚啊。”她的手指逐渐地移动触摸到他的手。“我爱你，菲利普。”

为了躲避她，菲利普起身走到了房间的另一侧。

“真的很抱歉，我爱莫能助。我们之间的事情已经结束了。”

“难道你不爱我了？”

“是的。”

“你只是想通过那件事，然后找借口把我甩掉，对不对？”

他并没有说话。她看上去很生气，却默不作声，只是用双眼死死地盯着他看了一会儿。她待在原地一动不动，身体靠着躺椅。她哭了，并非抽泣，因为没有声音。她任由豆大的泪水划过她的脸颊，不用手去擦拭脸面。她神情抑郁，看起来万分悲痛，让人感到不寒而栗。菲利普不忍直视，默默地转过了身。

“实在抱歉让你如此难过。即便我不爱你了，这也不能怪我。”

她没有说什么。或许是太悲伤了，她只是呆呆地坐在地上，任凭泪水冲刷着自己的面颊。如果她能够大声地骂他几句，他心里会比较舒坦一些。菲利普知道，诺拉急躁的性情往往会让她不由自主地大发脾气，并且他也早已准备好如何应付。他心里面想，要是他们两个人大吵一场，使用尖酸恶毒的言语辱骂对方，那是最好不过了。至少在某种程度上，这会说明自己的行为是没有过错的。时间过得飞快。最后，他看到她由无声地流泪转变为惊慌失措。他赶紧去倒了一杯水，然后向诺拉递过去。

“要不要喝点儿水？至少喝完心里会舒服一些。”

她有气无力地让嘴唇靠近杯子，喝了几小口水。然后，满脸愁容的她向菲利普索要了一块手帕，用它擦拭掉了脸上的泪水。

“其实，我本来就知道我爱你远远胜过你爱我。”她低声地说。

“很多事情本来就是这样，”他说，“有些人往往不顾一切地去爱别人，而有些人总是被别人所爱。”

这时候，他不由得联想到了米尔德丽德，心头隐隐作痛。诺拉一直默不作声。

“我是多么的可悲倒霉，呵，我这可怜又可恨的一生。”她开口说道。

菲利普明白，诺拉是在自言自语。不过，以往他从未听说诺拉对同她丈夫在一起生活有何不满，她不是一个怨天尤人的女人。她总是对世间万物秉持着一种凛然积极的态度，这也是令他所钦佩的一点。

“之前，咱们两个不期而遇，你对我是非常好的。我敬佩你的聪明敏锐，重要的是，我认为我找到了一个可以一起白头到老的人，这是非常难得的。我爱你。但是结局往往不遂人愿，并且我也没有什么过错。”

此时，她尽力地不让自己的情绪失控，无奈泪水不自觉地流淌下来，她只好用手帕去遮挡住自己的脸。很显然，她在努力让自己保持冷静。

“我想再喝点儿水。”她说。

她用手帕擦干了眼泪。

“做出这样愚蠢的事情，我感到很抱歉。我还没有做好充分的思想准备。”

“不，诺拉，是我对不起你。我希望你能明白，你为我做的任何事情，都让我充满感激之情。”

其实，他并不清楚诺拉到底喜欢他哪一点。

“唉，事情总是这样，”她唉声叹气地说，“你对一个男人越好，到头来，他只会让你遭受更多的苦；你只有对男人狠，他们才会对你好。”

诺拉慢慢地站了起来准备离开，她先是向菲利普瞥了一眼，随之发出一声长长的叹息。

“太奇怪了。事情怎么会发展成这样？”

菲利普下定了决心。

“我想说的是，你不要把我想得太坏，如果你是我，也无能为力。米尔德丽德回来了。”

诺拉的脸涨得通红。

“你应该马上告诉我，我理应知道这件事。”

“我不敢告诉你。”

诺拉照了一下镜子，然后戴正了帽子。

“劳烦你帮我叫一辆马车，”她说，“我一点儿力气也没有了。”

菲利普出门替诺拉叫了一辆双座位马车。菲利普陪着诺拉走了出去，不经意间，他吃惊地发现诺拉步履蹒跚，脸色苍白，仿佛一下子老了许多。她的病容让菲利普有些怜惜，他对于诺拉一个人回去有些不放心。

“如果你同意，我可以陪你回家。”

看到诺拉没有反对，他便上了马车。马车经过大桥，驶进了几条简陋的小巷中，马路边孩子们在愉快地玩耍，他俩坐在马车上，没有说一句话。马车很快便来到了诺拉的住所，她却一直坐在马车上一动不动，看上去连下车的力气都没有。

“我请求得到你的原谅，诺拉。”菲利普说。

她扭头看向菲利普。晶莹的泪水在她的眼里一直打转，她却嘴角微微上扬，让自己保持着微笑。

“没关系！你不用为我担心，这不怨你。我很快就会好的。”

她用手爱抚地摸了一下菲利普的脸，这一动作只是暗示自己并没有怀恨他，没有其他用意。最后，她下了马车，径直地走进了屋。

菲利普支付完车费，就迫不及待地走向米尔德丽德的住所。他一点儿也高兴不起来，想狠狠地骂自己。他不知道自己为什么这样想，他也不知道自己能做点儿什么。他看到路边有一个水果店，突然想起来米尔德丽德爱吃葡萄。他为自己能够记起她的每一种喜好而沾沾自喜，因为这对于表达对她的爱慕之情是再好不过了。

72

接下来的三个月，菲利普每天都会去找米尔德丽德。他喜欢带一本书，总是在用完茶点后阅读，而米尔德丽德也总是在这个时候阅读小说。他时不时地会盯着她看上一会儿，嘴角上的笑意含而不露。但是，他的目光总是难逃米尔德丽德的法眼。

“不要总是看我，傻瓜！快忙你的事吧。”她说。

“好霸道啊。”他高兴地回应。

房东太太准备好饭菜，然后走进房间。菲利普见她进来，便把书本放下，饶有兴致地同她聊天。她来自伦敦，个子不高，看起来年龄已经不小了，却能说会道，讲起话来幽默感十足。米尔德丽德把她当成好朋友对待，喜欢向她倾诉自己的种种不幸，其中也包括一些虚假的陈述。但房东太太却有一副好心肠，常常同情米尔德丽德的遭遇。她认为只要米尔德丽德生活得快乐，其他的事都不算什么。米尔德丽德出于礼貌，对外让菲利普担任自己兄长这一角色。用餐的时候，米尔德丽德的胃口总是让人难以捉摸。每当看到她那吃饭的样子，菲利普总是感到很高兴。他喜欢看她在自己的对面坐着，心中常常感到欣喜；有时在用餐的时候，他会突然握紧她的手。用

完餐，米尔德丽德喜欢在壁炉旁边的躺椅上待一会儿，他则会坐在地板上偎依在米尔德丽德身旁，悠然地抽着香烟。他们两个总是默不作声。特别是在她犯困打盹的时候，菲利普更是不敢发出一丝声响，生怕打扰到她。他只是一声不吭在坐在地板上，慵懒地望着壁炉中的火，尽情地陶醉在他的幸福生活里。

“睡得可好？”她睁开眼时，看着他双眼直勾勾地盯着自己。

“我没睡着，”她回答说，“只是闭眼小憩一会儿。”

她从不承认自己睡着过。她天生具有冷漠的性情，但是，目前她很满意自己的身体状况，没有觉得不方便。她爱惜自己的身体，特别是自己的健康问题，在这方面，不管他提出什么样的建议，她都会遵从。她喜欢在早晨外出，遇上好的天气，总要在外面多待一会儿。天气暖和的时候，她喜欢坐在圣詹姆士公园里。余下的时间，她总是慵懒地坐在沙发上，看看小说，或者同房东太太聊天。她喜欢谈天说地，聊起天来简直就停不下来。她喜欢跟菲利普讲述房东太太身边各种各样的事，比如楼上住客或者邻居之间所发生的各种奇闻逸事。当她向菲利普诉说自己害怕分娩时，她常常会神情凝重，唯恐自己因为分娩而丧命。然后，她还详细地谈到房东太太和楼上女房客的分娩状况。（其实米尔德丽德根本不认识那位女房客。“我喜欢安静，”她说，“我不善于与人攀谈。”）她说话的时候，总是带有一种难以名状的语气，既激动又担忧，不过，她对于自己临产一事保持着泰然自若的态度。

“无论怎样，我又不是第一个生孩子的人，是吧？大夫也说我没问题。显然，我不是那种天生不能生育的人。”

产期马上就要到了，米尔德丽德找到房东欧文太太。欧文太太帮她找了一位医生，她根据医嘱，每两周检查一次身体，费用是十五畿尼。

“按说我可以讨价还价的，但因为是欧文太太极力推荐的医生，所以我不想多说什么。”

“没关系，费用多少无所谓，只要你开心就行！”菲利普说。

她总觉得菲利普为她做什么都是合情合理的，并没有什么不妥；对于菲利普来说，他也心甘情愿地给她钱，即便是为她花费五英镑的钱，都会让他感到格外的幸福和自豪。菲利普为她花费了一大笔钱，因为她对花钱并没有什么概念。

“我不清楚钱是怎么花完的，”她喃喃自语，“花钱似流水，这句话一点儿没错。”

“没关系，”菲利普说：“我很乐意为你效劳。”

她不大会做针线活儿，不能为自己即将出生的孩子做几件不可或缺的衣物。于是，她告诉菲利普说买衣服比量身定做更划算。菲利普的全部资产是手中的几张契据，前段时间，他通过售出一张契据得到五百英镑的报酬，这笔钱一直存在银行里，菲利普一直想用它来投资一门生意，尽管这门生意还不能让人一下子理解。因为这五百英镑的缘故，他觉得自己一下子富有了起来。他们两个在一起的时候，常常对未来的生活充满了期待。菲利普建议米尔德丽德以后陪伴孩子左右，但是她不同意，原因是她要通过工作挣钱养家，不带孩子去找工作显然要容易得多。她想先把孩子托付给一个不错的乡下女人代养，然后去原来工作过的商店重新工作。

“我准备出七先令六便士的佣金，雇佣一个人去照顾孩子。这对于我和孩子都是一个不错的选择。”

菲利普觉得这样做有些违背常理。他想劝米尔德丽德不要这样做，她却故意声称菲利普不舍得支付抚养孩子的费用。

“当然了，我会独立支付孩子的抚养费，”她说，“这个你不用担心。”

“你知道为了你，付多少钱我都愿意的。”

其实在米尔德丽德心里面，她更希望能够胎死腹中。虽然她没有明说，但是菲利普已然看出她的这种想法。开始时他还觉得有点懵，但后来细想，综合多种因素来说，他又何尝不希望如此。

“说得都很好听，”米尔德丽德埋怨道，“但一个姑娘家出外自食其力，这是非常艰难的。加上照顾身边的孩子，这就更艰难了。”

“还好我可以帮你呢，”菲利普笑呵呵地拉起米尔德丽德的手说道。

“菲利普，你总是对我那么好。”

“噢，别说傻话！”

“但是你得知道，你以前对我的好也并非全然没有回报，我也是报答过你呢。”

“苍天可鉴，我可没有想要你报答我。我之所以这么做，是因为我爱你。你并不亏欠我什么，你爱我就够了。仅此而已，我别无所求。”

米尔德丽德想把肉体作为商品去进行交易，为达目的不惜卖给买主，这种想法让菲利普感到很惊讶。

“菲利普，我希望能够回报你，你总是对我这么好。”

“好啊，以后等你身体痊愈，你倒是可以陪我去度蜜月，我求之不得呢。”

“你太坏了，”她假装生气责怪菲利普，脸上却露出灿烂的笑容。

米尔德丽德把坐月子的时间定在三月份，等身体恢复得差不多了，再去海边住上十天半个月，这期间菲利普全身心地准备自己的考试。然后在复活节的时候，他们两个准备去游览巴黎。菲利普不停地讲述着他们将在巴黎游玩的事情。可以预见，那时候的巴黎一定很美。他们会在已然熟知的拉丁区的一家旅社租间房子，然后吃遍各地小餐馆的美食，当然，去戏院看歌剧也是不错的想法。他还会陪她去欣赏音乐，并让她去见他的亲戚朋友。她对这样的安排一定会满意的。米尔德丽德也很想见一下他口中常常提起的克朗肖，包括已经前往巴黎数月的劳森。他们还会去皮利埃舞厅跳舞，去游览凡尔赛、恰特兹、枫丹白露。

“那肯定需要一大笔费用。”她说。

“你不用操心钱的事情，仔细想一下，这一天我可是等了好久。你清楚它对我的重要性！我以前只爱你一个人，以后也是。”

他慷慨激昂地说着他的计划，米尔德丽德默不作声，只是笑嘻嘻地听着。他觉得她完全理解自己的一番苦心，这让他感激不已。较之以往，她的性情温存了许多。以前她总是带有一种让人感觉很不舒服的傲慢姿态，现下一点儿也看不到了。他俩很熟悉了，所以她不再矫揉造作地表现自己，她那以前精心打扮的头发如今常常做成发髻，则是最好的证明。而她那以往整齐的刘海如今也只是随意披散。那双眼睛在她瘦削的脸上被衬托得很大。眼睛下布满皱纹，苍白的脸颊更是让这些皱纹显得格外显眼。她那忧郁的神情让人感到怜惜。菲利普更是觉得她愈来愈像圣母玛利亚了。他希望她能够永葆容颜。如今，他正沉浸在无尽的幸福之中，而这是以前所体会不到的。

一到晚上十点，菲利普就会离开，因为米尔德丽德有早睡的习惯，另外他回去后也可以复习一下自己的功课。在离开之前，他总是像平常那样替她梳理头发，道声晚安，然后送上自己虔诚的亲吻。他先亲吻她的掌心，然后亲昵地去吻她紧闭的双眼，最后一遍又一遍地亲吻她那鲜润的小嘴。在回家的路上，爱情充斥着他的内心，溢满他的大脑。他希望能够完成自己的平生夙愿，来弥补因无私奉献而导致的心神俱疲的自己。

没多久，米尔德丽德转移到一所私立医院去进行分娩生育。这一变动导致菲利普去探望她的时间更少了，只能安排在每日的下午。米尔德丽德在向院长介绍自己的时候，为了不让外人知道自己的身世，不得不把自己说成是驻军印度的外地士兵的妻子，而菲利普则成了她的小叔子。

“我每天讲话都很谨慎，”她对菲利普说，“因为这有一位太太的丈夫是印度民政部的官员。”

“如果是我，我才不会担心呢，”菲利普说，“我认为她的丈夫和你丈夫坐的是一条船。”

“什么船？”她不明白什么意思。

“逗你的！”

米尔德丽德生下了一个女孩，整个生育过程很顺利。菲利普进门探望她时，看到婴儿紧挨着她躺在那里。此时，米尔德丽德的身体虚弱不堪，还好事情都过去了，这让她的心情很放松。她抱着自己的孩子让菲利普看，眼睛里却透露出一种奇怪的目光。

“这小家伙儿看起来真是小巧可爱啊，是吧？我生育了她，这简直不可思议！”

小家伙全身红通通的，皮肤略显褶皱，模样也很奇怪。菲利普看着她，激动得不知道说什么才好。他当前的处境是尴尬的，因为医院的看护人员正站在他旁边。她的眼神告诉他，她根本就不相信米尔德丽德对自己身世的说辞，她坚信孩子的父亲正是菲利普。

“给她想好名字了吗？”菲利普说。

“我心中想到两个名字，玛德琳和塞西莉亚，不过还没确定呢。”

看护人员识趣地走开了，这样他俩就有时间单独待在一起。菲利普俯下身，亲吻了一下米尔德丽德的嘴唇。

“亲爱的，一切过得都很顺利，我很高兴。”

她用纤细白皙的手臂，一下子抱住了菲利普的脖子。

“你心肠真好，亲爱的。”

“你现在终于是我的人了。亲爱的米尔德丽德，我等这一天等了好久。”

看护人员走到门边时发出的声响，让菲利普赶紧直起了身子。随后，看护人员走了进来，没有说话，嘴角却带着微微的笑意。

73

三周后，米尔德丽德带着女儿前往布莱顿，菲利普赶到车站去送她们母女。她身体恢复得不错，气色明显好转。她准备住在布莱顿的一所公寓里面，以前她跟埃米尔·米勒一起居住在那里几周的时间。她提前给埃米尔·米勒写了一封信，说明她丈夫奉命出差德国，她将带孩子去游玩。米尔德丽德打算在当地找一个愿意抚养孩子的保姆。她这种对孩子冷漠的做法，让菲利普很惊讶。米尔德丽德则解释说想让孩子在外住一段时间，然后再亲自抚养，这样会让孩子逐渐地习惯自己的生活，并声称如果是其他人也会这样做的。菲利普原想着她能够抚养孩子几周，这样可能会唤起她的母性，从而愿意长久地把孩子留在自己身边，但这一切显然是不可能的。米尔德丽德平日里对孩子很好，她尽了作为母亲的责任。有时候孩子也会给她带来无尽的乐趣，她嘴里也喋喋不休地谈论着孩子的一切。但实际上，她对孩子没有一丝的真心实意。她不会觉得孩子是她的心头肉。她总觉得孩子跟他的父亲很像。她总是冥思苦想，孩子长大后该怎么办。一想到自己当初竟然生养了这样一个孩子，她就后悔不已。

“当初我真是糊涂啊。”她自怨自艾道。

她觉得菲利普很好笑，因为他整日操心孩子的幸福，可以说是忧心忡忡。

“如果你有孩子，你就见怪不怪了，”她说，“我真想看看埃米尔为孩子感到心烦意乱的样子。”

菲利普听说过育婴堂，以及一些无辜的孩子被他们无情的父母抛弃的故事。而如今，他心中特别担心这样的事情发生。

“别胡思乱想了，”米尔德丽德说，“你出钱雇人来照顾孩子有什么可担心的。你给她们那么多钱，她们理应照顾好孩子，这对她们自己也有好处。”

菲利普希望米尔德丽德能找一个未生养过孩子的妇女，并保证不再领养其他的孩子。

“钱多少都无所谓，”他继续说，“我可以把一周的佣金提高到半个畿尼，前提是孩子不能够受饥饿或打骂的委屈。”

“老朋友，你可真有趣啊，我亲爱的菲利普。”

菲利普看着这个娇弱无力的小家伙任人摆布，感觉很心疼。她的样子长得有点儿丑，总是喜欢大哭大闹。一个怀着耻辱和烦恼的女人把她带到了这人世间，却将要无情地丢弃她，她的一切吃穿住行竟然要靠一个陌生人来维持。

火车即将发动的时候，他亲吻了米尔德丽德。他也想亲一下那个小家伙，却担心米尔德丽德嘲笑他而作罢。

“记得给我来信，亲爱的，我希望你早点儿回来，我真是一分钟都等不及了！”

“你一定要好好考试啊。”

最近为了考试，他拼命地复习功课，虽然剩下的时间不到十天，但他早已做好最后的冲刺。他迫切地想要通过考试：一方面可以节省时间和花销，因为近四个月里，他的钱简直如流水一般地减少；另一方面，他要赶紧结束这枯燥无聊的功课。他想学习药物、妇产和外科这三门课程，因为这显然比自己在学的解剖学和生理学有趣。菲利普一门心思地想赶紧进入这剩下的三门课程。这种考试的难度是尽人皆知的，大多考生都不可能一次性及格，但是他不想让米尔德丽德看到自己失败的样子。他希望自己能够通过考试，以此来向

米尔德丽德证明自己，否则的话，她对他的印象就会大打折扣。他知道，她总是喜欢用一种不同常人的讥讽语气，来阐述自己的想法。

米尔德丽德寄给他一张明信片，说明了自己的近况。他每天都会用半个小时的时间给她写信。他虽然不善言辞，但发现借助于手中的笔，可以把平常难以言说的话语写下来，这让他在信中对她畅所欲言。平日里他非常爱慕米尔德丽德，自己的一言一行也深受她的影响，但两人在一块儿的时候，他却难以充分表达自己的情感。如今他尽情地在心中憧憬两人的未来生活，描绘自己的远大前程，同时也掺杂着自己对她由衷的感激之情。他在心中反问自己，米尔德丽德身上究竟有什么样的魅力，以至于让他疯狂不已（以前他仅仅是在心里思考，没有用言语表达过）。但是，他也不知道是因为什么。他觉得只要跟她在一起，就会无比地甜蜜；两人一分开，他就会觉得一切都黯然失色，世界充满了灰暗。而当他想她的时候，整个人激动不已，自己的心怦怦直跳，以至于呼吸都很困难。这时候，由于思念她所产生的阵阵惊喜逐渐演变成一阵心痛，使得他的双腿不由得发颤，他觉得浑身有一种说不出来的虚弱无力之感，好像是自己已经好久没吃饭一样，从而四肢软弱无力，好像一阵风就能把他吹倒。因此，他迫切地希望能够收到她的回信，从而得到安慰。他不会奢望她经常回信，因为他明白写信对于米尔德丽德来说绝非易事。他收到了她写的一封简短的信，字体东倒西歪，但他已经很满意了，不枉费他先前给她寄去的四封长信。她信中说她在一个公寓里租了间房；谈及到了那的天气情况和孩子的发育情况；她还结识了一位老太太，这位太太喜欢跟孩子一块玩。她还说她会在周六晚上去看戏剧；她连布莱顿各处人满为患的状况都写了进去。这封信虽然只道家长里短，写得直白无趣，却足以撩拨菲利普蠢蠢欲动的情思。那潦草难认的字体，哪怕只是一封简短的回信，都让他心底升起一股欲念。他急切地想要一把抱住米尔德丽德，然后亲她个够。

他高兴地进入考场，信心十足。试卷上的题目对他来说也是小菜一碟，他知道这次考得不错。试卷的第二部分考题是口试，他答卷时虽然有些紧张，但是他整体做得并不错，成绩公布之后，他马上给米尔德丽德发了一封喜报。

他刚到家，就看到桌子上放着一封米尔德丽德寄来的书信，信里面说她要在布莱顿再待一周，因为她为自己的孩子找到了一个女保姆，每周只需要支付七个先令的薪水，她留下来想详细地了解一下这位保姆的具体情况。另外，她在布莱顿玩得很开心，所以想多待些日子，她认为这有助于身体的恢复。她本不愿意再让菲利普给她钱花，但是她还是挺希望菲利普能够给她寄一些钱过来，因为她特别想买一顶新的帽子，她觉得整天戴着同一顶帽子跟一些太太出去游玩，有些不太讲究，而她的那位女性朋友也是一个讲究的人。看完信，好长时间里，菲利普都觉得特别失落和伤心，他那因通过考试而产生的愉悦心情马上消失得无影无踪。

“她要是对我能有我对她四分之一的好，那她肯定不会在外地多待一分钟的。”

但这个想法很快就在他脑中消失了。我太自私了！她的健康才是最要紧的事。不过他现在闲着没事干，所以他想去布莱顿找米尔德丽德，这样他们两个就可以整天待在一起了。一想到这儿，他激动不已。他想要是他突然出现在米尔德丽德面前，告诉她自己也在公寓里租了间房子，那太令人高兴了。他正要去查询火车的发车时间，却又停了下来。他相信米尔德丽德见到他会很激动，但是她还有许多朋友在布莱顿。他不擅长交际，而米尔德丽德交友广泛，喜欢热闹。他觉得她跟朋友在一起玩肯定比跟他在一起要更快乐。他受不了自己因妨碍米尔德丽德玩耍而让她感到碍事。他不敢突然去找她，但又不想写信说自己整天没事干，才想去找她。她知道他在城里闲着，所以她如果需要他，自然会写信让他去。再者，他害怕自己写信被她拒绝，他可不想自讨没趣。

第二天，他给她写了一封信，并寄去五英镑的生活费用，最后他提到如果需要，他可以在周末去看她，当然前提是不改变她原先的行程。他万分急切地等着她的回信。终于，她在回信中说，她不知道他想过来，否则她会提前安排行程，如今她已经跟朋友约定好，在周六晚上一块儿去看杂耍。他如果来公寓等她，会让人说三道四。不过她说他可以在周末早上过来共同度过美好的一天。他们可以去梅特洛波尔餐厅吃饭，然后她会把他介绍给要照料她孩子的那位太太。

周日马上到了。早上天气晴朗，这让菲利普感谢上天的垂怜。到达布莱顿时，早上的阳光如流水一般透过车窗照进车厢。他看向月台，发现米尔德丽德正在等她。

“很高兴你来接我！”菲利普一边说，一边握起她的双手。

“你肯定想让我接你，不是吗？”

“我就知道你会来。喔，你气色看着不错啊！”

“身体确实好转了很多，不过我尽量在这儿多待一段时间的想法是正确的。公寓里面的那些人出身于上流社会，都是正经人。与外界隔绝了几个月，我现在真的想好好玩一下。以前真是太无聊了。”

她头上的新帽子让她显得格外精神。这顶帽子是黑色的，帽子上还有好多便宜的花朵。另外，一条天鹅绒的围巾围在她脖子上，随风飘舞。她还是那么瘦小，走起路来微微佝偻着背（她总是这样），不过，以前的那双大眼睛好像变小了。而她那毫无色泽的皮肤上则没有了先前的土黄色。他们肩并肩在海边散步。菲利普已经记不得上一次散步是什么时候了。他突然意识到自己走路有点儿跛，不觉有些尴尬。为了消除自己的窘态，他不得不尽量迈着僵硬的步子陪着她散步。

“你见到我开心吗？”他问米尔德丽德。此时，他的心中又泛起阵阵狂热的爱意。

“肯定高兴啊。你这不是明知故问吗？”

“看，格里菲斯对你打招呼呢！”

“真是不害羞！”

菲利普告诉过她好多格里菲斯的事情。他说格里菲斯性情放荡浮夸，还把格里菲斯所做的各种风花雪月的事告诉她，以此来博得她的好感，尽管他承诺不告诉别人。米尔德丽德在倾听的时候会不觉流露出一种蔑视的神情，尽管她心生好奇。不过，菲利普赞美了格里菲斯帅气的容貌和所干过的大事。

“你一定会像我一样对他产生好感的。他这个人本身就很有趣，性情欢快，是个不错的好人。”

菲利普还把自己与格里菲斯不认识的时候，他在病床前悉心照料他的事情告诉了米尔德丽德。他把格里菲斯这种仗义相助的事迹详细地说了一遍。

“你会不自觉地对他产生好感的。”菲利普说。

“我不太喜欢长得英俊的人，”米尔德丽德说，“我觉得他们太傲慢了。”

“我经常在他面前提到你，因此他很想跟你认识一下。”

“你都跟他说了些什么？”米尔德丽德问他。

菲利普喜欢向格里菲斯倾诉自己对于米尔德丽德浓浓的爱意，他实在找不出第二个倾听者。慢慢地，他把自己和米尔德丽德之间所有发生的事，一五一十地告诉了他。他极力称赞米尔德丽德的美貌，光在格里菲斯面前就说了不下五十次。他描述米尔德丽德外貌时的口吻充满着浓情蜜意，任何细节都没有放过，所以格里菲斯连她那双纤嫩的手和纯白的脸都知道得一清二楚。当菲利普谈到她那纯白无色且魅力十足的薄唇时，格里菲斯都忍不住嘲笑他。

“呵！还好我不像你那样粗鄙地对待美好的事物，”他说，“不然，人活在世间还有什么意思？”

菲利普粲然一笑。格里菲斯怎会理解甜蜜的热恋？这正如人们一刻也离不开肉、酒和新鲜的空气。他知道先前菲利普一直照料着怀孕的米尔德丽德，而如今菲利普正在陪她度假。

“唔，我觉得你本应该得到回报，”格里菲斯对他说，“你肯定花了不少钱。还好，你有能力支付这笔昂贵的费用。”

“我也有点儿独木难支啊，”菲利普继续说，“不过我并不在意这些东西。”

时间还早，没有到吃饭的时间，菲利普和米尔德丽德坐在广场的一角，一边沐浴着阳光，一边看着广场上的行人。只见一些当地的男店员手持木杖，边走边挥舞着。而女店员们则迈着欢快的步伐，高兴地向前走去。他们俩知道哪些是来自伦敦的人，他们来到这儿打发时间。一些伦敦人受春寒料峭的天气影响，精神显得萎靡不振。路上一些犹太族的老太太走过，穿着华丽的衣裙，浑身透露着华贵富气。再看看那些男人们，一个个身体矮小，肥大笨拙，说话时还附带着各种各样的手势。当然还有一些穿着讲究的中年绅士，他们

喜欢待在豪华旅馆里欢度周末时光。他们吃完丰盛的早餐，会在饭后一同散步，好让自己有胃口去用午餐。他们比对了一下各自的钟点，然后一块儿谈论布莱顿博士的过往逸事或是欣赏伦敦海边的风景。有时路边会走过知名的演员，这自然会引起在场所有人的注意。但演员会摆出一副难以觉察的神气模样。有时，他会身着带有阿斯特拉罕羔皮所制领子的外套，穿一双皮靴，手中拄着一副银质的手杖；有时，他会穿一身硕大的哈立斯粗花的有带子的长袍，腿上穿着灯笼裤，头上戴顶花呢帽子，悠闲地在大街上闲逛，好像刚狩猎回来一样。蔚蓝的海面上洒满了阳光，如同一面平直的镜子一样。

用完中餐，他们俩一块儿去霍夫看望他们所雇佣的保姆。她住在一间很小的屋子里，但是屋里面收拾得很整洁。她是哈丁太太，中年的模样，健壮的身材，头发有些花白，脸色通红，身材却很丰满。她头上戴着帽子，却掩盖不住一副慈祥的面容，所以菲利普觉得她是位和蔼可亲的太太。

“你会不会觉得照料孩子很无聊？”菲利普询问哈丁太太。

哈丁太太解释说，她的丈夫是一位副牧师，年龄比她要大很多。整个地区的牧师们喜欢让年轻人做副手，所以她的丈夫会经常失业，只能在别人外出度假或生病时代替做兼职，挣得很少。不仅如此，他们还一直接受一个慈善机构的为数不多的救济金。她觉得很孤独，所以想领养一个孩子，这样不仅可以挣点儿钱贴补家用，还会给她的生活平添许多乐趣。她承诺一定会好好照顾孩子的。

“她跟贵妇人没有什么区别，不是吗？”他们告别哈丁太太后，米尔德丽德对菲利普说。

他们俩去梅特洛波尔饭店吃了些茶点。米尔德丽德喜欢里面热闹的人群和乐队，菲利普却一声不吭。在米尔德丽德的眼睛一直注视女客人身上所穿戴的服饰的时候，他悄悄地看了一下她的脸。她有非凡的洞察力，可以准确地估算出所看到的东西的价值。她时不时地把身子倾向菲利普，向他汇报自己的估算结果。

“你看那边的白鹭羽毛，一根羽毛差不多需要七个畿尼！”

过了一会儿，她又说：“菲利普，快看那件貂皮长袍，唔！那不是貂皮，是兔皮。”她骄傲地说，“我看得很准吧。”

菲利普笑容可掬。见到她如此高兴，他打心里为她开心，她准确的判断更是让他笑得合不拢嘴。旁边的乐队此时演奏起了伤感的音乐。

吃完饭，他们俩一块儿向火车站的方向走去。这个时候，米尔德丽德的手臂被菲利普挽了起来。他把自己所安排的法国之旅的计划告诉了她。他建议米尔德丽德在周末之前回到伦敦，但是她说必须到下周六之后才能回去。他早已在巴黎订好了住的地方，现在他急切地希望能够订到去伦敦的车票。

“我准备预订二等车票，你不会介意吧？我们以后花钱应该节省一点儿。我认为玩得高兴才是最重要的，其他的都无所谓。”

菲利普谈及拉丁区这个话题都超过一百次了。他们将会携手行走在古典雅致的大街小巷中，将在卢森堡公园中悠闲地休息。游遍巴黎后，天气好的话，他们还可以去枫丹白露游玩。那时正是早春时节，树枝开始发芽，森林也会呈现出葱绿的景象，那美景绝对胜过一切。它宛如一曲颂歌，表达着凄美动人的爱情。米尔德丽德只是一言不发地听着。他回过神看着她。“你也很想去，对吧？”他问道。

“肯定啦。”她说完莞尔一笑。

“你知道吗？我焦急地等待着这一切的到来。在这之前，我不知道该怎么度过。我担心万一出什么事，就会影响我们的计划。我不知道我对你爱得到底有多深。我觉得我会抓狂发疯的。现在好了，我们终于可以……”

他突然中断了诉说。他们已经到了车站。由于路上走得太慢，现在菲利普都来不及向米尔德丽德道别了。他赶紧亲吻她作别，然后跑向了售票口。她待在原地一动不动。他跑步的样子实在是滑稽、难看。

74

下周六，米尔德丽德返回了伦敦。当天晚上，菲利普一直陪着她。他预订了歌剧院中的两个座位。晚饭时，他们一块儿喝了香槟。

米尔德丽德居住伦敦多年，但这是她最开心的一次。他俩理所当然地享受着生活中的乐趣。歌剧结束后，他们叫了一辆马车。菲利普在平利科大街为她订好了房间。在回去的路上，米尔德丽德一直躺在菲利普的怀中。

“我知道你见到我一定非常开心。”菲利普说。

米尔德丽德没有说话，她亲昵地摆弄着菲利普的手。米尔德丽德的柔情外露是很少见的，这让菲利普感到激动不已。

“我已经请了格里菲斯和我们一块吃饭。”菲利普对她说。

“啊，那再好不过了。我早就想看看他长什么样子了。”

周日晚上，城里没有什么娱乐场所可以让米尔德丽德游玩。菲利普担心她整天跟自己待在一起会觉得无聊，所以他专门请格里菲斯一块儿吃饭。格里菲斯喜欢开玩笑，菲利普觉得这会让今天这个夜晚过得非常有趣。菲利普和格里菲斯关系很好，所以他希望这两个人可以互相认识一下。菲利普对米尔德丽德说：

“仅剩六天时间了。”

他们提前在罗曼诺餐厅的顶楼订好了位置。他们的晚餐吃得很开心，并认为这完全对得起他们的饭钱。格里菲斯没有按时赴约，所以菲利普和米尔德丽德两人只好坐在位置上等他。

“我这个朋友从来没有时间概念，”菲利普说，“他的女友太多了，现在说不定正跟其中的一个在一起瞎混呢！”

这时，菲利普刚说完，格里菲斯就到了。他又高又瘦，面容俊俏。脑袋同他身材搭配在一起，给人一种傲慢的神气，格外地吸引人。他那漂亮的卷发，充满热情的蓝色眼睛，以及那绯红的嘴唇，都散发着令人着迷的魅力。菲利普看到米尔德丽德一动不动地注视着格里菲斯，心中产生一种难以言说的满足感。格里菲斯只是莞尔一笑，表示已经向他们打了招呼。

“我听说了你好多的事，”格里菲斯一边说，一边同米尔德丽德握手。

“是吗？我听到关于你的事情更多呢。”她回答说。

“没有你想的那么坏。“他肯定说了许多我的坏话，是不是？”

格里菲斯说完就笑了。此时菲利普注意到，米尔德丽德在欣赏格里菲斯那洁白齐整的牙齿和那喜人的面容。

“你们更应该像老朋友一样，”菲利普说，“因为通过我，你们已经非常了解彼此了。”

今天晚上，格里菲斯非常高兴，因为他通过了医生结业考试，具备了当医生的资历，不久前，他还进入伦敦北部一家医院做了一名医生。五月初，他才正式上班，在这之前，他打算回乡下居住度假。这是他在伦敦的最后一个星期，所以他想趁机好好地玩一次。他又开始讲述他那有趣却毫无根据的事，这令菲利普对他钦佩不已，因为他即便是模仿，也做不到这样有趣。他的话大多没有意义，但是他那精彩的演讲劲头儿为他说的话平添了不少分量。他说话的语气，恰似一股泉水从他口中流淌出来。跟他熟识的人都会被他的言语所感动，如同一股暖流经过身体一般。菲利普未曾见过米尔德丽德如此高兴。菲利普看到自己组织的聚会如此成功，心中不免感到高兴。米尔德丽德真的是太高兴了，她的笑声完全让她忘却了自己所具备的那种冷漠的第二天性。

此时，格里菲斯突然说：

“喂，我不习惯称你为米勒太太。菲利普总是叫你米尔德丽德这个名字。”

“你若真那样称呼她，她不至于生气到去挖你的眼珠子。”菲利普笑嘻嘻地说。

“前提是他得叫我哈利。”

格里菲斯和米尔德丽德聊得很开心，菲利普却一声不吭地在一边思考，别人聊天聊得如此高兴真是一件有意思的事。出于好意，格里菲斯偶尔会开一下菲利普的玩笑，因为他觉得菲利普这个人总是那么庄重严肃。

“他肯定喜欢你，菲利普。”米尔德丽德笑嘻嘻地说。

“这个人心眼儿可不坏。”格里菲斯说着，便拿起菲利普的手晃动着。

格里菲斯和菲利普交好，这让他更富魅力。他们的酒量一般，喝了一点儿，脑门就开始发热。格里菲斯借着酒劲滔滔不绝地说着。菲利普虽然觉得有意思，却也希望他有所收敛。他具有交际的天赋，

讲起故事来更是妙趣横生。他不停地讲述着他的风流韵事，而他在其中所扮演的角色，是无拘无束、幽默不羁的。米尔德丽德听得两眼发光，并不时地催他继续讲下去。结果是，他讲了一件又一件的个人逸事。饭店的灯光逐渐地熄灭，米尔德丽德才醒悟过来。

“哇，今晚过得太快了。我以为还没到九点半呢。”

他们一块儿站了起来，走出饭店道别的时候，米尔德丽德说：

“明天我会去菲利普住所喝茶，你有空的话也来吧。”

“好。”格里菲斯笑嘻嘻地说。

在平利科大街上，米尔德丽德嘴上一直念叨着格里菲斯，她完全被他那英俊的仪表、精美的服饰、说话的语气和潇洒的性格所吸引。

“我很高兴你能够喜欢上他，”菲利普说，“你还记得你当初不愿意见他吗？”

“菲利普，我觉得这个人真的不错，他是你值得交往的朋友。”

她主动让菲利普亲吻自己的脸，对她来说，这是很少见的行为。

“菲利普，今晚我过得很开心。谢谢你。”

“别这样说。”他非常开心。她的赞美让他很受感动，他觉得眼睛都要湿润了。

她开门后，还没走进去，就扭头对菲利普说：

“告诉哈利，我已经深深地爱上了他。”

“没问题，”他笑嘻嘻地回答，“晚安。”

第二天，他们俩正在用茶点，格里菲斯突然走了进来，然后直接坐在躺椅上。他的动作是那么的优雅，以至于产生出一种难以言说的魅力。看到格里菲斯和米尔德丽德不停地谈天说地闲聊，菲利普一句话也没说。他对他们充满爱慕之情，所以，他觉得他俩相互爱慕是理所当然的事情。即便是格里菲斯把米尔德丽德的注意力都吸引走了，他也不会介意的。因为一到晚上，米尔德丽德就全然是他的人了。此时，他就像一位理解妻子的温顺丈夫一样，自己对妻子的感情深信不疑，看着妻子同别人在一旁谈笑风生。七点半的时候，他看了一下手表说：

“米尔德丽德，是时候出去吃饭了。”

房间里沉默了一阵。格里菲斯貌似有所思的模样。

“好吧，我该走了，”格里菲斯终于说道，“时间过得可真快啊。”

“晚上有时间吗？”米尔德丽德问他。

“没什么事情。”

声音再次消失，房间重归沉默。菲利普有点儿不高兴了。

“我去下洗手间，”菲利普继续对米尔德丽德说，“你要不要去啊？”

她没有回应。

“可以留下来跟我们一块儿共进晚餐吗？”他对格里菲斯说。

格里菲斯看了一眼菲利普，他正目光凝重地看着自己。

“昨天我们一起吃过了，”格里菲斯笑嘻嘻地说，“今天就算了吧，我去了不太方便。”

“没关系的，”米尔德丽德固执己见，“让他跟我们一块儿去吃吧，菲利普，他不会妨碍我们的，不是吗？”

“他想去就去吧。”

“好吧，”格里菲斯立即说道，“我现在上楼打扮一下。”

格里菲斯刚走，菲利普便气势汹汹地问米尔德丽德：

“我们吃饭为什么要叫上他呢？”

“我没忍住开口。不过他没啥事，我们什么都不说，不是很奇怪吗？”

“好吧，你简直就是胡闹！你为什么还问他是否有空？”

米尔德丽德撇了一下嘴。

“我觉着这样更有趣。咱们整天腻在一块，我觉得有点儿无聊。”

格里菲斯下楼的脚步声传来时，菲利普便停止质问，走进卧室打扮自己了。他们就近选择了一家意大利餐馆。菲利普一言不发地生着闷气，但他很快想到这样会让自己在格里菲斯面前处于下风，所以他只好忍下满腹牢骚。他一直在喝酒，希望能够借酒消愁，不时还开口说几句话。米尔德丽德看到菲利普这个样子，心里面不免有些内疚，于是她努力地让菲利普高兴。她是那么柔情似水，那么笑容可掬，这反过来让菲利普有些不好意思了，觉得自己刚才的吃醋真是太傻了。吃完饭，他们一同坐马车去杂耍剧场游玩，米尔德丽德的手主动送到菲利普手上让他握着。这一举动让菲利普的怒气

一下子烟消云散了。但是，他突然发现，她的另一只手被格里菲斯握着，一阵剧痛再次袭击了他的心头。他开始担心起来，暗暗思忖：难道他们两个相互喜欢上对方了？他的心中充满了疑虑、怒气、伤心，以至于让他忽略了精彩的杂耍表演，不过他却极力地克制自己，假装愉快地同他俩聊天。没多久，他实在忍不住了，突然站了起来，说他要去买东西。他觉得或许米尔德丽德和格里菲斯可以单独相处一会儿，这可是难得的机会。

"我跟你一块儿去，"格里菲斯说，"我有些口渴。"

"哦，算了吧，你在这儿正好可以陪米尔德丽德聊天。"

菲利普不明白自己为什么这样说。他想到另外两人可以单独相处，这加剧了他内心的痛苦。他并没有去买东西，而是对视而笑。格里菲斯一点儿没变，尽情地发挥着自己的讲话天赋，米尔德丽德则听得津津有味。菲利普觉得自己的头都要炸了，呆呆地站在原地动弹不得。他明白自己此刻回去是多余的。他不在，他们两个会很开心，但是他心中却备受煎熬。时间一点点地过去了，他不想回去。因为他心里觉得，他们两个此时完全想不到还有他的存在。他现在有点儿后悔今天的晚餐和杂耍剧场的门票竟然是他支付的。他真是被坑惨了！他悲愤不已，他看到他的离开让他俩玩得更开心。他本想独自一人回去，却又想到自己的帽子和外套还落在那里，如果执意要走，以后又免不了向米尔德丽德做无穷无尽的解释。他强忍悲痛回到了自己的位置上。他发现米尔德丽德看他的目光中有一丝埋怨，他的心不免一沉。

"你怎么去了那么久？"格里菲斯问他，脸上露着笑意。

"我遇到了几个朋友，就多聊了一会儿。况且我不在的时候，你俩应该玩得很愉快。"

"是的，"格里菲斯说，"你觉得呢，米尔德丽德？"

她只是笑了一声，笑声中却充满了愤怒，菲利普听得有些害怕。他说他们是时候回去了。

"喂，米尔德丽德，"格里菲斯说，"你介意我跟菲利普一块儿送你回去吗？"

菲利普怀疑这是米尔德丽德让他说的。这样，他就不能独自一人陪她了。一路上，米尔德丽德没有像先前那样把手主动伸向他；但是她的另一只手一直被格里菲斯握着，这让菲利普感到一切是如此的龌龊不堪。马车还在前行。他很郁闷，心想他们两个到底有什么秘密的计划，不过他开始埋怨自己，他觉得正是他在剧场的短暂离开，才给了他们两人单独相处的可乘之机。

“咱们两个乘马车回去吧，”把米尔德丽德送回公寓后，菲利普说，“我现在累得都走不动了。”

一路上，格里菲斯侃侃而谈，菲利普却爱搭不理地回应着，不过格里菲斯却不在意。菲利普心想，格里菲斯一定发现有什么不对劲了。最后，菲利普直接不说话了，这让格里菲斯有点儿坐不住了，他觉得自己不能假装不知道菲利普不愿意搭理他，于是突然打住了话头。菲利普欲言又止。但他觉得此时不说，更待何时，于是硬着头皮问：

“你爱上了米尔德丽德，对吧？”他突然开口问格里菲斯。

“你说什么？”格里菲斯失声大笑，“我说呢，你今天一晚上都不对劲，就因为这件事吗？我怎么会爱上她，我可爱的兄弟。”

说完，他用手臂挽着菲利普，菲利普却移开了身体。他心知肚明，格里菲斯没说真话。他不会质问格里菲斯是否一直握着米尔德丽德的手。突然，他有点儿精疲力竭，全身疲惫不堪。

“哈利，你觉得这件事情没什么，”他说，“你曾经跟很多女人玩，但不要跟我抢米尔德丽德。她就是我生命中的一切。你是知道的，我那悲惨的遭遇。”

他说话时有些哽咽，声音完全变了样，最后忍不住开始抽泣。他觉得自己颜面扫地，羞愧难当。

“我的朋友，我怎么会这样做呢？你是知道的，我们关系这么好，我不是那样的人。我仅仅是觉得好玩。如果我知道你如此伤心难过，我就注意自己的言行了。”

“你说的是真的吗？”菲利普赶紧问他。

“我保证，我根本就看不上她。”

菲利普的心情一下子轻松了起来。此时，马车已经到了他们的住所。

75

第二天，菲利普心情不错。他担心自己整日同米尔德丽德待在一起，会让她感到腻味，所以，除了吃饭的时间，他不会去找她。他到的时候，她已经收拾妥当，正在等待着他的到来，她为自己如此少见的准时赴约跟他开玩笑。她穿了一件他送的新衣裙，他看到后不免大发评论，连连夸赞她穿起来很好看。

“裙子穿着有些不合身，”米尔德丽德说，“我觉得还得裁剪一下。”

“如果你想送到巴黎，那可得让裁缝抓紧时间。”

“时间应该还够。”

“只剩下三天了。我们坐十一点的火车去，怎么样？”

“一切都听你的。”

菲利普想到自己可以跟米尔德丽德相处一个月左右的时间，眼光中散发着浓浓的爱意，不停地打量着她身上的每一个地方。一想到自己的色欲，他就笑个不停。

“直到现在，我都不知道喜欢你哪一点。”他乐呵呵地说。

“你说得对！”她回应说。

米尔德丽德很瘦，可谓是骨感十足。她并不丰满，胸脯像男人一样平坦，嘴巴也没那么漂亮，嘴唇显得苍白窄小。她的皮肤是淡绿色。

“如果到了巴黎，我会让你吃很多布劳氏丸[1]，”菲利普开玩笑地说，“这样你就不至于那么瘦了，脸色也会像玫瑰花一样红润。”

“我不想长胖。”她回应他。

吃饭的时候，她对格里菲斯闭口不提，此时，菲利普却非常得意，他自信自己能够拿下她，于是开玩笑地说：

“昨天晚上，你俩一定发生感情了吧？”

“我说了我喜欢他啊。”她笑嘻嘻地回答。

[1] 一种补血药品，用以治疗贫血。

“但我知道他并不喜欢你。”

“你怎么知道？”

“当然是他亲口告诉我的。”

米尔德丽德犹豫了一会儿，然后看着菲利普，她眼睛里突然闪过一丝光亮。

“他今天早上寄给了我一封信，你想看吗？”

米尔德丽德递给他一个信封，上面那几个大字一看就是格里菲斯写的。他打开信封，里面足足装了八张纸，信中所写的甜言蜜语足以让任何一个女子为之倾倒，不愧是一个情场老手所写。格里菲斯在心里面坦承自己一看到她，就爱上了她。但他表示自己不想这么做，因为她是菲利普所爱的人。可是他控制不住自己，难以忍受心中的焦灼。他为自己喜欢上好朋友菲利普所爱的人而感到无地自容，但他又表示这不是自己的错，只怪米尔德丽德让他沉迷陶醉。他在信中用各种各样好听的话夸赞米尔德丽德。信末，他对米尔德丽德次日邀请他吃饭表示感谢，并表示自己对她朝思暮想。菲利普猜到这封信是前一天晚上写的，一定是他俩分别之后，他把信寄出去的。

看完那封信的时候，菲利普感到恶心，心脏一直跳个不停。但是他的神色一点儿也不惊讶，而是面带微笑，从容不迫地把信还给了米尔德丽德。

“那次午餐吃得还不错吧？”

“很棒。”她回答的语气很重。

菲利普为了不让她看到自己抖动的双手，有意把手放到了桌下。

“你不要相信他说的话，他可是个纨绔子弟。”

米尔德丽德又仔细地看了一遍手中的信。

“我也是情不自禁，”她假装若无其事地说，“我也不知道自己到底怎么了。”

“我对这件事感到很头疼。”菲利普说。

她瞥了他一眼。

“我想说的是，你倒是很镇定。”

“那我应该做什么呢？大发一顿脾气？”

“我以为你一定会对我大发脾气。”

“哦，不过很奇怪，我竟然一点儿也不生气。我其实早就应该明白会发生这样的事情。介绍你俩认识是我的错。我心里很清楚，他到处都比我强。他性格活泼，长相英俊，谈吐风趣幽默，这都很符合你的兴趣。”

“我不知道你在说什么。没办法，我脑子不聪明，但是我得告诉你，我没你想的那么愚笨。我亲爱的朋友，你说话的语气实在是傲慢。”

“那你想跟我争吵一番吗？”他的语气变得温和了。

“我不想这样做。主要是我不明白你为什么这样，这让我觉得自己好像什么都不懂。”

“若是冒犯到你，我表示道歉，我只是想平心静气地说清楚。我会尽力让事情变得简单一点儿。我明白他吸引住了你，这是很正常的。令我感到生气的是，他明明知道我爱你，却还这么做。他刚对我解释说不喜欢你，却在说完后就给你写了一封长信，这种做法太卑鄙无耻了。”

“你是不是觉得你这样贬低他，就会阻止我去喜欢他，我现在告诉你，你错了。”

菲利普沉思了一会儿，他在想应该怎样说才能让米尔德丽德理解自己的话。他想心平气和地解释清楚，但是他的心却如大浪翻滚，久久地静不下来，他现在简直就是心乱如麻。

“你不值得为了私情而抛弃一切，说实话，他没有同哪个女人在一起相处的时间超过十天。加上你的性格冷淡，你这样做对你自己百害而无一利啊。”

“我可不是你想的那样。”

听了她的话，菲利普气得有火发不出。

“你心里面喜欢他，这谁也拦不住，我只能默默承受。不过我们两个人的关系一向很好，我对你也没有做过什么出格的事情，不是吗？我知道你并不爱我，但你至少喜欢我。我们可以去巴黎游玩，这样你就会慢慢地忘掉格里菲斯。如果你下定决心去做，这并不是难事。你不应该为我着想吗？我认为这是理所当然的。”

米尔德丽德不再说话了。于是，他们俩开始一声不吭地吃饭。空气如铅块一样沉重，压得让人喘不过气来。过了一段时间，菲利普尽力谈了一个小的话题来活跃气氛。米尔德丽德却表现出一副漫不经心的样子，他假装没看见。她一直敷衍着菲利普的话，并不主动表达自己的看法。过了一会儿，她突然说：

“菲利普，医生建议我周六不要去外地。”

他知道这是借口，却仍然说：

“那有没有说什么时间可以走？”

她用目光有意扫了菲利普一眼，发现他表情严肃，脸色发白，然后赶紧看向别处。这时候，她心中有点儿畏惧菲利普。

“实话跟你说吧，我不想跟你去。”

“我知道你会这样说，但为时已晚。我已经预订好了车票，一切都准备好了。”

“你说你不会强迫我做任何事的。我现在不想去巴黎。”

“我现在可没那么说，我没开玩笑，你必须跟我去巴黎。”

“菲利普，我很高兴跟你做朋友，但我们仅仅是朋友，我没有想那么多，也不希望你有什么非分之想。我恐怕不能陪你去巴黎了，菲利普。”

“但是一周前你明明已经答应我了。”

“今时不同往日。”

“仅仅是因为你遇见了格里菲斯？”

“你说的，我会爱上格里菲斯。”

她的表情也变得严肃起来，两只眼睛盯着面前的饭菜。菲利普气得脸都白了。他真想朝着她的脸打上一拳，打得她鼻青脸肿。旁边的餐桌有两个十八岁模样的小伙在用餐，他们时不时地对米尔德丽德瞅上几眼。他心想，一定是他们羡慕自己和这样一位妙龄女子用餐，他们也巴不得这样做呢。后来，米尔德丽德终于开口打破了两人之间的沉默。

“你觉得一块儿去巴黎是个好想法吗？即便是去了那里，我还是会想念格里菲斯。这只会让你不开心。”

“你不用管我。”他接着她的话回答。

米尔德丽德在想菲利普字里行间的意思，她的脸不自觉地开始发红。

“这也太龌龊了。”

“你什么意思？”

“我本以为你是一位绅士。”

“那你可是看走了眼。”

他觉得他的回答恰如其分，说完，就笑了起来。

“求求你，别笑了！”她提高了声音，“菲利普，我真的不能跟你去巴黎，我很抱歉。我知道我对你不是太好，但是我也不想勉强做自己不喜欢的事。”

“你陷入困境的时候，我为你包办了一切，你都忘了吗？你生孩子之前的花销都是我支付的。你找医生看病的费用也是我出的。一切都是我掏的钱。我还提供了你去布莱顿的车票和住宿。现如今我还支付你孩子的领养费用，帮你买衣服，这一切都是我做的啊。”

“你如果是绅士，就不会如此地炫耀显摆自己。”

“噢，我的天啊，闭嘴吧！你认为我很看重绅士风度吗？如果我是绅士，我就不会在你这个荡妇身上花费时间和金钱了。我不介意你是否喜欢我，我介意的是你把我当作傻子一样耍弄。如果你周六不跟我去巴黎，后果自负。”

她此时也怒火中烧，脸涨得通红，完全没有了平时的温柔可爱，语气强硬地回答菲利普。

“我打心眼儿里不喜欢你，刚开始我就讨厌你，这一切都是你一厢情愿。你亲吻我一次，我便恨你一次。从今以后，即便是我饿死了，你也休想再碰我一根手指头。”

菲利普气得想把面前的食物一口吃下去，但喉咙哽塞，一点儿也吃不下去。他一口气喝完了酒，然后点了支香烟，怒气使得他的身体在不断抖动。他一句话也没有说，希望她先站起来，但她像雕塑一样稳坐不动，眼睛无聊地盯着桌子上的台布。如果周围没有人，他肯定会抱起她热吻。此时，他的脑子中出现了两张嘴唇亲吻的情景。他们俩静静地在那儿坐了几个小时，连服务员都开始惊讶地看着他们两个。最后，菲利普付了饭钱。

“吃完就走吧？”他语气平和地说。

米尔德丽德没有回答，只是穿上外套，拿起了自己的手提包和手套。

“你什么时候去见格里菲斯？”

“明天。”她冷冷地说。

“你还是好好跟他谈谈吧。”

米尔德丽德的手伸进包里面拿出了一张纸。

“这是一张账单。”她支支吾吾地说。

“什么意思？”

“我明天得付钱。”

“行啊！”

“这是你让我买的衣服，你想让我自己付款吗？”

“正有此意。”

“那我让哈利买单。”她说完，脸色通红。

“那他一定很愿意这样做。他还欠我七英镑，上周他还去当铺当掉了他的显微镜，如今可谓是一贫如洗。”

“你这样说就可以威胁我了吗？我自己完全可以挣钱养家。”

“那最好不过了，我实在不愿意为你花钱了。”

此时，她想到了自己急需支付的房租和孩子所需的领养费，但是她没有说出来。他们俩走到大街上后，菲利普说：

“你坐马车回去吧，我想一个人走走。”

“可是我一分钱也没有了，明天下午我还有一大笔账要支付。”

“你走回去也未尝不可。明天如果你找我的话，要在用茶点的时候去，那时候我可能在家。”

他摘掉帽子后同米尔德丽德告别，然后向前走去。片刻过后，他回头看见米尔德丽德呆呆地站在原地，失落地看着过往的马车。他回到原地，笑嘻嘻地说：

“这是两个先令，你可以支付马车的费用。”

说完，他便再次匆匆走开了。

76

第二天，菲利普一个人待在卧室里，心里猜想米尔德丽德是否会找他。昨天晚上他可没睡好。今天上午，他在学校俱乐部里看报纸，以此来打发时间。学校已经放假了。他认识的同学大都回家了，但他仍然找到几个熟识的人一块儿下棋。午饭后，他全身无力，头也很疼，便早早地回到住的地方，慵懒地躺在床上看书。他总是碰不到格里菲斯。前天晚上他不在家，昨天菲利普听见他的声响，却没有见到人。今天一大早，他又出去了。很显然，格里菲斯不想跟他碰面。突然，门响了，菲利普一瘸一拐地赶紧跑了出去，只见米尔德丽德站在门口，一句话也没说。

“快点儿进来。”菲利普说。

米尔德丽德走到屋里面坐了下来，他关上了门。稍后，她开口说：

“谢谢你昨晚的两个先令。”她说。

“哦，不用谢。”

她微微一笑。菲利普觉得这种笑就像是小狗因做错事而挨打后，摇尾乞怜时的样子。

“我刚和哈利吃过午饭。”她说。

“是吗？”

“菲利普，如果允许的话，我想跟你一块儿去巴黎。”

此时他心中骤然产生一种狂喜，但是转瞬即逝，随即转化为一团迷雾。

“为了钱？”他问她。

“不全是。”她很坦白，“哈利也不知道该怎么办。他五个月都没交房租了，在你那儿还有七英镑的债务，现在裁缝也找他要钱。他把所有能抵押的物件都抵押出去了。我做衣裙的钱都已经让我很为难了，更别说周六就要到期的房租。我如今不能立即找到工作，总需要一段时间的缓冲。”

她说话的语气平和却夹杂着埋怨，仿佛是在埋怨命运的不公，即便是不合理，也必须要接受这天生的命运。菲利普没有说话，却一直在认真地洞察她的一言一行。

“你还没说完吧？”他终于开口说话了。

“是的，哈利说你这个人很好。你是他心中唯一的好朋友。另外，我再也找不到像你对我这么好的男人了。他说我们做人要无愧于心。跟你说的一样，他觉得自己好多地方不如你，比如你用情专一。他告诉我，我要是因为他而抛弃你，这是非常愚蠢的做法。我跟他在一起不会长久，跟你则会，他经常这么说。”

“你果真愿意跟我去巴黎？”菲利普问她。

“我愿意。”

他眼睛盯着米尔德丽德好长时间，脸上透露出凄苦的神情。他胜利了，自己将如愿以偿。他不禁失声大笑，笑自己先前所受的耻辱。米尔德丽德看着他，却没有说话。

“我非常希望咱们能够去巴黎游玩，此前经受了那么多的磨难，如今终于如愿以偿……”

他还没说完，米尔德丽德突然放声大哭，泪如雨下。菲利普想到，诺拉曾经也在她坐的地方哭过。她俩倒是一样，哭的时候把脸放在椅子的靠背上。

“跟女人在一起，我总是这么倒霉。”菲利普心想。

她那瘦弱的身体在抽泣中颤抖着。菲利普第一次见女人这样痛哭流涕。忽然，他心中感到一阵后怕。他悄无声息地走到米尔德丽德面前，一下子抱住了她。米尔德丽德没有挣脱，痛苦不堪的她任由菲利普爱抚自己。菲利普轻声安慰了她几句，但连他自己都忘了说了些什么。随后，他俯下身体，亲吻着她的脸。

“是不是很难过？”他后来问她。

“我真想一下子死去，”她神情黯淡地说，“我要是在生孩子的时候死去，那是最好不过了。”

菲利普摘下她头上那顶碍事的帽子，把她的头重新放到椅子上面，然后坐下来，仔细地看着她。

“亲爱的，一切都坏透了，不是吗？”菲利普说，“每个人都希望得到爱！”

过了一会儿，米尔德丽德终于不哭了，无力地瘫软在椅子上面，身体后仰，手臂随意放下，整个样子，像极了那些画家们展览的模特儿。

“我不知道你爱他爱得那么深。”菲利普说。

菲利普把自己看成是格里菲斯，站在他的角度去看事情。他假设自己就是格里菲斯，然后跟米尔德丽德接吻，用他那种眼光去审视她。最后，他终于理解了格里菲里的爱情。但是他对米尔德丽德很好奇，他从未见过她感情如此冲动，不错，就是感情冲动。他觉得自己心里少了一样东西，他能够感受得到，好像这个东西崩塌了一样。现在，他有种疲惫之感。

“我不希望看到你难过。我不会勉强你跟我去巴黎，不管怎样，我都会给你一笔钱。”

她使劲地摇头，然后说：“不，我决定的事，就一定会做。”

“如果你真心爱他，去了也没用。”

“你说得不错，我很爱他。正如格里菲斯所说那样，我们的感情不会长久，但现在……”

她突然沉默不语，紧紧地闭上了双眼。此时，菲利普产生一个奇怪的想法，并心直口快地讲了出来：

“你可以跟他一块儿离开。”

“这怎么可能？我俩都很穷。”

“我给你们钱。”

“你说什么？”

她瘫软的身体一下子坐直了，眼睛看着菲利普。那双眼睛逐渐由黯淡变得闪亮起来，气色也恢复了不少。

“我觉得你可以跟他出去一段时间，然后再回来找我。”

他刚说完，就后悔了。但是，一种难以言说的感觉折磨得他痛苦不堪。米尔德丽德瞪大了眼睛看着他。

“唔，我们怎么好意思花你的钱呢？哈利也绝不会这么做。”

“你可以去劝他，他会听你的话的。”

她越是反对，就越让他坚定自己的想法。但是他内心希望米尔德丽德能够拒绝这一想法。

“我给你五英镑的生活费用，你可以跟格里菲斯待到下周一。到时候他会回家，然后去伦敦北部就职。”

“此话当真？”她高兴地叫了起来，“你让我跟他在一起，我以后一定会感激你的。我愿意为你做一切事情。只要是你同意，我肯定能够解决好这次感情危机。你确定要给我们钱吗？”

“确定。”他回答说。

这个时候，米尔德丽德好像完全变了一个人，不禁哈哈大笑起来。可以想象她是怎样的高兴。米尔德丽德走到菲利普面前，心存感激地握紧了他的手。

“菲利普，没有人比你更好了。你真的不生气吗？”

菲利普笑着点了点头，可谁知道，此刻的他内心正在遭受着无比巨大的折磨！

“我现在可以去告诉哈利这个好消息吗？我跟他说你不介意，对吗？只要你愿意，他一定会答应的。我很爱他！以后我愿意为你做任何事情。周一以后，我就会来找你，我们可以去巴黎，当然，其他任何地方都可以。”

她戴上帽子，站起来要走。

“你要去哪里？”

“我想去问一下格里菲斯的想法。”

“非要这么急吗？”

“你想让我陪你吗？那好，我听你的。”

她又坐了下来，菲利普苦笑了一下。

“没关系，你还是去找他吧。不过拜托你一件事，希望你告诉他，我不想再见到他。还有，我对他没有恶意，只是让他离我远一点儿。”

“没问题，”她立马站起来，迅速地戴上了手套，“我会告诉他你的原话。”

“我希望跟你共进晚餐。”

“那最好不过了。”

她让菲利普亲吻她的脸，并用双臂紧紧地抱住了他的脖子。

“你真的太好了，菲利普。”

过了两三个小时，她托人给他带了一张便条，上面说她有点儿

头疼，不能陪他吃晚饭了。菲利普早已料到她会这么说。他也知道，此时此刻的她正在陪格里菲斯用餐。他非常生气，因为他能够感受到他们两个心中的情欲，好像是上天的安排，这让他不知道该做些什么。他知道格里菲斯比自己强，他觉得要是她是米尔德丽德，也会爱上他的。令他最为伤心的是格里菲斯那小人般的行为。作为好朋友，他明明知道自己深爱米尔德丽德，他却背信弃义地爱上了她。格里菲斯根本不能这样做。

周五之前，他再也没有见过米尔德丽德。他有点讨厌她，因为他知道米尔德丽德心里面早已没有他的位置，即便两人在一起，她也是挂念着格里菲斯。突然，他开始怨恨她。他终于明白了她为什么会喜欢上格里菲斯。格里菲斯一点儿也不聪明，反倒是愚蠢至极。他一直都是这么认为的，只不过是不想明说罢了。但是他身上有一种非凡的魅力，这一魅力掩盖住了他那肮脏丑陋的内心，正如他为了自己的情欲，可以出卖任何人。他过着空虚无意义的生活，整日里游荡在酒吧和杂耍场之间，不仅寻花问柳，还酗酒闹事。他不喜欢读书，除了玩乐，他什么都不会。“漂亮”这个词语总是挂在他的嘴边，好让他去形容那些男男女女。难怪他可以获取米尔德丽德的芳心，他们本身就是一类人。

菲利普一直跟米尔德丽德谈论着一些琐事。他心里明白，米尔德丽德想谈论一下格里菲斯，但是他不给她说话的机会。他没有提及两天前她为什么拒绝跟他共进晚餐。他竭尽全力地想让她知道，自己现在对什么都不在意。他现在俨然已经具备了说话的艺术技巧，专门聊一些能够刺痛她内心的琐事。他往往话里有话，却又不直接表达出来。这让她很难受。最后，她站了起来。

“我现在想回去了。”她说。

“你最近很忙吗？”他问道。

他跟她握手作别，并很绅士地为她开门。他知道她想说什么，但是他那严峻的表情吓得她说不出话来。他的害羞胆怯有时会让他呈现出一种冷漠无情的态度，这往往会令人心生恐惧。当他得知自己还具备这样的本领时，便经常运用这一本领去应对别人。

“你没忘了我们之间的约定吧！”米尔德丽德对他说。

“什么约定？”

“你说你会给我钱。”

“你想要多少？”

他说话的语气冰冷谨慎，让人心生寒意。米尔德丽德的脸涨得通红。他心想米尔德丽德一定怨恨自己这样跟她说话，但他又佩服自己竟然没有大发脾气。他觉得应该让她吃些苦头儿。

“明天哈利不走了，所以你不用给我们太多钱。你只需要支付我的房租和衣服的账单。”

菲利普的心颤动了一下，手不自觉地松开了门。

“为什么不走啊？”

“他说即便我们没有钱，也不能借用你的。”

此时，一直潜伏在他心底的那个魔鬼又开始作乱，痛苦地折磨着他。他虽然不希望米尔德丽德跟随格里菲斯而去，但是他不知道自己能做什么。于是，他让米尔德丽德去劝格里菲斯。

“我是愿意的，你可以告诉他啊。”

“我是这样说的。”

“我应该想到，他并不想离开。”

“不是你想的那样。他想离开，只是手里没钱罢了。”

“如果他不好意思，我可以把钱给你。”

“我跟他讲过，我们可以当作是借你的钱，以后有钱了再还给你。”

“如果这样做的话，你会让他觉得，你并没有求他陪你去共度周末时光。”

“真的吗？”说完，她竟然厚脸皮地笑了起来。

菲利普听到笑声，心头不由得一震。

“那你准备怎么办？”他问她。

“我也不知道该怎么办，但是他明天一定要回家。”

菲利普觉得自己如释重负。他觉得，格里菲斯的离开会让米尔德丽德重新回到自己的怀抱。她在伦敦没有亲戚朋友，所以只能依附于他。只要跟他在一起，她肯定会忘掉这段不愉快的邂逅的。如果他一言不发，或许没有什么事。但是他内心却有一股冲动，想要看看他们二人究竟会如何残忍地对待他。他觉得他只需略施小计，就会让他们屈服于自己。一想到他们二人在自己面前摇尾乞怜，他就有一种难以遏制的喜悦。虽然这会让他很难受，但是却会给他带来无尽的快乐。

“那么，事情已经发展到了难以挽回的地步。”

“我也是这么对他说的。”她说。

她说话的时候显得很激动，这让菲利普不觉一愣。他有些紧张，开始咬起了自己的手指甲。

“你们准备去哪儿玩？”

“我们想去牛津，那是他上学的地方。他会带我去参观他的学校。”

菲利普想起了他以前想带她去牛津游玩，但是她拒绝了，并说牛津的景致会让人觉得很无聊。

“你们一定会玩得愉快，现在是牛津最好的季节。”

“是啊，我一直尽力劝他去那里玩，但他就是不同意。”

“你不想再劝一下他吗？”

“你同意我们出去玩吗？”

“我只是觉得你们不用去得太远。”菲利普说。

她想了想，然后看着菲利普，菲利普此时也假装友好地看着她。他现在怨恨她，看不起她，但却又深爱着她。

“那我现在去告诉他，看他是否同意。可以的话，我明天来找你拿钱，你一般什么时间在家？”

“我吃完午饭可以在家等你。”

“没问题。”

“这些钱你可以去支付房租和衣服的账单。”

他把手头所有的零钱都给了她，共有八英镑十先令。衣服需要支付六畿尼，除此之外，还有房租、饮食和孩子的领养费用。

“真是太感谢你了。”

说完，米尔德丽德转身离去。

77

菲利普在医学院地下餐厅吃完饭，便回到自己的住处。此刻正是晌午，房东太太正在扫地。

“格里菲斯在吗？”菲利普问她。

“他不在，您早上离开后不久，他就出去了。”

“那他什么时候回来？”

“他走的时候带着行李，应该不回来了。”

菲利普不清楚格里菲斯这样做的目的。他随手拿起一本书看了起来。这是他刚从威斯敏斯特公共图书馆借的《麦加之行》，作者是伯顿。他很快就把第一页看完了，但心思完全不在书上面，所以他不知道书里面说的是什么，他一直在等待门铃的响声。他不敢奢望格里菲斯舍弃米尔德丽德后，独自一人回到坎伯兰。他知道，等会儿米尔德丽德会找他拿钱的。他尽力把注意力放在书本上，吃力地看着。虽然他看了书中的语句，但是意思已经完全变了味。他后悔出钱让他们两个出外游玩，但是一言既出，驷马难追，事情已经无法挽回。这样做是为了他自己，绝不是为了米尔德丽德。他的固执是病态的，这种固执让他必须做完决定了的事情。此时他已经读完了三页，但是脑子什么都没记下来。因此，他又从头读起。他发现自己总是反复专注于其中的某一个句子，这个句子与他的思绪不谋而合，好像会生成噩梦中恐怖的景象。他觉得自己可以离开住所，过了子夜再回来。这样，格里菲斯和米尔德丽德的计划就泡汤了。到那时，他能够想到格里菲斯每隔一小时都会来问房东他是否在家。一想到她的那种失落的样子，菲利普就很高兴，不知不觉地又重新读了一遍书中的句子。但是他不会那样做。他想看看，一个人到底可以无耻到什么地步。此时，他再也看不下书里面的句子了。他躺在椅子上面，紧闭双眼，默默地等待米尔德丽德的到来。

突然，房东太太走了进来说：

“米勒太太来了，先生。”

“请她进来吧。”

菲利普看到米尔德丽德走进来的时候，心情突然激动起来。他想去请求米尔德丽德不要离开他，但他知道她去意已决。她还会把自己委曲求全的言行告诉格里菲斯，他想想就觉得羞愧。

“你们的外出安排得怎么样了？”他强颜欢笑。

“我们立刻就出发。哈利在外面等我。你说过你不想见他，所以他不想来烦扰你。不过他倒是很乐意跟你当面道个别。”

“那就不必了，况且我也不想见他。”菲利普说。

他知道米尔德丽德关心的不是他跟格里菲斯的见面。他想赶快让她离开。

“这是五英镑，你赶快走吧。”

她接过钱，转身将要离开的时候，菲利普问：

“你什么时候回来？”

“星期一。那天哈利会回老家。”

他知道他接下来要说的话会让他很没面子，但他还是忍不住地说了出来：“当天我能去找你吗？”

“当然。我回到伦敦后会第一个联系你。”

最后，两人照例握了一下手后，米尔德丽德就坐上门口的出租马车走了。马车逐渐地消失了。这时候，他瘫倒在床，手捂着脸，失声痛哭。现在，他对自己感到生气。他极力稳住自己的情绪，不让自己落泪。但他没能忍住，伤心地哭了起来。

菲利普觉得全身疲惫不堪，内心感到很羞愧。不过，他还是下了床，去洗了一下脸，然后为自己调制了一杯由威士忌和苏打水混合而成的饮料。他一饮而尽，情绪稍微有些平复。但他突然看到壁炉上那两张去巴黎的车票，不禁怒火中烧，拿起来就塞进了火炉里。虽然车票可以退钱，但是他觉得这样做才能减少他的怒气。然后，他走出公寓，想找朋友聊天解闷。但是学校已经放假了，俱乐部里面一个人都没有。他觉得很无聊，甚至快要发疯。他知道劳森在国外，所以他来到了海沃德的住所。不巧的是，开门的女仆说他已经去布莱顿度假了。于是他准备去一家美术馆，但是到那儿以后，才发现美术馆早就闭馆了。此时他非常烦躁，不知道做什么好。他情不自禁地想到了格里菲斯和米尔德丽德两人：他们此时正在去牛津的车厢里玩乐呢。他又回到自己住的地方，但是他心生恐惧。他认为正因为这个糟糕的地方，才让他处处倒霉，他又拿起了那本伯顿写的书。此时，他一边看书，一边自言自语，他声称自己就是个傻子，是他建议他们出外游玩的，还自愿提供资金。他开始埋怨自己不应该把格里菲斯引荐给米尔德丽德，因为他当时已经猜想到这样的后果。他想，现如今他们一定到了牛津，并且找好了地方居住。菲利普从未去过牛津，但是格里菲斯经常向他介绍牛津的各处风光。他们肯定会在克拉伦敦餐馆吃饭，因为格里菲斯经常去那里吃饭。菲利普想去看歌剧，所以他在查里恩十字广场附近吃了点儿东西，这儿离剧院很近。他吃完饭便赶到剧院，此时正在上演奥斯卡·王尔德的一部剧作。他想到此时米尔德丽德和格里菲斯两人应该也在看歌剧，否则他们无事可做。他们真的太愚蠢了，总是喜欢通过聊天来浪费时间。一想到二人同流合污的行为，简直可以说成人以群分，他都有一种愉悦之感。他愉快地欣赏着表演，时不时地喝点儿威士忌，以此来提升雅趣。他不喜欢喝度数高的酒，没过多久，酒劲大作，他开始头晕目眩，心情开始变坏。看完表演，他又喝了一杯威士忌。此时他知道，即便是躺在床上，他也睡不着，他害怕自己胡思乱想。他极力控制自己的大脑，让他停止去想格里菲斯和米尔德丽德。他很清楚地知道自己喝多了。如今，他的心唆使他去做一件卑鄙可怕的事情，他想喝到不省人事。他如今兽性大发，想找个地方发泄。他很想趴倒在地。

他从剧院出来，一瘸一拐地走向皮卡迪利大街。他喝得一塌糊涂，百感交集，十分难受。突然，一个化着浓妆的妓女用手挽住了他。他骂了几句，挣脱离开。但没走多远，就返回到她面前。他为自己刚才不尊重人的行为感到惭愧。

“嗨。”他打了声招呼。

“去死吧。”她回答说。

菲利普听完笑了起来。

“我是想邀请你一块儿去喝杯茶，能否给个面子？”

听了菲利普的话，那个妓女有些惊讶，他看了一下菲利普，很

长时间没有说话。她知道他喝多了。

“当然可以。”

米尔德丽德经常说这样的话，他没想到妓女也这样说。他带着妓女去了一家餐厅，他和米尔德丽德经常来这里吃饭。走路的时候，他发现妓女一直看着他的腿。

“我有一条腿是残疾的，”他说，“有什么问题吗？”

“我只是觉得你很有意思。”她笑着回答。

当他回到住的地方的时候，全身疼得动弹不得，脑袋瓜都快要炸开了。他又喝了一些威士忌和苏打水调制的饮品，借此来使自己平静。最后，他爬上床，倒头便睡，一直睡到第二天中午。

78

星期一那天，菲利普非常兴奋。他看了一下火车时刻表，得知格里菲斯最迟会在晚上回到老家，发车时间是下午一点多。他估算着米尔德丽德返回伦敦的时间。他很想去车站接她，但想到米尔德丽德可能喜欢一个人独处一天，然后写信告知他，让他第二天去看望她，所以他便打消了这个念头。他心里怨恨格里菲斯，却能够原谅米尔德丽德，因为他心底还保留着一份对她的爱。菲利普现在有点儿庆幸海沃德早早地离开了伦敦，否则他一定不会忍受如此多的煎熬，而是直接向海沃德倾诉。如果是这样，他觉得海沃德会因为他的懦弱而惊讶。另外，如果海沃德知道自己把爱人托付给自己的情敌，那么他一定会看不起他的。如今，他不愿意多想，他什么都不在乎了。只要米尔德丽德能够回到他的身边，他做什么都在所不惜，哪怕是受到无尽的屈辱。

傍晚的时候，他不自觉地来到了米尔德丽德的住所。他看到她的窗户里面没有开灯，他不敢进门询问，因为他深信米尔德丽德的话。第二天早上，他仍然没有收到她的书信，焦急的他来到她的住所打探消息，但是那儿的用人说并没有见她回来。他心中非常迷惑，他知道格里菲斯早已回家，因为他要去参加一场婚礼。另外，米尔德丽德在外也没有钱花啊。他的大脑不停地思考着，假设种种可能发生的情况。下午，菲利普在她的住所留下了一个便条，希望她能陪自己共进晚餐，便条上措辞得当，语气平和，好像半个月里什么事情都没发生。他在便条上留了地址，焦急地等待着米尔德丽德的赴约，但她始终没有来。星期三早上，菲利普托人给她送去了一封信，但是没过多久，这个人就带着信返回来了，他说米尔德丽德并没有回来。菲利普简直就要疯了，她又欺骗了他。他不停地自言自语，怒斥着米尔德丽德，并把对她的怒气转向格里菲斯。他觉得即便是宰了格里菲斯，都难解他心头之恨。菲利普在房间里走来走去，他想趁着天黑，用刀在格里菲斯的颈动脉上一划，他便会像狗一样倒在地上死去，那真是大快人心。菲利普恼羞成怒，七窍生烟。他喝了许多他一向讨厌的威士忌，希望借酒消愁。接连几天，他都大醉不醒。

星期四早上，他起得很晚。他迷迷糊糊地来到客厅，突然看到一封来自格里菲斯的书信，他的心头顿时产生一股难以言说的感觉。

亲爱的兄弟：

我不知道该写点儿什么，但不得不写。我请求你的原谅。我知道我不应该把米尔德丽德带走，但是我欲火中烧，难以控制。她真的令我着迷，所以我要想尽一切办法得到她。她对我说你要掏钱供我们出去玩，我怎么会不同意。但是现在，一切都过去了。我为自己的行为感到惭愧，真希望我当时没有那么做！我希望能够收到你的回信，告诉我你已经原谅了我，并允许我去看望你。我亲爱的兄弟，一定要回信，我请求你的宽恕。只有这样，我的良心才会安稳。说实话，我当初真的以为你给我们钱，说明同意我跟米尔德丽德在一起。但我知道我不应该花你的钱。我周一的时候已经回到了老家，米尔德丽德想多玩几天，所以她会在周三回到伦敦。你读到这封信的时候，想必你正跟她在一起。祝愿一切都好。

再次恳请你原谅我。急切等候你的回信。

你最好的朋友

哈利

菲利普看完信后，怒火中烧，立刻将信撕得粉碎，哪里还会回复？他鄙视格里菲斯的歉意，更不会接受他那良心的自责。任何人都可以做一些无耻的事情，但是刚做完就后悔，这才是最无耻的。格里菲斯的书信让菲利普彻底看清了他这个伪君子，书信中的虚情假意更是让他咬牙切齿。

“做完猪狗不如的事，想通过道歉一笔勾销，哪有这么容易！”菲利普自言自语地说。

他希望能有机会还以颜色。

但是，他知道米尔德丽德一定在伦敦，于是赶紧穿好衣服，来不及清洗刮脸，匆忙吃了点儿茶点，就叫了一辆马车驶向米尔德丽德的住所。他焦急地想要马上见到她，以至于觉得马车简直慢得跟蜗牛爬行一样。他祈祷上帝让他赶快见到米尔德丽德，然后两人重归于好，尽管他以往不相信有上帝。他希望一切都跟原来一样。赶到她住所的时候，他的心都快要跳出来了，然后他按响了门铃。他希望一开门便能把米尔德丽德拥入怀中，忘却曾经所受的种种痛苦。

“米勒太太在吗？”菲利普高兴地喊着。

“她早就走了。”声音不是米尔德丽德发出的，而是来自一位女佣。

菲利普惊异地望着女佣，茫然失措。

“一个小时之前，她带走了她所有的行李。”

菲利普沉默了好长时间，不知所云。

“你把我写的信给她了吗？她有没有说要去哪里？”

菲利普终于明白，她再一次欺骗了他，他知道她不会回来了。他现在只是想在女佣面前保留颜面。

“是的，我相信很快会收到她的回信，到时候我就会知道她在哪儿。”

说完，菲利普伤心地回到了自己的住所。他应该想到这种后果，因为她从来没把他当回事，在她眼中，他就是一个傻子。她做人简直太不厚道，可以说她毫无同情心，没有一丝人情味。如今，他真的是有苦说不出。他非常伤心，想以死来结束这身心的折磨。他想到了自杀：他可以去跳河自尽，也可以卧轨自杀，但是理智及时提醒了他，他不能这样做。他可以忘掉米尔德丽德，她这种荡妇不值得让他为情而死，这是十分可笑的。每个人只有一次生命，我们不能随随便便地丢弃。他觉得自己是一个为情所困的人，但他也明白，时间可以改变一切。

菲利普想要离开伦敦。他讨厌伦敦给他带来的种种不幸。他拍了封电报给他伯父，说自己要去布莱克斯泰勃。忙完这一切后，他赶紧收拾东西，想要搭乘最早的车离开伦敦，离开他的住所，因为这是造成他痛苦的地方。他想要换个地方居住，呼吸一下外面的新鲜空气。他开始讨厌自己，觉得自己就要疯了。

菲利普的伯父是一位牧师，他成年后，伯父让他居住在牧师公寓最好的客房里。他住的房间在公寓一角，其中一个窗户前生长着一棵百年老树，他常常从另一扇窗户向外看公寓中的花园和空地，一片芳草地在空地的尽头。菲利普从小就喜欢在房间里贴墙纸，墙上贴满了维多利亚早期的水彩画，这些画都是伯父的朋友画上去的。色彩虽然褪去不少，但仍能看出里面的意思。房间里的梳妆台被价值不菲的薄纱包围着。当然，他的房间里还有一个鞋柜。菲利普不觉得这一切对他有什么用，他只知道牧师公寓的生活一直没变，家具也从未挪动。伯父的饮食谈话一如从前，没有一点儿变化，他会照例在百忙之中散散步。唯一变化的，是伯父微微有些发福，也没有以前爱说话了。他已经习惯了独居生活，所以并不总是思念他死去的妻子。他依旧喜欢和作为教会执事的乔赛亚·格雷夫斯争吵。这是一个身材清瘦、脸色苍白、表情严肃的人。伯父仍然行事专断，并且一直记得蜡烛插在圣坛那件旧事。古朴依旧的商店，让人看了很舒服。菲利普看到专门销售高筒靴、防雨油布衣帽和船上用的滑车索具之类的航海用品的杂货店，突然回忆起了童年生活的场景。那个时候，他觉得海上生活是非常有趣的，总是散发着探寻未知世界的魅力。

邮差敲门的声音，总能让菲利普激动不已，他心想着房东太太给他带来米尔德丽德的书信。但他知道，这种想法只是自欺欺人，她是不会写信的。现在，他终于可以心平气和地梳理一切问题了。

他意识到让米尔德丽德爱上他，那简直就是难上加难。菲利普不明白到底是什么东西，可以让男男女女之间相互顺从对方，不过将它称为“性欲本能”最为合适。但是，他还有疑惑，为什么这种东西可以强烈地影响着其中的一个人，而对另一个人毫无作用？这种东西是无敌的，理智在它面前只能屈服；与之相比，友谊、感恩、利益这些东西，则更显得不值一提。他不能够引起米尔德丽德的性欲本能，无论他做什么，都不能对她产生影响。这样解释虽然合理，却让他倍感厌恶，因为这使得人类和动物的本性相同。忽然，他觉得每个人心中都会有阴暗的地方。米尔德丽德冷漠的态度，让他觉得她一点儿都不妩媚。反倒让他觉得，她的面容苍白，嘴唇干涸，臀部窄小，胸部扁平，这一想法佐证了他的猜想。但是，她有的时候性欲大发，难以遏制。他实在是不明白她和埃米尔·米勒之间所发生的勾当，完全不像是她做的。但是他亲眼看到她和格里菲斯狼狈为奸，她可以为了性欲而鬼迷心窍。菲利普想弄明白自己和格里菲斯为什么会对米尔德丽德迷失心窍。他们都是普通人，只是具备一点儿逗笑他人的幽默感，真正令他看重的，或许是他们放荡不羁的性行为，这或许是他们俩的独特之处。米尔德丽德的感情十分细腻，行为举止温文尔雅，每次看到裸露的本性便会害怕不已。每次谈及简单的事情，她都会运用委婉的说辞来加以说明，更别说谈论肉体，这会让她觉得不光彩。因此，男人的本性犹如有力的皮鞭，抽打着她那瘦弱的身躯，让她不得不在性欲中瑟瑟发抖。

菲利普下定决心要离开这个让他受尽痛苦的地方。他先写信告诉房东太太，自己落下的东西要全部带走，然后他要租用一间没有家具的屋子，这样住起来既便宜又舒服。他这样做是有原因的。短短一年半的时间，他大约花了七百英镑，现在他必须省吃俭用，以此来填补自己的亏损。现在他想想就觉得害怕。他真是个傻子，竟然心甘情愿地在米尔德丽德身上花那么多钱。但他知道，如果一切可以重来，他依然会如此。他的朋友都觉得他性情收敛克制，是一个理性十足的人，现在他想想就觉得可笑。他知道自己所表现出来的淡定，只不过是表面现象，以此来保护自己而已，他的内心是极其脆弱的。他觉得自己如同一片飘零的落叶，感情上的任何波动都会让他不知所措，情欲更会让他完全失去自制，成为别人的附庸。他表面上极力控制自己，是因为这可以对别人产生作用，对自己则没有一点儿用。

他开始思考人生，想要谋求一种生存的哲学，因为他的人生哲学只会让他产生不幸。他开始思考思想对于人到底有多大的作用。他认为，有一种异于自己的力量在他体内控制着他，这种力量与把保罗和弗兰西斯卡[1]推向深渊的力量类似。他思考着他应该做什么，如何去做，但是他又处于一种难以言说的本能和情感之中，他在里面什么也做不了。他好比一台机器，受着环境和人格的驱使。他的理性像是一个人站在旁边无动于衷地看着他，就像伊壁鸠鲁所描述的诸神那样，只能看着九天之下的人做自己想做的事，什么也管不了。

79

还没开学，菲利普就回到了伦敦，准备找一个住的地方。他穿梭在威斯敏斯特大桥路周围的大街小巷之中，想要找到一处合适的住所，但是这个地方到处散发着恶臭。最终，他准备在肯宁顿区租房子。他喜欢该地区的古朴和宁静，在这里居住，能够让人回忆起萨克雷所描述的泰晤士河两岸的伦敦风情。这个季节，道路两边的梧桐树开始发芽。可以想象，当年纽科姆[2]一家人经过此处时的场景。菲利普看到街道旁都是白色的楼房，窗户上面都贴着出租的广告牌。他看到上面有一处写着出租没有家具的房子，便走了过去，开始敲门。里面走出一个面容严肃的妇人，她带着菲利普看了看四个房间，其中一个房间有做饭的炉灶和洗涤池，一周只需要支付九个先令。菲利普原本不想租住太多房间，但看到低廉的租金，他当场就把这些房子全都租了下来。菲利普问她是否会帮忙做早餐和打扫房间，她说没有那么多的时间。菲利普很高兴，因为这意味着他不必和房东之间有过多的联系。她把食品店和邮政所的位置告诉了菲利普，

[1] 生存于十三世纪的意大利的一名女性，与其妹夫通奸且广为人知。

[2] 萨克雷小说《纽科姆一家》中的人物。

并提醒他如果仔细打听，或许可以找一个“照顾”他的女人。

菲利普的家具很少，大多是他搬迁时带过来的。家具里面有他在巴黎买的躺椅，有克朗肖送他的一张桌子、几幅画、一个小地毯，还有他伯父送的折叠床，现在他伯父不喜欢在八月份出租房子，所以也就空出了这个折叠床。除此之外，他还花钱买了一些必用的家具。他准备好好布置一下自己的卧室，所以花钱买了一些墙纸，准备贴在他的卧室里面。然后，他把劳森送给他的素描画挂在墙上，当然还有安格尔的《女奴》和马奈的名作《奥兰毕亚》。以前他在巴黎居住的时候，他总是对着这些画剃胡子。为了纪念自己曾经也涉足过艺术世界，他还把自己平生最得意的作品——给米格尔·阿胡里亚画的木炭肖像画——挂在了墙上。这幅画中有一位赤裸裸的男子，紧握双手，双脚站在地板上，刚毅的脸庞让人看过之后很久都不会遗忘。菲利普知道这幅画的缺点是显而易见的，但是这幅画能够让他产生无尽的遐想，画作的缺点便显得无关紧要了。他想到米格尔本人，不知道他过得怎么样。没有艺术才华的人偏要学习艺术，这本身就是件可怕的事。他可能早已病死，或者投入塞纳河中自杀，或许他那不坚定的性格让他自动后退，再或者他现在可能是马德里城市中的一个小职员，把自己的宏图大志用在了政治博弈或斗牛场之中。

菲利普邀请劳森和海沃德来他的新住处聚会。他们两个很准时地来到了菲利普的住所，一人带着一瓶威士忌，另一人带来了一份菜。两人不停地称赞菲利普租住这样的住所简直是太有眼光了，这让菲利普非常高兴。他本想请一个在证券公司上班的苏格兰人，但由于住所空间有限，便打消了这个念头。诺拉是劳森介绍给菲利普的，现在劳森开始讲起他前段时间跟诺拉偶遇的事情。

“她当时还向你问好呢，菲利普。”

说到诺拉，菲利普的脸一下子变得通红（尴尬的境况总会让他的脸发红），劳森不知道是怎么回事，好奇地看着菲利普。如今，劳森会在伦敦待上大半年的时间，他也易风随俗，头发很短，一身笔直的服装，头上还戴了顶礼帽。

“我说，你俩之间早就结束了吧。”劳森说。

“我很久没见过她了。”

“她看起来精神抖擞。我见到她的时候，她戴了一顶插满雪白鸵鸟羽毛的帽子。可想而知，她过着不错的生活。”

菲利普故意换了个聊天的话题，心里面却牵挂着诺拉。不久，聊得正浓的时候，菲利普突然问劳森：

“你当时跟诺拉聊天的时候，她有没有生我的气？”

“怎么会呢，她一直在夸赞你。”

“真想去拜访一下她。”

“当然可以。”

前段时间，菲利普非常想念诺拉。当他得知米尔德丽德抛弃他的时候，他想到的第一个人便是诺拉，他知道，诺拉不会像米尔德丽德那样抛弃他。他真的想找到诺拉，跟她倾诉衷肠，她肯定会感动的。但是，他一想到自己先前无情地抛弃了诺拉，就羞愧不已。

劳森和海沃德相继告别了菲利普，他在睡觉前抽了一支香烟。这时候，他喃喃自语：“如果我没有抛弃诺拉，那真是太好了。”

菲利普思绪万千，他想到了以前自己跟诺拉在一起的快乐时光，想到他们一同去参观美术馆，之后又去戏院看歌剧，这些都成了他心中美好的回忆。诺拉总是关心他的健康，她对有关他的一切都很上心。她忠贞不渝地深爱着他，菲利普知道这种爱不仅仅是性爱，更是一种母爱。即便是为了这难能可贵的爱，他也应该感谢诸神的眷顾。他决定要去请求诺拉的原谅。她肯定会很伤心，但是他相信，心地善良的诺拉一定会宽恕自己。要不要给她写一封信？不。他想突然进入她的房间，然后跪在她的面前，以求得她的谅解——但他知道自己的懦弱会阻止他做出如此滑稽可笑的动作——直接表明自己的心意，如果她接受了，那么她可以永久地信任他。现在，他早已从先前的痛苦中走了出来，他相信，如今的自己，完全有能力让具有高尚人品的诺拉信任自己。他越想越远，开始想象自己未来的生活。他可以在周末的时候，在诺拉的陪伴下，一块儿外出泛舟；他们还可以去格林威治游玩。以前同海沃德一同玩耍的美好经历让他终生难忘，他喜欢伦敦的美好风景。夏天的时候，他将会和诺拉一块儿在公园里闲坐聊天。他仿佛听到了诺拉那如流水击石般爽朗

的笑声，听起来让人陶醉。忽然，菲利普情不自禁地笑了起来。他知道，那个时候，他的一切噩梦都将结束。

第二天下午，到了用茶点的时刻，菲利普来到了诺拉的门前。他刚敲完门，先前的勇敢一下子消失了。诺拉能够原谅自己吗？他突然觉得自己当初抛弃诺拉，而现在又来找她，实在是太无耻了。一位女佣打开了房门，他从未见过这位女佣。菲利普向她询问内斯比特太太是否在家。

“请您传话说凯里先生前来拜见，”菲利普说，“我在这里静候佳音。”

那位女佣上了楼，过了一会儿，下来说：

“请您到二楼上面靠前的那个房间。”

“好的。”菲利普笑嘻嘻地说。

菲利普上楼后，心情激动不已。他举手敲响了房门。

“请进！”一个熟悉的、令人愉悦的声音说道。

他听了很高兴，大步跨入房间。诺拉迎面而来，跟他握起了手表示欢迎。正当菲利普开口说话的时候，旁边突然站起来一个男人。

“我来介绍一下，这是凯里先生——这是金斯福德先生。”

菲利普看到一个男人在诺拉的房间，心中不免有些失落。他暗暗地打量着眼前的这个男人。诺拉以前并没有告诉过他这样一个名字。他发现这个男人的坐姿一点儿也不拘束，好像这是他的家一样。他四十岁左右，胡子剃得很干净，长长的金发上面焗着油。他的皮肤通红，眼神里充满了疲惫。他的鼻子和嘴唇都很大，脸庞瘦削分明。他虽然个头不高，身材却显得很强壮。

“我一直想知道你过得怎么样了，”诺拉说话时总是那么高兴，“前段时间我见到了劳森——他一定给你说过了吧？——我对他说如果你有空的话，一定要来看我。”

菲利普发觉她的神色有些紧张。他觉得这种尴尬的会面让人显得很别扭，而诺拉的泰然自若让他由衷地佩服。诺拉给菲利普倒了一杯茶，她正要在茶里面加糖的时候，菲利普阻止了她。

“实在对不起。”她说话的声音明显提高，“我记性太差了，我忘了你不喜欢在茶里面加糖。”

菲利普知道她不会忘记自己喝茶不加糖的习惯，她之所以忘记，只能说明她现在心神不定。

先前的聊天又恢复了。菲利普觉得自己有点儿多余。金斯福德侃侃而谈，言语中夹杂着大量的幽默。菲利普觉得这是一位报界人士，他总是对每一个话题都高谈阔论，这让菲利普有点儿无所适从，因为他自己一句话都说不上。他心里暗暗决定要一直坐在这里，除非这位所谓的金斯福德先生起身离开。他心中思忖，难道他也喜欢诺拉？他心想诺拉怎么会喜欢这样肥头大耳的人，他们两个先前对这样的人还大发议论呢。现在，菲利普努力地想要表现自己，因此故意制造许多话题，无奈这位报界人士总能侃侃而谈，把大家引向他所说的话题，根本不给菲利普表现自己的机会。他开始记恨诺拉，认为她是故意要刁难他，以此来惩罚他先前的过错，想到这里，菲利普竟然又高兴了起来。六点的钟声响了起来，此时，金斯福德起身要走。

“我必须要走了。”他说。

诺拉跟他握手作别后，陪他一起下了楼梯，还不忘把门带上。诺拉小声地跟金斯福德说了几句，菲利普并没有听清。

“他是谁啊？”菲利普看到诺拉回到房间后，高兴地问她。

“他是一位编辑，他们杂志社最近约了我好几篇稿子。”

“我以为他想一直待在这儿不走呢。”

“很高兴见到你，咱们得好好聊一下。”她躺在椅子上面，瘦削的身材缩成了一团。菲利普看到她的姿势，禁不住莞尔一笑。

“你这个样子就像一只小猫咪。”

诺拉的眼睛突然一亮，看了一下菲利普。

“那我可要好好改一下我的坐姿。这个孩子般的动作，与我的年龄真的不符合，不过我习惯这样，这让我觉得很舒服。”

“我很高兴又来到了这里，”菲利普继续说，“我很怀念这个地方。”

“那前段时间你怎么不来？”诺拉不经意问了一句。

“我害怕。”说完，菲利普的脸又开始变红了。

诺拉看着他，眼里充满了慈爱，嘴上也露着微笑。

“你不必这样想。”

此时菲利普的心激动得跳个不停。他停了一会儿，说道：

“你肯定记得我们上一次会面的情形，我一想到自己当初的所作所为，就很惭愧。”

她看着菲利普，什么也没说。此时菲利普的脑袋已经非常混乱了，但他看到诺拉没有说话，于是继续道：

“你会原谅我吗？”

紧接着，他告诉诺拉自己曾经差点儿要自杀，他把和米尔德丽德发生的所有事情都告诉了诺拉，包括米尔德丽德的分娩、格里菲斯如何背叛朋友和自己因痴情受到蒙骗。他还对诺拉说，她以往对他那么好，自己却身在福中不知福，因而十分懊恼。只有跟她待在一起，他才会感到高兴，他现在终于体会到诺拉的品德是如此的高尚。他越说越激动，声音也开始逐渐沙哑。说话的时候，他感到万分羞愧，不敢直视诺拉。他尽情地诉说着自己埋藏已久的心里话，表情有些扭曲，心情却很轻松。他真诚地向诺拉诉说着自己最近发生的一切，甚至在有一些叙述中，他不惜把自己说成小人，以此来博得诺拉的同情。最后，他的话讲完了。他坐回椅子上，如释重负，想听听诺拉怎么说。但是诺拉默不作声，这让他感到很奇怪。他看着她，发现她并没有看自己。诺拉的脸色发白，一副忧心忡忡的样子。

“你不想对我说点儿什么吗？”

诺拉如梦初醒，脸色突然变红。

“最近你过得实在是太糟糕了，我听了很难过，”她说，“实在是对不起。”

她欲言又止。菲利普没有说什么，继续等着她说话。最后，她逼不得已地说：

“我已经订婚了，金斯福德是我的未婚夫。”

“我的天，你开始怎么不对我说？”菲利普不由得大喊，“我现在真的是太丢人了。”

“实在对不起，我不忍打断你……我们两个分手后，我遇见了金斯福德——”她尽力选择一些温和的词语来避免刺痛菲利普——“我当时很难过，但是我发现他对我很好。他不知道我是因为你才如此伤心。他的出现，让我对生活又重燃信心。我当时觉得我不能无休止地做工，我当时非常累，想找一个人倾诉所有的烦恼，于是告诉了他有关我丈夫的事情。他说想跟我结婚，这样的话，他会出钱让我办理离婚手续。他有着令人羡慕的工作，做事也很干练，所以所有的事情都是他在处理。他是真心喜欢我的，我能感受得到。如今，我也真的很喜欢他。”

“你的离婚手续办好了吗？”

“我已经拿到了离婚判决书，七月后正式生效。在那之后，我们将会完婚。”

好大一会儿，菲利普一句话也没说。

“真希望我没有丢人现眼。”他最后自言自语道。

现在，他脑子里正在想刚才那忘我的陈述。诺拉好奇地看着他。

“你根本就没有真正爱过我。”诺拉说。

“因为我知道，沉迷爱情总是让人犯错。”

没多长时间，菲利普又变得泰然自若。他起身向诺拉握手作别，嘴里说着：

“祝你幸福！这样的结果是再好不过了。”

诺拉依依不舍地看着菲利普，手还在紧紧握着。

“下次你还会来看我吗？”诺拉问。

“当然不会啦，”菲利普强颜欢笑，“你如此幸福的生活会让我吃醋的。”

菲利普失落地离开了。实际上，诺拉说得没错，他根本就没有真正爱过她。他现在内心很失落，并带有一些气愤，可以说，他内心的虚荣极大地受到了嘲讽。他心知肚明。他突然觉得上帝在跟自己的人生开玩笑，不禁失声痛哭，他的心情五味杂陈，难受极了！

80

在接下来的三个月里，菲利普潜心做学问。短短的两年之间，原来争抢着来医学院学习的人离开得越来越多了。一些人是因为考试没有想得那么简单才离开的，一些人则是被家长带走，因为他们

当初简直是低估了伦敦的生活费用。当然，还有其他各种各样的原因，在这里也不便逐一列举。菲利普认识一个学生，他在无聊之余想到了一个快速挣钱的办法，即把低价收购的商品抵押给当铺，后来，他又发现赊购的商品赚得更多。但是没过多久，他就被起诉了，这可是医学院中的一则大新闻。因为他父亲及时转让了财产，所以这件事才得到平息。最终，这个人到国外去实现“白人的责任”[1]去了。还有一个人，上学前不知道什么是城市，来到此地后，这个人很快就沉迷于酒吧和游乐场中，最后成了一名赌徒的助手。菲利普曾经在皮卡迪利广场周围的一个酒吧里见到过他，他穿着束腰的外套，戴着一顶宽松的褐色帽子。另外，有一个学生具有演艺天赋，他在一次医院演唱会上模仿著名的喜剧演员，让人铭记于心，从而声名大噪。后来，他转行去了合唱队。菲利普还对另外一个人感兴趣，那个人行动笨拙，说话声音很大，为人却很真诚。这一切都无法让菲利普感到丝毫的乐趣，他觉得现在伦敦大街小巷上的房子紧紧地挨着，给人一种压抑的气氛，这使他感觉很闷。他整日待在房子里，面容憔悴，总觉得灵魂无处安放。他苦苦挣扎，气都快喘不上来了，心却一直在跳个不停。他想要在无边无际的田野中追逐打闹，他小的时候就是在那种地方度过的。一天，他还没上完课，就不辞而别。后来，他朋友听说他放弃了从医，成为了农民。

当前，菲利普正在学习有关内外科的课程。他有时乐意外出去门诊帮忙，这可是个赚点儿钱的好机会。期间，他还跟随教授学习听诊器的使用方法。他还学习怎么抓药。他将要参加七月份的药学测试，他认识了种类繁多的药物，学习调药包药，制作药膏，这让他乐此不疲。只要是能够让菲利普产生一点儿兴趣的事情，他都会拼命去做。

有一回，菲利普看到了格里菲斯。但他不想跟他打招呼，因为他曾经让自己伤心难过了好久。菲利普觉得格里菲斯的朋友一定知道他们之间发生的不愉快的事情的前因后果，所以在他们面前，菲利普觉得有些尴尬，虽然有些已经成为他的好朋友。有一位青年的

[1] 此为英国作家吉卜林等为掩护侵略生造的概念，认为白种人有责任将文明带给其他落后的民族。

名字是拉姆斯登，他个子很高，脑袋却很小，虽然无精打采，却很崇拜格里菲斯。他不仅模仿格里菲斯的穿着打扮，还学习他的说话方式。有一次他告诉菲利普，格里菲斯因为没有收到回信而难过，想跟他重归于好。

“你是来替他求情的吗？”菲利普问。

“当然不是，作为朋友，我只是觉得应该给你点儿建议，”拉姆斯登继续说，“他对自己以前所做的事情羞愧不已。他常常对我说，你是他的好朋友，你对他很好，我也知道他一直想跟你和好。他之所以不来医院见你，是因为他担心你讨厌他。”

“我做得没错。”

“但是他已经后悔了。”

“你不要再说了，我实在是受够了他。”

“他愿意努力求得你的原谅。”

“我觉得大可不必。我们已经不是朋友了，我只是一个普通人，况且我现在很好，不想被他打扰。”

拉姆斯登觉得菲利普太无情了，过了一会儿，他疑惑地向四周看了一下。

“哈利整日祈祷，希望他与那个女人无关。”

“真的吗？”菲利普冷笑了一声。

他很满意自己的这种冷淡的腔调。但没人知道，菲利普的心一直在跳个不停，他现在真的希望拉姆斯登赶快说完。

“想必你已经忘了这件不愉快的事，不是吗？”

“是啊，我差不多都忘光了。”菲利普回答。

菲利普逐渐从拉姆斯登的话中，得知了米尔德丽德和格里菲斯后来发生的事。他面带微笑，泰然自若地倾听着，尽力地去表现出一副不在意的样子。原来，米尔德丽德和格里菲斯在牛津度过了一个愉快的周末，这让她欲火中烧，她急切地希望能够一直跟格里菲斯在一起。所以，当格里菲斯回老家的时候，她临时变卦，没有立刻返回伦敦，而是想继续在牛津过上几天舒心的日子。她不想再跟菲利普待在一块了。她厌恶菲利普，看到他就恶心。格里菲斯没有想到，米尔德丽德对自己欲火难消，他跟米尔德丽德在一块儿的这

几天时间，让他觉得有些腻味无聊，他现在倒想跟她没有任何瓜葛。但是她迫切地希望格里菲斯给她写信取悦自己。格里菲斯回到老家后，他以彬彬有礼、情意缠绵的口吻写了一封情深意浓的书信，然后寄给了米尔德丽德，米尔德丽德立刻回信，信上的语气轻浮，字迹潦草，让格里菲斯心生厌恶。后来，米尔德丽德一直给他写信，他开始感到厌烦米尔德丽德的这种行为，因此，他一封也没回。米尔德丽德对格里菲斯很着迷，由于收不到他的回信，心中很着急，于是，她不停地发电报给格里菲斯，询问他最近怎么了，还表达了自己深深的思念之情，最后她急切地希望得到回信。不得已，他随随便便写了一封信，他在信上说希望她停止发电报，他谎称自己母亲老眼昏花，不知道电报是什么东西，看到电报会感到担惊受怕。收到格里菲斯的回信后，她非常兴奋，并立刻回信说她想立刻见到他，此时她想把自己周身的东西抵押成钱（其实她并没有什么值钱的物品，仅仅有一个女士提包，这还是菲利普送给她的礼物），然后买车票去找他。这一想法让他惊慌失措，他赶紧致电米尔德丽德不要这么做，并告诉她自己回到伦敦后，会第一个联系她。但是，格里菲斯回到伦敦的医院时，听说米尔德丽德多次找过他，这让他很反感。他实在是不愿意再跟她有什么瓜葛了，他想要赶紧跟她断绝一切联系。因此，他找到米尔德丽德，告诉她别再去医院找他了，这样会让自己很难堪（此时两人距离上一次会面已有三周）。但他又不想当面跟米尔德丽德坦言，他觉得这会引发争吵，他可不喜欢跟女人吵架。最后，他暗下决心，一定要跟米尔德丽德断绝联系，这样自己就不会再被她纠缠了。格里菲斯见到她后，仍然是一副谦谦君子的样子，这让米尔德丽德欣喜不已。而对于自己的食言，他也找到借口巧妙地骗过了她。之后，他想尽一切办法避开她。米尔德丽德想要见他，但他总是能够找到借口来回应米尔德丽德。另外，格里菲斯还告诉房东太太说，如果见到了米尔德丽德，就说自己不在家。最后，无奈之下，米尔德丽德直接坐在路上去等待他。当他听说米尔德丽德已经等了他好几个小时的时候，他赶紧用花言巧语来安慰她，并借故医院有急事，就匆匆离开了。以后的日子，他更加小心谨慎，对于米尔德丽德唯恐避之不及。有一次，他深夜回家，看到有一个女人站在他的门前。他担心这个女人是米尔德丽德，所以他赶紧跑到拉姆斯登家借宿了一晚，以避免同她见面。第二天，房东太太告诉他，米尔德丽德前天晚上在他门口一直哭个不停，最后不得已，房东太太只好用报警的方式吓走她。

“叫我说啊，兄弟，”拉姆斯登说，“幸好你及早脱了身。哈利说，他要是早知道米尔德丽德是这样不让人省心的人，那么打死他都不会去招惹她。现在哈利可是后悔极了。”

菲利普沉默了一会儿。他脑子中想到米尔德丽德一个人在路口不停地痛哭，那孤独无助的场景，让他的心头不由得一酸，仿佛自己能够看见她那失落无助的样子。

“也不知道她如今怎么样了。”

“唔，听说她找了一份工作。这简直是太好了，她终于不会无所事事了。”

菲利普在夏季学期末的时候，又听到了关于米尔德丽德的消息。消息说米尔德丽德不停地纠缠格里菲斯，想跟他在一起，这让格里菲斯很愤怒，他实在是烦透了她。最后，格里菲斯大声地骂米尔德丽德，让她滚蛋，完全失去了以往温文尔雅的样子。

“他别无他法，”拉姆斯登说，“但是也不能这么过分啊。”

“这件事结束了吗？”菲利普问他。

“或许是吧，她十天以来都没找他了。我们都很清楚，哈利抛弃女人的本领可不小。这件事让他万分头疼，不过最终解决得很好。”

从那以后，米尔德丽德杳无音信，消失了。

第9章

81

一到冬季开学的时间，菲利普马上去了门诊部当见习医生。那里有三个人换着班给人坐诊，每人一星期上两天半。菲利普被分到辅助蒂勒尔医生。学生们比较崇拜蒂勒尔，都想挤破头跟他学习。蒂勒尔今年三十五岁，个子挺高，面部很瘦，染着一头白发，眼睛很大，脸上红扑扑的。他很会说话，声音也很好听，说话的时候喜欢讲幽默故事逗人笑。他还有点儿放荡不羁。蒂勒尔在专业领域取得了一定的成就。他从事这个行业好多年了，应当马上就会被授予爵士头衔。可能是经常和学生与贫苦的人在一起的缘故，他一边像个救命恩人，一边和他们周旋。他有着很善良的面孔。但这全部都来源于自己的职业要求。病人与蒂勒尔的关系像是刚入学的师生，而自己的病不过是老天给开了个玩笑，相比痛楚反而多了一点儿趣味。

来实习的医学生，每天都必须去门诊那边看病历多学临床知识。但是如果学生被分配到个人时，他的工作就更加明确。当时，圣路加医院一共三个医务室相连，配备一个空间很大但不够明亮的诊断室。诊断室里摆的都是满满的长形椅子。患者挂完号就拿着开的药品在这儿排队等着。有的衣服看起来很旧头发也很脏，有的穿得比较得体。男男女女各种各样的人待在这昏暗的医务室里，让人觉得奇怪和阴森。这个时候很多人想到多米尔[1]以前画得很吓人的画。这些屋子墙壁上都是橙红色，只有顶端才有一点儿栗色。屋子里全是消毒水和人身上的汗臭味。第一个房间的面积当属第一，中间是医生用的桌椅。旁边分别放着一张比较低的桌子，医生和助手分坐在两旁。记录册特别大，病人的详细信息可以记得清清楚楚。

[1] 法国十九世纪画家。

中午一点，住院医生先到达，拨了拨按钮通知原先的患者挨个进来复查。虽然人数有点儿多，但他们必须在蒂勒尔上班前看完这些复诊的人。菲利普认识的这个医生朋友身材矮小，稍微有点儿自傲。他对助手经常有一种高人一等的优越感。那些和他差不多大的医学生倒比较随意，不用专门恭维和谦让他，对于这件事，他并不觉得有什么。他马上准备给这些人复查。此刻，有助手和他一起。患者一个接一个地进来，前边全是男子。他们大多是看慢性支气管炎和咳嗽。其中有一个患者面对着坐下，另一个去助手那里出示挂号证。要是没什么大问题，就会被交代去拿药并连续吃上十四天。有的患者很精明，排在队末想着能让医生给自己看看，但一般都不能如愿。除非是有特别的原因，才能幸运地达到目的，但这种概率一般不高。

没多久，蒂勒尔就过来了。他走路很快，也很灵敏，不由得会让人想到马戏团里向观众打招呼的小丑。他的清高仿佛跟大家说：你们这些病，有什么大惊小怪的。我保准给你们治好。他一坐下就问是否有需要复诊的患者，然后就敏捷地工作起来，并仔细给患者诊断，还同时与其他同事讨论这种病因，有时穿插着说个笑话（引得一起的助手也哈哈大笑）。那个医生表面保持微笑，实际上有点儿对助手们笑这个事不太满意。然后他开始絮叨说天气的好坏，接着用门铃让患者进来就诊。

患者接二连三地进来就诊，从小伙子到老年人都有。大部分是靠力气吃饭的，包括码头工人、车夫、工人和服务员。但也有相貌堂堂的，应当是一些较为优秀的就职者。蒂勒尔医生很擅长观察别人，一眼就可以看出来谁善于伪装，甚至偶尔会拒绝一些达官贵人的过分要求。女人是最不好应付的，但她们太笨了，尽管衣衫褴褛但戒指却直接暴露了自己。

“你既然有钱戴首饰，也肯定可以花钱叫医生来看病。医院是用来帮助真正需要帮助的人的。”蒂勒尔冷酷地说道。

说完他就让患者出去有请下一位。

“可是我付了挂号费的。”

“我不管这些，你赶紧离开！你没资格来这里占贫苦百姓的便宜。”

那个患者很生气地瞪了一下蒂勒尔，气冲冲地离开了。

“说不定她会给报社投稿，说医院管理不到位。”蒂勒尔笑着随手拿着接下来患者的资料并仔细地打量了他一番。

很多患者误以为这是属于公立医院，便觉得自己既然交了税就应享用自己的权利，甚至觉得医生拿到的工资很诱人。

蒂勒尔医生给助手配备一名患者去只有一张睡椅的小房子里做检查。他们进去后，首先会提问题并把患者的心肺等检查结果记录下来，并以此为依据开药方。这些结束后便等着蒂勒尔的到来。蒂勒尔忙完手头工作后也来这儿并带着一些学生。这时，助手就大声地汇报自己的记录。蒂勒尔会据此提问并亲自检查患者。要是遇到有价值的点，就会出现一些神奇的场景：实习生拿着听诊器静静地听着患者的胸腔和背部，还有人迫不及待地想要加入。患者虽然被包围着有点儿尴尬，但感受到万众瞩目的目光心里还是很高兴。蒂勒尔讲解的时候，那个患者也在似懂非懂地听着。有的实习生重新拿起听诊器想要听到刚刚提到的知识点。等这些都完成后患者才起身。

一结束初诊阶段，蒂勒尔就回到办公室。这时所有的助手都会被提问到所开的处方有用到什么药。

“你是这样子处理的是吧？”蒂勒尔医生说，“不管怎么说，你的处方有些地方是可取的。但是，大家做事必须谨慎再谨慎。”

他说话总是很幽默，他对自己这么善言辞好像很满意，眼神亦总是显得很得意。这时，他给出完全不同的药方，一般只要碰到相同的患者，学生就会用蒂勒尔给出的处方，但是他很聪明很用心，一般药方和大家完全不一样，有时候药剂师天天奔波也很累，他们喜欢医生开传统方子或开备好的药品。蒂勒尔虽然也非常清楚他们想什么，但所开的方子总是那么复杂。

“我们得让药剂师忙起来，如果我们中规中矩，他们就没事可做了。”

学生又笑了起来，蒂勒尔双眼放光瞄了他们一圈。接着按响铃声对伸着脑袋进来的人说：

“请让复诊的女患者过来。”

在传达这个命令时，他坐在椅子上和同事开始聊天。女患者慢慢走进来，其中有很多得贫血，嘴部没有血色，刘海也很蓬松。她们吃得很简单，有时还有一顿没一顿的，因此消化系统出了毛病。那种年龄大的女子，有的很胖，有的很瘦，由于生了很多孩子，天气一转凉就咳嗽，早早地衰老了。这些女人得了很多种病，蒂勒尔和同事没多久就给她们看完病了。慢慢地，办公室的空气越发不好。住院医生看了下时间。

“今日女患者多吗？”蒂勒尔问。

“估计不算少。”住院医生说。

“那让其他人都过来吧。你接着照顾原来的患者。”

第一次来看病的女患者走了进来。男人生病大部分因为喝酒太多，而女人却是源于营养不良。到下午六点，病人终于都走了。由于忙了一下午，加上空气太不好，菲利普觉得累极了。这时他和同事一起去喝茶。他觉得工作很有意思，虽然看着有点儿粗枝大叶，但人情味很足，的确是适合搞艺术的人来取材。忽然，菲利普想起自己本身就是个搞艺术的，而患者就是自己笔下的画，心里禁不住高兴起来。他回味着巴黎的好日子，肩膀摇晃了起来。那时候，他只想要创造快乐的东西，热衷于光色影，但自己也说不出究竟要表达什么。他发现自己和不同性别的患者接触时有很多有意思的事，这带给他很多力量。他们走路各异，要么粗鲁，要么轻快，要么缓慢，要么扭捏。一般大眼一瞅就猜得出他们是做什么的。你会懂得如何有效提问，懂得他们一般爱在什么事情上讲谎话，这时要引导他们说真话。你会发现大家提问方式千差万别，但内容其实一样，面对要开紧急方子的情况时，有人很轻松，有人很失落绝望。菲利普觉得自己与这些人相处不再像过去一样扭捏。他也并不会对他们有同情悲悯之感，因为这代表自己有摆谱的意思。但相处久了菲利普反而很得心应手。他还发现自己有本事让他们静下来，一旦医生让自己查房就好像会从患者那里得到很大的信任。

“说不定呀，”菲利普一边笑一边心里嘀咕，“可能我天生就是这块料。倘若我意外选到自己最适合的工作那就很有意思了。”

菲利普觉得只有自己能领略到工作中不为人知的乐趣。对于别

的同事来说，可能患者只是患者。要是病情很复杂他们就开心，要是很简单就感到无聊。他们因发现新情况而诧异。一旦听到病人肺里发出异样的声音就絮絮叨叨地谈论。但在菲利普眼里，并不局限于此。他光是看到他们的外貌就很有兴趣。在工作的地方，他更看到了患者的内心世界，看到了他们真实的样子。有时还会看到禁欲主义，简直不要太刺激。有一回，菲利普遇到蛮不讲理的男患者，他说自己没药可医，但说话的时候尽力不让情绪暴发。看到他在陌生人面前如此坚忍，菲利普很是诧异。要是自己遇到这种情况能否做到如此呢？会不会认命呢？但偶尔也还是会碰到不好的事情。有一回，一个妇女和她妹妹一起来看病。她妹妹只有十八岁，长得如出水芙蓉一般，金发蓝眼在阳光的照射下闪着光亮。她很漂亮，助手们也都微笑以待。在这简陋的地方，他们几乎没见过这么漂亮的人。那位年轻女子开始说自己家里的病史，说父母和一弟一妹都是因肺结核去世的，只有自己姐妹俩活了下来。妹妹这些天总是咳嗽，身体瘦了很多。她把衣服解开伸出白皙的脖子。蒂勒尔专注于检查不说话，和以前一样他动作十分迅速，让助手用医疗设备检查自己点的具体部位，然后让这个妹妹把衣服穿好。那个年轻女子离得很远。以防妹妹听到，她故意小声问道：

“医生，她不是肺病吧？”

“估计是肺病。”

“现在只有我们姐妹俩相依为命，没有她我就孤零零一个人了。”

那个女人呜咽起来，蒂勒尔凝重地看着她，心想何必如此，她自己不也快不行了吗？那位妹妹发现姐姐哭了就懂得发生了什么。她的脸色慢慢地变得苍白，随即也哭了起来。她俩哭了有几分钟，然后姐姐似乎忘记这里有其他人了，走过去一下子抱住妹妹就好像是在哄小宝宝。

她们离开后，一学生问：“您觉得她剩下多长时间？”

蒂勒尔医生耸耸肩膀。

“她们家其他人发现这个现象不出三个月就去世了。她也逃不了。如果她们是富人或许还有机会，但又没办法让他们去圣马兹医院，这对她们来说是不可能的。”

有一天，一个正值大好年华的中年男患者来看病。他身上总有一处地方很疼，让他很煎熬。但给他开的药似乎不起作用，最后被诊断为无法医治。这不是说由于科学手段不够无法判断病因，而是人在庞大的自然面前过于渺小，他要想彻底好起来就只能完全停下来休息，但这是不可能做到的事，菲利普就曾劝他别再做目前的工作了。

“或许你可以换个轻松一点儿的活儿。”

“我做的活都很不容易。”

“但再这样你就没救了，现在你的病情况很严重啊。”

“你是说我不久就要死了？”

“我是说你不适合干粗活了。”

“但我不去做，我家里人没办法活下来啊。”

蒂勒尔医生耸耸肩。他碰到过很多次这样的情况，现在时间很紧，还有很多人等着看病。

“既然如此，我给你开点儿药，一周以后你来复诊。”

那个男人拿着不起作用的方子离开了。医生愿意说啥说啥，自己并不会因无法继续工作而难过。他可不舍得放弃这么好的工作。

“他只剩下一年的寿命了。”蒂勒尔说。

有时候，会来一些戏剧性的人。偶尔有一老女人来看病，跟小说里的人物似的，她很爱唠叨，不停地说着逗得他们哈哈大笑。间或，来了个很出名的芭蕾舞女演员。她估计有五十岁但自称二十八，脸上化了很厚的妆，眼睛倒是很有神。她总是会和学生暗送秋波，笑起来有点儿色情但又很吸引人。她很自信，很有意思的是，她对蒂勒尔亲切到好像在对待自己的追求者。她有慢性支气管炎，所以和蒂勒尔埋怨这种病影响到自己的事业。

“真想不明白为啥得这种病。说真的，我以前从没生过病，你看我状态就知道了。”

她眼睛滴溜溜地转着，假睫毛看着其他人眨了一下。她露出黄牙，说话一股子伦敦腔，但说话时很优雅，总能让大家觉得意犹未尽。

“这是咳嗽病，”蒂勒尔严肃地说，“很多中年女人都有。”

“我的天，你竟然说我是人到中年，这可是第一次听人这么说我。”

她直勾勾地看着，头倾向一侧，诡异地看着蒂勒尔医生。

“没办法，”蒂勒尔说，“作为医生必须说真话。”

她拿到方子朝着蒂勒尔莞尔一笑，很有要把人魂魄勾走的魅力。

“你会来看我跳舞吧？”

“会的。”

蒂勒尔医生说完命令让下个患者进来。

“有你们这么多人保护我，我很开心。”

但是，总体印象既不是特别伤心也不是特别高兴。这种感觉无以言说，简直过于丰富，充满欢乐、幸福和悲伤。一切又很有意思，又很无聊。正如我们所看到的，它很热闹繁杂又很严肃，很可悲又很卑微，很简单又很复杂。喜悦里伴随着绝望，有亲情也有爱情。欲望折磨着所有人，男女都在放肆地喝酒，少不了要为此付出代价。每个人都因与死神无限接近而哀叹，也有人因被检查出怀孕却显得惶恐。这里没有悲喜，只有事实。这就是真实的生活。

82

快过年时，菲利普的实习生活也快结束了。这时他收到了劳森的来信。

我亲爱的菲利普：

克朗肖现在就在伦敦，他想见你。他住在索霍区海德大道四十三号。地方究竟在哪儿我也不知道，但你肯定可以打听到。你去发发善心照顾他一下吧。他最近很倒霉。现在他在做什么到那儿你就晓得了。这边没什么变化，克拉顿也回去了，不过现在没人可以受得住他那个脾气。他与身边人都闹得很不愉快。我听说他没赚到一分钱，现在住在靠近植物园的一个很小的画房，不过他不许大家看他究竟画了什么。他天天不出现，所以我们都不晓得他在弄什么。可能他在某方面很有天赋，但从某种程度来讲，他可能脑袋瓜不清楚。顺带跟你说，有一次我偶遇弗拉纳根。他当时和他妻子在拉丁区散步，他现在不当画家改行卖爆米花机了，看起来应该赚了一些钱。他妻子长得挺漂亮，我想着要给她画一张画儿。如果你是我，会要多少钱？我不想吓到他俩。然而，假如他们愿意给 300 镑我肯定不会傻到拒绝并且只要一半。

爱你的

弗雷德里克·劳森

菲利普立马给克朗肖写了信，第二天就收到了回信。

我的凯里：

我一直都挂念着你。记得吗，曾经我帮你走出了绝望，而现在我却陷了进去。我很开心和你相见。在伦敦我是个外来者，受到很多人的排挤。想起我们在巴黎的日子真是很开心。我不敢让您专程来我这里，这样太对不起您这种身份尊贵的客人。但是我每天的晚饭都在迪恩街的奥本普莱塞饭店吃，您可以去那里见我。

您的

J. 克朗肖

菲利普收到回信后立马就去看了克朗肖。那个饭店门面很小，算是很低档。看上去克朗肖这样的客人很少在这里见到。克朗肖在门口角落里坐着，穿着破旧的大衣，菲利普每次见他都这样，头上一直有那顶破礼帽。

"我喜欢在这边单独一个人的感觉，所以经常来这儿。"克朗肖说，"来这个店吃饭的大部分是妓女和待业者。老板准备不干了，所以饭菜味道也很差。但是这对他们破产有好处。"

克朗肖喝着酒。他俩三年没见，菲利普看到他很吃惊。克朗肖从原来的胖子变成了一个皱巴巴的瘦子，皮肤松弛发黄，皱纹也多了不少。衣服穿着看起来像别人的，过于宽大。这些也让他看起来更不好看。他手一直在抖，菲利普立马想到他来信时潦草的字迹。很容易就看出来，克朗肖生了很严重的病。

"我现在几乎很少进食，"克朗肖说，"早上我病得很严重，午饭就只吃了奶酪，并弄了一些汤水一起喝了点儿。"

菲利普有意地看了下桌子上的酒，克朗肖发现了反而饶有兴趣地看着菲利普，希望他不要多说什么。

“你知道我的病情，所以觉得我不应该喝酒。”

“很明显你是肝硬化。”菲利普说。

“对，没错。”

克朗肖看着菲利普，若是以前，这种眼神早就让菲利普无法忍受。他的眼神告诉人们，虽然现在想的问题称得上烦恼，但是大家都很清楚，既然明白了也没有什么别的想法，那就多说无益。因此，菲利普转到了别的话题上。

“你准备何时返回巴黎？”

“不想回去了，我都是将死之人了。”

他竟然用很平淡的口吻说出了这件事，菲利普听了不由得很诧异。瞬间，菲利普想多说些什么，但是又好像说出来也无济于事。菲利普心里很明白，克朗肖的确命不久矣。

“所以你准备长住在伦敦吗？”菲利普呆呆地问。

“伦敦对我来说没有意义。我就好像人离开了空气。我走在街上，人们挤来挤去好像在死城里。我就是想着我绝不可以在巴黎去世，我想在自己老家消失。我也不清楚究竟是什么力量把我拽回来的。”

菲利普见过和克朗肖生活在一起的女子还有他们的两个衣着不太讲究的闺女，然而克朗肖从未当着他的面提及她们，也不想说她们的生活。菲利普心里暗暗揣测到底她们过得怎么样了。

“我不明白你为什么要说到死呢？”菲利普问。

“之前在一个冬季，我曾经得了肺炎，那时大家都说不敢相信我竟然还能活着。所以我身体状况很危险，一旦有点儿差池就可能会有问题，生个病我就一命呜呼了。”

“别乱说话！你还没到这么糟糕的境地，多加小心就成。你为何不戒酒呢？”

“我不愿意戒酒。倘若我们做好准备去迎接未来的事，那他就不会忌讳其他。我愿意为自己做的事负责。你虽然想劝我少喝点儿，但我只喜欢这一件事。你想，倘若我真听你的，那生活岂不毫无意义？我只是喜欢喝酒的快感，喝完之后会觉得自己非常幸福。由于信仰问题，你不喜欢肉体上的欢愉。但是这种感觉冲击力最大。作为一名正常男人我有对肉欲的渴望，而且我非常喜欢享受这种感觉。眼下我需要还自己当初的债，我也在为此而做准备。”

过了很久，菲利普直勾勾地看着克朗肖。

“难道你不因此而感到恐惧吗？”

克朗肖沉默了好久，没有吭声。他好像在思考这个问题。

“偶尔我自己一人的时候，我是恐惧过，”他看着菲利普回答，“你觉得这是消极的吗？大错特错。我不是会被自己吓到的人，否则那就太笨了。基督教说，人活着也应记得死亡。死去只是小事，害怕死亡并不会对人的行为有多大影响。我明白我临死的时候肯定会挣扎并想活下来，可能我也会被吓得屁滚尿流，我或许会禁不住抱怨老天对我太不公，但是我绝对不会因为自己有这样的一生而后悔来过。现在尽管我身体不佳，年龄大了得了很多病，也没什么收入，黄土都埋了半截，但我的人生一直由自己掌握。所以，我并没有什么可后悔的。”

“你对送我的那个波斯地毯还有没有印象？”菲利普问。

肖朗克跟以前一样微笑着。

“你不是问我人生价值何在？我还跟你说那条地毯会告诉你。现在你知道为什么了吗？”

“还不晓得，”菲利普笑着说，“你讲给我听好不？”

“不，这不行，我拒绝。答案要你自己发现，那才会有价值。”

83

克朗肖准备把诗集出版了。很多时候，他身边的人都在催他尽快做成这件事，但就一直拖延，他并没有采取具体措施。他总是用英国诗魂已经远去的借口来堵悠悠之口。花了很长时间写的书，最后只沦为在厚厚的纸张里占据两三行的位置，其他的都作废被当作造纸的原料扔掉了。由于遭遇很多变故，他对这些事并不介意并且看得很淡，就像别的东西早晚都要烟消云散。不过，他一个朋友却主动负责起这件事。他叫伦纳德·厄普姜，是搞文学的。菲利普在

巴黎与克朗肖一起和他见过一两次。厄普姜在英国批评界比较有名，也是公认的法国现代文学的资深专家。他在法国生活了很长一段时间，与那些想要努力为《法兰西墨耳库里》增砖添瓦的人士很熟悉，所以只需要把这些人的想法转化成英文表达，他就会获得很大的认可。菲利普以前看过他写的东西，他在马斯·布朗爵士的基础上形成了自己的特点。他写作的风格，尽管复杂但是安排合理，还算过得去。他的语言绚丽又不常用，这使得他作品有较鲜明的个人风格。伦纳德·厄普姜哄骗克朗肖为自己写诗，仔细一读发现这的确可以成为很亮眼的作品。他曾答应克朗肖要借助自己的关系与出版商牵线。那时正值克朗肖急需用钱的关头。自从患病以后，克朗肖发现自己在写作上更加艰难了，得来的钱甚至都不够付酒钱。厄普姜写信跟他说出版商那边虽然喜欢他的作品，但是觉得要想出版还有很多不足。眼下克朗肖倒是有点儿动心，他三番两次告诉厄普姜自己现在很需要用钱，希望他能多费点儿心。克朗肖觉得自己命不久矣，但还是很想要在社会上留一份正式发行的诗集。况且，打心眼里来说，他觉得自己写的诗很有价值。他很希望将来某一天自己的价值能够被人们发现。他一生都很珍惜自己的佳作，但现在在弥留之际，他完全不介意奉献自己的作品，这种精神十分可贵。

伦纳德·厄普姜写信说出版商愿意出版他的作品，克朗肖就立马决定当即回英国。经过很神奇的思想工作，克朗肖答应把超过版税的十英镑给他。

“你首先要知道的是，一定得提前给我版权税金额，”克朗肖对菲利普说，“弥尔顿[1]在那个时候也只拿十镑现金呢。”

厄普姜承诺亲自给克朗肖的诗集写个东西并标注自己的名字，并请自己的评论界熟人多说好话来帮忙推荐。克朗肖表面对此很淡然，实际上谁都看得出来，他一想到自己将功成名就的样子便高兴得快要飞起来了。

有一次，菲利普约好要和克朗肖一起去他总是嚷着要去的那个破旧的饭店吃饭，不过克朗肖没有赴约。菲利普听说他好几天没来这里了，随便找东西塞塞肚子就按照克朗肖第一次来信的地址去找

[1] 约翰·弥尔顿，英国十七世纪学者、诗人。

他。他费了半天劲才到了那里，却发现街上许多房子被熏得很黑，窗户也支离破碎，还附带标有法国文字的报纸，简直难看至极，门也非常破旧。房子附近全是很破的小店铺，包括洗衣店、皮匠店、文具店等。孩子们穿着破衣裳在马路边玩。有人用手摇式风琴演唱了一曲情歌。菲利普敲了敲克朗肖住处的门，一个穿着脏围裙的女子随声过来把门打开了。菲利普问克朗肖有没有在这里住。

“他是住在这儿，后边顶层一个英国人在那里居住。我不清楚他有没有在家，你可以亲自上去确认一下。”

点燃的煤油灯把楼梯从黑暗拉向了光明。屋子里有很刺鼻的味道。菲利普经过二楼的时候，一个女人从房里出来，有点儿怀疑地看着菲利普，不过没作声。顶层是三个房间，菲利普接连敲了几下中间的门，都没有回应，然后拧了一下门把，发现拧不动，进而又换了一个门继续敲。只听“吱呀”的声音，房门顿时开了，但里面黑得什么东西也看不到。

“谁啊？”

他知道是克朗肖在说话。

“是我，凯里。我能进来不？”

还没等克朗肖答复，他就直接进去了。窗户没有打开，屋里散发着一种难闻的臭味，真叫人受不了。街上的灯光稍微渗透了进来，菲利普这才渐渐看清屋子里的摆设。尽管只有紧挨着的两张床、盆架和椅子，但是人一进去就没办法容身。克朗肖在靠窗的床上默默地笑出了声，但却一动不动。

“为何不点蜡烛呢？”过了片刻，克朗肖说。

菲利普点了火柴才发觉他床边地上就放着可以放蜡烛的台子。他把蜡烛点上，把烛台放在盆架上。克朗肖还是脸朝上躺在床上不肯移动，穿着睡衣的样子看着很是奇怪。他的秃头显得很引人瞩目，脸色像土一样，简直跟个死人没什么两样。

“老弟，你看着病得非常严重。有人帮忙照应吗？”

“早上乔治没走的时候给我送来了牛奶。”

“谁？”

“一个名叫阿道尔夫的人，我一般把他唤作乔治。他和我一起住在这里。”

直到这个时候，菲利普才留意到另一张床上的被子打从有人睡了之后竟然从来没有叠过，枕头上超级脏。

“你别告诉我是你俩一起住的这间房。”菲利普禁不住嚷道。

“合租其实很不错。在索霍这破地方，住房多么昂贵啊。乔治在那里当服务员，每天上午八点去，一直干到晚上店里关门，所以他不会妨碍我。我俩经常睡不着，一到那时候他就给我讲他的遭遇，以此来打发时间。他出生在瑞士，我一直都觉得服务员很有意思，他们那种娱乐精神很好玩。”

“你在屋里待多久了？”

“三日。”

“你意思是除了牛奶你什么也没吃？到底为什么不告诉我呢？放着你一人在这里连个照应的人都没，我可真不忍心啊。”

克朗肖听完笑着说：“好啦，看你那小样儿。我明白你是真心为我考虑，真是个好兄弟。”

菲利普脸一下子变得通红。看到克朗肖如此落魄，菲利普禁不住感到悲伤，却没想到心里的想法全都表现在了脸上。克朗肖盯着菲利普，笑着继续说：

“我其实很开心。你看这都是我作品的初稿。你要知道，估计其他人会在乎是否会有诸多不便，但是我可是一点儿都不介意的。如果有很多可以施展自己能力的空间和机会，那这些又算得了什么呢？”

诗集的样本在床上搁着。真没想到克朗肖在这么黑的环境里竟能继续校对。他给菲利普看自己的作品，这时他两眼突然放光。看着样本上很清楚的字，不由得高兴起来。然后，他念了一小段。

“诗写得还行，你说对吗？”

菲利普突然想到一个办法。按照这个计划，他需要比平时多花点儿钱，但是无论多花费多少，菲利普都没办法再提供帮助。但是，从另一个角度看，目前菲利普不想要考虑花销的事。

“不行，我不能再叫你一人待在这儿了。我那儿还多出来一个可以住的地方，回头我借个床就成。你想去我那儿住些日子吗？正好也能顺便省点儿房钱。”

“但是，你会一直让我不关窗户的。”

“你要是乐意的话，就是全关上我也不多说什么。”

“明天我就能好起来。原本我今天可以起身的，但就是太懒了。”

“要是这样，你更应和我一起住了。你只要稍微不舒服我就立马在家照料你。”

“你要是坚持，我就听你的。”克朗肖说着，面带苦涩的笑容。

“那就太棒了。”

他俩约好第二天克朗肖跟着菲利普一起走。翌日早上，菲利普百忙之中腾出一个小时来接他。他看到克朗肖穿着厚大衣，全身穿戴得很整齐，依旧戴着帽子静静地在床边坐着。地板上老旧的行李箱中装着他整理完毕的衣服和书。他看起来像是在等车的样子，菲利普看到禁不住笑出声来。他俩叫了辆马车直奔目的地。马车上窗户关得很紧。到达目的地后，菲利普先安置好克朗肖。菲利普这天大早晨就起来去买了二手床架、柜子和镜子。克朗肖到了之后就静心校对自己的诗集，他觉得自己好了很多。

菲利普发现如果把受苦痛折磨放在一边，和克朗肖一起生活也很不错。他早上九点出门要到晚上才回来。有几次，菲利普建议克朗肖如果不介意可以和他一块儿勉强吃些晚饭，但克朗肖感到特别不好意思，便自己跑到索霍区买点儿最低廉的东西随便吃吃。菲利普让他去找蒂勒尔医生看下病，他却坚决拒绝，他晓得自己肯定会被劝诫不要喝酒，但是无论如何自己不能戒掉这个。每日早晨他的情况都会很严重，但到了晌午喝了酒之后，精神立马好了很多。哪怕半夜回家也还能滔滔不绝，言谈中充满睿智，这点让当时刚和他相见的菲利普十分诧异。他的诗集已经完成了校对，和其他刊物一起出版了。到那时，说不准圣诞书籍的轮番广告会停歇，人们也就能松口气了。

84

刚过新年，菲利普就去外科门诊部上班了。这个工作和他之前在内科的内容差不多，只是手段更直接了。这是由内外科的本质决定的。以前人们由于太故步自封，因而对内科外科的态度过于保守，导致很多人受了很多病痛的折磨。菲利普被分到雅各布医生那里当包扎员。他身材矮胖，是个秃头，不过性格豪爽，为人十分热情。他说话的时候，伦敦口音很重，而且说话的声音很响亮。医学院的学生还戏称他为不好看的莽汉。不过不管是当外科医生还是教学员，他都有很强的能力和综合素质，这些反而弥补了外表的不足。他总是很幽默，对学生和病人都经常开玩笑。他还很喜欢看自己的学生出丑。学生们倒是什么都不知道，表现出毕恭毕敬的样子，对受到这般亲切的待遇反而有点儿没法适应。这时他总是爱拿学生寻开心。吃了午饭后他更加高兴，因为他爱说自己过去的事而学生只能在那儿听他讲。一天，他们遇到一个跛足的男孩，孩子父母想问有没有办法医治。雅各布医生扭过来跟菲利普说：

“凯里，你来看看吧，我觉得你应当知道。”

菲利普一下子涨红了脸。这个医生明显是在跟自己开玩笑，而站在旁边的其他人则叉腰等着看好戏。菲利普看到这样，面部更是红得不得了。说实话，自从来到这个医院，菲利普就热切盼望能在这个领域多多学习。他读了图书馆里所有关于跛足的资料。他让这个十四岁的孩子脱掉鞋袜。孩子脸上都是雀斑，蓝眼睛塌鼻子。孩子的爸爸唠叨着，如果孩子的病可以治好，那就不用再担心生活问题了。孩子很活泼，性格十分外向，很善言辞而且不怕与人交流，因此他父亲十分反感，一直呵斥他。孩子对自己的跛足还是觉得很有意思的呢。

“尽管脚的模样不好看，”他对菲利普说，“但没有给我带来任何不便。”

“别说了，厄尼，”他父亲打断说，“你就是话过多。”

菲利普仔细看了看孩子的脚，并轻轻按摩。他不明白孩子为何并不因此感到羞愧，而这种情绪却一直在自己心上重重地压着。他不明白为何自己没法做到像孩子这样对很多不好的东西并不在意。这时，雅各布先生走了过来。男孩坐在长椅上，医生和菲利普分站在两侧，其他人围成一个半圆。跟平时一样，雅各布很生动地说了一个很短的讲演：谈论了跛足的种类和原因。

“你那只跛足是马蹄状的对吧？”说完，他立马看着菲利普。

“没错。”

菲利普发现其他人一下子都盯着自己看，脸色变得通红，他还因为这样埋怨自己。他发现自己手心已经出了很多汗。从医这么些年，雅各布有很多丰富的经验，所以可以说得滔滔不绝，但他也很有自己的见地。他很喜欢自己的职业，不过菲利普并没有专心听课，只想着话题赶快结束。突然，他发觉雅各布是在跟自己说话。

“凯里，你可以脱一下袜子吗？”

菲利普颤抖了一下。一瞬间他真想大骂雅各布滚蛋，但是他没有勇气说出来，害怕别人笑话。因此，他装作满不在乎的样子。

“当然。”他说。

他立马坐下来开始脱鞋。他的手在抖，心想不应当解开扣子。他想起自己学生时代被其他人强迫脱鞋戏弄的场面，想起了自己内心的伤疤。

“他把脚护理得很好，很干净，对不？”雅各布声音很难听地说。

在场的学生都笑了起来，菲利普留意到刚刚跛足的男生在好奇地看着自己的脚。雅各布一下子拿起菲利普的脚说：

“我早就猜到了。你这只脚小时候做过手术对吧？”

然后他口若悬河地演说着。学生都俯身盯着菲利普的脚看。直到雅各布放手，还有人继续看着。

“各位啥时候看腻了我再穿鞋。”菲利普笑着说，但这笑里有些许讽刺的含义。

他肯定可以把他们都折磨致死。他觉得如果能使用凿子（他也不清楚怎么如何想到这种工具）直接杀死他们该多解气。人就跟禽兽一样，他倒很希望传说是真的，这样人们肯定要受到巨大的折磨，自己心里也就好受多了。雅各布医生又回归到治疗方案上，这套说辞一半是让孩子家长听，一半是让学生听。菲利普穿上了鞋袜。最后，雅各布医生好像是想到了什么，蓦地对菲利普说：

“我觉得你要是再做个手术也成。尽管我不能保证和正常人的脚一样，但一定可以有帮助。你考虑考虑，什么时候想通了就来我

这里吧。”

菲利普经常会想自己这条腿能不能恢复健康，但他很烦提到自己的问题，所以从来没有和同事说过这个事。他看书上说小时候接受的治疗由于医疗条件的局限并不会起什么作用。现在，若他能恢复健康并正常走路，就是再重新手术也很有价值。他想到他曾真诚地祈祷奇迹可以出现。他的伯父说上帝是可以创造奇迹的。他想到这里不由得苦苦地笑了。

“我当时真笨！”他心里琢磨着。

二月底，克朗肖已经病重到没有办法起床了。他只能在床上躺着，但还是执意不要开窗并拒绝看病。他每天只吃很少的营养品，但却一直要烟酒。菲利普明白他本不应这样，但对于克朗肖来说，这件事没法沟通，他很难被说服。

“我晓得烟酒对身体不好，但我不介意。你帮过我，咱俩也算兄弟一场。我不想听你说三道四，把酒给我然后直接滚蛋。”

伦纳德·厄普姜一周来做客两三次。他满脸皱纹形如枯萎的叶子，因此用这个词形容他很是贴切。他年龄三十五岁，脸色煞白，长灰色的头发，就像在外面单独长出来的小草。一看他的模样就知道他几乎不去野外。他头上戴的是非国教牧师戴的帽子。菲利普很讨厌他那种自大的感觉，讨厌他夸夸其谈的样子。伦纳德·厄普姜就愿意这样完全不考虑听众的感受，但这正是优秀演说家必备的品质之一。厄普姜从来没考虑过自己说的都是观众讨厌的旧内容。他一字一句地跟菲利普说了自己对艺术的一些见解。菲利普请的帮忙打扫的用人每天只来一个小时，他又在医院忙着，所以克朗肖只能一个人在家。厄普姜嘴上说要找人来陪着克朗肖，但是迟迟没有行动。

“一想到那个人自己在家我就不放心。真怕他过世的时候身边一个人都没有。”

“不排除这个可能。”菲利普说。

“你怎么这么冷血？”

“那你本来能够每天都来这里做工，这样他身边也方便有人陪着，你怎么不这么做呢？”菲利普问。

“我？老兄，我只能待在我熟悉的地方，何况我很多时候要外出。”

此外，厄普姜十分不喜欢菲利普让克朗肖住在他那里。

“我觉得他还住到老地方就挺好，”他一边说一边比画着动作，“楼阁虽然破了些，但仍然氤氲着浪漫的气息。即便是华滨甚至肖迪奇我也绝无二话，唯独把他弄过来我很不能接受。那里多适合作为安葬诗人灵魂的圣地啊。”

克朗肖经常会发脾气，但菲利普一直告诉自己要学会包容，因为这些不过是克朗肖生病的表现罢了。厄普姜有时候下班前会回来看克朗肖，克朗肖总是在这个空当极力说起自己对菲利普的不满。厄普姜倒是显得很愿意听的样子。

厄普姜与菲利普说话时语气总有些难听，但菲利普尽量学着去包容他。不过有一天快到傍晚的时候，菲利普终于爆发了。那天他在医院做了很多工作，一回到住的地方人简直累得快要昏倒了。当他在泡茶的时候，厄普姜直接走进来并跟他说了克朗肖跟自己说的抱怨的话。

“你不觉得你有很奇怪的、并不常见的特权吗？当然，你应当努力通过各种办法来证明你很高尚。”

“不，你说的这些我可不敢当。”菲利普说。

每次一提到钱，厄普姜都表现出一种自大和高傲，另外无意中他就会变得很敏感。

“克朗肖本来举手投足都是很高贵的，但现在全被你蹂躏了。你应当给你没法想象的东西留些退路。”

菲利普立马把脸拉得很长并且说：“我们去叫克朗肖来评判一下。”

这时的克朗肖正在床上看书，还惬意地吸着烟。屋子里到处是酸臭刺鼻的味道。哪怕菲利普经常收拾，但还是如此凌乱。这么来看，克朗肖住哪里都不会干净。克朗肖看到他俩进来立马拿掉眼镜。这当儿，菲利普气不打一处来。

“厄普姜说你抱怨我让你去看病，”菲利普说，“我这样建议是因为你随时都可能死去，你要是不看医生，我也不能拿到健康证。要是你真死了，我就得被审讯，还会因为没给你请到医生而受到责骂。

“这点真是我没考虑到位。我原本觉得你督促我是担心我的健康而不是因为你本人。既然你是这样想的，那医生何时来我就何时就诊好了。”

菲利普不作声，只是轻微地耸耸肩。克朗肖看到他这样禁不住笑出声来。

“不要生气啦，我的兄弟。我知道你是关心我。我听你的，去请医生吧，说不准我真的有救呢。最起码，你心里也可以宽慰许多。”然后，他看着厄普姜并说：“你真笨，伦纳德。你为什么要让他伤心？我死后你除了能给我写个悼念文之外，你还会为我做别的吗？我实在太了解你了。”

翌日，菲利普去找蒂勒尔医生。他觉得蒂勒尔肯定会对克朗肖的情况很感兴趣。果然不出所料，蒂勒尔一下班就和菲利普去他住的地方。他之前也非常认同菲利普说克朗肖命不久矣的观点。

“如果可以，我能把他安排住在医院，”他对菲利普说，“能让他单独一个人住。”

“他是不会同意的。”

“但是他随时都可能死去，或者再次患上其他肺炎。”

菲利普表示同意。蒂勒尔医生交代了一些事情并要求菲利普保证能随叫随到。他走之前把自己的地址留下来了。菲利普送完医生后回到房间，发现克朗肖还在专心看书，连医生是否说了什么都不关心了。

“我的老弟，这下你没问题了吧？”

“你不准备按照医生说的去做，对不对？”

“肯定啊。”克朗肖笑着说。

85

过了有半个月，一天傍晚，菲利普自医院下班后回到公寓，他先来到克朗肖的房门前，伸出手拍了拍门，等了一会儿也不见有人应声，就直接推开门进入了房间。只见克朗肖的身子缩成一团，菲利普走到近前来看他。他看不出克朗肖是睡着了，还是跟以前一样在兀自生着气。他突然发现克朗肖的嘴是张开的，这把他吓了一跳。他把手放在克朗肖的肩膀处，顿时大叫一声，他立刻去试探克朗肖是不是还有心跳，他完全被惊到了，不知道该怎么办才好。他绝望地把一面镜子放在克朗肖的嘴巴上，因为他听说过去大家都是这么做的。菲利普发现房间里竟然只有自己和克朗肖的尸体，瞬间吓得惊慌失措。他进来时还没来得及脱去衣帽，所以他飞快地冲到楼下，拦住一辆马车，很快就来到了哈利大街。万幸的是，他正好见到了蒂勒尔大夫。

“大夫，请您现在就随我去一趟好吗？克朗肖可能已经死了。”

“既然他已经死了，我去了又有什么用呢？”

“您要是陪我去一趟，我将会非常感激您。我叫的马车就在门口等着。不会耽误您超过半个小时的。”

蒂勒尔顺手戴上帽子就随菲利普出来了。坐在马车里的时候，他问了菲利普几个问题。

“我今早出门的时候，他的病情也没有恶化的迹象啊，”菲利普说道，“但我刚刚去看他的时候，当真快被自己吓死了。您知道吗，他是在孤身一人的情况下死去的……您觉得他在死的时候知道自己大限已至吗？”

就在这时，菲利普又想起了克朗肖曾对他说过的一些话，他心里想着，在他直面死亡的时候，有没有被恐惧所包围呢？菲利普想象如果是自己处于克朗肖那种境地，一定会被死亡吓得浑身打战，更别说那时候，克朗肖身边连个能说话的人都没有。

“你现在心里很难受。”蒂勒尔大夫说道。

蒂勒尔大夫用那双湛蓝色的眼睛望着菲利普，向他投去了安慰的目光。

看过克朗肖的尸体后，他对菲利普说：

“他是在几个小时之前咽气的。我觉得他是在睡梦中不知不觉就死了。有些病人会这样死去。”

克朗肖的身子蜷曲成了小小的一团，已经没有一点儿人的样子了，简直不堪入目。蒂勒尔大夫波澜不惊地注视着尸体，然后随手掏出怀表来看了看时间。

“嗯，我要先走了。一会儿我会让人把死亡证明书给你送过来。别忘了给他的亲人报丧。”

“我觉得他已经没有亲人了。”菲利普答道。

“那丧礼呢？”

“嗯，就让我来为他办吧。”

蒂勒尔大夫拿眼睛扫了扫菲利普，想着自己是不是也应该出些钱。他一点儿也不清楚菲利普身上有多少钱，也许他有足够的钱来办这场葬礼，如果现在他拿钱出来，说不定还会惹得菲利普不高兴呢。

“嗯，要是有我能帮上忙的，你只管和我开口。”他临走时说道。

菲利普把他送到门口，他便离开了。菲利普也跑去电报局给伦纳德·厄普姜发了封电报报丧。接着，菲利普又找来殡仪员。他每天早上去医院，都会经过那位殡仪员的店门口，橱窗内有一块广告布，黑布上清楚地写着“实惠、快捷、得体”六个大字，还陈列着两口棺材模型，每次一走到这儿，他都会多看几眼。殡仪员是一位犹太人，身材矮胖，黑色的长卷发总是油腻腻的，肥胖的手指上还套着一枚大钻戒。他接待了到店的菲利普，神态高傲不已，但语气倒还比较温和。从他们的谈话中，他很快发现菲利普对于丧葬的事宜并不知道要怎么操办，便应承菲利普很快会让一个女人去帮忙处理的。他给出的葬礼方案耗费不小，可一旦菲利普提出异议，这位殡仪员看上去就有些嫌弃他的小气，这让菲利普羞得无地自容。就因为这一些小钱而和他多费了这么多口舌，实在是很没面子的事情。所以，菲利普只能硬生生地负责这笔远远超出他能力范围的丧葬费用。

“你的心情我能理解，先生，”殡仪员说道，“您不想要葬礼太过铺张，我也是个不喜欢讲究场面的人，可是，您心里不也想让葬礼看起来漂漂亮亮特别气派吗？交给我您就放心吧！我一定会尽可能地既为您省钱，又把事情办得体体面面的。好了，我想说的就这么多了。”

菲利普回到家中用晚餐。这时，有个妇人过来整理克朗肖的遗体。很快，伦纳德·厄普姜的电报也送过来了。

突闻噩耗，痛哭流涕。今晚有约，暂不能往，十分抱歉。明早与您相见。深感哀伤。

厄普姜

不一会儿，那个妇人来敲起居室的门。

“先生，我已经收拾妥当了。您现在要不要过去，看看还有什么不合适的地方？”

菲利普跟着她来到了克朗肖的房间。只见克朗肖僵直地躺在床上，双目紧闭，双手放在胸前交叉成十字，样子很虔诚。

“一般情况下，人们都会在遗体周围放置些鲜花，先生。”

“明天一早我就去买些回来。”

妇人满意地看了看自己的作品。她已经完成了自己的工作，随手整理了一下自己的衣裙，脱掉围裙，把帽子戴上。菲利普问该给她多少工钱。

“是这样的，先生，一般都会给我两先令六便士到五先令不等。”

菲利普给了她不到五先令的工钱，他为此而羞愧难当，而她却连声道谢，好似和菲利普一样为死者而难过，然后就告辞了。菲利普又来到起居室，把晚餐用过的餐具收拾干净后，坐在椅子上阅读沃尔沙姆所著的《外科学》。他觉得这本书的内容很难理解。他现在的心紧绷得像一根弦，但凡听到一丝声响，他就会从座位上猛然惊起，心脏都快跳出来了。原本在隔壁住着一个活生生的人，可现在却没有一丝气息，这让他的内心惊惧交加。屋内的安静像是一头怪兽，在悄无声息地移动着；那种死亡气息充斥着整套公寓，让人觉得恐怖至极。那人原本是他的好友，可现在，只让菲利普觉得异常惊骇。他想让自己什么都不想，只用心读书就好了，可没多久，他便一脸绝望地丢开了书本。那个生命彻底消失了，可他的一生却毫无意义，这让他觉得十分悲哀。事情的关键并不是因为克朗肖死掉了，而是因为这个世界就是这样的，任何人都无法做出改变。菲利普回忆起了克朗肖年轻的时候，可是，若想真真切切地回忆起那个身材纤长、步伐轻快、一头秀发、自信满满的克朗肖，着实仍需要费菲利普很多的心思呢。这时候，菲利普的处事原则——即与附近的警察一般靠本事吃饭——却没有发挥出功效。因为这也是克朗肖的处事原则，可最后终究还是没能挽回克朗肖的生命。这么看来，人的本能是不能作为依靠的。菲利普觉得很巧。他仰天长叹，如果这样的处事原则也不能发挥功效的话，还有什么样的原则是有用的呢？为什么人们会选择这样或者那样的处事方法呢？人们总会不自觉地感情用事，可感情也有好有坏。这么说来，他们自己的情感最后能否让他们成功，纯粹是运气而已。人生就如处于一片混沌之中。人们被某种未知的神秘力量驱使着往前行走，可这么做的目的，他们却怎么也回答不了，好像单纯只是为了不能闲着。

第二天一大早，伦纳德·厄普姜拿着一个由月桂树枝做成的花圈来到菲利普的住处。他觉得给去世的诗人献上这样的花圈是再明智不过的做法，他不顾菲利普心情是否愉悦，试图把花圈戴到克朗肖的光头上去，那并不美观的模样可以想象得到，就像舞厅里的小丑戴着的帽子的帽檐一样。

“还是把它拿下来，放在心口好了。”厄普姜说道。

“可你分明放在了他的肚子上。”菲利普说。

厄普姜听过后无所谓地笑了笑。

“你又怎么知道诗人的心到底在什么地方啊？”他回答道。

他们两人重又回到起居室。菲利普告诉了厄普姜葬礼的筹备事宜。

“你千万别只顾省钱。我喜欢在灵柩后面跟上一长队空马车，还得把每匹马装上能随风飘扬的羽翎，还要雇一对哑巴来送葬，让他们戴上有长丝带的帽子。我非常赞成有空马车的主意。”

“葬礼的花费肯定得我自己出，可现在我并没有太多的钱，所以我想尽量节省一点儿。”

“可是，我的朋友，你怎么不像给乞丐送葬一样给克朗肖办葬礼呢？那样一来，还颇具诗意呢。你做起这种不地道的事情总不会犯错，这是你的天赋。”

菲利普顿时脸都羞红了，却没接他的话。第二天，他与厄普姜一起坐在马车里——这些马车显然是菲利普掏的钱——他们在灵柩后面不远不近地跟着。劳森没空过来，只送来了一只花圈，以表伤痛。灵柩看上去太过寒酸，菲利普只能自掏腰包买了一对花圈摆上去了。

回来时，马车夫把马车驾驶得飞快。菲利普这两天累极了，不一会儿就睡着了。不知过了多久，厄普姜把他喊醒了。

“还好他还没出诗集。我觉得他的诗集还是过一段时间再出比较好。如果是这样，我就能为他的诗集写序言了。刚刚我一直在思考这件事情，我一定能把它做好。总之，现在我要先给《星期六评论》杂志写篇文章。”

菲利普没搭理他。马车里顿时沉默了。过了一会儿，厄普姜又说道：

“我觉得好好利用我写的文章这个主意非常不错。我会给某一家杂志社写篇文章，最后把它作为诗集的序言再次进行刊登。”

菲利普最近一直在留意着相关杂志，过了有几个星期，他才在杂志上看到厄普姜的文章。那篇文章好像还造成了不小的轰动，有数家报纸都想要摘要刊登一次呢。文章确实写得精彩，像传记一样，描述了克朗肖的一生，这时了解克朗肖早期生活的人还不多呢。文章结构巧妙，语气亲切，语言运用技艺精湛。伦纳德·厄普姜在拉丁区捕捉到了克朗肖与人谈话和吟唱诗歌时的场景，他用一种丰富而优雅的方式描绘了它们。厄普姜用他那精彩绝伦的文笔，立刻让克朗肖的形象生动起来，他摇身一变，化作了英国人自己的凡莱恩[1]。他还写了克朗肖的悲惨结局，以及索霍区那个凄清的小阁楼；他还描写了他自己如何试图说服诗人搬到一间位于百花争艳的果园中——有着浓密忍冬树树荫的农庄，他的严谨态度真的很迷人，让他显得不仅仅是谦逊，简直是慷慨大方。当他写在这里的生活的时候，伦纳德·厄普姜完全是夸大其词，那些话似乎是矜持而羞怯的，实则夸张却又显得委婉。但是，就有人没有同情心，而且，由于他所谓的善意却缺乏经验，把这位诗人带到了肯宁顿的庸俗但很繁华的街道上！伦纳德·厄普姜用一种含蓄而诙谐的口吻描述了肯宁顿的街道，因为有必要遵循托马斯·希朗爵士的写作风格。他还委婉又讽刺地描述了克朗肖的最后三个星期，他说克朗肖耗费了很大的耐心去忍受那个自以为是关心爱护他的青年学生，可那学生却做了错事。他还讲述了那位极有才华的流浪诗人在无可救药的中产阶级

[1] 保尔·凡莱恩，法国十九世纪诗人。

氛围中所遭遇的悲惨困境。他还借用以赛亚[1]的“美发现于灰烬之中”作为克朗肖的隐喻。这是那位诗人的生前境况的最好诠释，一位诗人却死在了体面的包围之下，这种反语用得相当精妙，这让伦纳德·厄普姜想到了耶稣在法利赛[2]人群中的情形来，这种联想让他写出了那篇精彩的文字。然后他又写道，那位逝去诗人的一个朋友将一个月桂树花圈放在他的心口。在描述这段雅致的情景时，他竟能克制住自己只是给了提示却不直接跟读者说那位朋友的名字。他还提及诗人的双手如何姿态优美地搭在阿波罗[3]的月桂枝上。这月桂枝天生有着艺术的气息。它比远洋货船从那遥远东方的神秘国度——物产丰富的中国运回来的绿宝石更加翠绿。比起前文来说，文章的结尾更是让人拍案叫绝。他细致地刻画了为诗人举行的中产阶级性质的、与那位诗人格格不入的葬礼的状况，对于克朗肖这样的诗人，如果不把他如王子一般安葬，也要让他如乞丐一样埋葬。这场葬礼是一种摧毁式的打击，腓力斯[4]人已完全战胜了艺术、美和非物质的事物。

这是伦纳德·厄普姜第一次写出这种好文章。这篇文章真算得上文采高雅、内涵深厚的难得佳作。文章中，他引用了很多克朗肖所写的美好的诗句，所以，克朗肖所出版的诗集，灵魂早都被他净抽了去，可他却把这些诗句变成了自己的观点。他就这样凭借此文章成为一位知名的评论家。从前他给人的感觉是有些骄傲，可这篇文章却洋溢着满满的人情味，让人读起来回味无穷。

86

很快，春天就来临了。门诊部外科的工作已做完，菲利普又去了住院部并将度过大约半年的时间。每天上午，他都要和医生一起去查房。他把病情记在本子上，给患者体检然后和护士一起打发时间。

---

[1] 《圣经》中的预言家。

[2] 古犹太教一个派别的成员，后来的新教对他们不认可。

[3] 古代希腊神话中的太阳神。后世“桂冠诗人”的说法与其有关。

[4] 古代巴勒斯坦地区国家，与犹太民族为敌，被认为是粗鲁野蛮的象征。

每星期两个下午的时间，医生会带助手查房研究具体病因，并为助手讲解新内容。这里和门诊不一样的是，工作虽然单一但是并不紧张。菲利普学到了很多。他和患者相处愉快，看到患者乐呵呵地迎接自己，心里也很有成就感。从内心来讲，他对患者倒没有那么多善心，但是他对他们很是喜欢，自己从来不摆谱，因此很多人喜欢他。菲利普善良温和，为人忠厚老实，就像每个和医院有着千丝万缕的人一般，菲利普发现男患者更加好相处。女患者喜欢发脾气或者抱怨，责怪对她们照顾得不到位。她们全都是很会找茬的没良心的人。

菲利普很幸运，很快认识了新朋友。一次，住院医生把新来的男患者借给菲利普，菲利普就按照往常一样去做记录。而菲利普发现他竟从事新闻行业，名字是索普·阿特尔涅，四十八岁，这样的人也不多见。这种患者病情一旦发作很难控制。由于症状不够明显，所以需要进一步住院检查。菲利普很有礼貌地问了很多问题，患者都耐心地回答每一个问题。索普·阿特尔涅在床上躺着，所以菲利普并不知他究竟高矮胖瘦，但是他的小手小脑袋暴露他个子偏低。菲利普习惯看其他人的手，现在阿特尔涅的手十分吸引他的注意：手指纤细，皮肤很细腻，配上玫瑰色指甲，要不是得了特殊的病，肤色肯定好得没话说。阿特尔涅一边翘着兰花指一边和菲利普说话，还很得意地看着自己的手。菲利普突然两眼放光，看了一下对方的脸。哪怕他脸色偏黄但仍然很好看。蓝眼睛高鼻梁，鹰钩鼻也还比较自然。留着一小缕白胡子，脑袋瓜是个秃顶，但是他以前肯定有很多秀发，目前他倒还留着长发。

“我觉得你是个记者，”菲利普说，“你在哪儿工作啊？”

“没有具体单位，我给每家报社都写稿子。他们都会来读我的文章。”

这时床头正好有报纸，阿特尔涅指着报上的广告，指尖所指之处印着很出名的公司：莱恩－赛特里公司位于伦敦雷根林大街。下面是很常见的广告：拖延就是偷盗事件。字体虽然小点儿但很显眼。然后，报纸上问的问题很自然但又很震撼，“为什么今天不定货”接着又用更大的字体重复了一遍。这几个字像针一样扎着时间小偷的心。下面的几行大字写着：本公司都是以惊人的价格从全世界进

来的手套。国内几家可靠的制造厂制造袜子大特价。最后广告再次重提“为何今天不定货”这个问题，犹如铠甲一样有力。

“我是莱恩·赛特里公司的新闻代言人。”阿特尔涅在自我介绍的时候，还挥了挥他那漂亮的手。

菲利普接着又问了几个普通的问题，有些只是日常琐事，而有些则是精心设计好的，旨在让这位病人吐露出他不想披露的事情来。

菲利普问：“你在国外生活过吗？”

“你在西班牙住了十一年？”

“做什么呢？”

“在托莱多的英国水利公司当秘书。”

这时，菲利普想到克拉顿也在那里住过一段时间。听了这个记者的回答，菲利普对他更感兴趣了。不过他觉得自己这样太轻浮，毕竟医生与患者应该保持一定的距离。于是他给阿特尔涅检查完就去别的患者那里转悠了。

阿特尔涅不算什么大病，虽然皮肤还没好，但是感觉舒服许多。他现在还没起来是因为在康复以前他需要接受观察治疗。一次，菲利普去病房时发现阿特尔涅手里拿着铅笔在看书。菲利普走过去时他突然就把书合上了。

“你介意我看一下你的书吗？”他一般看见书也就走不动了。

菲利普看的那本书是西班牙诗人圣胡安·德拉克鲁斯的诗集。他翻书的时候从里面掉出来一张纸，上面还有诗。

“你不至于说你是拿这些书来打发时间的吧？住院患者做这些事不太好。”

“我是想要翻译。你会西班牙语不？”

“不会。”

“有关圣胡安·德拉克鲁斯，你都很清楚不是么？”

“我真的不知道。”

“他在西班牙是个有名的诗人，很神秘。他的诗翻译过来很有意思。”

“你可以让我看看你翻译的吗？”

“这只是初稿，翻译得还不够仔细。”阿特尔涅表面上这么说，但立马递了过去，好像很欢迎的样子。

“你的字这么漂亮，要花的时间一定很多吧？”

“为什么不把字写得尽量漂亮呢？”

菲利普开始念阿特尔涅翻译的第一首诗：

夜深了
月亮在天空中悬挂
心里的火焰熊熊燃烧
啊，这幸福的滋味难以言表
趁着家人酣睡
我悄悄地离开

菲利普好奇地看着阿特尔涅。他说不清自己是害羞还是喜欢。他知道自己之前的态度有些高傲。当想到阿特尔涅可能会认为自己很滑稽时，菲利普禁不住脸红了。

“你名字很有寓意。”菲利普开始找些话题闲聊。

“阿特尔涅是约克郡旧时代的大家族，一般出去视察领地都要骑着马整整巡视一天，但后来家境衰败了，因为钱都用于找妓女和赌博了。”

阿特尔涅是近视眼，说话时眼睛眯成一条线努力地看其他人。他拿起了那个作品。

“你最好学一些西班牙语，”阿特尔涅和菲利普说，“这个语言很高贵，尽管没有意大利语流行——毕竟是歌手和音乐家用的语言，但很有气势，与花园里的溪水声音不同，更像是大海汹涌澎湃的声音。”

他说话的方式让菲利普开怀大笑，但依旧能从言辞中感受到说话的精妙。阿特尔涅说话时很有激情，口若悬河地描绘着《堂吉诃德》故事的精彩，还提到了考德隆[1]清晰的思路和神奇、有韵律的作品。这时，菲利普听得很认真。

“好了，我要去做自己的事了。”蓦地，菲利普说。

[1] 十七世纪西班牙剧作家。

“天哪，对不起。我会让太太给我多送些托莱多的照片，有机会分享给你。你得空来找我说话。和你一起我很开心。”

在之后的日子里，菲利普一有时间就去找阿特尔涅，两个人也越来越熟。阿特尔涅很善言辞，尽管没有什么修养，但是充满想象力，十分感染人。菲利普在这个世上活了这么久，发现自己脑子里有很多以前从没想过的画面。阿特尔涅待人接物和学识修养方面都比自己优秀，他比自己大一些，说话有一种老练的感觉。但是现在，他住在医院，必须严格遵守医院纪律。他能很好地处理两种不同的身份，还略带幽默。有一回，菲利普问他为什么要住院。

“我想尽量多地享受社会给予的优待，这是我的信条。我要充分利用我们这个时代。生病就去看医生。我不喜欢死要面子，包括我的孩子也都被要求去上继续学校。”

“你真这么想？”菲利普问。

“他们至少接受了基本的教育，比我以前好多了。你想，如果不是这样，我怎么让他们都去学校呢？毕竟我有九个孩子啊。我好了之后你可以去我家和他们认识一下。你愿意吗？”

“那当然。”菲利普连忙说。

87

过了十天，阿特尔涅好多了，可以办出院手续，他走之前告诉了菲利普家里的地址。菲利普约好周日下午一点和他一起吃饭。阿特尔涅和菲利普说，他自己在英尼戈·琼斯建造的房子里住，说话时，就像和他说其他事情一样，把所有事情都狠狠地吹捧一下，连口水都要飞出来了。下楼的时候他还鼓励菲利普对路过梁上的花雕大肆表扬。他的地址位于昌策里巷和霍尔本路中间的街道，房子的外观虽然古老，但是由于时间的原因显得很庄重。这个房子曾经很流行，但现在和贫民聚居的地方差不多。听说有人想在原地建些新的办公楼，加上房租很低，所以阿特尔涅的薪水可以够全家租金的花销。阿特尔涅站起来时到底什么样菲利普还没看过。这时，他很惊讶地发现阿特尔涅竟如此矮小。他约有 5.5 英尺高，穿着很奇怪：棕色天鹅绒大衣搭配法国工人穿的蓝色亚麻裤子，系了一根红腰带，领子很低，还戴了一个一般只有《笨拙》杂志上小丑才戴的领带。他对菲利普十分热情，又等不及和他说起房子，边说边仔细抚摸着栏杆。

“你看看走廊，再用手感受一下，多像丝绸啊，真是伟大的建筑！再过五年，这些就会被强盗砍倒了。”

他非要和菲利普上二楼，那里一个衬衫男和一个胖女人与他们的孩子正在一起吃周末午饭。

“我带他来参观一下你们的天花板。真是太美了。霍奇森太太你好，这是凯里，我的住院医师。”

“请进来吧，”那个男人说，“阿特尔涅先生能带朋友来真是好。他说要让自己的朋友都来看看我们这个东西，哪怕我们在睡觉洗澡，他都硬要推门而入。”

菲利普明白他们这些人都觉得阿特尔涅很奇怪，但他们还是对他很友好。阿特尔涅正热情地讲着自十七世纪就有的美丽的天花板，那一家人很认真地听着。

“霍奇森，破坏这个房子就是在毁坏文物。你作为有点儿号召力的人，一定要写信去报社表达我们的想法。”

那位衬衫男笑着对菲利普说：“阿特尔涅先生总是爱跟大家说笑，人们都说这几所住处很危险。”

“别管这些，我只知道这是伟大的建筑。”阿特尔涅说，“我的孩子从小是饮用不卫生的水长大的，但都很健壮。不成，我不想听你们说奇奇怪怪的话，我不把这边环境卫生搞好我就不搬家。”

听到敲门声，一个金发小女孩走了进来。

“爸爸，妈妈让你们不要只闲聊，赶紧去吃饭。”

“这是我三女儿玛丽亚·德尔皮拉尔，”阿特尔涅指着小姑娘说，“但是她更喜欢别人叫她吉恩。吉恩，快擦擦鼻子。”

“但是我没有手帕。”

“别说话，宝贝，”说完他就变魔术一样变出了一块漂亮的印花手绢，“看看，上帝要送你什么呀？”

他们上楼以后，菲利普走进了一个房间，里面布满了保护墙壁的板子，全是深深的颜色。中央是很长的可以活动的柚木桌，有两根铁条固定。从桌上摆好的餐具来看，他们将会在这儿吃饭，旁边还有扶手椅，又宽又很光滑，靠背什么的都有皮革包着。这两张椅子虽然好看但坐上去并不得劲。另外，房间里只有一个橱子，上面有烫金的装饰和基督教图案，尽管粗糙但图案很别致。上面三两只用釉制作的碟子，尽管有了裂缝不过色彩很艳丽。墙上是西班牙大师的名作，十分好看。虽然作品题材和思想并不高深，保管得也不算好，但是依旧传达出某种精神。屋子里没有别的贵重东西了，但环境很好，有种高大又朴素的氛围。菲利普觉得这正是古西班牙的精神所在。阿特尔涅把橱子打开给菲利普观赏里面的装饰和构造。蓦地，一个子很高扎着深色小辫子的女孩进来了。

“妈妈说饭准备好了，请你们上去吃饭，你们落座我就端菜了。”

“莉莉，来，这是凯里先生。”他扭过头跟菲利普说：“她很高吧？这是我家老大。你几岁了，莉莉？”

“六月份就十五岁了，爸爸。”

“她叫玛丽亚·德尔索尔。毕竟是我们家长女，我希望她能有卡斯蒂尔[1]的太阳神的照料。但是她妈妈却叫她莎莉，她弟弟管她叫‘布丁脸’。”

女孩很害羞，露出大白牙，脸都有点儿发红了。她很瘦，个子也不低。她眼睛是褐色的，额前很宽，脸蛋很有气色。

“先让你妈妈来一趟，正好吃饭前让他们俩握个手。”

“妈妈说吃完饭就来。她还没打扮收拾。”

“好吧，那我们过去找她。凯里不和做约克郡布丁的手握一下绝不能入座。”

菲利普跟着他走到厨房，空间不大，人很多，有点儿太挤。孩子们本来吵吵闹闹的，一看到有人进来立马不说话了。厨房中间是大桌子，孩子们都围在桌前等着吃。一女人正在准备拿出马铃薯。

“贝蒂，凯里先生来见你了。”阿特尔涅说了一句。

“你可真是的，把人家带到这里多不合适啊。”

阿特尔涅妻子身上围着脏围裙，袖子高高地卷起来，头发全用夹子夹住。她很高，比她老公高出 3 英寸。长得很好看，蓝眼睛很面善。

[1] 古代西班牙的一个王国。

她年轻时候很漂亮，但是一直生孩子加上时间的摧残，眼睛不再有神，身材发胖，皮肤暗沉，头发也没了光亮。这时她直起身子，摘下围裙擦擦手就跟菲利普握手。

“欢迎您。”她小声打着招呼。菲利普觉得声音特别熟悉。“听我先生说，您在医院很照顾他。”

“现在我给您介绍我的小崽子们，”阿特尔涅说，“这是索普，”他说完指了一下卷毛的小胖孩，“他是我第一个儿子，是我所有家产的继承人。”然后指着其他三个小男生，他们都很健康，小脸通红地笑着。菲利普一对他们笑，他们就眼睛看着盘子。“轮到让你认识我的女儿了：玛丽亚·德尔索尔……”

“布丁脸！”一个小男生说了句。

“孩子，你也太缺乏幽默细胞了。玛丽亚·德洛斯梅塞德斯、玛丽亚·德尔皮拉尔、玛丽亚·德拉孔塞普西翁、玛丽亚·罗萨里奥。”

“我一般叫她们莎莉、莫莉、康尼、露茜和吉恩。”阿特尔涅的妻子接着说。

“嘿，阿特尔涅，你们先上去，我马上给你们开饭。等孩子们收拾好，我就上去。”

“老婆，我要给你取个名字叫‘肥皂水玛丽亚’。因为你总用肥皂来让这些孩子们受罪。”

“凯里先生请您先上去吧，不然孩子们是不会老老实实吃饭的。”

阿特尔涅和菲利普刚坐下来，莎莉就把牛肉、约克郡布丁、烤马铃薯和白菜拿过来了。阿特尔涅给她六便士让她买点儿 酒来。

“希望您不是因为我专门在这里吃的，”菲利普说，“我也很喜欢和孩子一起吃，肯定很开心呢。”

“不是的，我平常也都在这里吃，我倾向于古老的传统，男人和女人不在一张桌子上吃饭比较好。否则，我们说的话都会被打断。何况这对女人也无益，我们谈论的内容她们都会听到。女人一旦有自己的想法就不安分了。”

他们俩吃得特别入迷。

“你以前吃过这样子的布丁吗？还是我内人做的味道最好，这倒比娶有钱人家的女儿好多了。呃，你肯定发现我妻子不是出于名

门了吧？”

这个问题让菲利普很尴尬，他没办法回答。

“我没留意。”他笨笨地回了一句。

阿特尔涅笑了起来，声音很有特点。

“她可不是什么公主，完全不是。她父亲是农夫，但她从不为生计担忧。我们一共有十二个孩子，三个死了。我让她不要再继续生了，她偏不听。现在她习惯如此，哪怕有十二个孩子，我也不清楚她是不是很满意。”

就在这时，莎莉拿着啤酒倒给菲利普，然后再倒给自己的爸爸。阿特尔涅搂住她的腰。

“你见过像她一样又高又美的女孩子吗？才十五岁，看起来却很成熟。她从小到大从来没生过病，谁娶了她简直走大运了，对吧莎莉？”

莎莉习惯了爸爸的调侃，并不会不好意思，只是静静地露出很稳重的微笑。她那种大方又羞涩的神情倒让人很喜爱。

“小心菜一会儿不热了，爸爸，”她说完就挣出父亲的怀抱，“要吃布丁就跟我说。”

屋子里只剩下他俩，阿特尔涅拿起杯子喝了一大口。

“叫我说呀，世界上最好喝的啤酒就是英国的，”他说，“谢谢上帝给我们欢乐、烤牛肉、米粉布丁、好胃口和啤酒。我以前娶过富家小姐，天哪，以后千万不要娶那种女人，我的兄弟。”

菲利普禁不住笑出声来。菲利普被这种场景、这样打扮的小矮子、这嵌有护墙板的房间、西班牙式样的家具和英国风味的食物所吸引了。这里虽然不那么和谐，但多了特别多的乐趣，精彩极了。

“兄弟，你刚刚笑是不是你不屑去娶低自己一等的女人？你想娶一个和你一样读过很多书的人，简直痴心妄想。男人总不会和他的老婆谈论政治吧。或许你觉得我娶妻和学习有什么冲突吗？一个男人只需要能照料家里的老婆就行了。我是与名媛和小贫民女子都生活过的人，我知道其中的感受。我们让莎莉拿点儿布丁吧。”

说完，阿特尔涅拍了两下手莎莉就进来了。她收拾东西时，菲利普本想要帮忙，却被阻拦了。

“让她自己来就行。她可不想麻烦你，是吧，莎莉？何况，她不会因为你坐着她忙碌而觉得不礼貌，她可不讲究绅士风度。对吧，莎莉？”

“是的。”莎莉一字一字地回答。

“我不清楚，爸爸。但是你明白妈妈讨厌你发赌咒。”

阿特尔涅大声笑起来。莎莉拿上来香香的、油油的米粉布丁，阿特尔涅很高兴地吃着。

“我们家里有规定，周日这顿午饭不能变。这是礼节。一年五十个周末，都得吃烤牛肉和米粉布丁。复活节那天，吃羔羊肉和青豆。在米迦勒节[1]，我们就吃烤鹅和苹果酱。我们始终能保持传统。莎莉嫁出去以后，会忘记很多学过的事，但想要过上幸福的好日子必须在星期天吃烤牛肉和米粉布丁，她绝不会忘记。”

“如果需要奶酪就叫我。”莎莉说。

“你知道关于翠鸟的传说吗？”阿特尔涅问道。菲利普慢慢习惯了他突然讲到另一个话题。“翠鸟在天空中飞得筋疲力尽时，它的配偶就会用自己的翅膀托着它飞行。男人也希望女人可以做到。我和上一任生活了三年。她很富有，每年挣一千五百镑。所以我们常常在红砖房里举行晚宴。她长得还不错，人们都这样说，我身边的人都如此夸奖她。她美得让人窒息。她和我一起去听古典音乐，喜欢在周末下午听讲演。她早上不到九点就吃早餐，我要是起得晚就只能吃凉的。她读古书，看古画，听古典音乐，天啊，我烦死了。现在她依旧很美丽，还住在那个房子里，房子四周的墙壁贴满了莫里斯的文章和韦斯特勒的蚀刻版画。她还是与之前一样，喜欢专门去冈特商店买回小牛奶油和冰块用来举办小宴会。”

还没等菲利普问起他们是如何分开的，阿特尔涅就自己主动说了出来。

“要知道，贝蒂并不是我太太。我太太死活不同意和我离婚。这些孩子都是私生子。但这又怎样呢？那时贝蒂在红砖房子里做女佣。四五年前，我穷困潦倒到身无分文，所以去求我老婆帮忙，但她却让我抛弃贝蒂，自己只身跑到国外才行。我怎么舍得这样做呢？

[1] 英国四大节日之一，时间在每年九月二十九日。

所以那时我们经常饥一顿饱一顿的。我那时窘迫到了极点。眼下我在亚麻制品公司当新闻代理人，月工资十二镑，但是我每日都向上帝祈祷，感谢上帝让我从那栋红砖房走了出来。”

莎莉递过来奶酪，阿特尔涅依旧不停地说着：

“那种觉得有钱了才能养家的人都是白痴。你需要用钱把孩子培养成绅士和淑女，但我不希望他们这样。再过一年，莎莉就要自力更生。她会去裁缝店里学习。至于几个男生，到时候就都去当海军为国家效力。那里的生活很有意思，吃得也好，工资也不错，还有养老金可以给他们晚年提供保障。”

菲利普抽着烟斗，阿特尔涅也吸着自制的烟。这时，莎莉早收拾好了桌子。菲利普没说话，但觉得知道了阿特尔涅的隐私有点儿不好意思。阿特尔涅就像个外国人，个头小但声音很响亮，喜欢口若悬河还喜欢强调语气，这都让人很惊讶。菲利普想到了已经死去的克朗肖。他们虽然相似，都有独立的思想且不拘小节，但阿特尔涅明显比克朗肖更爽朗。但是他对抽象的东西不喜欢，而克朗肖正凭借这个使谈话很有层次。阿特尔涅说自己是豪门后代并很骄傲，甚至将一幢伊丽莎白时代的别墅的几张照片拿出来给菲利普看，并对菲利普说：

“老兄，我们家族在那里待了七百年。你要是能亲眼看看壁炉和天花板，肯定很有趣。”

护墙板上有个小柜子。阿特尔涅从里面拿出来一个家谱递给菲利普，就像个孩子似的很高兴。家谱看起来很有大户人家的气势。

“看，我们家族怎么起名字的：索普、阿特尔斯坦、哈罗德、爱德华。我的儿子就用家族的名字。女儿嘛，就用西班牙名字给她们起名。”

蓦地，菲利普有一种怀疑，觉得阿特尔涅说不定是在说谎。他这样子并不是有什么不好的目的，只是想夸耀自己让别人羡慕罢了。他自称是温切斯特公学的弟子。但这点不可能骗得了菲利普，他对人们的仪表仪态很敏感，他无法从阿特尔涅身上感受到这种贵族气质。阿特尔涅还在对先辈们联姻等事津津乐道，但菲利普却在旁边生出很多猜想，说不定阿特尔涅是温切斯特某个商人的儿子。他和那古老家族唯一的联系说不定只是偶然有个相同的姓氏而已，但他却用这个家谱向其他人显摆。

88

一阵敲门声过后，孩子们一窝蜂地拥了进来。他们都收拾得很干净，头发梳理得一丝不乱，刚刚用肥皂洗过的脸看起来蛮精神的。莎莉正准备带他们去主日学校上课。阿特尔涅看到他们，愉快地跟他们打趣，看得出他很喜爱自己的孩子。孩子们个个身体健康、生龙活虎，阿特尔涅甭提多骄傲了。他们跟菲利普还有些生疏，当他们被父亲打发出门后，才慢慢地恢复了欢快的神情。接着阿特尔涅太太走了进来，她穿着件普通的黑裙子，戴着一顶缀有一排朴素小花的帽子。她把卷发的夹子都取下来了，梳着整齐的刘海。她正费劲儿地想要戴上那副黑色的羊皮手套，她的手由于经年的操持家务已经有些臃肿和粗糙。

“我去做礼拜了，阿特尔涅，”她说，“还需要我为你做些什么吗？”

“就替我向上帝祷告吧，贝蒂。”

“我替你有什么用？你又不是真心实意的。”她说完微微一笑，转过头来对菲利普慢慢说道，“他从来都不跟我一块儿去教堂。实际上，他比那些无神论的人好不了多少。”

“我的老弟，你看贝蒂是不是像鲁宾斯的第二个妻子那样美？”阿特尔涅嚷嚷起来，“她要是穿上十七世纪的服装不知有多端庄美丽呢？能娶到这样的老婆，真是我的福气啊！是不是？我的老弟。”

“这里就你油嘴滑舌，阿特尔涅。”她生气地说道。

阿特尔涅太太终于扣上了手套的扣子。出门前她转过身向菲利普露出亲切、略带尴尬的微笑。

“你会留下来一起喝茶，对吗？阿特尔涅很喜欢跟别人聊天，却时常找不到一个有头脑的人。”

“这还用问，他当然会留下来喝茶啦。”阿特尔涅说。妻子走后，他又继续说道：“我坚持让孩子们去主日学校，也乐意看到贝蒂去

教堂。女人就该信仰基督教，虽然我自己不大相信，可女人和孩子去相信却是好的。”

对于真理，菲利普一向持严肃的态度，可在阿特尔涅的口中却变得如此随意，这让菲利普有些惊讶。

“你怎么能让孩子们相信你并不认同的东西？”

“只要那是美的，是真的、是假的都无所谓了，对不对？让每一件现实的事物都去符合你的审美，那太强人所难了。我原来还希望贝蒂成为天主教徒，想看看她头戴纸花冠皈依天主教的样子。可她却是个死心塌地的新教徒。再说，信不信宗教全看一个人的性格。要是你本来就是一个虔诚的人，那你就会对宗教深信不疑；要是你生来就是个爱怀疑的人，那就是再强迫你信也没用。不过，宗教或许是最好的道德学校，它就像你们给病人开出的那一种溶剂，本身并没有什么作用，却能让其他药物更容易吸收。你有怎样的道德观，就会与怎样的宗教相结合。即便你本来就不信什么宗教，你的道德观念依然存在。相比于通过研读赫伯特·斯宾塞的哲学去学习道德，信仰宗教更容易让一个人成为一个好人。”

菲利普不能赞同阿特尔涅的观点。他坚持认为基督教是枷锁，只会束缚人心，应该想办法摆脱它。在他心里，宗教无非是与坎特伯雷和布莱克斯泰勃的教堂里令人生厌的、冗长乏味的布道活动联系在一起。阿特尔涅的话无非是在说，道德本就是宗教的一部分；道德的合理性是建立在宗教的前提下的；一些人即使抛弃了宗教信仰，可他的道德观依然存在。当菲利普思索着怎么回答时，阿特尔涅突然又把话题转到了罗马天主教上，并开始长篇大论。他总是喜欢一吐为快而对听取别人的看法毫无兴趣。在他看来，罗马天主教是西班牙的精髓。西班牙在他心中举足轻重，他结婚后的生活着实让他厌倦，而西班牙精神确实给他提供了一个灵魂避难所。阿特尔涅开始向菲利普讲述起西班牙大教堂幽暗空旷的圣堂，祭坛画上涂抹的大片金色背景，烫着金粉但已褪去光彩的铁围栏，大厅里烟雾缭绕、肃穆安静。说话时，阿特尔涅用手在空中画了一个大圈，他表情丰富，非常有感染力。菲利普好像看见了身披白色法衣的大主教协同一众红衣修士从圣器室走到了他们的教席上，旁边的唱诗班正演唱着圣歌。阿特尔涅口中的阿维拉、塔拉戈约、萨拉戈萨、塞哥维亚、科尔多瓦无不在菲利普心中引起巨大的回响。他仿佛看到了一座座西班牙古城矗立在昏黄的光影下，巨大的灰色花岗岩在漫天风沙中显得萧瑟悲凉。

“我一直都想去塞维利亚看看。”菲利普随口说道，阿特尔涅听后愣了一下，他那双正来回比画的手也停在了半空中。

“塞维利亚？”阿特尔涅嚷道，“不，一定别去。一提起这地方，就会想起那里翩翩起舞的少女、瓜达尔基维尔河畔的歌声，还会想起那里的斗牛、橙花鸡尾酒以及女人的薄头纱和披巾。那里就是个杂耍场，是西班牙的蒙马特尔[1]。这些肤浅庸俗的事物只适合那些平庸的脑袋。泰奥菲尔·戈蒂耶[2]已经把那儿的美景描写得淋漓尽致，我们不能再步其后尘体验他嚼剩下的感觉。凡是那里值得一提的事物都被他用长篇大论议论过了。再说，除了这些东西那里也没什么了。缪雷里奥[3]的画也把那儿表现出来了。”

阿特尔涅从椅子里站了起来，走到那个西班牙式的橱子前面，打开闪闪发光的铰链锁，露出了一排排的小抽屉。抽屉里有一沓照片。

“你知道埃尔·格列柯是谁吗？”他问菲利普。

“哦，记得在巴黎时，我有一个朋友就很喜欢他。”

“埃尔·格列柯是托莱多的画家。我要给你看的那幅贝蒂找不到了。那是埃尔·格列柯画的他最喜爱的城市，比相片要真实千万倍。你来，看看这个。”

菲利普凑上前去，阿特尔涅把照片摊开在桌上。菲利普一言不发认真地看着，然后他伸手想看看其他的，阿特尔涅把其余的也都递了过来。菲利普从前没有接触过这位画家的作品。画面中人物身体扭曲，脑袋特别小，神态狂放不羁，初看下来，菲利普有点儿被弄糊涂了。这显然不是现实主义的画法，不过，却能给人留下一种惊心动魄的真实印象。阿特尔涅连忙解说，用的都是些鲜明生动的词汇，可菲利普只能模模糊糊地大概听懂。他觉得不可思议，自己

[1] 法国巴黎的艺术家聚集区，酒吧众多。

[2] 法国十九世纪作家。

[3] 西班牙十七世纪画家。

莫名其妙地感触很深。在他看来，这些画具有不同凡响的内容，可又说不清具体是什么。画面上的那些男人睁着忧伤的眼睛，似乎在诉说着菲利普不能理解的事物；穿着方济各会或多明我会修道服的修士，一个个矫揉造作，打着高深莫测的手势。有一张画的内容是圣母升天图。另一幅是耶稣受难，画面中，画家用一种神奇的笔触几乎表现出耶稣的身躯不是凡人的肉体，而是充满了神秘色彩。另一幅画的是耶稣升天，耶稣飞向天空，升入天堂，他脚下的空气仿佛都变成了坚实的大地，基督的使徒们发狂了，高举双臂挥舞着衣袖，它能让人感受到一种神秘而愉快的狂喜。这幅画的背景是大片夜空：灵魂的夜幕下，来自地狱的寒风嗖嗖刮过，乌云翻滚，暗红色的月光更反衬出周围的躁动不安。

这时，菲利普想到当年的克拉顿深深地着迷于这位陌生的画家，这也是菲利普第一次看到他的画作。克拉顿是个很有意思的人。他高傲无比，喜欢冷嘲热讽拒人于千里之外，所以没有人能了解他。回想起来，菲利普觉得克拉顿身上好像有一种悲剧性的力量，他曾想用画笔表现出内心的彷徨不安，却一直未能成功。他的性格很怪异，他在一个毫不重视神秘主义的时代里表现得神秘兮兮；他对生活感到厌倦，因为无法准确地表现出他内心微妙的感觉。他的智力跟不上精神的脚步。怪不得他这么佩服埃尔·格列柯这位希腊画家，因为他找到了一种表达心灵诉求的新途径。菲利普再次看了看他给别人画的几幅肖像画，他们都留着尖尖的长胡子，脸部瘦削，在浅黑色上衣的衬托下，脸部显得格外苍白。埃尔·格列柯刻画出了他们的心灵世界。他们面容憔悴，劳累过度，不是因为身体上的折磨，而是因为精神上的压抑。他们已经对这个世界上的美毫无感觉。他们的眼睛只关注自己的内心，内心波澜壮阔的景象已经叫他们眼花缭乱、应接不暇了。没有一个画家能像埃尔·格列柯这样冷酷无情，把世界描绘成一个毫无希望的炼狱。画中人的眼睛表达着千奇百怪的诉求，他们的感觉非常灵敏，不仅对颜色、声音和气味，就连心灵的每一次轻微颤动都不放过。这位画家有一颗殉道者的心脏，他看到了密室中的修行人才能看到的神秘景象，却丝毫不感到吃惊，他从来都没有开口笑过一下。

菲利普一直沉默着，又把目光移向那张托莱多的风景画。这是他所有画作中最引人注目的一幅。菲利普才看了它一眼就被吸引住了。他感觉自己就好像站在一个新的门槛上，马上就会有关于人生的新发现。他心中涌出一股探险的激情，突然又想起了那段地狱般的爱情：爱情与这激情相比简直微不足道。这幅画很长，上面画着一座山，山上许多房屋错落地排列着；画面一角一个男孩手里拿着一张大地图；下面是塔古斯河蜿蜒流过；天空中是一群天使簇拥着圣母。这场景让菲利普感到惊奇，因为他一直生活在一个推崇现实主义的世界里，而这幅画却表现出了另一种更加真实的现实。这幅画之所以给人真实的感受，可能是因为画家并不是用肉眼观察而是用他的精神，菲利普也说不清楚他为什么会有这种感觉。他听阿特尔涅说画面是如此逼真，以至于托莱多的市民能从这幅画中找出他们的房屋。画中，这座灰蒙蒙的心灵之城被蒙上了一层神秘的色彩。惨淡的光影里，这座城市既不像是在白天，也不像是在黑夜。它屹立在一座绿色的山丘之上，这种绿色是现实中不可能存在的颜色。它四周有厚实的城墙和城堡，不能用现代所有的武器、机械所撼动，只有祷告、斋戒、忏悔的叹息才能打开它的大门，这里是上帝的要塞。这些房屋的建筑材料并不是人们熟知的灰白石块，具体是什么连石瓦匠都分不清。那些房屋看起来阴森恐怖，真不知里面居住着什么人。假如你走过那些巷子，你会感觉到那些房子空而不寂，有一种无形的东西在四周飘荡。这是一座叫人们难以想象的神秘城市，就像一个人突然从亮光中进入黑暗，什么也看不清，像赤裸裸的灵魂徘徊在天堂的门口。当看到蔚蓝的天空里一群挥舞翅膀的天使簇拥着红袍蓝篷的圣母出现时，你丝毫不会感到奇怪。画家的笔触仿佛是来自灵魂的忏悔，透露着来自心灵世界的真实，阴风吹拂乌云，像是受难的灵魂在呐喊。菲利普觉得人们即便在那里遇到了什么鬼魅也会虔诚地安心上路的。

阿特尔涅聊到了几位西班牙神秘主义作家，对特雷莎·德阿维拉、圣胡安·德拉克普斯、弗赖·迭戈·德莱昂等人进行了一番评论。他们都对不可见的神秘世界充满向往，就像菲利普在埃尔·格列柯的画作中感受到的那样。他们似乎拥有触摸无形事物的能力。他们是伟大时代中出生的西班牙人，那个年代里充斥着西班牙的光辉业绩。他们的思想围绕着美利坚的光荣和加勒比海四季常青的岛屿；他们的血管里流淌着与摩尔人长期作战的激情；他们正因为自己是世界的引领者而感到骄傲；他们的身体感受着广袤的疆土、茶褐色的地表和山脉，还有卡斯蒂尔山脉的终年积雪、灿烂的阳光和蔚蓝的天空，安达卢西亚平原上鲜花正在怒放，生命充满激情，丰富多彩。生活可以提供很多可能性，以至于人们的欲望无穷无尽。正因为人都是不知满足的，所以，他们把自己的欲望转化成勃勃的生机，追求着艺术和真实。阿特尔涅有段时间一直在翻译西班牙诗，现在终于找到了一个可以共同品读的人，他不知有多么高兴呢。他用他优雅动听略带颤抖的嗓音，朗诵起关于基督、灵魂以及爱情的赞美诗，还有弗赖·迭戈·德莱昂开头写着“在漆黑的夜里”和“一切静悄悄的”的优美诗篇。他翻译起这些诗来并不费力。他知道用什么词汇体现出原作那种粗糙而壮丽的神韵。埃尔·格列柯的画作展现了诗歌之意，而诗歌又为他的画做了注脚。

现在的菲利普对理想主义只是嗤之以鼻而已。他一向对生活充满热情，而据他所见，所谓的理想主义者都是些逃避现实的人。理想主义者内心胆怯，不能忍受人世间的骚动和冲突，生怕自己受到伤害；他们没有勇气奋起反抗，于是把别人的反抗看成庸俗。他们自己庸庸碌碌，却以蔑视同伴为乐。在菲利普看来，海沃德就是个典型的理想主义的代表。他曾经相貌堂堂，而今却又肥又秃，精神颓废。但他还精心呵护着自己长相上的那一点点长处，幻想着有朝一日能飞黄腾达。他生活的另一面是纵情声色，恣意妄为的。与海沃德代表的人生观刚好相反，菲利普想要还原生活的本来面目，那些卑鄙、残忍和龌龊即便是真实发生过的，它们也很快就会过去。他想要人们褪去人性的伪装，一丝不挂地站在他的面前。当卑鄙、残暴或色欲出现在他面前时，他都会兴奋地搓着双手：只有不逃避才能看到全部真相。在巴黎时，他就知道，世间无所谓美和丑，有的只有真相；追求美只是感情用事罢了。为了摆脱美的束缚，他不就在学风景画时在上面画了个糖果的广告吗？

现在他好像又有了些新的感悟。最近一段时间，他都有种隐隐约约的感觉，只是反反复复不能确切地描述。直到看了这幅画，他才感到有一种比现实主义更加优秀的人生态度，它不像理想主义那样软弱苍白、逃避现实，它像是暴风骤雨，充满魄力。它把生活中的欢乐与忧愁、美与丑、卑鄙和高尚通通接受下来。那是一种更进一步的现实主义。事实在它面前得以大白于天下，每一个细节都要经受现实严峻的考验。菲利普通过已过世的卡斯蒂尔贵族们的悲哀眼睛看到了这世界的更深刻的含义。那些圣徒局促不安的表情，似乎也在表达同样的内容。可遗憾的是，菲利普就是不知道它具体代表什么。它好比是一封信，你打开了信封，却不认得里面的文字。他一直追寻着人生的意义。他似乎早得到了答案，可就是内容太晦涩难懂让他感到迷惑不解。看清真相的时间总是太短暂，就像在暴风雨的黑夜，仅凭一道闪电让人看清大山的轮廓。他似乎认识到自己的意志也是无比强大的；学会自我克制比屈服于激情更加富有意义；与开疆拓土、发现新大陆相比，内在的精神生活也可以同样惊心动魄、色彩斑斓。

89

菲利普与阿特尔涅的谈话被一阵上楼梯的脚步声打断了。孩子们从主日学校里回来了，他们笑着闹着跑了进来。阿特尔涅笑容满面，问他们今天在学校学了些什么。莎莉只待了一会儿就走了，她替母亲传话，叫阿特尔涅陪孩子们玩一会儿，她还要去准备茶点。阿特尔涅给孩子们讲起汉斯·安徒生的童话。孩子们一点儿也不怕生了，他们很快发现：菲利普是个可靠又好玩的人。珍妮径直走到他身旁，一会儿工夫，就安安稳稳地在他腿上坐了下来。对一生孤独的菲利普来说，他还是第一次感受到家庭带来的温暖。阳光洒在孩子们身上，菲利普看着他们全神贯注的样子，心中暖融融的。他这位新朋友的日常生活，乍看起来好像有些离谱，可眼下看起来却无比美好和自然。莎莉又走了进来。

“嗨，小家伙们，茶点准备好了。”莎莉喊道。

珍妮从菲利普的腿上跳下，与其他孩子一起跑去厨房。莎莉给长长的西班牙餐桌铺上了台布。

“妈妈问，她能不能过来和客人一起吃茶点？”莎莉问道，“我可以替她照看一会儿小孩儿。”

“请转告她，她能来将是我们的巨大荣幸。”阿特尔涅说道。

菲利普觉得阿特尔涅说起话来总有些花里胡哨的。

“那好，我也给妈妈摆好餐具。”莎莉应声说道。

过了一会儿，莎莉又回来了，手里端着托盘，盘子里放着一块面包、一大片黄油和一罐草莓果酱。正当她准备放下托盘离开时，阿特尔涅拿她逗起乐来。他说莎莉是时候找个婆家了，还说她眼光太高。主日学校里追求她的小伙子都能从教室排到校门口，一个个小伙子都争先恐后地想送她回家，可她就是不理睬人家。

“爸爸,你快别说了。”莎莉嗔怪着说道,脸上挂着难为情的笑容。

“你绝对想不到，一个裁缝店的伙计就因为莎莉不肯跟他打招呼，就赌气去参了军。还有一个工程师，注意，是个工程师，在教堂里想和她一起看一本圣歌集，被她一口回绝，那家伙现在变成了个酒鬼。我真担心，等她束发以后还会发生什么乱七八糟的事。”

“妈妈说她自己拿茶点过来。”莎莉淡淡地说了一句。

“莎莉从来不爱回我的话，”阿特尔涅大笑起来，用慈爱又骄傲的目光望着莎莉，“不管外面发生什么事，什么战争啦，革命啦，骚乱啦，都一概与她无关，她只关心做好自己的事。等她找到一个心仪的男人，她会是一个多好的妻子啊！”

阿特尔涅太太端茶进来了。刚一坐下来，她便动手切起面包和黄油。她给阿特尔涅涂果酱，把面包和黄油切成一小块一小块的，那样就能让阿特尔涅毫不费力地放进嘴里。她把丈夫当成小孩子一样照顾，让菲利普觉得蛮有趣的。此时，她早摘下了帽子，穿了一件她最好的裙子，略微发福的身体撑得那条裙子有些发紧。菲利普觉得她质朴得像一个农民的老婆，就像他伯父经常去拜访的那些。菲利普觉得她的口音非常熟悉，原来她说话的方式同布莱克斯泰勃居民的口音非常相接近。

“您老家哪里？”菲利普问道。

“我来自肯特郡，费尔恩是我的老家。”

“和我想的差不多。我伯父在布莱克斯泰勃教区做牧师。”

“真是巧了，”阿特尔涅太太说，“刚才在教堂里，我还在想您该不会是凯里牧师的亲戚。以前我时常会碰见他的。我的一位表妹就是嫁给罗克斯利农场的巴克先生，那个农场就在布莱克斯泰勃教堂旁边。我还是个小姑娘时就常去布莱克斯泰勃教堂做礼拜。你们说说，这事情是不是很有趣呀？”

提到乡村，阿特尔涅太太顿时来了兴致，她的眼眸开始兴奋地闪烁着亮光。她问菲利普知不知道费尔恩，那是一个美丽的小乡村，离布莱克斯泰勃只有大概十英里，两者之间隔着一片田野。费尔恩的牧师在收获季节也会去布莱克斯泰勃做感恩祈祷。阿特尔涅太太还说出了那里几个农夫的名字以及关于他们的一些趣事。乡村生活的种种细节都让她难以忘怀，她如数家珍地说着，这对于一个在城市生活许多年的女人来说非常难得，听得菲利普也有些心驰神往起来。一阵甜美的乡村气息流淌在这间伦敦市中心的、墙面镶有嵌板的小屋里。菲利普仿佛看到肯特郡肥沃的田野、田间笔直的榆树，仿佛闻到了芬芳的泥土气息和咸咸的海风，叫人想要贪婪地呼吸上几口。

已经十点钟了，菲利普起身告辞。孩子们在八点时进来同他道过晚安，一个个神态自若地仰起小脸蛋让菲利普随意亲他们。他非常喜爱这些小家伙。莎莉只是向他伸出了手。

“莎莉可不和只见过一面的先生吻别。”她的父亲解释道。

“那你可得再请我来做客啊。”菲利普说。

“你不要听他瞎说。”莎莉微笑着说。

“她就是太守规矩了。”她父亲又补充了一句。

阿特尔涅太太哄小孩们睡觉时，菲利普和阿特尔涅又吃了些面包、奶酪、啤酒当作晚餐。而后，菲利普去厨房找阿特尔涅太太告别（她一直在厨房边休息边看《每周快讯》），阿特尔涅太太热情地邀请菲利普再来做客。

“只要阿特尔涅还有工作，我们星期天就会有一顿好饭，”阿特尔涅太太说道，“你能过来陪他聊聊，我们都感激不尽。”

第二周的星期六，菲利普收到阿特尔涅寄来的明信片，信上说他们一家都在盼望着菲利普的光临。但是菲利普担心自己给阿特尔涅一家带来经济负担，于是就回了封信，说他只去喝杯茶就好。菲利普去时带了一大块葡萄干蛋糕，他不能空手接受人家的款待。阿特尔涅一家见他来了都非常高兴。他带去的蛋糕也赢得了小家伙们的欢心。菲利普吵着要和他们一起在厨房准备茶点，所有人欢欢喜喜，其乐融融。

没过多久，菲利普就养成了每周末去阿特尔涅家做客的习惯。因为他单纯善良，从来不乱发脾气，所以很快就成为孩子们都喜欢的人，另外最简单的原因，就是菲利普也真心地喜欢这些孩子。门铃一响，就会有一个小小的脑袋从窗户里探出来，看看是不是他来了，要真是菲利普，孩子们就会欢快地冲下楼梯，争先恐后地替他开门，全部扑进他的怀里。喝茶时，他们都争着抢着坐在菲利普的身边。不长时间后，孩子们就管他叫菲利普叔叔了。

阿特尔涅十分健谈，所以菲利普很快了解到他生活中的许多故事。他从事过许多职业，但从他的描述得知，他无论做什么都会留下个烂摊子。他曾在斯里兰卡的一个茶庄做过事，还在美国当过意大利红酒的推销员，担任托莱多水利公司的秘书是他做得最久的一份工作。他还当过新闻记者，那段时间他给一家晚报的治安专栏提供消息。他还做过英国中部一家报纸的副编辑以及维埃拉的另一家报社的编辑。因为他从事过许多职业，所以搜集到不少各方面的趣闻，他兴致勃勃地讲给菲利普听。他读过不少书，不过好像只对那些冷僻的故事感兴趣。他滔滔不绝地说着那些奇闻逸事，会把听众搞得惊讶不已，每当这个时候，他就会露出一副志得意满的神情，开心得像个恶作剧的小孩子。三四年前，他一时穷得没有办法，只得勉强做了一家布料公司的新闻代理。在他看来，这份工作枯燥乏味，无疑是埋没了他出众的才华，可是，在妻子的一再坚持下，又考虑到一家人的生计，他才勉强继续干。

90

从阿特尔涅家出来后，菲利普沿着昌策里巷走到河滨马路，去国会大街的尽头乘公共汽车。他跟阿特尔涅一家结识有一个半月了，这是他第六次做客后离开他家。他像往常一样赶着去乘车，到那儿时，发现开往肯宁顿的汽车已经坐满了。虽然是六月，可下了一整天的雨，夜晚的地面变得阴冷而潮湿。为了坐上公共汽车，他便决定步行到皮卡迪利广场去。公共汽车在那儿停靠时，车上的乘客就没有几个了。汽车要隔一段时间才开走，所以他只能再等上一会儿。他无意识地看了一眼广场上的人群。酒馆马上要打烊了，可门口还是聚集了很多人。此刻，在菲利普脑海里闪过的还是阿特尔涅的那些奇谈怪论。

突然，他的心一下子提到了嗓子眼儿——前面是米尔德丽德。他已经好几个星期没想过她了。她正站在沙夫兹伯雷林荫道的拐角处准备过马路，一辆马车正好驶过，她就在报刊亭那里等着它过去。她正一门心思地过马路，完全没有顾及周围有什么人。她戴了一顶宽大的黑草帽，上面别着一簇羽毛，穿了一件黑色丝裙。那个时候，这种带裙摆的裙子非常流行。见马车过去了，她立即拖着裙摆慢悠悠地穿过马路，往皮卡迪利大街的方向走去。菲利普的心怦怦直跳，悄悄地在后面跟着她。他并不打算跟她说话，只是想知道，天这么晚了她还要到哪儿去？他还想看一眼她的脸。米尔德丽德慢悠悠地往前走着，拐到埃尔街，接着又穿过里根特大街，最后又往皮卡迪利广场的方向走去。菲利普有点儿疑惑，也不知她究竟想去哪儿。可能她是在等什么人吧，菲利普在心中想着。菲利普好奇她究竟在等谁。她前面有一个头戴礼帽的矮个子男人，正慢慢地往前走着，米尔德丽德匆匆赶上他，打他身旁经过时，她转过脸瞟了他一眼。她继续往前走，在斯旺德加商店大楼前停住脚步，面朝着大街站着，她稍等片刻，一有男人经过就搔首弄姿地媚笑一下。有个男人停下来看了看她，接着，又转过身慢悠悠地离开了。现在，菲利普明白了到底是怎么一回事。

菲利普被一阵强烈的恐惧感震慑了，只觉得双腿发软，差点儿没摔倒在地面上。过了一会儿，他连忙快走几步赶上了她，触了触她的手臂。

“米尔德丽德！”

她吓了一跳，猛地转过了身体。菲利普觉得她的脸应该是红了，不过因为她站在暗处，他也不能确定。有两三分钟，他们俩都彼此沉默。最后还是米尔德丽德打破了寂静的氛围。

“真没想到在这儿看到你！”

菲利普也不知该如何回答。他还是感到无比震惊，有许多话要说却什么也说不出来。

“太可怕了。”他喘着粗气说道，声音很低，只有他一个人能听见。

米尔德丽德再也不吭声了，只是扭过身体，低头盯着地面。菲利普能感觉到自己的脸因为悲伤而有些扭曲。

“我们能找个地方聊聊吗？”

“我们没什么好说的，”她冷漠地说，“别烦我了，行吗？”

菲利普突然想到她说不定是急需用钱，所以没办法脱身。

“你如果有什么难处，我现在带了几英镑。”菲利普连忙说道。

“我不知你在说些什么。我这是要回自己的住处，恰好在这儿碰见以前的女同事。”

“我的老天，你就不能说实话吗？”菲利普哀叹一声。

他看见米尔德丽德突然哭了起来，于是又把刚才的问题重复了一遍。

“我们能不能找个地方聊聊呢？你看，我能去你家里吗？”

“不，不能，”她抽泣着说道，“我不能随便带男人去我的住处。如果你愿意的话，我明天去找你。”

菲利普知道她不会遵守诺言。现在，他绝不会放她走。

“不能等到明天，我要你现在就找个地方和我聊聊。”

“嗯，那好吧，我知道有个地方，不过去那里要付六先令。”

“我来付，那个地方在哪儿？”

米尔德丽德给他说了一个地址，他拦了辆马车，两人坐上，去了不列颠博物馆。来到格雷酒店路附近的一条破旧的小巷后，米尔德丽德叫车夫在路口停下。

“他们不喜欢让马车堵在门口。”米尔德丽德嘟囔了一句。

从上了马车到现在，他们一直都没说话。等他们下了马车，米尔德丽德往前走了几步，在一扇门前停了下来，她用手重重地在门板上拍了三下。菲利普注意到房子窗户上挂有一块写有“房屋出租”

字样的硬纸板。门从里面打开了，一个上了年纪的高个子女人给他们开了门。她瞟了菲利普几眼，然后压低嗓门在米尔德丽德耳边嘀咕了两声。米尔德丽德领着菲利普穿过走廊，来到很靠后的一间阴暗房间。里面黑漆漆的，米尔德丽德向菲利普要了根火柴，点亮了一盏煤气灯，由于没有灯罩，火苗烧得很旺。菲利普这才看清这间小屋的样子，这是个狭小的房间，里面摆着一套漆成松木色的家具，与整个房间相比，它显然有些太大了。带花边的窗帘破旧肮脏，壁炉口堵着一把大纸扇。米尔德丽德一下子瘫倒到壁炉旁边的一把安乐椅里，菲利普则在床沿上坐下。他尴尬地坐在那儿，手都不知道往哪儿放。此时，他能够看清米尔德丽德的脸了，她双颊涂着厚厚的胭脂，眉毛描得乌黑，人像生过一场大病一样干瘦干瘦的，在面颊上的红胭脂的衬托下，她的皮肤呈现出了乌青色。她心神不宁地凝视着那把大纸扇，而菲利普也不知该说些什么，他的嗓子一下子干得要命，他几乎要流出眼泪，于是连忙用手擦擦眼泪。

“我的上帝，真是太可怕了。”菲利普哀叹一声。

“真搞不懂你为什么要大惊小怪，我本以为，看到我这样你会高兴呢。”

菲利普没有回话，他终于抑制不住哭了起来。

“你以为我喜欢干这个呀？”

“哦，我亲爱的，”菲利普哭着说，“看到你这样，我很难过，难过得要命。”

“你说这话有个屁用！”

菲利普真不知该说些什么，生怕多说一句，又让她误解，认为他在有意嘲笑和责怪她。

“孩子在哪儿？”菲利普问道。

“就在伦敦。我没钱让她继续待在布莱顿，只好自己带着她。我在海伯里租了间房子，告诉房东我是一个演员。虽然那儿离这里很远，可是你知道吗？在伦敦，没有几个人愿意把房子租给一个女人。”

“先前的餐厅不愿意雇用你了吗？”

“我找不到工作。跑了许多地方，都没用。有一次有一家愿意

雇用我，可是就因为我生病请了一星期的假，等我再回去时，人家就不愿意要我了。我理解他们，谁也不愿意雇用一个病秧子不是。”

“你的脸色很不好。”菲利普说。

“今晚我本不打算出去了，但是没办法，我需要用钱。我给埃米尔写过信，告诉他我实在是没钱了，可他没有回过一封信。”

“你应该写信给我的。”

“我不想那么做，因为我们之间发生了那么多事，而且我也不想让你知道我的境况。从你的角度来看，我无非是活该如此。”

“就是到现在，你还是不知道我是什么样的人，是不是？”

有一会儿，菲利普回想起，自己因为她而遭受的痛苦，那种感受让他有些头昏脑涨，几乎就要呕吐。但那都是过去的事情了。看着现在的米尔德丽德，他知道自己已经不再爱她了。他为她感到难过，但又为能够摆脱她而感到庆幸。菲利普悲伤地凝望着米尔德丽德，心中想着，自己当时怎么会为了这样一个女人而神魂颠倒？

“你是一位真正的绅士，”米尔德丽德说，“你是我生平所见唯一一位真正的绅士。”她停顿一会儿，接着红着脸儿说道：“菲利普，我实在不想求你，但是，你能给我一点儿钱吗？”

“我倒带了点儿，但怕是不过两英镑。”

菲利普说着把钱全部掏给了她。

“算我借你的，菲利普。”

“哎，没关系，”菲利普微笑着说，“你不用担心。”

想说的话，菲利普一句也说不出来，他们俩变得像陌生人一样客套。过了一会儿，她要离开了，要回去继续过她可怕的生活，而他却无能为力。米尔德丽德拿着钱，从安乐椅里站起身来，菲利普也跟着起身。

“我是不是耽误你的时间了？”米尔德丽德问，“我想你也要回家了吧？”

“没有，我不着急。”菲利普答道。

“能有机会坐下来休息一下，真是太好了。”

这句话把菲利普的心撕得粉碎。看着她的身体疲惫不堪地瘫入安乐椅里，菲利普说不出的难过。好长一段时间，房间里一片安静，菲利普点燃了一支香烟。

“菲利普，你真好，连一句不好听的话都没说。我原以为你会说我下贱呢。”

菲利普看到她又哭了。他一下子又想起了她被埃米尔抛弃时，跑到他面前哭哭啼啼的样子。此时，他又回想起当时的情景，想到她受了这么多委屈，想到他也为了她受了那么多屈辱，他对她的同情更加不可抑制了。

“要是能摆脱这一切该有多好！”米尔德丽德说，“我恨透了现在的生活，我不能适应，我不是过这种日子的姑娘。可我就是逃脱不了。哪怕做个用人也好啊，只要能养活自己。唉，我还是死了算了。”

她越说越觉得悲惨，情绪一下子崩溃，突然歇斯底里地大哭起来，瘦小的身体也在不住地颤抖。

“哦，你不知道我过的是什么日子，你不亲身体验是不会理解其中的痛苦的。”

菲利普最不忍心看她流泪的。看到她过着如此可怕的生活，他简直心如刀割。

“可怜的，”他喃喃地说，“可怜的人。”

他被她的哭泣深深地触动了。突然，他想到了一个好主意，顿时感到一阵欣喜。

“听我说，如果你想摆脱当前的处境，我有个办法。眼下我也手头拮据，要尽量节省开支。不过，我在肯宁顿大街上租的房子里有一个空房间。如果你愿意，可以带上孩子搬过来住。我雇有一个妇人给我打扫卫生和做饭，每周会花上三先令六便士，这活儿你也能胜任。再说，两个人吃饭的花费也不比一个人多多少。至于你的小孩，我想她也吃不了多少东西。”

米尔德丽德顿时停止了哭泣，她直勾勾地望着菲利普。

“是不是说，经历了这么多波折，你还愿意接纳我？”

菲利普不好意思说出全部的话，脸上不觉有点儿泛红。

“我不想让你误会。我只是给你提供了个空房间和一份工作而已。你只需打扫卫生和把饭做好，除此之外，不用你做别的什么事。

我想你肯定也能把饭做好吧？”

米尔德丽德从安乐椅里跳了起来，朝他跟前走去。

“你待我真好，菲利普。”

“不，停下。”菲利普连忙伸出手，像是要把她推开似的。

他不知道自己为何如此，但是就是不能忍受米尔德丽德再触碰到自己。

“我只想和你做朋友，除此以外绝无非分之想。”

“你待我真好，”米尔德丽德又说了一遍，“你待我真好！”

“这么说你愿意搬过来了？”

“嗯，是的，只要能摆脱当前的处境，你让我干什么都行。你绝对不会因为这个决定而后悔的，菲利普，绝对不会。那我，什么时候可以搬过去？”

“最好是明天。”

米尔德丽德又流出了眼泪。

“你干吗要哭呀？”菲利普微笑着问道。

“我对你太感激了。真不知道要怎么报答你。”

“哦，别这么说。我现在也要先回家了。”

菲利普在纸条上写下地址递给了她，并对她说，如果明天早上五点半她能到的话，他那时就会把一切事情都安排妥当了。已经是深夜了，没法坐车回家，他只好步行回去。不过，本来很长的路，他却不觉得遥远。他高兴极了，感到神清气爽，走起路来也轻快无比。

第10章

91

次日清晨，菲利普打扫出一个房间，等待着米尔德丽德的到来。他告诉那位长期以来帮他做家务的阿姨，以后就不用再来了。六点左右，米尔德丽德到了楼下。菲利普在窗前看到了她，立刻下楼去迎她上来，并帮她拿着行李——用褐色的纸包着的三个大包袱。为了维持开销，她早已把能卖的都卖掉了。米尔德丽德仍然身着那件黑色绸衣裙，亦未曾装扮自己，早上明显是匆匆洗了把脸，眼圈周围还留着黑色的印记。这让她看上去无精打采的。她下了马车，怀里抱着孩子，那楚楚可怜的样子倒颇让人觉得怜惜。她似乎有些不好意思。两人也不知道该说些什么好，只说了几句不痛不痒的话。

“哈，你最后还是来了。”

“我从未在伦敦的这一带居住过。”

菲利普带她去看了房间，那是克朗肖临终前居住的房间。菲利普怎么都不愿意再住进这个房间，他自己也明白这念头挺荒谬的。好友离世之后，他还是没有搬离那个小房间，睡着张折叠床。那时候，他考虑到要让好友住得舒服些，自己才决定住进小房间。孩子在母亲的臂弯中睡得香甜。

“我觉得，你一定记不得她的样子了。”米尔德丽德说。

“我们送她去布莱顿后，我就再没见过她。”

“把她放在哪儿好呢？她太重了，时间一长我的胳膊都酸啦。”

“噢，我竟忘记买摇篮了。”菲利普一边说着，一边尴尬地笑了笑。

“没关系，她和我一起睡吧，一直都是这么过来的。”

米尔德丽德将孩子安放在一张安乐椅中，然后细细观察着房间里的陈设。她看到房间中很多物品都是菲利普先前的住所中就有的。唯有一件东西是她首次见到，便是那副人物肖像，去年夏日里劳森所画的菲利普，正在壁炉的上面挂着。米尔德丽德皱着眉头注视着那张人头像。

“这幅画有些地方画得很好，有些地方我觉得不好。在我的心里，你比画上的要更英俊些。”

“这真是奇了怪了，”菲利普笑出了声，“在我面前，你可从未对我的长相做出过如此高的评价。”

“我可没工夫去考虑一个男人是不是长得英俊。我不喜欢帅哥。在我的观念里，帅哥总是太骄傲了。”

说过这话，她开始四处张望，似乎在寻找一面镜子——女性都是爱美的，可却让她失望了。她只能用手稍微理了理额前厚重的刘海儿。

“我住在这儿，会有人说咱俩的闲话吗？”她突然问菲利普。

“这你不必担心，这儿只住着一对夫妻。男人整天不在家，我只在周末交房租的时候会碰到他的妻子。这对夫妻总是独来独往。我住过来之后，和他们说话的次数一只手都数得过来。”

米尔德丽德去卧房整理自己的物品。菲利普本想去看书，可内心太过亢奋，竟读不进几个字。索性他就半躺在椅子上，点了根烟，慈爱地看着那睡熟了的孩子。菲利普快乐极了。他觉得现在已完全摆脱了对米尔德丽德的迷恋。从前那种炽热的感情早已消失不见，他觉得这太不可思议了。他似乎有些厌恶米尔德丽德的身体，如果现在和她亲热，他肯定会觉得浑身难受。他想不通为什么会变成这样。这时，米尔德丽德敲门走了进来。

“我看你以后进门前就不用敲门了，”菲利普说，“所有房间都看过一遍了吗？”

“我还从来没有见过这么小的厨房呢。”

“厨房虽小，但完全够你为我们做美味的点心了。”菲利普满不在乎地回敬了她一句。

“厨房里要啥没啥，我现在到街上去采购些东西吧。”

“确实有必要。可不好意思，我得提前告诉你，省着点儿花。”

菲利普拿了些钱给她。半个小时左右，她就从街上回来了，把东西一股脑儿都放在桌子上，因为爬楼梯的缘故，光顾着喘气儿呢。

“嘿，你患有贫血症，”菲利普说，“我明天给你带些布劳氏丸回来。”

“商店真是不好找啊。我买了点儿猪肝，我觉得这东西味道很鲜，你说呢？而且猪肝一次不能吃太多，比起买猪肉要节省多了。”

米尔德丽德把猪肝灶炖上之后，就来到房间里铺台布。

“为什么只铺一块台布？”菲利普问道，“你自己的呢？”

米尔德丽德的脸红了起来。

“我以为你不愿意让我和你一起吃饭。”

“怎么会不愿意呢？”

“我现在的身份是一个用人，不是吗？”

“别说傻话！你呀，怎么这么傻呢？”

菲利普对米尔德丽德露出愉悦的笑容，可她这种谦卑的姿态却让菲利普觉得很不是滋味儿。真是可悲！与她刚刚认识时的情景他还记忆犹新。菲利普沉默了很久才又开始说话。

“你不要觉得欠我什么，”他说，“不是提前说好了吗，我帮你解决食宿问题，你帮我打理生活，我们这是公平的买卖，你并不是在做那些卑微的工作。”

米尔德丽德说不出话来，只见两行热泪从她的眼眶中流了下来。据以往的经验，菲利普心里明白，米尔德丽德所在的这个阶层把伺候人看作是很丢人的工作。菲利普不知道该怎么办了，他埋怨自己说错了话，而且他能看出来米尔德丽德现在很疲惫。他站起身，把另一块台布铺在对面。孩子恰好在这时候睡醒了。米尔德丽德给她拿出提前预备下的梅林罐头。他们吃了猪肝和香肠。因为要节省开支，菲利普索性用水来代替酒。他想让这第一顿饭吃得轻松愉快，可米尔德丽德一副疲惫不堪的样子，闷闷不乐的。吃过饭后，她立刻就把孩子放回床上了。

“我觉得你应该早点儿去休息，”菲利普说，“你脸色很差。”

“我收拾好了就会去休息。”

菲利普点上烟斗，专心致志地看起书来。隔壁房间时不时传来脚步声，这让他愉快极了。一个人的时候，孤独感真能把人逼疯。米尔德丽德走进来清理桌子。菲利普忍不住想，竟穿着绸衣裙做

这些粗活，她真是独树一帜。可他必须要努力了。他拿着书到桌旁坐着，研读奥斯勒所著的《内科学》。由于学生们的追捧，它最终取代了泰勒所著的经典教科书的地位。没多久，米尔德丽德往这边走来，慢慢把卷起的袖口放下。菲利普没有动，只是淡淡扫了她一眼。他害怕米尔德丽德多心，可又不知道该怎么去安慰她，唯一能想到的办法就是让她的身体得到满足。这种氛围让菲利普觉得非常不自在。

“对了，明天早上我九点上课，所以我一般八点一刻左右用早餐。你能起那么早吗？”

“嗯，没问题。我都习惯了，以前在国会大街工作时，我每天都要赶去赫尔内山乘坐八点十二分的火车。”

“希望你不要嫌弃自己的房间。今晚睡个好觉，明天一定会好起来。”

“你每天都看书看到很晚吗？”

“我一般看到十一点多就休息了。”

“那么，晚安。”

“做个好梦。”

她就站在桌子的旁边，可菲利普并没有去触碰她。米尔德丽德轻轻合上房门。她走动的声响传到菲利普的耳朵里。不一会儿，传来了床铺嘎吱嘎吱的响声，菲利普知道她已经上床休息了。

92

第二天是周二，菲利普一如往常地随便吃了几口饭，就火急火燎地赶着去上课。他压根儿没时间同米尔德丽德多聊上几句，随便打了个招呼就出门了。临近傍晚，他自医院回来了，看到了坐在床边的米尔德丽德，竟在缝补他的破袜子。

“呦，没想到你还挺知道节约，”菲利普欣喜地说道，“你今天做什么了？”

“嗯，整个房间我从里到外地清理了一遍，歇了一会儿就带着孩子出去走了走。”

米尔德丽德穿着一件黑色旧上衣。这是她在茶食店打工时的制服，虽然有些陈旧，却显得很精神，比那件绸衣裙好多了。小女孩儿在地板上坐着，仰起头看着菲利普，一双大眼睛亮晶晶的。菲利普靠近她坐了下来，轻轻抚摸着她的小脚丫，她咯咯地笑出了声。夕阳的暖光照在地板上。

“回到家发现不是自己一个人，心里真是暖融融的。女人和小孩儿让这屋子温暖极了。”

菲利普从医院带了一瓶布劳氏丸给米尔德丽德，并叮嘱她要饭后服用。她已经习惯于吃这种药了，从十六岁起就没怎么断过。

“你这泛绿的肤色定会使劳森爱上的，”菲利普说道，“他定会说你这皮肤最宜入画。可这也正是我所放心不下的，除非哪天你的脸蛋变得红扑扑的，我才能彻底安心。”

“我现在感觉挺好的。”

简单地用过晚餐后，菲利普就把烟草装满烟丝袋，拿上帽子，准备出门了。周二的晚上，他总是在皮克大街的那家酒馆度过。今晚他觉得很兴奋，因为米尔德丽德刚刚搬来，立刻就是星期二了，他正好利用这个机会让米尔德丽德看清他们之间的关系。

“你是要出门吗？”米尔德丽德问道。

“没错，周二我总会在外面玩上一夜。明天见了。做个好梦。”

每回到这酒馆，菲利普总会觉得很愉快。这酒馆有位常客，叫马卡利斯特，他是个证券经纪人，却具有哲学家的头脑，任何事都要与人争论。海沃德也是那儿的常客之一，只要他在伦敦。他们俩互相看不对眼，可每个星期二他们都会不约而同在那酒馆中见个面，这便是这二人的与众不同之处。马卡利斯特很看不惯海沃德的忧郁气质，他常常开玩笑似的问海沃德写作有什么进展，实际上是想要挖苦人，海沃德却不吃他这一套，每次都说等着看我的大作吧。他们俩说话总是针锋相对，每回都能戳中对方要害，这让他们彼此欣赏。每次聚会即将结束的时候，他们总能达成一致，感觉对方值得敬佩。菲利普发现今天聚得还挺齐的，除了上面这两位，劳森也来了。劳森在伦敦逐渐结识了不少人，每天呼朋唤友外出用餐，来这餐馆的次数也慢慢少了起来。这三人聚在一起聊得开心极了，原来是马卡利斯特在证券交易所为这两人一人赚了五十英镑的外快，这让他们十分兴奋。劳森虽然是个不知“节俭”二字怎么写的人，赚的钱却不多，所以这五十英镑对他来说简直是意外之喜。劳森现在已经画起了人物肖像，在评论界也小有名气了。他慢慢发现那些贵妇很乐意坐在那儿让他画——在不用掏钱的情况下（这对于他们来说是笔双赢的买卖，劳森积攒了名气，贵妇们赢得了保护艺术的赞誉）。可劳森从没遇见一个肯出钱让他给自己夫人画肖像的蠢货。即便这样，劳森已经知足了。

“这真是一个来钱的好路子，我竟从未往这方面想，”劳森高兴地大声说道，“我连六便士的本钱都没掏。”

“小伙子，上周二你没来可是错过了一个赚钱的绝佳时机。”马卡利斯特对菲利普说。

“上帝啊，你应该写信告诉我一声的，”菲利普说，“你都不知道我现在多么需要一百镑。”

“哦，那会儿时间太紧了。人必须在场。上周二我刚得到这个消息，就问他们俩愿不愿意试试。周三上午我就给他们买了一千股，下午的时候就涨了，我立刻就抛了出去。这一来，他们俩每人就净赚五十磅，我自己也赚了两百多镑。”

菲利普眼红极了。前不久，手上唯一一张抵押契据都被他给卖了，眼下他全身上下就剩那六百英镑的现款了。偶尔他会思考今后的生活，总会觉得前途渺茫。要拿到医生资格证，他必须还得在学校读上两年书，这之后他才能想办法在医院找份工作，可这么一算，他至少三年一分钱也赚不到。就算他能坚持节衣缩食，到毕业最多只剩一百多英镑。但凡到时候生了病不能工作或者找不到工作，这么点儿钱根本就过不了日子。所以，像这种毫不费力的赚钱方式，对他极具吸引力。

“嗯，你先别急啊，”马卡利斯特说，“很快还有这种机会。近几天，南非那边的股票肯定暴涨，我到时候帮你留意着。”

马卡利斯特当时在南非矿山股票市场工作，他对他们说过好几次前两年股票行情暴涨，他因此发了笔横财的事情。

“那只能这样了，下次有这种好事千万别把我忘了。”

他们不停地谈论着各种事情，很快就深夜了。菲利普的住处离得最远，第一个离开了。他得赶上最后一班电车，否则就只能走着回去了，这样一来到家就太迟了。那天十二点半左右，他回到了住所。他进屋一看，米尔德丽德竟还没睡，正坐在那张安乐椅上。他十分惊讶。

“这么晚了，你怎么还不去休息？”菲利普大声问她。

“我还不想睡。”

“即便不想睡，也应该到床上躺着去，同样能让身体得到休息。”

她动也不动，仍旧在那儿坐着。菲利普看到她又换上了那件黑色绸衣裙。

“我觉得有必要等着你，万一你回来需要我帮你做些什么呢。”

米尔德丽德凝视着菲利普，苍白的嘴唇扯出一丝笑容。菲利普看不透她到底想做什么。他有些不自在，只能装作什么也不知道。

“虽说你这么做是为我好，可也不能不顾身体啊。快去睡吧，明天你还能早起做早饭吗？”

“可我现在毫无睡意。”

“胡说什么。”菲利普严肃了起来。

米尔德丽德站起身，很不高兴地回到了她的房间。耳边传来嘭的一声，米尔德丽德用力关上房门，菲利普笑了起来。

之后几天倒没发生什么特别的事情。米尔德丽德就这么住了下来，很快适应了这里的生活。菲利普去上课，她整个上午就在家里做家务。他们吃得非常简单。可她却总为买些日常用品在街上逛很久。她没钱买那些昂贵的吃食，却总能为自己煮一杯可可，或者吃点儿面包和奶油。吃过这些零食，她就带着孩子去街上走一走，走累了再回来，随便找点儿什么事儿做就能轻松打发掉下午这段无聊时光。她现在身体虚弱，可做些轻便的家务还是不成问题的。米尔德丽德帮菲利普去交房租，竟和那位凶恶的房东太太成了朋友。一周都不到，她就把邻居们的情况了解得差不多了，甚至比菲利普知道的还要多。

“她真是一位很友好的太太，”米尔德丽德告诉菲利普，“很像位贵妇人。我对她说我们结过婚了。”

“你觉得这么说有必要吗？”

“嗯，我面对她的时候得没话找点儿话说才行啊。我们住在一起又不是夫妻，别人难道不会感到奇怪吗？人家会怎么想我啊。”

“她压根儿不会信以为真。”

“我保证她信了。我声称两年前我们就举办了婚礼，我们孩子都这么大了嘛，这么说才像真的啊。你身边的人不相信，是因为他们知道你学生的身份。所以我们千万不能让别人发现真相，再加上他们对我们的态度已经不一样了，还邀我们一起去海边度假呢。”

“你可真是个谎话精。”菲利普说道。

菲利普发现如今的米尔德丽德还是谎话一箩筐，不免又生气又失望。这两年的惨痛经历一点儿没让她成长起来。可对着她也不好说什么，菲利普只能无奈地叹了口气。

“总而言之，”菲利普心里想，“她的运气太差。”

今夜似乎分外美丽，夜空纯净，星光闪烁，微风轻拂着人们的脸庞，暖暖的。在伦敦南部，人们都不愿在家多待，他们在街上徘徊着，享受着美好的闲暇时光。米尔德丽德把一切都收拾妥当之后，就站到窗边望着外面。街上那种喧嚣快活的气氛似乎透过窗户传到了米尔德丽德和菲利普的身上，人声、车马声和缥缈而来的手风琴声，无不敲打着他俩的心。

“菲利普，你今晚还要继续看书吗？”米尔德丽德问菲利普，语气中隐隐有一丝期盼。

“按理说我是得看书，不过也不是非看不可。哈，你是不是想让我陪你做些啥？”

“我想到外面去转一转。要是能坐在电车顶上吹吹风，该是多么爽快的一件事。”

“我怎么都好。”

“我去戴个帽子。”她高兴极了。

怎么能浪费这样美好的夜晚闭门不出呢？那孩子早就睡熟了，单独留在家中也没关系。米尔德丽德说她从前要夜间出门，也是把她一个人留在家里，她总是睡得很香。米尔德丽德很快就戴好了帽子，看得出来，她为这次出门感到十分兴奋。她抽空还抹了点儿脂粉在脸上。菲利普还当她是开心过了头，才红了脸呢。看到这么高兴的米尔德丽德，菲利普不免又动了心，他开始反省自己之前是否对她太过严苛了。刚走出门，她就抑制不住地笑个不停。一辆驶往威斯敏斯特大桥的电车从他们身边经过，他俩飞快地坐上了。他们看着车窗外来来往往的人流，菲利普一边悠闲地抽着烟。在经过坎特伯雷杂耍剧场时，米尔德丽德高兴地大声嚷道：

“菲利普，我们去看场杂耍吧，我已经记不得上次去是什么时候啦。”

“你心里清楚，我们现在可没钱买前排正厅座位的戏票。”

“坐哪儿我都无所谓，就算是顶层座位的票我也满足了。”

两人下车后往回走了一段，来到杂耍剧场。菲利普用十二便士买了两张票，座位在较高的位置，但不是顶层。今晚真够幸运的，剧场人不多，很多位置都空下来没人坐。米尔德丽德兴奋得两眼放光。菲利普挺欣赏这种属于她的朴实情感。她真是让菲利普永远也看不透。她身上存在着的一些特质，对如今的菲利普依然具有诱惑力。米尔德丽德家境不好，从小未受到过正规的教育，本来都算得上是命运不济了，菲利普竟还为了一些她压根儿意识不到的事情去苛责她。她已没了贞操，又怎能要求她给予他贞操，这便是他自己想不通了。如果换一种家庭环境，她很有可能长成一位优雅贤淑的女子。她一个弱女子，不可能独自承受命运的打击。在这一瞬间，菲利普眼中只剩她一个人。她嘴唇微启，脸颊红润，竟让他觉得她是如此纯洁无瑕。他的心里突然就升起了一股对她的悲悯，过去所有因她而起的苦难他都释怀了。剧场中缭绕的烟雾让菲利普头昏脑涨，可米尔德丽德意犹未尽，在菲利普提议回家时，她一脸恳求地面对菲利普，希望让她看完全场的。菲利普转念一想便欣然同意了。她感激地握着菲利普的手直到表演结束才松开。随着人流他们走出了大剧场，来到依然热闹的大街上，米尔德丽德还是没玩儿尽兴。之后，他们又来到威斯敏斯特大街，站在那儿看着热闹的人群。

“我已经好几个月没有这么痛快地玩过啦。”米尔德丽德说。

菲利普发自内心地感到高兴。凭着一时冲动，他决定要米尔德丽德和她的女儿搬过来同他一起居住，如今就这样实现了。他觉得这个决定他做得极正确，他由衷地感谢命运。感受到她对他的感激之情，他内心无比高兴。直到米尔德丽德觉得是时候回去了，他们才又坐上电车原路返回。夜已经很深了，他们下了电车转到公寓所在的街道时，已经见不到一个人了。这时，米尔德丽德偷偷把手搭在菲利普的胳膊上。

“你看这场景是不是很眼熟啊，菲尔？”米尔德丽德对菲利普说。

过去她从不曾这样叫他，叫这名字的也只有一个格里菲斯，到现在只要听到别人这样叫他，他还是会觉得异常痛苦。他忘不了当初的自己，只求快些终了此生以免承受更多的痛苦。那时候，当真是痛入骨髓，他还曾认真谋划着自杀的实施步骤。往事如烟，终会烟消云散。每每想起那时的自己，他都是一笑置之。现在他对米尔德丽德除了怜悯再无其他情感。他们回到家中，菲利普点燃了客厅的煤气灯。

“孩子还在睡吗？”他问道。

“我现在就去看看她。”

不一会儿，米尔德丽德又回到客厅，告诉菲利普孩子睡得香着呢。菲利普向米尔德丽德伸出手去，说：

“那好吧，晚安。”

“你现在就要去睡了吗？”

“现在将近一点啦。最近我养成了早睡的习惯。”菲利普回答说。

米尔德丽德握着他的手不愿松开，满眼含笑地看着菲利普的眼睛。

“菲利普，你还记得那个夜晚吗？你让我搬来同你一起住，只需要我帮你做些家务活，难道除了这些你就真的没想过别的吗？那时候，我想的可与你认为的完全不同啊。”

“是吗？”菲利普说着，抽回了自己的手，“我所说的就是我所想的，除此之外，再无其他。”

“你这样真是傻到家啦。”米尔德丽德失声大笑。

菲利普冲她摇了摇头。

“我是认真的。让你住在这儿，我不会提任何附加条件。”

“为什么不呢？”

“那么做是不对的。现在我也没法跟你解释明白，不过它会毁了这一切的。”

米尔德丽德耸耸肩膀。

“嗯，可以，那就随你吧。但是，你别想让我卑躬屈膝地求着你。那不符合我的性格。”

说完，她回到卧室，使劲关上了房门。

93

第二天早晨，米尔德丽德一声不吭，满脸不高兴，快中午时才出屋来。她不怎么会做饭，只会凑合着做肉排与烧排骨，且大手大脚，浪费严重。这导致伙食费用比菲利普预计的要多很多。她端上菜后，便在菲利普对面坐了下来，却不吃东西。对于菲利普的询问，她回说不饿，只是感到头疼。菲利普知道她是故意闹别扭，庆幸自己待会儿就要去找阿西尔尼，不用在家受她的气。阿西尔尼为人和善快乐，且他全家都欢迎菲利普，菲利普感到意外又高兴。他回来时，米尔德丽德已经睡了。翌日，米尔德丽德仍旧是老样子。和菲利普一起吃晚饭时，她脸上一副不屑一顾的神情。菲利普感到有些不舒服，但在心里劝自己让着她点。

“你挺安静啊。”他开玩笑逗趣她。

“我只负责家务，可没有陪你聊天的义务。”

他感觉她说得不中听，但想着这样一起生活在一个屋檐下，也不是办法。

“你是因为那晚的事不高兴？”菲利普觉得这话不好开口，但总得解决问题。

“不知道你在说什么。”她回道。

“不要生气了。我当初让你来住，就是想和你保持朋友的关系。你应该先有个住处，然后再找个工作。”

“我可不稀罕。”

“我从没那样想过，”他继续说，“你不要当我是那种人，你那天晚上那样说只是出于一种感谢，也是好意。可我自己不允许自己成为那样的人，这样的话，这件事就整个变味了。”

“不知道你在想什么。”米尔德丽德心里想，对他倒是有些好奇。

她虽然不懂他的话，也不再生气，只是心里有些纳闷。她搞不懂他的意思，只是模糊感觉到他似乎是表现出了一种比较绅士的行为，但她仍旧有些瞧不上他。

“这个人真是麻烦。”她心里嘀咕。

后面他们的日子过得还算顺当。菲利普白天去医院，回家后就坐在那儿看书，有时则是去阿西尔尼家或是去比克街的酒馆小酌。期间，他负责做记录的医生请他吃了次饭，他还参加了两三次同学间的聚会。米尔德丽德则也习惯了这种生活。虽然她仍旧不高兴菲利普晚上将她一个人撇在家，但也不再表现出来。他偶尔带她去几次杂耍剧院，但这并没有改变什么，他们依旧是原来的生活格局。她告诉菲利普自己夏天不想出去找工作了，到秋天再找，菲利普同意了。

“找到工作后，如果愿意，你仍旧可以住在这里。这儿反正没人住，帮佣还可以帮你带带孩子。”菲利普表示。

他感觉自己与这个孩子越来越投缘。他是个重感情的人，只是一直没有机会表现。米尔德丽德虽然心里也有孩子，孩子患感冒时，她也寸步不离地照顾，但一旦孩子吵着她时，她便不耐烦地斥责孩子。她对孩子的喜欢没有凌驾于自我之上，并且她也羞于将这种感情表现出来，觉得这样有些不可理喻。当她看到菲利普将孩子放在膝盖上逗弄时，便会忍不住讽刺一番：

“如果这孩子是你自己的，你或许就不会这么喜欢了。”

菲利普一下子觉得有些脸红，他对别人的嘲笑本来就敏感，而现在自己喜欢别人的孩子的确怪怪的。想到他对孩子付出的真情，他感到有些耻辱，但孩子却感觉到了菲利普对自己的爱护，小脸一个劲地往他身上依偎。

“你自然是喜欢了，因为你只在她省心的时候抱她，要是让你半夜三更花一小时去哄她睡觉，看你还喜欢不。”米尔德丽德继续说。

这让菲利普想起了自己的小时候，他原本以为已经忘记了，他用手摸着孩子的脚趾，唱起了儿歌：

“一只猪儿去买菜，一只猪儿守在家。”

一次菲利普回到家，看到孩子在地上乱爬。她看到菲利普后高兴地叫嚷起来，菲利普感到很温暖。米尔德丽德恶作剧地教孩子叫菲利普爸爸，当孩子第一次这么叫时，米尔德丽德在一旁大笑：

“搞不懂你是因为她是我的孩子才喜欢，还是别的孩子你也会这么喜欢。”

“这个我也不知道，反正我不认识其他的孩子。”菲利普说。

菲利普当上住院部医生助理的下一个学期快结束时，他发了一笔意外之财。七月中旬的一个礼拜二，他习惯性地到比克街的酒馆，那天晚上只有马卡利斯特在。于是他们一起闲聊，马卡利斯特突然想起来什么，对他说：“差点忘了，我刚听说一个挣钱的机会，是关于罗德西亚有个叫新克兰方丹的金矿的。你如果敢赌一下，没准儿能小赚一笔。”

菲利普一直想有这样一个机会，但现在他反倒有些踌躇。他害怕弄不好会赔一笔钱，他不是那种爱冒险的人。

“我想赌一下，不过又很担心。如果搞砸了，会赔进去多少？”

“早知如此，就不跟你说了，我是因为看你很迫切的样子才说的。”马卡利斯特板着脸说。

菲利普感觉对方肯定觉得自己很蠢。

“不是你说的那样，我真的很需要挣笔钱。”他慌忙解释。

“这世界上没有稳赚的钱，你想赚，就要先有赔的打算。”

马卡利斯特之后不再提这事，开始聊其他的。菲利普心不在焉地应付着，心里琢磨，如果这次的股票真的赚了，下次碰面时，这个嘴巴刻薄的股票经纪人估计肯定会说出讽刺他的话来。

“如果可以的话，我想豁出去一次。”菲利普说。

“行，我帮你买二百五十股，一旦涨半克朗我就帮你抛出。”

菲利普头脑中马上算了一下自己能赚多少，最后眼睛直冒光。可是有三十镑啊，像是上帝专门送给他的。他早就觉得上帝欠了自己的，这次来弥补了。第二天早上在餐桌上，他对米尔德丽德说了这件事。她说他就是个笨蛋。

“炒股挣到钱的人我还没听说过，”她说，“埃米尔曾经说过，谁也别想着在股市里发财。”

菲利普回家路上买了份晚报，直接翻到股票栏。他对股票一抹黑，半天才找到马卡利斯特所说的那只股票。当他看到这只股票已经涨了四分之一时，他差点叫出来。这时他突然担心马卡利斯特会不会根本没当回事，或者因为别的原因没帮他买，他紧张起来。马卡利斯特之前说过会给他发电报，想起这个，他等不及电车来到，奢侈地叫了辆马车便回家了。

“今天有没有我的电报？”他一进屋就急切地问。

“没有哦。”米尔德丽德随意地回道。

他一下子就瘫在椅子上。

“他没有帮我买，他妈的！”他恨恨地骂道，“真他娘的气人！我今天一天都在盘算着怎么用这笔钱。”

“你想怎么用这笔钱？”

“现在说这些又有什么用？可我真的很需要这笔钱啊！”

米尔德丽德突然笑起来，并递给他一份电报。

“故意逗你的，我已经看过了。”

他赶紧从她手里将电报拿过来。马卡利斯特没有食言，给他买了二百五十股，和当初约定的一样，涨了半克朗时抛了。相关票据和钱明天就会收到。菲利普刚开始还有些恼怒米尔德丽德的玩笑，后来便只顾得高兴了。

“你不知道这笔钱对我有多重要！”他说，“你想要买条新裙子吗？”

“我早就想要一条新裙子了。”

“现在我告诉你我是怎么打算用这笔钱的，我要马上做手术。”

“你身体有什么问题吗？”她有些惊讶，并突然想到他或许正是因为那方面有什么毛病，才会一直拒绝她。

菲利普一时脸色有些红，他痛恨跟人说起自己的残疾。

“不是的，是医院说我的脚可以治好，以前没有时间，现在好了，我十月份才到医院做包扎工，手术完了我在医院休息几个星期，之后咱们再到海边玩一下。这样一来，你、我还有孩子都可以高兴一下。”

“我们去布莱顿怎么样？我很喜欢那个地方，那个地方的人都是些有身份的人。”米尔德丽德急切地说。

菲利普本打算去的是康沃尔的小渔村，听她这么一说，才想在那里米尔德丽德估计要烦透了。

“有海就可以，别的无所谓。”

他也不知道自己怎么了，突然特别渴望看到大海，他想象着自己自由自在地在大海里扑腾的情景，感到一种由衷的兴奋。

“一定会很快乐的我们！”他由衷地说道。

“就像度蜜月似的？”米尔德丽德问，“菲尔，你准备花多少钱给我买裙子？”

94

菲利普曾做过雅各布医生的助手，做敷裹员的工作，他希望这位外科医生能够帮他治疗一下跛足。雅各布非常高兴地接受了菲利普的请求，他本就致力于研究跛足，只可惜人们并没有太过注意这种病症，这正好也能为他近来在写的一篇论文提供些材料。手术之前，雅各布就对菲利普说了实话，他不可能把这只跛足治得完美无瑕，但是一定会比现在好。又说，经过手术治疗，尽管还会有些跛，但是一定能脱掉那丑陋的靴子。菲利普曾经真诚地向上帝祈祷，渴望上帝能让他变得和正常人一样，一回想起那种画面，他就会嘲笑自己的天真。

“我没想过能出现奇迹。”菲利普回答道。

“你将这只跛足交给我全权为你医治，这种做法无疑是十分明智的。等到你开始做医生的时候，这只跛足会给你带来困扰的。一般人的想法非常奇怪，即便是病得连命都要保不住了，也不肯就医。”

菲利普住的是一间单人病房。在病区外面楼梯的大平台上，总会有一个专供特殊病人使用的单人病房。在菲利普没有彻底康复之前，雅各布先生是不允许他下地走动的，因此，他在这病房里住了有一个月的时间。手术十分顺利，菲利普得以安心地在床上养着。在这期间，劳森和阿特尔涅都专门过来探望过菲利普。还有一回，阿特尔涅太太还专程带着两个孩子来看他。一些熟悉的同学也会抽空过来和他聊聊天。米尔德丽德每周都会过来陪他两次。菲利普是

那种但凡受到别人的关心与体贴就会心存感激的人，这回住院被大家这么照顾，都要感激涕零，无以言表了。他现在觉得无忧无虑，也不再忧心钱不够花、期末考试会考砸这些事情了，好像这些事情都变得无足轻重了。他现在竟有了个可以专心致志看书的好机会。自从米尔德丽德搬来之后，她时不时会来打扰他，让他不能专心看书。有些时候，他正在集中精神思考一些难题，米尔德丽德却在旁边喋喋不休地说开了，菲利普也听不进去她到底在说些什么，可他若是不答话，米尔德丽德是绝不会放过他的。又有些时候，正当他准备认真阅读时，米尔德丽德又来了，请他帮忙干些拔瓶塞子、钉相框之类的杂活，总是她自己做不了的。

八月，他们计划去布莱顿度假消暑。菲利普打算在那期间住在旅馆里，米尔德丽德一听，却说，她还是得干活。她跟菲利普建议道，不如租住在食宿公寓，这样一来她就不用做家务，能享受一次轻松的假期啦。

“平常顿顿饭都得我来做，我真快烦死了，这次出门想过几天不一样的日子。”

菲利普只得同意了。米尔德丽德正好和肯普镇上的一家食宿公寓有些联系。要是在那儿住，一个人一周下来还不到二十五先令呢。他们决定由米尔德丽德提前写信过去预订房间。当菲利普回到公寓后，却发现米尔德丽德压根儿就没有提前写信过去，他郁闷极了。

“我真不知道你天天在忙些什么。”他一点儿没给米尔德丽德好脸色。

“我也总有忘记的时候啊，可即便我这回忘了，你也不能怪我啊。”

菲利普不想在伦敦多待一刻，迫切想到海边去，他不愿再浪费时间同那食宿公寓的女主人联络。

“到时候就把行李存放在车站的行李寄存处去，我们先步行过去看看还有没有空余的房间，如果有的话，我们可以叫一个脚夫过去取行李。”

“你自己决定吧。”米尔德丽德没好气地说道。

她这人就是受不得别人说她一句不好，怒气冲冲地坐在那里，半天不吭声，盯着菲利普忙进忙出地收拾行李。八月间，阳光异常毒辣，狭窄的公寓如桑拿房一般，外面街道上还不断升腾起一股股刺鼻的恶臭。当他躺在病床上，整日面对着一面单调的红墙，他想象着自己身处大海边，让海边潮湿的空气充满整个胸膛，让腥咸的海水浸透自己的衣衫。对大海的渴望是如此急切，在伦敦停留的每一秒都让他焦躁不安。米尔德丽德看到布莱顿大街上来往不断的游客，顿时一扫郁闷，心情好了起来。坐在马车上，即将到达肯普镇时，两人都为即将到来的惬意时光而兴奋不已。菲利普慈爱地轻抚着孩子的脸蛋儿。

“在这儿度上几天的假，她的小脸肯定被养得白里透红。”菲利普含笑说道。

到达食宿公寓门口，他们付过车钱。听见马车声响，一个不修边幅的女人开门走了出来。菲利普问起空房间，那女人却不清楚，还得进里面问问才知道。不一会儿，公寓女主人走了出来。那是一个身体肥胖、满脸精明的女人，从头到脚地仔细打量了他俩一番后，才问及他们需要什么样的房间。

“我们需要两间单人房，最好在其中一间提供一个摇篮。”

“两间单人房怕是没有了。不过还剩一间大双人房，摇篮也是可以提供的。”

“那样的话会有些不方便。”菲利普说。

“这周一过就可以再空出房间给你们。现在布莱顿的游客实在太多，你们就挤一挤吧。”

“也就在这儿待几天，菲利普，我们不如就凑合住上几天吧。”米尔德丽德接过话头说道。

“两个房间还是方便一些。能帮我们介绍附近别家食宿公寓吗？”

“可以啊，不过我想他们那儿的情况不一定比我们这儿好。”

“方便告诉我们那儿的详细地址吗？”

那个胖女人用手指了指前面那条街。他们即刻离开这里，去寻找下一家食宿公寓。别看菲利普刚经历过手术，走起路来却很快，尽管他是拄着拐杖的。米尔德丽德紧跟在后面，怀里还抱着那孩子。

两人无言地向前走着，米尔德丽德越想越委屈，竟哭了出来。菲利普听到哭声，顿觉手足无措，本不打算搭理她，可她越哭越伤心，丝毫不见停止的迹象，非得菲利普注意到她不可。

“能借你的手帕一用吗？我抱着孩子没法伸手拿自己的。”她哭得一抽一抽的，别过脸不愿看菲利普。

菲利普一言不发地把自己的递给了她。米尔德丽德擦干泪水，见菲利普没有一句关心之词，便有些恼了，说道：

“我身上一定是有传染病，碰不得！”

“有话好好说，别在大街上吵架好吗？”菲利普说道。

“你不觉得你的行为很可笑吗？你为什么非要两个单人房？别人会怎么想我们？”

“那是因为他们不知道我们俩的关系，否则他们一定会赞扬这种做法很有操守。”菲利普说。

米尔德丽德一听，斜眼看着菲利普。

“你总不至于跟别人说我们并不是夫妻关系吧？”米尔德丽德立刻问道。

“这倒不会。”

“那你为何不能跟正常丈夫一样和我同房睡呢？”

“米尔德丽德，这我现在真不知道该怎么跟你说。但你要知道，我绝没有看不起你的意思。我有我的坚持，尽管它看上去愚蠢至极，可这种坚持比我想象中的更加顽固。从前我是那样全心全意在爱你，可现在……”他突然停了下来，“无论如何，这种情感的事情没法解释清楚。”

“别拿这些话来哄我了，你压根儿就没爱过我！”米尔德丽德歇斯底里道。

按照那女老板的提示，他们终于找到了那家食宿公寓。一看才发现，这家公寓的经营者是个尖酸刻薄的老女人。那女人长着一双闪着金光的眼睛和一张得理不饶人的嘴。她提供给他们两种选择，一种选择是一间每人每周需付二十五先令的双人房，小孩子要另付五先令，还有一种选择是两间单人房，算下来每周要多付一英镑还多的房钱。

“租金定得这么高，我也是没办法，”那老女人满脸歉意，“如果有需求，我完全可以在单人房中放置两张床。”

“付这些租金对我们来说还是不成问题的。对不，米尔德丽德？”

“我都无所谓啦，能享受到这种待遇我还得谢谢你呢。”她回答道。

菲利普一听这话就感觉很郁闷，可他不打算搭理她。女房东差人去火车站取他们的行李，他们俩得以在旁边坐着等待。这时，菲利普才感觉刚动过手术的那只脚有些痛感，他把那只伤脚放在凳子上，长长地舒了一口气。

“我们俩现在坐在一个屋子里，你是不是也觉得难受极了？”米尔德丽德赌气说。

“我们和和气气的不好吗？”菲利普温和地说道。

“你真是钱多到放不住了，每周多掏一镑的房钱都不在乎。”

“不要生我的气。你得知道，只有这样，我们的关系才能维持下去。”

“你心里肯定看不起我，嫌弃我。”

“你怎么能这样想呢？我没有理由看不起你。”

“我们现在这样真是荒谬极了。”

“可是，你心里并不爱我，不是吗？”

“你说我？你觉得我是一个怎样的人。”

“我觉得你是一个不愿轻易为别人付出感情的人，你压根儿不是一个多情的女人。”

“你说这话也太看不起我了吧。”米尔德丽德脸色变得很差。

“哼，如果是我，才不会为这种话而感到难堪。”

这家食宿公寓的客人不多，一共十多位。饭点时，他们全都来到一间狭小昏暗的餐厅中，在一张长条状的餐桌前围坐着用餐。女房东在桌子的一头坐着，将食物分派给每个人。不管是从色泽还是味道来说，这些食物没有丝毫可赞之处，可那女房东却口口声声称赞这些东西是美味的法国大餐，可这明明是些糟糕的原材料兑上些奇怪的调味料：该用鲽鱼的却用了更为廉价的箬鳎鱼，新西兰老羊肉说成是羊羔肉。厨房空间狭小，走动很不方便，等饭菜端上来的

时候，差不多都没热气儿了。这些房客也是各样人物都有，有位老妇人，陪伴着她那年龄不小却仍未嫁人的老姑娘；有年龄不小仍未娶妻的老光棍儿，言行举止故作清高、引人发笑；另外还有些中年职员和他们的老婆们，他们乐于向别人讲述自己已出阁的女儿和他们的在殖民地混得很好的儿子。这些人生性愚钝却个个自命不凡。他们一边用餐一边谈论着科雷莉的新小说，为小说中人物而争论不休。不一会儿，米尔德丽德和那些太太们聊得颇为熟络了，她骄傲地说起了她同菲利普那段浪漫的婚姻之路。她说道，那时候，菲利普还是个学生，却要和她结婚，这让菲利普的家人生气极了，一怒之下他的家人——德高望重的乡下绅士——就将他的继承权给剥夺了；至于米尔德丽德的父亲——一位德文郡的地主——因为他俩的婚事也恼羞成怒，索性再不管她。这便是他们在这种廉价的食宿公寓中租住还没给孩子找一个保姆的原因。他们之所以租了两间房，是因为习惯了舒适的居住环境，不愿意在一间小房间里挤着。其他客人也都各自说着租住在这种食宿公寓的缘由。有一个单身男人，惯于在大城市度假，而且总是住在豪华旅馆，可他喜欢热闹，在那里总是没有知心的旅伴。那位陪伴着老姑娘的老妇人正在伦敦建一栋豪华别墅，可她却建议女儿：“格文妮，我的宝贝儿，今年我想来点儿不一样的，不如我们去穷游一番感受感受。”所以，菲利普才在这里见到了她们，虽说这种贫穷的生活让她们觉得很不适应。米尔德丽德不喜欢这群人在那儿摆架子装阔，她觉得他们太做作了。她欣赏的是那种真真正正的体面人。

“但凡一个人成了淑女或者绅士，”米尔德丽德说道，“我就喜欢他们作为淑女和绅士。”

菲利普没法理解这种话。可他总是听到米尔德丽德对其他人说这话，而且对方总表示十分赞同，这让他怀疑是不是因为自己太笨了，所以才听不懂。这次是他们头一次整日待在一起。在伦敦的时候，他白天不在家，晚上到家后只同她说上几句话——有关家务、孩子和邻居们的事情，然后他总是继续忙他的功课直到休息时间。可现在，他们整天都要在一起。用过早餐后，他们两人慢慢走到海边，在海里游游泳，在沙滩上吹吹海风，早上时间总是过得很快。等到太阳快落山，把孩子哄睡着后，他们就来到海边的码头上度过美好的夜晚。在那里让菲利普觉得轻松愉快，不断有美妙的音乐飘飘荡荡地传到他的耳朵里，而面前不停经过各式各样的人（菲利普想象着这些人的职业与生活，自娱自乐地暗自为他们编些故事。现在，他练就了一种本领，能一边回应着米尔德丽德，一边任自己胡思乱想），可下午那段长长的时光却不好打发。两人闲坐在沙滩上，米尔德丽德说着不能辜负“布莱顿博士”带给他们的恩惠。她总是在一旁絮絮叨叨地说个没完，让菲利普不能集中精力来看书。要是菲利普不理她，她还会不高兴呢。

“哼，赶快放下你手里的破书吧。你这样看个不停有什么用呢，我觉得你是越看越傻了，迟早会变成个糊里糊涂的大傻子，菲利普。”

“瞎说什么！”他生气地说。

“眼睛都不知道从书上挪开一会儿，你这样对人家也太不礼貌了吧。”

菲利普觉得和她聊天实在痛苦。她太容易走神，明明自己在说着话，面前经过一条狗，或是一个打扮得花枝招展的男人，总能把她的注意力吸引过去，聊起天儿来东一句西一句的，怪没意思。过不了多久，她又把自己说过的话忘得一干二净。她记性也不好，总是想不起来别人的名字，可她偏偏爱较真，非说出来名字不可，所以总在讲话的过程中忽然停下来，搜肠刮肚地要把那名字从脑子里搜罗出来，有时候，想了半天也想不起来，只好放弃。之后聊着聊着忽然又想起来了，这时不管菲利普是不是在说话，总会抢过话去：

“科林斯，就是这个名字。我就知道我一定能想起来。科林斯，我刚刚就是在想这个名字。”

菲利普恼怒得不行。他发现，他说什么她都不用心听，可她讲话时菲利普要是不应答的话，她就该抱怨了。对于抽象概念，她无论如何也没办法理解。当菲利普将一些形象的事物归纳成抽象的概念时，她的厌烦立刻就写到了脸上。米尔德丽德夜间总会做梦，她还能清清楚楚地记得那些场景，第二天就会在菲利普面前不厌其烦地絮叨着自己的梦。

那天早上，索普·阿特尔涅寄来了一封信，内容丰富。阿特尔

涅家正在度一个与众不同的假期。他选择的度假形式与别人不同，也充分显现了他非凡的性格。他们的这种度假形式已有很长的历史，约莫十年了。他们一家人一同来到一片位于肯特郡的蛇麻草原野之上，阿特尔涅太太的家乡便在这附近，一家人收割蛇麻子草的活动将持续三周。这样下来，他们不但能免费地滞留在这美妙的田野中，还能顺道挣些钱。阿特尔涅太太高兴极了，因为这里离她的故乡是那样近，这样他们与故乡的关系就更加亲密了。阿特尔涅也为此感到自豪，在信中特别向菲利普提到这种特别的意义。在辽阔的旷野中，他觉得一切都是那么生机勃勃，这像是一次魔法宴会，让他又回到年轻的时候。在此之前，阿特尔涅就曾兴味盎然地向菲利普描述过这种特别的度假方式。同时，阿特尔涅在信中提到，他希望菲利普能到他们那儿玩个几天，他对于莎士比亚和奏乐杯的感想正无人可诉，孩子们也都非常思念菲利普。下午的时候，菲利普与米尔德丽德一同闲坐在沙滩上，他忍不住又拿出那封信读了一遍。他心中也十分挂念热情的阿特尔涅太太——那位慈爱的养育了九个孩子的母亲；挂念着莎莉，她年龄虽小，心智却颇为成熟，身上散发着一种慈母的光芒，又是那样威严，她额头饱满，脑后垂着一根长长的辫子；还挂念那群活泼可爱的孩子们，整日里都无忧无虑、嬉笑打闹。他巴不得现在就飞到他们身边。他们那种独特的仁慈的气质，让他们看上去那样与众不同。直到此刻，菲利普才明白自己的一颗心早已被他们那种光芒万丈的高尚品格所虏获了。按照菲利普的那一套原则，他并不相信世上还有仁慈这种品格的存在，因为如果所谓的道德只是去尽可能地给予别人方便的话，那也就没有再区分善恶的必要了。他总是要让自己富有逻辑性地去思考，可他们的仁慈却是那样的打眼，自然而然地就流露出来了，并且是那样的美不胜收。在他陷入沉思的这段时间，他把那封信一点一点地撕成碎片。他不知道怎么能抛下米尔德丽德，而他又不可能也不情愿带着米尔德丽德一块儿去。

这个下午，阳光毒辣，万里无云，他们找了一个背阴的地方躲着。孩子坐在沙滩上玩着小石头，好像不知疲惫似的，一会儿又挪到菲利普跟前，把一块小石头送到菲利普手上，随后又把它抠回去，慢慢地将它摆放在沙滩上。她玩的是一种神秘莫测的游戏，规则只有她一个人知道。这时候，米尔德丽德已经在一旁呼呼大睡，仰着脸，嘴张开着，两腿很不优雅地张开着，脚上的鞋子零乱地顶起衬裙。从前他只会漫不经心地扫她一眼，从不会像现在这般凝神盯着她看，此刻他感觉有一股神奇的情感油然而生。几年前他曾那样疯狂地迷恋她，那种痛不欲生的情景他至今仍记忆犹新，可为何现在他能对她这般冷淡，他实在想不明白。想起这种反复无常的情感，他觉得有些痛苦，那时候他遭的罪算是白受了。以前，只要他的指尖能触碰到她，他心中的那份喜悦简直无法形容；他过去甚至渴望能钻到她的心里去，这样他就能和她使用一个脑子，理解她的每一丝情感。若他们都无话可说，她但凡说上一句话，总能显示出他们的观念无一丝相同。那时，他痛恨这种人与人之间的不同，他对这种沟通的障碍做出过奋力的反抗。也是因为如此，他简直痛不欲生。他曾那样地爱过她，可如今，对她却完全不存一丝情感。他甚至觉得悲哀。有些时候，他真痛恨米尔德丽德。她不思进取，在生活的经验中不知道吸取任何教训，还是粗俗不堪。他听到她粗鲁地对待那位食宿公寓里的女用人，这女用人早已被沉重的工作折磨得十分痛苦，他对米尔德丽德这一做法十分厌恶。

一转念，他又开始规划着自己以后的道路。这四年的学业完成之后，他才能去参加妇产科的考试，之后再经过一年时间，他便能够取得医生资格。然后，他一定得想法子进行一趟远途的西班牙旅行，去亲身感受一下那在照片中才出现的美好风光。就在此刻，他又想到了那位深不可测的埃尔·格列柯，他暗想，一定能在托莱多找到埃尔·格列柯。他从未想过去过那种奢侈的生活，可一旦有了那一百英镑，他就能在西班牙停留半年时间。如果马卡利斯特再帮他赚上一百英镑，他就能够顺利实现自己的计划。那些风光旖旎的城市和卡斯蒂尔那片褐色平原，总让菲利普心向往之。他从不怀疑他能在现实生活中寻找到更多的乐趣，他知道到西班牙后，他的经济情况可能会更加糟糕：或许他能在那历史悠久的城市里治病救人，那儿有很多途经或者定居的外国人，他完全可以想办法在那儿挣些钱。这些都还远着呢。在那之前，他得设法在几家医院里积攒些工作经验，这有助于今后找一份稳定的工作。他想做一名随船医生，在那种不设定期限的长途航行的货船上，最好自己能分得一个住处。这样的货船会不定期地在某个地方停下来装卸货物，他可以趁机在当地饱览风光。他希望能有机会去遥远的东方走一趟。在脑海中，他想象着曼谷、上海和日本海湾的独特景观。他渴望去看看那满是棕榈树的地方，明亮的天空烈日炎炎，那里的人们皮肤黝黑，宝塔庄严地耸立着，那种神秘的东方特色深深地诱惑着他。他渴望着有朝一日能亲自踏上那片土地。

米尔德丽德睁开了眼睛。

“我竟然睡着了，”她说道，“哎，这个该死的妮子，看你干的好事儿。菲利普，你看她那衣服，昨天才刚换的，看看现在成了什么样子！”

95

旅行归来后，菲利普来到外科病房做起包扎的活儿。实际上，他对内科更感兴趣，内科注重经验积累，人们的想象力可以在这里发挥出更大的用处，更何况，在外科病房中干的活儿比内科的要更加辛苦些。上午九到十点，是上课时间。一下了课，就要马不停蹄地回到病房进行工作，像包扎伤口、拆线、换绷带这样的活儿都要干，一刻都不得闲。菲利普对自己换绷带的技术还是非常自信的。对于护士的几句称赞，他内心是十分高兴的。每个星期，总会有几台手术在下午时分进行，这时候，身穿白大褂的菲利普就会在手术示范室的助手位置上站定，做着些为主刀医师递器械的工作，间或把污血用海绵擦去，以免挡住主刀医生的视线。遇上个把疑难杂症，手术示范室中总会站满了人，可一般只让几个学生在场观看。手术室静悄悄的，这种氛围让菲利普觉得十分惬意，随后手术就在这种气氛中展开了。那个时候，阑尾炎好像格外流行，手术室中躺着的病人多半都是要切除盲肠的。菲利普正好在跟随一位外科医生做裹敷员的工作，这位医生在同自己的一名同事进行着一场友谊第一的比赛，看谁切除盲肠的速度快、切口小。

后来，菲利普被分配到了去负责遭遇事故的急诊病人。裹敷员们会被轮流指派到这个岗位上，每次连干三天。这时候，他们必须一天二十四小时在医院待命，在公共休息室用餐。在一楼临时收容室附近的一个房间便是他们的休息之所，白天房间中的床叠放在壁橱中。当班的敷裹员们不分昼夜，时刻待命，一有病人送来就要立刻去照料，非常辛苦。夜间，每过个把小时，头顶上方悬挂的那个铃铛便会叮叮当当地响起来，这时，敷裹员们便会下意识地从床上蹦起来。最忙的时候要数星期六夜里了，只要酒馆一关门，医院中就会一片混乱。警察们送进一串醉汉来。他们就要立刻用胃唧筒把他们喝进去的酒再抽干净。被送进医院里的女人们情况更加糟糕，她们被丈夫们暴力相向，被打得头破血流。有些女人不甘心，发誓不把丈夫告上法庭决不罢休；有些则羞愧难当，谎称自己遭遇了交通事故。总之，什么样的情形都会出现，这时候，但凡是敷裹员自己能够处理的就尽力去处理，实在处理不了，才会去请住院医生。除非是迫不得已，敷裹员们是不愿意去请住院医生的，因为无利可图，那些医生们可不愿意下楼来看病。在医院里，可以看到各种各样的病人，无论是切断了手指头的，还是割断了喉咙的。有被工厂机器压坏了双手的小伙子，有在马路上被车撞倒的路人，有玩闹时不小心受了伤的小孩子，他们无一例外地都被送到医院里要求包扎。有时，警察还会带来自杀却没死成的人。菲利普只看见一张惨白的脸，痛苦的眼睛圆睁着，嘴里还不停地吐出鲜血。过了几周，有次菲利普在病房中负责一位警官。那位警官醒来后惊奇地发现自己竟还没死，整日里不同别人说话，满脸凶狠和愤怒，还大声嚷嚷着一出院还会自杀。病房被病人占领了，再塞不下一个病人，警察继续把伤患往这里送，住院医生手足无措，不知怎么办才好。一旦要求把病人从火车站中转到别的医院进行治疗，病人却在火车站死了，各家报纸会争相报道，那些舆论可没有那么好对付。可总会有那种病人，让医生们难以判断他们是快要死了还是醉得不省人事。除非是累得精疲力竭，否则菲利普是不会躺在床上睡的，免得还没躺多久又会被叫醒，那才是最难受的。他得空时，就到急救室陪夜班的女护士聊天借以打发时间。那女护士长得跟男人似的，长了不少白发，在

急救部一干就是二十年。她偏偏喜欢这份工作，因为她觉得这是她可以自己拿主意的地盘，不论她怎么做都不会有其他护士来妨碍她。她干起活来看上去慢吞吞的，可却十分卖力，在面对病危病号时从未出过岔子。那些初来乍到或者胆小怕事的裹敷员们，一看到她就仿佛是吃下了一颗定心丸，立刻信心满满。她所共事过的裹敷员起码有成百上千个，可她从不费心去记住他们，统一称呼他们为布朗先生。他们抗议过，纠正她并告诉她自己的真实姓名，当时她点头表示记住了，可随后还是喊他们布朗先生。她那房间布置得简单极了，只有两把长椅，表面是马毛衬布，还有一盏昏黄的煤气灯。菲利普总是兴趣盎然地坐在旁边听她说话。在她眼中，医院里的那些病人已不是人了，无非是一些酒鬼、断了的胳膊和割破了的喉咙。她看待这世上的病痛、悲伤和残酷就跟看待人的一日三餐一样，没什么值得动感情的地方。所有这一切都是客观存在的。她的冷血却有种莫名其妙的幽默感。

“曾经我遇上一个自杀的人，我现在还记忆犹新，”她对菲利普说道，“那人为求一死跳进了泰晤士河。人们将他捞了起来送到这儿来。十天之后，他感染了伤寒，因为喝了泰晤士河水。”

“之后呢，他死了吗？”

“没错，最后他还是死了。究竟他是不是自杀，谁也搞不明白……真是有意思，竟会自己寻死。我还记得一个人，丢了工作，老婆也死了，他把全部衣服当了换了些钱，买了把左轮手枪。他把自己弄得人不像人，鬼不像鬼，把一只眼睛打瞎了，还没给自己打死。你绝对想不到，他后来竟觉得这个世界还是有美好的地方，虽然他瞎了只眼睛，脸皮也少了一块。从那之后，他的小日子过得还不错。我注意到一件事情，那就是断不会有人因爱情而自杀。这种情节都是那些写小说的人胡编乱造出来的。他们大多是因为没钱才选择自杀。这真是让人想不通。”

“这么说来，爱情竟抵不过金钱的分量。”菲利普说道。

那时，他脑子里成天都在想着钱的事儿。以前他天真地以为两人的花销比一个人不会多多少，现在才发现那差得远呢。他现在因为自己花费之多而忧心不已。让米尔德丽德料理家务，那花费竟同每日里去餐馆吃饭一样多了。而且，米尔德丽德总会找各种借口来花钱，得给小孩子买鞋子啦，还要买些她必须要用的小物件啦，零零星星，不胜枚举。从布莱顿旅行回来之后，米尔德丽德信誓旦旦地说这次一定要找份工作来做，可迟迟不见动作。几天之后，终于得了场重感冒，她得以半月卧床不起。等病好利索了，她去应聘了几次，要么是迟到了位置让别人占了去，要么是活计太重她干不来，都以失败告终。有一回，有个职位主动找上了门，一周有十四先令薪水可以拿，可她却觉得那点儿工资太寒碜了。

“要是开那么点儿工资就去干的话，最后不会有好结果的，”她给自己找起了理由，“如果你轻贱了自己，别想人家会看得起你。”

“可我觉得每周十四先令很不错了。”菲利普无语地辩驳了一句。

菲利普想着若是每周多个十四先令，他手头的花费就会少一点。米尔德丽德不断暗示菲利普，说她到现在都没有找到工作的原因，就是因为当她去面试的时候，连一件好点儿的衣服都没有。菲利普没法，只得给她买了件。后来她又出去面试了几回，可菲利普心里清楚，她压根儿不是正儿八经想找份工作干，她现在是啥活都不想干。菲利普能想到的赚钱方法只有一个，那就是股票交易。夏天的那次投资，让他知道了其中的好处，现在他又迫切想再捞上一把。然而，却打起了仗，南非所有的交易都瘫痪了。据马卡利斯特说，一个月内，雷德弗斯·布勒就要进军南非一个战略要地，那个时候，股票一定会大涨。现在他们唯一能做的就是等待，等英国一开始反击，势必会使物价下滑，那时候他们就伺机买入低价股票。菲利普手中不停翻着他常看报纸中“小城杂谈”的专栏报道。他心乱如麻，火气很大，脾气像火炮似的一点就着。有几次，他对米尔德丽德说话时语气稍微重了些，可米尔德丽德恰巧也是不知体贴的人，当时也炸了起来，最终两人大吵一架收场。事后，菲利普依然对自己的乱发脾气感到悔恨和懊恼，可米尔德丽德得理不饶人，之后好几天时间，硬是装腔作势，成天拉着个脸，故意不去打扫房间，还把起居室搞得乱糟糟的，想方设法不让菲利普好过，让他片刻清闲也不得。菲利普满心牵挂着战争走向，一天到晚地翻阅着报纸，可她像是对什么都不在乎似的。她认识了街上的一些人，其中一位太太问她要不要帮忙

叫副牧师来看看。米尔德丽德便戴了一只结婚戒指，对外宣称是凯里太太。公寓的墙壁上有几幅画作，是菲利普在巴黎时期的创作，有两张画的是女人的裸体，另外一张画的则是米格尔·阿胡里亚。在画中，米格尔·阿胡里亚紧紧攥着双拳，两腿分开地傲然挺立着。这几幅画作都是菲利普最满意的作品，他有意拿出来挂在墙上，这样自己就能时不时抬头欣赏欣赏，一看见它们就勾起了自己那段巴黎之旅的美好回忆。而米尔德丽德看这几张画却分外不满意。

“菲利普，你把那几幅画收起来吧，”一天，她终于忍不住向菲利普开口说道。“昨天下午，住在十三号的福尔曼太太过来拜访，我都不知道看哪里好了。我看见她两只眼睛紧紧盯着墙上那些画。”

“那些画挂在那里有什么问题吗？”

“那几张画挂得很不合适。我觉得这好好的房间里竟挂了这几张裸体画像，真是让人讨厌。而且这对孩子的影响也不好。她都慢慢长大啦。”

“你这人真是庸俗不堪。”

“庸俗？我这分明是品位高雅好吗。这几幅画，我一直不好意思跟你说而已，你以为我天天盯着那几张裸体我心里有多舒服啊？”

“米尔德丽德，你身体里竟一点儿幽默感都没有吗？”菲利普语气冷漠地问道。

“我看不出来我们谈论的这件事和我有没有幽默感有一分钱的关系。我巴不得现在就把它们摘下来。你知道我对这几幅画有什么看法吗？我告诉你，它们让我恶心得想吐。”

“我不想听你的看法，我也不许你伸手碰它们。”

每次他俩吵架生气，米尔德丽德就会把孩子当成出气筒，借此让菲利普难受。小女孩儿与菲利普互相喜爱。她的快乐就是，每天早上爬进菲利普的卧室（她如今两岁了，已经学会走路），然后被菲利普抱进被窝里。遇上米尔德丽德阻止她爬过去，她准会难过得大声哭起来。菲利普不忍心，刚没说几句，就被米尔德丽德顶了回来：

“我觉得她这个习惯坏得很。”

这时候，如果菲利普想再说些什么，她准会说：

“我管我的孩子，轮不到你在那儿指手画脚。别人要是听见，还以为你是她亲爹呢。我是她亲妈，还不知道什么是为她好吗，我管自己的孩子有什么不对吗？”

米尔德丽德这种不分青红皂白的个性，让菲利普哑口无言，满腔怒火。不过，近来菲利普对她没上过什么心，也就没心思去生她的气。对她总是在身边转来转去，菲利普也没什么感觉了。很快就到了圣诞节，菲利普得到一个短假。他从外带回几个青松，把房间装饰得很有节日氛围。节日当天，还给米尔德丽德和她的女儿送了几件小礼物。他们就两个大人，吃火鸡是不可能了。可米尔德丽德还是做了只小烧鸡，煮了一块圣诞布丁，这些都是她从街上的食品店里采购的。他们二人还开了一瓶葡萄酒。用过晚餐，菲利普坐在炉火旁边的安乐椅中，怡然地抽着烟斗。他不太习惯喝葡萄酒，没喝多少，可却让他忘却了近来关于金钱的烦心事儿。他觉得舒服极了。没多久，米尔德丽德过来对他说，孩子想让他吻她。菲利普微笑着走进了米尔德丽德的卧室。然后，他将小女孩儿哄睡着，用手关掉煤气灯。他起身离开卧室，担心小女孩害怕，就把门敞开着。他又回到起居室。

“你坐哪儿？”他问米尔德丽德。

“你还坐在安乐椅上吧，我坐地上就好了。”

菲利普重又坐到了安乐椅上，米尔德丽德面朝着火炉，背靠着他的双腿，席地而坐。这种情景勾起了菲利普的回忆，他想起了那时在沃克斯霍尔大桥那儿居住时的情形。当时，他们两人的相处情景与现在多么相似，唯一不同的是两人的位置变了。那个时候，菲利普也像这样坐在地板上，把头依偎在米尔德丽德的双腿上。他当时是那样地爱着她！他好似体会到了她身上那种温柔的感觉，就像孩子柔软的手臂搂着他的脖颈。

“你这么坐着舒服吗？”菲利普问道。

米尔德丽德抬眸看向菲利普，笑容甜美，微微颔首。他们俩都似陷入梦幻一般，看着壁炉里燃烧的火苗，都不作声。过了好久，米尔德丽德突然转过身来，双目闪烁地凝望着菲利普。

“自从我搬到这里来，你竟从未吻过我。你还记得吗？”她说道。

“你想要我的吻吗？”菲利普反问她。

“我知道你再不会像从前那般喜欢我了。”

“我很喜欢你。”

“你喜欢我女儿多一些。”

菲利普不答话，米尔德丽德把脸紧贴向他的手掌。

“你还生我的气吗？”然后她又问，眼睛低垂着。

“我有什么理由生你的气呢？”

“我从不曾像现在这么喜欢着你，这中间我经历了多少艰辛啊，直到现在我才学会如何爱你。”

一听这话，菲利普眼中的那一抹柔情顿时消失得无影无踪。这些词语都是她阅读那些垃圾小说中学来的。他对这些话表示深深的怀疑，她心里当真是那么想的吗？想来她只会借《家政先驱报》上那些华而不实的言语来表达自己的感情，可当中又有几分是发自内心的呢？

“我们俩现在的生活方式，真是让人无法理解啊。”

菲利普沉默了很久，两人又都没了言语。他心想，她竟还没有断了这种念头。他最终还是开口说话了。

“别生我的气。我也很不希望这种事情发生。我明白过去我一厢情愿的做事方式你不欣赏，我就觉得你无情无义，那都是我太傻的缘故。那时候你根本不爱我，我却为此而恨你，这是不对的。过去我以为自己只要努力争取，终会让你爱上我，可现在我知道了，那根本是异想天开。我不懂一个人为什么会爱上另一个人，可不论是因为什么，总有一个关键性的条件，如果没有这个条件的话，就算这个人人品再好，出手再阔绰，也是不可能被那人爱上的。”

“我怎么就没想到，如果你从前是真心爱我，那你现在不可能对我一点儿感觉都没有。”

“我也早该想到。我清楚地记得，以前我坚信真正的爱情将是永恒不变的。那时，我无法得到你的爱，我竟想到要死。我常常会想，终有一天你年老色衰，被所有人抛弃的时候，我才能拥有陪你到天荒地老的机会。”

米尔德丽德沉默无语。然后，她站起身来，说想去睡觉了。她朝菲利普笑了笑，怯生生的。

“今天是圣诞呢，菲利普，不愿意吻我一次吗？”

菲利普爽朗一笑，面色红润。他亲吻了米尔德丽德。等她回到卧室之后，他又捧书开始阅读。

96

几个星期过后，菲利普与米尔德丽德之间的关系逐渐恶化起来。米尔德丽德常因菲利普的一句话或是一个动作而满腔怒火。她心里五味杂陈，感情变得越来越复杂，可她就是有本事随心所欲地调整着自己的心情。她经常自己一个人，默默地考虑着当下的情形。她从未曾将自己内心的情感一股脑地展露在菲利普的面前，实际上那究竟是些怎样的情感，她都没能力去理清楚，可脑子里的有些想法她却是清清楚楚的。所以她就来来回回地思考着这些事情。她常常不认同菲利普的一些处事方法，内心并不是真的喜欢他，可她又为身边有他而觉得开心，因为他毕竟是一位绅士。她为什么会这样想，无非是因为他做医生的父亲和做牧师的伯父。她心里又很瞧不上他，感觉耍他就跟耍一个傻子一样，这时候他的陪伴又让她觉得很不爽。她没办法下定决心离开他，可她最近总觉得菲利普对她太过挑剔了，心里郁闷极了。

那会儿刚搬来这小小的公寓，她羞愧得无地自容。可在这儿的日子是那样清闲，她做梦都想过这样的日子。能放下房租这个重担，她觉得轻松太多了。她可以不在乎是晴天还是阴天，因为她不必再为吃饭而出去奔波，要是有个伤风感冒，还可以什么都不必管，安心地躺在床上养病。她痛恨自己过去的生活。不管心情好坏，都要笑脸迎人，那样的工作让她感到异常痛苦。即便过去了那么长时间，现在只要一想起男人们的粗俗和污言秽语，她都忍不住要为自己悲惨的身世而放声大哭。不过她已经很少再想那些事情了。是菲利普帮助她远离了那种生活，对此她十分感激。每当她想到，过去菲利普是那样全心全意爱着她，而她却待他那般刻薄，这让她悔不当初。可要是她主动提出和菲利普再续前缘，在她看来还不是小菜一碟儿？可她没想到，菲利普竟然拒绝了她，这太出乎她的意料了，不过她

并不觉得这是多么大的事儿：他既然喜欢端着就随他去吧，反正她无所谓。迟早有一天他会反过来求着自己，到时候就轮到她来拒绝他了。如果菲利普以为他那么端着，她就不能奈他何了，那他就太天真了。丝毫不必怀疑，他是逃不出她的手掌心的。菲利普的性格有时很难捉摸，可这又有什么关系呢？他想些什么难逃她的法眼。菲利普总是喜欢和她吵架，好几次都发了誓再不与她见面，还没过几天呢，就又灰不溜秋地跑过来，跪着请求她的谅解。一想到菲利普在她面前低声下气的样子，她就高兴得不得了。菲利普为了她会甘心躺在地上，让她踩在他身上走过去。她仍记得他号啕大哭的模样。她对于怎么去拿捏他再清楚不过了：越是对他冷漠，不在乎他，他就越无法忍受，不用很长时间，他自己就灰溜溜地跑回来了。她一想到菲利普在她跟前时的奴才相，她就异常兴奋，竟忍不住笑出声来。一想到这些她就没了脾气。她也算见识过够多的男人了，现在对他们也没什么新鲜感了。她几乎算是下定决心要一辈子跟着菲利普了。不管怎么说，菲利普至少还算是个实实在在的绅士，这一点是不容置疑的吧？她压根不用为此而多费心机，也不打算主动迎上去。她发觉菲利普对她女儿的喜爱与日俱增，米尔德丽德为此而窃喜，虽说这看上去很滑稽。真不知道他为何对她与其他男人生的孩子那么喜爱，真是可笑极了。说到底，菲利普这个人是有些异于常人的地方。

可还是有几件让她觉得奇怪的事情。菲利普总是事事都顺着她，她也早已习惯了他们这样的相处方式。从前他恨不得能帮她解决所有问题呢。他总是为自己的一句话而情绪突变，时而欢天喜地，时而懊恼伤心。可现在他却完全不一样了。米尔德丽德自己在那儿琢磨着，快一年了，菲利普对她一如她刚搬来那会儿，竟从未变过。她从不曾想过，菲利普当初对她的炽热感情竟真的发生了变化，在她的脑子里，这种可能性压根儿就不存在，她总觉得自己对他发脾气，而他那样的淡定神态是他故意装给她看的。当她打扰到他读书时，他竟毫不客气地让她闭嘴。每当遇到这种情况，她都惊讶极了，真不知道是朝他发火呢，还是忍受他的脾气才好，搞得她手足无措。还有一次，在他们聊天的时候，菲利普竟说他期望他们两人的关系能保持一种纯粹的精神层面上的爱恋。这时，米尔德丽德脑子里突然蹦出他俩交往时的一件事来，她想着是不是菲利普害怕她受孕。为了这事，她还多次向菲利普许诺绝对万无一失，可菲利普还是毫无行动。米尔德丽德一直以为男女关系就是建立在肉欲的基础上，她永远无法理解菲利普的世界。她更不会想到男人的世界还会有除肉欲外的其他乐趣。她突然想到，会不会是菲利普移情别恋了。因此她暗自监视菲利普，看他是不是勾搭上了医院里的医生或者护士。她对菲利普旁敲侧击，觉得阿特尔涅家的女儿没什么可值得担忧的。她甚至觉得，菲利普与其他医学生没什么两样，和护士们只有工作往来，完全没有意识到性别的问题。他脑海中总将她们与碘伏气味相联系。从不曾有人给菲利普写信，她也不曾在他的书本用具中看到别的女人的照片。如果他现在真的心有所属的话，他肯定会好好珍藏那女人的照片，可他回答起问题来毫无防备，她竟察觉不到一点儿异样。

“他不可能爱上别的女人。”米尔德丽德暗自嘀咕道。

这回她才算放心了。照这么说来，菲利普心里还是爱着她的。可是，他平时对她的态度又该如何解释呢？如果他心里真的没有她，为何当初要让她搬来这公寓与他同住？这也太古怪了！米尔德丽德这种人压根儿想象不到这世界上当真存在着悲悯和仁慈的情感。最终，她下了个结论，菲利普就是有些奇特的地方。她觉得唯一可以解释菲利普言行举止的理由就是，他的骑士风度以及他对女人的敬重。她成天只对那些垃圾小说着迷，脑袋里装满了小说里描述的荒唐事儿，成天不切实际地对菲利普的令她不解的行为做出浪漫的解读。她天马行空地想象着，想象着中间也许夹杂着误解，或是圣火的洗礼，纯洁的心灵，还有在圣诞夜里冻死的人，乱七八糟，数不胜数。她下定决心要在布莱顿度假的时候采取行动，将他的所有犹豫全部清除。在那儿，他们两人就会成天待在一起，别人自会觉得他们是夫妻无疑。而且，那儿的码头和管弦乐队也很美妙呢。可当她意识到，菲利普是无论如何也不愿与她同住一间房，而且用一种特殊的语气和她谈论此事的时候，她霎时明白了，他从没想过要与她的关系更进一步。这时候，她感到前所未有的慌乱。从前，菲利普对她说过的那么多的肉麻话，为她做出的疯狂举止，仿佛是昨天

发生的一样。她自己又羞又恼，这下真不知该怎么办了。可她这人骨子里有一种不可磨灭的傲气，难过了一会儿就将它抛诸脑后了。她心想，菲利普别真觉得自己爱上他了，事实上她压根儿不爱他。有些时候，她甚至恨透了他，真盼着逮住机会就让他尝尝被羞辱的滋味儿呢。可慢慢她发现自己竟毫无还手之力，找不到任何方法来发泄心里的愤懑。在和菲利普相处的时候，她开始变得束手束脚。她甚至还自己偷偷哭过几次。有些时候，她决定以后一定要对他好点儿，可当他们一起外出散步，她想挽着菲利普的胳膊一起走，总会被他想办法抽出胳膊去，好像她的触碰让他觉得多难以接受似的。她怎么也想不通。她慢慢发现，她对女儿的态度最能触碰他的神经，菲利普对她女儿的喜爱真是与日俱增：但凡她动手打自己的女儿，菲利普总会异常愤怒。

每当菲利普看见她抱着女儿站在那儿，他总会笑得很温柔，和过去一样。这是那次在沙滩上一个男人要给她和女儿拍照的时候，米尔德丽德才发现的。自从发现了这一现象，米尔德丽德经常抱着女儿站在菲利普面前，专门让他欣赏这种姿态。

自布莱顿度假回来，米尔德丽德就立刻找起了工作，她认为找份工作易如反掌。那时，她觉得不能一直这么依靠菲利普生活，她幻想着终有一天她用自豪的口吻告诉菲利普，她和女儿将要搬到她们新家时的情景。她觉得那样才过瘾呢。可当工作近在眼前时，她又后悔起来了。如今她早已不习惯长时间工作了，更不想任人支使，她骨子里的那股自尊心让她对制服深恶痛绝。她曾对邻居们夸下海口，她和菲利普的日子好着呢，如果他们发现她竟出门干活，以后怎么还有脸和他们说话啊？她本来就是个懒惰的人。她打定主意和菲利普过下去，而且是菲利普自愿养着她，她找不到要离开的理由。他们是没有足够的金钱用来奢侈度日，可也不用为了吃穿而发愁，而且她对菲利普有信心，将来一定会越来越好。他的伯父年龄那么大了，只等他一死，他的财产不还是他们的？就算是现在这种节衣缩食的日子，也比自己每天从早到晚地忙也挣不了几个钱的日子强多了。所以，她就不再上心去找活干了。可她还会在菲利普面前装模作样地翻翻报纸上的广告栏，表明她还是想找工作的，只不过还没有碰到值得去干的罢了。可是，她渐渐产生了一种恐惧，她觉得菲利普终有一天会感到厌烦，不愿意再照顾她们母女。如今，她对菲利普一点儿办法都没有。她觉得，是菲利普对她女儿的感情促使他照顾她们母女两人。她暗自琢磨着，有时还发狠地想，只等她一逮住机会定会给菲利普好看的。对于菲利普的冷漠态度，她怎么也想不通，她必须设法让他重新爱上自己。她埋怨菲利普的冷漠，可又想要得到菲利普这个人。她一想到菲利普对她的冷漠就气得不能自已，可又控制不住自己，仍在思念着菲利普。她觉得菲利普这么对待她简直太恶毒了，她都不知道自己究竟是哪儿做错了。她总说像他们现在的生活方式简直莫名其妙。可她转念一想，若是换种情形，她即将生产，那么他肯定会向她求婚。菲利普确实有时让人捉摸不透，可他却是个实实在在的绅士，这点毋庸置疑。这种念头在她脑子里停留的时间一长，她就琢磨着要想个办法让二人的关系彻底转变一下。这些天来他从不亲近她，可她却期盼能得到他的吻。她现在还时常想起，当初他吻她时是多么的疯狂。一想到这儿，她内心的情感总是十分复杂。她时常会紧盯着菲利普的嘴巴不放。

二月刚开头的一日傍晚，菲利普对米尔德丽德说晚饭不回来吃了，已经和劳森约好了一起吃。那一天，劳森会在自己的画室中举办生日晚宴。还说自己回来时一定会很晚了。劳森自皮克街上的那家酒菜馆买回几瓶混合酒，都是他们平时喜欢的。他们打算好好地玩儿一玩儿。米尔德丽德问菲利普，当晚会不会有女宾参加宴会，菲利普回答只有男人，并未邀请女宾，他们几个打算一起聊聊天抽抽烟。米尔德丽德一想就觉得那种宴会一定无聊极了，如果她是画家，她准会在房间周围摆满模特儿。她一个人躺在床上，可翻来覆去地睡不着觉。忽然，她想到了一个主意，立刻爬起来，去把门给插上了，故意让菲利普没法进来。凌晨一点左右，菲利普自外面回来了，他却怎么也打不开门，米尔德丽德听到了动静，立刻跑去把门给打开了。

“你今天怎么把门给插上了？啊，真不好意思，劳你起来给我开门。”

“我明明没插门啊，怎么会自己插上了呢？”

“快去睡觉吧，别冻着了。”

菲利普说完就转身走进起居室，点亮煤气灯。米尔德丽德也随他走进来，在壁炉跟前停了下来。

“我觉得脚冷极了，让我烤烤火。”

菲利普坐下就把鞋子脱掉了。他双目炯炯有神，面色红润。显然是喝过酒的模样。

“今晚玩儿得开心吗？”米尔德丽德笑着问道。

“当然啊，今晚特别开心。”

菲利普现在的脑子还清醒着呢，在劳森的宴会上他又说又笑，直到现在他的兴奋劲儿都还没过去呢。这场聚会又让他想起了曾在巴黎度过的美好时光。他内心激动，把烟斗拿了出来，朝里面装着烟丝。

“还不打算睡觉吗？”米尔德丽德问道。

“还不困呢，先不睡。劳森也非常兴奋。从我到那儿开始，一直到我走，他的嘴巴就没闭上过。”

“你们都聊点儿什么啊？”

“谁知道呢，没什么不说的。你没去真是可惜了，我们每个人都大声说着些什么，可没一个人在认真听。”

一想起刚刚的场景，菲利普就开怀大笑起来，米尔德丽德也跟着他笑了两声。她知道，这人喝酒喝得太多了。她等的就是这个机会。她自认为已经对男人了如指掌了。

“让我坐下来说话吧？”她问道。

不等菲利普回答，她扭身就坐到了菲利普的大腿上。

“要是现在不睡就去把睡衣披上吧。”

“嗯，我觉得这样挺好的。”一说完，她就一把勾住了菲利普的脖子，脸也紧紧地贴了上去，又说道：“你现在为什么这么怕我呢，菲利普？”

菲利普想自椅子中站起来，可她硬是抱住他不放。

“我爱你爱到无法自拔，菲利普。”她说道。

“说什么胡话。”

“我是发自内心的，你相信我。失去你我简直活不下去。我需要你啊。”

菲利普从她的手臂间脱开了身。

“你还是起来吧。你自甘堕落我不管，可别把我当成傻瓜一样。”

“我爱你，菲利普。我正是想要补偿你啊。我们不能再这样过下去了，这简直有悖常理。”

菲利普站了起来，不再管米尔德丽德。

“对不起，现在已经来不及了。”

米尔德丽德顿时伤心地哭了起来。

“为什么？你怎么能对我这么绝情呢？”

“过去我太爱你了。可那股热情早已被你消磨光了。现在只要一想到以前的事儿，我就恶心得想吐出来。我现在一看见你，就忍不住想起埃米尔和格里菲斯。我没办法阻止我的思想，我觉得这是我个人的问题。”

米尔德丽德猛地抓住菲利普的手，前前后后地亲吻了一遍。

“快停下吧。”菲利普惊叫了一声。

米尔德丽德满脸失望，一下子瘫软在安乐椅中。

“我没法和你像这样过下去。你真不爱我的话，我只能离开了。”

“别犯傻，你压根儿无处可去，你可以一直在这里住下去。可我们除了做朋友绝没有其他可能性。”

突然，米尔德丽德朝菲利普柔媚地笑着，完全没有了刚刚的热情奔放。她慢慢靠近菲利普，一把搂住了他。她用一种甜到发腻的声音说道：“快别犯傻了。你是不是还在生着我的气呢？可你该知道我的好处。”

说完，米尔德丽德就与菲利普耳鬓厮磨着。可菲利普却觉得，她的媚笑堪称丑陋，她的双眼因情欲而显得猥琐至极、恐怖至极。他抑制不住地向后退着。

“离我远点！”他朝她喊道。

可米尔德丽德铁了心就是不放手。她噘着嘴就要亲上菲利普。菲利普狠狠地拉开她的双手，猛地推开她的身子。

“你让我觉得恶心！”他粗暴地呵斥道。

“我？”

米尔德丽德借助壁炉稳住身子，斜眼看着菲利普，闭着嘴不说话，一口气憋得满脸通红。突然，她爆发出一声尖利的笑声。

“我恨死你了！”

她停顿片刻，深深地吸进一口气。随后，就不管不顾地扯起嗓门大声叫骂起来。她用自己知道的所有脏话来羞辱菲利普。骂人的话从她嘴里吐出来竟是这般恶毒，这让菲利普诧异极了。从前她把自己伪装成一个优雅知性的女人，就算只是一句粗俗的话，她听到后都会翻脸。菲利普万万没想到她竟能说出那么多恶毒的脏话。她还把脸贴着菲利普的脸骂他。她的整张脸都因情绪激动而扭曲变形，骂人骂得口水四溅。

“我压根儿就没把你放在眼里，一分一秒都没有过。在我眼中，你就是一个不折不扣的大傻瓜。看到你的脸，我都恶心极了。你不知道我心里有多恨你，要不是因为你还有几个钱，我哪里会让你碰我一下。你知道我有多烦你亲我吗？格里菲斯和我都偷偷笑话你，笑话你简直就跟头蠢驴一样！你这头蠢驴！”

然后还有一大段滔滔不绝的脏话。她简直把天底下她能想到的所有龌龊事儿的帽子都扣在菲利普头上，说他抠门，不懂变通，衣冠禽兽，为人自私。只要是能触动菲利普的神经，她都一一罗列了一遍。最后，她突然转身就要离开。她直到这时还没停下来，嘴里不断骂骂咧咧的。她愤怒地打开房门，又将那张愤怒的脸朝向菲利普，说着一些伤人的话，存心不让菲利普好过。她心里清楚哪句话对菲利普的伤害是最大的。所以，她憋足了一口气，将满腔的愤怒与不甘都灌进这一句话里，像是一支淬了剧毒的利箭朝菲利普射了过来！

“该死的瘸子！”

97

第二天，菲利普突然从梦中惊醒，发觉自己竟睡过了头，一看时间都九点了。他赶紧从床上起来，在厨房找了点儿热水刮干净胡子。这时，他突然意识到竟然没有见到米尔德丽德。昨晚她用过的餐具还在洗碗池里放着呢。菲利普来到她的房间门口，伸手敲了敲门。

“米尔德丽德，还没起床呢？”

米尔德丽德也不应声。菲利普又使劲敲了敲，可还是没人吭声。菲利普知道她这是在生自己的气呢。而现在，菲利普正要往医院赶，没时间去哄她。他自己动手烧了些热水，洗了个热水澡。刚放出来的水总是太凉，他们总会在前一天晚上放好浴缸里的水。他边穿衣服边想，就算生气，米尔德丽德至少会为他做好早餐。他这么想着，走到了起居室。之前就有过几次吵架的情况，就算每次她生气，早餐总是做好了的。可他发现这回米尔德丽德是不会起来给他做早餐了，想吃早餐就只能自己下厨了。今天他本来已经要迟到了，可她还不知体谅，菲利普顿时有些生气了。他做好了自己的早餐，发现米尔德丽德还是不出来，显然已经起身了，因为他听到了她在卧室的脚步声。菲利普也没再搭理她，自己冲了杯茶，切了些牛油面包，嘴里不停吃着，一边赶紧穿好鞋子。随后一阵风似的从屋里跑到了街上，站在路边等待电车的到来。他目不转睛地看着报亭前面立着的告示牌，企图发现有关战争进展的信息。同时，昨天晚上发生的事情又在他脑子里转了一圈。这事儿暂且算是告一段落了，先不管她。他还是觉得这件事太出人意料了。他笑自己简直无能，竟无法控制自己的感情，总是被它牵着鼻子走。他心里对米尔德丽德产生了一种异常的憎恨，如果不是她，他现在的境况怎会如此不堪。菲利普还是控制不住地又将米尔德丽德昨晚的丑态回想了一遍，还有那一堆骂他的言语。这些骂他的话让他脸颊一红，可很快他就不在乎地耸了耸肩膀。同事们不也是这样，一惹他们不高兴就要挖苦他的残疾，他已经见怪不怪了。他无意中还发现医院里有几个人喜欢模仿他走路的样子。当然，他们不会跑到他跟前来，可总是在他们觉得菲利普看不见的时候才学他。现在他觉得人这种动物天生就有一种模仿欲，那些人肯定不是恶意地拿他来开玩笑。何况，模仿别人总是能轻易地逗人开心。他虽早已明白这个道理，可却始终无法说服自己不去在乎。

菲利普热爱这里的工作，工作总能给他带来好心情。一来到病房，他总能感受到里面的那种和谐又愉悦的氛围。护士带着职业性的微笑招呼他。

“您今天有些迟了哦，凯里先生。”

“昨晚玩儿得太晚啦。”

“一看你就知道啦。”

“谢谢你。”

菲利普带着一脸柔和的笑容来到今天的第一个病人跟前，这是一个得了结肠溃疡的小男孩，菲利普要帮他更换绷带。那孩子一看是菲利普，脸上顿时露出了愉快的笑容。菲利普一边给他换上洁净的绷带，一边逗着他笑。菲利普在病人中很受欢迎。他对待病人们总是很友好，而且他的双手动作轻柔又迅速，从不会为病人带来痛感。比起菲利普，另一些敷裹员的动作简直粗鲁，从来都不管病人会不会疼。菲利普在俱乐部的聚会室中和同事们一起吃着午饭，他只吃一些烤饼和面包，喝的也只有一杯可可。他们边吃边谈论战争进展。有几个同事志愿去战区，可医院的领导在对待这件事上却很严格，在医院中尚无职位的人是不准去的。还有些人觉得，如果战争这么持续下去，那些只取得医生资格的人也一定会被允许上战场，不过更多的人觉得战争在一个月内就会停止。罗伯兹现在就在那儿，他一定会想办法结束战争。马卡利斯特也是这么认为的，还说服菲利普，让他抓住时机，赶在宣布停战之前购进一些股票，战后股票价格一定会上涨，到时候他们就能轻松地赚上一笔。菲利普请马卡利斯特帮忙，看准时机就代他买一点儿股票。今年夏天赚得的三十英镑，让菲利普对股票充满信心，期待着这次能再帮他赚个两三百英镑才好呢。

下班后，菲利普乘车回到肯宁顿大街。他想着米尔德丽德今晚又要怎么同他闹呢。只要一想到米尔德丽德肯定会给自己脸色看，他就觉得郁闷极了。伦敦在这个时节是最舒适的，傍晚的空气温暖湿润，即便在这南部昏暗的街道上，那种二月里特有的舒服感觉也会让人情不自禁地眯起眼睛来。寒冷的冬季终于过去了，万物复苏，沉睡了一整个冬天的世界慢慢自梦中苏醒过来。仿佛能听到四周小草伸着懒腰的声音，那就是春天的脚步声了，大地回春，这是自然永恒不变的规律。这时候，菲利普一点儿也不想回到那个家，只想坐着车再向前游玩一程，让自己自由地享受着这种美好的感觉。可是，他一想到那孩子，就有些迫不及待地想赶回家去。他觉得那孩子实在是乖巧可爱，她总是一见他就笑嘻嘻的，走路都不稳还往他怀里扑，菲利普总是一想到她便忍不住微笑。他走到公寓下面，抬头一看，竟发现窗户里面黑漆漆的，这让他感到惊慌。他急忙跑上楼去，边敲门边用心听着里面的动静，可是没人应声，他想起米尔德丽德出门前总喜欢把钥匙放在门口的蹭鞋垫下面，果然，他从那里拿到了钥匙。他进入公寓内，点亮了一根火柴。他被里面的景象惊呆了，脑子一时竟转不过圈儿来。他把煤气灯开到最亮，足以照亮整个房间。他把房间细细打量了一番，惊得他打了个寒战，眼睛都忘了眨。房间内的景象十分凄惨，所有物品都被破坏得乱七八糟。他气得浑身颤抖，一身怒气地冲到米尔德丽德的卧室。推开门一看，里面黑漆漆的，一个人影都没有。他点灯一看，才发现孩子和那女人的物品都被带走了，洗脸架上的东西无一完好，两张椅子被砍得烂糟糟的，枕头被撕开几个大窟窿，床单和被罩被撕得连一块好布都不剩了。镜子像是被榔头使劲砸碎的。菲利普这下被狠狠地震惊到了。他回到自己的卧室一看，情况似乎更加糟糕。木盆、水罐和镜子都被砸得稀碎，床单撕成一条一条的。枕头也被撕开了，里面的羽毛撒得满地都是。米尔德丽德还用刀把毯子捅穿了几个洞。梳妆台上他母亲的相框也被砸得乱七八糟，镜框与玻璃都碎了，只剩下他母亲的照片还零乱地躺在桌子上。进厨房一看，发现杯碟都被砸得稀巴烂。

菲利普被眼前的景象气得不能呼吸。米尔德丽德给他留下这么个烂摊子，拍拍屁股走人了，连一个字都没给他留下，就为了让他知道她有多么愤怒。她搞破坏时的那种丧心病狂、肆意发泄的神态，菲利普完全能够想象得出来。菲利普又回到起居室，面对这满目疮痍的景象，觉得十分无力。他惊觉内心深处竟对米尔德丽德不存丝毫怨恨。他充满好奇地望着米尔德丽德留在桌子上的菜刀和榔头。然后，他又看到了被扔进壁炉里的那把大餐刀，那本是用来切肉的，可现在已经断成两截了。为了破坏这些东西，米尔德丽德一定花了不少力气。那幅劳森给菲利普画的画像被米尔德丽德用刀划开了一个可怕的十字。菲利普自己的作品全被她撕成碎片，洒落了一地。那些照片，还有马奈的名作《奥兰毕亚》、安格尔的作品《女奴》和菲利普四世的画像都被米尔德丽德捣个稀烂。米尔德丽德把能砍的都砍碎，所有东西都不能再用了。菲利普书桌上方的墙上挂着那条波斯地毯，小小的一块，是克朗肖送给他的礼物。米尔德丽德一直都不喜欢这条地毯。

“地毯就该铺在地板上，”她曾对菲利普抱怨道，“又脏又臭的，是个什么玩意儿。”

米尔德丽德经常为了那条地毯同菲利普生气。菲利普却对她说，那是条暗含谜语的地毯，可这却让米尔德丽德以为他是在嘲笑她没学问。她在地毯上划了三条深深的口子，一看就知道花了大力气。现在，那条地毯就那么耷拉着挂在墙上。菲利普收藏着几只有蓝白花纹的盘子，并不值钱，却是他陆续从市场上淘来的。菲利普总是一看到这些盘子就回想起购买它们时是怎样的情景，所以对它们就有了些别样的情感。可现在，它们却一片一片地，零零碎碎地躺在地上。米尔德丽德用刀把书脊砍了几个大口子。她竟还有闲情逸致把那些没装订的法文书拆得散落一地。就连壁炉上面的装饰品都被剪破，扔进了炉子里。总之，凡是能破坏掉的，米尔德丽德都想方设法、不遗余力地捣毁了。

实际上，菲利普的这些东西也没多少值钱的，统共加在一起也就三十英镑，可有很多东西都是菲利普的旧物了。菲利普一向是个恋旧顾家的男人，别看那只是些小物件，却都是他的财产啊。他不用花很多钱，就能让这个家看上去舒适漂亮，还那么与众不同，所以这个家总让他引以为傲。他瘫软在椅子上。他自言自语地说，米尔德丽德竟是个这般疯狂的女人。突然，他想起了一件让他惊悚的事情。他慌张地从椅子中跳起来，一个箭步奔向了过道里，那里面有一个柜子，放的是菲利普全部的衣物。他用力拽开柜门，顿时长舒一口气。看来米尔德丽德没想起这柜子，里面的衣物均原封不动地整齐摆放着。

他又回到起居室，这糟糕的景象再次映入眼帘，他不知道该怎么办才好。他全身没有一丝力气去收拾这烂摊子，屋里也找不到一星半点吃的东西，他的肚子早都在咕咕叫了，最后只得到街上随便买了点儿东西吃。再回来时，他已经没有刚刚那么激动了。可一想到那可爱的孩子，菲利普内心忍不住一抽。他想，那孩子不见他会不会想念他呢？刚开始肯定会想他的，可小孩子嘛，几天一过就不会再记得他这个人了。呼，总算不用再被米尔德丽德缠着了，菲利普觉得一阵轻松。这时，他对米尔德丽德早不存一丝怨恨，只有对她深深的厌倦。

“我的上帝，这辈子都别让我再遇到她！”他仰天长叹。

现在，唯一的办法就是搬出这个公寓。他下定决心，第二天就告诉房东太太，他不再租这房子了。他身上已经没有足够的金钱来重新安置这些被米尔德丽德破坏掉的物品，身上剩下的这些钱只够他再重新租赁一个小房间。他迫切想要甩开这套公寓重新开始：首先他考虑到金钱方面的问题，这儿的租金太贵，他为此发愁很长时间了；而且他只要住在这房间里，就不能不想起米尔德丽德。菲利普但凡做下决定，就想要立即实施，否则他就无法静下心来做其他事情。所以，在第二天的下午，他就找来一个专做废品生意的人。这人愿意出三镑从菲利普手里买下这些破烂儿。两天后，菲利普就搬到了医院对面的房子里。刚来圣路加医院那会儿，他就是租的这儿的房子。房东太太行为举止十分端庄。菲利普租住在顶楼的一个房间里，每周只需付她六个先令。房间十分狭窄，也没有什么像样的家具，一个小窗户正对着房屋后面的院子。这次，菲利普随身就带了些衣服和书籍，再没有其他东西。可是，对于还能租到这样便宜的房间，菲利普还是很知足的。

98

菲利普身上的这几个钱，要是别人看见连眼都不会眨一下，可这却是他活命的资本啊。但是，就算这点钱儿，也在被他的祖国动荡不安的局势所影响着。人们现在所做的事情影响着历史的进程，对于世界的发展有着非同寻常的意义，可这竟影响着这位平凡无奇的医学生的人生轨迹，看上去真是不可思议。那些贵族们，像马格斯方丹、科伦索、斯平·科珀都吃了败仗，给国家带来耻辱，也让他们自己威名扫地。曾经，那些绅士们对人宣称他们一生下来就会治理国家，要不是这一次，还不会有人对这一言论产生怀疑呢。可是，

古老陈旧的社会秩序正在走向灭亡，人们现在正在创造光辉的历史。然后到了巨人展现其能力的时候，却因为准备得不充分而铸成大错。到最后，又阴差阳错地给人们带来了一种战胜的错觉。克隆杰在派尔德宣布投降，莱迪史密斯冲出包围圈。三月的开头，罗伯兹勋爵一路打进了布隆方丹。

消息刚刚传到伦敦没几天，马卡利斯特在皮克大街的那家酒菜馆里就高兴地叫嚷着，股票的市场行情一路走俏。只要不停战，两个星期都不要，罗伯兹就会攻入比勒陀利亚，现在的股票已经在涨，到时候肯定会暴涨。

“这是个千载难逢的机会，”他和菲利普说道，“可要是到时候和大家一起抢购股票，就来不及啦。成功或者失败，就看这一次！”

马卡利斯特还得到了一个小道消息。有一个南非矿山经理刚刚给他们公司的一个合伙人发了电报，称他们工厂完好如初。他们会尽可能在近期恢复生产。要是这样，这回他们就不是投机，而做的是投资的买卖。为了让菲利普确信现在行情一片大好，马卡利斯特还和菲利普说，那位高级合伙人给他的两个姐姐也各购进了五百股。如果那个工厂不可靠，最起码要和英格兰银行一样可靠，否则那个合伙人绝不会轻易投资。

“我正准备干一票大的。”马卡利斯特说道。

现在的股票价格是每股二又八分之一到四分之一英镑。马卡利斯特奉劝菲利普，也别指望能涨太多，涨个十先令就该满足啦。他打算为自己买进三百股，建议菲利普也买这么多。他会先把股票牢牢捏在手心里，涨到一定时候他就立刻抛出去。菲利普对马卡利斯特有十足的信心，首先他认为苏格兰人生来谨慎，而马卡利斯特就是一名地地道道的苏格兰人；然后就是上回他帮菲利普小赚过三十英镑。所以，菲利普毫不犹豫地当场决定也买进三百股。

“我保证这次能在交易冻结之前抛出这些股票，”马卡利斯特说道，“若有意外，我也会想办法把本钱还给你。”

除此之外，菲利普想不出更好的生财之道。必须得耐着性子，等到能赚到钱的时候再出售股票，这样自己就再不必为钱操心了。这回他最大的兴趣就变成了浏览报纸上的股票交易专栏。次日，物价又往上涨了一点儿，马卡利斯特写信告诉菲利普他只能用二又四分之一英镑的价钱买进股票。不过他对目前的市场非常自信。可是，过了几天，股票出现了下跌的情况。南非那边的消息让菲利普十分忧心，他难过地发现自己的股票已经下滑了近两成。但是马卡利斯特非常乐观，他觉得布尔人的反抗不会持续太久，在四月中旬之前，罗伯兹将会前往约翰内斯堡，还和菲利普打了赌，就赌一顶大帽子。菲利普不得不为此付了差不多四十英镑。这使他的心沉了下来，但他仅有的出路就是硬撑下去：在这种情况下，他承受不起损失。接下来的几个星期，什么都没有发生。布尔人不想承认他们已经输了，可不承认也别无选择，只能投降。实际上，他们赢得了几次小的胜利。菲利普的股票又跌了半克朗。很明显，战争还没有结束。大家都在抓紧时间抛售股票。当马卡利斯特遇到菲利普时，他对未来感到悲观。

“趁还来得及，最好的办法是放弃这种投资。我付的钱数跟我想得到的一样多。”

菲利普闷闷不乐，担忧到无法入眠。他想要早点儿到俱乐部的阅览室去看报纸，早餐都是胡乱吃上两口。现在，他只有一杯茶和几片黄油面包当早餐。传来的消息也不确切，有时根本就没有消息。股市要么不动，有动静也是往下跌。他不知道怎么办才好。如果他现在抛掉手里的股票，他将不得不损失三百五十英镑。结果，他就只剩下八十镑的生活费。他真诚地希望他不是那么愚蠢，就不该涉足于证券交易所的投机，但即便如此，现在他仅有的解决方案仍然是硬撑下去。反转事件随时可能发生，到时候股市将变为牛市。现在，他不期望能赚钱，他只想拿回自己所投进去的那笔钱。只有这样，他才能在圣路加医院毕业。夏季学期从五月开始，在期末，他会参加助产学的考试。之后，他将会在下一年完成他的学业。他认真地思考着，只需一百五十英镑就足够支付学费和所有其他费用，但一百五十镑是最低限度。只有先想办法凑到这笔钱，他才能完成学业。

三月初，菲利普抽空来了皮克大街的小酒馆，他以为他会遇到马卡利斯特。只有和他讨论战争的时候，他才能感觉到轻松多了。当他发现有那么多的人正在遭受这种痛苦时，菲利普顿时感到他的

苦痛好像也不是那么严重了。菲利普走了进去，只见海沃德身旁并没有别人。当他坐下来的时候，海沃德说：

“这个星期天，我就要坐船去好望角了。”

“真的？”菲利普喊道。

菲利普完全没料到海沃德竟会去好望角。医院里还有很多人准备出去。政府欢迎任何取得医生资格的人。其余的人都被分配为骑兵，但他们回信说，上头的人一知道他们是医学生就被派往医院工作。全国掀起了一股爱国热潮，各行各业的人都自愿到前线去。

“你要去做什么？”

“哦，我要去当骑兵了，我被安排在多塞特义勇骑兵队。”

“你为什么突然想去好望角呢？”菲利普说。

“哦，我不知道，但我觉得我应该去。”

菲利普顿时无话。他知道海沃德是被一种不安的情绪驱使着，连海沃德自己都不知道它是从哪里来的。他体内的那股情绪把他往前线推着，要他为自己的国家拼死一战。他一直批判爱国主义，他自诩为世界主义者，认为英国只是一块野蛮之地，可接下来他要做的事情完全与他的言论相背离。他的同胞让他的心灵受到了伤害。菲利普想知道为什么人们会去做与他们行事原则相反的事情呢。海沃德淡然地看着野蛮人互相残杀好像更合逻辑。所有这些似乎都在说，人类总是在被一种无法感知的力量所操纵，让他们做出一些不可思议的事情来。有时候，人们还会在理智的情形下为自己的所作所为奋力争辩，如果他们辩不赢，他们就会不管不顾地放纵下去。

“人真是一种奇怪的生物，”菲利普说，“我从没想过你会成为一名骑兵。”

海沃德笑了笑，看上去很尴尬，但没有说话。

“昨天我做了体检，”海沃德终于说，“如果你知道自己十分健康，就算要遭受一点儿约束，也没什么大不了。”

菲利普发现，原本用英文就能够表达的意思，海沃德却偏偏用了法文。正在这时，马卡利斯特突然也来了酒馆。

“我正要找你呢，凯里，”他冲菲利普说道，“我的同事们都决定抛掉股票了，现在市场的情况很糟糕，他们也建议你赶紧认兑股票吧。”

菲利普顿时慌了。他知道自己不能这么做，否则必将遭受一笔他无法承受的损失，但他的自尊心何其强烈，还是努力控制着自己的语气，说道：

“我也不知道怎么做能把损失降到最低，可我想我还是把股票抛掉算了。”

“说着倒轻松，还不一定能把股票卖掉呢。现在的市场那么差劲，都找不到买主啊。”

“对啊，现在票价都跌到一又八分之一英镑了。”

“嗯，是的，可就算能卖出去，也别指望能卖到这个价格。”

菲利普沉默半晌，努力不让自己失控。

“你是说现在我们手里的这些股票一毛钱都不值了？”

“不是的，要是卖的话肯定还可以卖些钱来，可是，这种情况下很难找到买主。”

“那你也得把它们卖出去啊，卖多少钱都行。”

马卡利斯特眯起双眼瞅着菲利普，想看他是不是已经被这坏消息给吓傻了。

“实在对不起，哥们儿，不过我们现在是一条绳上的蚂蚱。谁也不会想到这次战线会拉那么长。我是让你亏了本钱，可我还不是一样。”

“这没什么，”菲利普说道，“人生来就得经受风险啊。”

菲利普说完，就回到了自己的位置上。他刚刚和马卡利斯特说话时站了起来。菲利普感到很震惊，他的脑子被痛苦充斥着，但他不想让另外两个人觉得他扛不住压力，和他们一起又坐了一个小时。不论那两人说什么，他都狂笑着回应。最后他还是先行告辞了。

“你简直太镇定了，”马卡利斯特和他握手的时候说道，“我觉得不管什么人在承受了这一损失后都不会有你这么镇静自若。”

菲利普一回到那间破旧不堪的小卧室，就把自己摔到床上，心灰意冷。他为自己的愚蠢行为感到后悔极了。尽管他不断对自己说后悔是毫无用处的，但他无法弥补，只剩后悔了。他痛苦得连眼睛都闭不上。在过去的几年里，他浪费过那么多金钱，现在都一股脑儿地想了起来。他懊悔得头痛欲裂。

第二天晚上，邮递员送来了当天的最后一封邮件，那是他的账单。然后，他认真查看了自己的银行账户，发现在支付了所有账单后，他只有七英镑了。七英镑！感谢上帝，让他还有钱付清这些账单。如果他最后迫不得已去告诉马卡利斯特，他一点儿钱都没有了，那才是他最不想做的事情。在夏季学期，菲利普被调到眼科病房。他从一个学生那里买了一副眼镜。可他还没有付过钱呢，可他又实在鼓不起勇气退回那副眼镜。此外，他还得买些书。他现在大概还剩五英镑。他撑过了六个星期。然后，他给牧师伯父去了一封信，是用一种公事公办的语气写成的信。信中写道，战争让他损失惨重，如果伯父不帮他渡过难关，他就完不成他的学业了。在信中，他请求伯父能先借他一百五十英镑，在之后的一年半中，每月寄过来一点儿。而且，他会付利息的，在自己工作后会慢慢还清本金。一年半以后，他肯定会取得医生资格证，而且，他会找到一个医生助手的职位，每周三镑的薪水。他的伯父给他回信说他什么也做不了，现在什么都掉价，让他卖掉这些财产是很不道德的。他手上的这些钱，他还要好好保存，万一自己生病了呢。在信的结尾，他对菲利普说了句话，说他一次又一次地告诉过菲利普，但菲利普总不把他的话当回事。他还说，菲利普有现在这种下场他觉得再正常不过。长久以来，他一直觉得菲利普花钱太过放肆，以至于现在落得个身无分文，他早知道会这样的。菲利普读信的时候，气得满脸通红。他完全没想到会遭到伯父的拒绝，于是勃然大怒。可他又毫无办法。如果得不到伯父的帮助，那么他就不能再在医院待下去了。他突然害怕了起来。他没办法，只能又给伯父写了一封信，把自己描述得非常惨。可是，不知道是菲利普没有把自己的情况写得足够惨，还是他的伯父没有意识到。他的回信依然让菲利普感到失望，说菲利普现在年龄够大的了，有能力挣钱养活自己，他还是不能借给他钱。伯父还说菲利普在自己死后可能会得到一笔财产，但即便如此，他也不会给他留下一分钱。菲利普觉得，这封信，满纸都透露出伯父的得意，这个人多年来反对他，这回终于能证明自己做对了。

99

菲利普被逼无奈，只能把自己的衣服典当了一部分。为了省钱，他每天除早饭外只再吃一顿饭，也只是随便吃一些便宜东西。这一顿饭他要等到下午四点才能吃，否则他就没办法撑到第二天早上。每天一到晚上九点，他就饿得前胸贴后背，只有睡过去才不会感觉到太过饥饿。他曾想过不如去找劳森借些钱先撑一段时间，可他放不下面子，害怕被拒绝，直到最后无路可走，他才硬着头皮去找他借了五英镑。劳森倒是表现得十分热情，可又假装无意间说道：

“我相信你一定会很快还我的，对吗？这笔钱是我要拿来支付帮我做画框的人的工钱的，而且我现在也没多少钱。”

菲利普知道，就算再过一个星期，自己也还不上这些钱，到时候要是劳森觉得自己借钱不还，这可让他受不了。就这样过了几天，菲利普也没用那五英镑，直接又原封不动地还给了劳森。劳森刚好要出门吃饭，便顺道邀请菲利普一起去。菲利普现在的日子过得捉襟见肘，很高兴地答应了他的邀请。只要等到星期天，他就能去阿特尔涅家吃上一顿他梦寐以求的大餐了。他不知道自己该不该把现在的情况告诉阿特尔涅一家，他们家一直觉得菲利普经济状况挺好的，他害怕自己若是告诉了他们实情，他们会从此瞧不起他。

虽然说他手头的财产一直没有多少，但还从未经历过这种忍饥挨饿的境况。这种贫穷是从来不会出现在他的身边的。他羞得恨不得钻进洞里，像是忽然得了一种难以启齿的疾病一般。对于目前这种境况，他感到束手无策。除了继续在医院做下去，他不知道自己还能做些什么，他感到诧异极了。他甚至觉得，他现在所经历的一切都是在做梦，梦一醒就会好了。就像最初去学校，他总把校园生活想象成是在做梦，等梦一醒就会发现自己在家呢。不一会儿，他就意识到，他要是不去赚些钱来，要不了一个星期，自己就会身无分文。如果现在已经有了医生资格证就好了，这样一来，即便自己身有残疾，也可以去好望角，那儿医生紧缺。可如果自己没有残疾，

他也许早就能成为义勇骑兵队的一员了。菲利普请求医学院的秘书，希望能让自己去辅导那些成绩差的学生，可那位秘书直接拒绝了他。菲利普翻阅医学界报纸上的广告，在上面看到了有人在富勒姆路上新开了一家药房，他企图去申请一个无医生资格的助手职位。菲利普上门面试的时候，那人淡淡朝他的跛足扫了一眼。菲利普汇报自己履历的时候，谈到自己目前就读于医学院四年级，那人立刻以经验不足为由拒绝了他。菲利普知道，他只是嫌弃他的跛足而已，他要找的助手肯定得身体足够灵活。这之后，菲利普只能另想办法赚钱了。他对法文和德文都略通一些，也许可以利用这种优势觅得一个秘书的职位。他实在拉不下脸来按那些广告的要求先寄过去自己的个人申请书，可还是向那些只要求出示证件的公司提出了求职申请。可他一没经验，二没有推荐人。他发现自己所掌握的法文和德文一到了生意场上就派不上用场了，因为他完全没有掌握商务用语，速记和打字他也一概不会，现在他算是无路可走了。他考虑实在不行就向那位作为他父亲遗嘱执行人的律师写信求助，考虑了很久，最终他还是没敢写，因为他不顾那位律师的忠告，把抵押着他的全部财产的契约全都卖了。从伯父那儿他能听出信儿来，那位尼克逊先生可对他全无一分好感。尼克逊先生听到会计室里的消息，菲利普这一年纯粹在浪费时光。

“就算最后饿死……”菲利普暗自嘀咕着。

有几次，他甚至想到了自杀。菲利普随时可以在医院的药房里弄到些毒药，一想到这儿，他就又觉得宽慰了些，就算到了最坏的田地，他依然可以选择毫无痛苦地走向死亡。然而，他从未认真思考过自杀的事情。那时候，米尔德丽德为了格里菲斯而甩了他，他伤心得不能自已，觉得还不如死了算了。可现在他并没有和上次一样迫切地只求一死。菲利普想起急救室的女护士说的那些话来。想到这儿，他忍不住笑了出来。菲利普多想找个人倾诉，可他又无法让自己把内心的忧愁全部讲给身边的人听。他的脸皮太薄了。他仍旧在不停地找工作。他已经有三个星期没交房租了，对房东太太他谎称得到月底他才能拿到一笔钱。房东太太也没多说什么，只是有些不高兴，脸上没有丝毫笑意。等到月底的时候，房东太太又来找菲利普，问他能不能先交一部分。房东太太的话让他心里很不高兴。他说现在自己手里没有钱，没办法交房租，可他会给自己的伯父写信，下周六肯定把欠下的租金全部交齐。

“好的，我希望到时候你能把租金全都结清，凯里先生，你要理解我，我自己也要上交租金，我不能让账这么一直欠着。”她说话虽然柔柔的，可语气不容商议。过了一会儿她又说道：“如果下周六你再交不出房钱，我就会去找医院秘书告状了。”

“嗯，我会结清的，你别担心。”

房东太太看了他半晌，又瞅了瞅他身后寒酸的屋子。她又用那种淡淡的语气对菲利普说：

“楼下我刚刚做了很多美味的肉块，要是你愿意，我很欢迎你一起来享用这顿午餐。”

菲利普顿时羞得满脸通红，简直想找个洞钻进去，难过得都要掉下泪来了。

“非常感谢您，希金斯太太，可我现在一点儿也不饿。”

“那好吧，先生。”

等房东太太一下楼，菲利普一头栽倒在床上，双拳紧握，生怕自己控制不住哭出来。

100

终于还是到了周六。这一天，就是菲利普曾承诺过房东太太会缴清房租的日子。整整一个星期，他每天都盼望着自己的情况会好转，可最后也没能找到一份工作。他从来没有遇到过这种无路可走的状况，他真是什么办法都没有了。在他的内心深处，他总觉得现在所经历的事情完全是有人对他开的玩笑。他手头上就剩下几枚铜币，还把自己能当掉的衣服都当了。他房间里还放着几本书和一些小玩意儿，他想着，也许能再卖几个先令。可房东太太现在正盯着他不放呢，万一他拿着东西出来时被她拦住了就不好了。到现在，他只能直接对房东太太说自己身无分文，压根儿付不起房租了，可这让他的脸往哪儿搁。正值六月中旬，即便是夜间，屋外还是十分暖和。

所以，菲利普决定不回去了，就在外面过夜。他顺着切尔西长堤散步，河面风平浪静，河水在无声地流动着。直到他感觉累了，才找了个长凳坐下打盹。突然，他自梦里惊醒，也感觉不到自己在这儿睡了多长时间。在他的梦里，有一个警察把他叫醒，不准他睡在这儿，要求他继续往前走。可是，当他睁开眼睛环顾四周，发现周围一个人影也没有。像是有什么力量驱使他一样，他又向前走去，一直走到了奇齐克，又在那儿躺着睡了一觉。长凳硌得他骨头痛，让他浑身难受，没睡多久就又醒了过来。这个夜晚格外难熬。他蓦地感受到夜晚的一丝凉意，心里为自己的处境感到悲哀，十分难受，他顿时觉得前途一片昏暗。想到自己竟无家可归，落了个在长凳上过夜的下场，这件事让他觉得特别没面子。黑漆漆的夜里，他因羞愧而满脸通红。就在这时，他想起了那些有过相同经历的人对他说过的话，那些人中有牧师、军官，甚至还有大学生呢。他想，自己会不会最后也沦落到依靠救济才能活命呢，在那之前，他一定会早早地断送掉这条命，他可忍受不了那种卑微的活法。要是劳森知道他现在的处境，一定会出手帮助他渡过难关。而自己却为了脸面而拒绝去请求帮助，这也太蠢了。他到现在都搞不明白自己怎么会变得这般凄惨。他总是能够清醒理智地判断自己该怎么做，可现在却完全乱了。他一向都会尽力去为别人提供帮助，而且比起其他人他也算是慷慨的了，但现在他却沦落到这步田地，实在是上天不公啊。

可是，就这么干坐着什么也不去做不会起任何作用。他继续向前走去。这时天刚蒙蒙亮，周围一点儿声音也没有，那条河看上去异常美丽，好像有一种深不可测的东西在周围潜伏着。今天的天气一定会很好，天色渐渐亮了起来，天空中不见一点儿云彩。菲利普疲惫极了，饥饿的感觉那么强烈，可他就无法安心地坐下来好好休息，他得随时提防着警察的盘问。他可无法忍受这种遭遇。他觉得身上脏兮兮的很不舒服，真想现在就能洗个澡。最后，他走到了汉普顿宫，他必须得找点儿东西吃了，否则他一定会难过得掉眼泪。于是，他来到了一家价格低廉的饭馆。饭馆内十分闷热，让他有些反胃。他原本打定主意要点一些营养丰富的饭菜，好让自己挨过后面这几天，可一看见那些食物，他差点儿吐出来。最终他就要了一杯茶，吃了些黄油面包。他突然想到，今天已经是星期天了，原本他可以去拜访阿特尔涅全家，他们家也许会准备烤牛肉和约克郡地方风味的布丁。可是，他现在太疲惫了，简直无力支撑自己去面对那个欢闹的家。他眉头紧锁，内心十分郁闷，谁都不想见，也不想说话，只想自己一个人待一会儿。因此，他朝汉普顿宫内的花园走去，在那儿他可以躺一会儿而不被人打扰。现在他全身上下酸疼不已。运气好的话他可以在那儿找到个水房，让他在里面清洗一下，还可以痛快地喝几口，他觉得自己快要渴死了。现在，他总算是把肚子填饱了，又在意起周围的景致来。周围树木茂密、绿草如茵，在这样的环境里，他觉得一定有助于自己思考未来。他叼着个烟斗，躺在一棵大树下。为了省钱，他每天只抽两袋烟。看着烟斗里满当当的烟丝，他心里突然生出一股感动。其他人是如何度过穷困的时光，他一点儿也不了解。没多久，他就闭着眼睛睡着了。等再醒来的时候，发现已经到了中午。他考虑到，再过一会儿，自己就要赶去伦敦了，一定要在明天天亮之前赶到那儿，他要抓紧时间再去找一份工作。这时候，菲利普又想起了自己的伯父，他承诺过等到自己去世的时候，所有财产都是菲利普的。至于这笔财产到底有多少，菲利普心里没有一点谱，他想最多也就几百英镑。他不知道，如果现在去提这笔财产能不能成功。唉，要是那个老头子不同意，他是怎么都拿不到那笔钱的，除非他伯父死了。

“我现在什么也做不了，只能耐心等到他死为止。”

菲利普开始计算他伯父的年龄。发现他伯父早已七十多岁了，还有慢性支气管炎。这种病在老年人身上常见极了，可他们还能活很长时间，离死还早着呢。但是，在这期间，保不准会发生什么意外。菲利普总感觉自己现在所处的境况很不正常，不管什么时候，人们总不能让自己饿肚子。他一直觉得自己的情况并不真实，所以他也并不为自己的境况感到失望。他决定先去找劳森借半个英镑。菲利普在汉普顿宫的花园中整整待了一天，一觉得饿就抽几口烟垫垫，除非快要启程回伦敦，否则他是不会吃东西的，去伦敦得走上一段很长的路，他必须得为顺利到达伦敦积攒些精力。直到太阳快要落山，他才开始向伦敦走去，等到有些累了，就在长椅上坐着休息一会儿。

整段路程没有和一个人交谈过。一直走到维多利亚大街，他整理了一下自己的衣冠，到一家饭馆要了一杯茶和一点黄油面包。一边吃东西，一边看着晨报上的招聘广告，他留意到几家大公司正在招聘装饰织品的销售员。他顿觉自己的内心有些许难过。中产阶级对于销售员这种工作带有一定偏见，可对于现在的他来说，这又有什么关系呢？他决定过去试试。菲利普惊讶于自己的心理，每一次遭遇困境，自己挣扎到最后总会选择迎难而上，就像总逃不过命运的手心一样。他带着一种羞愧心理，上午九点，准时来到装饰织品部应聘。正在这时，他看到前面已经排了很长的队了。上自四十岁的中年男人，下至十几岁的少年，他们无一不是来争取这些职位的。有几人在低声交谈着，可更多的人则闭着嘴不说话。当菲利普加入这个队伍时，所有人都充满敌意地看了他一眼。这时候，他听到一个声音：

“我真期待早点儿听到我落选的消息，这样我就可以尽快去找别的工作了。”

后面那个人看了菲利普一眼，问道：

“您有过做这种工作的经验吗？”

“我从来没做过。”

那个人顿了一下，又对菲利普说道：“等过了午饭时间，如果没有预订，就算是旅馆，也不会接待你的。”

菲利普观察着那些店员，看到他们中有些人正忙于悬挂擦光印花布和印花装饰布，另一些人听说是在整理从乡下邮寄过来的订货单。差不多九点十五分，经理来了。他听到队伍里有人说这个人就是吉本斯先生。只见那人正处中年，又矮又胖，胡子十分浓密。头发颜色较深，被打理得油光锃亮。他举止灵活，看上去十分精明。头上是一顶丝绸帽子，身上穿着礼服大衣，翻领上还别着一朵在绿叶簇拥下的纯白色的天竺葵。他直接进入办公室，并敞开大门。办公室空间很小，在一侧放着一张美式的带有可拆卸顶板的书桌，角落还放着一个书橱和一个柜子。门外的众人看着吉本斯先生动作轻柔地将天竺葵从大衣翻领上取了下来，插进一旁的墨水瓶里，里面装满了水。听说这里规定上班时间不准戴花。

（刚刚他来上班的时候，员工们为了让自己的领导开心，每个人都要赞美一番那朵天竺葵。

“从我出生到现在竟还没见过这么漂亮的花儿，”他们唯恐落于人后，“该不会是从您自己家院子里摘的吧？”

“确实是我亲手种的。”吉本斯先生说，脸上挂着绅士的微笑，那双闪着亮光的眼睛隐隐透出一些骄傲来。）

吉本斯先生脱掉帽子和礼服大衣后，看到桌子上有一封信，又看了看外面排了一大堆的人。他朝站在队伍里的第一个人勾了勾手指，那人便立刻恭敬地走了进去。所有人都要走到他的跟前，并且回答他的问题。他问话的时候惜字如金，总能用最少的词把自己的问题表达出来，在交谈的时候，他总是紧盯面试者的面容。

“年龄？经历？为何离开上一份工作？”

在听话时，他是面无表情的。该菲利普面试的时候，他总觉得吉本斯先生像看怪物一样盯着他。菲利普的穿着整齐，衣服也很修身，这让他看起来特别显眼。

“工作经历？”

“不好意思，我以前从未做过这种工作。”菲利普老实地说。

“那不行。”

菲利普离开了办公室，这次经历并不像他事先想象得那样难堪，因此，他并不觉得有多难过。他已经不期望自己能一下子找到工作了。此刻，那份报纸他还没扔呢，所以又开始看别的招聘广告了。他看到霍尔本区有家商店在招聘售货员。可还没等他过去面试呢，那职位上已经有人了。要是今天他还想有东西可吃的话，他就得尽早去劳森的画室找他，以便和他一起用餐。他顺着布朗普顿路往自由民街走去。

“我这个月连吃饭的钱都没有了，”菲利普瞅准时机对劳森说道，“你能先借我半个英镑吗？”

这开口同别人借钱真是要难为死他了。就在这时，他想起了在医院里，有些人泰然自若地问他借钱，而且都是有借无还，可那些人的模样看上去像是在帮他的忙一样。

“乐意之至。”劳森说道。

可当他把钱掏出来时，发现自己身上就带了八个先令。菲利普

的心顿时沉了下来。

“既然这样，就先借我五个先令，行不行？”他轻声说道。

“嗯，那就先给你五先令吧。”

菲利普来到威斯敏斯特的一个公共浴室，花费六便士给自己痛痛快快地洗了个澡，然后又吃了点儿东西。他不知道下午该干什么。医院他也不想去，他害怕被人盘问来盘问去的，而且，去那儿他也无事可做。曾经和他一起共过事的人也许会好奇他去了哪里，不过他也顾不了那么多了，随便他们怎么想去，反正又不止他一个人不吭一声就走的。他逛到了免费图书馆，拿起报纸就看了起来，不想读报纸了就翻开了史蒂文森所写的《新天方夜谭》。可他觉得这书无聊极了，一点儿也不想看。书本中的内容于他毫无意义，因为他的脑子一直在思考要如何渡过这一困境。他思前想后，还是不知道该怎么办才好，脑袋都大了。后来，他觉得有点儿闷，想出去呼吸新鲜空气，就走出了图书馆，来到格林公园，躺在了绿茵茵的草坪上。他一想起自己的跛足就觉得难过极了，要不是因为残疾，他满可以应征入伍。不一会儿，他又睡着了，梦见自己身强体壮，还加入了远在好望角的骑兵队。报纸上的插图为他的想象提供了素材。他梦到自己来到费尔德特，穿着笔挺的卡其军服，和军人们一起坐在夜色中的火堆边上。他睡醒时天还没黑透，正在这时，他听见议院塔上的大钟敲响了七下。还有十二个小时呢，这漫长的夜他该做些什么呢？他发现天空中黑云压顶，他害怕今夜会下起雨来。要是这样的话，他今夜就不得不去寄宿宿舍租下一个床铺。他在兰佩思的时候看到过寄宿宿舍门前灯罩上的广告：床铺舒适，六便士每铺位。他此前从未进去住过，而且他无法忍受里面那种肮脏的环境。他决定，只要天不下雨，他就在外面睡一夜。他一直等到公园关门才到街上去。现在的他，身体乏极了。这时，他竟渴望自己被车或者什么的撞上一下。这样一来，他就能住到医院里去，在洁净的病床上安心躺几天。半夜，他觉得肚子空荡荡的实在难受，就跑去海德公园拐角处的一家小店要了点儿马铃薯和咖啡。肚子里稍微有些东西后，就又开始漫无目的地到处瞎逛。他烦闷极了，却不敢睡，害怕警察上来盘问他。他发现自己现在对警察又有了一个全新的视角了。这已经是他在外游荡的第三个夜晚了。他有时会在皮卡迪利大街上的长凳上歇一歇，但是也不敢久坐，天刚蒙蒙亮，他就朝切尔西长堤走了过去。他静静地听着议院塔上的钟声，心中不停地在计算着，再过几个小时这城市才能醒过来。早上，他花费几枚铜币把自己收拾得整整齐齐，买张报纸看上面的招聘信息，然后又开始了新一天的应聘之路。

接下来的好几天，他都在重复这样的日子。他吃得太少了，慢慢觉得浑身上下都软绵绵的，一点儿精神也没有，可要想尽快找份工作又是那么难。他每次满怀希望地去商店应聘，等待那么长时间，却只换来人家几句拒绝的话。慢慢地，他已经习惯了。他不停地浏览着报纸上的招聘信息，几天下来，几乎跑遍了整个伦敦。没过多久，他就发现，他经常能遇见一些面熟的人，他们也都没有找到工作。那些人中有几个想和他交个朋友，可是他总觉得浑身无力，也无心去和他们攀谈。从那回借了劳森五个先令以后，菲利普便再也没去找过他了。最近这段时间，他整天浑浑噩噩，脑子也转不动了，对于今后前途如何，他也都不在乎了。他总会忍不住痛哭一番，一开始他还会隐忍着，嫌弃自己太不争气，可到最后，他发现每回一哭完，就会觉得好受多了，最起码那种饥饿的感觉没那么强烈了。后半夜是最难熬的，这段时间气温太低。有一天，他趁半夜偷偷回到自己的租房内换了内衣。差不多凌晨三点，他知道这所房子里的人都还在沉睡呢，就悄悄地跑了进去，等早上五点的时候又悄悄跑出来。这两个小时，他躺在自己的床上，内心十分舒畅。只是感觉浑身酸痛。他躺在床上，细细品味着这种乐趣，感觉舒服极了，翻来覆去地睡不着觉。他早已习惯了填不饱肚子，因此也感觉不到饿了，只觉得浑身乏力。现在，他时不时地会想起自杀来，但他总会想办法让自己不要想这件事，害怕一旦他被这种念头迷了心窍，就再也控制不住了。他反复告诉自己，自杀是一种愚蠢的行为，过不了多久，这种境况一定会改善。他脑海中总在盘旋着那种想法：现在他所经历的这一切都是幻觉，他压根儿就不觉得这是现实。他总感觉自己像是在经历一种疾病，迟早有一天他会康复。每到深夜，他都会对天发誓，无论如何他都不要再承受这样的痛苦了，他定会天一亮就给自己的伯父和律师尼克逊，或者劳森去一封信，请求他们的帮助。

可天一亮，他就放弃了这种想法，他拉不下面子来乞求他们。他不知道劳森如果知道他的现状会怎么看他。他们两人中，他总觉得劳森不够成熟，而自己相对于劳森要成熟得多。如果要向他求助，就必须得把自己做的蠢事全告诉他。他已经向劳森借过一次钱了，若是再去，劳森很可能会拒绝他，菲利普心里难过极了。而伯父和那位律师，他们肯定会接济他的，可一定会说他不听劝告，挥霍金钱，可他现在最不希望听到的就是这些。他强迫自己，不断在心里说服自己：事已至此，后悔是一点儿用处都没有的。

就这样，他又撑过去一段时间，可从劳森那儿借来的五先令也快见底儿了。菲利普从未这样期盼快点儿到星期日，到时候，他就能去阿特尔涅家了。至于为什么没有立刻就向阿特尔涅家求助，他自己也想不明白，可能是想自己挺过去吧。虽说阿特尔涅家也很穷困，可现在他能想到的也只有他们家了。他可以趁着吃完午饭的清闲时光，把自己的遭遇向阿特尔涅倾诉一番。他不停练习着要对阿特尔涅说的话。他害怕阿特尔涅也用那些冠冕堂皇的话来糊弄他，如果遇到那种情况，他一定会崩溃的。所以，他只能一点一点地往后拖延着时间，让自己尽可能迟一点儿再遭受那种痛苦。现在的菲利普，对自己的朋友们完全失去了信心。

星期六的夜里，异常寒冷。菲利普痛苦极了。星期六吃过午饭后，直到星期天去阿特尔涅家，他再没有吃一点儿东西。星期天一大早，他用自己手里的最后两便士，在查里恩十字广场的澡堂里洗了个澡。

第11章

101

菲利普按响了阿特尔涅家的门铃，过了一会儿，房间里传来阵阵下楼的声音，原来孩子们知道菲利普来了，全部跑下楼来迎接他。他跟往常一样，挨个地跟孩子们亲吻，以表达自己对孩子们的关爱。菲利普对孩子们很好，所以孩子们都很喜欢他，一个个拉着菲利普陪他们玩。此时菲利普早已疲惫不堪，哪有力气去陪他们玩耍，只好跟孩子们聊他们感兴趣的五花八门的话题，他一边聊天，一边同孩子们上楼。他用身上仅有的一点儿力气硬撑着自己不要倒下，他简直就要累垮了，孩子们却乐此不疲。过了一会儿，孩子们问他上周日为什么不来他们家共度周末，他说自己生病了。孩子们听完，纷纷表示很担心他的身体，并进一步询问他得了什么病。菲利普开玩笑地说自己得了一种很罕见的病，这种病很难用语言去解释，用“神秘”一词描述它最为合适。孩子们听了都很惊讶，以至于他们把菲利普拉进卧室，让他把病况再陈述一遍，好让他们的父亲能听一下这种神秘的病。看到菲利普后，阿特尔涅起身同他握手表示欢迎。阿特尔涅生来就有着一双又圆又大、略显突兀的双眼，此时正注视着他。菲利普感到很奇怪，不知道阿特尔涅今天到底怎么了。

“上周日由于你没有来我们家，所以大家都很担心你，以为你出了什么事呢。”阿特尔涅对菲利普说。

每次说谎，菲利普都会紧张，脸色发红。所以在他为自己为何无故失约进行了一番颇能打动人的解释之后，他的脸早已经涨得通红，心中早已感到羞愧不已。此时，阿特尔涅太太走进来同菲利普握手，并安慰他说：

“菲利普，希望你身体健康、一切都好。”

菲利普有点儿纳闷，阿特尔涅太太怎么会知道自己身体不舒服呢？因为他只是把自己生病这样的谎言告诉了孩子们，阿特尔涅太太并不在场，况且孩子们一直跟自己在一起，并没有离开。

“再等一会儿，我们就可以吃晚饭了，”她语气和缓地说，“晚饭之前，你要不要喝一杯牛奶打鸡蛋？”

阿特尔涅太太说了一番暖心的话，这让菲利普很感动，但之后马上产生一种紧张感。他面带微笑地婉拒了阿特尔涅太太的好意，声称自己不饿。这时候，莎莉走进来开始收拾东西，菲利普便跟她开玩笑。他们一家人喜欢跟莎莉开玩笑，总是说她长大后身体会发胖，就如同他们的一位名叫伊丽莎白的姑妈那样体态臃肿。其实孩子们并没有见过这位姑妈，只不过常常听父母这样讲，所以他们都将这位姑妈作为体态臃肿的代名词。

“你好，莎莉，这么久不见，你有没有变化呀？”

“我认为什么变化都没有。”

“那可不见得，你一定长胖了。”

“那又怎样，总比你瘦骨嶙峋的好，”她反过来讥讽菲利普，“你现在瘦得只剩下骨头喽。”

听完，菲利普的脸涨得通红。

“莎莉，你怎么能这样说话呢？”阿尔特涅说，“你一定要受罚。珍妮，快去用那把剪刀剪掉莎莉的一根头发以作惩罚。”

“唔，我只是实话实说，爸爸，”莎莉不服气地说，“他确实是太瘦了。”

“这不是重点。瘦也是人家的权利。问题在于你过于肥胖会有失体面。”

他在说话的时候，抱起了莎莉，并以一个父亲的眼光自豪地看着自己养育多年的女儿。

“爸爸，我现在可得赶紧收拾东西了。况且，我即便是瘦了，也没有人注意的。”

“真是一个鬼灵精怪的小丫头！”阿特尔涅高兴地说，“她总是喜欢跟我辩论、炫耀自己，还说约瑟夫向她求婚。要知道，约瑟夫可是在霍尔本卖珠宝的老板的儿子，怎么会看得上她呢，哈哈！”

“莎莉你真是太有魅力了，你答应他的求婚了吗？”菲利普调侃地说。

“你别听我爸爸胡言乱语，他嘴里说的话可没一句是真的。”

“唔，如果不向你求婚，”阿特尔涅喊道，“我发誓，我会去揪着那个小子的鼻子问他到底有何居心。”

“快坐下吧，爸爸，晚饭做好了。孩子们，快出去洗手，谁都别想不洗手就去吃饭，我可是要逐一地检查你们的手是否已经洗干净，否则不准吃饭。快点！”

菲利普实在是太饿了，但是面对眼前丰盛的晚餐，他一点儿胃口都没有。他现在身心俱疲，以至于他竟然没有发现阿特尔涅跟平时一点儿都不一样了。以往阿特尔涅总是在吃饭时滔滔不绝地说话，如今他只是一个劲地吃饭，偶尔说几句客气的话。菲利普觉得在阿特尔涅家里面吃饭很温暖，他很享受跟阿特尔涅一家人在一块儿的时光，但是他仍然会不断地向窗外看几眼。外面的天气简直糟糕透了，称得上是狂风暴雨。窗户被风雨吹打着，不时渗进来几丝寒意。此时，菲利普有些发愁，不知道自己该住在哪里。他算了一下时间，十点钟之前必须离开，否则会影响阿特尔涅一家人休息。一想到在这样狂风暴雨的夜里一个人露宿街头，他的心情一下子变得沉重起来。但他觉得，在朋友家中度过漫长的黑夜比孤身一人露宿街头更难受。他经常安慰自己说好多人都会露宿街头，又不只是自己一个人，希望借此来减轻愁绪，但是听到那雨打橱窗的声音，他的心不禁阵阵发凉。

“今天这天气让我觉得回到了三月份，”阿特尔涅说，“没有人喜欢在这样的鬼天气里面横渡英吉利海峡。”

过了一会儿，大家吃完晚餐后，莎莉又开始收拾餐桌。

“我这儿有雪茄烟，我相信你会喜欢的。”阿特尔涅一边说，一边把一根雪茄烟递给了菲利普。

菲利普接过雪茄烟吸了一口，顿时感觉神清气爽，刚才心中的不快都烟消云散了。在莎莉收拾完餐桌后，阿特尔涅让她关上了房门。

“这下我们可以好好谈谈了，”阿特尔涅突然对菲利普说，“我告诉过贝蒂，没有我的允许，孩子们不能进来。”

菲利普吃惊地看着阿特尔涅，他现在还不明白阿特尔涅的意思，

而阿特尔涅仍像往常那样，说话的时候总是习惯用手扶一下自己的眼镜框。接着，阿特尔涅对菲利普说：

“因为你上周没有来我家，我觉得奇怪，就给你写了一封信询问你怎么不来我家，但是你迟迟没有回信，不得已，我只好专门去你的住所找你。”

菲利普听完，没有说什么，他的心情突然变得很沉重。此时，阿特尔涅没有继续说话，房间里一下子安静了下来，没有一丝声响。菲利普觉得很沉闷，却又不知道说什么好。

“我到了你住的地方并没有找到你，房东太太告诉我说，你从上周六开始就不在那儿住了，并且还欠着一个月的房租，她说正四处找你呢。我真的很想知道，你这一周是怎么生活的？”

菲利普无言以对。他避开阿特尔涅的眼神，若有所思地看着窗外。

“我不知道该去哪儿。”

“我这一周都在找你。”

“你为什么这么做呢？”

“我们家的生活虽然并不富裕，我和我妻子还有这么多孩子需要养活，但是我们很欢迎你来我家呀。”

“不，我不能这样做。”

菲利普欲言又止。他想找一个安静的地方大哭一场，以此来发泄自己的苦闷心情，但是现在他必须竭力控制好自己的情绪。他感到身心俱疲，不禁闭起双眼。他心里面有点儿埋怨阿特尔涅，埋怨他跟自己说的这番话，让自己心慌意乱。他的精神就要崩溃了。过了一会儿，他逐渐平静下来。为了让自己的话符合逻辑，他放慢自己的语速，把自己在这一周的经历告诉了阿特尔涅。然而，他在讲述的过程中，觉得自己的做法简直是太荒谬了，这又使他难以很好地组织自己的语言。他想，阿特尔涅此时一定觉得自己是一个十足的白痴。

“既然这样，那么我希望你在找到工作之前能住在我家。”阿特尔涅说话的语气中，带着令人温暖的关爱之情。

菲利普的脸涨得通红。

“你们对我真的很好，这让我很感激，但是我不能住在你家。”

“为什么呢？”

菲利普并没有回答阿特尔涅。他心里很清楚，他不想打扰阿特尔涅一家人的生活，另外，他不喜欢接受别人的恩惠。况且，阿特尔涅一家人的生活状况本来就很拮据，他们根本没有多余的钱去帮他这样一个外人。

“菲利普，我们很欢迎你能够住在我们家里，”阿特尔涅继续说，“索普可以腾出他的床位，他可以跟他的兄弟挤在一张床上睡。你千万不要担心你的吃饭问题，我们一家人还是可以养活你的。”

说完，阿特尔涅出门去喊他的妻子。

“亲爱的贝蒂，”阿特尔涅说话总是很风趣，“菲利普今后就住在我们家了。”

“那真是太好了！”可以看得出，阿特尔涅太太是发自内心地欢喜，“我现在马上去收拾一下。”

阿特尔涅太太是一个和蔼可亲的人，她说起话来让人感到很亲切。看到她对自己这般好，菲利普非常感动。菲利普不喜欢接受别人的善意，但当有人对他表示友善的时候，他总是很激动。现在，他终于控制不住自己的情绪了，豆大的泪珠夺眶而出，打湿了他的面颊。阿特尔涅夫妇假装没看见，继续在一旁忙碌着。阿特尔涅太太离开后，菲利普一下子靠在躺椅上，心情格外轻松，他不自觉地看了一下窗外，面带微笑地说：

“今天这种鬼天气，真的不适合外出。”

102

阿特尔涅告诉菲利普，说他在一家大亚麻布制品公司上班，如果菲利普愿意，可以帮他找一份工作。阿特尔涅所在的公司里面有好多员工都上前线参战去了，但是这是一家有爱国心的公司，他们给这些参战的员工们保留着原有的职位，而不去招聘新的员工。这样一来，去前线参战的员工们留下来的工作，全都分摊到其他员工的身上，但公司不会支付额外的补贴。公司一方面有着热心公益的名声，另一方面又节省了大量的雇佣费用。战争虽然还没有结束，但是对他们的生意却没有太大的影响。到了假期，会有很多员工外出度假，这使得公司不得不额外聘请一些员工来维持生意。菲利普担心自己的经历会使公司不聘用自己，但是阿特尔涅却打包票说公司肯定会听他的建议，这让菲利普觉得阿特尔涅在公司的地位很高。阿特尔涅还告诉菲利普，说他曾经在巴黎学习绘画，这是一个非常好的经历，有一定的绘画基础，会让自己很容易找到一个高薪的服装设计或者广告设计的岗位。听了阿特尔涅的话，菲利普很高兴，他随即为该公司夏季的销售推广画了一幅广告画，然后交给了阿特尔涅。过了两天，阿特尔涅拿着那幅广告画找到菲利普，说这幅画很有创意，得到了公司经理的赞赏，但是现在公司的设计部门人员很充足，并没有什么空余的职位。菲利普听完后很沮丧，但马上又问阿特尔涅：

“还有没有其他的工作岗位？”

“当然有！最近我们公司想要招聘一位顾客接待人员，这是一个不错的机会。”说完，阿特尔涅看了一眼菲利普。

“那么，我是不是有很大的机会去竞聘这个岗位？”

阿特尔涅也很疑惑，他不清楚菲利普能否胜任这样一个岗位。他一直希望菲利普能够找到一个既体面又高薪的工作。他心里也很清楚，自己本身就很贫穷，根本没有办法一直让菲利普住在自己家里面，他负担不起。

“我觉得你可以先在我们公司找一个工作，如果你被录用了，以你的才华，你一定会谋求到更好的职位。”

“阿特尔涅，你很了解我，无论工作好坏，我都不会介意的。”

“那太好了，如果你同意，那么明天早上就直接来我们公司看一下。”

战事一直持续着，但这对找工作影响不大。菲利普到店里的时候，已经有很多人在排队了。他看到几个人似曾相识，后来想起来是从前跟自己一块儿应聘过其他工作的人。他认出了其中的一个人，那个人总是喜欢躺在公园里午休。菲利普明白，他们两个人境遇相似，都是因找不到工作而露宿街头的人。排队的人群里有各种各样的人，他们有些年纪轻轻，有些年老体衰；身材也有高有低，但是在穿着方面，这些人显然都精心打扮过一番：他们的头发梳理得整齐亮丽，穿着比较正式。他们站在一条走廊里等着，这条走廊连接着餐厅和工作室，走廊每隔不远，便有一个五六步宽的门依次排列着。店铺里面早就安装了电灯，但是这条走廊却使用煤气灯来照明。菲利普一直在店里面等候着，过了好久，才被一个店员领进一间办公室。这间办公室并不大，样子好像是一个被切开的干奶酪。墙壁上贴着几张女人的照片和两张广告画。其中一张广告上面画着一个身着睡衣的男人，另一张广告上面画着一艘在蔚蓝大海中扬帆远航的船，显示出乘风破浪之状，桅杆上的风帆上“大量白布待销”几个大字格外显眼。这间办公室与店里面的一个橱窗相连，此时店员们正在布置橱窗，三三两两的嘈杂声不时传来。办公室经理坐在办公桌前看着信件，他的一个助理走出走进，忙个不停。这位经理脸色红润，头发沙黄，胡子很长，胸前挂着一块怀表。他上身穿着一件衬衫，身前摆着一张宽大的办公桌，桌子边放着一部电话机，一些当天制作的广告、剪报和阿特尔涅的作品摆放在桌子的正中央。他一声不吭地看了菲利普一眼，然后继续对打字员口述着信件的内容。打字员是一个女孩，坐在办公室一个角落的办公桌前。最后，这位经理终于问了一下菲利普的基本信息，包括姓名、年龄和以往的工作经历。这位经理一开口说话便停不下来，滔滔不绝地表演着自己的演讲口才。不过，他的话音中总是带着浓重的伦敦口音，这让他的声音听起来有些刺耳。他说话的时候，嘴里上排的硕大的牙齿暴露无遗，随着说话的声音蠕动着，好像要掉落一样，这着实让菲利普吃了一惊。

“您好，阿特尔涅先生一定已经对您介绍过我了。”菲利普开口说。

“唔，你一定就是那个设计广告画的年轻人吧？”

“您说得没错，经理。”

“但是我们现在根本不缺设计广告的人，所以你的作品对我们来说没什么用。”

他审视着菲利普，想要看看菲利普与前几位应聘人员有哪些不同之处。

“我觉得，你最好穿一件工装礼服，这样看起来会很正派，你现在肯定还没有。”

菲利普不知道眼前的这位经理是否愿意录用他。他说话的时候语气很强势，态度显得很傲慢。

“你住在哪儿？”

“在我很小的时候，我的父母就去世了。”

“我喜欢给年轻人工作的机会，并且我一直在这样做，我提拔了很多年轻人，其中有一些已经开始成为部门主管。他们知道感恩，因为他们知道我帮了他们不少的忙，这让我很高兴。从最底层做起，一步一个脚印，努力工作，这才是你们年轻人真正的出路。我相信，只要是你努力工作，在不久的将来，你也会像我一样，成为公司的经理。你一定要牢记我的话，年轻人。”

“我一定会的，先生。我肯定会努力工作的。”菲利普回答说。

菲利普明白，无论眼前的这个人说什么，他都需要尊称他为“先生”，即便这种称呼听起来有些突兀。这位经理真是个健谈的人啊！他侃侃而谈，完全不顾及菲利普是否不耐烦。他说话的样子很浮夸，在给人一种盛气凌人之感的同时，又让人觉得很滑稽。他发表完一番长篇大论后，顿了一下，脸上泛起了微笑，然后对菲利普说：

“我知道你一定会按我说的那样做，”他提高了嗓音，“不管怎样，我都愿意给你一个机会，希望你不要让我失望。”

“您真是太好了，先生。非常感谢！”

“如果你没事，可以马上来上班，你每周会得到六先令的工资，当然，生活费用会有补助。你一定要明白，我们按月来发工资。你赚了钱怎么花都可以。从星期一算你正式上班，没有什么问题吧？”

“好的，先生。我完全同意。”

“你知道沙夫兹伯雷林荫路上的哈林顿大街吗？那是你的新住处，门牌号是十号。如果没问题，你星期天晚上就可以搬过去住。当然了，你可以自己决定。哪怕是你周一把行李搬过去也没关系。”

经理说完后，长长地舒了一口气，好像刚刚因昨晚某件事而心满意足的样子。最后，他跟菲利普说了声“再见”。

103

阿特尔涅太太是个热心肠的人，当他得知菲利普因拖欠房租而被房东太太扣押行李之后，便主动借给了菲利普一笔钱，这让菲利普非常感动。他用这笔钱还清了房租，并从当铺中赎回了自己以前典当的衣物，又用五先令的钱和一件西装做典当，换了一件非常合身的礼服大衣，之后，他托人把行李运到了哈林顿街的新住处。周一早上，菲利普随同阿特尔涅一块儿去公司上班，阿特尔涅把他介绍给了一位服装部门的进货员，之后就离开了。这个进货员的名字是桑普森，三十岁左右，个子虽然不高，但是他动作灵活，喜欢大惊小怪。当他得知菲利普会说法语的时候，感到很惊讶。

“你还会讲其他语言吗？”

“当然，我还会说德语。”

“你真是太厉害了！我有时候会去巴黎度假。你去过马克西姆大百货公司没有？”

菲利普办公的地方是服装部门里面楼梯的最顶端，他负责将来访的人介绍到相应的部门去。从桑普森先生的长篇大论中，不难知道这里分工明确，部门很多。这时候，桑普森发现菲利普走起路来有点儿跛。

“你的腿是不是有问题？”桑普森问菲利普。

“是的，先生，我有条腿有点瘸，但这并不妨碍我工作。”

桑普森表现出一副惊讶的样子，他对着菲利普的跛足瞅了好大一会儿。菲利普心中暗想，他一定是在想经理为什么录用一个瘸子。但是菲利普心知肚明，因为应聘的时候，经理并没有注意到这一点。

“因为你刚来，所以你不用每件事都做得很好。如果有什么不懂的地方，你可以去咨询店里的那些年轻漂亮的女员工。”

桑普森说完就离开了。菲利普尽自己最大的努力去记住每个部门所在的地方，主动去迎接前来咨询的顾客。当下班的钟声敲响的时候，他便下楼去吃午饭。店里的餐厅在公司所在大楼的最顶层，里面很宽敞，灯光将餐厅照得很明亮。为了避免外面的灰尘进入餐厅，工作人员把窗户都关上了，因此，餐厅里面的气味并不好闻。油腻味儿弥漫在空气中，让人感到有些呛鼻。长长的餐桌上铺了一层台布，每隔不远，便会有盛满水的玻璃瓶摆放在其间，一些盐罐子和醋瓶也放在餐厅的中央，供顾客们自行食用。每到用餐的时间，店员们总是三五成群地涌进餐厅，大家坐在餐桌前有说有笑，饶有兴致地议论着饭菜的好坏。

“怎么没有腌菜呢？”坐在菲利普旁边的那个人抱怨道。

说话的是个年轻人，名叫哈里斯。他是个瘦高个儿，像鹰钩一样的鼻子附着在苍白的脸上，显得格外突兀。他的头很大，有些凹凸不平，仿佛是被人敲下去一块，因此，他的样子看起来很古怪。菲利普了解到平日里餐桌上总会有各种各样的再普通不过的腌菜，用大汤盆盛着放在餐桌上供人免费享用。过了一会儿，一个身高体胖的男子捧着几盆腌菜进到餐厅后，一下子把腌菜扔在餐桌上。大家看到后，纷纷去取。从腌菜那油腻热乎的样子，不难发现是刚从脏水中洗捞出来的。这时候，还有几个身穿白色上衣的服务员在分发猪肉，他们好像魔术师一样，动作敏捷地将猪肉切成肉片放入汤盆中，却全然不顾肉汤四溅。紧接着，大碟白菜和马铃薯也被端了上来。看到这种场景，菲利普感到反胃，哪里还吃得下。但是其他店员们一直往腌菜上面添加醋，吃得津津有味。大家吃饭时有说有笑，声音马上填满整个餐厅：有人侃侃而谈；有人大声欢笑；有的人虽然不说话，却发出咀嚼食物的怪声。这一切都让菲利普感到不舒服，他最先离开餐厅回到了服装部。慢慢地，菲利普逐渐熟知并记住了各个部门的地点，他不再需要求助其他店员，开始独自为他人指引道路，这让他感到很高兴。

“请您往右边走到第一个拐弯处。请您往左边走到第二个拐弯处，夫人。”

闲暇的时候，店里的一两个女店员喜欢找菲利普聊天，他认为她们是在向他搭讪。五点钟的时候，他会被请到楼上餐厅一同食用茶点。他很乐意去楼上坐一会儿。餐厅会有涂着厚厚黄油的面包供人享用，有些店员还可以吃果酱。当然，这些果酱是他们事先放进“贮藏室”的，上面写着他们的名字以便区分。

商店在每天下午六点半关门，此时，菲利普总是累得疲惫不堪。有一次，吃午餐时挨着菲利普坐的年轻人哈里斯找到他，说他们身为同事，应该相互走动一下，主动提出让菲利普去自己的住所看看。菲利普住的地方原来是在哈林顿大街上的一个破旧的皮靴店，如今这家店被改造成他们的员工宿舍。菲利普住的房间中的窗户大部分都被木板堵住，因此，屋里的光线很暗，通风也很差，空气中带有一股难闻的霉臭味。哈里斯告诉菲利普说他住在二楼，其他的房间都住满了人，而自己的房间里还有一张空床，如果不介意的话，可以来二楼跟他住在一块儿。菲利普听了自然很高兴，当即表示答应。哈里斯住的房间里放着一架钢琴，桌子上的香烟筒里装着一副多米诺骨牌。地板上放着几本过期的《斯特兰德杂志》和《图画报》，其他房间也都被改造为员工宿舍。菲利普将搬到屋子顶层的那个宿舍。这个房间里面放置了六张床，床边放着一些装衣服的箱子和小纸箱。屋里面只有一件家具——衣柜。这个衣柜有四个大抽屉和两个小抽屉来供居住的人使用，每人正好一个，菲利普把行李搬上来以后，就随便选了其中的一个抽屉放东西。每个抽屉上都有一模一样的锁，钥匙相同，因此，上锁是毫无必要的。所以，哈里斯建议菲利普把比较值钱的、重要的衣物放在大箱子里。房子中间有一个壁炉，上面挂着一面镜子以供宿舍员工使用。之后，菲利普在哈里斯的带领下，查看了一下盥洗室。盥洗室的面积很大，墙角处整齐放着八个洗脸盆，宿舍的人都在这儿取水使用。盥洗室和浴室相通，浴室里面安放着两个因使用时间过久而变黑的澡盆，澡盆边缘有肥皂的斑迹，澡盆里面留下的由高到低的水印也表明大家洗澡时所用水量的不同。菲利普和哈里斯返回卧室的时候，一个大个子男孩正在换衣服，旁边一个十六岁左右的男孩则一边吹着口哨，一边对着镜子梳理自己的头发。过了一会儿，大个子男人换完衣服，一声不吭就离开了，旁边这个小男孩仍然饶有兴致地吹着口哨。哈里斯对菲利普说，刚出去的那个人叫普赖尔，他曾经当过军人，退役后就转业来到了公司的丝绸部门。他不喜欢与人交往，见人也不愿打招呼，但是每天晚上，这个人都会去和女朋友约会。哈里斯和菲利普交谈了一会儿，便回去休息了，屋里面就剩下了他跟那个男孩。菲利普收拾床铺的时候，他一直盯着菲利普，眼里充满了好奇。这个男孩叫贝尔，在店里的缝纫部门干活，却不拿工钱。他对菲利普说，他很喜欢菲利普的晚礼服，然后，他还把宿舍里其他住宿人员的基本情况都告诉了菲利普，不仅如此，他还对菲利普比较好奇，不停地追问着菲利普。看得出，贝尔是一个活泼可爱的少年，他说话的时候，还会唱几句从杂耍剧场学来的歌曲。菲利普收拾完东西，一个人走出了宿舍。走在大街小巷里，看着路上来来往往的人群，他也会站在餐馆门口看着顾客走进走出时那酒足饭饱的样子。这时候，他突然觉得有点儿饿，于是进去买了一块面包，一边走一边吃。到了宿舍楼前，他向管理员要了一把大门钥匙，他了解到管理员每天会在晚间十一点半的时候关掉煤气灯。为了避免被锁在门外，菲利普便快步赶回了宿舍。宿舍有明文规定：如果在晚上十一点之前没有回到宿舍，那么会罚款一先令；过了十一点半，则会罚款两个半先令。不仅如此，管理员还会告知公司。如果公司得知某个人被连续报告三次，那么这个人就会被开除。

菲利普回到宿舍后，除了出去约会的普赖尔，其他人都在宿舍，有人甚至已经早早地钻进了被窝。他刚到宿舍门口，就传来一阵喊声。

“克拉伦斯，你真是太调皮了。”

菲利普看到自己的晚礼服被贝尔套在了枕头上，贝尔此时则对自己的做法显现出很得意的样子。

“克拉伦斯，你如果穿着这件晚礼服去参加社交聚会的话，一定会惊艳全场的。”

“是啊，你肯定会吸引到莱恩公司里最漂亮的女人。”

菲利普先前听过公司举行社交晚会这件事，公司因为这件事会扣除员工们的一部分工资，这种做法让许多员工大发牢骚，埋怨公司的这种做法。不仅如此，公司每个月还会扣除员工们四先令的工资，说这是洗衣所需要的费用。另外扣除两先令，作为每月的医药费和图书馆的阅读费。菲利普心里面暗暗计算了一下自己的工资，他每周六先令的工资，其中四分之一都会被公司扣掉。

宿舍里还有几个人正吃着面包夹香肠这种三明治，这是员工们经常食用的晚餐。因为便宜，每份两便士，员工们会不辞劳苦走到老远的那家店里去买这种三明治。过了一会儿，普赖尔大摇大摆地走进宿舍，一句话不说，脱掉衣服倒头便睡。十一点十分的时候，煤气灯的火头闪了一下，五分钟后，就熄灭了。这时候，普赖尔已经酣然入睡，不时打几声呼噜。而宿舍的其他员工则会挤到窗户旁，对着路边走过的女人投掷剩下的三明治，嘴里面还说着粗鲁的话来调情。宿舍楼对面是一幢六层楼，这是犹太人裁缝的工场，他们在每天晚上十一点下班。所以，每到这个时候，在其他楼已经熄灯的情况下，这座楼在夜间格外显眼。这家工场的主人的女儿是一位年方二十的少女，有时候，下班的男员工总是喜欢跟她调情，甚至有些员工会在下班的路上跟着这位女孩走一段路。每到这个时候，工场主一家，包括这位少女、她的父亲和母亲，还有两个小男孩总会去挨个把楼里面的灯关掉。直到子夜的时候，哈林顿·阿姆斯大剧院演出已经结束，这些员工才开始上床睡觉。贝尔的床位在门口，他喜欢从一张张床上跳着去他的床位，嘴里还不停地说着什么。最后，宿舍里突然安静下来，除了普赖尔的呼噜声会不时地划破这种静谧的气氛。菲利普躺在床上，逐渐闭上了眼睛。

第二天早上七点，一阵清脆的铃声叫醒了菲利普。到七点三刻的时候，大家都穿好了衣服，然后下楼去穿鞋。大家穿上鞋就跑着去牛津街上的店里面吃早餐。店里面每天八点开始供应早餐，去晚的话就会没有饭吃；另外，进到店里面就禁止出去买吃的了。有的时候，一些员工不能准时赶到饭店，便会在邻近的小店里面买几个面包带着到店里面吃。但是，外面的面包比较贵，所以，迟到的员工大多都会空着肚子去上班，直到下班吃午饭。菲利普早上总是会喝一杯茶，再吃一块牛油面包，然后在八点半的时候，开始他的工作。

“请您往右边走到第一个拐弯处。请您往左边走到第二个拐弯处，夫人。”

菲利普的工作简单乏味，却很累人。作为招待员，他每天站着机械地解答着前来咨询的顾客的问题。没过几天，他的两条腿开始疼痛，这让他有点儿站不稳。每天晚上回到宿舍睡觉前，脱袜子总是令他痛苦难忍。因为这个原因，店里的招待员常常会抱怨自己的工作。其中有一个同事告诉他说，自己的两只脚喜欢出汗，这使得他的袜子和鞋都烂了。宿舍的其他人跟他一样，也遭受着这样的痛苦，因此，他们总是在睡觉的时候，把脚放在被窝外面透气。刚开始的时候，菲利普几乎不能走路，后来，他不得不待在哈林顿的宿舍里面，用冷水去浸泡自己疼痛的双脚。每到这个时候，贝尔便会在宿舍里面出现。他喜欢集邮，这时候，他总是喜欢在宿舍里整理他搜集的邮票。在用绳子捆扎邮票的时候，他还不忘使劲地吹口哨。

104

莱恩公司每月会举行两次社交晚会，时间一般都定在周一晚上。菲利普进入公司的第二周，就赶上了社交晚会。于是，他跟部门的一位女同事相约一块儿去参加。

“你一定要对咱们公司的女同事宽容一点儿，”这位女同事说，“好比我对她们那样。”

她是霍奇斯太太，大概四五十岁，喜欢染头发。一些细小的血管在她的脸上清晰可见，淡蓝色的眼眸长在略黄的眼白中。她觉得菲利普这个人不错，所以不到一周，她就直接喊他的教名了。

“参加这样的社交晚会，你一定要做到心中有数才行。”霍奇斯太太继续对菲利普说。

霍奇斯告诉菲利普，她原先并不姓霍奇斯。她的丈夫是一位有资格参加高等法庭的律师，但是对她却很粗暴。她自幼娇生惯养，哪里能够忍受得了丈夫的欺负，于是，她果断地离开了她丈夫。每次吃完东西，霍奇斯太太总是喜欢用她胸前粗大的别针去剔牙。菲利普不喜欢待在陌生的环境中，店里姑娘总是喜欢称他为“傲慢男孩”。有一次，一个女孩亲切地喊他“菲儿”，他不知道这个女孩是在喊自己，因此没有做任何回应。这位姑娘很生气，大声地骂他是“傲慢的公鸡”。后来，他们两个又碰面了，这个女孩记起先前受的气，于是叫住菲利普，喊了一句凯里先生，语气中带着几分嘲讽。这女孩的名字叫朱厄尔，再过一段时间，她将会嫁给一位医生。她的闺蜜们从未见过她的这位未婚夫，但是她们总是夸赞朱厄尔的这位未婚夫，因为他经常送她许多惹人喜爱的礼物。

“亲爱的菲利普，你千万不要把她们的话当回事，”霍奇斯太太对菲利普说，“我年轻的时候经历了好多事，现在你也要经历。这些女孩们也很可怜，她们知道的东西太少了！她们虽然说话难听，但你不要生他们的气，以后她们会喜欢你的。”

公司举办社交晚会的地点是地下餐厅，为了让大家有更多的空间去跳舞，餐厅里面的桌子被搬走放在一边，而一些小桌子则原地不动，以供到场人员玩扑克。

霍奇斯太太把班奈特小姐介绍给了菲利普。这是一位公司员工们公认的美女。她在公司的衬裙部门工作，主要负责进货。菲利普来到晚会的时候，看到她正在跟针织品部门的一个同事聊天。她的身体看起来很结实，脸有点儿大，脸上涂着浓厚的胭脂，显然是为了参加晚会才打扮的。她的胸脯很大，在人群中显得格外性感。她穿着一袭黑衣，衣领很高。手套一直戴在手上，即便是打牌也不摘掉。她的脖子上戴着一条金色的项链，双腕也没闲着，扣着两只手镯，耳朵上也有两条长长的耳坠，看起来像是一个戴满首饰的女王头像。她穿着虽然十分讲究，总体看起来，却也干净利落，显得很自然。

“凯里先生，很高兴见到您，”她对菲利普说，“您是第一次参加咱们公司的社交晚会吧？您看起来有点儿紧张，不过您放松点儿，完全不必紧张。”

班奈特小姐不停地跟人聊天，想尽一切办法减轻别人的紧张感。她有时会拍一下别人的肩膀以示友好，随后便会情不自禁地大笑起来。

“我没有出丑吧？”她突然停下来对菲利普说，“您一定对我有意见吧？但是我实在是忍不住。”

参加社交晚会的人员都到齐了。晚会成员大多是年轻人，其中有很多都是单身青年，当然，还有一些单身的女孩。晚会中有一些人穿着西装，打着领带，口袋里还装着鲜艳的手帕，让人看起来很绅士的样子。他们想借晚会这样的机会，伺机寻找自己的意中女孩。其中有些人一直忙忙碌碌却又故作镇定，有些人看起来信心十足，当然，还有一些人走来走去，表现出一副心急的样子，眼睛不停地注视着穿梭于晚会中的女孩。过了一会儿，一个长发女孩来到钢琴旁边，按着琴键，随后，钢琴发出一阵噪声。此时嘈杂的晚会突然安静了下来，大家都看向了钢琴。她看了一下周围的晚会成员，然后说了一个歌曲名字：《俄罗斯兜风歌》。

这个女孩在演奏之前，整理了一下自己的着装，摆出一副已准备好演奏的样子。这个时候，大家鼓起了掌声。她笑了笑，然后弹奏了一曲基调高涨的曲子。演奏完，掌声再次响起，人群中甚至有人开始欢呼。当大家安静下来后，她又弹奏了一首描绘大海的曲子。从她弹奏的曲子中可以听出，那阵阵轻微颤动的音符，象征着波涛正在拍打着海岸；那突然夹杂着的轰鸣音响，代表着暴风雨的骤至。后来，一个人主动演唱了一首名叫《跟我说声再见》的歌曲，唱完还不尽兴，又加唱了一首。晚会的观众们兴趣很高涨，他们不断地鼓掌，直到节目结束。最后，班奈特小姐走到了菲利普身边。

“我认为，您要么会弹琴，要么会唱歌，”她笑着说，“我一定没猜错，您看着就是这样的人。”

“其实我什么也不会。”

“那朗诵呢？”

“我真的没有什么特长。”

公司里面有一位颇有名气的朗诵家，他在男用针织品部门做进货员。他手下的员工喊他出来表演朗诵，他也很乐意这样做。他感情浓厚地即兴朗诵富有悲剧意味的长诗。在朗诵的时候，他的眼珠子总是喜欢不停地转动，一只手放在胸口，表现出一副十分伤感的样子。每次朗诵到最后一句，他总是喜欢将全诗的风格大反转，突然朗诵一句“吃饭的时候可惜没有黄瓜”这样滑稽的诗句，这总能让人为之一笑。但是，大家十分熟悉他的这种朗诵风格，所以笑起来难免会有些表里不一，有点儿强颜欢笑。班奈特小姐站在旁边，并没有去唱歌或者朗诵，更没有去弹钢琴。

“你知道吗，菲利普？班奈特小姐有自己的拿手好戏。”霍奇斯太太说。

“你千万别取笑我。不过，您是知道的，我会一点儿相手术。”

“真的吗？班奈特小姐，您看一下我的手怎么样？”班奈特小姐管理的女员工纷纷跑来让她看手相，以此希望来博取领导的眼球和欢心。

“哎呀，但是我不喜欢给别人相手啊！以前我帮别人相手算命，好多都被我说中了，这使得他们变得迷信了，我可不敢乱说了。”

“班奈特小姐，就看这一次好不好？”好多女员工闹着。

这些人聚在一起围在班奈特小姐的周围。此时她也不再假意拒绝，而是侃侃而谈。她讲述着各种各样的奇闻逸事，比如收到的来信中突然装着钞票。她说话的时候，人群中会不时地发出一些尖叫声、笑声，还有叹气声，甚至有些女孩因听到某些尴尬的事而害羞脸红。班奈特小姐滔滔不绝地讲述着，以至于最后脸上都出汗了。

“哈哈，我都汗流浃背了，”她聊天的兴致不减，“好像刚淋过雨一样。”

晚上九点钟的时候，晚餐正式开始。公司会免费供应一些饼干、面包、三明治、茶叶和咖啡等。除此之外，想吃其他的东西，就得自己掏腰包了。在晚会上，一些年轻人总是表现得洒脱大方，常常请一些女士喝姜汁酒，但女士们总是礼貌性地拒绝。班奈特小姐生平素爱喝姜汁酒，她总是会喝两到三瓶，但是，她不会让男士们付钱，往往自己掏钱。这种豪爽不羁的性格总能令很多男士喜欢。

“她总是这么奇怪，”人们常说，“但是，她这个人可好了，跟其他女人一点儿也不一样。”

晚饭结束后，大家玩起了纸牌游戏。一瞬间，餐厅里面突然喧闹起来。人们从这张桌子走到另一张桌子看纸牌游戏，欢闹声持续不停。此时，班奈特小姐浑身有些发热。

“真是的，”她张口说道，“现在真的是汗流浃背了。”

过了一会儿，一个年轻小伙子站起来说，跳舞的时间马上就要开始了，大家赶快做好准备。刚才弹钢琴的女孩又在钢琴旁边坐了下来，为大家伴奏。她弹奏了一首温柔美妙的华尔兹舞曲，琴音的节拍不停地转换着。她还表演起了自己的琴技，两只手交叉着演奏乐曲。

“她弹奏得真好，对吧？”霍奇斯问菲利普，“令人感到更为惊奇的是，她从未上过学，她所演奏的曲子完全是自己听后学来的。”

班奈特小姐特别喜欢跳舞和诗歌。她擅长跳舞，每次跳舞的时候，她的舞步都极其轻盈，表情也很丰富，明亮的双眸中流露出一种沉思的神情。她谈论着地板、热气和晚餐，说话的时候都有点儿喘不过气了。她兴奋地议论着波特曼宿舍里安装的高级地板，声称自己特别喜欢去那里跳舞，并且那里有很多舞蹈跳得很好的人，她喜欢跟熟识的人一块儿跳。晚会中的每个人都跳得很高兴，大家一个个大汗淋漓，很多人的衣领都被汗水打湿，不由自主地放慢了速度。

菲利普只是在一旁看着，一动不动。这时候，他心中莫名地产生了一种沮丧之情。他觉得内心很寂寞，甚至有点儿难受。他没有离开晚会，因为他不希望让别人觉得自己很傲慢。所以，他虽然跟一些女孩有说有笑，但是心里面却怎么也高兴不起来。班奈特小姐看到他这个样子，便开口问他是否有女朋友。

"我暂时没有。"菲利普面带苦笑地回答。

"哦，没关系，我们这儿的好女孩很多，你一定会喜欢她们的。有些女孩还是很不错的，我相信你一定能找到你喜欢的类型。"

她的目光一直停留在菲利普身上。

"对她们一定要宽容，"霍奇斯太太插话道，"我最初就是这样告诉他的。"

直到十一点钟，晚会才结束。菲利普回到宿舍，怎么也睡不着。他跟其他人一样，把疼痛难忍的脚放到被子外面。他极力克制自己不去思考眼下的生活，从而让内心平静下来。此时，宿舍的大兵普赖尔打起了呼噜声。

105

店里员工的工资是每月按时发放的。每到领工资的时候，店员们总会在楼上先用些茶点，然后下楼来到秘书办公室的门口，自觉地排队等候领工资。领工资的人群队伍整齐划一，好像那等候在美术馆外排队购票的观众一样。他们一个接着一个地走进办公室，秘书坐在办公桌旁边，面前是装着钞票的木盒。他总是提前喊叫店员的名字，然后投以怀疑的目光，紧接着，开始翻阅账簿查找相应的工资数目，最后把钱从木盒中拿出来递到店员手中。

“这是你的工资，收好了。”秘书说，“下一位。”

“谢谢。”领完工资，店员总会礼貌地表示一下感谢。

但是，领完工资的店员并不能马上离开，他们还需要走到另一位秘书面前，上交四先令的洗衣费用和两先令的俱乐部会员费用。当然了，有些人还需要交罚款。最后，店员们拿着剩下的为数不多的工资，回到自己上班的地方继续工作。菲利普和他们宿舍的大多数人都喜欢在晚餐的时候买三明治吃，卖三明治的是一位老妇人。她是一个非常有意思的老太太，体态有些发胖，脸庞虽然很宽，却总是面色红润。她的头发乌黑发亮，整齐干净地依附在额头的两边，如同画作中那维多利亚女王的模样。她喜欢戴一顶黑色的帽子，腰间总是系着一条白色围裙，工作时衣袖挽得很高。她在制作三明治的时候，衣服上总是沾满油渍。她就是弗莱彻太太，大家见到她，并不喊她的名字，而是称她“妈妈”，她也喜欢店员们这样称呼她，然后，她反过来称大家为孩子。弗莱彻太太是一个心地善良的人。每到月底发工资之前那几天，正是大家手头拮据的时候，店员们常常去她店里面赊购三明治，她总是很乐意赊给他们。甚至有的时候，有些店员有了难处，她还会借钱给他们。因此，店员们都乐意去找她聊天、唠家常，每次外出度假回来的时候，总是会有意经过她的店铺，去亲一下她那和蔼、胖乎乎的脸庞。有些店员被解雇后，没有找到工作，所以不得不饿肚子。她知道后，总会做一些三明治给这些店员吃，这是常有的事情。店员们也懂得感恩，都打心眼里尊敬她、爱戴她。人们之间总是流传着关于她的各种各样的故事。比如有个人曾经受到过她的帮助，后来这个人在布雷福德赚了大钱，开了几家商店。多年后这个人回到了伦敦，他特地来看望了弗莱彻太太，并送了她一块金表。

扣除完各种费用，菲利普这月的工资剩下了十八先令。钱虽然不多，却是他有生以来第一次靠自己的劳动所得到的钱，他心中高兴不起来，反倒更加惆怅、伤心，因为这笔为数不多的钱，更映衬出他现在的处境是多么艰难。他拿出十五先令交给了阿特尔涅太太，表示自己暂时支付先前借款的一部分，但是，阿特尔涅太太只收了

十先令。

“你是清楚的，按我现在的工资水平，你的债务我到大半年后才能还清。”

“没关系，只要阿特尔涅能工作挣钱，我们暂时还是能够养活家庭的。我也相信公司一定会给你涨工资的。”

阿特尔涅坚持说要找他们经理说一下菲利普的工作安排，他觉得菲利普完全可以胜任更好的工作，但是他也只是口头说说，并没有真的那么做。后来，菲利普发现，其实阿特尔涅作为公司的新闻代理人，并没有他自己说的那么重要。有时候菲利普看到阿特尔涅站在店里面，也失去了往日他那侃侃而谈的风采，他安静地站在店里面，穿着普通却很整齐，等待着经理的差遣；有时候他也会匆匆经过各个部门，生怕被人看见。

“一想到我的才能被公司埋没，”阿特尔涅满腹牢骚地说，“我真想写封辞职信交上去。我待在这样的公司里面是没有前途的。我虽然才华横溢，却毫无用武之地。”

坐在一旁做针线活儿的阿特尔涅太太听了他的话，轻快地笑了一声，然后说：

“找工作哪有那么容易！目前你的工作稳定且有保障，我觉得只要别人愿意用你，你就知足吧。”

阿特尔涅肯定会遵照她的话去做的。菲利普心想，阿特尔涅太太大字不识一个，却能使得阿特尔涅老老实实地跟她结婚生子过日子，一定有她的魅力所在。如今，菲利普感受到，阿特尔涅太太对他的态度就像慈祥的母亲一样，这让菲利普深受感动。每到星期天的时候，他总是到阿特尔涅家里来共同度过，他觉得每到这个时候，阿特尔涅一家热情洋溢的气氛总能给他的心灵带来安慰（逐渐地，他习惯了这种生活氛围，单调的生活和索然无味早已荡然无存）。阿特尔涅喜欢坐在大椅子上纵谈天下事，即便他本身的生活状况并不是那么好，但是他总是喜欢长篇大论，不说到尽兴是不会让菲利普回哈林顿大街上的宿舍的。刚开始的时候，菲利普想要在工作之余学习他的医学教科书，以弥补自己荒废的学业，但是真正工作之后，他发现自己的这种想法简直是天方夜谭。每天的工作累得他精疲力竭，他没有时间更没有精力去学习，他感到自己回到医学院的愿望遥遥无期。他常常在睡觉的时候梦到自己回到医学院学习，但醒来后发现这只是一场梦，这让他内心很痛苦。环顾四周，发现周围睡着其他的店员，他感到很厌烦。他生来喜欢独来独往，而现在他沦落到和别人住集体宿舍的地步，不能一个人安静地享受时光，每想到这儿，他就很郁闷。这也让他真切地体验到，一个人想要战胜绝望的情绪，是非常困难的。他心里非常明白，目前自己只能够继续做招待员，每天为来公司的顾客服务，不停地、周而复始地为顾客指引道路。如今的世道，他能待在店里面工作，已经是非常幸运的了！参战的店员们马上就要返回到店里，公司也承诺保留他们的职位，这就意味着现在有些店员一定会被辞退。他现在只能努力工作，以图长久地待在公司里。

菲利普心里明白，如果想迅速摆脱当下的困境，就只能寄托于他的牧师伯父早早离开人世。因为那样的话，他将会得到一笔数百英镑的遗产，他到时候可以用这笔钱去继续完成自己的医学院学业。菲利普现在心里面开始盼望他伯父能够早早去世。他的伯父是一位牧师，现在至少有七十五岁了。菲利普心里计算着他伯父还能存在于人世间多久，因为他知道，他伯父身体不好，患有严重的支气管炎，每到冬季，他总是咳嗽个不停。菲利普本身是学医的，他心里虽然明白他伯父所得的病，但还是忍不住去翻阅书籍确定病情。他经常盼望寒冷的冬季能够早日来临，这样，他伯父的身体肯定吃不消。当然了，他觉得高温天气也会让他伯父吃不消的，八月中，就有三周的高温天气。他整天想着他伯父的身体状况，他觉得自己不久就会突然接到家中来电，说他伯父已离世，希望他能奔丧。到时候，他说不出心里面到底会有多高兴。他站在公司楼梯的接待处把顾客引到他们要去的部门，但是他的心早已在盘算着怎么去使用他伯父死后留给他的遗产。到时候他会立刻辞职，收拾完行李便立刻消失得无影无踪，他再也不用忍受这样令人难受的工作了。首先，他将返回医院，然后用半年的时间，把自己落下的功课赶紧补回来。如果准备充分，他将会参加三门考试，首先是妇产学，其次是内科和外科。突然，菲利普有点儿担心他伯父会把自己的遗产捐给教区

或教堂，这令菲利普十分害怕。他觉得他伯父不会糊涂到如此地步。但是，他伯父如果真要那样做，那过不了多久就会着手行动的。菲利普现在之所以这样不厌其烦地工作，正是因为他觉得自己的生活还有希望。菲利普想到，如果这一希望消失，那么自己也会自杀。他甚至想到了用哪种方式去结束自己的生命会更致命且毫无苦痛。但是，他转而一想，即便事情发展到这种地步，他还是有办法解决的。

“楼下面靠右走到第二个门，夫人。左边第一个门，进去就行。菲利普斯先生，请直走。”

菲利普每月都需要值一周的班。他必须在次日早上七点钟来到店里面去监督清洁工的清扫工作。打扫完毕后，他还得取掉盖在展览模特身上的灰布，然后帮清洁工一块打扫店里面的大堂。在店里面工作是不允许看书、写字的，更别说吸烟了。因此，没事干的时候，他只能无聊地走来走去。最后，在晚上九点半下班的时候，公司会免费提供一顿晚餐，以作为对他的奖赏。期间，下午五点用茶点的时候，他往往会食欲大振，他总是津津有味地吃着公司所提供的面包、奶酪和可可。

很快，菲利普来公司上班已有三个月了。突然有一天，负责进货的桑普森先生非常生气地来到服装部门。原来，经理对服装橱窗的色彩设计非常不满，于是狠狠地批评了他。面对领导的批评，桑普森先生不敢多说什么，只能承认过错。但是，他一离开经理的办公室，便怒气冲冲地找到负责橱窗设计的店员，把火气全撒在了这位店员的身上。

“做任何事情都需要专心致志，亲手把它做好，”桑普森先生大声地吼着，“我先前一直都是这样告诉你们的，以后还会这样说。我怎么会把这件事交给你们这些让人不放心的家伙？你们不是说自己很聪明吗？呵，你们原本就很愚蠢。”

他不停地怒骂着他手下的员工，所用的语言可谓是恶毒至极。

“你们也太蠢了吧，把橱窗涂成铁蓝色，难道不会抵消其他颜色吗？”

“凯里，下周五的橱窗设计由你负责，让他们看看你的本事。”

他一边骂着一边走进了自己的办公室。此时，菲利普忧心忡忡。

星期五上午，他害羞地进入橱窗里面，脸涨得通红。路边全是来来往往的人，一想到要在过往路人面前布置橱窗，他就觉得自己很出丑。他不想布置橱窗，因为他担心会碰到熟人。他心里想此时不可能有医学院的同学路过这里，况且他在伦敦的熟人并不多，但是即便如此，他还是心惊胆战，担心会突然被熟人认出来，让他们看到自己做这种工作，就太尴尬了。他拼尽全力，努力地完成布置橱窗的任务。他看到橱窗中的红色服装摆放得过于拥挤，所以稍微将这些服装分散摆放，果然达到了良好的效果。进货员走到街上注视着菲利普布置一新的橱窗，脸上带着满意的表情。

“我一直觉得，让你来布置橱窗一定不会错的。实际上，我们两个都是绅士，大家都能看出来。但你要注意，我不会在店里面说这样的话的。不管你是否相信，我一直都这么认为。”

从那以后，布置橱窗的工作就交到了菲利普的手上。他完全能够胜任这项工作，但是令他感到为难的是，他不是一个喜欢抛头露面的人，这项工作让他感到很害羞。每到星期五早上，他就会重新布置橱窗。这一工作逐渐让他形成一种恐惧心理，有时候会让他睡不着觉。店里面的女孩都看得出他很害羞，于是她们故意去开他的玩笑，说他是“骄傲自大的家伙”。

“我觉得，你一定是害怕被你姑妈看到后，然后把你从她的遗嘱名单中删掉。”

总体来说，他同店里面的女员工相处得很好。她们有时候会觉得他与众不同，但他的那条瘸腿往往被作为他不同常人的原因。慢慢地，这些女孩发现菲利普是一个忠厚老实的人。他乐于助人，从不与人斤斤计较。他的性格也很随和，言谈举止很有礼貌。

“很显然，他是一位绅士。”这些女孩总是私底下议论他。

“他并不喜欢讲话，不是吗？”一位妇人说。她喜欢讨论戏剧，说起话完全停不下来，但是菲利普听了，心中没有一丝触动。

店里面的女孩大都有自己的意中人，而那些还处于单身状态的女孩总是说她们喜欢这样。曾经有几个姑娘想要同菲利普调情，但是他总是神情严肃，这往往让这些姑娘敬而远之。他有时候会讨厌男女之间的性爱，他常常会感到厌烦，但另一方面，他总是迷恋声色，急切地想要找到一个心仪的女孩来体验鱼水之欢。

106

菲利普现在很少去他先前富有的时候去的那些地方。皮克大街上的酒馆小聚早已散伙，背叛朋友的马卡利斯特也不再出现了，海沃德在好望角，只有劳森至今还居住在伦敦。菲利普并不想见到他，因为他觉得他已经跟这位画家没有什么共同语言了。可是不巧的是，某个周日下午，菲利普吃完中午饭去圣马丁巷的图书馆读书的路上，正好碰见迎面而来的劳森。他想装作没看见继续向前走，但是劳森却叫住了他。

“嗨，菲利普，你这是要去哪儿啊？”劳森大声地说。

“嗨，好久不见啊。”菲利普及时回了一句。

“先前我给你写过信，想邀请你来我的画室参加宴会，但是一直收不到你的回信。”

“是吗？我并没有收到啊。”

“确实是这样。我去医院找过你，看到我写的信一直放在架子上。你现在不学医了吗？”

听了劳森的话，菲利普无言以对。他对自己辍学感到惭愧，不想说出实情。但他又觉得没什么，因此，鼓起勇气回答了劳森的疑问。

“你说得对，我现在确实不学医了，因为我的钱都被我花光了，我现在无力支付自己学习的费用。”

“原来真的是这样，那你现在做什么工作呢？”

“我在一家店里面做招待员。”

此时，菲利普突然觉得哽塞难语，他心里很难受，脸颊不觉已涨得通红。他看着劳森，觉得场面有点儿尴尬，于是冷笑了一声。

“如果你来到莱恩－塞特笠公司，你会看到我穿着礼服走来走去，不停地为顾客指路。向右边走到第二个口拐弯，夫人。左边第二个口拐弯。”

菲利普声音低沉地说着，劳森知道他显然不满意自己的工作，又不知道该说什么好。他了解到菲利普的工作环境和内容，虽然感到很惊讶，却不敢同情他。

“听你这么说，我知道你变化了很多。”劳森尽量谨慎地说。

他刚说完就有些后悔了，觉得说这样的话还是不太合适。此时，菲利普变得严肃起来。

“没错，我确实变化了不少，”菲利普继续说，“我至今还欠你五先令的钱呢。”

说完，他从口袋里掏出了几枚银币。

“算了，菲利普，我都不记得有这件事了。”

“别这样，你还是拿着吧。”

劳森只好接过菲利普的钱。他们两个站在人行道上，不时会被来往的行人碰到。菲利普眼里面那种灼人的目光让劳森有点儿不自然。他不会知道，此时菲利普心如刀绞。不过，劳森心里也替菲利普难过，他想帮菲利普，却不知道该做什么。

“你来我的画室吧,咱俩好久不见,真该好好聊聊。”劳森开口说。

“我觉得还是算了吧。”菲利普说。

“为什么不来呢？”

“我觉得咱俩没什么可说的。”

此时，菲利普看到劳森露出痛苦的表情，他虽然觉得自己说的话难听，但是他没办法，不想跟别人谈论自己目前的窘境。他觉得只有果断拒绝，才能让自己心安。他不想对别人倾诉衷肠，因为他觉得那样会让自己的精神崩溃。除此之外，他更讨厌去诉说先前所遭受的种种磨难。他清楚地记得，自己当初流浪街头时，来到劳森画室等他施舍的那种耻辱，特别是借劳森五先令的小钱，更让他觉得恍如昨日。他不想看到劳森，因为劳森总是让他想到自己先前走投无路时的境遇。

“好吧，如果愿意，你可以随时来我的画室，到时候咱们可以一块儿吃个饭。”

劳森的好意让菲利普有些感动，他觉得好多人都对他很友善，这让他有些惊讶。

“谢谢你，兄弟，但是我真的不想去，”他伸出手跟劳森道别，“再见！”

菲利普的举动让劳森有点儿难以理解，他习惯性地伸出了自己的手。菲利普跟劳森道完别，转身就离开了。此时，菲利普的心情很沉重，同以往那样，他觉得自己实在是太任性了。他不知道自己的内心为何会这般傲慢，这让他无情地拒绝了来自朋友的好意。突然，他听到有跑步声向他传来，劳森叫住了他。他停下脚步，心中突然有些生气，然后脸色难看地注视着跑来的劳森。

“还有什么事吗？”

“你听说过海沃德的事吗？”

“是的，他去了好望角。”

“谁都没有想到，他刚去就死了。”

菲利普听后，心中一惊，他实在难以相信这样的消息。

“到底发生了什么事？”他问劳森。

“他得了伤寒症，最后不治而亡。我猜想你肯定还不知道这件事。我当初听到这个消息，心里很惊讶。”

劳森说完，便转身离开了。菲利普感到内心突然被什么刺痛了一下，他从没有听说过跟他同辈的朋友离他而去。对于克朗肖，菲利普觉得他的离世很正常，毕竟他比菲利普大很多。海沃德的离世沉重地打击了菲利普，这让他突然觉得，人固有一死，这是任何人都难以避免的。他虽然跟海沃德好久没有联系，两人之间的友谊也淡化了很多，但是他万万没想到，海沃德会突然离世，这一噩耗猛烈地撞击着他的心。不知不觉，他突然想起了他同海沃德之间的种种谈话场景。他一想到，从今往后，他们两个再也没有机会交心聊天了，就感到心痛。他清楚地记得两人首次的见面，当时他们一块儿在海德尔堡度了几个月的假。菲利普回忆起那段飘然已逝的时光，心里非常失落。他不自觉地向前继续行走，心里面早已经没有了方向。突然，他发现自己早已偏离了去图书馆的路，但他不想折返到先前的那条路上。海沃德离世的消息早已让他心神不宁，他已经没有心思去读书了，只想找个安静的地方独自待一会儿。最后，他决定去不列颠博物馆，那里很幽静，这会让他很享受。自从来到莱恩公司上班，他经常会去不列颠博物馆，他喜欢站在巴特农神庙中的雕像前静静地看着，什么也不去想，只是让自己飘荡的灵魂能够有所停歇。但是今天，他的心始终不能平静下来，最后他实在是待不下去了，就走出了神庙。外面人来人往，来此处游玩的游客很多，有来自乡下的农民，还有旅游的外国游客。他现在觉得这些人丑陋的面孔怎能来到此地玷污艺术；他们那滑稽的样子，只会打扰神灵的安宁。因此，他进入另一个游客较少的房间，疲倦不堪地找了一个地方坐了下来。他实在是累极了，但是脑子总是胡思乱想。这跟他有时候在莱恩上班的状况相同，他上班的时候看着来来往往的顾客从他身边经过，他们很多人相貌丑陋，一副卑贱的样子，让人看了很难受。这些人的脸上显现出卑贱的欲念，让他们觉得任何美好事物的存在都是令人惊讶的。他们的眼睛天生狡黠，下巴难看，即便是没有害人之心，但也让人觉得俗不可耐、猥琐卑劣。他们尽力去表现得很幽默，但是往往达到相反的效果，让人不自觉发笑。有的时候，菲利普看到这些来来往往的顾客，总会去将他们与某种动物相类比（他试图控制自己的大脑不去这样想，因为他知道这会让自己的思想越陷越深），他把他们比作一群绵羊、马、狐狸或者是山羊。一想到人类竟是如此模样，他就感到恶心。

他在房间里待了一会儿，这里面的气氛慢慢地感染着他，他的心情也逐渐地平静了下来。他在房间里看着那排列着的墓石，这些墓石是由公元前四五世纪的雅典的工匠雕刻而成的，菲利普觉得它们虽然只是石头，看起来没有什么特别之处，但是它们体现的那种古朴淡雅的雅典精神深深吸引了他。岁月磨平了墓石的棱角，使得墓石呈现出一种如蜂蜜那样暗黄的颜色，这会让人情不自禁地联想到海米塔斯山上的蜜蜂。墓石上面有各种各样的图画，有的上面雕刻着一个裸体的人坐在椅子上休息，有的上面雕刻着生死离别的悲壮场面，还有的雕刻着即将死亡的老人躺在床上握着床边人的手。墓石上的图画场景丰富，画风淳朴自然，让人看了深受触动。朋友、爱人乃至母子之间的生离死别，都淋漓尽致地展现了出来。逝者安息、生者坚强，场面显得格外悲壮、肃穆。当然，这里面所展现的都是好多世纪以前的事了。几千年来，那些悼念死者的人早已化成黄土随风而去。但是，悲哀之情却永存人间，正如此时满心忧愁的菲利普。他心中不由得产生了一种悲天悯人之感，让他不停地感叹：

“太可怜了！真的是太可怜了！”

此时，菲利普突然想到了来到此地游玩的观光者，他们那呆然无神的双眸和体态肥硕的样子让菲利普心生厌恶。他认为他们跟那些因为心中丑陋不堪的欲望和庸俗的爱好而走进商店的人没什么两样。大家都是平凡的人，终有一死。每个人都有自己的爱人，最后也都要和他们爱的人分别。母子相离，夫妻诀别，这些人的分别场面或许会更加悲惨，因为他们活在丑陋、卑贱的生活当中。他们不知道自己究竟能给这个社会带来什么有价值的东西。

菲利普看到一块墓石上面雕刻着两个年轻人携手与共的画面，从那浅淡的线条和古朴的画面中可以看出，墓石的雕刻者将自己的真实情感尽情注入其中。这个雕像并非只留下可贵的友谊精神，它更是作为一件珍品存留到今天，作为一座丰碑警醒后人。这个时候，他想到了海沃德，眼眶不禁被泪水打湿。他们刚认识的时候，他特别佩服海沃德。但随着认识的加深，他发现海沃德并非他的偶像，然后，他们之间的关系开始变得冷淡，最后只是简单的朋友了。菲利普的脑海中不停地回忆着先前的往事。其实，生活总是这样：当你经常跟一个人在一块儿的时候，你就会觉得两人之间很亲密，甚至会觉得离开了彼此就无法生活。然后，两人因故分离，但是生活还会继续。你曾经认为难以分离的朋友，现在会觉得他并没有那么重要，久而久之，你甚至会忘掉他。菲利普想到了自己在海德尔堡度假的日子。当时，海沃德年轻气盛，志向远大，对未来充满着憧憬，他时刻准备着要干一番惊天动地的事业。但随着时间的流逝，他一事无成，最后竟然放弃了曾经的雄心壮志，心甘情愿地做一名失败者。现如今，他失去了自己的生命。他活着的时候并没有做什么有价值的事情，死得也没什么意义。他只是茫茫人海中的一个不起眼的人，没有功成名就，他存在与否，对社会没有一点儿影响，世间好像根本就没有他这个人。

菲利普不停地质问自己：人存在于世间的意义到底是什么？万事万物，到头来终究回归尘土，一切皆空。例如克朗肖，他活着的时候庸庸碌碌，没有人知道他；临死的时候，他一贫如洗，马上就被人遗忘。他死后被人出版的那几本书籍也只能在地摊上看到。他的一生好像除了能让别人写一篇评论之外，毫无价值。此时，菲利普心里很压抑，暗想：

“人活着到底有何意义？”

人们在生前总是努力奋斗打拼，但最后的结局却并不是那么完美，前后实在是不相称。人们总是要为年轻时的雄心壮志付出承受理想破灭的痛苦。苦难、疾病和不幸全都压在人生这个天平的一侧，使它严重倾斜。这一切有什么意义呢？菲利普回想起了自己的人生经历，想起了自己的雄心壮志，想起了自己身患残疾而带来的种种磨难，想起了他独自一人流浪在外、露宿街头的场景，想起了自己年少便失去双亲而无人疼爱的青春岁月。除了上面的经历，他不知道自己还经历过什么。现如今，他不还是倒了大霉，身陷绝境而艰苦度日。他知道有些人并不如自己，却能够飞黄腾达；而一些人强他百倍，日子却比他还苦。无论你正直与否，上天的甘霖总是公平地洒在每个人身上。这并非什么道理能够讲得通的。

菲利普突然记起来，克朗肖在生前还送给他一条波斯地毯。当时克朗肖告诉他，从这条地毯中，他可以看出生活的真谛。刹那间，菲利普悟出了生活的真谛，不禁失声笑了起来。找答案跟猜谜语没什么两样，开始的时候冥思苦想就是找不到，但当知道答案后，总会觉得如此简单的谜底竟然难为了自己好久。菲利普觉得答案就是：生活毫无意义。地球只不过是浩渺太空中高速运转的一颗行星，在一些条件的综合作用下，地球上开始出现生物。万物有生就有灭。既然生物是在某些条件的影响下产生，那么他们也必然会在某些条件下灭亡。人与其他生物并没有多少区别，不比其他生命更有意义；人的产生，只不过是自然造物所达到的某个顶点，是在自然对环境产生影响的背景下出现的。菲利普想到了一则有关东罗马帝国国王的故事。当时，有一位国王想要了解人类发展的历史。有一天，一位哲学家送给这位国王五百卷藏书，并告诉国王，只要看完，便能够详细了解人类史。但是国王日理万机，整天忙于政务，根本没有时间看，于是命令这位哲学家将这些书概括一下再呈交上来。二十年后，这位哲学家带回来概括后的五十卷藏书，但是，国王年迈体弱，已经很难去系统学习这些书籍了，所以，他再次命令这位哲学家更加简短地概括一下。又过了二十年，此时哲学家已经满头白发，他殚精竭虑地将所有藏书凝缩为一本呈给国王，但是，国王早已奄奄一息，即将死去，哪里还有时间和精力去看书。这时候，哲学家将人类历史总结为一句话，写下来后呈给了国王：人自出生始，便遭受苦难，最后两眼一闭，悄然离世。生活没有什么意义，人活着也毫无目的。出生或者不出生，生存或是死亡，都无关紧要。生命微不足道，死亡也没那么重要。此时，菲利普心头产生一阵狂喜，正如他在童年时不信仰上帝而觉得无比自由的那种释然的心情。他现在觉得，身上已无生活的重担，他突然发现自己完全地自由了。以前他总觉得自己如世间中的一粒尘土那样无关紧要，但他现在觉得自己的形象无比高大。突然，他发觉自己正在同残酷的命运斗争，并且势均力敌，他再也不用卑躬在命运之下。既然人生没有意义，那么世间便无残忍一说。不管是成功还是失败，都没关系。失败没有什么奇怪的，成功也不用炫耀。尽管他只是地球上万事万物中的一个动物，但他觉得自己无所不能，以至于能够探索出如此深奥而又浅显的人生真谛，他真的是太厉害了。菲利普此时思绪万千，他很高兴自己能够想得通人生的意义。他真的想找个地方尽情地跳舞，然后引吭高歌。最近一段时间，他过得从未像今天这样舒坦。

“啊，亲爱的生活，”他不禁感叹道，“你的意义究竟在什么地方？”

这出乎意料的想法，以及那无法反驳的力量，使得菲利普意识到“生活毫无意义”这一命题是完全正确的。与此同时，他又想到了克朗肖送给他的地毯。他觉得克朗肖之所以送给他这样的地毯，就是想告诉他生活是没有意义的。纺织工为了满足人们的审美，将地毯上的花纹织得错综复杂。正如制作织毯的工人那样，他的一生可能主要是在织地毯，这是他的人生。生活对他来说，既无价值，也无意义，只不过是满足某些人的审美兴趣罢了。他如果从生活中去寻找灵感，然后剪辑材料制作地毯，就一定会设计出有规律的纹饰，或者说是色彩丰富的图案。即便这样的做法只不过是一种荒诞可笑的行为，或者是一种遵从内心理想的情感迸发，但我们都不必去在意，生活本来就是如此，并且在菲利普看来，生活确是如此。菲利普认为生活是没有意义的，任何事物都无关紧要。在这种思想的影响下，他认为每个人都可以从那川流不息的生活长河（这是没有源头的河水，浩浩荡荡，却不流进大海）中抽取几滴不同的水，然后汇聚成让自己感到满意的某种人生格局。每个人都有不同的人生格局，其中，有一种格局最为完美动人。这就是一个人从呱呱坠地，然后开始成长，慢慢地开始恋爱、结婚、生子，为了生活而努力拼搏，最后双眼一闭离开人间。当然，还有其他的人生格局，这些格局虽然杂乱不一，却难以言表，里面并不包括人生幸福，人们不追逐名利，但是我们却可以从中看出某种扰人心境的趣味。当然，还有包括海沃德在内的一些人，他们的人生格局还没有达到完美，某种不可预知的事物让它突然中断。这时候，有人会站出来说一些安慰人心的话，虽然听起来很舒服，但没有什么用处；还有包括克朗肖在内的一些人，他们的人生格局很难让人效仿：人们还没有看到这些人一生中足以证明他们价值的某些人生片段，大家的观点和看法就要改变修正了。菲利普认为他抛弃了追求幸福生活的信念，就好比抛弃了人生中最后的一丝幻想。如果将幸福作为尺度去衡量他的人生，那就太可怕了。但是，他知道衡量人生的标准有很多，因此，他又觉得自己对未来充满信心和力量。幸福和痛苦都是无关紧要的，它们和人生中的其他细节一样，都只不过是使人生格局更为丰富。此时，他觉得自己已经超出世俗生活，他觉得自己再也不会为一些难以预知的意外和不测而感到惊讶。无论发生什么事，都是为了增加人生格局的丰富程度，而当自己走向死亡的那一刻，他会为自己完善的人生格局而感到欣慰。它将作为一件艺术品，散发着动人的光彩。因为只有他自己知道它存在于什么地方，他一旦死亡，这种格局也将随之消失。

一想到这儿，菲利普心中就十分高兴。

107

桑普森逐渐对菲利普产生了好感。桑普森在店里面工作时，总是精神饱满，十分卖力。所以，店里面的女员工经常说，如果哪一个阔气的女顾客看上他，那也不足为奇。他的住所在郊外，但他总

是在办公室穿着礼服。很多时候，值班打扫卫生的店员在大早上都能看到他穿着晚礼服，当他前往办公室换工作服的时候，员工们总是好奇地看着他走过去。每次遇到这种情况，桑普森总是悄悄地走出公司吃点儿早餐，在返回办公室的时候，他总是不停地对着菲利普使眼色。

“太棒了！”他感叹地说，“真是一个美妙的夜晚！”

他对菲利普说自己是店里面唯一的绅士，只有他跟菲利普两人才能够理解人生的真谛。刚说完，他马上换了一种聊天的语气，开始称菲利普为凯里先生，而不再称他为“老兄”了。他开始摆出一副领导的姿态，来要求菲利普做好招待工作。

公司每周都会购买从巴黎邮寄过来的时装样片，因为巴黎的时装样式很新潮，深受顾客的喜爱。因此，公司会在这些样片的基础之上稍加改造，以满足不同顾客的需求。公司的顾客大多是一些在工业城镇里面上班的女工人。她们追求高雅的趣味，不想穿本地生产的服装。另外，杂耍剧场的很多艺人也喜欢来买时装。这些艺人喜欢在莱恩公司里面定制表演时需要穿的服装。在这个时候，桑普森总是喜欢去向她们推荐店里面的其他服装。

“我们店里面的服装质量不比帕奎因公司的差，但是价格却比他们便宜一半。”桑普森总是这样推销店里面的服装。

桑普森总是面带微笑，说话温和得体，他的这种服务态度很受顾客的欢迎，以至于他们都说：

“在莱恩公司就可以买到巴黎的时装，我们怎么会去其他地方逛街浪费时间呢？”

桑普森做生意很精明，他总是能跟那些来店里定制服装的顾客搞好关系，以便劝说他们再次前来购买。桑普森对自己这样积累客户的做法很是自豪。有一次，他陪同维多利亚·弗戈小姐在她建立在图尔斯山上的别墅中共进午餐。回到店里面后，桑普森将自己的经历告诉了店员们，说得店员们都很高兴。桑普森说：“她穿的深蓝色上衣是我们公司缝制的，我确定，她一定不知道这一点，因此，我告诉她，这件上衣如果不是我亲自设计的，那便只能认为是帕奎因公司做的。”菲利普先前并不对女性的服装感兴趣，但是没过多久，他就开始关注女性的穿着了。对此，他为自己突然生发这样的兴趣感到好笑。他对于鉴赏颜色是具备一定的专业水平的，他的这一能力完全胜过其他店员。另外，他在巴黎学习绘画的时候，也学到过很多关于线条美的知识，这些都牢牢地掌握在他的脑子里。桑普森虽然没有学习过有关设计的系统性知识，但是他为人却很机警灵活，他每次设计出一款新样式，总是不停地征求大家的意见，他发现菲利普的建议总是很实用。但是，他又嫉妒别人的才能。有一次，他在听取菲利普的建议改进某件服装的设计后，高兴地说：

"真是太完美了！它的产生完全与我的设计理念相吻合。"

菲利普在莱恩公司已经工作五个月了。有一天，艾丽丝·安东尼娅小姐来到公司找桑普森先生。她体态粗胖，头上留着亚麻色的头发，宽大的脸庞上面涂抹着厚厚的一层胭脂。她仪态庄重，讲话诙谐，在当地很有名。她与杂耍剧场里的男仆和女喜剧演员的性格相似，天性活泼欢快。她即将登台表演，所以来店里找桑普森，希望他能为她设计一款独一无二的戏服。

"我希望您能为我设计一件令人看了惊奇的戏服，"她向桑普森说着自己的要求，"你知道的，我不喜欢庸俗的衣服，我想要一件别出心裁的衣服。"

桑普森先生说话的时候面带微笑。他向她保证店里面绝对会设计出一件令她满意的戏服，说话的时候他还拿出几个设计图样让她看。

"我很清楚这些图样是不会令您满意的，但是，我想让您先看一下，然后说一下您的要求和建议。"

"哎呀，这些根本和我想的不一样，"艾丽丝·安东尼娅小姐瞟了一眼图样，"我希望您设计的戏服穿在我身上，让人看后会大吃一惊。"

"我明白您的意思，安东尼娅小姐。"桑普森面带微笑地说着，但他眼神里明显充满了疑惑的目光。

"我觉得，我还是去巴黎买戏服吧。"

"您别担心，安东尼娅小姐，我觉得您一定会对我们设计的戏服满意的。巴黎能够制作的戏服，我们这里也可以制作。"

安东尼娅小姐说完，便走出了服装部，现在，桑普森先生感到很困惑，他只好找霍奇斯太太商议此事。

“她这个人真的是太奇怪了。”霍奇斯太太说。

“艾丽丝，你在哪儿呢？”桑普森先生小声地说了一句，以表示自己在同艾丽丝·安东尼娅小姐的谈话中，自己占了上风。

在桑普森的观念中，他觉得杂耍剧场中女演员穿的戏服大都是林林总总的短裙，上边绣着花边，挂着闪闪发光的金属片。但是安东尼娅小姐却坚持认为他的想法是不对的。

安东尼娅小姐用她所能想到的词语贬低着桑普森的设计理念，言语之中满是厌恶之情。桑普森想尽一切办法，重新提出了两种设计理念，然后征询霍奇斯太太的意见。霍奇斯太太却告诉他，说他的想法真的是太糟糕了。最后，霍奇斯太太转过身来问菲利普：

“菲利普，你不是学过绘画吗？你可以来尝试一下，看看能设计出怎样的图样。”

菲利普自掏腰包买了一盒绘画时使用的水彩颜料。晚上下班后，他回到宿舍开始设计图样。旁边淘气鬼贝尔一边整理邮票，一边吹着口哨。菲利普记得自己在巴黎学习绘画的时候，见过一些展览的时装戏服，因此，他很快就设计出了一份图样，然后略加修改，涂上浓厚且别具一格的色彩。他非常满意自己的设计图样，于是第二天拿着它让霍奇斯太太审阅。霍奇斯太太看完，非常惊讶，立刻拿着图样找到桑普森。

“毫无疑问，”桑普森先生说，“这份设计图样真的很别出心裁。”

菲利普的设计图样难住了桑普森，但他知道，这份图样如果缝制成衣服，那一定会吸引人的眼球的。桑普森一边称赞菲利普的设计，一边提出一些改动意见，以此来缓解自己设计水平有限的尴尬。但是，霍奇斯太太并不同意桑普森的建议，而是将这份设计图样原封不动地拿给了安东尼娅小姐。

“成败在此一举，她可能会喜欢这种戏服风格的。”

“不仅如此，”桑普森看着眼前菲利普的设计图样说，“想不到我们的店员菲利普原来还有如此的设计才能，真不应该将他的才华埋没。”

店里的伙计通知安东尼娅小姐来服装店看戏服的设计图纸，她走进来的时候，看到一张图纸放在桑普森面前的办公桌子上。

“噢，真是太惊讶了！”她叫了起来，“当初为什么不让我看这样的设计？”

“这正是我们专门为您设计的，”桑普森语气平和地说，“您对这样的设计满意吗？”

“我真的是太喜欢了！”她高兴地说，“能给我点儿水喝吗？里面加些杜松子酒。”

“我当初就说过，您一定会满意我们的设计的。您想要什么样的款式，我们都能够设计出来，您幸好没有不辞劳苦地去巴黎。”

按照菲利普设计的图纸样式，戏服很快就被缝制好了。菲利普看到后，心情非常激动。进货员和霍奇斯太太夸赞菲利普的功劳，但是他才不在意这些呢。他跟着他们俩去蒂伏里杂耍剧场送戏服给安东尼娅小姐试穿。霍奇斯太太问了菲利普很多问题，他把自己在巴黎学绘画的经历告诉了她，并声称自己之所以对自己的这段经历保密，就是为了不想让店员们觉得他摆架子。霍奇斯太太将菲利普说的话转告给了进货员，进货员没有说什么，但是内心已对菲利普刮目相看。之后，菲利普又为两位乡下的顾客设计了几份图纸，都得到了顾客们的赞赏。从此以后，桑普森先生在顾客面前总是说有一位从巴黎学绘画的小伙子学成归来后帮助他工作。过了一段时间，菲利普的工作地点便成了店铺里的屏风后面，他开始专门负责设计图样。他常常忙得不可开交，只能在下午三点的时候吃午餐，但是他乐意这样做，因为吃饭的人不多，并且饭菜的味道很好。

菲利普由招待员被提拔为服装设计员，这在公司内部引起了强烈的反响。他能感受到自己很受大家的嫉妒。菲利普在店里面所结识的第一个人就是哈里斯，他也表示自己很嫉妒菲利普。

“天底下没有谁比你更幸运了，”哈里斯对菲利普说，“假以时日，你一定会成为进货员的。到那个时候，我就得称你为先生了。”

哈里斯劝菲利普去找经理要求增加工资，原因是他的职位已经变更，做的工作也更为复杂重要，但是他的工资却一直没变。其实大家都知道，明目张胆地去找经理提出加薪的请求是非常困

难的，只要是遇到这些主动要求加薪的员工，经理总有说不完的挖苦人的话。

“你一定会觉得你理应得到更高的工资，不是吗？那么，你觉得多少工资可以让你接受呢？”

这个时候，申请者往往会非常紧张，但是又不得不回答经理的提问，只好硬着头皮对经理说，自己想要在原来薪水基础上，每周多发两先令。

“不错，你说得对，你认为只要你申请加薪，我们就会答应，”经理会停顿一下，然后用一种冷漠的语气说，“与此同时，你还会得到公司的解聘书。”

此时，你再后悔也已经来不及了，你一定会被辞退。经理也总能找到辞退你的合适理由：对公司心存抱怨的员工肯定是不称职的，他们必须卷铺盖走人；反过来，如果他们本身没有达到涨工资的标准，那还不如直接解聘他们。所以，除非有人想要离开公司，否则没有谁敢站出来要求公司给他涨工资的。

因此，菲利普心中犹豫不决。跟他同宿舍的人都说他是进货员不可或缺的得力助手，但他并不完全相信他们说的话。这些人都很老实，如果自己听了他们的话而遭到解聘，那他自己将成为人们口中的笑料。他清楚地记得自己刚开始找工作时所受的苦，他可不想重新品尝那种滋味。如果自己被解聘了，再想去其他公司谋求设计员工作，那将是非常困难的，因为很多公司都不缺少设计员。但他现在很缺钱，原先的衣服都已穿破，鞋袜也都烂了，他急需一笔钱去购置一些衣物。一个早晨，菲利普吃完早餐上楼时，路过经理办公室所在的过道，他差点儿走到经理办公室申请加薪。当他看到办公室前面很多人在排队等候应聘的时候，他心想自己一旦被解聘，后面有好多人都可以去填补他的位置。他看见一些人一直盯着他，他知道他们是在羡慕自己是莱恩公司的一员。这时候，他的身体不由得打了个冷战。他知道，他不会去冒险。

108

寒冷的冬天终于过去了。菲利普每隔一段时间都会去圣路加医院，去看有没有自己的信件。他总是趁着天黑的时候去，这样就不会因为碰到熟人而尴尬了。复活节当天，他收到了伯父写给他的一封信，这让他感到很奇怪，因为他的这位伯父作为布莱克斯泰勃教区的牧师，一生中很少给他写信，即便是写，也只是跟他谈一些公共事务。

我的侄儿：

如果你能够在近期度假的时候回家一趟，我将是非常高兴的。冬天的时候，我的支气管炎发作，导致我病得很严重，当时威格拉姆大夫都觉得我无药可救了。不过谢天谢地，我挺过来了。现在，我的身体开始逐渐恢复了。

你的伯父
威廉·凯里

读完信，菲利普非常生气。在伯父心中，自己是死是活他一点儿也不过问。即便是菲利普流浪街头，他也不会放在心上。但是，菲利普在回宿舍的路上，突然产生一个念头，他在一盏路灯下面停了下来，然后打开信件重新看了一遍。他发现，信上面的字体已经失去了往日规矩整齐的神采，上面的字一个比一个大，并且东倒西歪，潦草难认。也许是因为疾病缠身，他身体已大不如前，因此，他想借这封信来表达对存在于世间的唯一亲人的渴望之情。菲利普在回信中说七月份的时候，自己有半个月的假期，到时候可以去布莱克斯泰勃度过这段时间。菲利普现在有点儿庆幸这封书信的到来，因为他正发愁自己七月份的假期应该去什么地方度过。公司规定，放假期间，如果不去度假，可以住在公司宿舍，但是饮食费用需要自付。很多店员在伦敦没有什么朋友，所以每到放假的时候，他们都

很伤脑筋，因为他们不得不从微薄的薪水中拿出一些钱来购买食物。菲利普想到，自己已经在伦敦居住两年了，上一次离开还是跟米尔德丽德一块儿去布莱顿度假。现在，他真的想离开伦敦这座都市，去外面呼吸一下新鲜的空气，他特别希望能去海边感受生活的静谧。他怀着这样的打算艰难地熬过了五月和六月，到七月份即将离开伦敦的时候，他的心中竟然变得有些忐忑不安。

离开伦敦的前一个晚上，菲利普找到桑普森先生交接了剩下的工作。突然，桑普森对他说：

“你现在的工资是多少？”

“每周六先令。”

“对你来说，我觉得六先令太少了。你度假回来后，我会申请给你每周十二先令的工资。”

“那真是太谢谢您了，”菲利普高兴地说，“我正准备添置几件衣物呢。”

“凯里，只要你踏实工作，不像其他店员那样，整日跟姑娘们鬼混，我肯定会关照你的。你要明白，你还有很多东西要学习，将来肯定会大有作为。如果可能的话，我会申请让你每周拿一镑的工资。”

菲利普心生疑虑，他不知道自己何时能够每周拿到一镑的工资，心想至少要等上两年吧。

菲利普回到家乡看到伯父的容貌后大吃一惊。他记得上次见到伯父时，他的身板还很结实，胡子剃得很干净，容光焕发；现如今，他的身体竟然垮下来了，他看起来面黄肌瘦，眼泡有些浮肿，身体佝偻，整个人显得憔悴不堪。在生病的这段时间里，他蓄起了胡子，走路也变得缓慢起来。

“今天，我的身体状况很差，”菲利普回到伯父家里后，跟伯父一块儿坐在客厅，他的牧师伯父对他说，“高温天气让我很难受，我整个人都不舒服。”

菲利普问候完伯父的身体状况后，又向他询问了一些与教区有关的事务。在与伯父交谈的过程中，菲利普注视着他，心里面盘算着眼前这位年老体弱的老人到底还能存活多久。如此炎热的夏季足以夺取他的生命。菲利普注意到，伯父的双手瘦得只剩下骨头了，并且在不停地抖动。他暗暗想，如果伯父今年夏天去世，那么他很快就会继承伯父的遗产，到了冬天开学的时候，他可以重新回到圣路加医院。一想到自己可以不用再去莱恩公司工作，他就非常激动。吃饭的时候，伯父驼着背坐在椅子上，这时候，家里的管家走了过来，问他：

“先生，让菲利普先生帮您切肉吧。”

他本来硬撑着身体，准备自己动手切肉，但是听到管家的建议，他心中暗暗高兴，便停了下来。

“伯父，您老人家的胃口可真好！”菲利普安慰伯父时说。

“你说得没错，我还是可以吃很多东西的。但我现在比以前瘦多了。瘦一点儿没关系，我本身就讨厌肥胖。威格拉姆大夫看到我瘦了下来，也替我高兴。”

吃完饭，管家拿着伯父需要吃的药走了过来。

“你把药方递给菲利普，让他仔细看看，”伯父吩咐管家说，“他是医生，我希望他看完后，能够觉得这个药方对我身体的恢复大有好处。我告诉过威格拉姆大夫，说你在学医，不久的将来，你也将成为一名医生。两个月来，我看病花的钱太多了，威格拉姆大夫每天都会上门替我看病，每来一次，都会索要五先令的医疗费用，这可是一笔不小的支出啊。现在他每周来两次，我以后准备不让他上门看病了。如果实在不行，我再派人请他。”

此时，他看着正在查看药方的菲利普，急切地想得到菲利普的建议。菲利普看到药方只有两味药，都是麻醉剂。伯父告诉他说，如果自己实在是疼痛难忍，就会服用其中的一味药。

“我服用这种麻醉药的时候会很小心，”他伯父说，“我可不想上瘾。”

他根本不谈有关菲利普的任何事情。菲利普觉得他伯父担心自己跟他要钱，所以故意谈论其他的话题，只是喋喋不休地议论着自己的医疗费用。他在治病的过程中已经花费了很多钱。另外，卧室里每天都需要生火取暖。而每到星期天，他伯父总是去教堂。菲利普心里很生气，他觉得伯父有意避开他，他真的想对他伯父说自己

并非向他借钱，但是他最终忍住没说这些话。菲利普觉得，除了关注饮食和占有金钱之外，他伯父这个人毫无趣味。人到老的时候，真的是令人厌恶。

下午，威格拉姆大夫来给他伯父看病。诊断完毕后，菲利普陪着他来到花园的门口。

“您觉得我伯父的病情怎么样？”菲利普问他。

威格拉姆大夫为人处世老练圆滑，他说话做事并不在意是否正确，他关心的重点是这样做会不会得罪人。除非不得已，否则他是不会给出明确的答案的。他在此地行医三十五年，为人诚恳可靠，很受大家信赖。而大多数病人都喜欢可靠的医生，因此，他在此地很有名气。当地来了一位新医生，虽然这位医生在此地居住已有十年，但是人们很少找他看病，总认为他是在抢别人的饭碗。他人虽然聪明，但是没有人真正了解他的真实情况，因此找他看病的人很少。

“你伯父的病情比我想的要好很多。”威格拉姆回答了菲利普的咨询。

“他还有没有其他严重的问题？”

“你要知道，菲利普，你伯父年纪已经很大了。”威格拉姆大夫在说话的时候，微微一笑，交谈的时候措辞使用得谨慎。

“他的心脏不是太好。”

“我也是这么认为的，”威格拉姆大夫继续说，“他一定要多加注意自己的身体。”

其实他一直想让威格拉姆告诉他伯父到底还能活多久，但最终没能说出口，因为他觉得这话让人听了会很震惊。说话也是一门艺术，在生活中，有些问题虽然很明显，但不能直接道破，因为这会有违礼节。但是菲利普马上想到，医生经常会遇到那些怀有急躁心情的病人家属，他们面对家属的语无伦次的询问是不会介意的。菲利普觉得自己的这种想法有些可笑，但仍然表现出一副关心的样子，向威格拉姆大夫询问伯父的病情。

“您觉得他现在有生命危险吗？”

医生非常讨厌这样的问题。如果声称病人最多能活一个月，那么家属就会提前操办后事，但到了那时候，病人依然没有离世，那么家属就会找到医护人员大发脾气，埋怨他们让自己白白难过了一个月。反过来讲，如果对病人身体状况抱有乐观的看法，声称他们至少能活一年，但一周后病人突然离世，这会让人觉得这位医生医术不精。他们同样会埋怨医生，由于他们的错误判断，导致亲属不能很好地关怀一下病人。或许是基于这样的想法，威格拉姆大夫没有再说什么，只是摆了摆手，示意菲利普不要再询问他这样的问题。

“只要是他一如既往地保养自己，就不会有什么大碍，”他对菲利普说，“但是，我们都清楚，你伯父毕竟年龄大了，他的身体机能也日渐衰退，如果他能够顺利地熬过这个夏天，那么我觉得熬过冬天也是没什么问题的。当然，前提是冬季的时候，他的身体没出现什么不好的状况。目前我不觉得他会出现什么不测。”

送走威格拉姆大夫后，菲利普返回客厅，他的伯父依然坐在那里。他头上戴了一顶帽子，身上裹着一条编织的披巾，呈现出一种疲态。当菲利普走进来的时候，他两眼直勾勾地盯着他。菲利普觉得他伯父一直在等他。

“大夫说我的情况怎么样？”

菲利普能够感受得到，他伯父此刻是非常怕死的。他心中有些惭愧，不敢直视眼前这位濒临死亡的老人。他总是会因为懦弱而感到很尴尬。

“他说让您不用担心，您的身体恢复得不错。”

菲利普说完后，发现他伯父脸上突然露出欣喜的神情。

“那是当然了，我一直觉得自己的体格很强健，”他伯父显然很高兴，却又半信半疑地问，“还说了些什么？”

菲利普笑了笑，然后继续说：

“医生说，只要您注意休养，一定会活百岁的。”

“我不确定自己能不能活到一百岁，但是活到八十岁还是没问题的。当初，我母亲活到了八十四岁。”

菲利普伯父的座位旁放着一张桌子，上面有一本《圣经》，还有一本《英国国教祈祷书》。这么多年来，他伯父总是当着全家人的面，热情洋溢地朗诵着书中的内容。现在，他颤巍巍地拿起了《圣经》。

“基督教的奠基者们的寿命都很长，不是吗？”牧师笑着说。

但从他的笑声中能够听出，他内心正在祈求着神灵的庇护。

眼前这个老人真的不想死。他信奉着宗教的教义，深信人的灵魂永不会灭这一说法。一直以来，他修身养性，积善行德，他的所作所为都足以让他进入所谓的天堂。在他常年传教布道的过程中，他给许多生命濒危的人带去宗教的安慰，期间，他或许得不到一丁点儿的好处和回报。他伯父这种对于生的渴求让菲利普有些震惊和疑惑。他实在不清楚，眼前这个老人的灵魂深处究竟隐藏了多少恐惧和担忧。他想进入到他伯父的灵魂深处，这样，菲利普便有幸一窥他那对未知世界所产生的深深恐惧。

时间过得很快，为期半个月的假期马上就结束了，菲利普返回了伦敦。在这烈日炎炎的八月，菲利普一直在服装部屏风的后面设计服装样式。到了晚上，菲利普喜欢去海德公园欣赏乐队演奏。慢慢地，菲利普逐渐适应了工作的节奏，所以，他也不觉得自己的工作有多么累了。他以前呆滞的大脑突然变得灵活起来，这让他整个人神清气爽。他希望他的伯父尽快去世，这一段时间，他经常梦到他收到伯父家里寄来的一封信，让他回去奔丧。但是睁开眼后，他发现自己是在做梦，不觉有些郁闷。

他想，既然他伯父可能随时死去，那么他便可以提前安排一下自己将来的行程。一年的光阴很快就过去了。这一年他努力地考取医师资格证，同时，他还精心准备着去西班牙旅游。他从图书馆借了好多有关西班牙的书籍，从中，他详细了解西班牙每一座城市的民俗风貌和人文景观。看书的时候，他常常会浮想联翩。他时而站在科尔多瓦那座横跨瓜达尔基维尔河的大桥上，时而漫步于托尔多市的大街小巷之中，时而坐在教堂里思考着埃尔·格列柯画作中所体现的人生奥秘。阿特尔涅非常理解菲利普的心情，每到星期天的时候，他总会跟菲利普坐在一块儿，一起商量着如何绘制出详细的旅游线路。与此同时，菲利普也在自学西班牙语，以便旅游的时候能更好地与当地人交流。每天傍晚，他总是花费一个小时在宿舍里面学习西班牙语。他一边练习口语，一边看着英译本的《堂吉诃德》，标记着里面的名言佳句。除此之外，阿特尔涅也会教他一些简单的口头交际语，以备不时之需。看着他们两个认真的样子，站在一旁的阿特尔涅太太笑着说：

“你俩在那学西班牙语干什么，难道没有其他事情做了吗？”

有时候，莎莉会站在一旁，认真地听着他父亲和菲利普用一种陌生的语言交流着。现在，莎莉已经长大了。过了圣诞节，她就要把头发梳上去，变成成年女性的发型。她总觉得自己的父亲很了不起，所以，她常常引用父亲夸赞菲利普的话来表达自己对菲利普的看法。

阿特尔涅的大儿子索普已经到了当水手的年龄了，因此，他常常会在家人面前吹嘘他的儿子穿着水手的工作服回家度假的场景。莎莉到了十七岁的时候，也会离家去裁缝店做学徒。此时，阿特尔涅又开始感叹，声称小鸟儿翅膀一变硬，就会离开父母建造的巢窝。他越说越动情，眼里含着热泪说：“我们的家依然在这里，随时欢迎你们回来，你们可以把遇到的苦恼向我们倾诉一番；哪怕只是路过小憩一番，都会让做父母的深感宽慰。”

“阿特尔涅，你又胡言乱语了。”坐在一旁的妻子责怪他说，“只要孩子们老实做人，踏实做事，怎么会遇到烦恼呢？至于你自己，也要好好工作，别怕吃苦，这样你的工作才不会丢。我就是这样想的。另外，我想说，虽然我们的孩子外出谋生了，但是我并不难受。”

常年的操劳使得阿特尔涅太太显得衰老了许多。有好几次黄昏时分，她的背痛苦不堪。这迫使她不得不停下手中的工作去休息。她的理想是希望能够聘用一个保姆帮她做家务活，这样她就不用每天早上七点起床做家务了。阿特尔涅挥着手对她说：

“亲爱的贝蒂，我觉得咱们两个所做的事情对于国家可是大功一件啊。我们生养了九个孩子，等他们长大成人后，男孩们可以为国王效力，女孩们可以做饭、缝衣服，然后生养许多孩子。”说完，他转过身专门对着莎莉补充了一句：“她们还可以伺候那些不劳而获的人。”

最近一段时间，阿特尔涅喜欢研究各种各样的学说理论，此时，他又讨论起了社会主义理论。

“我亲爱的贝蒂，如果我们生活在社会主义国家里，那么我们将会得到一笔优厚的退休金。”

“我实在是没有耐心听你吹嘘那些有关社会主义的理论了，”

阿特尔涅太太大声对他说，“我不喜欢别人打扰我的生活。我虽然身处逆境，但我不会垂头丧气，而是积极面对困难。这就是我的人生信条。”

“你是说我们目前的生活处于逆境吗？”阿特尔涅说，“我可不这么认为！我们虽然吃了很多苦，但是我们很幸福。我们虽然生活贫困，但这样的生活却充满了意义。每次看到这些孩子们快乐成长，我心里非常欣慰，我宁愿一辈子这样。”

“阿特尔涅，你又开始夸夸其谈了。”她假装生气地轻声责备阿特尔涅，语气中却带着爱意，“生养这么多孩子，倒是令你很开心，但是你要知道我当时可是深受怀胎十月的痛苦，并且孩子生完也是我来带养。我不是说我不喜欢他们，而是想说如果能选择重新来过，我宁愿一个人独自过一辈子。如果我当初不嫁给你而选择一个人生活，说不定现在我已经有自己的店铺了，银行里也会存着四五百英镑的资产，我也会雇佣一个女孩为我干活。所以，我真的不想回忆我先前过的那些苦日子。”

菲利普心中暗想，对于成千上万的芸芸众生，生活只是不停地干活，既不美观，也不丑陋，只是像四季更替那样有规律地运转着。世间万事万物看起来似乎毫无价值，但是他现在有些激愤，他开始抛弃人生毫无意义这一说法，因为他的所见、所闻和所感，都让他坚定这样的念头。他有些愤慨，却很快乐。人生即便是没有趣味，但不至于那么悲观恐怖。现在，他开始用一种积极乐观的心态去看待人生了。

109

时间在季节更迭中飞快地流逝着。菲利普在给伯父家里写的信里面，将自己新的住所告诉了伯父的管家福斯特太太，希望她能写信保持联系。但是，菲利普每周仍然会去一次医院，查看有没有写给自己的信件。一天傍晚，他看到自己的名字出现在了一封信上，他清楚地认识写字的人。他心中有种难以名状的厌恶感，这种感觉促使他不去看这封信的内容。最终，他还是没有沉住气，打开了信件。

菲利普：

好久不见！我最近的状况非常差，不知道能否和你见一面。当然，我不会找你借钱。

想你的

米尔德丽德

于菲茨罗伊广场

威廉街七号

他生气地把信撕得粉碎，然后随手扔向大街。

“我真恨不得她去见鬼！”菲利普愤恨地自言自语道。

现在，菲利普一想到米尔德丽德，就感到愤怒。他才不在乎她是否身陷绝境，无论她多么悲惨，他都觉得是她咎由自取。每次想到她的时候，菲利普内心总是不由得生发出一股怒火，过去的痴情早已转化成满腔愤怒。往事早已不堪回首，他独自在泰晤士河边散步，想把米尔德丽德从自己的大脑中忘掉。他感觉实在是无聊，于是回到宿舍躺床上准备睡觉，但是他难以入睡。他心中仍然忍不住去想，她到底怎么了。他知道，除非她走投无路，否则她是不会联系他的。他觉得自己的意志真是太脆弱了，否则一封书信怎能让他心烦意乱？但他又很清楚，如果不搞清楚米尔德丽德到底出了什么事，他心里是不会安稳的。于是，第二天早上，菲利普给米尔德丽德寄去了一张明信片，他在信中说他将在当天晚上七点去她住的地方探访她。

米尔德丽德住在一所脏乱破旧的公寓里面，菲利普来到这里看到肮脏的街道和污秽的环境，心中充满了厌恶。他本就不想同她见面，所以他特别希望她已经搬离此处，这样，他就可以立即返回家去。他突然想到昨天自己没有看一下写信的日期就把信撕了，那样的话他就可以知道那封信件放在柜子上多久了。终于，他找到了米尔德丽德的门牌号，稍微犹豫了一下之后，他按响了门铃。开门的是一位妇人，她没有问菲利普来干什么，只是带着他经过一个长长的走廊后，敲响了里面的一扇门。

“米勒太太，有个人来找你。”她边敲门边喊了一声。

房门应声而开，米尔德丽德探出头向外瞅了一眼。

“你来了，”她说，“快进来！”

菲利普走进了屋子，她随手关上了门。这是一间非常狭小的屋子，里面很乱，这倒符合米尔德丽德的居住风格。地板上有很多灰尘，鞋子在上面胡乱摆放着。帽子挂在衣柜上，旁边放着一些假发。另外，她的衣服随意地乱放在一起。菲利普想放下自己的帽子，但他实在是找不到一点儿干净的地方。

“你随便坐，”她笑着说，表情略显尴尬，“你一定很意外又收到了我的来信。”

“你的嗓子怎么了？听起来那么沙哑，”他问她，“喉咙痛不痛？”

“有点儿痛，已经好长时间了。”

菲利普不再说话了，他想知道她叫他来干什么。房间里很乱，表明她又像以前那样生活得一塌糊涂。菲利普想知道米尔德丽德的孩子怎么样了，但是房间里并没有孩子，只有一张小孩的照片挂在壁炉架上。她无聊地摆弄着手中的手帕，很显然，她看起来很紧张，眼睛一直注视着炉火，生怕看到菲利普。她现在比以前更瘦了，脸色蜡黄；她的头发染成了亚麻色，跟原来完全变成了两个样子，让人看着不禁心生厌恶。

“说实话，当我收到你的回信的时候，我心里感到很欣慰，”她率先开口说话，“我真的很担心你没在医院。”

菲利普没有说话。

“你已经取得医师资格证了吧？”

“还没有。”

“怎么可能？”

“我离开医院已经一年半了，迫于生计，我不得不另谋出路。”

“你就是喜欢三心二意，不会踏踏实实做一件事情的。”

菲利普沉默了一会儿，然后语气冷淡地说：

“我用全部的积蓄做了一把投机买卖，但运气不好，所有的钱都赔了进去。现在，我只能离开医院找工作养活自己了。”

“那你现在的工作是什么呢？”

“我在一个服装店里面做设计员。”

“哦！”

她偷偷地看了他一眼，随即又把目光移开，她的脸涨得通红。随后，她对菲利普说：

“你现在还能给人看病吧？”她说话的声音很小，好像很害羞的样子。

“当然，我毕竟学了那么久的医学。”

“我之所以要见你，”她声音低沉地说，“是因为我现在生病了，想让你帮我看一下。”

“你怎么不去医院看呢？”

“我不想去医院，那里很多实习的学生总是对我看来看去，说不定还会让我住院观察呢。”

“你什么地方不舒服？”菲利普此时俨然已经成为门诊里的大夫，语气冰冷地询问面前的病人。

“前段时间，我身上长了许多疹子，到现在都没好。”

菲利普突然感到很恶心，汗珠沾满了额头。

“你张开嘴，先让我看一下你的喉咙。”

之后，他详细地为她做了一次检查。突然，他发现她的眼中充满了恐惧。她可能是真的很害怕，所以把他叫过来陪她。她一言不发地看着他，好像在乞求他能说几句安慰的话。但是菲利普并没有说什么话，只是专心地检查她的病情。

“我觉得你病得很重。”

“我得了什么病啊？”

菲利普实言相告，听完，她先是脸色变得惨白，然后开始哭泣，越哭越厉害，最后哭得声音都哽咽了。

“非常抱歉，”终于，菲利普开口说了一句，“但是，我不想骗你。”

“我真的不如死了省事。”

菲利普没有劝慰她，只是问了一句：

“你还有钱吗？”

“大概还有六七镑。”

“你不能再这样沉迷下去了，你要找个工作养活自己！我帮不了你什么，因为我的工资每周才十二先令。”

“我现在不知道该怎么办。”她开始有些激动，声音逐渐变大。

“我的天，你不能什么都不做啊。”

他说话的语气很严肃，一五一十地将她的病情以及可能导致的危险都告诉了她，她默默地听着，脸上尽显悲伤。他一边说，一边劝她看病吃药，虽然她很不情愿，但是还是按他的说法做了。菲利普给她开了一张药方，让她按药方上写的去药店买药，然后准时服用，这样就可以治她的病了。最后，叮嘱完后，菲利普起身准备离开。

“不要太担心，按我说的去做，你的喉咙很快就会好的。”

菲利普转身要走的时候，她立刻抓住他的衣服不让他离开。

“能陪我多待一会儿吗？”她哀求道，“我很害怕，我希望你别把我一个人留在这儿，菲儿，你是我唯一的朋友，我实在找不到其他人帮我了，求你了！”

他能感受到，此时她正处于极端的恐惧与不安之中。菲利普突然觉得，此时她跟他伯父一样，觉得自己将不久于人世而产生无奈凄凉之感。此时，菲利普陷入了沉思。她先后两次闯入他的生活，这把他的生活搅得很乱，她不好意思要求他更多。但是，菲利普总觉得心中有一种难以言说的隐痛，而这种隐痛使他心神不宁。

“真是的，我一辈子都治不好这种隐痛了。”他冷笑道。

他现在不想靠近她，这会令他很不自在，突然，他不知道自己该怎么办才好。

“那我该怎么做呢？”他实在不知道该说些什么，于是问她。

“你陪我出去吃点儿东西吧，我请客。”她对菲利普说。

他有点儿犹豫，因为他担心她会再次进入自己的生活，然后把自己的生活搞得狼狈不堪。他觉得自己不会再跟她见面了，但是现在又莫名其妙地相遇了。她一直看着他，焦急地等待着他的应允。

“我知道我以前对不起你，但是我希望你不要丢下我不管。我现在这般处境，也算是罪有应得了，你心里应该会好受一点儿。我现在真的不知道该怎么办了。”

“好吧，咱们两个随便吃点儿，”菲利普对她说，“我现在没有多少钱，咱们可要省着点儿花。”

听了他的话，她很高兴，赶紧换了一条裙子，穿上鞋，戴上帽子就跟菲利普一块儿出去了。他们在托顿汉法院路上找到一家小餐馆走了进去，他们点了一些火腿，菲利普另外点了一杯啤酒，米尔德丽德嗓子很疼，根本吃不下去东西，而菲利普早已改掉了在深夜吃东西的习惯，并没有吃多少。他们面对面坐着，一句话也没说，菲利普突然觉得此情此景曾经发生过。餐馆里很亮，此时的米尔德丽德在灯光的映照下，面容格外清晰。她看起来显然很憔悴。菲利普想说话打破沉默，他想问一下孩子的下落，但是实在不知道怎么开口。最后，米尔德丽德率先说了一句：

“我的孩子去年死了。”

“怎么会这样？”菲利普有些惊讶。

“你一定很伤心，对吧？”

“不，我反倒很高兴，”他回答说，“我真心替孩子高兴。”

她看着他，明白他的话外之音，随后把目光转移到了别处。

“你以前很疼爱她，我当时很纳闷，你怎么会喜欢别人家的孩子。”

他们两个吃完东西后，一块儿来到药店去拿药，然后回到了米尔德丽德的住所。他先让她吃了一剂药，然后又陪她聊了一会儿，最后，菲利普起身告辞了。

之后，菲利普每天都去看她。她按照菲利普的嘱咐吃药，慢慢地，她的身体开始恢复，这使得她非常佩服菲利普。随着身体的好转，她的气色好了很多，整个人也变得开朗了很多。

“等我找到工作后，生活一定会变得好起来，”她高兴地说，“我以前走了很多弯路，现在我要重回正轨，不让你再为我操心了。”

菲利普总是劝她找一份稳定的工作，然后踏踏实实地生活，她总是满口答应，声称要好好调养几天，等身体好转，再去寻找工作挣钱养家。几周过去了，她仍然没有去找工作。面对菲利普的劝说，她总是一笑而过，并且说菲利普真的是太啰唆了，简直是没事找事。她告诉菲利普自己将要去一家餐馆打工，并把跟老板娘的谈话告诉了他。最后，她说要等待是否录用的通知，还劝菲利普不要着急，说她一定会找到工作的。

“你不要总这样说，”菲利普有些生气，“你赶紧找个工作挣钱吧，

我现在帮不了你什么，你自己的钱也会花完的。”

“你说得对，但是我还没有陷入绝境，我一直在等待机遇。”

他怀疑地看着她，心想自从初次见面以来，已经过去三周了，当时她手里的钱不足七英镑，到现在早就应该花得所剩无几了，但是她整日生活得逍遥自在，这不得不让菲利普起疑心。他思考着米尔德丽德说过的每一句话，怀疑她是不是一直在骗自己。菲利普实在难以相信，她手里的那几个钱能维持这么久。

“你每月付多少房租？”菲利普问她。

“我们这儿的房租太太可好了，她总是在我手头方便的时候才会收房租。”她漫不经心地回答。

他不再说话了。他很害怕他的怀疑是真的，这让他心生犹豫。他知道，即便是问她，她也不会说实话，除非自己亲自查明。他总是在晚上八点的时候跟她告别，但这次他没有直接回到自己的住所，而是藏在菲茨罗伊广场的拐角，查看米尔德丽德是否会出来。他等了好长时间，都没有见她出来，他心生疑惑，心里面正纳闷呢，米尔德丽德从房间里走了出来。她的穿着过于显眼，帽子上装饰着一簇羽毛。菲利普偷偷地跟着她，看她要走向何处。最后，她穿过牛津街，在一家音乐厅的门前站住了。他赶紧走了过去，然后喊住了米尔德丽德。此时，他看到她的嘴上抹着口红，脸颊上涂着厚厚的胭脂。

“你准备去哪儿啊，米尔德丽德？”菲利普生气地问她。

她没想到在这儿能碰到菲利普，大吃一惊，脸颊也涨得通红。然后，她开始面带怒色，好像要张口大骂一样，最终，她没有骂出口。

“我一个人待在家里实在是太闷了，所以，我想来这里看一下有什么演出。”她假装微笑地说。

菲利普不再相信她说的任何话了。

“我对你说了多少次了，你不能这样做！你怎么就是不听呢？你现在的处境很危险，赶紧迷途知返吧！”菲利普说话的时候有点儿激动。

“你快闭嘴吧！”她开始大声怒吼，“我不这样做，我靠什么生活？”

他愤怒地抓起她的胳膊，准备把她拉走。

“你跟我回家！你以后不要这样做了，你这是在犯罪！”

“又不关我的事！男人们喜欢来到这里碰运气，我为什么要为他们操心？”

说完，她挣脱菲利普的手，然后买了一张票就进去了。菲利普兜里面的钱不够买票，没办法跟着她进去。最后，他黯然地转过身，朝着牛津街的方向走去。

“我实在是无能为力！”他不无伤感地说。

此后，菲利普再也没有见过她。

110

圣诞节到了，菲利普所在的商店即将放假四天。闲来无事，他给伯父写了一封信，询问自己是否能够回去暂住几天。之后，他收到了福斯特太太写的一封信，信上说他伯父的身体越来越差，不能够亲笔回信，只能由她代笔，最后，她说他伯父想见一下他，希望他能够回来住一段时间。菲利普看完信非常高兴，立刻动身回家。福斯特太太站在门口等候着菲利普，两人握完手之后，她对菲利普说：

“先生，凯里先生比先前瘦弱了很多，但是你一定要假装不知道，好不好？”

菲利普点头答应。然后，他跟着她走进房间。

“先生，您的侄儿菲利普来了。”

很显然，菲利普眼前的这位牧师已经行将就木，濒临死亡了。他双颊已经凹陷，身体比先前更加佝偻不堪。他蜷缩着身体坐在躺椅上面，身上披着一条围巾。他的双手不停地抖动，用起餐来十分困难。

“他马上就不行了！”看着眼前这位老人，菲利普心中暗想。

“菲利普，我的气色怎么样？”他问道，“你觉得我的身体状况有没有发生变化？”

“我认为，您现在的气色比咱们上一次见面的时候好多了。”菲利普安慰他说。

“那时候天气太热了，我最害怕高温天气了。”

最近几个月里，有好几周，他伯父一直待在卧室里面，剩下的时间也只是在楼梯下面度过。他总是拿着一个手摇铃铛，有事的时候，他总是摇铃铛，这样的话，福斯特太太就会立刻赶过来。福斯特太太为了方便照顾他，只好挪到了他的隔壁房间里住。这时候，他张口问福斯特太太自己第一次离开卧室的时间。

“先生，我记得是十一月七日。”福斯特太太回答说。

他看了菲利普一会儿，然后开口说：

“我最近胃口很好，是不是，福斯特太太？”

“您说得没错，先生。”

“但是，我吃了那么多，就是不长肉。”

现在，他只关心自己的身体健康。他经常会受到病痛的困扰，因此，他不得不用吗啡麻醉自己，然后闭上眼睛休息一会儿。所以，他的生活显得枯燥无味。但是，他仍然对这个世界念念不忘，努力地坚持活下去。

“我的医药费用太贵了，”说话的时候，他摇响了铃，“福斯特太太，把我的用药账单拿过来给菲利普看一下。”

福斯特太太从架子上面取下一张纸，然后交给了菲利普。

“这是一个月的费用，我想如果让你帮我开药方的话，会不会给我省下很多钱。我想过要去药店买，但是这需要支付邮费。”

他从来不关心菲利普的个人生活，但是，当菲利普站在他面前的时候，他显然很高兴。他问菲利普能待几天，菲利普说下周就得离开。他有些失落，并声称希望菲利普能够多待一段时间。他不停地讲述着自己的病情以及医生对他的诊断情况，说话间他突然摇响手铃，福斯特太太开门走了进来。

“我想确认一下你是否在隔壁待着。”他对福斯特太太说。

福斯特太太很无奈地离开了。他告诉菲利普，如果福斯特太太不在隔壁房间待着，他心里面就会很害怕。菲利普心想福斯特太太肯定会很劳累的，因此，他建议伯父能够体谅一下她。

“怎么可能？”伯父对他说，“她的身体很健壮。”到了他伯父吃药的时间，福斯特太太进屋给他送药。这时候，他问她：

“菲利普说你很累，但我觉得你乐意照顾我，不是吗？”

“我不碍事，先生。只要是我力所能及的事情，我都乐意效劳。”

过了一段时间，药剂发挥了作用，他伯父终于睡着了。菲利普找到福斯特太太，关切地询问她生活得怎么样。他能够看出，福斯特太太最近过得并不轻松。

“先生，我也没有办法，”她对菲利普说，“您伯父的身体状况很差，他的生活全靠我一个人料理。我有时候很讨厌他，但是又觉得他很可怜，不想离开他。我已经待在这里好多年了，要是他真的生病离世，我真不知道该如何是好。”

菲利普看得出，福斯特太太是真心愿意照顾他伯父的。她帮他洗澡、穿衣、做饭，有时候晚上还要起五六次去照看他。他随时都有可能离世，或者还会存活数月。福斯特太太总是耐心地照料着他，任劳任怨，这让菲利普由衷地敬佩她。但仔细一想，世上只有这样一个无依无靠的老妇人照顾着他的伯父，菲利普心中不由得产生一种悲戚之情。

菲利普觉得，对他伯父来说，他终身所信奉的宗教只不过是一种形式。每周六，教区的副牧师都会来到他的床前，喂他圣餐。另外，他即便身患重病，也常常朗诵《圣经》，以此来表达对宗教的虔诚。但是，当他面对死亡的时候，心中是极其恐惧的。他虽然常常说死亡是通向永生幸福的必经之路，但是他却不想去感受那种乐趣。他每天都会经受病痛的折磨，疾病将他牢牢地困在躺椅上面。即便如此，他仍然想要存活于世间，迟迟不肯离去。

菲利普心中一直有一个疑问，他想知道现在他的这位奄奄一息的伯父是否还会相信人的灵魂不会毁灭。现在的他就好比一台即将报废的机器，很快就要停止运转。或许，他的内心根本就不相信世间有上帝存在，反而会觉得人去楼空，人死后终会化为尘土。但是，他从未承认过这一观点，菲利普也不会去问他伯父这样的问题。即便是去问，他伯父也会劝他信仰上帝的存在，不要胡思乱想。

节礼日[1]当晚，菲利普陪他伯父在用餐室里面坐着。第二天他就要返回店里面上班了。此时，他准备跟他伯父道别。他的伯父在躺

[1] 英国节日，在圣诞节的第二天。

椅上打盹，菲利普则无聊地环顾着四周。他心里面在计算着伯父家的物件能拍卖多少钱。他从小就生活在这个房子里，他熟悉各个摆件。他知道家里面有几件陶瓷，倒是可以卖个好价钱，他还盘算着把它们带到伦敦进行拍卖呢。至于房间里的其他家具，都有些老旧了，不是太值钱。伯父还有几千册藏书，但这些藏书也值不了几个钱。菲利普不知道他伯父死后能给他留下多少遗产，但是他已经多次计算过自己修完医学院的功课需要多少钱。他看着睡着的伯父，心事重重，久久难以入睡。那是一张熟悉的布满皱纹的面孔，却让菲利普感到神秘莫测。菲利普心中甚至想到，他可以很轻松地结束掉眼前这条卑贱的生命。每到傍晚，福斯特太太不厌其烦地伺候他伯父吃药的时候，他常常会这样想。桌子上放着两个药瓶，一个里面是普通的药物，另一个里面放的是鸦片药剂。他伯父总是喜欢把鸦片放在自己的床头，每到凌晨三四点疼痛难忍的时候，服用一些抑制疼痛，然后安然入睡。如果服用过大的剂量，那么不费吹灰之力，他伯父就会在夜间悄然死去。很多人都愿意接受这样的离世，包括威格拉姆大夫，他觉得安然地离世是病床上饱受病痛折磨的老人的最好结果。菲利普现在过得很拮据，明早又要重新回店里上班挣钱，他只想着他伯父能够早点儿离世，这样他就能继承一笔财产，脱离在商店辛苦工作的悲惨生活。他实在是不想再重新去店里面工作了。现在，如果他想弄死眼前这个老头，简直易如反掌，这样，他就可以脱离苦海了。一想到这个，他的心就跳个不停。他极力忘掉这个念头，却于事无补。菲利普对他毫无感情，因为他自始至终都很自私，对菲利普的成长漠不关心，即便是对他妻子，他也是铁石心肠，冷酷无情。菲利普想去结束他伯父的性命，但是他不敢去做，他担心自己会后悔，会终身遗憾，这样，再有钱也没什么用。他常常告诉自己，后悔对自己毫无益处，但是他仍然不想让自己后悔。他告诫自己做事一定要问心无愧。

终于，他伯父睁开了眼睛，这让菲利普很高兴，因为此时他伯父终于没有刚才那样面如死灰了。他为刚才的想法出了一身冷汗，因为那样无异于谋财害命！他不知道其他人会不会像他这样想，他为自己有这样的想法感到惭愧。他知道自己虽然有那种念头，但是他不会那样做的，因为他内心很害怕。突然，伯父对他说：

“菲利普，你是不是一直都想让我快点儿死？”

菲利普对他伯父的话很惊讶，心开始跳个不停。

“怎么会呢？我希望您长命百岁呢！”

“这才是我的好侄子。你知道的，我死之后，你会得到一份遗产。但是你不能盼我死，否则，我不会留给你任何东西。”

他说话的时候，声音低沉，语气中夹杂着一丝惶恐。菲利普感到很疑惑，他不知道是什么力量，让这个垂死的老人洞察出他心中的恶念的。

“我衷心希望您能再活二十年。”菲利普安慰伯父说。

“我倒不想活那么久，但是我现在非常注重保养身体，我觉得至少还能活上三五年。”

他不再说话了，菲利普也不知道该怎么回复他。后来，他伯父想了好久，又开口说道：

“我们有权利继续活下去。”

菲利普实在是不想谈论这种悲伤的话题了。

“你还能收到威尔金森小姐的信件吗？”

“今年早些时候还能收到。她已经结婚了，你知道不？”

“是吗？”

“嗯，她嫁给了一位鳏夫。我觉得他们过得很开心。”

第12章

111

回来的第二天，菲利普便开始上班了。他原以为他伯父的事情很快就会有个结局，可事与愿违，几周过去了，还是杳无音讯。数周变成数月，不知不觉间，整个冬天就已过去。眼睁睁地看着公园里的树木吐出来许多小小的嫩芽，菲利普心里感到一阵倦怠。时间过得如此缓慢，让人难以忍受，不过逝者如斯，终究是一去不返。再想到自己已到了而立之年，还是功名未成、漂泊不定，他心里不由泛起一阵苦涩。目前的工作肯定是要辞去的，那它就越发显得无意义了。不过话说回来，他现在设计起服装来，倒也得心应手。在设计方面，他的头脑很灵活，虽说并没有他自己独立的创意，但他能改造法国的流行服饰，使其适应英国市场的需求。有时候，他对自己设计的图案很自信，觉得它们相当不错，可是由于工人们在制作时的不用心，把他的精心设计都毁掉了。他会为工人们的粗心而感到生气，不过事后又在心里一阵好笑，毕竟这都是些鸡毛蒜皮的小事。菲利普还得处处小心，因为他一旦提出自己关于服装设计的独到见解，桑普森先生就会把他臭骂一顿：他们的主顾并不追求新奇的货色；这家店之所以屹立至今，生意兴隆，秘诀就在于，不用表现得过分亲昵去讨好顾客。有一两次，菲利普被老板骂得狗血喷头，桑普森觉得这个年轻人只是异想天开，还一副自命不凡的样子，这些他一点儿也不喜欢。

“小伙子，你可小心一点儿，说不定，你就会流落街头的！”

菲利普真想冲过去对着他的鼻梁砸上两拳，可还是忍下来了。这种日子很快就会结束的。到时候，他再不会和这一群人有任何交集了。有时，他感觉又可笑又绝望，他伯父的身体真如铁打铜铸的一般，他的体格真是强健啊！他那种病，要是换作别人或许早在一年前就一命呜呼了。因此，在得知伯父就要断气的消息时，菲利普竟被弄得手足无措了。那时，他一直在考虑着别的事，时值七月，再有半个月就会有个假期，他一直打算假期期间出外散散心呢。福斯特太太给菲利普寄来了信，信中提到，医生断定凯里先生大限将至，菲利普要是不马上赶回去，就见不到他最后一面了。菲利普找到店主，说他有急事要走。桑普森先生一直都是个通情达理的人，听了菲利普的解释，一点儿也没为难他。菲利普和同事们一一道别。他离开的原因在周围迅速传开了，并被人们添油加醋，传言他已经得到了那笔财产。霍奇斯太太双眼噙着泪水，依依不舍地同他道别。

“真是舍不得你，我们再也不能经常见面了。”她说。

“我就要离开这里了，其实也没必要那么伤感，对不对？”菲利普回答道。

有些奇怪，他平时并不喜欢甚至有点儿讨厌这些人，如今真要离开了，他心里竟微微有些难过。在马车慢慢驶离哈林顿大街的那幢房子时，他心里一点儿也高兴不起来。他原本想象过自己在这种情景下的可能会有的各种情感，可那些都不够准确，他现在并没有什么强烈的感觉，只是心平气和罢了，只当是自己结束了一段小小的旅程。

“如今我的感情果真变得如此恶劣了吗？”他对自己说道，“总是急切地盼望着一些事情能够发生，可这些事情真要来临了，又变得十分扫兴，我到底是怎么了？”

中午，到达布莱克斯泰勃时，福斯特太太正站在门口迎接。菲利普看看她的脸色，便明白他伯父尚在人间。

“今天他感觉好一点儿了，”福斯特太太说，“多亏了他健壮的体格。”

在她的引导下，菲利普走进卧室。此时，凯里先生正仰卧在床上，看见菲利普进来，他冲菲利普轻轻笑了笑，这笑容里流露出一种狡黠的神态，能够屡次战胜菲利普，叫他感觉到难受又让他觉得心满意足。

“昨天，我感觉很不好，”他有气无力地咕哝着，“他们都对我不抱希望了。福斯特太太，你不是也这么认为吗？”

“你的体格相当强健，这毋庸置疑。”

“我虽上了些年纪，可我哪里就到时候了呢？”

福斯特太太连忙拦下牧师，让他不要激动，他这样勉强说话，身体可经受不住。她说话的语气像是在训诫一个不懂事的小孩子，表现得既慈爱又专制。牧师突然意识到菲利普是专程赶回来的，想想自己还是活得好好的，能让菲利普再次白跑一趟，让他们所有的期望都落空，牧师心中就一阵暗喜。最近，他的心脏病确实发作过几次，每一次都几乎要了他的老命，可他还是顽强地活了下来。要不是心脏病作祟，只需一两个星期，他就可以完全恢复健康。人们都在讨论他的体格，然而，除了他自己，没人知道他有多么强壮。

“你一两天就回去吗？”他问道，装作以为菲利普是回来度假的。

“我是这么打算的。”菲利普回答道。

“你应该呼吸一下海边的空气，那对你有益。”

话未说完，威格拉姆大夫走了进来。他仔细查看过牧师的病情，而后轻声招呼菲利普出门，跟菲利普讨论起他伯父的病情。

“这次，他凶多吉少，”他说，“这是我们的重大损失。我认识他快三十五年了。”

“眼下，他看起来还不是那么糟糕啊。”菲利普回答道。

“那纯粹是药物的作用，维持不了多久。前两天的情况就十分危险，我觉得他都在鬼门关那儿，来来回回地徘徊过好几次了。”

医生沉默了一会儿。菲利普打算进屋时，大夫突然对他说：

“福斯特太太和你说了什么没有？”

“说什么呀？”

“他们这些人可迷信着呢！福斯特太太认为他有一桩心事，而这心事不了，他就死也不会闭眼，然而，他又一直没说是什么事。”

菲利普只是听，没说话，医生继续往下说道：“当然了，那全是瞎扯。你伯父是一个清白自守的人，他全部义务都已尽到，一直是我们教区的优秀牧师。他没什么好自责的。我确定，他是值得我们大家怀念的。新继任的牧师只要有他一半好，就很不错了。”

接下来几天，凯里先生的病依然毫无起色。他没了原来健康时的好胃口，只能吃一丁点儿东西。威格拉姆大夫不能再想办法减轻他因神经炎引起的疼痛，加上他瘫痪的四肢不住地颤抖，他被累得精疲力竭。可他脑子还是清醒的，菲利普和福斯特太太轮流在床边照看他。福斯特太太快要累垮了，数月来，一直是她在专心照料。因此，菲利普一直坚持晚上由他来陪着病人，好叫她可以好好休息一个晚上。他不能让自己睡熟，坐在安乐椅上，借着烛光随意阅读着《天方夜谭》，漫漫长夜就这么度过。这部书是他小时候读过的，此刻，书里的故事又让他回到了童年时代。有时，他安静地坐在那儿，屏气凝神地聆听着夜晚的寂静。鸦片的麻醉作用过去后，凯里先生会变得坐卧不宁，菲利普不得不手忙脚乱地忙活上一阵。

然后，一天清晨，当小鸟还在门外树枝上叫个不停时，菲利普听到病人叫他的名字，便连忙跑到病人跟前。凯里先生仰卧在床上，两眼发直，冷冷地盯着天花板，他没有将头转向菲利普。菲利普看到他额头上满是冷汗，打算去拿毛巾替他擦干净。

“菲利普，是你吗？”老头儿问了一声。

菲利普听后心头一紧，牧师的声音听起来那么奇怪而陌生。一个人一旦惊魂不定，说出话来大概就是这个样子。

“是的。你想叫我做些什么吗？”

病人停顿了片刻，动也没动一下，眼睛还在盯着天花板。突然，他僵硬的脸部猛地抽动了几下。

“我觉得我就要死了。”他说道。

“哦，别乱说！”菲利普大声说道，“您的身体，再有三年五载也没问题的。”突然，老头儿的眼眶里涌出了泪水，让菲利普看得不免有些心酸。他伯父这辈子，从未流露出任何真实的感情。此时，看着他的两行老泪，菲利普还真有些难过。垂死挣扎之人要经受多少痛苦呢！对死亡的巨大恐惧不正是最痛苦的折磨吗？

“去请西蒙斯先生过来。”病人说道，“我要吃圣餐。”

西蒙斯先生是这个教区的副牧师。

“现在吗？”菲利普问道。

“快，不然就来不及了。”

菲利普本想先去把福斯特太太喊醒，不过，很快发觉这明显是多此一举，因为她早已经起床了。菲利普看见她，立马让她派花匠去给副牧师送信，接着又回到病人的卧室。

“你有没有派人去？”

“已经去了。”

屋里安静得可怕。菲利普站在床边，间或替伯父擦去额头上的汗水。

“我想握住你的手，菲利普。”老头儿开口说道。

菲利普把自己的手递了过去，病人紧紧握住后，就不愿再松开了。菲利普的手成了他伯父心中的某种信号，能给他带来某种希望和慰藉，此时此刻，病人也不会在意这些东西是出自什么人了。或许，他这一辈子从未真正爱过什么人，而现在，求生的本能又让他不得不求助于别人。他的手湿漉漉的、凉飕飕的，紧紧地攥着菲利普的手指，这个老头儿正竭力地同死神周旋。一个奇怪的念头划过菲利普的脑海，生老病死哪个人躲得开呢？这情景如此阴森可怖、毫无希望，但人们还是对那个无所作为而残酷无情的造物者深信不疑！说实话，菲利普对他伯父的死活并不在乎，两年来，他一直盼着他早点儿死；可是当看到他可怜的样子，还是不能自已地生出怜悯之情。作为区别于禽兽的人，要多承受多少无谓的痛苦呢？

他俩一直沉默着。过了好一会儿，只听见凯里先生用微弱的声音问道：“牧师快来了吧？”

接着，管家悄无声息地走了进来，告诉菲利普说，西蒙斯先生已经来了。一只装有白色法衣和头巾的提包被管家拎了进来，圣餐钵则捧在福斯特太太的手上，西蒙斯先生跟在他们后面。他没开口说话，只是跟菲利普握了握手。他怀着肃穆的神情，走到病人跟前。菲利普和管家对视了一下，退出了房间。

菲利普走到花园，在轻柔的晨光中站着。空气凉爽，天空中游荡着几朵白云，树木葱郁，草丛和玫瑰花瓣上沾满了露水，能闻到一股清新的泥土气息。菲利普慢慢走过花园，一直思索着，病房里的神秘仪式和眼前一尘不染的自然景观相结合，让他产生一种前所未有的新奇体验。突然，福斯特太太从里面走了出来，打断了他的思绪。她说，病人要见他最后一面。于是菲利普回到病房，看见副牧师正在收拾他的法器。病人稍微转脸，朝菲利普露出了满意的笑容。

他的神情让菲利普感到迷惑——他的眼神不再惊恐不安，脸上痛苦的表情也消失不见了，他看起来十分安详。

“我已经准备好了，”他的腔调也变了，“上帝要召我回去了，我希望能把我的心灵全部奉献给他。”

菲利普没有说话，他看得出伯父说这话时心中是无比真诚的。让人难以置信的是，也不知他从他的上帝那里获得了什么温暖和慰藉，竟让他不再对死亡感到彷徨无助了。他心里明白自己马上就要死了，只不过已经开始接受这样的安排。突然，他又补充了一句：

“我很快就要和她在一起了，我亲爱的妻子，她一定在等我吧？”

菲利普听后不禁吃了一惊，想到伯父是怎样冷漠地对待她，他对她忠诚的爱的回报从来都是麻木不仁与无动于衷的。不过，那位副牧师却大受感动，几乎要落下泪来了，福斯特太太一边抽泣，一边把副牧师送出了门。凯里先生疲倦得睁不开眼睛，菲利普坐在床边安静地守着他。不知不觉一个早上过去了，老头儿的呼吸声变成了鼾声。医生来给他做检查时又把他吵醒了，听医生的意思，他挨不过今天了。老头儿醒后立马开始挣扎，用力地撕扯起床单，他已经神志不清了。威格拉姆大夫给他注射了一些药物。

“这已经不起什么作用了，他现在随时都可能死亡，你做好准备。”

医生看了看病人，又拿出手表瞧了一眼，已经十点钟了。威格拉姆大夫还没顾上吃早餐。

“您去休息吧，这里有我呢。”菲利普说道。

“我已经尽力了。”医生回应道。

医生离开后，福斯特太太找菲利普商量，她叫菲利普去通知本地的那位木匠兼殡仪员，询问菲利普能否叫殡仪员再派个妇人过来，帮助菲利普张罗葬礼的事。

“你需要呼吸点儿新鲜空气，”她说，“这也是为你好。”

那位木匠住在半英里外。菲利普说明来意后，他劈头盖脸地问道：

“他已经过世了吗？”

菲利普不知该如何回答，他才意识到，在伯父还没断气时就派个女人给他擦拭身体，好像是有点儿不近人情了。他又有些纳闷，

福斯特太太为什么要派他来做这件事？外人会就此认为他正迫不及待地想让老头儿死呢。那位殡仪员正用一种古怪的神情打量着他，这叫菲利普觉得浑身不自在。殡仪员又将刚才的问题重复了一遍，菲利普有些不耐烦起来，在心里暗骂道：这关你屁事？

"牧师是什么时候过世的呢？"

开始，菲利普想撒个小谎，就说伯父是刚才去世的，但转念一想，要是他伯父再弥留几个小时，那就更说不清楚了。他的脸涨得通红，尴尬地回答说：

"哦，他还没死呢。"

殡仪员开始迷惑不解，菲利普连忙向他解释道：

"福斯特太太一个人在家，她独自一人能怎么处理这件事呢？现在，我伯父可能已经死了。你懂我的意思吧？"

那位殡仪员点了点头。

"哦，我明白了。马上就派个人过去。"

菲利普到家后，径直走进了牧师的卧室。福斯特太太从床边的椅子上站了起来。

"他还是和你离开时一样。"她说道。

福斯特太太由菲利普接班后，便下楼去准备午餐了。此刻，菲利普正惊奇地注视着一个人的整个死亡过程。牧师还在挣扎，他的身体已经失去了知觉，看起来没有一丁点儿活力，他松弛的嘴唇里不时会发出一阵阵呻吟声。现在正是中午，天气酷热，花园中的树木投下一片阴凉。一只绿头苍蝇飞进了屋子，用头猛烈地撞击着玻璃。他伯父的四肢突然一阵抽搐，伴随着一阵可怕的嘎嘎声，他就一动也不动了。那只绿头苍蝇还在执着地撞击着玻璃。

112

乔赛亚·格雷夫斯把葬礼办得既体面又省钱。葬礼过后，他陪菲利普一起返回牧师的家。已故牧师留下了一份遗嘱，格雷夫斯一边喝茶，一边用沉痛的语气向菲利普宣读着遗嘱内容。所谓遗嘱，就仅是半张纸而已，上面写道，凯里先生留下的一切财产均由其侄儿菲利普来继承。具体项目如下：家具；八十英镑存款；除了在爱皮西公司搭有的二十份股票外，还有在奥尔索普酒厂、牛津杂耍剧场和伦敦一家餐馆搭有的股份。这些股份都是在格雷夫斯先生的建议下买的。现在，格雷夫斯先生有些得意地对菲利普说道：

“人活着就得吃喝不是，如果把钱投到这种人人不可或缺的项目里，是绝对吃不了亏的。”

格雷夫斯说这话时，把下等人的粗鄙与上等人的高雅完美地融合在一起，做得恰到好处。菲利普觉得，这话虽然粗俗，但确有几分道理。牧师留下的所有钱，加起来不过五百英镑，这还得算上银行的存款以及拍卖家具得来的款项。菲利普对这笔财产持无所谓的态度，如今真得到它也没让他有多高兴。不过，伯父的丧事办完了，也叫菲利普少了一个牵挂。

接下来的几天，格雷夫斯协助菲利普把一些家具拍卖掉了，之后他也告辞了。于是，菲利普开始整理起死者留下来的所有书信。威廉·凯里牧师生前从不销毁信件，并一直以此为荣，常在别人面前夸耀。房间里堆满了五十年来的往来信件和各式各样的单据。已故的牧师不但把别人给他的信保留了下来，而且把自己给别人的回信也保存了一份。其中的一沓是牧师在四十年代写给他父亲的家信。当时，他刚从牛津大学毕业，正在德国旅行。菲利普漫不经心地看着，信中的威廉·凯里和现在的他几乎判若两人，不过，要是你读得足够仔细，还是能从字里行间发现成年牧师的影子。信都写得非常有礼貌，甚至有些太过周全。他在信里说，他为了能一览旅途的美景，经历了许多的辛苦和周折；他用优雅又富有激情的词语描绘了莱茵河畔恬静的城堡，壮阔的沙夫豪森瀑布让他不禁感慨起大自然的伟大，他在信中写道：“我不禁对宇宙万物的创造者肃然起敬，心中充满感恩，他的作品简直无法用语言形容。”并且，他还情不自禁地说，“面对这位创造者的这一杰作，人们怎能不为之感动且过上一种圣洁的生活呢。”另一沓书信中间塞有一张醒目的袖珍画像，那时的威廉·凯里刚被授予圣职：一位身材瘦削的年轻人，一头长长的卷发，大大的眼睛里没什么光彩，一张苦行僧似的脸让人印象深刻。此刻，菲利普的耳边仿佛又响起了他伯父那种特有的笑声——

因为几位敬慕牧师的女士曾经亲手给他织了几双拖鞋送过来，他生前时常会一边夸耀这件事一边发出这样嘿嘿的笑声。当天下午一直到晚上，菲利普都在忙着整理这许多信件。他先在信上的地址和落款处扫视一下，接着，就把不重要的撕成两半，扔进身边的垃圾篓里。突然，他看到一封签名是海伦的信件，上面的字迹他并不认得，因为那是一手旧体字，笔画细微而生硬。抬头的称呼写着“亲爱的威廉”，落款是“您的亲爱的弟媳”。他突然明白过来，意识到写信的竟然是他的母亲。他从未看到过母亲的信，所以见了她写的字也不认得。信中写的内容就是关于菲利普的。

亲爱的威廉：

斯蒂芬给你写过信了，你的回信我也已收到，感谢你对我们的祝贺以及对我身体健康的良好祝愿。感谢仁慈的上帝，保佑我们母子俩都平安无事。

从我和斯蒂芬结婚到我这次分娩，你们夫妇俩一直都很关心我，对此，我真的非常感激。现在，我请求你能帮我一个忙。斯蒂芬和我都认为由你来做这孩子的教父会非常合适，我觉得，你是担当此职的不二人选，因为你既是孩子的伯父，又是一名牧师，所以，你千万不要推辞。这孩子真让我放心不下，真希望他能健康地成长，好不让我为他牵肠挂肚。为此，我时刻向上帝祷告，祈求这孩子长大后能成为一个笃信基督的人。我衷心希望，在你的教诲下，他将不会违背上帝的义旨，做一个正直、善良的人。

你亲爱的弟媳

海伦

菲利普把信推到一边，身体往前倾着，双手捧住脸思索起来。这封信引起了他的思考，同时也叫他惊讶不已。叫他惊讶是在于，信中的内容充满了一名基督徒的虔诚语气。在他现在看来，这封信的内容既不让人厌烦，也不让人动容。从母亲去世到现在已将近二十年了，他只知道她长得相当漂亮，此外，就对她一无所知。得知母亲生前曾是一名虔诚的基督徒时，菲利普的心里怪怪的。他可从来不知母亲有这样的性格。他又把信读了一遍，重新读了一遍信中谈及自己的那段话。当读到母亲对自己的期望时，他觉得自己现在的样子和母亲期望的一点儿都不相同。他仔细打量了一下现在的自己，心想也许母亲早些过世反倒是幸运的，不会因此而失望和生气。突然，他一时冲动，竟把那封信咔嚓几下撕成了几片。信中的亲密感情和充满说教的语气让这封信显得十分荒谬。不过事后，菲利普又暗暗有些后悔。他感觉把这封显露母亲隐秘心迹的信件拿出来读是不道德的。接下来，他继续整理那些堆积如山的信件。

过了几天，菲利普回到伦敦，他走进圣路加医院的大厅，这还是他两年来首次在白天进来。他找到医学院的秘书。秘书显然很惊讶，问起菲利普的情况。经过这么多事，菲利普已经历练出了一种淡然和从容，看待事物有了自己的独特眼光。如果在以往，面对这种情况，菲利普会感到羞耻，觉得没有颜面。可如今他学会了沉着应对，他说因为一些特殊情况才中途退学，现在事情处理完了，想接着拿到医师资格。他故意说得模棱两可，使得秘书无从再问下去。他了解到，助产学和妇科学是他接下来可以参加的考试科目，他便报名做一名助产医士。正好是放假期间，他很容易就走马上任了。经过两人的商议，他的工作时间被安排在八月的最后一周到九月的前两周。菲利普离开秘书的办公室，信步走过校园。由于夏季的考试刚刚结束，校园里没什么人，显得寂寥。他顺着河岸闲逛，感觉心满意足。他暗暗做好打算，从现在开始要过一种崭新的生活，要把以往的一切过失、愚蠢的行为和自己遭遇的不幸统统忘记。那流逝的河流象征了过去的所有不愉快，它们像一场虚空不实的梦境已经消散。现在他能清晰地看到自己充满光明的灿烂前景。

而后，菲利普返回布莱克斯泰勃，着手处理他伯父的遗产。八月中旬，会有许多人来这里度假消暑，剩余的家具因此可以卖出个好价钱。菲利普也把伯父藏书的目录分发给了坎特伯雷、梅德斯通和阿什福等地的旧书店。

一日，菲利普突发奇想，想去原来的学校看看，他慢慢走着，不一会儿便到了坎特伯雷。自从上次离开，他再没有回来过。他还记得自己离开时的心境，当时只觉如释重负，认为一旦离开这里，就可一切凭自己做主。坎特伯雷的狭窄街道他自然相当熟悉，漫步于此，他不禁想起许多旧事。那几家老店铺依旧待在原地，出售的商品也没有变化。书店的一个橱窗里摆着教科书、宗教书籍和新近流行的小说，另一个橱窗里悬挂着坎特伯雷的照片。运动器具店正在出售钓鱼用具与板球拍。那家裁缝店还在，他童年时代的衣服都是在那里做的。还有那个鱼店，以前他伯父每次来坎特伯雷时，都会去那儿买上几尾鱼。他沿着破烂街道漫无目的地前行，一堵高高的围墙出现他眼前，围墙里的那栋红砖房是预备学校，皇家公学的大门则在几步之外。他在离学校几米远的路旁站定。四点钟，学生们成群地走出校园。一个个头戴方帽、身穿长袍的教师也紧跟着出来了，他一个也不认识。他有十几年没来这里了，变化巨大。接着，菲利普看见了校长，他正从学校门口出来缓步朝自己家的方向走去，一个大概有六年级的学生皱着眉头跟在他的身后。校长还是菲利普记忆中的样子，瘦骨嶙峋，形容枯槁，动作略显怪诞，两道眉毛下的灼热目光也同以前一样；不过再仔细观察就不难发现，他胡子里夹杂进了许多白的，毫无血色的脸也刻上了更深的皱纹。菲利普本想走过去跟他说说话，但是一想到校长肯定不记得自己了，自己又懒得做自我介绍，就没上前。

男学生们逗留在学校，相互聊着天。没过多久，其中一些又想出了些新花样儿，便三五成群地跑出来打球了，后面还跟了几个同去凑热闹的。菲利普知道他们这是要去打板球。菲利普出现在这里，站在他们中间，只有一两个学生冷冷地瞥了他一眼。因为诺尔曼式的楼梯在此地也算是旅游景点，其他观光者便很少会引起旁人的注意。菲利普好奇地注视着这些朝气蓬勃的年轻人，一阵忧伤掠过心头。想到自己在这么小的时候也曾想轰轰烈烈地干一番事业，到如今有何成就呢？光阴似箭，时间过得如此之快。这些孩子一个个生龙活虎，正跟当初的自己一样。看着他们，菲利普仿佛看到了当年的自己。站在他们中间，他竟有一种自己还是个孩子，时间连一天都没有过去的错觉。当初的这个地方他还认识几个人，可现在他竟叫不出一个名字来。再过十年，这些学生长大重游此地时，站在新的一批玩耍的小孩子中间，他们也会被无情地忽略吧？菲利普想见见当年的同窗，他们也都已三十几岁了。说不定有些人已经不在人世；活着的想必都已生儿育女。他们或是军人，抑或是牧师，有的做了医生，有的做了律师。他们都已不再年轻，而立之年，有没有人跟他一样，把生活弄得一团糟呢？他竟一时想不起那个当初和他要好的男孩儿的名字，不过他的相貌举止到现在他还清楚地记得。过去，他们两人形影不离，可菲利普就是想不起他的名字了。有个因为那男孩子的原因而怒火中烧的场景，具体是因为什么事情，菲利普记不清了。他兴味十足地回想着，可就是想不起他的名字来，把菲利普急坏了。他想，自己如果和眼前的这些孩子们一样的年纪，他会重新来过，纠正以往的错误，从生活里领悟到更多的道理。想到这里，他有些喘不过气来，感到前所未有的孤独，过去经历的苦日子的点点滴滴一股脑儿地出现在他眼前。“为了养活自己、维持生活，你卑贱地过活，苦苦挣扎的过程里，生活的痛苦竟不知不觉地得到了缓解。你必汗流浃背才可维生。”《旧约》里的这句话本意虽不是诅咒人类，但也是一剂强烈的麻醉剂，让人们俯首帖耳地屈从于卑贱的生活。

但是，菲利普又有些愤愤不平起来，他有一个对人生的坚定看法：所有的无聊和激情，所有的欢乐和痛苦，都转瞬即逝；一切不幸的遭遇，他只能高高兴兴地接受下来。个人遇到的所有不幸，不过是一种壮阔的、复杂的生活图景中的很小一部分。在这个过程里，他只能自觉地追求着其中的美。他记得，自己还是小孩子时，就深深着迷于雄伟的哥特式大教堂——球场旁边就有一座，抬头便能看见它。接着，他移步走向它，乌云密布的苍穹下面，那座灰色的庞然大物巍然矗立，中央的塔尖在云雾里若隐若现，它被建造得如此雄伟壮丽，象征着上帝在人们心中的崇高地位。孩子们正在球场上打板球，个个动作敏捷。菲利普不经意地谛听着孩子们的呼啸与吵闹声。年轻人的叫喊声里充满了独特的朝气，菲利普喜欢听到这样的声音。

113

八月底，菲利普被正式认命为助产医士，在附近辖区内履行他的职责。这工作可不算轻松，一天下来要护理三名产妇。产妇先去

医院领取一张卡片，临产时，通常派个小女孩把卡片送到传达室，接着传达和送信的一起去请菲利普。如果在半夜，医院传达就一个人穿过马路去通知菲利普，他身上有菲利普房门的钥匙。得到通知，菲利普会摸黑披上衣服，急匆匆地出门，快步穿过狭窄僻静的街道。深夜的泰晤士河南岸，空荡荡的，说不出的恐怖瘆人，菲利普走在街上会不自觉地加快脚步。深更半夜来送卡片的，多是产妇的丈夫。要是以前已经生过几个小孩，丈夫来送信时的态度就会相当冷淡；不过，如果是结婚不久的，丈夫来送信时常常会急得像热锅上的蚂蚁，有的为了壮胆还会在当晚喝得醉醺醺的。去产妇家的路程，一英里算是近的，有的会更远。一路上，菲利普会跟报信的丈夫聊起对方工作和生活中的琐事，因此，泰晤士河两岸各行各业的生存现状，菲利普也都大概知道。有时他们聊到一半，报信的人会越说越垂头丧气，菲利普便会耐心地鼓励他，叫他不要灰心，要打起精神。菲利普站在狭小的房间里，产妇躺在一张大床上，这张床已占去房间的一半面积；产妇的母亲和接生的看护彼此聊着天，有时也不忘和菲利普开几句玩笑，简直也把他当作一个女人。前两年的生活遭遇让菲利普深知赤贫人家生活的不易，而她们也发觉菲利普对穷人的生活状况如此了解时，个个都觉得惊奇。最让她们印象深刻的是，她们的一些花招一眼便会被菲利普识破。菲利普性情温和，拿什么递什么都是轻手轻脚的，而且从不乱发脾气。病人都喜欢他，他从不摆臭架子，也不以和不同阶级的人喝茶为耻。要是天亮了，产妇还未分娩，产妇家人会给他切一片面包，涂上黄油送过去。他没有挑食的毛病，什么东西都能吃得津津有味。菲利普去过许多人家，有些产妇就平躺在污秽肮脏的低矮房子里，里面没有一点儿阳光，空气浑浊，房间乱糟糟的，简直叫人没地方落脚。但是也有另外一种情况，有些房子虽然外表看来破败不堪，地板也有点儿虫蛀，房顶还时而漏水，可楼梯却是精心雕琢的橡树栏杆，与镶嵌在墙壁上的精美版画一起彰显着一种与众不同的豪华。这种小楼往往也十分拥挤，一个房间就是一户人家。白天，小孩在院子里嬉戏打闹，吵闹声从不间断。年深日久的墙壁已经成了各种害虫的老窝，屋里一股霉烂气息，叫人作呕，菲利普不得不点燃烟斗抽上几口烟。这里的人们过着半饥半饱的生活，新生命往往不受欢迎，做爸爸的望着刚刚降临人间的婴儿一直愁眉不展，而在妈妈脸上的更多是绝望。又多了一张嘴吃饭呀！可食物原本就不够。菲利普隐隐觉察出有些人家倒希望孩子生下便是死胎，或是生下来不久就夭折。有一回，一名产妇让菲利普给她接生，生下一对双胞胎。她得知后，竟然号啕大哭起来。产妇的母亲直接就说：

“真不知他们怎么把这两个孩子养大？”

“说不定上帝很快就会发现这个错误，马上就会召唤这两个小家伙回去的。”一旁的看护附和着说。

孩子的爸爸一脸愤怒地盯视着并排躺在床上的小不点儿，目光阴冷，像是见到了自己的敌人，这叫菲利普不觉大吃一惊。这两个小家伙的家人因为他们的突然降生而对他们充满敌意。菲利普觉得自己有必要事先把话说得狠一些，否则，这里不久就会有发生一场“意外”。这些“意外”包括：母亲睡觉时“压”着小孩啦，“不小心”给孩子喂错食物啦，这些现象很难说都是因为粗心造成的。

“我每天都会过来的，”菲利普说，“我只提醒你们一句，要是这两个孩子有个好歹，医院会派人查个清楚的。”

那个做父亲的没有说话，只是给了菲利普一个充满敌意的眼神。他只能在心里盘算了。

“上帝会保佑这两个小家伙的，”孩子外婆说，“您还担心什么呢？”

产妇要在床上静养十日，这是医生要求她做到的最低标准了。菲利普常常认真地嘱咐，但一点儿作用也不起。操持家务可不是个轻松的工作，找人照看孩子又要给别人付工资；丈夫忙了一天工作，回到家里又累又饿，一看晚饭都没准备好，定会大发雷霆的。菲利普曾听说有穷人家的妇女互相照看孩子的做法，可不止一个家庭妇女向菲利普抱怨说，不花钱是找不到那样的好心人的，她们又没钱去请用人。菲利普从女人间只言片语的谈话里，猜出了事情的大概情况。渐渐地，他也体会出穷人和富人对生活的理解完全不同。穷人们倒不羡慕富有人家的奢侈生活，因为两者毫无共通之处，他们有一种自得其乐的心情，并且觉得中产阶级的生活也是刻板枯燥、

装腔作势的。穷人们会认为，那些中产阶级完全是一帮蠢货，四体不勤，毫无尊严，没有几个人瞧得起他们。那些高傲的富人们只爱躲清净，从不愿被穷人打搅，穷人们只是把他们当作揩油的对象罢了，也清楚地知道怎么哄骗他们，好引起他们的同情，叫他们乖乖地把钱送过来。教区副牧师前来布道，穷人们虽也没好脸色给他，不过倒能容忍；可是，那个女的牧师助理就完全不像话了。她一进屋，还没问人家愿不愿意开窗，就把所有窗户一个个地打开，一边动手，一边在嘴里嘀咕“我还有气管炎呢，这屋子怎么一点儿都不通风”。她还在屋里四处走动，摸摸这里，看看那里，任何角落都不放过。就算她没明说这地方太脏，大家也能猜出她的心思。瞧她是怎么说的吧：“你们雇个人，什么不都解决了吗？”此时做妻子的就会在心里暗骂：要是她养四个孩子，自己洗衣服、补衣服和做饭，照看家里的大大小小，真不知道她怎么把房间弄得一尘不染。

菲利普发觉，对穷人们来说，人生的最大悲剧不是生离死别，而是失去工作。生与死乃人之常情，那种痛苦用几滴眼泪就能洗涤干净。有一天下午，菲利普正在照看一个刚刚分娩完三天的产妇，她丈夫突然回来了，进门后便告诉妻子，自己被解雇了。那个男人是个建筑工人，当时经济萧条，外边工作很难找。他讲完后，便坐下来用茶点了。

“哦，吉姆。”他的妻子哀叹了一声。

那男人眼神木然，嘴里的食物像是失去了滋味。饭菜一直炖在小锅里，好让他回家时能吃上一口热乎饭。他表情呆滞地盯着眼前的盘子。妻子睁着一双惊恐的眼睛，朝着自己的男人看了几眼，接着默默地流下了眼泪。那位建筑工人个子不高，是个粗壮的汉子，脸上饱经风霜，前额头上有道长长的白色疤痕。他用一双长满老茧的大手，把盘子一把推开，仿佛不愿再强迫自己吃那些东西了。他转过脸去，开始出神地盯着窗外看。他们的房间在小楼的顶层，窗外，除了铅灰色的云块外，什么也没有。房间笼罩着一种绝望的气氛。菲利普也不知该说些什么，只能默默离开。这会儿的菲利普非常疲惫，几乎睁不开眼睛。好几个晚上他都没合眼了，他脚步沉重，心中充满了对这残酷世界的仇恨。找工作被人拒绝的滋味，菲利普是尝过的，那种无依无靠的感觉饿上几天还难受。所幸他早已不相信什么上帝，不然，在如此残酷的现实面前，他又要做无谓的祈祷了。人们之所以能在如此荒谬的世间苟活，正是因为知道生活本身就毫无意义。

菲利普觉得没有人真正地帮助过那些穷人，因为没有人理解穷人真正想要什么，有些人只是想当然地纠正别人的生活。他们先入为主，结果反而打搅了穷人们的生活。穷人们不需要通风良好的大房子，他们营养不良，血液循环不畅，房间太大反而觉得寒冷。房间拥挤一点儿并无害处，他们喜欢这样居住；他们终其一生没有单独居住过，喜欢许多人挤在一间屋子里，居住在嘈杂不堪的环境里，四周的喧闹声他们早已能充耳不闻。没有了那些声音，他们反而会感觉孤独。他们不喜欢洗澡，嫌那样太麻烦，而对医院每天必须洗澡的规定嗤之以鼻，他们认为这种规定是对他们的侮辱。他们只想闭上门来安静地过日子。如果家里的男人有份长久的工作，生活也就能过得安安稳稳、有滋有味。忙活一天，闲下来没事聊一会儿天，再喝杯啤酒解解乏，看看街上风行的新闻画报——像卖得比较好的伦纳德的肖像画和《世界新闻》杂志。

一般产妇生产后，菲利普会再去看望三次。一个星期天，吃过午饭，菲利普动身来到一个产妇家里。她正在尝试着下床走动。

“我怎么能老躺在床上呢？真的，我不是那种闲得住的人。一天下来啥事都不做，一动不动的，会把我憋坏的。我刚对厄尔布说，‘我马上下床给你做午饭’。”

这时，厄尔布手里已经拿着刀叉坐在餐桌旁了。他是个年轻小伙子，一张老老实实的脸，蓝色的眼眸看上去非常精神。他的收入不错，眼下，这对年轻夫妇日子过得相对宽绰。他们刚结婚不过几个月，非常恩爱，儿子又刚刚出生。那个脸蛋跟玫瑰似的婴儿正躺在床边的摇篮里睡午觉呢。房间里能闻到一股炖牛排的香味，菲利普不自觉地朝厨房的方向望了一眼。

“我这就去把饭菜摆好。”那女人说。

“你们该吃饭就吃饭，”菲利普说，“小家伙运气不错，碰见了能干的爸爸，还有个贤惠的妈妈。我看一眼你们的宝贝儿子就走。”

听菲利普如此说，这对夫妇都开心地笑了。接着，厄尔布带菲利普到摇篮前。他望着自己的儿子，眼神里充满了幸福。

“他看起来真不错，对不？”菲利普说。

菲利普一边说一边抓起帽子，打算告辞。妇人将牛排盛出，摆在了餐桌上，上面还摆了一碟子青豌豆。

“你们的午餐挺丰盛嘛。”菲利普笑着说道。

“他就星期天中午回家吃饭，我也会给他做些好吃的，这样，他在外头干活时才会想起家里的好。”

“我想邀您一起吃午饭，您不会嫌弃我们吧？”厄尔布说。

“哦，厄尔布……”他妻子吃惊地望着丈夫。

“你请我,哪有推辞的道理。”菲利普一边说,一边哈哈大笑起来。

“对嘛！这才是真朋友。我早就知道，你不是那种见外的人，珀莉，亲爱的，快再拿副刀叉来。”

珀莉表情有些尴尬，心想厄尔布真是想一出是一出，这么大个人还有点儿孩子气，不过她也不怎么生气，连忙去厨房拿刀叉和盘子来，她飞快地用围裙把它们擦干净，放到餐桌上。厄尔布操起餐桌上的那个盛满黑啤酒的酒壶给菲利普斟了一大杯。他把牛排切开，把一大半夹到了菲利普的盘子里，菲利普看到后，坚持要大家平分。房间的两扇落地窗开着，温暖的阳光充满了整个屋子。这个房间原先是这幢建筑的客房，虽不是顶级住处，也算是中等的了，听说几十年前一位有钱的商人或者一名军官曾出钱在此居住过。没结婚时的厄尔布是个足球运动员，墙壁上还挂着几张足球队的集体照。照片上的运动员梳着整齐的头发，只是表情有些青涩，队长手里捧着奖杯，一脸得意地坐在队员中间。此外，还有许多细节都表明了这个家庭的幸福美满：几张厄尔布亲属的照片和妻子穿着盛装拍下的纪念照。壁炉上放着一块观赏石，上面镶嵌着许多漂亮的贝壳；石头两侧摆着两个大杯子，上面画着码头和军队的图画，并写着哥特体的“索斯恩德敬赠”的字样。厄尔布性格有点儿古怪，他从不愿意参加工会，尤其讨厌那些强迫他参加工会的人。工会对他来说没什么用，他从不愁工作。他对菲利普说，一个人只要有一双手，干活从不挑挑拣拣、偷奸耍滑，那他就能有好的收入。可珀莉的胆子却很小，要换成她，她是一定要参加工会。上一次工厂罢工，厄尔布依旧按时上工，她一直在家里担心，怕他被别人打成重伤，用救护车送回家。接着，珀莉扭过头对菲利普说道：

“他就是头犟牛，谁都劝不动的。”

“哦，你要说什么？这是个自由的国度，我要不愿意，没人可以强迫我。”

“你就是再自由也没用，”珀莉接着说，“只要你给他们机会，照样砸扁了你的头。”

午饭吃罢，菲利普和厄尔布一起抽起了烟斗。不一会儿，菲利普对这对夫妇说，这个时候肯定有其他的产妇在着急等着他，所以不能再坐了。夫妇俩知道大夫还有事，就不再挽留。一想到菲利普愿意和他们吃饭并且吃得还挺满意，夫妇俩就非常高兴。

“好啦，非常感谢您，先生，”厄尔布说，“我想我夫人下次‘出丑’时，我们还要再次麻烦您呢。”

“胡说什么呢？厄尔布，”珀莉生气地反驳道，“你怎么知道就有第二次呢？”

114

为期三周的助理医师实习快要结束了。菲利普护理了大约六十二名产妇，感觉有些疲惫。最后一天的晚上十点，他终于回到了自己的住所，满心希望这个夜晚不用再出诊。一连十天他没过睡完整觉了。他刚从一名产妇家里回来，那名产妇家里的状况非常糟糕。来报信的是她举止粗鲁的丈夫，那是个身材高大、酗酒成性的男人，菲利普被他带进了一个充满臭味的院落，走进房间，菲利普发现这里是他所到过的人家当中最脏乱的一家了。一个小小的隔间，一大半空间被一张木头床占据了，床上挂着一条肮脏不堪的红色帐幔。房顶很矮，菲利普一举手就能碰到。一支惨淡的蜡烛发着幽暗的光。菲利普借着微弱的光亮，看到烛台边爬满了死虫子，虫子尸体被烧得蜷缩着。产妇是个中年女人，相貌平平，衣衫褴褛。她已经接连小产好几次了，她觉得要怪就只能怪她的丈夫，谁叫他去印度当兵。这种事情菲利普也有所耳闻：道貌岸然的英国人把自己的法律强加

到印度人头上，她的丈夫被征调去印度，结果在那里染上了“可耻”的疾病，害得她也跟着受罪。回到家后，菲利普哈欠连天，脱去衣服，一边洗澡，一边把衣服在水面上抖了一抖，发现有几只小虫子落入水中，在水面上挣扎。他洗完澡爬上床准备睡觉，一阵叩门声响起，医院的传达走了进来，递给他了一张卡片。

“该死的，”菲利普骂道，“今天我最不想看见的就是你了。这是谁送来的？”

“我想是产妇的丈夫，先生。需要那个丈夫和你一起去吗？”

菲利普看了地址，发现那个地方他知道，就告诉传达，自己一个人能去。他用五分钟穿好衣服，提起黑皮箱，匆匆出门，朝产妇家的方向赶去。此时，黑暗的街道旁一个男人迎了过来，他向菲利普自我介绍说，自己便是产妇的丈夫。

“我想还是让我陪你一起去比较好，先生，”那人说道，“这条街治安不是很好，那些家伙可能不认识您，会找您的麻烦。”

菲利普听后哈哈大笑。

“多谢好心。我想他们还是认得出我的。比维弗尔街更乱的地方我也去过好几次了。”

菲利普说的倒是实话。他随身携带的那个黑色的医师皮包成了他的通行证，让他能在夜深人静之时平安地穿过一条条连警察都不敢贸然走入的幽静小巷，让他成功走进散发着各种臭味的脏乱院落中去了。有一两回，巷子里的一伙人好奇地打量着从远处走来的菲利普，他们小声议论了一会儿，最后有一个人说道：

“这是医院派出来的大夫。”

菲利普从他们身旁经过时，他们中间的一两个人还同他打了个招呼：“晚上好，先生。”

“先生，能否走快点儿，”男人道，“临来时，他们说情况紧急。”

“那怎么不早一点儿来医院？”菲利普一边加快脚步，一边问道。

走到路灯下时，菲利普朝那男人看了一眼。

“你看起来挺年轻啊。”他说。

“我已经十八岁了，先生。”

这个年轻人相貌清秀，脸上没留胡须，光滑洁净，看上去只是个稍微大一点儿的孩子。他个子不是很高，不过身体倒还健壮。

“你这么年轻就结婚了呀。”菲利普说。

“我们是迫不得已。”

“你工资有多少？”

“十六先令。”

要养活妻子和孩子，一周只有十六先令的收入，确实太不够用，夫妻两人一定过得非常拮据。当看到他们所住的房子，菲利普更加确定了自己的推测。房间从外面看很小，进去后竟然感觉很宽敞，因为根本没什么家具。地板上也是光的，墙上光秃秃的没有任何装饰，要知道，大多数这样的人家都会在墙上挂些装饰品的，比方说亲属的照片，或是镶嵌在画框里的廉价圣诞节画片。产妇躺在一张窄窄的铁床上，这铁床是商场里最便宜的货色。看到产妇时，菲利普吓了一跳。

“老天，她可能都没到十六岁吧。”菲利普对他身旁帮忙照顾产妇的看护说道。

从病历上看，她有十八岁了。可现实中，不够年纪的产妇往往会多报年龄。她长得很漂亮，在她这个阶层，如此美貌的女子并不多见——她们往往营养不足，呼吸的空气很差，工作的环境也对健康不利。而她的五官却很精致，眼睛大大的，蓝色的眸子熠熠闪光。像路边卖东西的小商贩一样，她把散乱的浓密头发收束在了头上。此刻，面对大夫，夫妇俩都有些紧张。

“你在外面吧。需要你时，我会叫你的。”菲利普对那男人说道。

菲利普现在能完全看清楚那男人的脸了，他的脸上稚气未脱，完全像个小男孩。菲利普觉得，他这个年纪，应该跑到街上去跟那些男孩子嬉戏玩耍，而不是像这样焦虑地等待着自己的孩子降生。一直到凌晨两点，孩子才出生。一切都进行得蛮顺利的。菲利普把那位丈夫叫了进来。看到他尴尬、羞怯地亲吻着自己的妻子，菲利普不禁有些心动。菲利普收拾好器具，临走前又检查了一遍产妇的脉搏。

“哦，我的天啊！”菲利普大喊了一声。

菲利普又看看产妇的脸，顿时感觉要出大事。碰到这种危险的情

况，一定要有医院的正式助产医师在场。他们是取得合格资质的医师，整个辖区都归他们管理。菲利普匆匆写好纸条，吩咐那个男人立即拿上它，尽快赶到医院去。菲利普叮嘱他一定要快，因为他妻子现在的情况非常凶险。那人立即动身，出门便走。菲利普焦急地等待着，他知道产妇出现了大出血，再晚一步，就可能再也醒不过来。他害怕她会在他的上司赶来之前死去，于是，就把能用的急救措施都用了一遍，并在内心暗自希望，但愿高级医师此刻就在医院，今天并未去别的地方出诊。这种紧急关头，每分每秒的时间仿佛都被刻意拉长了。高级医师终于赶到，在检查完产妇的情况后，他轻声问了菲利普几个问题。菲利普从他的表情里看出产妇的情况并不乐观。高级医师名叫钱德勒，是个少言寡语的人，身材高大，鼻子挺长，脸精瘦并刻满了皱纹，有些未老先衰。他连连摇头。

“从一开始就希望不大了。她丈夫在吗？”

“他在楼梯那儿等着呢。”菲利普答道。

“叫他进来吧。”

菲利普拉开门，把那人叫了进来。叫他时，菲利普看到，那人正坐在通往上层的第一阶楼梯上，身体完全蜷缩在黑暗中。进屋后，他飞跑到铁床前。

“怎么样？”他连忙问。

“嗯，你妻子体内正在出血，没办法止住。”高级医师停顿了一下，觉得直接告诉那人实在有点儿残酷。接着，强迫自己抑制住了感情，鼓起勇气告诉了那人事实，“她快要死了。”

那人一言不发，纹丝不动地站在原地，呆呆地看着妻子。她正平躺在床上，脸色惨白，双目紧闭。接着，照料产妇的看护插嘴说道：

“这两位先生已经尽了他们最大的努力，哈利，我一开始也觉得事情不妙。”

“闭嘴！”钱德勒呵斥道。

屋里的窗子没挂窗帘，屋外似乎渐渐变得明亮了。虽说还未破晓，不过马上就是黎明。钱德勒想尽办法来维持产妇的生命，可是，生命的活力还是从她身上一点一点地溜走了，没过多久，她就咽了气。她一脸稚气的丈夫伫立在铁床旁边，双手扶着床架，一声不吭，脸上毫无血色。钱德勒瞥了他一眼，担心他会就此晕倒在地，因为他的嘴唇已经变成了灰白色。那位看护在一旁悲伤地放声大哭，哈利对她丝毫没有理会。他死死地盯视着他的妻子，眼里充满了迷惘与困惑。他像一条遭到无情鞭打的狗，却不知自己究竟犯了什么错儿。钱德勒和菲利普收拾好了器具，钱德勒转过身对那个丈夫说道：

“你最好躺上一会儿，我看你也够累的了。”

“我没有可以躺下的地方，先生。”那人回答说。他的语调里满是谦卑，叫人听了一阵心酸。

“这栋房子有你的朋友吗？可以让你借住一晚的。”

“我在这里没有熟人，先生。”

“他们上两个星期才搬到这里住，”那个看护说，“还没来得及认识什么人呢。”

钱德勒有些尴尬，慢慢走到那人跟前，说道：

“发生这样的事，我也很遗憾。”

说完后，他伸出自己的手。哈利下意识地擦了擦自己的手，然后才伸出来，和医师握了握手。

“谢谢您，先生。”

菲利普也同他握手道别。钱德勒吩咐看护第二天上午去医院领死亡证明书。接着，菲利普和高级医师一同离开了那幢房子，他们并排走着，彼此沉默了好一会儿。

“遇到这样的事情，是不是觉得很难过呢？”钱德勒开口问道。

“是有点儿难过。”菲利普回答说。

“你同意的话，我去通知传达，叫他今天晚上别去打扰你了。”

“对了，到了明天早上八点，我的实习就结束了。”

“你护理过多少名产妇？”

“六十三名。”

“不错。那你能拿到实习合格的证明了。”

他们来到医院门口。钱德勒走了进去，他要看看是否有人在等他出诊，菲利普则没有停留，径直往前走去。前一天天气炎热，此刻虽说是凌晨，空气还是热乎乎的。街上没有什么行人。菲利普不想回去睡觉，今天晚上不用出诊，也就不用急着回去休息了。清晨

无比安静，他慢慢往前走着，呼吸着黎明里清新的空气，顿时觉得神清气爽。他想赶到桥上，去欣赏河面上初升的太阳。拐角处一个警察跟他道了一声早安。那只黑皮箱告诉了他菲利普是个医生。

“一直忙到现在啊，先生？”那个警察寒暄道。

菲利普点点头，自顾自地朝前走去。他将身体倚靠在栏杆上，望着东方的天空。此时此刻，这座庞大的都市看起来死气沉沉的。天空中没有一点儿云彩，晨曦将近，星光开始变得暗淡了。河面被一层薄雾笼罩着，几艘驳船停靠在河流中间，北岸的那些宏伟建筑物宛如仙岛上的魔幻宫殿。这些景观都被染上了神秘的紫罗兰色，叫人不得不肃然起敬。突然，一切都变得灰白、蒙昧，被涂上了阴冷、稀疏的调子。接着，一轮红日从河面升起，水和天连到了一起，闪闪发光、色彩斑斓。菲利普想起了那个死去的姑娘，想起她死去时毫无血色的脸，想起他孩子气的丈夫，想起了那男孩像丧家犬似的站在床头，这些画面一直在菲利普的眼前挥之不去。如今，那男孩简陋破旧的小屋里空荡荡的，把他的孤独和痛苦衬托得更加鲜明了。那个姑娘还那么年轻，就因为命运之神的愚蠢，她便告别人世了。生活真是太残忍了。菲利普自言自语，他又突然想起，假如她不曾死去，等待着她的又是什么呢？无非是生儿育女，与贫穷斗争，曾经的青春貌美被时间摧毁，变成一个邋里邋遢的中年妇女——此时，菲利普仿佛看到了，她一张俊俏的脸庞逐渐衰老苍白，那一头浓黑的秀发变得稀疏斑驳，一双柔软的小手变得粗糙难看，因为艰辛的生活和繁重的劳动，她的一双素手最后竟变成了鸡爪子的模样——接着，她男人不再年轻力壮，找不到合适的工作，尽管他能硬着头皮继续干，可因为工资低，他们难免会落到身无分文、一贫如洗的境地；她也许很贤惠能干，省吃俭用，但那也改变不了她的结局；最后，她会被投进政府的救济所里，了此残生，或者向儿女乞讨些残羹剩饭，填饱肚子。既然生命不能给予她任何美好的东西，那又何必怜悯她的离去？

怜悯是毫无意义的。菲利普觉得他们不希望得到别人的怜悯，他们也不觉得自己可怜。他们已经接受了自己的命运，觉得现实是合情合理的。倘非如此，老天啊！要是他们不这么认为，那只好成群结队地跳进泰晤士河；或是跑到高楼林立的北岸，打砸抢劫，杀人放火了。此时，天空亮了，周围的光线变得柔和起来，雾气逐渐消退了，一切都笼罩上一层神秘的色彩。泰晤士河上波光粼粼，一会儿泛起青灰，一会儿透出玫瑰红，一会儿又变作嫩绿色；萨里·赛德公司的码头和仓库杂乱无章地挤在岸头，竟让人觉得有些美丽。面对如此优雅纤细的风景，菲利普不禁有些动容。他为大自然的美丽所折服。除此之外，一切都显得那么无关紧要了。

115

冬季学期开学前的几个星期，菲利普一直待在门诊部。等到十月正式开学，菲利普下定决心要踏踏实实地学习一段时间。回到医院的学校，菲利普发现自己周围都是些生面孔，不同年级的学生平常交集很少。跟菲利普同级的差不多都已取得了当医生的资格，在不同地方实习。有的去了乡村医院当助手或医生；有的则留在圣路加医院任职。脑子休息了两年，让他学习起来神清气爽，精神饱满。此刻，他只想趁此机会大干一场。

阿特尔涅一家看到他时来运转，生活得不错，都很开心。菲利普从他伯父的遗物中挑选了几件留在身边，其他的送给了阿特尔涅一家人。他把伯母的金链子送给了莎莉。她出落成一个亭亭玉立的少女了，正跟着裁缝做学徒，早上八点，她就去里根特大街上的店铺里帮忙干活，一忙就是一整天。莎莉有一头浓密的秀发，宽宽的眉毛，眉毛下灵动的蓝眼睛不时闪烁着诚恳的光芒。她体态玲珑有致、丰腴健美，臀部和胸脯都很丰满。她父亲经常会讨论起女儿的相貌，并时不时提醒她千万要保持苗条的身材。她身体健康，面色红润，举手投足间充满柔情，俨然变成了一个女人味十足的少女。许多年轻小伙子都在追求她，只因她毫不动心，所以个个都悻悻离去。她给人留下一个印象，在她看来，男女之爱不仅仅只是男欢女爱、甜言蜜语而已。因此，那些毛头小伙子无不觉得莎莉的心思难以捉摸。她年纪不大，却很懂事。帮助阿特尔涅太太操持家务、照顾弟妹一直是她的分内事，她俨然成为这个家里的管家婆了，她的母亲也时常会觉得她太有主见、太要强了。她话不多，可是随着年龄的增长，却越来越有幽默感。从她不多的话中，能隐约听出她对同龄人的兴趣和好奇。菲利普和莎莉之间始终有层隔膜，而他同这家里的其他人却相处得亲密无间。有时，莎莉的冷漠也叫菲利普生气。她对他来说像是个猜不透的谜题。

那次，菲利普把项链赠给莎莉时，阿特尔涅在一旁吵嚷，非叫莎莉亲一下菲利普来表达谢意，害得莎莉满脸通红，一连后退了好几步。

“不，我才不亲呢。”莎莉说。

“真是傻东西！”阿特尔涅叫道，“为什么不亲呢？”

“我不喜欢被男人亲。”莎莉回答说。

菲利普也有些发蒙，不过，倒觉得这蛮有趣的，接着赶紧把话题岔到其他地方去了。这对他来说并不难办到。后来，阿特尔涅太太肯定又拿这件事数落过莎莉，因为菲利普第二次来做客时，莎莉见菲利普独自坐在那里，就抓住这个机会对他说：

“上星期我不吻你，你会觉得我不讲礼貌吗？”

“不会啊。”菲利普笑了起来。

“这不是我不领情，”当她说出这些事先准备好的台词时，她的脸上泛起一阵红晕，“我会珍惜这条项链，谢谢你把它送给我。”

菲利普发现很难找到和她聊天的机会。她一旦发现有什么必须做的家务，不会告诉别人，就会手脚麻利地把它处理好。不过，这已是她的习惯，别人也不会因此有任何不自在。一个星期天的午后，阿特尔涅和妻子一块儿出去了。菲利普俨然已成为这个家庭中的成员，独自一人坐在客厅看书。接着，莎莉走了进来，坐在窗前做起了针线活儿。女孩的衣服都是要靠自己做的，所以莎莉不能浪费这宝贵的星期天。菲利普猜测她可能是想要跟自己说话，于是，就把书本放下了。

“你为什么不读了？”莎莉说，“我只是想，你一人在这儿看书，可能会有些寂寞吧，所以过来陪着你。”

“你是我见过的话最少的女生了。”菲利普说。

“家里已经有一个会说话的了。”她说。

她的语气里丝毫没有讽刺的意味，只是把事实说出来了而已。只是让菲利普略感惊奇的是，在她心目中，她已经不像童年一样，把父亲当作大英雄了。她把父亲的夸夸其谈、大手大脚与母亲的朴实无华的言语和处世方式做了一番对比，明显更欣赏后者。父亲的活泼开朗时常能把她逗乐，不过，他一直都是这么一副不正经的模样，也让她偶尔有些不耐烦。此刻，她正聚精会神地做着针线活儿，菲利普一直看着她忙活。她身体健康，五官精致，身材匀称。莎莉跟同一家店里上班的其他女孩相比，要漂亮许多。那些女孩胸脯平平的，贫血瘦弱，脸色苍白，一副不健康的模样。菲利普突然又想起，米尔德丽德也患有贫血症。

过了一段时间，有人向莎莉求婚了。她和同事一道外出时，碰上了那个小伙子，他在一家前景不错的公司里做电气工程师，条件很不错。一天，她告诉母亲，说那个电气工程师向她求婚了。

“你怎么回答的？”她母亲问道。

“嗯，我说，我目前还不打算结婚呢，”莎莉略微停顿了一下，“我见他有些难过，就告诉他，星期天可以来我们家里喝茶。”

这正如阿特尔涅的所愿。为了扮演好一个称职的老岳父，他用了一个下午的时间排练，在一旁看热闹的孩子都被他逗得哈哈大笑。到了快见面的时候了，阿特尔涅又翻箱倒柜地找出来一顶土耳其帽，并坚持要把它戴上。

“你正经点儿行不行？阿特尔涅！”妻子说道。这天，阿特尔涅太太专门穿了节日衣服——一件黑天鹅绒质地的套裙。近几年，她每年都会稍微变胖一点儿，因此这件衣服看上去有些发紧。“你这样会把女儿的事情搞砸的。”

她努力了好几次想把那顶滑稽的帽子摘下来，可她丈夫是个灵活的小个子，始终没有让她得手。

“女人，放开我！说啥我也不会把帽子摘下来的。我得叫那个年轻人一进家门就知道，咱们可不是个普通人家。”

“就叫他戴着吧，妈妈，”莎莉冷冷地说道，“要是唐纳森先生感觉不满意，那就让他走好了，我们也不用麻烦了。”

菲利普觉得那个年轻人是够倒霉的。阿特尔涅穿着一件棕色的天鹅绒上衣，系了考究的黑丝领带，头上盖着一顶鲜红的土耳其帽，这一身打扮足以叫那个电气工程师吃上一惊。不一会儿，客人到了。男主人接待他的方式，彰显出了西班牙大公似的威严，而阿特尔涅太太则表现得亲切自然。他们在熨衣桌旁边的椅子上坐下，那椅子靠背很高，是修道士才会用的那种高椅子，坐上去叫人感觉很不自在。接着，阿特尔涅太太用一个色彩艳丽的茶壶为客人斟了一杯茶，这个茶壶为这次会客增添了几分英国乡村特有的欢乐气息。她亲手为客人做了蛋糕，桌上还放着特意制作的果酱。对菲利普来说，在这么一座颇具时代风格的建筑里喝上一顿下午茶，也是件赏心悦目的事。阿特尔涅不知吃错了什么药，突然开始兴致勃勃地讨论起拜占庭的历史。他最近刚刚读完《罗马帝国衰亡史》的后几卷。此时，他一边手舞足蹈，一边绘声绘色地描述着希腊神话中的风流韵事。他一直滔滔不绝，那个年轻人要么一脸尴尬地附和两句，要么干脆就一句话都不说。阿特尔涅太太实在看不下去了，就不停地打断男主人的话，一边给那位年轻人斟茶，一边不断劝他多吃些蛋糕和果酱。菲利普看看莎莉，她一言不发地坐在旁边，时而低头，若有所思，长长的睫毛在她的脸上投下了淡淡的阴影。谁也不知道她是不喜欢这场聚会呢，还是因为喜欢这个年轻人而害羞，不愿意多说话。她这个姑娘，心思真叫人猜不透。但有一件事是毋庸置疑的，那位年轻的电气工程师相貌英俊，仪表堂堂，长着一头金黄色的头发，脸上的胡须也刮得干干净净。他五官端正，身材中等，淳朴诚实，是个可以依靠的人。菲利普笃定这个小伙子和莎莉是天生一对，他们一定能过上幸福快乐的生活。想到这里，菲利普不免有些嫉妒。

不一会儿，那位求婚者站了起来，向众人告辞。莎莉也站起身来，默默地把他送到了大门口。当她再次进来时，她父亲大声嚷道：

“嘿，莎莉，我对那个小伙子非常满意，他有资格成为我们家的一员。叫教堂发布结婚预告吧，我将亲自为你们的婚礼谱曲。”

莎莉没有搭理父亲，默默地收拾起桌上的茶具。接着，她飞快地瞟了菲利普一眼。

“菲利普先生，你觉得他怎么样？”

她一直不愿意像弟弟妹妹似的管菲利普叫叔叔，更不愿直接叫他“菲利普”。

“我觉得你们是天造地设的一对儿。”

莎莉又抬头看了他一眼，接着她脸上一阵绯红，连忙继续干活。

“我认为这个年轻人很不错，诚实可靠又谈吐文雅，”阿特尔涅太太也表明了自己的态度，“无论哪个姑娘嫁给他，都会获得幸福的。”

莎莉若有所思，没有搭话。此时，菲利普一边好奇地打量着莎莉，一边想，她可能是在思考着母亲刚才说的那句话吧；或许，她是在想她的意中人。

“莎莉，我在跟你说话呢，你怎么不理我呀？”她母亲有些生气了。

“我觉得他傻傻的。”

“那你不打算嫁给他了？”

“嗯，我本来就不打算那样。”

“我真搞不懂你是怎么想的，你到底想找个什么样的？”阿特尔涅太太气愤地说道，“他是个可靠的小伙子，能给你一个非常舒适的家。你嫁给他，我跟你的父亲只用养活你的弟弟妹妹就可以了。有这么好的机会，你不珍惜，真是不像话。他收入也不错，说不定，他还能雇个用人给你干粗活呢！”

菲利普第一次听到阿特尔涅太太这么直白地诉说起生活的艰辛。他现在才明白把每个孩子抚养长大是多么沉重的担子。

“妈妈，你不用再说了，”莎莉说话的语气像平时一样温和，“我不会嫁给他的。”

“真是个铁石心肠的丫头，你就不为别人考虑吗？”

“如果你想让我自力更生，那好，我随时可以去做帮佣来赚钱。”

“别说傻话了，你清楚你父亲绝不会允许你那么做的。”

菲利普无意间看到莎莉的眼睛，她目光闪烁，好像其中还带着笑意。他心中疑惑，是什么惹得她开心了。真是个古怪的姑娘。

116

在圣路加医院的最后一年，菲利普不得不刻苦学习。他对这样的生活很满足，不再为爱情牵挂，衣食也无忧，这真是一段惬意的时光。有些人一讨论起金钱就一副轻蔑的语气，每当听到这样的话，他就知道那人一定没经历过真正困窘的日子。他深知经济的拮据会让一个人变得吝啬、卑贱和贪婪，贫穷会扭曲他的心灵，使他用最庸俗的眼光看待世界。一个人不得不对每一分钱都斤斤计较时，他才会知道钱有多重要。山穷水尽时，他必须练就一种本领，这种本领就是恰如其分地为每一分钱安排好最佳的用途。菲利普常常一个人独处，除了去看望阿特尔涅一家人外，他很少和其他人来往，但是，他一点儿都不觉得孤单。他忙着为将来勾画漂亮的蓝图，有时也会回忆起过去的事情。有一两次，他也有些想念起过去的亲朋好友，但并没有去拜访他们的打算。他真想知道诺拉·内斯比特现在过得怎么样。这会儿，她出嫁后，不会再姓本家的姓氏了，可她嫁的那个男人的姓氏是什么呢？他一时又怎么都想不起来了。他为能认识像诺拉这样的女孩而感恩，她是个心肠好、意志刚毅的女人。一个晚上，大概十一点半的时候，他在皮卡迪利大街看见了劳森。劳森穿着晚礼服，像是刚从戏院看戏出来，正准备回家。菲利普产生一种冲动，快速地闪进了一条小巷。他同劳森两年没见了，要恢复他们中断的友情已经是不可能了。现在，他见了劳森也不知能说些什么。菲利普不再对艺术感兴趣，现在的他与过去相比，对美的鉴赏力提高了，可艺术在他心里却一点儿都不重要了。如今的他从纷繁复杂的生活中汲取着灵感和素材，绘制着未来的绚丽图景，过去的颜料和色彩与现在相比，变得那么贫乏和微不足道。劳森这个角色已经从他生命的戏剧中退场了，同劳森的友情已经成为过去时。他之所以没有完全承认他已经不再对这位画家感兴趣的事实，是出于对过去情义的考虑。

有些时候，菲利普也会思念米尔德丽德。他故意避开可能会撞见她的那几条街道，不过，可能是好奇心作祟，或者出于某种他无法理解的更深的情感，在米尔德丽德很可能会出现的那些街道——皮卡迪利大街和里根特大街，他会不停地在那一带徘徊。他搞不清楚，自己究竟是渴望见到她，还是害怕见到她。有一天，一个人的背影很像米尔德丽德，在他脑海里，几乎认定那人就是她。顿时，他的心里五味杂陈，他的心剧烈地疼痛，伴随着莫名的恐惧和令人作呕的自责。他下定决心赶上前去，才发觉自己认错了人。这时，他弄不清自己到底是什么感觉，是如释重负呢，还是大失所望呢？

八月初，菲利普通过了外科学的考试，这是最后一项测试了，他终于取得了毕业文凭。从他进入圣路加医院学习以来，七年时间一转眼过去了，而今他已经将近三十岁了。他手里拿着自己的医生资格证明，从皇家外科学院的阶梯上一步步走下，心中无比激动，心脏都在怦怦乱跳。

“我将要开始真正的人生了。”他默默地想。

第二天，他去秘书室登记，想知道自己会被分配到什么职位。那位秘书是个性格开朗的小个子男人，留着黑黑的胡子，菲利普一直都觉得他这人挺和蔼的。秘书先是对菲利普的圆满毕业表达了一番祝贺，而后说道：

“南部海滨的临时助理医师，你不会愿意去吧？一周薪水三个基尼，管吃住。”

“我觉得还可以呀。”菲利普回答说。

“医院在多塞特郡的法恩利镇。马上就动身去吧，给索思大夫做助手。听说他先前的那个助手得了腮腺炎，不愿意去了。我倒觉得那个地方很不错。”

秘书说话的语气怪怪的。菲利普觉得事情可能没那么简单。

“是那个助手太笨了吗？”菲利普问。

那位秘书犹豫了一下，哈哈一笑，接着安慰起菲利普来。

“嗯，事情是这样的，我听说那个老头儿不太好相处，脾气又倔。医疗部都不愿再派人去了，他说话直来直去的，爱得罪人，什么人都不大待见他。”

“可是，他能对我这个刚取得医师资格的毕业生满意吗？再说，我也没什么经验。”

“有你去给他当助手，他应该开心才是。”秘书没从正面回答。

菲利普想了一会儿。他下几个星期，原本就没什么事情可做，有这么个赚钱的机会，为什么要放弃呢？他可以趁此机会攒些钱，拿它作为去西班牙旅行的路费。去西班牙旅行，是他进入圣路加医院学习的第一天就许下的心愿。总之，无论他将在哪个医院任职，这个心愿一定要实现。

“好吧，我愿意去。”

“哦，你确定去的话，今天下午就得出发，没问题吧？我这就给他们发电报。”

菲利普本以为能够多准备两天，可又一想，他前几天通过考试时就已经去过阿特尔涅家了，告诉了他们自己已经毕业的喜讯，如今也没必要再去了，再说，他的行李原本就不多，可以随时出发。当七点的晚钟敲响后不久，他便抵达了法恩利火车站，叫了辆马车朝索思医生的门诊楼赶去。那是幢宽敞的小楼房，楼房不高，门口的水泥墙壁上长满了爬山虎。他被用人引到门诊室，那儿有个老头儿正在桌子上写着什么。菲利普被领进门时，那老头儿并不起身，也不打算打招呼，而是不时抬头看两眼来人，菲利普被他打量得浑身不自在。

“您一定在等我吧，”菲利普开口说道，“您收到医院的电报了吧？”

“晚饭时间会推后半小时，你需要洗个澡吗？”

“是的。”菲利普回答道。

都说索思大夫脾气古怪，菲利普倒觉得这人蛮有趣。一会儿，老头儿站起身来，菲利普才看清楚他的样子：他满头银发，中等身材，嘴唇抿得紧紧的，看上去好像没长嘴唇似的。因为只在两腮处蓄了胡须，再加上宽宽的下巴，所以他的脸型显得更加方正。他穿着棕色的苏格兰呢制服，把白色硬领巾露在外面。松松垮垮的衣服穿在他身上，好像根本就不合身。一个更为高大的人穿上这身衣服才会合适。别人第一眼望见他，就会觉得他好像一位十九世纪中叶的受人敬仰的农夫。接着，他打开了门。

“餐厅在那儿，”他用手指了指对面的门，“二楼左拐第一间是你的卧室，洗完澡就下来吃饭吧。”

吃晚饭时，菲利普发觉索思大夫一直在打量着自己，而且一言不发。菲利普也知道自己初来乍到，不宜多说话。

“你何时取得医师资质的？”索思大夫突然问道。

“昨天。”

“读过大学吗？”

“没。”

“去年，我的助手休假，他们给我派了个上过大学的。矫情得要死，我可受不了，从此，我告诉他们别派那样的人来了。”

而后，又是一阵沉默。晚饭虽不丰盛，却也可口。菲利普一直没有说话，可心里却很高兴。他觉得来这里做助理医师，对自己来说是个很大的进步。他真想找个四下无人的地方，像个傻子似的狂笑一阵。能够成为一名医生是件多么让人高兴的事呀！可是，索思大夫突然打断了他的思绪。

“你多大了？”

“马上三十岁了。”

“怎么现在才拿到医师资格证？”

“我二十三岁时才开始学医，中间又休学了两年。”

“为什么休学？”

“没钱呗。”

索思大夫惊奇地看了一眼菲利普，又不说话了。晚饭吃完后，索思大夫从桌边站了起来。

“你知道这里的工作情况吗？”

“还不清楚。”菲利普答道。

“这里多是渔民，都是他们或是他们的家属来看病。工会和渔民的医疗都由我来负责。过去一段时间，这里就这一家医院，可自从这里被开发成海边度假地后，又来了一位医生，在山崖上开了另一家医院。现在，有钱人都跑到他那儿看病了，来咱们这儿的都是些穷人。”

菲利普看得出来，那位新来的医师惹得他心烦意乱的。

“你知道，我并没有什么经验。”菲利普说。

“你呀，什么都不懂呢。”

说完，索思大夫便丢下菲利普，一个人离开了。女用人进来收拾餐桌，并告诉菲利普说，索思大夫每天晚上六点到七点看病。当天晚上下班后，菲利普从卧室取出一本书，燃起烟斗，认真地读了起来。这是个令人愉快的消遣，近几个月来，除了相关的医学书籍，他几乎没有时间读其他的书。十点钟的时候，索思大夫从外面走了进来，盯着菲利普看了看。菲利普坐下看书时，不喜欢两脚着地，此时，他把双脚放在了一张椅子上。

“你倒是很会享受啊。”索思大夫一脸严肃地说道，要不是菲利普今天心情好，一定会不安得读不下去的。

“您生我的气了？”菲利普打趣似的问道。

索思大夫朝他瞪了一眼，不置可否。

“看的是什么书呀？”

“斯摩莱特的《柏尔葛伦·辟克尔》。”

“哦，我刚好知道斯摩莱特的这本小说。”

“对不起，恕我冒昧，据说大多数医生都对文学不怎么感兴趣，您说是不是？”

菲利普把书放到桌上，索思大夫拿起来。这本书是菲利普伯父的，书不厚，用摩洛哥山羊皮做的书皮已经破旧不堪，封面的字体是铜版印刷体。时间一长，书页明显有些变色，能闻到一股发霉的气味。索思大夫打开书本时，菲利普的身体不自觉地往前倾了一下，两眼微带笑意。这个表情极为细微，不过还是被索思大夫发现了。

“你是觉得我好笑吗？”他生气地问道。

“您是爱书之人。从拿书的动作，就能判断出一个人是不是喜欢看书了。”

索思大夫立即把小说放回了桌上。

“八点半吃早饭。”说完他头也不回地走开了。

“真是个怪人！”菲利普心里想。

没过多久，菲利普就明白了为什么那么多助理医师都觉得和索思大夫难以相处了。首先，他对医学界近三十年来的所有新发现都嗤之以鼻。他觉得那些昂贵的新药尽管疗效显著，但没过多久就会被淘汰，所以一点儿也不实用。索思大夫曾在圣路加医院学习过，从那里带出了几种普通的混合药剂，他看了一辈子病，都只开那几服药，并一直坚信这几服药和最新的药物疗效一样显著。让菲利普惊讶的是，索思大夫对无菌操作也持怀疑态度，只是碍于大众的坚持才愿意那么做。而且，他对医院的预防措施也看不上眼，所有的预防措施，在他那里，就像是小孩子过家家，只是应付了事。

“我亲眼看着抗菌剂一步一步取代其他药物，可现在呢，又坚持要无菌操作了。真是越来越矫情！”

派来这里的那些年轻医师，因为在大医院待惯了，染上了大医院里的不良习气，怎么会瞧得起乡下诊所里的全科大夫呢？那些年轻人知道怎么医治疑难的专科疾病，却应付不了简单的头疼脑热。尽管他们只知道书本上的知识，却自视甚高。索思大夫往往只看着他们忙活，在旁边冷嘲热讽，一有机会就出这些人的洋相，以表明他们是多么的无知，好证明他们根本没资本骄傲。到这里看病的主要是渔民，出诊费用很低，因此，医师得自己调配药剂。索思大夫不止一次地向他的助手抱怨说，仅仅是治疗一个渔夫的胃痛，就要加上一半昂贵的新药物，真要这么做的话，不用多久，这家医院就维持不下去了。他还时常抱怨那些年轻助手们的不学无术，只看《体坛新闻》和《不列颠医学杂志》，别的一点儿也不知道；他们写出的字，难以辨认，而且常有拼写错误。刚来的两三天，索思大夫密切地注视着菲利普的一举一动，一旦叫他逮到机会，便会狠狠地挖苦菲利普一顿。而菲利普也很清楚这一点，并且在心里暗自好笑，也不理会他，只是默默地工作。他只觉得，助理医师的工作比他先前的所有工作都要有意思。这项工作他做起来，也得心应手，而且每天过得都挺充实的。每当来看病的人因为他的只言片语而鼓起勇气树立起了信心，他就非常开心；以前在医院里，他只能站在远处远远看着别人诊病。如今他能近距离地观察病人，做出诊断。看到他们一天天地好起来，菲利普感觉很有成就感。他常常要去外诊病，所以常常会去渔民家里，他们低矮的房子里往往摆着钓具和风帆，甚至还有远海航行的纪念品，比如日本的陶器、马来西亚的长矛和船桨，

或者是从伊斯坦布尔的露天集市里买回来的匕首，等等。那些屋子虽然狭小，可不时会有咸咸的海风吹进来，叫人的鼻头一阵清凉。菲利普喜欢跟水手们一起聊天，他们见菲利普从不摆什么架子，所以都愿意把他们年轻时远航的新奇经历告诉菲利普。

菲利普也误诊了一两次。他以前没看过麻疹，把一个病人的麻疹当作是一种皮肤病来治疗了。还有一两回，他对病情的看法与索思大夫的诊断截然不同。第一次，索思大夫毫不留情地数落了他，而他也没有生气，反而认真听索思大夫把话说完；后来的几天，索思大夫再次拿一些小事刁难菲利普时，他几句话就把老头儿驳斥得无言以对，老头儿愣了一会儿，用惊奇的眼神看着他。菲利普时常一脸严肃，可眉毛下的眼睛却一闪一闪的。那位老先生看到后，认为菲利普是在有意讥笑自己。以前的助手们惧怕他、讨厌他，他也早习以为常了，不过，他从未见过像菲利普这样的。他突然想，真不如把这小子痛痛快快地骂一顿，让他乘上回伦敦的火车赶紧滚蛋。从前他不知这样赶跑过多少人。可是，他又有一些担心，担心要是真这么做，菲利普肯定会嘲笑他一番，想着想着，索思大夫突然发觉眼前的情景似乎有些滑稽。他没法开口，只能勉强苦笑一下，转身走开了。不一会儿，他逐渐意识到菲利普这是故意拿他寻开心。起初他非常生气，可不久也觉得蛮好笑的。

“真是个皮糙肉厚的家伙！”一想起这事，他就想笑，“真是皮糙肉厚！”

117

菲利普给阿特尔涅写了信，说他正在多塞特郡做助理医生，没过几天，阿特尔涅就回了信。阿特尔涅在信中还是一副矫揉造作的口吻，信里堆砌的华丽辞藻，跟波斯王冠上的彩色宝石一样熠熠闪光；一手龙飞凤舞的手写体，有些难以辨认，不过，他一直都为自己能写出如此漂亮的字体而自豪不已。信里，阿特尔涅邀请菲利普去肯特郡的啤酒花田度假，那样就能和他们一家人在一起，而他本人也非常喜欢那里的景色。为了打动菲利普，他在信中把啤酒花田里的卷曲藤蔓描写得美不胜收。菲利普立刻回了一封信，说一旦结束此地的工作就会去肯特郡找他们。虽然肯特郡不是菲利普的出生地，不过他从小就对那个塔内特岛怀有特殊的感情。想到自己马上就能回归到大地的怀抱，在田园牧歌式的乡村度过两周难忘的时光，菲利普的内心不由得有些激动。

时间过得很快，在法恩利当临时助理医生的一个月时间很快就要过去了。临海的山崖上正在建造新城，一幢幢房屋鳞次栉比地排列着，中间则建起了几座高尔夫球场。一家酒店刚刚开业，以接纳夏季来此地观光的游客。菲利普很少到那边去。山崖下面则是另一番景象，这里靠近港口，矮矮的石头房子已经住了一个世纪，一条条街道狭窄陡峭，每一处风景都古色古香，让人浮想联翩。海边有几座平房，屋前是修剪整齐的花园，这里住着退休的船员，还有几个寡妇和老母亲，他们的亲人一直都是靠出海来维持生活的。这个小小的港口，停泊着来自西班牙和法国勒旺岛的小吨位货船。眼前的情景，叫菲利普想起了脏兮兮的布莱克斯泰勃港和那里的运煤船。他想，正是那个小小的港口让他产生了游历东方群岛的愿望，他一直想去阳光充足的热带小岛上游览一番。但是，在这里，他觉得自己更加靠近那辽阔无边的海洋，因为在北海岸时，他的想象力总是受到城市里的建筑和人群的束缚。在这里，面对着广阔无边的大海，他可以极目远眺，可以呼吸到来自英格兰的清新海风，心情一下子变得愉快，整个人都放松下来。

菲利普在索思大夫身边的最后一周，一天晚上，当他俩在药房配药时，一个孩子跑到了门口，那是个衣衫褴褛的小女孩，黑黑的脸孔，光着脚丫。菲利普给她打开了门。

“先生，你能到艾维巷的弗莱彻太太家去一趟吗？求你了。”

“弗莱彻太太出什么事啦？”索思大夫用他刺耳的声音大声问道。

那女孩子根本没搭理他，继续向菲利普说道：

“先生，弗莱彻太太的小儿子出了点儿意外，你现在能马上过去吗？”

“去回话，我马上就去。”索思大夫在里面回答道。

那女孩犹豫了一下，把一个圆鼓鼓的脏手指塞进了嘴巴里，一声不吭，直愣愣地看着菲利普。

“怎么啦，孩子？”菲利普微笑着问道。

“先生，弗莱彻太太说，能不能让新来的大夫去。”

药房里一阵窸窸窣窣的声响，索思大夫迈着步子从里面走了出来，来到了过道旁。

“弗莱彻太太是信不过我吗？”他生气地问，“打她出生那天起，都是我给她看的病。难道我连她那个脏兮兮的小崽子的病都看不好了吗？”

这会儿，那个小女孩委屈得快要哭出来了，可她很快就想通了，故意向索思大夫吐了吐舌头，没等他回过神，就一溜烟儿地跑开了。看得出来，老先生被小女孩气得不轻。

“你看上去有些累了，再说，从这里到艾维巷也有好长一段路呢。”菲利普想给老头儿一个台阶下。

索思大夫还在气头儿上，把菲利普狠狠地挖苦了一顿。

“两条腿的再怎么说也比一条腿的走得快。”

一下子，菲利普有些窘迫，好一会儿，他都一动不动，呆呆地站在原地。

“你是让我去，还是自己亲自去？”菲利普真有些被惹恼了。

“我去干吗？人家特意来请你的。”

菲利普戴上帽子，取过医疗箱，朝病人家的方向走去。他回来时都差不多八点了，索思大夫正一个人站在餐厅里。

“你看病的时间可不短啊。”索思大夫说道。

“哦，真抱歉，你为什么不先吃呢？”

“我在等你啊。这么长时间，你一直都待在弗莱彻太太家里吗？”

“不，我没一直待在那儿。只是回来的路上，我停下来看了会儿日落，忘记了时间。”

索思大夫没说什么。此时，女用人端上一盘烤鱼来。菲利普感觉饿了，大快朵颐，吃得津津有味。索思大夫突然开口问道：

“你为什么要去看日落？”

菲利普嘴被食物占住了，只能含含糊糊地说道：

“因为我今天过得开心呀。”

索思大夫略感惊奇地看了他一眼。那张衰老、古板的脸上露出了一丝笑意。接下来的一段时间，他们没再说话。晚饭吃完后，女用人斟完红葡萄酒就离开了房间，索思大夫把身子往后靠了靠，用犀利的眼神盯着菲利普。

“刚才我提到你的跛足时，是不是伤到你了，年轻人？”他对菲利普说。

“人们在生我的气时，时常会直接或间接地提起这件事。”

“我觉得，他们清楚那是你的软肋。”

菲利普直直地盯着索思大夫的眼睛，没有一丝退缩。

“你发现了我的软肋，很高兴，对吗？”

索思大夫没有作答，只是不情愿地笑了两下。他俩沉默地坐了好一会儿。忽然，索思大夫说出了一句让菲利普惊讶不已的话。

“你为什么不留下来呢，年轻人？我让那个得了腮腺炎的家伙滚蛋。”

“你这么说叫我受宠若惊。不过，这个秋天，我本打算在圣路加医院找一个职位。那样，我找其他工作也会有些优势。”

“你没明白我的意思，我是想跟你合伙来办这家医院。”索思大夫继续说道。

“为什么呀？”菲利普更加惊讶。

“因为这里的人喜欢你呀，想把你留下来。”

“我原本以为你不会纵容他们的想法。”菲利普平静地说道。

“我当了四十几年的医生，难道还在乎人家更喜欢我的助手，而不是喜欢我吗？我一点儿也不在乎，年轻人！我和他们之间，只是医生和病人的关系，我从不希望他们对我有什么感情，只要他们能付钱就行。怎样？对于我的提议，你心里是怎么想的？”

菲利普默不作声，他并不是在考虑索思大夫的建议，只是因为那几句话太让他意外了，他根本没想过会有这种事。居然有人邀请一个刚刚取得医师资格的新手来合伙开办医院，这事放到什么时候，都让人觉得稀奇。菲利普惊奇地发现，索思大夫渐渐喜欢上自己了，尽管他表面上并不承认。要是圣路加医院的那位秘书知道此事，不

知会有何感想。

“这家医院每年看病的收入有七百镑。我们商量一下你取得多少股份，剩余的你慢慢买回去。我去世后，你接替我的位置。你去圣路加医院任职，开始只是个助理医生，要等到自己独立行医、开办医院得到什么时候啊？我说清楚了吗？你觉得怎么样？”

菲利普听得很清楚，心里也明白，这样的机会，对一个刚毕业的医学生来说，是极为难得的。每年从医院毕业那么多年轻人，不是每个人都能成功的，尽管索思大夫的医院只是在一个小镇上，可是，换作旁人一定会感恩戴德地接受下来。

“实在抱歉，我不能接受你的好意。”菲利普终于回了话，“那样就意味着我将背离我原有的目标。之前的一段时间，我经历了许多磨难，可是我从不打算放弃自己的目标。眼下，既已取得医师资格，我想先放下其他事情，先去外地旅行几周。这几天，每个早上醒来时，我都感觉到有什么东西在催促我快些动身。具体去什么地方，我倒并不介意，最好是其他国家和那些自己从未去过的地方。”

现在，他的目标离他只有一步之遥。明年六月，在结束圣路加医院的任职后，他将径直赶去西班牙。身上的钱也足够了，可以让他在那儿待上几个月，他会走遍那个浪漫国度的角角落落，体会那种久违的神秘气息，实现一个自己长久以来的巨大心愿。之后，他可能远渡重洋乘轮船去远在东方的中国。人生的道路还很漫长，他的时间也很充足。只要他愿意，他可以花上几年时间到一些人迹罕至的地方，行走在满是陌生人的街道，那里的人们不会注意到他，他们快乐地生活着，按照他们独特的生活方式。他不知道他追求的到底是什么，也不知道旅途中会遇到什么，但他确定，通过旅行他将会抓住更多线索，这些线索能帮他解开生命的谜团。即使一无所获，至少能平息他内心强烈的欲望和深深的不安。可是，索思大夫的邀请是出于一番好意，不说出个恰当的理由就断然拒绝，未免有些不知感恩。菲利普想要照实说出自己的看法，于是，竭尽全力做出郑重其事的样子，认真地向索思大夫解释那些计划为什么对他那么重要，非实现不可。

索思大夫安静地听着，那双精明、昏花的眼睛逐渐变得柔和起来。

他并未逼迫菲利普接受自己的好意，这一点儿真是非常可贵，因为善意往往都来得更加专横。索思大夫听完菲利普的解释，感觉蛮有道理，便不再为难他，开始讲述起自己青年时代在皇家海军服役的经历，正是那段经历，使得他对大海产生了很深的感情，就算退役，他也决定居住在海边，所以在法恩利开了这家医院。他给菲利普讲述了他在太平洋上航行的种种情况以及在中国的冒险经历。他曾远征过加里曼丹的野蛮人；到过还是个独立国家的萨摩亚（曾一度被德国当作占领殖民地）；登上过珊瑚岛。菲利普听得出了神。他慢慢地向菲利普介绍他的身世。索思大夫是个鳏夫，他的妻子三十年前就去世了，他唯一的女儿嫁给了罗得西亚的一个农民。他跟女婿大闹过一场，女儿一气之下十年没有回英国了。以后，他就一个人孤单地生活，好像他从来没有结过婚，有过女儿。他经历了生活里的全部酸甜苦辣，看透了世态人情，他用暴躁的脾气、古怪的性格，把自己与别人隔离开来，好让自己忘记那些黯然神伤的往事。他已垂垂老去，死亡一天天临近。他整日诅咒衰老带给自己的种种束缚，然而却也十分清楚只有死亡能让他彻底的解脱。关于死亡，他一方面急切地盼望着它的来临，一方面又对它有种深深的厌恶。他同女婿吵架时，女儿站在了她丈夫那一边，他从未见过自己的外孙。长期地与亲人分离，让他不再轻易地动感情，菲利普的出现激起了他心中的柔情。开始，他还有些生气，觉得这是自己老糊涂了。可是，菲利普身上的一种气质深深地吸引了他，对于这个年轻人，他是越来越喜欢了。有好几回，他莫名其妙地对着菲利普微笑。其实，菲利普也一点儿都不讨厌他，有时还把手搭在他的肩膀上。这种亲人之间的亲密举动，在他女儿离开英国后，他已经许多年没有经历过了。菲利普要离开这里时，索思大夫一直把他送到火车站，那时，他的眼神看起来有一些悲伤。

“在这里的每一天，我都过得很开心，”菲利普说，“你对我太好了。”

“现在要离开了，你应该很开心，是不是？”

“能和你一起工作，是我的荣幸。”

“可你还是想去外面看看，是不是？唉！年轻人啊！”他停顿了一下，又想起了什么，“你要永远记得，一旦你改变想法，就立即通知我，这里永远都欢迎你。”

“我真不知该如何感谢您。”

菲利普与车窗外的索思大夫握手道别，火车徐徐开离了车站。菲利普打算在啤酒花田度过半个月的时光，想到能和朋友重聚，他心里就乐滋滋的。此刻，窗外晴空万里。在另一头，索思大夫望着远去的列车，转过身去离开了车站，朝那栋正在等待自己的孤零零的房间走去。他感受到自己的身体已经衰老，而此刻却无人陪伴。

118

菲利普到达费尔内时，天已经很晚了。阿特尔涅太太在达费尔出生。小时候，她常会去田里采啤酒花，嫁人有了孩子后，她就每年带着丈夫和孩子一同回来。和其他老家在肯特郡的家庭一样，他们一家人每年都帮着采集啤酒花，一是可以赚一些外快来补贴家用，更主要的是这已经变成一年一度的假日，此行已被当作是一个愉快的节日。离这节日还有几个月时，一家人就开始盼望起来了。采集的活儿并不重，大家在田地里一起愉快地劳作，在孩子们看来，整个过程更像是一次野餐。小伙子和姑娘在这里认识，忙完一天，黄昏刚过，你能看到他们成双入对，在月下小路上散步，你依我侬地说着甜言蜜语。接着采摘的季节过去了，好几户人家开始举办婚礼，新郎驾起马车载着新娘一起回到新家，车上摆着被褥、坛子与各式家具。不过，采集啤酒花的季节一过，费尔内就不再喧嚣了。本地人向来有些排外，看不惯这些“外乡人”，尤其是伦敦佬，他们的到来被视为一种野蛮的入侵。本地人看不上“外乡人”，又不敢和他们起正面冲突。伦敦佬都蛮横得不讲道理，本地的体面人家也不愿和他们有过多交往。以前，来这里帮忙采摘的农民都会被安排在谷仓休息，差不多十年前，啤酒花田一侧盖起了一排整齐的小茅屋。阿特尔涅一家也同别的人家一样，每年都会住在自家固定的小屋里。

阿特尔涅驾了辆马车去火车站接菲利普。那辆马车是从草场小酒馆里借来的，他已经在那儿给菲利普订下了一个房间。离小酒馆四分之一英里远就是啤酒花田。他和菲利普把行李提进房间后，一同来到了啤酒花田里。菲利普见到一个个小屋，这些小屋的空间都不大，差不多只有十二平方英尺。每个房间前生着一个火堆，一家人正坐在四周，烹调晚餐，小孩子早就饿了，眼神急切地望着即将出炉的美餐。这两天的采摘下来，清爽的海风和直射的阳光把孩子们的小脸晒成了红棕色。阿特尔涅太太戴着一顶太阳帽，看起来神采奕奕。她原本就在乡间长大，是个土生土长的乡村姑娘，可能回到这里，她才感觉自己真正的自在。多年的城市生活没在她身上留下丝毫痕迹。此时，她一边煮着晚餐，一边不时看几眼在旁边玩耍的年纪尚小的孩子。菲利普走过去时，她马上擦擦手，跟菲利普轻轻地握了握，脸上露出了亲切的笑容。阿特尔涅对这样的乡村生活兴趣浓厚，一直滔滔不绝地说着白天遇到的趣事。

“住在城市，太阳看不见，月亮也看不见，完全像是坐在监狱的班房里，哪还有生活的乐趣！贝蒂，我们把城里的房子卖了，在这里买个农场吧。”

“得了吧，你什么样我会不清楚吗？”阿特尔涅太太说道，“我们打赌，冬天雨季一到，你一定吵着闹着要回伦敦去。”她说着转身面对菲利普：“每次我们一来，阿特尔涅就一副开心的模样，一路高喊着‘乡村，我爱你’，哦，别忘了，他还分不清甘蓝和甜菜呢。”

“爸爸今天又偷懒了，”吉恩说道，她总爱把实话说出来，“一篮子他都没采满。”

“我得一步一步来嘛，孩子。你瞧着吧，明天我一定采得比你们加起来的都多呢。”

“孩子们，回来吃饭啦，”阿特尔涅太太喊了一声，“莎莉在哪儿？”

“我来了，妈妈。”

莎莉从茅屋里迈步走了出来。篝火的火苗不时跳跃几下，火光映在她的脸上，让她的脸看起来更加娇艳欲滴。她去缝纫店工作后，平时就只穿那几件裁剪整齐的工作服。而这天晚上，菲利普看到她时，一件碎花便裙穿在了她的身上，衬托得她更加漂亮了。这裙子的上半身略微宽松，可能是为了方便干活，她把衣袖卷起来了，圆圆的

手臂裸露在外。跟她妈妈一样，她也戴了一顶遮阳帽。

“你看上去像个油画里的挤奶女工。”菲利普对莎莉这样说。

“她可是啤酒花田里的美人，”阿特尔涅插嘴说，“我敢说，要是这里农场主的儿子看到了你，他肯定二话不说就向你求婚了。”

“农场主可没有什么儿子，爸爸。”莎莉生气地说。

她看看篝火周围，想找个位置坐下来。菲利普挪了挪身子，腾出地方让她坐下。在火光的映衬下，莎莉显得那么漂亮，就像一位纯洁的女神，让人想起了罗·赫里克[1]在诗句中描述的美丽丰腴的乡村少女。晚餐吃得很简单，是黄油面包和烤香肠。孩子们喝茶，阿特尔涅夫妇和菲利普一起喝啤酒。阿特尔涅一边狼吞虎咽，一边对眼前的美味佳肴赞誉有加。他把鲁克勒斯[2]狠狠地嘲笑了一番，连布里拉特·沙瓦林[3]也未能幸免于难。

“阿特尔涅，别的我不敢确定，”他的妻子说，“今天你的胃口不错倒是真的！”

“我们家贝蒂的厨艺真是一流啊。”阿特尔涅一边说着，一边向前面伸出了食指，像是在发表一场演说。

菲利普身心轻松，他愉快地凝视着小屋门口排成一列的火堆。每个火堆旁边都围坐着一圈人，夜色渐浓，火光逐渐变得明亮。啤酒花田边，榆树在远处排成一道暗影；抬头看看天空，许多的星星正在俏皮地眨着眼睛。孩子们玩闹着，说笑着，阿特尔涅也很兴奋地给他们讲起笑话来。不一会儿他又想起几个搞怪的主意，把孩子们逗得哈哈大笑、前仰后合。

“人们都挺喜欢这样的阿特尔涅呢，”阿特尔涅太太对菲利普说，“嗯，布里奇斯太太对我说，离开了我们家阿特尔涅，他们会无聊死的。唉，他总是这么没正形，玩起来不像个大人，跟个小孩子差不多。”

莎莉安静地坐着，也不知在想些什么，她沉思的样子有种恬静的美。有莎莉坐在身边，菲利普感觉很自在。他转过身看着莎莉红扑扑的脸庞。两人的目光触碰，莎莉朝他嫣然一笑。吃过晚饭，阿

[1] 十七世纪英国诗人。

[2] 古罗马一位喜欢奢华宴会的将军。

[3] 法国名厨。

特尔涅派吉恩和男孩去小溪打桶水来洗碗。

“孩子们，快带你们的菲利普叔叔去参观一下你们的小屋。你们也该上床睡觉了。”

孩子们伸出一只只小手，有的拉，有的拖，使劲儿把菲利普往小屋的方向拽。菲利普走进小屋，擦亮一根火柴，茅屋里面没有什么家具，除了有一个用来放衣服的铁皮箱之外，只在靠墙的地方堆了三张小床。阿特尔涅跟在后头也走了进来，他把床指给菲利普看。

“这是我们睡觉的地方，”他大声说，“不像你睡的地方，有弹簧床垫和天鹅绒被褥。躺在这上面，你都不知道我睡得多香甜。亲爱的老弟，你可没这福气喽。”

三张床都是由啤酒花藤堆成的，上面铺有一层稻草，最上面盖了一张毯子。一天的忙碌过后，空气里弥漫着啤酒花的芳香，这些无忧无虑的采集者们在这芳香中一个个进入了梦乡。晚上九点，人们已经安稳地睡着了，小屋外已看不到什么人影，一片安静。小酒馆里还有两三个来喝酒聊天的人，酒馆不打烊，他们是不会回家的。阿特尔涅送菲利普回酒馆休息，出发时，阿特尔涅太太对菲利普说：

“我们五点三刻吃早饭，你可以多睡会儿，不必和我们一起。六点钟我们就开始干活了。”

“他当然也要跟我们一起啦，”阿特尔涅接着老婆的话说道，“现在他得自己养活自己了，出力挣饭钱嘛。没有劳动，就没有吃的，我的老弟。”

“孩子们吃早饭前会去海里游泳，我让他们在回来的路上叫你。他们刚好路过‘快乐水手’酒馆。”

“让他们来叫醒我，还不如我和他们一起去游泳。”菲利普说。

吉恩、哈罗德和爱德华听说能跟菲利普叔叔一起游泳，都开心得叫了起来。翌日清晨，菲利普还在床上做着美梦，一群孩子吵吵嚷嚷地破门而入。他们一个个跳到菲利普的床上，菲利普不得已抓起拖鞋把他们一个个地赶了出去。接着他匆匆地穿好了衣服，走下楼梯。天刚刚亮，空气还有一丝凉意，天空万里无云，橙红色的太阳刚刚升起。莎莉站在大路中央，一只手拉着科尼，另外一只手臂上挎着一条毛巾和一套游泳衣。菲利普现在才看清楚，她的太阳帽

跟薰衣草的颜色一样，帽子下，她的脸蛋像个苹果似的红彤彤的。她像平时一样向菲利普微微笑一笑算作是打招呼。忽然之间，菲利普竟发觉莎莉的牙齿整齐而雪白，他以前从未注意到这点，不禁感觉到一阵惊奇。

“我本来是想让你多睡一会儿的，”莎莉说道，“可他们非要跑去叫醒你。我对他们说了，你并不是真想去游泳的。”

“没有啊，我是真想去游泳。”

他们沿着小路穿过几个小沼泽地，不断地朝海边进发。又走了一英里，就听到了海浪的声音。早上的海水灰蒙蒙的，有点儿冰凉，菲利普用手试了试海水，不由得打了个哆嗦。可孩子们早已脱去了衣服，一边大喊着，一边跳进海水里。莎莉不紧不慢地换了游泳衣，直到孩子们围着菲利普泼水时，她才走到海水里。游泳一直都是菲利普的拿手好戏，一到水里，他就感觉舒服自然。他时而把自己装成个快要溺死的人，时而又扮作一只游来游去的海豚，最后又成了一个怕打湿头发的胖女人。孩子们被他逗得哈哈大笑，一个个学起菲利普的模样。瞧，他们这副德行，要不是莎莉板着脸叫他们上岸，还不知他们玩到什么时候呢。

“你怎么和他们一样调皮呢。”莎莉表情严肃地对菲利普说道，此刻的她看起来像个责备小孩的母亲。她生气的模样既好笑又动人。“你不在，他们可不像现在这样捣蛋。”

他们走在回小屋的路上，莎莉把秀发拢到肩膀一侧，手里拿着遮阳帽。他们回到茅屋时，阿特尔涅太太已经去草场采摘了。阿特尔涅下身套了条普通的旧裤子，头上戴了一顶宽边软帽，他外套的扣子一直扣到脖子根，里面没穿衬衣。他正在火堆旁烤着鱿鱼，那潇洒自如的模样，活像个豪迈的江湖大盗。看见菲利普一帮人远远地走过来，他便大声朗诵起《麦克白》里女巫的台词来，手中的烤鱼散发出一股清香。

“你们怎么这么晚才回来，早饭时间都过了，你们的妈妈要生气了。”他对走近的几个孩子说道。

十几分钟后，吃完黄油面包的哈罗德和吉恩才从小屋出发，朝啤酒花田里走去。他们吃得有点儿慢，其他人早就出发了。啤酒花田是童年的菲利普常去的地方，在他看来，烘烤啤酒花的房子是肯特郡最有地方特色的建筑。菲利普跟在莎莉身后，走在花垄间。来到这里勾起了他童年的记忆，他好像再次回到了自己的家里。此时，阳光明媚，葱茏的花草铺展到了远方，菲利普尽情地欣赏着这一切。眼前的啤酒花丛变成嫩黄色了，它们中间蕴含的谐美与激情，与西西里诗人笔下的紫红色葡萄相比，也毫不逊色。菲利普和莎莉一前一后慢慢地走着，菲利普为眼前的美景所动，不知不觉间沉醉了。这个季节，肯特郡肥沃的土地上笼罩着一层甜蜜芬芳的气息；习习微风，裹挟着啤酒花的香味迎面吹来。十五岁的男孩阿特尔斯坦情不自禁地放声高歌起来，用他那青春期特有的粗粗的嗓音，难怪莎莉转过身去对他说道：

“阿特尔斯坦，你安静待会儿，好吗？我们又听到你发出的轰轰的雷声。”

一会儿，耳边传来人们高声谈论的声音，接着，他们说话声更高了。他们一边加快了采摘的速度，一边一刻不停地说着、笑着。有些坐在椅子上、凳子上，有的身边放了个篮子站着，有的坐在大箱子上，有的干脆站在大箱旁边，把采到的啤酒花直接扔进大箱内。这里有不少小孩子，甚至还有婴儿，有的躺在活动摇篮里吃着奶，有的裹着毯子放在松软、干燥的土地上。大一点儿的小孩也没采摘多少，因为他们都只忙着玩耍。本地的女人不断地忙碌着，她们手法纯熟，要比来自伦敦的异乡人快上两倍。她们夸耀着一天中采到的啤酒花的蒲式耳[1]数，可又一边抱怨，而今靠采摘赚来的钱是越来越少了。过去，五蒲式耳就是一先令，现在采八蒲式耳才一先令。以前，一个老手一季挣的钱，如果他不乱花的话，足够维持一年的用度，可现在想都别想了，差不多只能用来度个假。希尔太太用采摘啤酒花挣来的钱买了架钢琴——她是这么说的——不过，她的日子过得太拮据，谁也不愿像她那样。有人觉得她就是说说而已，谁也不知道事实究竟如何，说不定是她又去银行取了点儿钱才去买的。

采摘的人分成几组，不包括小孩，十人一组，共用一个大箱子。因此，阿特尔涅夸口道，总有一天他们全家就够组一个小组。每个

[1] 英国计量谷物等的容积单位，约等于 36.368 升。

小组有一个组长，负责站在箱子旁边，把堆在那里的啤酒花串成串（所谓的大箱子是个套在高高木框架上的大麻袋，放在啤酒花藤中间），阿特尔涅早就想要得到这个职位了，所以盼着孩子们都快快长大，那样自己就能当上组长，不用干活了。此时的阿特尔涅也没在正儿八经地干活，反倒是四处转悠，给其他干活的人鼓劲儿。他嘴上叼了支香烟，慢悠悠地走到阿特尔涅太太身边，她已经一刻不停地采摘了半个小时了，刚把一篮子啤酒花倒进箱子里。阿特尔涅大声对孩子们说，今天他要比任何人都采得多，当然不包括妈妈了，因为没有人像她一样采得那么快。阿特尔涅突然想起阿佛洛狄忒[1]试探普塞基[2]的故事，于是他便滔滔不绝地给孩子们讲起来，故事中普塞基一直倾心爱慕着她那位看不见的新郎。他讲得绘声绘色、活灵活现。菲利普微笑着听他讲完，发现这个古老的传说真的相当符合当前的场景。天空湛蓝，即便是希腊的天空，也不会有如此美丽的颜色。孩子们头发金黄，两颊红润，个个活蹦乱跳，充满了生命的活力；形似小喇叭的啤酒花，和周围的叶子一样色泽碧绿；极目远眺，田垄间的小径，在远处收缩成一个小点；采集啤酒花的人们，个个戴着太阳帽。所有这一切，比所有书本和博物馆的画作更能让人体会出所谓的希腊精神。英格兰的美景让菲利普内心里充满了激情。他想起了一条条蜿蜒幽静的小路，一簇簇葱郁整齐的灌木篱墙，一片片点缀着几排榆树的碧绿草地，一座座线条优美的远山，以及远山下平坦的沼泽地。北海的潮水时涨时落，凄清冰凉。他为自己感受到了英国之美而感到无比高兴。就在这时，阿特尔涅又坐不住了，他吵嚷着要去看望罗伯特·肯普的妈妈，看她最近过得如何。这里的人没有他不认识的，他总是直呼其教名，他知道每一个家庭的过往以及每个人的历史。虽然是出于自己的虚荣，但实际上他也并无恶意，人们都把他当成了一个时髦的绅士。他虽说待人亲热，但那股亲热劲里边有一缕自傲的味道，所以菲利普不愿跟他一同去。

“我要干活赚饭钱呢。”他说。

“你说得很对啊，我的老弟。”阿特尔涅说完，对菲利普挥挥

[1] 古希腊女神，掌控爱与美。

[2] 古希腊神话中的美女。

手便走了。

119

菲利普没有自己的篮子，便同莎莉共用一个。吉恩有些生菲利普的气，他总是不来帮她而是去帮大姐采摘。菲利普只好说等把莎莉的篮子装满后就去帮她。莎莉采起啤酒花来跟她母亲一样快。

“采这么急会弄伤手的，到时候你怎么缝衣服啊。”菲利普说道。

“不会。采啤酒花需要一双柔软的手。所以女人通常都采得更快些。粗活干多了，手就变得粗糙，手指也变得僵硬不灵活，就慢了。”

莎莉优雅灵巧的动作让菲利普看得着迷，而莎莉也隔一会儿抬起头看看他，眼神温柔，脸上带有一种慈母的神气。刚开始时，笨手笨脚的菲利普惹得莎莉一阵好笑。莎莉弯下腰，教他如何一次就采下一整排的啤酒花，一不留神他们两人的手碰到了一起。菲利普看到莎莉的脸上一阵绯红。他难以置信现在的莎莉已是个富有魅力的成熟女性了，他第一次见到她时，她还是个黄毛丫头，好长一段时间他都把她当作个小孩子看待。现在，那几个她的追求者清楚地表明她已不再是那个小女孩了。他们一家人来这里也就几天，莎莉的一位姨兄已经开始追求她，莎莉不得不耐着性子听他把一大堆肉麻的情话讲完。这位姨兄叫彼得·甘恩，是莎莉姨妈的儿子。她的姨妈嫁给了费恩附近的一位农夫。彼得·甘恩每天在啤酒花田附近徘徊，他的打算每个人心里都很清楚。

八点的时候，一阵号角声响起，这是收工吃早饭的信号。虽然阿特尔涅太太觉得他们今天还没干多少活，可大家才不听她那些唠叨，每个人都开始狼吞虎咽起来。吃完饭，他们继续干活，这次一直干到十二点，号角声再次响起时，他们开始吃中午饭。计量员趁吃饭时间，带着记账员，挨个箱子称重。记账员把每组采摘的重量分别记在自己和计量员的账本上。把啤酒花从箱子里拿出来，过一遍蒲式耳的量器，再把啤酒花灌进自己的大布袋里。而后，计量员和车夫把装好的袋子一个个抬上马车。阿特尔涅不时走来走去，不断报告着希思太太和琼斯太太已经采摘的数量；接着，就给大家鼓劲儿，让大家一定要赶快超过她们。他一直都想打破个什么纪录，有时，他情绪高昂，也会老老实实地采上一个小时；不过，他的主要兴趣则在于表现出自己灵敏的采摘动作，以及让人们发现那双精巧的手。他对自己这双手相当自信，每天都精心地修剪指甲。他伸开手，张开那漂亮的手指对菲利普说，西班牙的大公们为了保证自己手指的美观，睡觉时会在手上涂上油脂再戴上一副手套。他表情夸张地继续往下说，那只扼住整个欧洲喉咙的手也像优雅女人的手一样光滑而白皙。他一边采摘，一边端详着自己的手，得意地发出一阵感慨。端详够了求烦闷时，他便卷一支烟抽，跟菲利普聊一会儿文学和艺术。下午两三点，天气变得闷热。人们干活的劲头也没刚来时那么足了，大家彼此仍然很少交谈。上午那种热情满满的高谈阔论变成了眼下没精打采的只言片语。莎莉的上唇沁出了一小层汗珠，她忘我地采摘着，嘴唇微微地开启，像一个含苞待放的玫瑰花蕾。

什么时候收工要看烘炉房的工作情况，因为烘炉房里的啤酒花装满了才可以收工。有时下午三四点钟采摘的啤酒花就够烘炉房当晚忙活的了。不过，按照惯例，一天中的最后一次称量通常安排在五点。等自己采摘的数量登记完了，采摘的人就会收拾好工具，一边轻松地说笑着一边离开草场。女人们首先到达茅屋，忙着准备当天的晚饭；男人们则沿着小路走进小酒馆喝上一杯啤酒。忙碌一天，喝上一大杯啤酒确实是一种享受。

阿特尔涅家的箱子是最后一个过秤的。计量员远远地朝他们走过来时，阿特尔涅太太舒了口气，站起身来伸了个懒腰，因为一直保持一个姿势，她的腰都有些僵硬了。

“好啦，去喝杯啤酒吧，”阿特尔涅说，“今天的工作已经一件一件地做完了。眼下去喝一杯才是正经事。”

“阿特尔涅，带着酒壶，”他的妻子说，“带些啤酒回来。”

说完她往阿特尔涅的手上一枚一枚地数着铜币。酒馆已经快要坐满了。酒馆没什么装饰，地上还是一片沙地，四周摆着长条椅，墙上挂的维多利亚时代的职业拳击家画像也微微发黄。酒馆老板跟这些顾客都是老相识。他身子向前倾靠在柜台，面带笑容地注视着两个年轻人往立在房间中央的杆子上套圈儿。他们俩都没套中，惹得周围的男人哄堂大笑。人群又往中间挤了挤，为新来的人让出了座位。坐在菲利普两侧的是两个陌生人：一边是位身穿灯芯绒衣服的雇工，年纪有些大了，膝盖下系了一条细绳子；另一侧是个十七八岁的小伙子，油头粉面，一头整齐的卷发盖在红扑扑的额头上。阿特尔涅也想去套套圈儿，试试手气。他拿半品脱啤酒当赌注，结果套中了。在请他客的那位仁兄跟前，他说：

“我的朋友，与其赌什么大买卖，还不如赢你这半品脱啤酒喝实惠哩。”

阿特尔涅在人群中显得有些奇怪，他头上戴了顶宽边帽，胡子翘得高高的，挤在一群乡下人中间，怎么看怎么不协调。不过，阿特尔涅却热情洋溢，再加上他天生富有感染力，周围的人都被他带动得快乐起来。人们用特有的塔内特岛方言互相打趣逗乐，妙语连珠，几个本地人说了几个笑话，满屋子的人都被逗得哈哈大笑。真是一次有意思的聚会！只有铁石心肠的人才会不受他们的感染，还眉头紧锁吧。菲利普望向窗外，外面还是亮堂堂的，夕阳还未落山，酒馆的窗户上挂着一块用红布条扎好的白色窗帘，窗台上则摆着几盆天竺葵。一会儿，这些人喝得差不多了，一个个站起身来，晃晃悠悠地返回小屋。

“你一定很困了吧，”阿特尔涅太太对菲利普说，“每天早上五点起床，在户外干一天活，一定叫你很不习惯。”

“菲利普叔叔，明天早上，我们还去游泳，行不行？”孩子们大声吵嚷着。

“好啊！”

他的身体确实有些疲乏，可心情却无比愉快。吃过晚饭，他坐在椅子上，后背靠着茅屋的墙壁，嘴里衔着烟斗，两眼凝视着漆黑的夜空。莎莉还在忙活着家务，不时地走进来又走出去。他漫无目的地注视着她井井有条地工作。菲利普喜欢看着莎莉走路，倒不是因为她的步态多么优雅，而是因为她是那么自信、从容。她借着臀部的力量，大大方方地迈出脚步，两只脚果断地踏在地上。阿特尔涅早就溜到邻居家聊天去了，菲利普能听到阿特尔涅太太断断续续

的唠叨声。

“喂，家里没茶叶了，忘了叫阿特尔涅上布莱克太太的小店买一些了。”安静一阵子，她又大声喊道：“莎莉，快到布莱克太太那里买半磅茶叶回来，好不好？家里一点儿没有了。”

“我就去，妈妈。”

布莱克太太的小店在一英里外的小路旁。那间屋子既是当地的邮局，又被她开起一家小百货商店。莎莉走出茅屋，把袖子放了下来。

“莎莉，我陪你一块儿去吧？”菲利普说道。

“不用了。我去过那儿，现在去我也不害怕的。”

“我没说你会害怕，马上就要睡觉了，我只是想在睡觉前舒展一下腿脚。”

莎莉不再说什么。他们俩一起朝小店的方向走去。夜里的小路泛着宁静的白光。夏天的夜晚，万籁俱寂。他们俩话也不多。

“夜里还是有些热，对不对？”菲利普开口说道。

“我认为这是今年以来最好的天气。”

不过，他们俩就是沉默着也不会彼此尴尬。他们俩并肩地走在一条路上，本就是一件自在舒服的事情，因此就没必要再打破沉默了。快走到灌木丛的阶梯跟前时，耳边忽然传来一阵喃喃细语，夜幕里两个看不清的人影坐在那里。他们紧挨着靠在一起，莎莉和菲利普走过时，他们还是一动不动。

“不知道他们是谁。”莎莉说了一句。

“他们看上去蛮幸福的，对不对？”

“我想他们也把我们当成一对情侣了。”

前面不远就是小店，能看见它的灯光。他们刚进门时，店里的灯光有些晃眼。

“你们来晚了，”布莱克太太说，“我正要打烊呢，”说着，她看了看时钟，“你瞧，都快九点了。”

莎莉只买了半磅茶叶（阿特尔涅太太买茶叶从不超过半磅），接着，两人一起沿原路返回小屋。夜晚的野兽时而发出短促、尖利的叫声，使夜显得更加寂静了。

“我觉得，你只要静静地站着，就能听到海的声音。”莎莉说。

他们俩一动不动，竖起耳朵听着，他们似乎听到了细浪冲刷海滩发出的沙沙声。他们又一次走过那个昏暗的阶梯时，那对恋人还没离开，不过，他们不再窃窃私语，而是紧紧地搂抱在一起，嘴唇贴着嘴唇。

“看来他们还在忙活着呢。”莎莉说道。

转过一个弯，一阵温暖的风吹拂着他们的脸颊。脚下的泥土散发着清香。在这极其敏感的夜晚，似乎蕴藏着一种神秘的东西、一种奇怪的气氛，正伺机而动。他们虽然彼此沉默，却又好像说过了千言万语。菲利普心中萌生出一种奇异的感情，这种感情很充实，可马上又融化了（这些平庸的词汇倒把那种来自心底的悸动恰到好处地描述出来了）。他感到愉快、紧张又充满期待。此时，他突然想起了杰西卡和洛伦佐留下的诗句。他不知道此时的空气到底被施了什么魔法，竟让他的情感变得如此细腻。此刻，他的心灵变得无比空灵洁净、一尘不染，尽情沉浸在自由自在的大自然中。他第一次精微地感受到自然的纯粹和伟大。他真担心莎莉会突然开口，打破这美妙而宁静的气氛，可她一直都没有说话。他又想听到她的嗓音，她那纯朴的、醇厚的嗓音多么美好、多么珍贵，与这宁静优雅的夜色相比也毫不逊色。

他们来到一片田野，莎莉要从这里穿过栅门回茅屋去。菲利普替莎莉打开栅门。

“哦，我想我该在这里说再见了。”

“谢谢你陪我走这么远的路。”

莎莉把手伸给菲利普，菲利普握了握，说道：

“如果你是真心感谢我，就应该像你的家人一样同我吻别。”

“好吧。”她说道。

菲利普本是开玩笑。他只想吻她一下，因为今晚他感觉很幸福，因为他喜欢莎莉这个姑娘，因为这个夜晚又是如此美好。

“晚安，莎莉。”他轻轻微笑，把莎莉拉向自己的身边。

莎莉把嘴唇凑了过来，他吻着她温暖、柔软的双唇，仿佛在吻一片饱满的玫瑰花瓣。他留恋了一会儿，接着，情不自禁地，他张开双臂抱住了她。莎莉默默地顺从了，安静地依偎在他怀里，她丰满结实的身体紧紧地贴着他的身躯。他感受到她的心跳。他的理智顿时被激情淹没，他带莎莉到了灌木丛更隐蔽的地方。

120

菲利普整个晚上都睡得很香甜，蓦地从睡梦中惊醒时，看到哈罗德手里拿了根羽毛正搔他的脸。他刚睁开眼来，就听到了孩子们的一阵欢快的笑声。这时的菲利普还是睡眼惺忪、迷迷糊糊的。

“快起床了，懒家伙，”吉恩嚷道，“莎莉说你要是不快点儿起来，她就不等你了。”

听到吉恩的话，菲利普回想起了昨天晚上发生的事，他心里猛地一沉，呆呆地坐在床上，不知现在该如何去面对莎莉。他责怪自己竟对莎莉做出这种事情，心中有点儿后悔。现在出门，莎莉会对他说些什么呢？他不敢见她，只是觉得自己像个傻瓜一样。可孩子们可不知他在纠结什么，爱德华已经给他拿来了衬衣和衬裤，而阿特尔斯坦已经扯开了他的被子。三分钟过后，他已经被嘻嘻哈哈的孩子们连推带拉地拽下了楼梯，来到去海边的小路上。莎莉看到他过来，还是像往日一样地微微一笑，那笑容还是那样恬静和自然。

“穿个衣服怎么这么长时间，”莎莉说，“我还以为今天你不来了呢。”

她的态度跟往日相比并没有什么不同。菲利普原以为她会有一些隐约的或是突然的变化；他曾想着莎莉见到他时会羞怯或是愤怒，或者和他变得更加亲密，可是她的神态竟像什么事都没发生一样，没有一点儿变化。去海边的路上，他和孩子们一直说说笑笑的。莎莉安静地往前走着，像往日一样温柔、娴静，不过话说回来，菲利普还没有见过她不是这个样子的时候呢。莎莉一般不找菲利普说话，菲利普找她说话时，她也态度自然地回答。这让菲利普有些慌了神。他曾想着昨天夜里发生的事总会让莎莉表现出明显的转变，可就现在看来，好像他们俩之间根本就没有什么事情发生。那件事像是自己的一场梦，只有自己知道。菲利普向前走着，一手领着个小女孩，另一只手拉着一个男孩，装作谈笑风生的样子，想借此试探一下莎莉。

他想了又想，觉得莎莉可能是和他一样觉得那只是自己的一时冲动，或许她已经打定主意，要把那件事情忘记。虽然她年纪不大，却一直拥有成熟理智的心智。菲利普发觉自己对莎莉一点儿都不了解，他好奇于她身上的那些神秘的谜题。

他们在海里做游戏，孩子们不住地嬉闹玩耍，这热闹的场景同前两天没有什么两样。莎莉还是像个负责任的母亲一样照顾着他们，一见到他们哪个人游得太远了，就把他们叫回来。孩子们放肆地、欢快地游来游去，有时她只静静地单独游上一会儿，有时她仰卧顺水漂浮一会儿。没多久，她便走向沙滩，擦干身子，带着命令的口吻大喊着，叫孩子们也赶快上岸。最后海里就剩下菲利普一个人，他趁没人又愉快地游了两回。现在他已经来这里游了两三次了，也不再觉得海水有多冰凉了。置身于散发着新鲜海潮气息的大海里，让他感觉心情愉快。他在大海的碧波间舒展着四肢，不断地划着游着，无比自由地游来游去。不过，此时莎莉围着条浴巾走到了水边。

“菲利普，你给我上来。”莎莉喊道，仿佛菲利普就是她要管教的一个小孩。

菲利普看到她一副严肃的神情，不禁觉得很有趣，于是连忙朝岸边游去。这时，莎莉嗔怪道：

“你怎么这么不听话，还待在水里不肯上来。看，你的嘴唇都冻得变色了，牙齿都在打哆嗦。”

“哦，我这就上岸。”

莎莉还没有这样和他说过话。也许，是昨天晚上发生的事赋予了她一种拿他当小孩照顾的权利。一会儿，大家都穿好了衣服准备回家，莎莉盯视着菲利普的双手。

“瞧，手也变色了。”

“哦，没关系的。只不过是血液循环不畅，一会儿暖和了就好了。”

“把手递给我。”

莎莉拉过菲利普的手，放在自己手心里，先搓热第一只，然后是另一只，直到他的双手都恢复了血色。菲利普很感动，但又有些迷惑不解，瞪大眼睛望着莎莉。身边的小孩都在看着，他也不好说什么。不过他确定，莎莉绝不是有意要避开他的目光，只是恰好没有相遇罢了。回到家的一整天，莎莉的一举一动没有丝毫的异样。要是非要找到什么变化，就是她说话比平时多了一些。坐在啤酒花田边，莎莉告诉她的母亲，说菲利普太调皮了，在海里游泳直到浑身发紫了还不上岸来。这件事让人难以相信。昨天晚上发生的事，好像只是激发起了她对菲利普的保护欲。她对菲利普就像母亲保护小孩一样，正如她认真地照顾自己的弟弟妹妹。

一直到黄昏，菲利普才找到一个和莎莉单独相处的机会。那时，莎莉在做晚饭，而菲利普正坐在火堆旁的草地上。阿特尔涅太太到旁边的村子里买东西去了，而孩子们都去外面玩耍了。菲利普有些紧张，想开口却又不知说些什么。莎莉态度从容，熟练地忙活着家务。他沉默了好一会儿，气氛有点儿尴尬，可莎莉却并不在意。除非是什么要紧事，否则莎莉很少主动开口说话。菲利普终于忍不住了，开口说道：

"莎莉，你在生我的气吗？"

莎莉安静地抬起头，温柔地望着菲利普。

"我？没有啊。你又没惹我生气。"

菲利普听得无可奈何，更不知说什么了。莎莉揭开了锅盖，搅了搅锅里的汤，又再次盖上。空气中弥漫着一股饭菜的香味。莎莉望了一眼菲利普，嘴角露出一丝淡淡的笑容，而她眼眸中的微笑更浓烈了一些。

"我一直都很喜欢你。"她说。

菲利普十分惊讶，脸颊一下子红了。他勉强地露出笑容。

"我怎么没看出来。"

"那是因为你傻呗。"

"我有什么值得你喜欢的？"

"我也说不好，"她说着，又往火堆上加了一点儿柴火，"你还记得你当初饿着肚子在外露宿了几天后到我家的情景吗？就是在那天，我开始喜欢你了。那天是我和妈妈一起把索普的床收拾出来给你睡的。"

菲利普的脸一下子又红了，没想到莎莉竟对他当时的窘迫情况那么清楚。每当想到当时的自己，他都觉得到一阵羞愧和恐惧。

“正因为你，我才决心不跟别的男子来往。你记得妈妈要我嫁的那个小伙子吗？他一直在追求我，缠着我不放，我之所以让他来家里喝茶，就是想让他死心。”

菲利普惊讶得不知该说些什么好，心里产生一种强烈而奇妙的感觉，如果这都不叫幸福的话，那还有什么是幸福呢？莎莉又搅了搅锅里的汤。

“真希望他们快点儿回来，已经熟了，不知他们都跑到哪里去了。”

“要不我去找找他们？”菲利普问道。

能岔开话题，让菲利普觉得不那么紧张了。

“嗯，这主意不错，我想……哦，妈妈回来了。”

接着，菲利普从草地上坐起来，莎莉有些尴尬地望着他。

“今晚我把孩子们都哄睡了，我们出去走走吧。”

“好呀。”

“嗯，你就在小路的阶梯那里等着我，我忙完就去。”

天空中星光熠熠，菲利普靠着篱墙，安静地坐在台阶上，潮湿的泥土里升腾起阵阵香气。晚风习习，四周一片静谧。他的心怦怦地跳着，多么奇妙的事情发生在了自己身上。过去他觉得爱情往往跟喊声、眼泪和疯狂联系在一起，可莎莉跟他在一起时，从未表现出这样的感受。尽管这样，除了爱情还有什么能解释莎莉那果敢的爱意呢？可是莎莉真的爱他吗？她的姨兄彼得·甘恩，身体健壮，面容黝黑，身材高大，走起路来虎虎生风。要是她说她的心上人是她的姨兄，菲利普倒觉得实属正常。他不知道莎莉到底喜欢上自己的什么。莎莉对他的爱是不是他认为的那种爱情呢？要不是还会是什么呢？莎莉是个纯洁的女孩。她很可能觉得自己爱上了他，可她是否察觉到了那些细微的因素造成的影响——那天混杂在空气中的花朵和泥土的芬芳，一个成熟女性与生俱来的温柔和激情，作为长姐的对弟弟妹妹的无私疼爱的无限放大。她心里充满了善意，所以才对他献上所有。

大路上传来了一阵脚步声，他看到一个人影出现在远处的黑暗里。

“是莎莉！”菲利普低声说道。

莎莉在台阶前停下脚步。她的到来，给四周染上了一股甜丝丝的乡村气息。她身上的气息是熟透了啤酒花的香味、干燥的草垛的芳香混合在一起的香味。她柔软的双唇紧紧地贴在他的唇上，她那丰腴的身体靠在了他的怀抱里。

“奶和蜜，”菲利普轻声说道，“你既像牛奶，又像蜂蜜。”

他让莎莉闭上眼睛，随即亲吻了一下她的眼睑。她那丰腴、健壮的手臂裸露到了手肘，菲利普轻轻地抚摸着她的皮肤，感受着她的温度。他出神地注视着她的手臂，它在黑夜里散发着光辉，白净得有些透明，让人能触摸到她手臂外侧柔软的金黄色绒毛。撒克逊女神才会有如此优美的手臂吧？可莎莉的手臂又比她多了几分纯朴自然的意趣。菲利普不禁想到，许多男人都想拥有的那一片世外桃源：那里栽种着蜀葵、叫作约克和兰卡斯特的红白相间的玫瑰花；那里栽种有黑种草、美国石竹和忍冬草；那里还有飞燕草和虎耳草。

“你怎么会喜欢我呢？”菲利普说，“我只是个卑微无比的瘸子，长得又丑。”

莎莉将双手放在菲利普的脸上，不住地亲吻着他。

“你真是个大傻瓜。”莎莉说。

第13章

121

采摘季节过去了，菲利普和阿特尔涅全家一起回到伦敦，与此同时，他也接到了圣路加医院聘请他为住院医生助理的通知书。开始工作前，菲利普在威斯敏斯特租了一个简朴的房间住了下来。医院的新工作很有挑战性，菲利普每天都能学到些新东西。他觉得自己苦读这么多年总算是有所回报了。这段时间，他几乎天天同莎莉见面。这是他少见的神清气爽的日子。他一般都在六点下班，除了轮到他在医院值班。一到六点，他便会跑去莎莉所在的裁缝店，在店门口的拐角处等下班回家的莎莉。在那里能看到，几个年轻小伙子站在对过的马路上或是离店门口稍远的过道旁；店里的姑娘们三三两两地结伴出来，一旦认出旁边的那个小伙子，便会用胳膊肘撞撞身边的同伴，嬉笑着打闹一阵。莎莉穿了件普普通通的黑色工作服，与在啤酒花田的那个靓丽的乡村女孩判若两人。她匆忙地从店里走了出来，远远看见菲利普后，放慢了脚步，朝他微微笑了笑，算是打了招呼。他们并肩走在繁华喧闹的街道，菲利普向莎莉讲起了他在医院工作的情况，莎莉也把自己一天都做了些什么告诉菲利普。没几天，菲利普就记住了莎莉所有女工友的名字。莎莉具有一种含蓄的幽默感，讲起店里的姑娘和那些痴心的小伙子，她总能妙语连珠，把菲利普逗得哈哈大笑。她讲起可笑的事情也是一副严肃的表情，她不动声色地说着，可越是这样越是显得滑稽可笑。她反应机敏、话语犀利，让菲利普听得津津有味、忍俊不禁。每当这个时候，莎莉往往无辜地瞧着菲利普，从她那充满笑意的眼神里可以知道她并不知道自己是多么幽默。他们俩见面时会握握手，分别时也以礼相待。有一回，菲利普邀请莎莉去他的寓所喝茶，被莎莉拒绝了。

“不，我不能去。你应该会理解的吧。”

他们俩从来不会说出“我爱你”这几个字。莎莉每天只叫菲利普送她回家，别的什么要求也没有。不过，菲利普能感觉到莎莉很喜欢和他在一起。只是她还是像菲利普头次见到她时那样，叫人捉摸不透。她在菲利普心里一直是个谜，但他越是了解她，就越是喜欢她。莎莉是个勤劳能干的女孩，稳重内敛，是她那可贵的诚恳的天性，会让你相信不管遇到什么困难，她都是那个值得信赖的人。

“你真是个可爱的姑娘。”有一回，菲利普没头没脑地这么说了一句。

“我想我跟大多数人都一样。”莎莉回答道。

菲利普知道自己并不“爱”莎莉。他对她无比尊重，并且怀有很浓厚的感情。他喜欢她陪伴在自己的身边，和她在一起时，菲利普感觉到无比的安全和自在。他有时也会莫名其妙怀疑起来，自己怎么会对一名年方十九的小女孩有了情意。她那健全的体魄和洒脱自然的体态叫他爱慕又敬佩，她像个天真无邪、生气勃勃的小动物，而且她那么年轻美丽。在她面前，菲利普常常自惭形秽，觉得自己一点儿都配不上莎莉。

返回伦敦的第三周的头一天，两人一起散步时，菲利普注意到，与平时相比莎莉今天话似乎更少，她眉头微蹙，一副不开心的样子。

“发生什么事了吗，莎莉？”菲利普问道。

莎莉没有看他，只是凝视着前方，脸上的表情更加浓重了。

“我也不确定。”

菲利普脑子闪现一个念头。知道怎么回事了，心脏也几乎同时停止了一下。他一下子蒙了，不知该说些什么。

“你是说……你是怕……”

他的喉咙几乎卡住了。这种可能性，他还从未想到过。此时，莎莉的双唇有些颤抖，她在努力克制自己的感情，以免呜咽起来。

“我还不敢确定，或许没出事。”

他们俩彼此沉默着向前走去，很快就到了昌策里巷的路口。他们通常都在这里分手。此时，莎莉把手递给菲利普，脸上露出微笑。

“现在还不必担心，可以乐观点儿。”

菲利普转身离开，但心里却无法平静。他第一个念头就是：我真是个傻瓜！天底下最傻的傻瓜！他一口气骂了自己十几句。就因为自己一时的冲动，又让自己陷入糟糕的境地。这时候，他脑海里千千万万的念头像是梦魇里的奇怪拼图一样一一出现，旋转变幻纠缠在一起，让他搞不清楚。他问自己究竟该怎么办，他好不容易等到这一天：他的梦想唾手可得，未来一片光明。可就因为他的冲动，他又在自己与梦寐以求的目标之间添加了一堵墙。菲利普责怪自己总是热衷于提前为未来的生活做好各种安排，又一点儿都不专心。刚在医院找到一份安稳的工作，就立马做好了去西班牙旅行的打算。以前，他还能克制自己，让自己不要提前打算得那么精细，不过那样的效果也不过是让自己更加灰心丧气罢了。可是现在，可能他认为自己的梦想马上就能实现，所以又一次向那个难以抑制的欲望让步，结果却栽了更大的跟头。他第一个想去的地方是西班牙，那个国度是他魂牵梦萦的地方。他的精神已经完全被那个传奇的国家所占据，他沉迷于它的浪漫与色彩、不羁与恢宏。没有哪个国家像西班牙那样给他带来那么多神秘的启示。科尔多瓦、塞维利亚、莱昂、塔拉戈纳、波尔戈斯这些古老优雅的城市名字，对他来说是那么熟悉，好像他本来就是在那里出生和长大，那里蜿蜒曲折的小巷不知在他梦境中出现过多少次了。只有西班牙的画家才是深入人类灵魂的伟大画师，没有哪个国家的作品能像他们的作品那样给菲利普受尽折磨的心灵带来安慰和教诲，他伫立在那些画作面前时，由于按捺不住心中的狂喜，心怦怦直跳。他读过西班牙所有伟大诗人的作品，它们富有鲜明的民族特色。西班牙诗人不愿跟在世界文学潮流之后，他们独辟蹊径，从平原炎热芬芳的土地里，从村庄荒凉灰暗的山丘中获取着灵感。再过几个月，他就能亲自踏上那片土地，在那里亲耳聆听那优雅婉转、富有激情的语言了。他有自己独到的审美趣味，在他看来，安达卢西亚太过多情和柔弱，似乎还有点儿俗气，不能满足他奔放的豪情；他更加向往风沙凛冽的卡斯蒂利亚和粗犷不羁的阿拉贡和莱恩。菲利普并不十分确定，游历于那些未知而陌生的世界究竟能给他带来什么好处。但他能感觉到，他将从路程中获得永久的决心和力量，让他在面对更遥远、更陌生的远方时，能够更加从容不迫地应对。

这还只是个开头而已。菲利普已经同几家轮船公司联系过，据他了解，这几家轮船公司都需要随船的外科医生。各家公司的航线他都了如指掌，他甚至询问过从前的随船医生，打听过所有航线的优劣。他不会考虑东方轮船和太平洋海外航运这两家公司，因为这两家的职位很难应聘，并且他们的业务主要是接送旅客，这样的话在客轮上医务人员的活动余地就没那么大了。不过，还有另外几家公司，他们的船专门开往东方，货运任务也不繁忙，在大小港口都会有停靠，停靠的时间不等，短则一两天，多则半个月，这足够菲利普到海港内陆地区游荡一段时间。当随船医生的薪水微薄，伙食又糟糕，所以轮船公司对应聘者的要求不高。一个在伦敦学医的人如果提出求职申请，被雇佣是十拿九稳的事。轮船除了偶尔送几次旅客，一般都是在小港口之间运送货物，上面没有什么乘客，轮船上的生活不会忙碌，整个旅程也会相当愉快。菲利普把商船停靠的所有港口的名字背得滚瓜烂熟。每一个地方都被他在脑海里勾勒成一幅阳光普照、色彩斑斓的异域风景，那里的人们过着充实、神秘、不一样的生活。生活啊，那正是菲利普想要的。或许有一次，在从东京或上海起航后，他可以换乘驶向南太平洋群岛的轮船。哪里不都需要医生吗？他兴许还能去缅甸的乡村逛一逛呢。在苏门答腊和婆罗洲的密林里，又不知会有怎样的美景等着他。他还算年轻，时间不是什么问题。因为在英国没有亲戚朋友，他大可花上几年时间环游整个世界，尽情领略大千世界里的无穷奇观。

可现在却撞上这么一件头疼事。他不认为莎莉会判断失误，他确定莎莉的感觉是对的，毕竟这种事情完全有可能发生。事实显而易见，莎莉身体健康，本来就是一块生儿育女的好料子。菲利普知道自己该怎么做。他不该被这么一件小事干扰，不该偏离既定的人生道路，哪怕是一丝一毫的偏离都不行！这会儿，他想起了格里菲斯，要是他遇到这种情况，一定会选择第一时间开溜，毫不犹豫地抛弃那个姑娘，让她独自承担苦果。菲利普暗自想着，假如真要如此也只能是不可避免的结局。他又有些责怪起莎莉。她可是个成熟冷静的姑娘，怎么能眼睁睁地去冒险而不计后果。只有傻子才会用这种区区小事来打扰本来安宁的生活。菲利普知道人生苦短，唯有及时行乐才是正确的选择，他也知道能认识到这点的人没有几个。他愿意给莎莉一笔钱，并且会不惜一切代价地补偿她。一个男子汉是决不会轻易改变他的目标的。

说是这么说，可他太了解自己了，这么绝情的事，他是下不去手的！

“我简直是个懦夫！”菲利普骂了自己一句。

莎莉信赖他，并对他那么好。即使有再多的理由，他也绝对不能伤害她。要是在旅途中想到莎莉正过得无比痛苦，他不会有一刻安宁的。再说怎么向她的父母交代呢？他们一向都对他不错，决不能恩将仇报。现在唯一能做的，就是赶快跟莎莉结婚。他要给索思大夫写一封信，告诉他，自己马上就要结婚，如果他的建议继续有效的话，他会欣然接受。在乡村里给穷人看病是他唯一的出路。在那里，即使他是个跛足的人，人们照样会尊敬他，穷人们也不会嘲笑他出身卑微的妻子。真好笑，他竟管莎莉叫起妻子来了。此时他心中不禁有种温暖新奇的感觉。想到自己即将出生的孩子，他的身上流过一股暖流。索思大夫一定希望他回去，这点他能确定。于是他想象起和莎莉一起在渔村里生活的各种场景。他们将在面朝大海的地方建一座小屋，站在窗口看着从岸边经过的一艘艘轮船驶向远方。这样做才是最明智的选择。克朗肖曾经说过，有的人凭借自己无与伦比的想象力，战胜了时间和空间的阻碍，他们的思想不再受到生活琐事的束缚。他的话是千真万确的：你的爱情会永不凋谢，如果你永远爱她！[1]

他会放弃自己的计划，并以这种放弃作为献给妻子的完美礼物。在这种自我牺牲的感情的激励下，他整个晚上都激动不已，书放在他的面前，却一个字也看不进去。他兴奋极了，整整一夜都睡不着。像是被什么东西推动着似的，他走出自己的房间，跑到了大街上，他在伯德凯奇的人行道上来回踱步，他欢快得像一只自由飞翔的小鸟。他不想等待，真想立马告诉莎莉这个好消息；如果不是时间太晚了，他会立即跑到莎莉面前去。他想象着，黄昏时分他和莎莉依

[1] 英国诗人约翰·济慈的《希腊古瓶颂》中的名句。

偎在舒适的客厅里，眼前的百叶窗敞开着，窗外就是一望无际的大海。他正看着一本书，而莎莉则在一旁做着针线活儿。在灯光的阴影里，她那张可爱的脸庞更加迷人。他们谈起了即将出生的孩子，当她转过脸凝望着他时，她的眼中充满了爱意。他替村民治病，很快和他们成为朋友。他孩子出生时，村民都来祝贺，而他和莎莉也乐意跟村民分享他们的欢乐。他想到自己即将出世的儿子，他已经开始喜欢上这个小家伙了。他用手抚摸着儿子完美的四肢，知道他会长成一个身体结实的小伙子。菲利普会给他讲述自己的人生理想，把那些理想全都转交给他去实现。菲利普回首往事，许多事情都看开了。他坦然地接受了自己的残疾，是它让他的生活变得如此艰辛，是它让他的性格有点儿扭曲。不过，也要感谢它，是它给了他反思和内省的习惯，让他获得敏锐的鉴赏力，热爱上文学和艺术。他因常常被人嘲笑，导致他性格内向，不过正是因为这种性格，才让他的心中开出了永开不败的花朵。他突然意识到，平凡才是世间最珍贵的东西。每个人都有缺陷，不是身体上的就是心灵上的。此时，他回忆起他熟悉的每一个人（整个世界就像一座巨大的病房，里面的人争吵着搏斗着，混乱不堪），他们排着一条长长的队伍，有的有身体上的疾病，有的有精神上的创伤：身体有病的人会得心脏病或是肺炎之类的病；精神残缺的人，不是意志匮乏，就是嗜酒成性。菲利普不禁心生悲悯，他们都是身不由己，他们只是被命运愚弄的可怜人。此刻，他原谅了格里菲斯的狡诈与背叛，原谅了米尔德丽德的冷酷与绝情，他们俩都是身不由己。只有接受人们的善良，宽恕他们的罪恶，才是合理的选择。他突然想起上帝临终前的教诲：

主啊，赦免他们的罪吧，他们不清楚自己在干什么。

122

菲利普约了莎莉周六在国立美术馆碰头。莎莉说一下班就赶过去，并说想同菲利普一起吃午餐。上次两人见面离现在已经有两天了，在这两天里，菲利普的那股兴奋劲儿还没有消退。因为他一直沉浸在喜悦里，所以他才没那么着急去找莎莉。菲利普认真地把要对莎莉讲的话背了下来，连说话的表情、语气都排练了好久。他给索思大夫写过信了，现在他衣兜里就装着索思大夫发回的电报："我立即把那家伙辞退。您哪天能来？"菲利普顺着国会大街向前走着。街上车水马龙，人来人往。时而有一阵微风吹来，太阳有时会躲进云层里面，阳光在薄雾中看起来朦朦胧胧的。极目远眺，一幢幢高楼大厦的棱角都消失不见了。菲利普穿过特拉法尔加广场走到大路上，突然他的心脏猛地停顿了一下，身体也僵住了。他看见不远处的一个女人，可能是米尔德丽德。那个女人的身材和米尔德丽德一模一样，走起路来也是微微拖拽着脚跟儿。接着他的心有些慌。他不假思索地向她追去，并排赶上她时，那女人一下子转过脸来了。那是一张陌生的脸，脸上布满了皱纹，看上去已经很老了。菲利普放慢脚步，他心里轻松不少，可又对自己有点儿失望。他不禁为自己这么做而害怕。难道他永远走不出那段地狱般的感情了吗？扪心自问，在他内心深处还是想得到米尔德丽德，尽管那段虐恋把他伤得很深，尽管她是个心如蛇蝎的女人。他知道，这种心灵上的创伤很难根除，只有等到他闭了眼进了棺材才能解脱。

菲利普想努力忘记刚才的不愉快。他一想起莎莉那双大大的蓝眼睛，内心的痛苦就立马消失了。他嘴角露出了微笑。菲利普顺着国立美术馆门前的台阶往上走，在最靠外的展厅找个位置坐了下来，这样，莎莉一来，他便能第一时间看到她。每一次置身美术馆，他感到无比放松。他没有专注地欣赏哪一幅图画，而是四处闲逛。他无时无刻不在思念着莎莉。他想带莎莉离开伦敦，她和裁缝店的其他女孩站在一起，就像一株矢车菊生长在兰花和杜鹃花丛中。早在肯特郡的啤酒花田里，菲利普就发觉莎莉并不属于城市。他深信，在那靠近海边的多塞特郡，莎莉一定会过得非常开心。当他正在浮想联翩时，莎莉一脚走了进来。菲利普赶紧起身迎了上去。莎莉穿了一件黑裙子，袖口绣着白边儿，领口那儿缝着一圈儿窄窄的亚麻布。他们握了握手。

"等久了吧？"

"没有，也就十分钟。你想吃点儿什么吗？"

"我还不饿。"

“那我们就在这坐一会儿，好吗？”

“我听你的。”

他们俩并肩坐在一起，可谁也没说话。看着莎莉就坐在自己的身边，菲利普心里无比幸福。他能感觉到莎莉的头发带着的温度。

“哦，你最近过得好吗？”菲利普微笑着问道。

“嗯，很好。那是虚惊一场。”

“这样啊？”

“你难道不高兴？”

菲利普也不清楚自己是开心还是难过。他一直确定莎莉的猜测是正确的，其他可能性他根本没想过。刹那间，他的种种预想都被打破了，朝思暮想编织出的美丽图景都变成了泡影，那些梦想永远都不可能实现了。他又一次摆脱了枷锁，重新自由了。他原本的种种计划，一个也不用放弃，生活依然掌控在他的手里，他想干什么就可以干什么。他一点儿也不激动，反而有些失落，他的内心无比沉重。未来变得飘忽不定，变得空虚和随意。他像个落难的水手在一艘轮船上漂浮多年，终于找到一个安静的港湾可以停靠，可突然刮起一阵大风，又把他的船连同他自己送回了海洋。他一心向往着大陆上柔软的芳草地和茂盛的丛林，所以再也不想回到大海上接受孤独和风雨的折磨。莎莉睁着清澈的大眼睛，凝望着菲利普。

“你难道不高兴？”她又问了一遍，“我还以为你会如释重负呢。”

菲利普神情倦怠，抬起头看看莎莉。

“我的感觉有点儿复杂。”他说道。

“真是怪人。男人听到这个不都是高兴的吗？”

菲利普现在明白了自己一直在自欺欺人。他之所以答应结婚，不是因为什么自我牺牲，而是因为他真的渴望能有一个妻子和一个家庭。眼看着这些美好的东西被夺走，他感到无比绝望。此刻，他对妻子、家庭和爱情的渴望超越了其他所有的一切。什么西班牙，什么科尔多瓦、托莱多和莱昂？什么缅甸的佛塔和南海群岛的环礁湖？那些又有什么意义呢？这一辈子不断有人给他灌输着各种理想的定义，而他从未真正按照自己的意愿行事。想到这里，他有些不耐烦起来，决定不再考虑那些事情。他老是陷入对未来的幻景当中，却一再错过眼前的大好机会。他曾发觉生活是复杂而无目的的，所以它才能创造出如此之多的美好或是悲惨的场景。一个人出生，长大，结婚生子，最后离开人世。这是一种最简单的人生轨迹，他现在明白了，就是这个最简单的轨迹才是最完美的人生图景。他现在明白了，屈服于这种幸福也许是一种失败，可是这种失败却比其他方面千万次的成功更加有意义。

菲利普快速地瞥了莎莉一眼，他在心中猜想着莎莉的想法，马上又把自己的目光移开。

“我刚刚想着如何向你求婚。”菲利普说道。

“我知道你会这么说的，可我不想拖累你。”

“你不会拖累我的。”

“那你的旅行呢？不是说要去西班牙吗？”

“你怎么知道的？”

“当然知道，你和我父亲议论起这件事，两人还争论了许久。我知道这些事的。”

“那些事情，已经无关紧要了。”菲利普停顿一下，接着用沙哑的声音对莎莉低语道，“我再也不愿和你分开！我不能没有你！”

莎莉没有回答。他猜不出她的心思。

“嫁给我好吗？莎莉。”

莎莉不说话，也不动。从她脸上，看不出任何表情。她没有看菲利普的眼睛。

“随便你吧。”

“你不情愿？”

“哦，我想我也应该有个家了。”

菲利普开心地一笑。现在他知道她怎么想的了。至于她这么说，他完全明白是怎么回事。

“你不想嫁给我？”

“除了你，我谁也不会嫁。”

“那就确定下来了。”

“我父母亲一定会吓一跳，对不对？”

“我真幸福。”